Emma Hunter ist das Pseudonym einer erfolgreichen deutschen Autorin, die Kaffee über alles liebt – genau wie ihre Protagonistin Isabella. Emma muss mindestens einmal am Tag an die frische Luft (am besten ins Grüne), und ihre größte Schwäche ist vermutlich Sahnetorte, zu der sie quasi nie nein sagen kann. Filme und Serien, die sie mag, schaut sie so oft, dass sie die Dialoge auswendig mitsprechen kann. Ihr Lieblingsbuch ist *Jane Eyre*, und wenn sie Urlaub macht, fährt sie am liebsten nach England.

Besuchen Sie uns auf www.penguin-verlag.de und Facebook.

EMMA HUNTER

SOMERSET

Sehnsucht und Skandal

Roman

PENGUIN VERLAG

Sollte diese Publikation Links auf Webseiten Dritter enthalten, so übernehmen wir für deren Inhalte keine Haftung, da wir uns diese nicht zu eigen machen, sondern lediglich auf deren Stand zum Zeitpunkt der Erstveröffentlichung verweisen.

FSC www.fsc.org MIX Papier aus verantwortungsvollen Quellen FSC® C014496

Klimaneutral* Druckprodukt ClimatePartner.com/14044-1912-1001

Penguin Random House Verlagsgruppe FSC® N001967

1. Auflage 2022

Redaktion: Anita Hirtreiter
Umschlaggestaltung: www.buerosued.de
Umschlagabbildung: Trevillion Images, ILINA SIMEONOVA, www.buerosued.de
Gesamtherstellung: GGP Media GmbH, Pößneck
Printed in Germany
ISBN 978-3-328-10880-1
www.penguin-verlag.de

1.

»Brief? Welcher Brief?«

Der unnachgiebige, beinahe ärgerliche Blick von Viscountess Alice Parker schien Isabella regelrecht festzunageln, und sie spürte, wie ihr unter ihrem seidenen Mantelet warm wurde. Unangenehm warm.

Sie straffte die Schultern. »Mama hat dir geschrieben, vor mehr als einer Woche«, log sie mit einer Selbstverständlichkeit, die sie selbst überraschte. Denn es gab überhaupt keinen Brief. Isabella hatte sich von zu Hause fortgeschlichen und war ohne Ankündigung nach Bath gekommen.

Ein Anflug von Verwirrung zog über das Gesicht ihrer Tante. Doch gerade als die Stille zwischen ihnen peinlich zu werden begann, breitete Lady Alice endlich die Arme aus, kam auf sie zu und drückte sie an sich. Isabella spürte den enormen Busen, den die Korsage ihrer Tante nach oben schob, und roch ihr pudriges, süßliches Parfum.

»Aber nun bist du ja hier, Kindchen. Welch überraschender Besuch.« Das schwere dunkelviolette Seidenkleid ihrer Tante knisterte und raschelte bei jeder Bewegung. Mit einer ungeduldigen Handbewegung bedeutete Lady Alice einem der Bediensteten, die Eingangstür zu schließen. Inzwischen war nicht nur der junge Butler anwesend, der ihr geöffnet hatte, sondern auch zwei weitere Dienerinnen. Wie viele Menschen beschäftigte die Viscountess eigentlich in diesem Haus?

Unauffällig sah Isabella sich um, als sie den breiten, ganz in Weiß und Gold gehaltenen Flur entlanggingen. Eine

Marmortreppe beherrschte ihn, flankiert von zwei halbhohen, griechisch anmutenden Säulen. Auf ihnen stand jeweils eine Vase mit frisch geschnittenem weißem Flieder. Isabella war versucht, daran zu schnuppern, ließ es aber lieber sein. Sie hatte sowieso noch Lady Alice' Parfum in der Nase, das vermutlich auch auf ihr neues türkisfarbenes Reisekostüm abgerieben hatte.

Wobei es ja eigentlich gar nicht ihres war, sondern das von Elizabeth, die es ihr in einem seltenen Akt von schwesterlicher Loyalität überlassen hatte. Zähneknirschend. *Das ist deine letzte Chance. Mach sie nicht zunichte*, hatte Elizabeth sie ermahnt und ihr vorwurfsvoll den Berg an blaugrünem Taft auf den Arm geladen. Als ob Isabella das nicht selbst klar gewesen wäre …

»Wie seltsam, dass der Brief noch nicht angekommen ist«, begann Isabella wieder und fragte sich, ob sie gerade etwas dick auftrug.

»Die Post hier in Somerset ist die letzten Monate über so unzuverlässig geworden. Vermutlich sind die Boten mal wieder einigen Highwaymen in die Hände gefallen«, beschwerte sich ihre Tante, während sie durch die Eingangshalle voranlief.

»Genau so muss es gewesen sein.« Isabella entspannte die Hände, die sich in den weißen Kalbslederhandschuhen ganz undamenhaft um den Griff ihres Sonnenschirms gekrampft hatten. »Entschuldige bitte, Tante Alice. Ich wollte dich nicht mit meinem Besuch überfallen.« Sie gab ihr Bestes, schuldbewusst zu schauen.

Natürlich wolltest du das. Genau das war dein Plan gewesen.

»Aber, aber, du bist uns doch immer willkommen, Kind!« Lady Alice warf ihr ein Lächeln über die Schulter zu, das liebenswürdig und ausgesprochen herzlich wirkte. Als sie sich wegdrehte, erkannte Isabella allerdings aus dem Augenwinkel, dass es viel zu starr war, um echt zu sein.

Doch was wusste sie schon über die Mimik der Viscountess Parker? Sie kannte diese Frau eigentlich gar nicht. Isabellas Eltern lebten mit ihren beiden Töchtern auf dem Land in Devonshire, und es war Jahre her, dass Lady Alice mit ihrem Ehemann und den drei Söhnen sie besucht hatte. Isabella musste damals vierzehn oder fünfzehn gewesen sein. Der Aufenthalt war kurz und gezwungen gewesen, und die Gespräche waren über leere Floskeln und ritualisierte Höflichkeiten nicht hinausgekommen. Seitdem hatte sie ihre Tante nicht mehr zu Gesicht bekommen. Noch nie war Isabella auf dem Landsitz der Parkers nördlich von London oder im Stadthaus hier in Bath gewesen. Überhaupt war sie noch nie über die Grenzen von Devonshire hinausgekommen oder in einer größeren Stadt wie Bath oder gar London gewesen. Lady Alice war die Schwester von Isabellas Mutter und hatte eine höchst vorteilhafte Partie gemacht mit Viscount John Parker. Sie hatte Devonshire verlassen, und es schien, als wäre sie nicht sonderlich erpicht darauf, den Kontakt mit Isabellas Familie aufrechtzuerhalten. Die Kreise, in denen sich die Parkers bewegten, waren kultiviert, reich und – wie Isabella allmählich das Gefühl beschlich – sehr darauf bedacht, ganz unter sich zu bleiben.

Darauf konnte Isabella aber nun mal keine Rücksicht nehmen.

Ihre Tante war vor einem Raum mit weit geöffneten Flügeltüren stehen geblieben. Vermutlich handelte es sich dabei um den Salon. Und vermutlich war dies nur einer von mehreren. Sie waren das Habitat der Damen eines vornehmen Haushalts. Für gewöhnlich verbrachten sie dort ihre Nachmittage, tranken Tee, stickten oder lasen vielleicht sogar. Allerdings nicht zu viel und keine zu anstrengende oder gar politische oder akademische Lektüre. Diese würde das sanfte Gemüt der vornehmen Damen aus dem Gleichgewicht bringen und im schlimmsten Falle in einem Nervenleiden enden, hatte Pastor Williamson bei seinem letzten Besuch in Roswell Park, Isabellas Elternhaus, erklärt. Dabei hatte er anklagend auf die Klappe des Buches gestarrt, das Isabella auf dem Schoß gehalten hatte. Es war Giovanni Battista Morgagnis *Sitz und Ursachen der Krankheiten, aufgespürt durch die Kunst der Anatomie* gewesen, und um des lieben Friedens willen und um die Nerven ihrer Mutter zu schonen, hatte Isabella das Werk schnell gegen eine alte, abgegriffene Ausgabe des *Ladies' Magazine* getauscht.

Natürlich wusste Pastor Williamson, womit Isabella ihre freie Zeit verbrachte, und ihm als Geistlichem war das schon seit Jahren ein Dorn im Auge.

Denn Isabella stickte nicht, sie malte kaum und übte nur auf dem Cembalo, wenn man sie dazu zwang.

Es gab etwas anderes, wofür sie sich interessierte. Brennend sogar.

Isabellas Vater war Chirurg, und wann immer sie konnte, begleitete sie ihn auf Krankenbesuchen und assistierte ihm sogar bei Operationen. Ein Unding für eine Frau, fand ihre Mutter. Aber für sie war ja auch bereits der Anblick der leichtesten Verletzung ein Gräuel, und es war ihr auch vollkommen egal, was ihr Mann den lieben langen Tag eigentlich tat. Die einzige Verbindung, die Isabellas Mutter zur Medizin hatte, war, das Geld auszugeben, das ihr Vater damit verdiente.

Frauen verrohen in diesem Tätigkeitsfeld, hatte der Pastor ihrem Vater eingebläut. *Sie verlieren jegliches Gefühl für Anstand und Sitte und verstümmeln ihre Empfindsamkeit, das höchste Gut, das sie besitzen.*

Nun ja. Angesichts von Isabellas Fauxpas auf dem Ball der Duchess of Devonshire hatte Pastor Williamson vielleicht gar nicht so unrecht gehabt.

»Und wer hat sich dir angeschlossen?«, wollte Lady Alice wissen und sah dabei zu der jungen Frau, die ihnen gefolgt war. Zweifellos, um herauszufinden, ob sie diese auch mit in den Salon bitten sollte.

»Das ist Betty, meine Reisebegleitung von zu Hause.« Sie zögerte. »Und auch mein Dienstmädchen.«

Das war ziemlich dumm.

Man hatte entweder ein Dienstmädchen oder eine Anstandsdame dabei – niemals jedoch war das ein und dieselbe Person. Langsam würde Lady Alice sicher kapieren, dass hier irgendetwas nicht stimmte.

Betty machte einen höflichen Knicks, hielt aber den Kopf sittsam gesenkt. Überhaupt war Isabella überrascht von Bettys Zurückhaltung, und sie fragte sich, woher sie wissen konnte, wie man sich als Bedienstete in einem so vornehmen Haus benahm. Lady Alice musterte sie, nur wenige Sekunden lang. Mehr war auch gar nicht notwendig. Bettys Kleid und ihr Mantel waren aus einem groben braunen Baumwollstoff, statt eines Huts, wie es einer Dame von Stand gebührte, trug sie lediglich eine weiße Haube, und ihre Schuhe zierte ein unübersehbarer Schmutzrand. Mit einem gezwungenen Lächeln richtete Lady Alice die nächsten Worte an eine der beiden Dienerinnen. »Rose, kümmern Sie sich doch um unseren weiteren Gast.« Das letzte Wort hatte sie besonders betont, und Isabella konnte ganz genau die Missbilligung heraushören.

Natürlich war Betty keine standesgemäße Gesellschafterin, das wusste Isabella selbst. Sie war die ledige Tochter des Pächters auf ihrem Anwesen, gerade mal ein paar Jahre älter als Isabella. Im Grunde kannte sie Betty nicht einmal richtig. Sie hatte immer mal wieder ein paar Worte mit ihr gewechselt, wenn sie sich über den Weg gelaufen waren. Mehrmals war Isabella dabei gewesen, wie ihr Vater einen von Bettys Brüdern verarztet hatte, die sich mit erstaunlicher Regelmäßigkeit irgendwelche Knochen brachen. Isabella war so verzweifelt gewesen, dass sie eine ihr beinahe unbekannte Frau gebeten hatte, mit ihr zu kommen. Sie hatte Betty nicht einmal viel Geld bieten können, doch sie hatte um jeden Preis eine Anstandsdame finden müssen. Irgendeine. Eine junge Dame durfte nicht einfach so das Haus verlassen, geschweige denn verreisen, wenn sie keine Begleitung an ihrer Seite hatte. Für gewöhnlich war das eine Frau mittleren Alters, nicht besonders attraktiv, dafür aber festgefahren in ihrer Meinung.

Böse Zungen würden sogar behaupten, Anstandsdamen wären konservativ und angestaubt. Besonders, was ihre Weltsicht und ihre Manieren betraf.

Alte Jungfern eben. Verarmt, einsam und verbittert.

Das, was auch dir blüht, wenn du dich jetzt nicht zusammenreißt.

An dem merklich abgekühlten Blick ihrer Tante erkannte Isabella, dass sie allmählich ahnte, warum Isabella hergekommen war. Denn ein Dienstmädchen nahm man nicht auf eine kurze Stippvisite mit. Ein Dienstmädchen nahm man nur mit auf Reisen, wenn man plante, länger zu bleiben. Mehrere Wochen, wenn nicht gar Monate. Isabella formte mit den Lippen ein lautloses *Danke*, was Betty mit einem kaum merklichen Nicken erwiderte, und irgendwie fühlte es sich ganz kurz so an, als wäre Betty schon zu einer Verbündeten geworden. Sie entfernte sich zusammen mit der Dienerin namens Rose – wahrscheinlich in die Bedienstetenküche im Hinterhaus oder Keller.

»Was verschafft uns denn die große Freude deines Besuchs, Isabella?«, fragte Lady Alice ganz nebenbei, während das zweite Dienstmädchen, eine schmale, freudlos dreinblickende junge Frau mit einer Haube über den stumpfen braunen Haaren, Isabella das Mantelet und den Sonnenschirm abnahm.

Dabei fiel Isabellas Blick auf die Hand der Angestellten, und unter dem Ärmel lugte ein Flecken dunkelroter Haut hervor. Nässende, dunkelrote Haut, als hätte sie sich verbrüht. Isabella warf einen prüfenden Blick in das Gesicht des Mädchens. War sie nicht auch zusammengezuckt, als sie ihr den Überwurf gegeben hatte?

»Das steht natürlich alles in dem Brief, der dich nicht erreicht hat. Mama hatte gefragt …«

Nein, es geht nicht.

»Haben Sie sich verbrüht?«, fragte Isabella und zeigte auf die Verletzung.

Die junge Frau starrte sie mit wachsendem Entsetzen an, bevor sie der Viscountess einen unsicheren Blick zuwarf.

»Zeigen Sie mal her.« Schneller, als das Dienstmädchen die Hand hinter dem Rücken verstecken konnte, hatte Isabella danach gegriffen. Oft genug passierte es, dass die Patienten ihres Vaters ihre Verletzungen verbargen. Weil ihnen das Geld fehlte, eine Behandlung zu bezahlen, oder weil sie sich dafür schämten. Der Mensch erfand tausend gute Gründe, warum er sich nicht helfen lassen wollte.

»Das ist schon ein paar Tage her, habe ich recht?«

»Isabella, ich muss mich doch sehr wundern …« Der Anflug von Ärger in Lady Alice' Stimme war nicht mehr zu überhören.

Ganz und gar nicht das, was Isabella gerade gebrauchen konnte.

Um Zeit zu gewinnen, nahm sie sich auch den Hut ab, und während sie ihn dem Dienstmädchen ebenfalls in die Hand drückte, erklärte sie leise, aber rasch: »Gehen Sie zur Köchin und lassen sich Eiweiß geben, das Sie daraufstreichen. Oder machen Sie Umschläge mit Lindenblütentee.«

Mit einem Knicks verabschiedete sich die junge Frau, doch Isabella meinte, ein kleines, dankbares Nicken erkannt zu haben.

Lady Alice' Blick war etwas starr geworden.

»Entschuldige, Tante Alice.«

Deine Aufgabe ist nicht, die Bedienstete der Viscountess zu versorgen. Deine Aufgabe ist, deine eigene Haut zu retten, also mach das auch.

»Mama hatte dich jedenfalls um etwas gebeten«, nahm Isabella das Gespräch wieder auf und erlaubte sich einen Blick in den mehr als mannshohen, goldumrahmten Spiegel im Rücken ihrer Tante. Mit geübten Handgriffen zog sie eine ihrer blonden Locken wieder fester in die Hochsteckfrisur, die durch das Abnehmen des Hutes locker geworden war. So, als wären das Gespräch, das sie gerade führte, und das, wonach sie nun fragte, eine Nebensächlichkeit. Eine Selbstverständlichkeit sogar.

Aber das war es nicht, und Isabella war so aufgeregt, dass sie ihr Herz bis zum Hals schlagen spürte. »Sie wollte dich fragen, ob ich nicht womöglich die ganze Saison bei euch verbringen könnte«, schloss sie, und ihre Augen hefteten sich wieder auf ihre Tante. Abwartend, prüfend und auch ein klein wenig flehend. Als Isabella Letzteres bewusst wurde, bemühte sie sich sofort wieder um ein gewinnendes Lächeln. Ihre Tante durfte nicht merken, dass sie ängstlich war. Oder schuldbewusst, keinesfalls durfte ihre Tante das denken. Sie durfte auch niemals erfahren, dass Isabella nur einen erklärenden Brief auf ihrem Kopfkissen hinterlassen hatte und ohne das Wissen ihrer Eltern hierher nach Bath geflohen war. Als nichts anderes konnte man ihren überhasteten Aufbruch aus Lydford nämlich bezeichnen.

Eine Flucht.

Denn Isabella brauchte einen Ehemann, und zwar so schnell wie möglich. Sonst wäre ihr Ruf und auch der ihrer Schwester ruiniert. Alles hing davon ab, dass ihre Tante sie nun unter ihre Fittiche nahm und ihr half, eine angemessene Partie zu machen.

Lady Alice sagte nichts, sondern bedeutete Isabella, ihr in den Salon zu folgen. Die stuckverzierten Decken waren hier ebenso hoch wie in der Eingangshalle, die Einrichtung farblich abgestimmt in Gelb und hellem Grün, und Isabella versuchte, nicht zu starren. Ihre eigene Familie gehörte dem niedrigen Landadel in Devonshire an. Neben der Chirurgenpraxis betrieb ihr Vater auch eine bescheidene Schafzucht. Sie waren beileibe nicht arm. Aber der Gutshof von Roswell Park und die Wohnräume ihrer Familie erschienen Isabella rustikal, geradezu ärmlich, verglichen mit dem Pomp und Glanz, der im Haus von Onkel John und Tante Alice im Royal Crescent herrschte.

Die zusammengehörenden Gebäude waren ein erst vor wenigen Jahren fertig gestellter, gigantischer Prachtbau für Dutzende von adeligen und reichen Familien, die die Saison in Bath verbringen wollten. Sogar das *Gentleman's Magazine* hatte darüber berichtet. Und da Isabella abends, wenn ihr Vater einnickte, regelmäßig die Zeitschrift von seinem Schoß klaute, hatte sie bereits darüber gelesen. Als die Kutsche näher gekommen war, hatte das Bauwerk Isabella mehr an die Zeichnungen des Kolosseums in Rom erinnert als an ein Wohngebäude. Offenbar war es eine der begehrtesten Adressen der Stadt, und man musste nicht nur über ausreichend finanzielle Mittel verfügen, um in einer der zahlreichen Wohnungen im Royal Crescent Unterkunft beziehen zu können, sondern auch über entsprechende Verbindungen. Und die besaßen Viscount John und Viscountess Alice Parker zweifelsfrei zur Genüge.

Elegant ließ sich Lady Alice auf das mit gelber Seide bespannte Sofa nieder und bedeutete Isabella, sich ihr gegenüberzusetzen. Auf dem Tischchen zwischen ihnen standen schon eine Kanne und mehrere Tassen aus hauchdünnem, mit feinen Rosen bemaltem Porzellan.

»Ich kann dir gleich sagen, mein Kind, das geht nicht.«

Isabella spürte einen Anflug von Panik und unterdrückte ein nervöses Räuspern. »Weißt du, Tante Alice. Ich bin jetzt beinahe einundzwanzig, und bei uns auf dem Land gibt es so wenige Möglichkeiten, herauszukommen und …« Die Worte wollten ihr nicht so recht über die Lippen kommen. Das, was sie da gerade behauptete, stimmte nicht ganz. Eigentlich stimmte es gar nicht, denn natürlich gab es Bälle und Soireen und auch eine Menge Gentlemen in Devonshire. »… einen jungen Gentleman kennenzulernen«, beendete Isabella mühsam den Satz, griff dankbar nach der ihr angebotenen Teetasse und nahm mehrere große Schlucke.

Die Augenbrauen ihrer Tante wanderten nach oben, und sofort setzte Isabella die Tasse wieder ab. Sie war durstig, unglaublich durstig nach der langen Kutschfahrt und vor allem erleichtert gewesen, ihr Anliegen endlich vorgebracht zu haben, und einen Moment lang hatte sie die Kontrolle verloren. Sie spürte, wie ihre Wangen heiß wurden.

Eine junge Dame trank nicht einfach so mehrere Schlucke aus einer Tasse. Sie nippte daran und stellte diese anschließend lautlos und mit anmutigen Bewegungen wieder ab. Ganz zu schweigen von den Gebäckteilchen, die auf dem goldgerahmten Teller vor ihr lagen und verführerisch dufteten. Vermutlich waren sie gerade frisch aus dem Ofen gekommen. Eine Dame rührte sie nicht an. Nicht nur war es unelegant, sie zu essen, denn sie krümelten und hinterließen womöglich sogar Fettflecken auf den feinen Seidenkleidern. Besonders aber die Korsage, die Isabella wie jede andere Frau von Stand trug und die ihre Taille einschnürte, würde ihr keine Luft mehr zum Atmen lassen, wenn sie zu viel aß.

»Wer wäre denn deine Gesellschafterin, wenn du dich hier in Bath aufhältst?«, gab ihre Tante zu bedenken. »Ich selbst habe wohl kaum die Zeit, gebührend auf dich achtzugeben und dich zu begleiten.«

»Selbstverständlich nicht, Tante Alice. Aber ich habe doch Betty dabei.« Ein kläglicher Versuch, Isabella wusste es selbst.

»Dein Dienstmädchen? Ganz sicher ist sie keine passende Begleitung. Möglicherweise dort auf dem Land, wo ihr herkommt.«

Nein, das war sie auch auf dem Land nicht. Doch Betty war die einzige unverheiratete Frau gewesen, die Isabella in der Eile eingefallen war. Vor allem aber hatte sie Isabella versprochen, niemandem von ihrem geplanten Aufbruch zu erzählen, was die wichtigste Voraussetzung war. Isabellas Ansprüche waren wirklich nicht besonders hoch gewesen.

»Hier in Bath ist die Etikette von enormer Wichtigkeit.« Lady Alice nahm einen kleinen, lautlosen Schluck aus ihrer

Teetasse, stellte diese in aller Ruhe zurück auf die Untertasse und setzte beides auf dem Tischchen vor ihr ab. Isabellas Blick folgte ihr fasziniert. Jede Bewegung ihrer Tante und alles, was sie tat, schien mit Bedacht zu sein, wie eine Zeremonie, und Isabella traute sich nicht, währenddessen das Wort zu ergreifen.

»Dann gehe ich eben nur raus, wenn auch meine Cousins dabei sind«, schlug Isabella vor. Im gleichen Moment ging ihr auf, wie vorschnell diese Idee war. Sie kannte ihre Cousins kaum. Was, wenn die sie hier versauern ließen? Was, wenn Isabella nun Wochen in einem der zweifellos vielen Gästezimmer verbringen würde und womöglich doch auf die eine oder andere Weise herauskam, was sich auf jenem verhängnisvollen Ball der Duchess of Devonshire zugetragen hatte? Niemals würde sie dann einen Ehemann mehr finden.

»Außerdem wird der Viscount nicht gerade erfreut sein darüber, dass so unangemeldet eine Nichte von ihm hier hereinschneit«, gab ihre Tante zu bedenken.

Der Viscount? Oder vielleicht du selbst?

Lady Alice schämte sich für ihre Verwandtschaft. Nicht umsonst hatten sich ihre Familien die letzten Jahre kaum gesehen, obwohl Bath nur wenige Stunden in der Kutsche entfernt war von Lydford, der Ortschaft, bei der auch Roswell Park lag. Doch Isabella hatte sich geschworen, ihre Tante zu überzeugen. Ihr Vater war vielleicht weniger reich als die Parkers. Isabella fand es vielleicht auch spannender, über die menschliche Anatomie zu lesen, als ihre zahlreichen Hauben mit neuen Spitzenborten und Federn zu verzieren. Allerdings hatten auch sie und ihre Schwester eine angemessene Erziehung genossen. Isabella wusste, wie man sich benahm, und kannte die Etikette. Für junge Damen war die auch nicht besonders schwierig. Die goldene Regel lautete: Zurückhaltung. Das galt für die recht inhaltsleeren, höflichen Konversationen, die sich meist auf das Wetter und die Farbwahl des eigenen Kleides beschränkten. Aber auch für die Tänze auf den Bällen, bei denen man ja nicht zu viel Spaß haben durfte. Und natürlich galt die Zurückhaltung ebenfalls, wenn man lächelte. Dabei zeigte man lediglich wenig Zähne und senkte anschließend sittsam den Blick. Idealerweise errötete man auch ein wenig. Wirklich lachen sollte eine Lady ja ohnehin nicht.

»Denkst du nicht, dass auch deine drei Söhne mehr Aufmerksamkeit bekämen, wenn sie in Begleitung einer jungen Dame auf den gesellschaftlichen Veranstaltungen hier in Bath erschienen?« Isabella wusste, dass sie recht hatte. Die Aufmerksamkeit auf den Bällen galt fast immer den Damen, und wenn sie hübsch genug ausstaffiert war, würden ihre drei Cousins mit Isabella an ihrer Seite ebenfalls sehr viel mehr Aufsehen erregen. Und somit auch das Interesse der anderen Damen wecken. Das war es doch, was ihre Tante wollte. Dass ihre Söhne so viel Auswahl hatten wie möglich, ehe sie sich auf eine junge Lady festlegten, die sie dann hofierten. So lief es eben, das Spiel der Herzen. Vielmehr das Spiel der Geldbeutel, aber darüber wollte Isabella gerade nicht nachdenken …

»Wie hast du dir das vorgestellt? Ich muss mich voll und ganz darauf konzentrieren, für Edward und womöglich auch James diese Saison eine passende Kandidatin zu finden.«

»Wäre es da nicht hilfreich, jemanden an deiner Seite zu wissen, der ebenfalls ein Auge auf meine drei Cousins hat?«, hakte Isabella ein. »Jemanden, der die Gedanken von jungen Heiratskandidatinnen versteht und ihr Betragen zu deuten weiß?«

»Und das möchtest ausgerechnet du sein? Hast du nicht gerade eben noch gesagt, wie wenig du die Möglichkeit hast, selbst jemanden kennenzulernen? Du hast doch gar keine Erfahrung mit dem Werben der jungen Damen. Du kommst vom Land …«

»So wie die meisten anderen auch hier in Bath. Ich kann mir gut vorstellen, dass einige davon versuchen werden, das Interesse deiner Söhne auf sich zu ziehen …«, erwiderte Isabella leise und senkte den Blick. Die ganze Kutschfahrt über hatte sie Zeit gehabt, sich Argumente zurechtzulegen, die ihre Tante überzeugen würden. Und sie spürte, dass ihre Chancen allmählich stiegen. »Aber natürlich werden meine Cousins Edward, James und Phillip keinerlei Aufpasser brauchen, ich weiß ja, dass sie tadellose Manieren besitzen und genau wissen, worauf sie bei der Brautschau achten müssen …« Einen Moment lang befürchtete Isabella, übers Ziel hinausgeschossen zu sein. Doch ihre Strategie ging auf.

»Eben, eben, sie sind ja so wohlgeraten, alle drei«, bekräftigte ihre Tante. Eine blanke Lüge, denn auch wenn Isabella abgeschieden in den Weiten des Dartmoors aufgewachsen war, hatten die Neuigkeiten über Edwards und James' – wie hatte ihre Mutter es genannt? – *Ausschweifungen* sogar

Roswell Park erreicht. Die Parker-Brüder ließen nichts anbrennen, so viel war sicher.

»Und wie gedenkst du selbst einen Ehemann zu finden, wenn du auf meine drei Söhne achtgeben möchtest?«, erkundigte sich Tante Alice, und Isabellas Herz machte einen kleinen Satz. Durfte sie tatsächlich bleiben?

»Alleine die familiäre Verbindung mit Viscount Parker wäre doch bereits genug, um das Interesse der Herren zu wecken, meinst du nicht?«

Wenn ihre Tante auf diese Schmeichelei nicht ansprang, hätte Isabella ihr Pulver verschossen. Dann musste sie tatsächlich betteln.

Isabella spürte Lady Alice' zweifelnden Blick auf sich. »Bei einer jungen Dame mit vollendeten Manieren vielleicht. Bei einer, die weiß, wie man sich benimmt.«

»Entschuldige mein Betragen, Tante Alice. Die Reise hat mich ermüdet, und die Überraschung, dass der Brief meiner Mutter noch gar nicht angekommen war, hat mich ein wenig … verunsichert.« Isabella legte eine Pause ein und schaute dabei ihrer Tante tief in die Augen. »Ich würde dich nicht enttäuschen. Das verspreche ich dir.«

Und das hatte Isabella sich wirklich vorgenommen. Sie würde auffallen und gefallen. Sie würde an Bällen und Soireen teilnehmen, und sie würde die Männerwelt bezaubern, sie würde unterhaltsame Gespräche führen und nur ja nicht zu viel sprechen oder zu laut sein. Sie würde sich genau so verhalten, wie Anstand und Sitte es von ihr verlangten, bis einer der vielen Gentlemen hier in Bath ihr ein Heiratsangebot machen würde. Sie würde eine Ehefrau werden, einen

Erben gebären, oder besser gleich eine ganze Schar, und sie würde glücklich und zufrieden auf dem Landsitz eines reichen Gentlemans ihr Leben verbringen.

Isabella räusperte sich, denn jedes Mal, wenn sie daran dachte, zog sich in ihrem Magen etwas zusammen. Ein Gefühl, das sie entschieden ignorierte.

Stattdessen lächelte sie und legte ein Strahlen in ihre großen bernsteinfarbenen Augen. »Bitte, Tante Alice. Du selbst hattest das Glück, einem wahren Gentleman zu begegnen und ihn zu ehelichen. Du weißt doch, wie schwierig es für eine Frau aus dem Dartmoor ist, einen passenden Kandidaten zu finden. Kannst du den Herzenswunsch deiner ältesten Nichte denn wirklich abschlagen?«

Lady Alice schnaufte angestrengt, und Isabella wusste, sie hatte gewonnen.

2.

Isabella warf einen schnellen Seitenblick auf Betty, die neben ihr herlief. Ihre Absätze klackerten einvernehmlich über die Pflastersteine, und eigentlich mochte Isabella es, zu Fuß zu laufen. Zu Hause im Dartmoor legte sie regelmäßig größere Strecken in den Nachbarort zurück, vor allem wenn ihr Vater mal wieder mit der Kutsche unterwegs war. Gerade im Moment hatte Isabella allerdings Mühe, Schritt zu halten. Was weniger an ihrer fehlenden Kondition lag als an dem Faible ihrer Schwester für Taft, der gerade in Mode war – denn Isabella trug erneut deren türkisfarbenes Reisekleid aus dem schweren, weiten Stoff. Und nun war sie gezwungen, langsamer zu gehen, denn bei jedem ihrer Schritte schwankte der Rock wie eine Kirchenglocke beim Läuten.

Isabella fühlte sich unwohl. Vielleicht lag das aber auch daran, dass sie seit geraumer Zeit schweigend neben ihrer Begleiterin herlief und sich fragte, ob und wie sie Betty Hartley in ein Gespräch verwickeln konnte. Man unterhielt sich doch eigentlich nicht mit der Dienerschaft.

»Betty –«

»Miss Woodford –«

Gleichzeitig hatten sie angefangen zu sprechen. Beide lachten peinlich berührt, und Isabella sagte schnell: »Danke, dass du mir heute Morgen bei meinen Haaren geholfen hast.«

»Ich denke, das ist meine Aufgabe.«

»Hm«, machte Isabella. »Vermutlich hast du recht.«

Schließlich war Betty ja Isabellas Dienstmädchen. Oder ihre Begleitperson und Gesellschafterin, oder ihre Anstandsdame … eigentlich war sie nichts von alledem. Sie hatte sich einfach bereit erklärt, Isabella für einen Hungerlohn zu begleiten und ihren waghalsigen Plan, hier in Bath einen Ehemann zu finden, zu decken.

Und deshalb gaben beide gerade vor, etwas zu sein, das sie gar nicht waren.

Das Leben hier in Bath war eine Bühne, hatte Isabella den Eindruck, und sie und Betty waren zu Schauspielerinnen geworden. Sie würden schon noch in ihre Rollen finden, redete sie sich ein. Sie würden hineinwachsen, und sie würden sie meistern.

Heute früh hatte Betty an Isabellas Zimmertür geklopft und ihre Hilfe angeboten, und alleine ein bekanntes Gesicht zu sehen, hatte Isabella erleichtert.

Es hatte nämlich ein kleines Haarproblem gegeben.

Gestern Abend hatte Isabella sich an ihrer Waschschüssel noch ausgiebig frisch gemacht und war anschließend mit feuchten Haaren ins Bett gegangen. Sie hatte nicht die Geduld gehabt, ihre Locken einzudrehen. Natürlich hatte ihre blonde Mähne am Morgen dann in alle Richtungen abgestanden.

»Ich habe heute früh ausgesehen wie das Shetlandpony meiner Schwester.«

Betty lachte laut, und Isabella mochte es, ihre warme Stimme zu hören. Außerdem gefiel es ihr, wenn jemand den gleichen Humor hatte wie sie selbst. Wobei Humor ja etwas war, das sich für eine Lady nicht schickte. Sie musste ihn sich dringend abgewöhnen. Wie so vieles …

Jedenfalls hatte sie mehr als eine Stunde gemeinsam mit Betty und dem etwas furchteinflößenden Frisiereisen ihrer Tante versucht, Ordnung in das Chaos auf ihrem Kopf zu bringen.

»Eigentlich haben wir das doch ganz gut hinbekommen, oder nicht?«, fragte Betty.

»Ich glaube auch. Lady Alice hat sich jedenfalls zu keinem bissigen Kommentar hinreißen lassen. Die Frisur ist also in Ordnung.«

Inzwischen waren sie vor einem gut besuchten Coffee House angekommen, direkt vor der Tür. Wie in jeder größeren Stadt gab es auch in Bath eine Reihe dieser Etablissements – sie waren beliebte Treffpunkte, um sich zu unterhalten, zu politisieren, Geschäfte zu machen, den neuesten Klatsch und Tratsch auszutauschen – und natürlich, um den frisch gebrühten, herben Kaffee zu genießen.

Kurz schloss Isabella die Augen und atmete tief den verführerischen Duft ein, der durch die Ritzen unter der Tür kroch und die ganze Straße erfüllte. Was würde sie dafür geben, jetzt nur eine kleine, winzige Tasse …

Sie sah nicht, dass sich die Tür öffnete und jemand darin stehen blieb. Erst ein leiser, überraschter Laut ließ Isabella die Augen wieder öffnen. Eine junge, elegant gekleidete Frau stand wenige Schritte von ihr entfernt und musterte Isabella neugierig. Dann begann sie zu lächeln.

»Sie wissen doch, dass Sie es wollen«, sagte sie mit einem Augenzwinkern, als spräche sie zu einer Gleichgesinnten. Und Isabella fühlte sich tatsächlich ertappt.

Sie wollte hineingehen, natürlich wollte sie das. Aber sie durfte nicht. Sie konnte sich nicht bereits am zweiten Tag Freiheiten nehmen, die sich eigentlich nicht schickten. Genau genommen würde sie das während ihres gesamten Aufenthalts hier in Bath nicht dürfen.

Aber was wäre schon dabei? Eine Viertelstunde, mehr würde es doch gar nicht in Anspruch nehmen. Noch kannte sie niemanden hier in der Stadt. Sie würde gar nicht auffallen unter den vielen Gästen. Und sie wusste doch, dass die Gepflogenheiten in Bath andere waren als im restlichen

Königreich. Ihre drei Cousins hatten gestern damit geprahlt, wie anders das Leben hier war. *Frauen gehen baden und sogar in Coffee Houses, stell dir vor!*

Isabella erlaubte sich einen Blick durch die Fensterscheibe. Warmes Licht erhellte den hohen Raum, und gedämpft drangen Stimmen zu ihr. Nicht nur die von Männern. Auch Frauenstimmen, viele sogar. Gehörte es als Lady nicht sogar zum guten Ton, nach dem morgendlichen erfrischenden Besuch im Pump Room, wo man ein Glas des heilenden Wassers getrunken hatte, einige angenehme Stunden in einem der Coffee Houses zu verbringen?

»Es ist … schön dort drinnen«, hörte sie die Frau sagen. Ihre Stimme klang hell und freundlich, und Isabella fand die junge Lady auf Anhieb sympathisch. Sie trug ein glänzendes weinrotes Kleid, einen eng anliegenden, dazu passenden Kurzmantel und einen kleinen Hut in der gleichen Farbe, der einen Teil ihrer dunkelbraunen, teils hochgesteckten Locken bedeckte. In ihrer behandschuhten Hand hielt sie eine Reitgerte. Die leicht gebräunte Haut schimmerte bronzefarben, und ihre Lippen waren voll und dezent geschminkt, kam es Isabella vor. Die dunklen Augen leuchteten unter tiefschwarzen Wimpern freundlich und … geheimnisvoll. Irgendetwas schien die Dame zu amüsieren, denn sie lächelte, und dabei entstanden zwei hinreißende Grübchen in ihren Wangen. Drei, vielleicht vier Jahre mochte sie älter sein als Isabella. Und sie war geradezu atemberaubend schön. Isabella merkte, dass sie starrte, und senkte den Blick.

»Ich habe leider keine Zeit«, gab sie hastig von sich.

Die Frau nickte, als hätte Isabella ein überzeugendes Argument vorgebracht. Was es nicht war, denn erst vor Kurzem war sie vom Haus der Parkers aufgebrochen, um zusammen mit Betty in Richtung Queen's Square zu spazieren und sich vertraut zu machen mit der neuen Umgebung.

Und als könnte die Fremde Isabellas Gedanken lesen, breitete sich ein wissendes Lächeln auf ihrem Gesicht aus.

»Es ist der Duft, habe ich recht?« Sie strahlte. »Der feine, aromatische Duft, er ist wie ein Versprechen. Und das Gefühl, wenn man den ersten Schluck nimmt und sich der Geschmack auf der Zunge ausbreitet. Und die belebende Wirkung, die er nach einem Weilchen durch den ganzen Körper schickt …«

Isabella unterdrückte einen Stoßseufzer. Wie recht diese Frau doch hatte! Kaffee. Er war ihr Laster. Eines von vielen, wie ihre Mutter ihr vorzuwerfen pflegte.

Sie liebte das herbe Aroma des Getränks und die Süße des Zuckers, der sich stets am Boden der Tasse mit dem Kaffeesatz sammelte. Und natürlich den feinen, cremigen Geschmack der Sahne, die sie am liebsten gar nicht unterrührte, sondern gleich zu Anfang aus ihrer Tasse herausschlürfte, um dann, nach wenigen Schlucken, zum bitteren Kaffee vorzustoßen. Natürlich tat sie das nur, wenn sie alleine war.

»Sie können wirklich gerne hereinkommen und sich einfach umsehen«, schlug die Frau in Rot vor, hielt die Tür auf, und ein Schwall an Geräuschen und Kaffeeduft drang nach draußen.

»Meine Tante hält nichts von Coffee Houses und schon gar nichts von … Kaffee«, entschuldigte sich Isabella.

»Und verraten Sie mir auch den Namen Ihrer Tante?«

»Lady Parker.«

Fast hätte Isabella es übersehen. Zwar lächelte die Frau in Rot immer noch freundlich, aber dennoch hatte sie kurz die Augen verengt. Es war bloß ein winziger Moment gewesen, doch Isabella hatte es trotzdem bemerkt.

»Ah, dann sind Sie sicher Isabella Woodford, gestern erst aus Devonshire angekommen.«

»Woher …«

»Wir sind in Bath. Hier passiert nichts, ohne dass es am nächsten Tag gleich die gesamte Stadt weiß. Schon gar nicht, wenn es darum geht, wer eben erst eingetroffen ist. Zur Begrüßung jedes Neuankömmlings werden sogar die Glocken geläutet.« Sie zog einen Mundwinkel nach oben und schüttelte gleichzeitig den Kopf. »Völlig albern.«

Hier passiert nichts, ohne dass es am nächsten Tag gleich die ganze Stadt weiß.

Isabella schloss die Augen und schluckte angestrengt. »Los, Betty, wir gehen.«

»Sie haben doch eine Gesellschafterin dabei.« Mit dem Kopf deutete die Frau zu Betty. »Nicht einmal Ihre Tante wird Ihnen etwas vorwerfen können, wenn Sie mit einer Begleitung gemeinsam Kaffee trinken, oder?«

»Da kennen Sie sie aber schlecht«, widersprach ihr Isabella vage. In Wahrheit wusste sie nicht, ob ihre Tante Aufhebens um einen Kaffeehausbesuch machte oder nicht. Es war auch mehr ein Gefühl, das Isabella sagte, dass es ganz und gar keine gute Idee war, einen Fuß in dieses Etablissement zu setzen.

»Besser, als Sie meinen«, murmelte die Frau, und einen Moment hatte Isabella den Eindruck, dass sie eine kleine Grimasse zog. Sie musste sich getäuscht haben.

»Sie kennen meine Tante?«, fragte sie. »Darf ich denn Ihren Namen erfahren?«

»Mrs. Rebecca Seagrave. Ich bin die Besitzerin des White Lion. Und wenn ich nicht zu einem dringenden Treffen müsste, würde ich Sie persönlich in mein Coffee House einladen.« Schon wieder ertappte Isabella sich dabei, wie sie die Frau anstarrte. Sie war doch noch viel zu jung, um ein Gasthaus zu führen. Überhaupt – Isabella hatte zwar noch nie eine Gastwirtin kennengelernt, sie sich aber immer grob, laut und kräftig vorgestellt. Auf jeden Fall nicht so zart und elegant wie diese Frau hier.

Mrs. Seagrave beugte sich vertraulich zu Isabella und fuhr mit leiser Ironie in der Stimme fort: »Dann würde ich nämlich auch sicherstellen, dass Sie ja nicht zu nahe an einen der männlichen Gäste geraten. Jeder neue Besucher in der Stadt muss erst vom Master of Ceremonies offiziell in die Gesellschaft eingeführt werden.« Kurz wanderten ihre Augen gen Himmel, was keinen Zweifel daran ließ, was sie von dieser Sitte hielt. »Leider versteht Mr. Hickey in dieser Hinsicht absolut keinen Spaß. Es wäre ein Skandal, wenn wir ihm die Ehre vorwegnähmen und ihn damit seiner Daseinsberechtigung entledigten. Ich vermute stark, das wollen weder Sie noch ich.«

Ganz bestimmt wollte Isabella das nicht. Sie nickte, raffte ihren Rock und verabschiedete sich mit einem knappen Knicks. Weiß Gott, sie hatte sich bereits genug zuschulden kommen lassen, und das Letzte, was sie nun brauchen konnte, wäre ein Skandal, der ihre moralische Standfestigkeit in Verruf brachte. Nicht noch einen.

»Aber eigentlich …«, hörte Isabella in ihrem Rücken und blieb stehen. »… kann ich auch ein wenig zu spät kommen zu meinem Treffen. Ich glaube sogar, zu spät zu kommen hat Stil.«

Isabella drehte sich herum und sah einen spitzbübischen Ausdruck auf Rebecca Seagraves Gesicht.

»Möglicherweise?«, erwiderte sie unsicher. Sie hatte offen gestanden keine Ahnung, was Stil hatte und was nicht.

»Kommen Sie, Miss Woodford. Ich lade Sie ein.«

»Ich denke, das geht nicht.« Wenn Isabella ihre Tante gleich am zweiten Tag verärgerte, würde diese sie schneller zurück nach Lydford schicken, als sie ihren eigenen Namen aufsagen konnte. »Und wenn Sie Lady Parker wirklich kennen, dann wissen Sie ganz sicher auch, wieso.«

Das hatte etwas verurteilender geklungen als beabsichtigt. Was nicht besonders schlau war, einer fremden Frau gegenüber. Eine junge Dame lächelte, nickte und schwieg. *Das Schweigen der Frau ist ihre größte Errungenschaft* – hatte das nicht sogar einmal ein Philosoph gesagt? Machiavelli vielleicht?

»Etikette ist hier alles, Sie wissen gut Bescheid. Vor allem für die Viscountess.« Mrs. Seagrave nahm Isabella einfach an der Hand. »Deshalb sollten Sie auch wissen, dass Sie sich wirklich keine Gedanken zu machen brauchen, wenn ich Sie einlade. Schließlich bin ich ja dann Ihre Anstandsdame – und eigentlich wäre ich auch ein bisschen beleidigt, wenn

Sie mein Angebot jetzt noch ausschlagen.« Ein Augenzwinkern, und schon war die Tür zum Gastraum geöffnet, und allmählich beschlich Isabella das Gefühl, dass, egal was sie sagte oder tat, falsch war. Sich auf dem gesellschaftlichen Parkett von Bath zu bewegen, glich einem Tanz auf rohen Eiern.

»Aber wirklich nur ganz kurz«, willigte Isabella ein, denn eigentlich war sie schon lange genug unterwegs gewesen heute. Unweit des Royal Crescent waren Betty und sie nämlich an den reich bestückten Schaufenstern eines Buchladens vorbeigekommen, und Isabella hatte nicht anders gekonnt und war hineingegangen. Sie wusste, wonach sie suchte. Nach dem neuesten Aufsatz John Hunters, des legendären Chirurgen, bei dem auch ihr Vater gelernt hatte. *Eine Abhandlung über Blut, Entzündungen und Schussverletzungen.* Sie hatte es auf dem Schreibtisch ihres Vaters liegen gesehen, noch unangetastet. Auch wenn er nicht mitbekam, dass Isabella heimlich in seinen Büchern blätterte und darin las, wenn er nicht zu Hause war – zumindest tat er immer so –, war er nie überrascht gewesen, wenn sie bei Hausbesuchen plötzlich neue Handgriffe anwandte. Manchmal hatte er ihr sogar stolz zugezwinkert, wenn sie etwas richtig gemacht hatte. Vermutlich hatte er sich immer einen Sohn gewünscht, der seine Praxis einmal übernehmen könnte. Aber Gott hatte ihm nur zwei Töchter geschenkt, und keine von ihnen würde in seine Fußstapfen treten können. Es war schlicht undenkbar, dass eine Frau als Chirurgin arbeitete.

Isabella hatte nicht widerstehen können und sich John Hunters Abhandlung hier in Bath ebenfalls gekauft. Der

Buchhändler hatte zweifelnd die Stirn gerunzelt, es ihr dann jedoch sogar diskret in braunes Papier eingewickelt, und nun lag das Buch schwer und verheißungsvoll in Isabellas linker Hand.

Eigentlich hatte sie nicht allzu lange wegbleiben wollen, denn sie wusste ja, dass sie den gesamten Nachmittag mit ihrer Tante im Salon verbringen würde. Dabei war ihr das Abendessen gestern schon so endlos erschienen, vermutlich vor allem, weil ihre drei Cousins, und besonders ihr Lieblingscousin Phillip, sich nach einer kurzen Begrüßung wieder verabschiedet hatten, um in einen Gentlemen's Club zu gehen. Die Familie verbrachte stets lediglich die Sommersaison in Bath und zog sich den Winter über in ihr ländliches Anwesen nördlich von London zurück. Erst seit zwei Wochen waren sie wieder in Bath, der Winter war lang und ereignislos gewesen, hatte Phillip berichtet, und sie würden sich jetzt, wie hatte er gesagt, mit der neuen Umgebung wieder vertraut machen.

Sie mochte den sommersprossigen Phillip. Dunkel hatte sie sich noch an ihn erinnern können von ihrem letzten Treffen. Damals war er gerade aus dem Kindesalter heraus gewesen, wuchs mit jedem Tag und hatte viel gelacht. Das tat er auch heute noch, ganz im Gegensatz zu seinen beiden älteren Brüdern, die sie zwar höflich, aber auch etwas geringschätzig begrüßt und dann einfach ignoriert hatten. Nach dem Dinner mit ihrer Tante und ihrem Onkel hatte Isabella sich nützlich machen und Kaffee zubereiten wollen. Woraufhin ihre Tante ihr umgehend klargemacht hatte, dass Nützlichkeit keine Errungenschaft war, die eine Lady besitzen sollte. Und dass Kaffee, dieses Gebräu des Teufels, ohnehin nichts in ihrem Haushalt zu suchen hatte.

Womit die Probleme bereits begonnen hatten, heute früh am Frühstückstisch. Isabella hatte mehrere Tassen des schalen, dünnen Tees getrunken. Langsam und gesittet, versteht sich, und hatte sich dann vollends unbefriedigt dazu entschlossen, einen kleinen Spaziergang zu unternehmen, um die anfliegenden Kopfschmerzen in Schach zu halten.

Dass sie dabei nicht nur einem Buchladen, sondern sogar einem Coffee House einen Besuch abstattete, war wirklich nicht geplant gewesen.

Sobald sie eintrat, umfingen Isabella die Wärme, der Lärm und der Geruch von Rauch und Kaffee wie eine Wolke, die sie am Arm der Gastwirtin bis an den blank polierten Holztresen trug. Eine mürrisch dreinblickende ältere Frau mit weißer Haube und Schürze stand dahinter und nickte Mrs. Seagrave zu, die bloß zwei Finger hob, und ohne weitere Fragen zu stellen, begann die Frau, Kaffee von einer großen Kanne in zwei hohe Porzellantassen zu schenken. Aus einer bauchigen metallenen Karaffe füllte sie beide großzügig mit Sahne auf, bis sie randvoll waren, und stellte sie in einer Untertasse so geschickt vor Isabella ab, dass der Inhalt nicht überschwappte.

»Entschuldigen Sie mich einen Moment, ich bin sofort wieder zurück. Aber probieren Sie inzwischen, und sagen Sie mir, wie Sie den Kaffee finden«, sagte Mrs. Seagrave und verschwand hinter einer Holztür. Isabella vergewisserte sich, dass Betty noch in ihrer Nähe war, und legte das Buch auf dem Tresen ab. Vorsichtig griff sie nach dem Henkel der Tasse, balancierte diese an ihre Lippen und nippte an dem dampfenden Getränk. Der Kaffee hatte genau die richtige Temperatur zum Trinken, daher nahm sie den ersten Schluck, schloss die Augen und genoss das angenehm warme Gefühl und den bitter-sahnigen Geschmack auf der Zunge.

Obwohl sie so konzentriert auf ihren Kaffee war, spürte sie eine Veränderung um sich herum, eine Präsenz neben sich, vielleicht war es auch einfach nur ein Luftzug. Sie öffnete die Augen und bemerkte einen Mann, der drei Schritte links von ihr am Tresen stand.

Er war groß, das fiel Isabella sofort auf. Er stand mit dem Profil zu ihr, und seine Nase war so gerade und das Kinn so perfekt geformt wie bei einer griechischen Statue. Anders als die meisten Männer hier im Coffee House trug er keine Perücke, sondern seine dunkelbraunen Locken waren kurz geschnitten.

Isabella hatte von ihnen gehört, und sie hatte selbst in Devonshire bereits ein- oder zweimal einige von ihnen gesehen. Vor allem junge Männer waren es, und vor allem Männer, die keinen Adelstitel besaßen. Sie wandten sich ab von den Perücken und allem, was diese seit beinahe hundertfünfzig Jahren verkörperten. Noblesse, Reichtum, das Anspruchsdenken einer Elite – meist waren es Zeitungsartikel, die Isabella über einen Wandel in der Gesellschaft gelesen, aber oftmals nicht ganz verstanden hatte. Ihr Vater ließ sich selten dazu bewegen, seiner ältesten Tochter etwas über das politische Geschehen im Land zu erklären, und auch nur, wenn seine Frau nicht dabei war. Doch Isabella hatte inzwischen gelernt, dass Perücken, die bis vor wenigen Jahren zu dem angemessenen Erscheinungsbild eines Gentlemans gehörten, allmählich an Bedeutung verloren. Nun gab es eine neue Sorte von Männern. Ebenjene, die stets ihr eigenes Haar zeigten, für gewöhnlich sogar kurz geschnitten und ohne es zu pudern. Sie verlachten Schnallenschuhträger und die Aristokratie, und ein Adelstitel war für sie gleichbedeutend mit Dekadenz und geistiger Verkommenheit.

Der Mann trug einen perfekt geschnittenen knielangen Frack in dunklem Blau, darunter eine grau schimmernde Weste, in deren Brusttasche ein kleines weißes Tuch steckte. Er stand aufrecht, einen Arm locker auf dem Tresen abgelegt, und Isabella konnte trotz des Fracks erkennen, wie muskulös er war. Ganz anders als die vielen noblen Besucher hier im Coffee House. Er strahlte Stärke und Männlichkeit aus, und obwohl Isabella von klein auf gelernt hatte, dass Perücken, Kniebundhosen, feine Gesichtszüge und elegante, schmächtige Männerkörper das Schönheitsideal waren, an dem sie sich orientieren und nach dem sie sich verzehren sollte, konnte sie den Blick nicht mehr von diesem Fremden abwenden.

Alles an ihm war akkurat und ordentlich, selbst seine Bewegungen drückten Präzision aus. Die ernste Miene, die wenigen Sätze, die er mit der Kaffeedame hinter dem Tresen sprach und ihr dann einige Münzen gab – nichts schien zufällig.

Er war zu edel gekleidet für einen Beamten, und sein Äußeres und sein Benehmen waren vollkommen anders, als sie es von adeligen Herren kannte.

Er musste einer dieser Industriellen sein, die die letzten Jahrzehnte über plötzlich auf der Bildfläche aufgetaucht waren. Vielleicht war er auch ein Großhändler oder ein Bankier. *Neues Geld*, schoss es Isabella durch den Kopf. *Die zukünftige Elite des Landes* hatte ihr Vater sie einmal genannt.

Er musste ihre Aufmerksamkeit gespürt haben, denn er drehte den Kopf, zunächst suchend, bis sich ihre Blicke trafen. Und für einen Moment hörte Isabella auf zu atmen.

Seine Augen leuchteten im schräg einfallenden Licht und erinnerten sie an die Farbe der vielen Seen im Dartmoor, wenn im Sommer die Sonne darauf schien und sich die Oberfläche in einen graublauen Spiegel verwandelte. Sein Blick war kühl und intelligent, und Isabella hatte das Gefühl, dass er sie sofort einschätzte und beurteilte.

Sie wandte den Kopf ab, bemerkte, wie ihr Herz raste, und nahm einen weiteren Schluck aus der Tasse.

Einige Rauchschwaden zogen zwischen ihnen hindurch und kitzelten Isabella in der Nase, und sie wurde das Gefühl nicht los, dass der Mann sie noch immer ansah. Sie nahm all ihren Mut zusammen und wandte sich ihm zu.

Tatsächlich, sie hatte sich nicht getäuscht. Erneut verfingen sich ihre Blicke ineinander.

Schau weg. Schau sofort weg.

Aber sie konnte einfach nicht.

Und dann kam eine Erinnerung in ihr hoch. Eigentlich war es ihr Körper, der sich erinnerte und auf einmal ein Kribbeln durch ihre Adern sandte, bis tief in ihren Bauch und …

Isabella schluckte. Sie kannte diesen Typ Mann.

Schon einmal hatte sie solche Blicke auf sich gespürt, schon einmal hatte sie ihrer Faszination nachgegeben und ein Gespräch mit einem Mann begonnen, der ihr so offensichtlich seine Aufmerksamkeit geschenkt hatte.

Ein kurzes Aufleuchten ging durch die Augen des Fremden, als hätte er erkannt, wie warm Isabella mit einem Mal geworden war. Seine Lippen verzogen sich zu einem abschätzigen Lächeln, und er schüttelte den Kopf, dezent, aber offensichtlich genug, dass in Isabella umgehend Ärger hochstieg. Sie schaute nach unten auf die blassen braunen Ränder, die der Kaffee in ihrer Tasse hinterlassen hatte.

Es bestand kein Zweifel, er hatte gerade seine Missbilligung ausgedrückt. Sicher darüber, dass sie sich erlaubt hatte, seinen Blick zu erwidern. Dabei war er es doch gewesen, der sie so offensiv und unschicklich angestarrt hatte.

Sie würde ihn sofort zur Rede stellen.

Und als hätte er in ihren Kopf schauen können und gehört, was gerade in ihr vorging, machte er einen Schritt auf sie zu.

Isabella vergaß, wo sie gerade war, und ihre Gedanken und ihr Ärger wurden mit einem Mal zu einem entfernten, leisen Dröhnen, einem schwachen Nachhall irgendwo in ihrem Bewusstsein. Alle Geräusche um sie herum schienen zu verstummen, als seine tiefe Stimme zu ihr drang. Der Ton war scharf und eine Spur herablassend. »Etwas scheint Ihr Missfallen erregt zu haben, Miss.«

Für den Bruchteil einer Sekunde schaute er zu dem Buch auf dem Tresen. Der Papierumschlag stand ein wenig ab und entblößte den Namen auf dem Aufsatz, und sein

Blick blieb lange genug darauf hängen, dass er ihn lesen konnte.

»Den Eindruck habe ich eher von Ihnen«, konterte sie und wunderte sich, wie schlagfertig sie war. Und auch wenn Isabella es nicht für möglich gehalten hätte, wurde der Ausdruck in seinen Augen noch um ein paar Grad kühler.

»Passen Sie auf, wo Sie hinschauen, Miss, sonst verschwenden Sie Ihre auffordernden Blicke noch an den Falschen.«

Schon nach wenigen Atemzügen gesellte sich zu ihrer Verblüffung ein schlechtes Gewissen dazu. Ja, sie hatte seinen Blick erwidert, obwohl sie das gar nicht beabsichtigt hatte und obwohl sie ganz genau wusste, wie wenig sich das gehörte. Aber was hätte sie denn tun sollen, sich wegdrehen und hoffen, dass er von ihr abließ?

Genau das und nichts anderes.

Und jetzt stand er da, direkt vor ihr, mit seinem düsteren Blick und seiner unerklärlichen Wut, und die Nähe dieses Mannes wirkte auf Isabella wie ein Windstoß, der ein glimmendes Feuer wieder aufflammen ließ. Aufregung raste durch ihren Körper, ein erschreckend angenehmes Gefühl, und es fegte jeglichen sinnvollen Gedanken aus ihrem Gehirn.

»Wie meinen Sie das?«, schaffte sie gerade noch zu formulieren. *Was unterstellt dieser Mann dir eigentlich*, bemühte sie sich, ihre Gedanken zu sammeln. Dass sie womöglich mit ihm flirtete?

»Genau so, wie ich es gesagt habe. Ein Blick zu viel, und schon haben Sie alle Ihre Aussichten verspielt.«

»Auf Sie, ja?«

»Bei mir hatten Sie sowieso nie eine Chance«, behauptete er, und wie kleine Blitze explodierte Ärger in Isabellas Brustkorb. »Eher auf alle anderen in diesem Raum, oder dieser Stadt, die Teil dieses ganzen Theaters hier sind.« Er machte eine kleine Handbewegung durch den Raum, eine kräftige Hand mit schlanken, wohlgeformten Fingern und einigen dunklen Härchen auf dem Handrücken, und Isabellas Blick blieb einen winzigen Moment lang daran hängen. Es schien ihm nicht entgangen zu sein, denn er legte den Kopf schräg, als wolle er ihr sagen: *Habe ich dich ertappt.*

»Weil ich mir erlaubt habe, Sie anzusehen?« Isabella riss die Augen von der Hand los.

»Ja, und das sage ich vielmehr in Ihrem eigenen Interesse als in meinem. Außerdem können Sie sich Ihren affektierten Wutausbruch sparen. Er bekommt Damen meist nicht besonders gut.«

»Sie scheinen sich ja sehr gut mit Damen auszukennen und wissen offenbar nichts darüber, was einem Gentleman zusteht und was nicht«, erwiderte Isabella.

»Ich weiß besser darüber Bescheid, als Sie vermutlich gerade annehmen. Aber ich verrate Ihnen eines: Es ist mir egal.«

Isabella traute ihren Ohren nicht.

»Sie kennen doch die Regeln, die für Sie gelten«, fuhr er fort und begann aufzuzählen: »Sittsame Zurückhaltung, ein Faible für Handarbeiten und eine geradezu frappierende Ignoranz für alles, was außerhalb der eigenen vier Wände passiert. Und wenn wir uns weiter so angeregt unterhalten, befürchte ich, mich morgen zum Sonnenaufgang zu einem Duell mit einem Ihrer männlichen Verwandten treffen zu müssen.« Vielsagend hob er die Brauen.

»Das macht Ihnen Spaß, nicht wahr?«, fragte Isabella. »Sich über mich und alle anderen hier in diesem Raum lustig zu machen.«

Er kam noch einen Schritt näher, und nun schaffte Isabella es wirklich nicht mehr, zu atmen. Er beugte sich zu ihr und flüsterte: »Sehr.«

Die unmittelbare Nähe dieses Mannes ließ ein Vibrieren durch ihren Körper gehen, sie spürte die Feuchtigkeit auf ihren Handflächen, und fast meinte sie, die Wärme wahrzunehmen, die von ihm ausging.

Er brachte wieder Abstand zwischen sie, deutete, ohne ein weiteres Wort zu verlieren, eine Verbeugung an und entfernte sich. Von dem mit Mänteln und Umhängen völlig überladenen Kleiderständer neben der Eingangstür schnappte er sich seinen Hut und verließ das Coffee House.

Plötzlich waren die Geräusche wieder da, das Klappern des Geschirrs, die vielen Stimmen, das Brodeln des Kaffeekessels. Isabella nahm ihre eigenen heftigen Atemzüge wahr, und wie ihre Rippen beinahe unerträglich gegen die Korsage drückten.

Dann spürte sie eine Hand am Ellenbogen und schien erst jetzt wieder dem Geschehen im Raum folgen zu können. Die dunklen Augen von Rebecca Seagrave tauchten in ihrem Sichtfeld auf. Sie sahen überrascht aus und … bewundernd.

»Haben Sie sich da gerade mit Wilkinson unterhalten? Für gewöhnlich macht er um noble Damen einen großen Bogen.«

»Wie war der Name?« Ihr war so warm, dass sie sich am liebsten mit der flachen Hand Luft zugefächelt hätte.

»Alexander Wilkinson. Einer der größten Tuchhändler des Landes. Er ist auf der Durchreise und logiert in meinem Gasthof. Man sagt, er wäre einer der begehrtesten Junggesellen in ganz London, wäre er nicht so voller Verachtung für den Adel und dessen Töchter.«

»Das war nur allzu offensichtlich.« Isabella war drauf und dran, den Mund zu verziehen, hielt sich aber im letzten Moment zurück.

»Ich bin überrascht, dass er überhaupt mit Ihnen gesprochen hat. Wilkinson ist bisweilen unausstehlich.«

»War er jetzt auch«, bestätigte Isabella trocken. »Und ich frage mich, was seine Abscheu begründet hat.«

»Neid?«, schlug Mrs. Seagrave vor.

»Auf den Adel, meinen Sie? Wenn Sie sagen, er sei einer der begehrtesten Junggesellen in ganz London, hat er dies wohl kaum nötig«, erwiderte Isabella. »Würden wir Geld und Titel in eine Waagschale legen, nun ja. Wir wissen wohl beide, was in diesem Land inzwischen schwerer wöge …«

Mrs. Seagrave verschränkte amüsiert die Arme vor der Brust. »Höre ich da wohl Kritik?«

»Keineswegs, Mrs. Seagrave. Ich verfüge weder über Geld noch über Titel. Ich spreche also aus einer vollkommen neutralen Position.« Ein gewagtes Bekenntnis. Dennoch tat es gut, die Tatsachen einfach einmal auszusprechen.

»Kaum eine Frau verfügt über Geld oder Titel«, entgegnete Mrs. Seagrave schulterzuckend. »Aber wir haben es in der Hand, dies zu ändern.«

Das entlockte Isabella einen kurzen Lacher. »Wie denn?«

»Indem wir die richtigen Entscheidungen treffen.«

»Sie meinen, einen Mann mit entweder Geld oder einem Titel zu heiraten?«, fragte Isabella spöttisch.

»Glauben Sie mir, es gibt bedeutend mehr Möglichkeiten, als zu heiraten.«

Ah ja? Ich kann weder Medizin studieren noch irgendeiner anderen Arbeit nachgehen. Ich darf nicht einmal einkaufen gehen ohne Begleitung. Und wenn ich mich auf eine Liebschaft einlasse, bedeutet dies nicht nur meinen eigenen Untergang, sondern meist auch den meiner ganzen Familie. Wo bitte kann ich eine einzige wirklich bedeutungsvolle Entscheidung treffen?

Natürlich sprach sie nichts davon aus. Aber Isabella spürte, wie sie die Zähne zusammenbiss, und Mrs. Seagrave schien dies ebenfalls bemerkt zu haben, denn sie hob schuldbewusst die Hände. »Lassen wir das Thema, meine aufrührerischen Reden verunsichern Sie, ich sehe es Ihnen doch an. Und Wilkinsons Bissigkeit wird uns wohl weiterhin ein Mysterium bleiben müssen. Seine Gesellschaft ist ohnehin nicht unbedingt erstrebenswert. Ihm eilt ein gewisser … Ruf voraus, wenn Sie verstehen.«

In Isabellas Kopf wurde es mit einem Mal ganz still. So still, dass ihr sogar der eigene Pulsschlag in den Ohren dröhnte.

Mrs. Seagrave schien Isabellas Erschrecken gesehen zu haben, denn sofort ergänzte sie: »Keine Sorge, er sucht sich seine Liebschaften ausschließlich in Etablissements und nicht unter uns Ladies der Gesellschaft. Ihr Ruf hat nicht gelitten, auch wenn Sie ein paar Worte mit ihm gewechselt haben.« Noch während sie sprach, blieb ihr Blick an der zweiten, unangetasteten Kaffeetasse hängen. Sie sah sich um. »Der war für Ihre Begleitung«, stellte sie verwundert fest.

Erst jetzt erinnerte sich Isabella, dass ja auch Betty noch im Raum war. Sie stand mit großen Augen etwas abseits und erweckte den Eindruck, als würde sie am liebsten mit der holzvertäfelten Wand in ihrem Rücken verschmelzen. Die Hände ineinander verknotet, blickte sie verunsichert von einem zum anderen.

Betty war stämmig, hatte ein Kreuz so breit wie ein Mann und eine tiefe Stimme. Sie lachte gern und viel, das wusste Isabella von ihrer Handvoll Begegnungen bisher. Aber jedes Mal, wenn Betty im Beisein ihrer Tante oder anderer, nobler Herrschaften war, bekam Isabella den Eindruck, ihre Begleiterin würde sich gern unsichtbar machen wollen. Ganz bestimmt, weil sie einfach nicht wusste, wie man sich in vornehmer Gesellschaft benahm. Und die Grundzüge, die Isabella ihr in der Kutsche nach Bath erklärt hatte, waren sicher nicht ausreichend.

»Wollen Sie wirklich nicht?«, wandte sich Mrs. Seagrave an Betty.

»Entschuldigen Sie, Mylady, aber ich habe noch nie …« Sie sprach mit einem breiten südenglischen Akzent und warf Isabella einen hilflosen Blick zu.

Mrs. Seagrave verengte die Augen leicht und musterte die junge Frau mit plötzlich erwachter Neugier. Isabella meinte sogar, dass ihr Blick ein oder zwei Atemzüge lang auf Bettys rauen, von der Arbeit auf dem Feld rot gearbeiteten Händen hängen blieb, ehe sie Isabellas Begleiterin kurzerhand bei sich unterhakte und zum Tresen führte. »Dann wird es Zeit, dass Sie den Kaffee probieren, sonst wird er kalt. Als Gesellschafterin von Miss Woodford dürfen Sie eine solche Einladung nicht ausschlagen«, sagte sie und sah sie tadelnd an.

Zögerlich griff Betty nach der Tasse, nippte und verzog das Gesicht, was Mrs. Seagrave auflachen ließ. »Mehr Zucker bitte«, verlangte sie von der Kaffeedame. »Am Anfang schmeckt es immer etwas ungewohnt. Sie werden sich daran gewöhnen.«

Unauffällig sah Isabella sich in dem Raum um. Beinahe alle Tische waren besetzt mit bunten Grüppchen, Männer und Frauen gemischt, alle vornehm gekleidet. Die Herren trugen Perücken, und auf den Hüten der Damen zitterten ausladende Federn, als besäßen sie ein Eigenleben. Das hier war kein einfaches Coffee House, sondern ein feineres Lokal für die reichen und betitelten Besucher der Stadt. Ihre Stimmen trugen laut durch den hohen Raum und verwoben sich zu einem dröhnenden Klangteppich. Deutlich nahm Isabella die neugierigen Blicke in ihre Richtung wahr, vor allem der weiblichen Gäste. Ihr kleines Intermezzo mit diesem Wilkinson schien nicht unbemerkt geblieben zu sein.

Mrs. Seagrave kam ganz nah an Isabella heran. »Ein neues Kleid würde Ihrer *Gesellschafterin* nicht schaden.« Sie hatte das Wort besonders betont, und wenn Isabella noch Zweifel gehabt hatte, dass Mrs. Seagrave Bettys Herkunft hinterfragte, dann waren sie spätestens jetzt ausgeräumt. Betty war keine vornehme oder zumindest bürgerliche Anstandsdame, und das war augenfällig.

»Ich weiß nicht, ob wir dazu …« Isabella hielt inne. Unmöglich konnte sie dieser fremden Frau erzählen, dass ihr schlicht und ergreifend das Geld dazu fehlte. Sie hatte einige Pfund angespart gehabt und mitgenommen, allerdings würde sie diese für Bettys Lohn und ihre Aktivitäten in Bath brauchen. Auch wenn sie sah, wie unpassend Bettys Bekleidung war, sie konnte sich eine neue Garderobe für ihr Dienstmädchen nicht leisten. Und Betty selbst hatte das Geld dazu schon gar nicht.

Mrs. Seagrave schien sich über Isabellas Verlegenheit zu amüsieren. »Besuchen Sie mich die nächsten Tage noch einmal, Miss Woodford. Ich bin mir sicher, ich kann Sie und Ihre … wie war noch einmal der Name?«

»Betty Hartley, Mylady«, erwiderte Betty und machte einen Knicks.

»Nun, ich kann Ihnen beiden helfen, diesen Mangel zu beseitigen.«

»Das ist sehr freundlich. Aber ich glaube kaum, dass meine Tante das gutheißen würde«, widersprach Isabella.

»Sie muss ja nicht alles wissen, oder?« Mrs. Seagrave zuckte mit den Schultern.

Einen Augenblick lang beschlichen Isabella Zweifel. Sie hatte Mrs. Seagrave doch gerade eben erst kennengelernt. Woher kam diese Freundlichkeit?

»Ich könnte mir auch vorstellen, dass Ihr Zusammenstoß mit Wilkinson nicht unbedingt auf die Gegenliebe Ihrer

Tante stößt. Womöglich wäre es ratsam, auch darüber keine großen Worte zu verlieren, wenn Sie verstehen, was ich meine?« Sie musste Isabellas Zweifel bemerkt haben, denn sie fuhr fort: »Zumindest mir würden Sie damit nämlich einen großen Gefallen tun. Ich hätte Sie hier im Gastraum nicht einfach Ihrem Schicksal überlassen dürfen.«

»Sie konnten ja nicht wissen, dass mich dieser … Kerl einfach anspricht«, widersprach ihr Isabella, gab Mrs. Seagrave im Stillen aber recht. Es war unerhört, dass sich ein junger Mann mit Isabella einfach so unterhielt, ohne vorher vorgestellt worden zu sein. Wäre Mrs. Seagraves nicht plötzlich verschwunden gewesen, wäre das ziemlich sicher nicht passiert. »Ich hoffe nur sehr, dass niemand der anderen Anwesenden nun anfängt zu tratschen.« Aus dem Augenwinkel betrachtete sie erneut die Gäste, die ihr immer wieder verstohlene Blicke zuwarfen. Ihre Hoffnung, dass dieser Besuch im Coffee House ihrer Tante nicht zu Ohren kommen würde, schwand.

»Ach was, wir sollten uns gar nicht so viele Gedanken machen. Die Menschen hier in Bath reden ohnehin. Und ebenso schnell, wie sie sich auf eine Begebenheit stürzen, lassen sie auch wieder davon ab. Wilkinson mag ein streitbarer Mann sein, aber in einer Sache bin ich *d'accord* mit ihm«, erklärte Mrs. Seagrave. »Ich gebe nicht allzu viel auf das, was die Leute von mir denken. Und sehen Sie sich um.« Mit der Reitgerte machte sie eine schweifende Geste durch die Gaststube. »Es hat mir nicht geschadet. Ganz im Gegenteil.«

Isabella neigte leicht den Kopf, wie man es tat, wenn man nicht ganz genau verstanden hatte.

Bereitwillig führte Mrs. Seagrave aus: »Ich bin verwitwet. Mein Ehemann starb bei einem tragischen Unfall, und nun führe ich die Geschäfte. Alles, was Sie hier sehen, gehört mir. Und ich bin stolz darauf.«

»Das mit Ihrem Ehemann tut mir leid.« So früh den Partner zu verlieren, musste ein schrecklicher Schicksalsschlag gewesen sein, auch wenn Mrs. Seagrave keinen traurigen Eindruck machte, sondern ein wirklich fröhliches Naturell zu haben schien.

»Ich verrate Ihnen mal eines.« Rebecca kam ganz nahe an Isabellas Ohr. Der leichte Duft von Zimt und der Geruch ihrer offenbar neuen Lederhandschuhe stieg ihr in die Nase. »Das Leben alleine hat auch so seine Vorzüge.«

»Aber wollen Sie denn nicht erneut heiraten?«

»Nein«, sagte Mrs. Seagrave schnell. Zu schnell, und das schien nicht nur Isabella aufzufallen, sondern der Gastwirtin selbst auch. Sofort fuhr sie fort: »Und die ganzen Freiheiten aufgeben, die ich jetzt genieße? Meinen Besitz, mein Geschäft und mein gesamtes Leben einem Mann anvertrauen und mich zu seiner Sklavin machen? Ganz sicher nicht. Wer einmal den Geschmack von Freiheit genossen hat, wird diesen nie wieder missen wollen, glauben Sie mir. Es ist ganz ähnlich wie mit dem Kaffee, nicht wahr, Miss Hartley?« Sie wandte sich Isabellas Begleiterin zu. Beinahe so, als wolle sie das Gespräch von sich lenken.

Betty, die sichtlich überrascht war, binnen so kurzer Zeit erneut angesprochen zu werden, nickte nach einigem Zögern.

Isabellas Blick musste ihre Verblüffung gezeigt haben.

»Sie sind schockiert von mir«, stellte Mrs. Seagrave fest.

»Nein, nur ein klein wenig überrascht womöglich.«

Das traf es nicht einmal im Ansatz. Isabella war fasziniert von dieser Frau. Ihre Worte sprühten vor Selbstbewusstsein und einer gewissen Unbeirrbarkeit. Und irgendwie fühlte es sich auch ein klein wenig verboten an, solche Gedanken zu hören oder sie gar selbst zu denken. Aber genau das war das Reizvolle daran.

3.

Alexander nahm die letzte Treppenstufe vor dem Coffee House und merkte erst jetzt, dass er die ganze Zeit über die Luft angehalten hatte. Langsam blies er die Backen auf, während er den breiten Gehsteig entlanglief, auf dem selbst ein Vierspänner ohne Mühe Platz gefunden hätte. Das war es, was Bath hier im Norden von Somerset ausmachte und was den Ort so sehr unterschied von den unzähligen englischen Ansiedlungen, die er auf seinen Geschäftsreisen bereits gesehen hatte. Die gesamte Stadt schien lediglich zu einem Ziel angelegt zu sein: spazieren gehen, beeindrucken und gesehen werden. Das Leben in Bath war eine Abfolge verschiedener Anlässe, ein Schaulaufen, das beinahe jeden Abend von einem Ball entweder bei Simpson's oder in den neuen Bath Assembly Rooms gekrönt wurde. Der Gedanke daran ließ Alexander verächtlich einen Mundwinkel nach oben ziehen. Es schien zu einer regelrechten Manie ausgeartet zu sein, den Sommer in dieser Stadt zu verbringen. Schon lange waren es nicht mehr nur die kränkelnden Herrschaften, die sich in den heißen Quellen der verschiedenen Badeanstalten erholten. Bereits seit Jahrzehnten kamen auch Familien hierher und junge Männer auf der Suche nach einer passenden Partie. Das gegenseitige Anbahnen und Anbiedern … wie sehr Alexander es verabscheute. Alle gaben vor, etwas zu sein, das sie nicht waren, bis dann, nach der Eheschließung, das böse Erwachen kam.

Er richtete die feine Seidenkrawatte an seinem Hals und ging schneller. Die Häuserfronten zogen schnell an ihm vorbei. Die meisten von ihnen waren erst in den letzten beiden Jahrzehnten entstanden, und fast jede Fassade leuchtete in dem für Bath so typischen honigfarbenen Sandstein.

Die gleiche Farbe wie ihre Haare.

Was war bloß gerade in ihn gefahren? Diese fremde Frau anzusprechen und ihr dann auch noch vorzuwerfen, sie hätte ihn angestarrt? Was sie tatsächlich getan hatte. Nachdem er seine Augen nicht mehr von ihr hatte abwenden können, musste er zugeben.

Färbte die Stadt etwa schon ab auf ihn und hatte ihn nun ebenfalls zum Opfer des grassierenden Heiratswahns gemacht?

Letztes Jahr war er dreißig geworden, und seine Freunde hatten ihm auf die Schultern geklopft und gesagt, dass es doch auch langsam für ihn einmal Zeit werden würde. Vor allem waren es die Freunde und Geschäftspartner gewesen, die selbst eine Tochter im heiratsfähigen Alter hatten. Selbst Viscounts und Earls hatten ihm bereits ihre Töchter angeboten. Als ob sie nicht besser wüssten, dass er keinerlei Absicht hatte, sich zu binden.

Seine Gedanken mussten sich auf seiner Miene gezeigt haben, denn erst jetzt bemerkte er, dass ihm die meisten Entgegenkommenden schon von Weitem aus dem Weg gingen.

Das passierte ihm öfter, bei seiner großen und kräftigen Statur. Da er weder Frau noch Familie besaß, hatte er neben seiner Arbeit ausreichend Zeit für seine Steckenpferde. Reiten und Boxen. Manchmal sogar Fechten, auch wenn er das nur in einem versteckten Club in London tat und seinen Fechtmeister eingeschworen hatte, mit niemandem über seine Begeisterung für diese Disziplin zu sprechen. Schließlich war es eine altehrwürdige Sportart, die bisher der noblen Elite vorbehalten gewesen war. All jenen, für die er so wenig übrighatte. Wenn es bloß nicht so verdammt viel Spaß machen würde …

»Alexander!«

Er schaute sich um, bis er das vertraute dunkle Gesicht von Tom ausmachte.

»Pünktlich auf die Minute.« Tom steckte die Taschenuhr zurück in die kleine Seitentasche seiner Weste und verschränkte die Hände über dem Knauf des Spazierstocks. Nicht dass er ihn wirklich gebraucht hätte, wie so viele der Gebrechlichen und Invaliden, die sich in Sedan-Stühlen durch die Straßen von Bath schleppen ließen. Es waren überdachte Stühle, bei denen man sogar die Vorhänge zuziehen konnte und die vorne und hinten jeweils von einem Mann getragen wurden. In London, dort, wo Alexander seinen Hauptsitz hatte, waren Sedan-Stühle inzwischen außer Mode. Hier in Bath gehörten sie aber noch zum ganz normalen Straßenbild.

In jedem Falle war der Gehstock für Tom ein reines Accessoire, und anders als Alexander selbst, der stets elegant, aber schlicht gekleidet war, schien sein Freund sich immer an den neuesten Moden zu beteiligen. Sicher hatte er eine ganze Kollektion an Hüten und Stöcken und vermutlich noch viel mehr Mäntel und Westen zu Hause, von denen er täglich andere trug. Wenigstens einer, der dies tat, schließlich verdienten sie ihr Geld genau damit. Mit dem Handel von feinen Tuchen und hochwertigen Baumwollstoffen.

Tom betreute den großen Stoffladen in Baths mondäner Milsom Street, war Alexanders Prokurist hier im Westen des Landes und auch sonst in allen Belangen seine rechte Hand.

Mit Tom an der Seite hatte Alexander das Gefühl, noch mehr Blicke auf sich zu ziehen als zuvor. Aber sein bester Freund sah eben auch anders aus als die anderen Männer hier. Er war der uneheliche Sohn eines Laskars, eines der indischen Besatzungsmitglieder, die auf den vielen Schiffen der British East India Trading Company aus den Kolonien nach England kamen und mehrere Monate in den Hafenstädten unter erbärmlichen Bedingungen ausharrten, ehe sie auf ihren nächsten Törn gingen. Toms Mutter, die

Tochter eines Händlers, hatte sich trotz ihrer Schande um ihren unehelichen Sohn gekümmert, er hatte eine Schulbildung genossen und anschließend als Lehrling in einem von Alexanders Geschäften in London angefangen. Damals war Alexander selbst noch blutjung gewesen, nur wenige Jahre älter als Tom. Schon nach Kurzem hatte Alexander das Verhandlungsgeschick und die unternehmerischen Fähigkeiten seines dunkelhäutigen Angestellten erkannt und ihn unter seine Fittiche genommen. Und aus dem Arbeitsverhältnis war recht schnell eine Freundschaft entstanden. Nachdem Tom ausgelernt hatte, hatte Alexander ihn erst zu seinem Assistenten und dann zu seinem Stellvertreter ernannt.

»Du fällst auf«, bemerkte Tom, als sie in die Milsom Street einbogen.

»Ich glaube eher, dass deine Gegenwart uns die ungeteilte Aufmerksamkeit von so vielen …« Alexander räusperte sich. »… Ladies beschert.«

Tom warf ihm einen beinahe amüsierten Seitenblick zu. »Ich muss dich enttäuschen. Mich kennen sie hier bereits.« Höflich nickte Tom einer jungen Frau in einem weit ausladenden und über und über mit Rüschen besetzten zitronengelben Kleid zu.

Alexander drängte sich der Gedanke an ein Bonbon auf. »Diesen Stoff hat sie doch hoffentlich nicht von uns?«, fragte er und ignorierte den interessierten Blick und das auffordernde Lächeln ihrer grauhaarigen, faltigen Begleiterin.

»Glaube ich kaum«, bestätigte Tom und grinste. »Sie sind geradezu versessen darauf, deine Aufmerksamkeit zu erhaschen. Wieso tust du ihnen nicht den Gefallen und lächelst zurück? Du bist doch sonst nicht so knausrig, was deine Aufmerksamkeiten betrifft.«

»Wir sind in Bath. Einmal die falsche Person angelächelt, und schon erwarten sie einen Heiratsantrag. Da sind mir die eher … losen Kontakte, die mir London bietet, schon lieber.«

»Hm …«, machte Tom bloß.

»Sie sind wie weibliche Parasiten in dieser Stadt.« Alexander spürte regelrecht, wie der Ärger wieder in ihm hochkam. »Suchen sich jemanden, der sie ihr Leben lang aushalten wird, und setzen sich in ein gemachtes Nest. Und die Männer sind so dumm und befeuern das auch noch.«

»Ist das nicht der Lauf der Dinge? Selbst die Tiere machen es so. Die Weibchen paaren sich mit dem auffälligsten, stärksten Männchen. Und da wir das Glück haben, in einer zivilisierten Welt zu leben, wurde Stärke gottlob durch andere Qualitäten ersetzt. Geld zum Beispiel.« Toms Blick blieb nun auffällig lange an Alexander hängen, der herausfordernd den Kopf schräg legte und nur auf die nächste kritische Bemerkung seines Freundes wartete, um ein Streitgespräch mit ihm anfangen zu können. »Oder Titel«, ergänzte er.

»Machen wir uns nichts vor. Sie sind hinter Titel und Ansehen her wie der Teufel hinter der Jungfrau. Erst heute habe ich wieder so ein Exemplar kennengelernt, das …« Alexander hielt sich selbst davon ab, weiterzusprechen. Wie hatte es passieren können, dass diese Frau schon wieder in seinen Gedanken auftauchte?

Tom hob verwundert die Brauen, ließ sich jedoch zu keinem Kommentar hinreißen. Was auch besser war für ihn, denn Alexander hätte ihn mit einigen passenden Worten sehr schnell in seine Schranken verwiesen. Und auf seine Position.

Er war verärgert. Vermutlich aber mehr über sich selbst als über Tom.

Inzwischen hatten sie das Geschäft betreten und sich einen Weg durch die etwas düsteren Verkaufsräume gebahnt, wo sich deckenhohe Schränke mit Ballen über Ballen der feinsten und edelsten Stoffe stapelten. Alexanders plötzliche Ankunft hatte die zwei Verkäufer offenbar überrascht, und voller Ehrfurcht hielten sie die Köpfe gesenkt. Verstimmt blieb sein Blick an einem der beiden hängen. Er musste wirklich öfter selbst in seinen Niederlassungen nach dem Rechten sehen und sich mehr mit seinen Leuten beschäftigen. Sie behandelten ihn schon wie einen Duke oder Prinzen. Das war untragbar.

Mittlerweile waren sie in Toms Arbeitszimmer angekommen, einem geschmackvoll eingerichteten Raum auf der Hinterseite des Gebäudes mit einigen Regalen, die spärlich gefüllt waren mit Dokumenten und Geschäftsbüchern. Der riesige Schreibtisch allerdings war so vollgestapelt mit Papieren, Auftragsbüchern, abgebrochenen Federn und halb leeren Tintenfässern, dass es so aussah, als wäre gerade eben eine Windhose durch den Raum gefegt.

Wie Tom in diesem Chaos den Überblick behielt, war ihm schleierhaft, aber er hatte bereits vor Langem aufgehört, ihn für seinen eigenwilligen Arbeitsstil zu kritisieren.

»Der Schmuggel macht uns immer mehr zu schaffen. Ich meine, sieh dich um!« Tom deutete anklagend in Richtung Fenster. »Ich wette mit dir, ein Drittel der Kleider hier in Bath sind aus Stoffen genäht, die nicht in England gefertigt wurden. Übrigens auch das zitronengelbe Kleid, das die Dame auf der Straße gerade trug.« Mit einem Seufzen ließ er sich auf den Chippendale-Stuhl fallen, der vor dem Schreibtisch stand. »Wir sollten etwas dagegen unternehmen.«

»Sollten wir das? Das letzte Mal, als ich in unsere Bücher geschaut habe, liefen unsere Geschäfte noch blendend.« Heute war ihm nach Streit, Alexander merkte es selbst und hoffte insgeheim, dass Tom endlich in die Falle tappen und eine Diskussion mit ihm vom Zaun brechen würde.

»Noch merken wir nicht viel. Aber du hast selbst gesehen, wie der Markt wächst. Elegante Kleider sind nicht mehr nur den Ladies und Duchesses vorbehalten. Unsere Frauen möchten sich auch fein kleiden. Das Geld dazu verdienen wir bürgerlichen Ehemänner, Väter und Brüder inzwischen zur Genüge.« Er machte eine Pause und blickte Alexander eindringlich an. »Du bist vorausschauend, ich würde dich sogar als den besten Geschäftsmann bezeichnen, den ich kenne. Du siehst Chancen, bevor es alle anderen tun. Es mag sein, dass ihr die Schmugglerware in London nicht so sehr zu spüren bekommt. Aber hier in Bath sind wir in unmittelbarer Nähe zu Bristol, und seit einigen Monaten nehmen die Kleider, die ganz sicher nicht aus englischen Stoffen gefertigt worden sind, rapide zu.«

Schon seit Jahrzehnten herrschte in ganz England ein Importverbot für Seide und edle Stoffe. Um die englischen Tuchweber zu schützen, deren Metier das prestigereichste und größte im ganzen Königreich war, hatte die Regierung ein absolutes Verbot für fertige Seidenstoffe, Musselins und Chintz aus fremder Produktion erlassen. Vor allem traf dies französische, italienische und die kunstvolle indische Seide. Es durften lediglich Rohstoffe, gefertigte Taschentücher und Handschuhe importiert werden. Die Folge daraus war ein unüberschaubarer und immer weiter wachsender Schwarzmarkt.

»Wir sind Tuchhändler, Tom. Unser Geschäft ist der An- und Verkauf von Stoffen. Was sollen wir denn deiner Meinung nach gegen diese Schmuggler tun?« Er merkte selbst, dass er ungehalten klang, nahm einen tiefen Atemzug und ließ die Luft langsam durch die Nase entweichen. Und mit ihr seine Anspannung.

»Zunächst einmal Augen und Ohren offen halten, das wäre ein Anfang.«

»Bitte schön.« Alexander deutete in Richtung der Tür zum Lagerraum, die zwar geschlossen war, aber er hatte keinen Zweifel, dass die beiden Verkäufer im vorderen Teil des Hauses von ihrer Unterhaltung zumindest Bruchstücke mitbekamen. »Dann halte sie offen, ich habe wirklich anderes zu tun, als meine Kräfte auf Spitzeleien und dubiose Geschäftspartner zu verschwenden.«

Tom starrte ihn nur ungläubig an, was Alexander dazu veranlasste, ans Fenster zu treten und sich mit beiden Händen über das Gesicht zu reiben.

Vielleicht sollte er auch einfach ausreiten und sich den Frust in den Weiten von Baths Hinterland aus dem Kopf blasen lassen. Und abends würde er ein Etablissement aufsuchen, wo in der Gesellschaft gewisser Damen seine Unausgeglichenheit sicherlich ganz schnell verschwinden würde. Das wäre doch ein ganz hervorragender Plan, um seine unerklärbare Gereiztheit wieder abzuschütteln.

Eigentlich war sie gar nicht so unerklärbar, musste sich Alexander eingestehen, während er eine Amsel dabei beobachtete, wie sie die frisch angesäten Rasensamen im Innenhof wieder aus der Erde pickte.

Es war die Stadt. Bath und alles, was es repräsentierte, was ihm regelmäßig die Laune verdarb.

»Außerdem möchte dich der Lord Warden of the Cinque Ports sprechen«, drang Toms Stimme zu ihm. »Er hat nicht nur ein Schreiben in deine Niederlassung in Bristol geschickt, sondern gestern auch noch einen Boten hierher nach Bath. Er scheint wohl ein dringendes Anliegen zu haben.«

Alexander warf Tom einen überraschten Blick zu. »Er möchte mich höchstpersönlich sprechen?«

»Ja, und er ist ziemlich beharrlich in seinen Bemühungen.«

Lord Warden of the Cinque Ports. Es war das älteste militärische Amt im ganzen Königreich, und der Warden war ein direkter Repräsentant des Königs. Seine Aufgabe bestand darin, die wichtigsten Häfen des Königreichs zu kontrollieren.

»Bristol ist nicht Mitglied der Cinque Ports«, gab Alexander zu bedenken.

»Vermutlich schickt Pitt auch nicht nach dir in seiner Aufgabe als Lord Warden of the Cinque Ports. Sondern als Prime Minister.«

Das wiederum versprach, dass es ein wirklich interessantes Gespräch werden würde.

4.

»Miss?« Betty blieb stehen.

Sie waren gerade auf dem Rückweg zum Royal Crescent, und Isabella hatte unauffällig ihren Rock ein Stückchen nach oben gezogen, damit er ihr nicht so sehr um die Knöchel flappte. Das half tatsächlich ein wenig, und sie fühlte sich nicht mehr ganz so wie eine ausstaffierte Puppe und konnte sogar ein wenig schneller gehen. Das Schneckentempo, das hier in Bath offenbar jeder anschlug, der sich nicht in einem der Sedan-Stühle tragen ließ, war Isabella nicht gewohnt.

»Sie sollten noch ein Magazin kaufen und das Buch darin verstecken.« Betty nickte in Richtung des braunen Papiers, das Isabella sich unter den Arm geklemmt hatte. »Ihre Tante wird sonst danach fragen.«

Gerade waren sie wieder auf Höhe des Buchladens, in dem Isabella zuvor John Hunters neuestes Werk gekauft hatte. Isabella schaute runter auf die Schrift und zog die Papierenden fester zusammen, die den Deckel nur dürftig bedeckten.

Und sie wunderte sich insgeheim, denn Bettys Vorschlag war nicht nur umsichtig, sondern sogar ein klein wenig gerissen.

Außerdem hatte ihre Dienstbotin recht.

Ohnehin nagte bereits das schlechte Gewissen an Isabella wegen des Kaffeehausbesuchs gerade eben. Wenn Lady Alice nun auch noch sah, dass sie Anatomiebücher las … sie würde Isabella für verrückt erklären und sie vermutlich in die nächste Kutsche zurück zu ihren Eltern setzen.

Isabella spielte sowieso schon ein gewagtes Spiel. Denn was, wenn ihre Tante sofort ihrer Mutter schrieb und herauskam, dass sie heimlich davongelaufen war? Zwar hatte sie zu Hause in ihrem kurzen Brief auf dem Kopfkissen erklärt, dass sie gemeinsam mit Betty zu ihrer Tante reisen und einen Ehemann finden wollte. Und ihre Mutter hatte ja bereits seit Tagen kein Wort mehr mit ihr gewechselt und sie behandelt wie Luft. Aber das machte es nicht weniger ungehörig, einfach so davonzulaufen. Ihr Plan konnte jederzeit auffliegen, deshalb musste sie sich jetzt so unauffällig wie möglich verhalten.

Auf Zehenspitzen spähte Isabella durch das sich spiegelnde Fensterglas hinein in den Buchladen. Eine Gruppe dunkel gekleideter Herren befand sich darin, sie unterhielten sich und lachten. Einer rauchte sogar. Die Bücher würden nach kaltem Rauch stinken, wenn er das länger tat. Unwillkürlich schnupperte Isabella an ihrem Exemplar.

Hinter ihnen rauschten die Kutschen vorbei, und vor ihnen spazierten Damen mit ihren Gesellschafterinnen. Und obwohl Buchläden zu den wenigen Etablissements zählten, die man auch als junge, unverheiratete Dame besuchen durfte, zogen die farbenfrohen, eleganten Auslagen der Kurzwarenhändler und Modisten in der Straße viel mehr Aufmerksamkeit auf sich.

Unentschlossen schauten Isabella und Betty der Eingangstür entgegen, als wäre sie ein Geschöpf, das jeden Moment anfangen könnte, ein Eigenleben zu entwickeln. Ein älterer Herr mit Dreispitz und Perücke schlurfte näher. Er hielt seine Linke im Rücken und lief etwas nach vorne gebeugt. Bevor er mit einem leisen Ächzen die Stufen zum Eingang erklomm, warf er den beiden über die Ränder seiner Brille hinweg einen strengen Blick zu. Vermutlich hätte nicht viel gefehlt, und er hätte eine scheuchende Handbewegung gemacht. Als hätten sie kein Recht, sich für das Schaufenster eines Buchladens zu interessieren. Beim Öffnen der Tür bimmelte eine kleine Glocke laut und aufdringlich.

Allmählich wurde es eng dort drinnen, aber keiner der Männer machte Anstalten, den Laden zu verlassen.

»Ich kann da nicht reingehen«, stellte Isabella schließlich fest.

Schweigen.

»Ich gehe.« Betty rückte ihre Jacke zurecht und blickte entschlossen der Tür entgegen.

»Da rein?« Wieder dröhnte gedämpftes Gelächter zu ihnen heraus. Isabella konnte sie schon förmlich auf sich spüren, die Blicke, die sie ihr zuwerfen und die ihr unter die Kleidung kriechen würden, sobald sie den Laden betrat. Und auch das unangenehme, beinahe bedrohliche Schweigen, das mit einem Mal den Raum erfüllen würde.

Wenn Männer zu mehreren waren, schienen plötzlich neue Regeln für sie zu gelten. Ein ungeschriebener Verhaltenskodex trat in Kraft, der es ihnen erlaubte, Anstand und Etikette über Bord zu werfen. Die Gemeinschaft machte sie unbesonnen und draufgängerisch. Und auch aggressiv. Erwachsene Männer benahmen sich in einer Gruppe auf einmal wie eine Horde Halbwüchsiger. Die Macht der Masse.

Was hielt Frauen eigentlich davon ab, es ganz genauso zu tun?

»Ich komme mit«, bestimmte Isabella.

»Sie sollten hierbleiben, Miss.« Betty warf ihr einen längeren Blick zu, sagte aber nichts weiter. Isabella verstand auch so. Betty war eine Bedienstete, ihr schlichtes Kleid verriet es ebenso wie ihr stets gesenkter Blick und ihr ländlicher Akzent. Wenn Betty den Laden betrat, würden die Männer sie vermutlich einfach ignorieren.

Dennoch – gerade hatte sie noch über die fehlende Solidarität zwischen Frauen nachgedacht, und nun würde sie Betty alleine dort hineinschicken?

»Natürlich komme ich mit.«

»Miss, niemand schert sich darum, wenn ich in einem Laden eine Zeitschrift für die Herrschaft kaufe. Wenn Sie es machen«, mit dem Finger machte sie eine kleine, kreisende Bewegung über Isabellas Kleid, »wird es auffallen.«

Für Isabella galten eben andere Regeln. Sie war nicht nur eine Frau, sondern noch dazu aus einer vornehmen Familie.

Es gehörte sich nicht, diesen Laden zu betreten, wenn Männer anwesend waren. Nichts gehörte sich im Grunde.

Als wäre ich eine Gefangene und meine vornehme Herkunft die Kugel an meinem Bein.

Sofort erschrak sie ein wenig vor diesem Gedanken. Hatte ein Vormittag in der Gesellschaft dieser Mrs. Seagrave wohl schon auf sie abgefärbt?

Sie zählte Betty ein paar Shilling in die Handfläche. »In Ordnung, wir holen uns das *Ladies' Magazine.* Aber geh du doch besser allein.«

Wir.

Isabella hatte es gesagt, ohne weiter darüber nachzudenken. Und irgendwie hatte es sich gut angefühlt.

Betty umschloss die Münzen in ihrer Faust, streckte das Rückgrat durch und schien dabei noch einen Fingerbreit zu wachsen. Ein ungewohntes Gefühl von Stolz sickerte durch Isabellas Brust, als ihre Dienstbotin den Laden betrat.

Sie beobachtete, wie Betty mit dem Verkäufer sprach. Ihre Gestalt war kräftig, bestimmt von der Arbeit auf dem Feld, und Isabella bezweifelte, dass sie eine Korsage trug. Vermutlich besaß sie nicht mal eine, und einen kleinen Moment lang beneidete sie Betty.

Wie würde es sich anfühlen, selbst einmal keine Korsage zu tragen? Heimlich, unter dem Mantel?

Bei dem Gedanken daran begann Isabella zu grinsen und senkte den Kopf.

Sie würde es ausprobieren, wenn es regnete vielleicht und die Menschen sich unter den schweren Schirmen und ihren weiten Mänteln versteckten.

Sie würde über die Straßen laufen und sich bei jedem Schritt frei fühlen. Sie würde wissen, dass sie eigentlich etwas Unerhörtes tat, und sie würde jeden Moment davon genießen.

Der Verkäufer, ein Mr. Smith, wie er sich ihnen bei ihrem ersten Besuch vorgestellt hatte, bat Betty zur Kasse. Dazu mussten sie einmal den Geschäftsraum durchqueren. Die Männer machten ihr Platz, und Isabella hielt die Luft an, während Betty den Pulk passierte. Aber ihre Einschätzung war richtig gewesen, denn sie schenkten ihr keinerlei Beachtung. Nicht nur war sie unscheinbar gekleidet in ihrem braunen Kleid und ihrer unbestickten Haube. Bettys Auftreten, ihr zielsicherer Schritt und ihre entschlossene Miene waren vermutlich auch genau das Gegenteil von dem, was das Interesse dieser Gentlemen wecken würde.

Manchmal, wenn sie an Betty dachte, kam ihr das Bild von einem Baum. Eine Eiche vielleicht oder eine Esche. Kräftig und verlässlich und fest verwurzelt in der Erde.

Betty war keine der empfindsamen Frauen, die bei schlechten Nachrichten oder Aufregung in Ohnmacht fielen. Betty war eine der Frauen, die das Kinn hochreckten, Willensstärke signalisierten und, statt verzagte Fragen zu stellen, einfach handelten, wenn es ein Problem gab. Zumindest war sie das, wenn sie zu Hause in ihrer gewohnten Umgebung war. Denn genau so hatte sie reagiert, als Isabella vor einigen Tagen an die Tür der Bauernkate geklopft und Betty gebeten hatte, sie nach Bath zu begleiten.

Sie mochte es, Betty an ihrer Seite zu haben, und hielt sich gern in ihrer Gegenwart auf.

Alles an ihr war so … natürlich. Gestern, als abends die Zimmertür zuging und Betty bei Isabella gewesen war, um ihr beim Auskleiden zu helfen, hatte sie das erste Mal an diesem Tag das Gefühl gehabt, endlich durchatmen zu können.

Triumphierend lächelnd kam Betty zurück und hielt ihr die Zeitschrift hin. Das *Ladies' Magazine*. Unter dem Zeitungsnamen stand *Unterhaltsamer Begleiter für das schöne Geschlecht.* Auf der Titelseite befand sich immer ein Bild von einer Dame in der neuesten Mode, ansonsten bestand das Magazin aus eng bedruckten Textspalten über Ereignisse am Hofe und der Londoner Beau Monde und einigen Anzeigen von Goldschmieden, Stoffhändlern oder Modisten. Eben alles, was Frauen interessierte, wenn sie nicht gerade eine Leidenschaft für blutige Wunden, gebrochene Knochen und die Anatomie des menschlichen Körpers besaßen. Sie hoffte, die Zeitschrift wäre langweilig genug, dass es Lady Alice' Aufmerksamkeit nicht auf sich ziehen würde.

Sie machten sich wieder auf den Weg, die etwas ansteigende Straße entlang Richtung Royal Crescent.

»Darf ich dich etwas fragen, Betty?« Isabella war ins Schnaufen gekommen, denn sie gingen so schnell, dass ihr unter ihren vielen Kleiderschichten allmählich warm wurde.

»Natürlich, Miss.« Betty war noch nicht einmal außer Atem.

»Wieso hast du mich eigentlich nach Bath begleitet?«

Betty blickte sie von der Seite an, als versuche sie zu eruieren, wie Isabella diese Frage gemeint haben könnte.

»Ich werde doch bezahlt dafür«, sagte sie nach einigem Zögern.

Isabella nickte, wandte sich nach vorne, dem Royal Crescent entgegen, und ohne Betty anzusehen, stellte sie fest: »Das ist nicht der einzige Grund.«

Betty zuckte die Achseln. »Spielt das denn eine Rolle für Sie?«

Die Frage war berechtigt. Wieso interessierte es Isabella eigentlich, was Betty dachte oder was sie bewegte? Sie war doch im Grunde nur ihre Bedienstete.

Tief in ihr drinnen flüsterte eine Stimme die Antwort. *Weil du eine Freundin brauchst, keine Bedienstete. Jemanden, dem du vertrauen kannst in dieser fremden Welt.*

»Sie stellen keine Fragen, ich stelle keine Fragen – ist das nicht das Verhältnis, das zwischen uns herrschen sollte?«

Isabella nickte. »Ja, du hast recht, Betty. Das ist es.« Kurz zögerte sie. »Aber ich mag es nicht besonders.«

Ein Weilchen liefen sie schweigend nebeneinanderher.

»Ich auch nicht«, sagte Betty schließlich, ihre Blicke kreuzten sich, und gleichzeitig fingen sie an zu lächeln.

5.

Bettys Plan mit dem versteckten Anatomiebuch war aufgegangen. Lady Alice hatte lediglich den Kopf schräg gelegt, um den Titel der Zeitschrift unter Isabellas Arm zu entziffern, und dann abgewunken und auch nicht nach ihrem Vormittagsspaziergang gefragt – glücklicherweise. Schließlich hatte sie mit Mrs. Seagrave vereinbart, den Besuch im Coffee House zu verschweigen. Und vor allem auch das Wortgefecht mit einem Gentleman, der noch nicht einmal den Anstand besessen hatte, sich vorzustellen.

Isabella hatte auch gar keine Zeit gehabt, sich weitere Gedanken darüber zu machen. Heute würde sie in Bath ihr Debüt geben, sie würde offiziell in die Gesellschaft eingeführt werden auf einem Ball in den Assembly Rooms. Den neu erbauten, riesigen Assembly Rooms, die im gesamten Königreich bekannt waren. Den halben Nachmittag hatte sie auf ihrem Zimmer verbracht, ihre Haare dreimal umfrisiert, sogar ihre Lippen hatte sie ganz dezent geschminkt und die Wimpern dunkel gefärbt und mehrmals ihre Kleider durchprobiert. Ganze drei hatte sie, und nur eines davon war brauchbar für einen Ball, wie ihre Tante fand. *Im Grunde machst du uns damit zum Gespött, aber bitte. Wenn deine Mutter dich einkleidet wie eine Gouvernante, kann man nichts machen.*

Isabella hatte ihr Spiegelbild angestarrt und sich zusammennehmen müssen, die Feder, die sie in Händen hielt, nicht einfach zu zerrupfen.

Betty musste bemerkt haben, dass Isabella sie zwischen den Fingern zerknautschte, und hatte sie ihr vorsichtshalber abgenommen.

Sie trug ihr hellblaues Oberkleid. Anders als das Reisekostüm war es ihr eigenes und passte ihr wie angegossen. An den Ärmeln, die ihr bis über die Ellenbogen reichten, waren weiße Rüschen angesetzt, die die schwere, kühle Seide des Kleides perfekt ergänzten. Feine, ebenfalls in Blau gehaltene Blüten rankten vom Rocksaum nach oben. Zum

Ball würde sie auch das Seidentuch nicht tragen, das ihr Dekolleté beim Einkaufen oder einem Ausflug am Nachmittag in den Park für gewöhnlich bedeckte. Sie würde ihre Perlenohrringe anlegen, das einzige Paar, das sie besaß. Sie hatte sogar die letzte Ausgabe des *Ladies' Magazine* gewälzt und sich noch in Lydford eine dieser sündhaft teuren Federn geleistet, die man, an seidenen Tüchern befestigt, ins Haar steckte und die gerade so sehr in Mode waren. Auch wenn sie den Ansprüchen ihrer Tante kaum genügte, fand sie sich trotzdem schön.

Für eine Sekunde schoss ihr der Gedanke durch den Kopf, ob Alexander Wilkinson heute Abend wohl auch auf dem Ball wäre.

Vollkommener Blödsinn.

Mrs. Seagrave hatte doch extra betont, dass Wilkinson ein eingefleischter Junggeselle war und sogar in fragwürdigen Etablissements verkehrte. Natürlich würde er auf keinem der Bälle erscheinen. Und selbst wenn. Er war wirklich der Letzte, dem Isabella Aufmerksamkeit schenken würde. Ohnehin hatte Lady Alice es sich anscheinend zur Aufgabe gemacht, Isabella zu kritisieren und ihr bei jeder denkbaren Möglichkeit zu offenbaren, wie wenig sie von der Anwesenheit ihrer Nichte hier in diesem Hause hielt. Isabella wollte ihr keinen weiteren Anlass dafür geben. Wäre sie nicht so verzweifelt und hätte es nicht so nötig gehabt, wäre sie längst wieder abgereist. Aber das ging nun mal nicht.

Deshalb saß sie jetzt also hier, in der Kutsche auf dem Weg zum Mittwochsball, und so gerne sie ihrer Tante auch eins auswischen und den Kaffeehausbesuch verschweigen würde, hatte sie dennoch Gewissensbisse. Es würde sie nicht wundern, wenn einige Gäste, die heute Vormittag im White Lion gewesen waren, nun auch diesen Ball besuchten. Hatte Mrs. Seagrave nicht sogar selbst zugegeben, es passiere nichts, ohne dass sofort die ganze Stadt davon wusste?

Die Korsage kam ihr mit einem Mal furchtbar eng vor, und Isabella versuchte, etwas flacher zu atmen. Jemand würde tratschen und ihrer Tante verraten, wo sie heute gewesen und was dort passiert war, Isabella wurde sich immer sicherer.

Zumindest einen Teil der Wahrheit sollte sie vielleicht erzählen. Sollten die tatsächlichen Geschehnisse dann ans Licht kommen, wäre es auf jeden Fall einfacher, sich irgendwie herauszuwinden.

»Auf meinem Spaziergang heute Vormittag habe ich eine Dame kennengelernt. Eine junge Witwe.«

Sofort richtete ihre Tante den Blick auf sie. Selbst der Viscount, der sich die Sitzbank mit seiner Ehefrau teilte und bisher teilnahmslos die Fahrt über sich ergehen lassen hatte, zog seine buschigen grauen Augenbrauen zusammen. In den letzten Jahren war er gealtert, das war Isabella bereits gestern aufgefallen. Auch wenn er erst die fünfzig überschritten hatte, waren seine Bewegungen schon so langsam und seine Stimme so brüchig wie bei einem Greis. Der wahre Herr im Haus, oder vielmehr die Herrin, war Tante Alice.

Selbst ihr Cousin Phillip, der neben ihr saß und anders als seine beiden Brüder nicht mit dem Pferd zu den Assembly Rooms ritt, schaute sie erwartungsvoll an.

»Und wie mag die Dame wohl heißen?«, fragte Lady Alice und schien sich innerlich zu wappnen für etwas, das sie ganz und gar nicht hören wollte.

»Eine Mrs. Rebecca Seagrave, die Besitzerin des White Lion …« Isabella sprach nicht weiter. Das brauchte sie auch gar nicht, denn Tante Alice hatte ihre behandschuhte Linke erhoben, um Isabella zu bedeuten, dass sie schweigen sollte. Gleichzeitig wandte sie sich an ihren Ehemann, die Lippen zusammengepresst, eine steile Falte zwischen ihren Augenbrauen. Sie machte sich auf einmal keine Mühe, die Contenance zu bewahren und ihren Ärger zu überspielen, und Isabella beschlich das Gefühl, dass das ihre volle Absicht war.

Sie wechselte einen unsicheren Blick mit Phillip, dessen Wangen plötzlich rot waren, so als wäre er gerade eine Meile gerannt. Sein beschwörendes Kopfschütteln beantwortete Isabella mit einem Schulterzucken. Was nur war mit einem Mal in sie alle gefahren?

»Schafft sie es mal wieder, sich in unser Leben zu drängen, deine werte Nichte«, warf Lady Alice ihrem Ehemann mit messerscharfer Stimme vor.

Fast tat ihr der Viscount leid. Seine resignierte Reaktion machte deutlich, dass das wahrscheinlich der normale Umgangston zwischen den beiden war.

»Dieses kleine Luder!«, legte ihre Tante nach und sah herausfordernd zu ihrem Ehemann, als würde sie jetzt am liebsten einen Streit mit ihm anfangen.

»Mama, das ist doch nun wirklich ungerecht.« Immerhin Phillip stieg auf die Streitlust von Lady Alice ein.

»Mrs. Seagrave hatte gar nicht erwähnt, dass sie die Nichte des Viscounts ist«, warf Isabella ein. Vielleicht um die Aufmerksamkeit von Lady Alice weg von ihrem Sohn und wieder auf das nicht anwesende Opfer ihrer Tiraden, Mrs. Seagrave, zu lenken. Es schien ihr in diesem Moment sicherer.

Sie hatte sich damit keinen Gefallen getan, merkte sie sofort.

»Sie ist die Adoptivtochter von Johns jüngstem Bruder. Gott sei Dank trägt sie inzwischen nicht mehr den Namen Parker, sondern den ihres verstorbenen Ehemannes. Den hat sie ja vermutlich auch auf dem Gewissen …«

»Mama, es reicht jetzt«, fuhr Phillip dazwischen. »Sie ist eine intelligente und erfolgreiche junge Frau.«

»Sie ist eine Schande für unseren Namen«, widersprach ihm Lady Alice vehement. Onkel John hingegen saß schweigend auf der Bank und beobachtete die vorbeiziehenden Gebäude, als tangiere ihn der Streit hier im Inneren der Kutsche überhaupt nicht. Isabella fragte sich, ob Lady Alice' Temperament ihn über die Jahrzehnte ihrer Ehe zu dieser Gleichgültigkeit getrieben hatte oder ob ihre Tante vielleicht gerade deshalb erst so missgünstig und wütend geworden war. Genau so war es doch – je weniger das Gegenüber auf das Gesagte reagierte, desto vehementer versuchte man, eine Reaktion aus ihm herauszukitzeln.

Auch wenn Isabella mit Mrs. Seagrave nicht blutsverwandt war, freute sie sich über die Enthüllung. Sie freute sich wirklich. Die junge Gastwirtin und ihre etwas eigenen

Ansichten waren ihr sympathisch gewesen, und der Gedanke, dass sie sogar zu dem erweiterten Kreis der Familie gehörte, gab ihr das Gefühl, schon eine Vertraute hier in Bath zu haben.

»Es gibt nichts, wovor sie sich verstecken müsste, Mama«, beharrte Phillip, und Isabella wunderte sich. Offenbar kannte und schätzte Phillip seine Cousine. So gut sogar, dass er sie gegen seine Mutter verteidigte.

»Wieso stehst du für diese unmögliche Frau auch noch ein?«, fuhr Lady Alice ihren Sohn an.

Dieses Mal hielt Isabella lieber den Mund. Ihr Aufenthalt in Bath hing von dem Wohlwollen ihrer Tante ab. Sie war erst zwei Tage da und hatte bereits mehrmals ihr Missfallen erregt. Zwar schien es Isabella, dass sie dies schon tat, indem sie einfach atmete, aber sie würde den Teufel tun und sich nun auch noch um Kopf und Kragen reden. Zumal sie noch immer damit rechnen musste, dass Lady Alice ihrer Mutter einen Brief schickte und ihre kleine Notlüge bei ihrer Ankunft in Bath aufflog. Sollte das passieren, würde Lady Alice sie sicher sofort des Hauses verweisen.

»Sie gehört zu unserer Familie, Mama. Auch wenn du es nicht wahrhaben möchtest«, sagte Phillip schließlich leise und wandte den Blick nach draußen, denn sie waren gerade auf den Vorplatz der Assembly Rooms eingefahren.

Isabella mühte sich, die Handschuhe an ihren Armen wieder glatt zu streichen, die ihr bis zu den Ellenbogen reichten. Trotzdem waren ihre Hände kalt und verschwitzt. Überhaupt spürte sie, dass ihren ganzen Körper eine Gänsehaut überzog, als sie einen ersten Blick auf das Gebäude erhaschte. Es kam ihr vor wie ein Schloss, mehrflüglig, mit unzähligen Fenstern, die allesamt hell erleuchtet waren. Zwar war es jetzt, um kurz vor sechs Uhr, noch viel zu hell, als dass die Beleuchtung ihre volle Pracht entfalten konnte. Bei einer mondänen Veranstaltung wie dieser spielte dies jedoch keine Rolle – es wurden keine Kosten gespart. Vier Säulen trennten die verschiedenen Eingangstüren, die je von einem livrierten Diener für die Gäste aufgehalten wurden. Als die Parkers und Isabella ausstiegen, fuhr ihre Kutsche sofort wieder ab und machte Platz für die Nächsten. Auf dem Vorplatz staute sich eine endlos erscheinende Reihe an Kutschen und Sedan-Stühlen mit Gästen, die darauf warteten, aussteigen zu können.

Sobald sie den hell gestrichenen, breiten Flur betreten hatten, fielen Isabella die vielen livrierten Diener auf. Alle trugen Perücken, einen roten Frack und weiße Kniebundhosen. Auf Tabletts boten sie Erfrischungen an, zumeist war es Tee. Alkoholische Getränke wurden eigentlich nur im Card Room gereicht, und im Hauptsaal waren Essen und Getränke ohnehin nicht mehr erlaubt.

»Geradeaus befindet sich der Tea Room«, erklärte Phillip, als sie in einem achteckigen Raum mit einem hohen Kuppeldach stehen geblieben waren. »Dort gibt es ab neun Uhr Dinner, und rechter Hand befindet sich der Card Room. Ich würde dir allerdings nicht raten, ohne mich oder Edward und James dorthin zu gehen. Manchmal kann der Umgangston bei den Kartenspielen etwas rauer werden.« Und als wolle er seine Worte unterstreichen, drehte er Isabella, die er am Arm führte, in eine andere Richtung.

»Spielen Damen denn nicht?« Sie versuchte, über die Schulter noch einen Blick auf die Eingangstür zum Card Room zu werfen. Sie selbst spielte gern Karten, sehr gern sogar. Vor allem wünschte sie sich zur Abwechslung einmal einen anderen Gegner als ihre Schwester, die absichtlich verlor, damit das Spiel schneller herum war.

Elizabeth hatte nie verstanden, worum es eigentlich ging beim Kartenspiel. Natürlich war da der Nervenkitzel, eine Partie zu gewinnen, vor allem wenn man um Geld spielte. Aber der eigentliche Reiz des Kartenspiels war ein ganz anderer. Man konnte dabei die Menschen lesen. Die wenigsten waren in der Lage, ihre Gesichtszüge zu kontrollieren, wenn sie ins Spiel vertieft waren. Sie ahnten noch nicht einmal, dass man sie beobachtete und daraus Schlüsse auf ihr Blatt zog.

Zumindest hier hatten die Erziehungsversuche ihrer Mutter gefruchtet.

Zeige niemals, was du wirklich denkst, lächle stets und sei höflich. Bevor du dich zu sehr aufregst, täusche lieber eine Ohnmacht vor, als zu schreien. Das wird dir ebenso viel Aufmerksamkeit einbringen.

Abgesehen von der Ohnmacht hatte Isabella sich den Ratschlag zu Herzen genommen.

Nicht unbedingt für den täglichen Umgang, sehr wohl aber beim Kartenspiel, denn da kam ihr die antrainierte Selbstbeherrschung äußerst entgegen.

Als sie den Ballsaal betraten, hielt Isabella die Luft an. Er war riesig, bestimmt hundert Fuß lang. Mehrere prachtvolle Kronleuchter mit unzähligen Kerzen hingen von der hohen Decke, und die vielen Fenster weit oben an den in hellem

Blau gehaltenen Wänden waren gesäumt von korinthischen Säulen. Die schräg einfallende Sonne strahlte durch die Glasscheiben und tauchte den ganzen Raum in ein goldenes Licht. Es war so schön, dass Isabellas Herz einen kleinen Satz machte.

Pünktlich zum Stundenschlag würden die ersten Tänze beginnen, und um exakt elf Uhr wäre der Ball vorbei, selbst wenn dies bedeutete, dass mitten im Tanz unterbrochen werden musste. Eine Eigenheit des etwas exzentrischen früheren Master of Ceremonies, Beau Nash, der zwar bereits seit drei Jahrzehnten unter der Erde lag, dessen Regeln aber noch immer das Leben in der gesamten Stadt prägten. Oder sie terrorisierten, wie Phillip ihr am Nachmittag grinsend erklärt hatte.

Immer mehr Gäste strömten in den Saal, und inzwischen waren auch Edward und James angekommen. Genau wie am Vorabend nickten sie Isabella lediglich zu. Besser gesagt, der hochgewachsene, schlaksige James nickte ihr zu. Edward, der älteste der drei Brüder, der zwar nicht so groß war wie James, dafür aber durch seinen stets herablassenden, beinahe mürrischen Gesichtsausdruck auffiel, zog es vor, seine Cousine einmal mehr zu ignorieren. Ob er dies tat, weil er Isabella als lästiges Anhängsel betrachtete oder weil er generell zu keiner emotionalen Regung fähig war, hatte sie noch nicht herausfinden können.

Mittlerweile war der Ballsaal gut zur Hälfte mit Besuchern gefüllt, und Isabella erkannte erleichtert, dass sie sich gar keine Gedanken hätte zu machen brauchen. Es würde so voll werden, dass niemand sie beachten oder gar wiedererkennen würde. Nicht einmal, wenn sie ihr Debüt tanzen würde. Ganz sicher nicht.

Das Debüt. Sie hatte es die ganze Fahrt über verdrängt. Es war ein ungeschriebenes Gesetz, dass junge Ladies, die neu in die Gesellschaft eingeführt wurden, die Tanzfläche zunächst mit ihren jeweiligen Partnern nacheinander für sich alleine hatten, nachdem die Dame vom höchsten gesellschaftlichen Rang den Ball mit dem von ihr ausgewählten Herrn eröffnet hatte. An diesem Abend war die Countess of Bessborough anwesend und übernahm diese Aufgabe mit dem Master of Ceremonies höchstpersönlich. Der Master, Thomas Hickey, war ein tadellos gekleideter älterer Herr, der von einer Menschentraube zur nächsten hastete, um seiner Aufgabe nachzukommen, die neuen Besucher miteinander bekannt zu machen. Vor allem jene, die zum ersten Mal auf einem Ball hier in Bath waren. Bereits aus einiger Entfernung konnte Isabella seine beachtliche Plauze und seine hängenden Wangen erkennen, die sie mehr an eine englische Bulldogge als an einen Master of Ceremonies erinnerten. Sie neidete der unglaublich schick gekleideten Countess das Vergnügen des ersten Tanzes ganz und gar nicht.

Sie selbst hatte noch keinen Tanzpartner und hoffte inständig, Hickey würde ihr einen halbwegs attraktiven Junggesellen aussuchen, mit dem sie ihren ersten Tanz vor den Augen der Gesellschaft gut überstehen würde.

Und da kam er auch schon mit einem jungen Mann im Schlepptau, der immer wieder hinter Hickeys Rücken hervorlugte. So jung war er gar nicht mehr, erkannte Isabella, als die beiden sich durch die Menschenmenge näherten. Rasch blickte Isabella sich um. Aber da war niemand anders, den Hickey dem Mann hinter sich vorstellen konnte, außer mehreren Grüppchen älterer Herrschaften. Isabella probierte ihr schönstes Lächeln, faltete die Hände vor dem Bauch und schaute erwartungsvoll den beiden Männern entgegen.

Hickey wechselte mit Tante Alice ein vertrautes Nicken, und Isabella fragte sich, ob die Viscountess nicht bereits vorab mit ihm abgemacht hatte, wer ihr hier vorgestellt wurde.

Offenbar ein Kandidat, der sehr begierig darauf war, eine Tanzpartnerin zu bekommen. Und eine Ehefrau, denn der forschende, abschätzende Blick, der nun über sie streifte, ließ keinen anderen Schluss zu. Isabella musste an den Viehmarkt daheim in Lydford denken, schob den Gedanken aber gleich wieder weg.

Obwohl die Schuhe des Mannes kleine Absätze hatten, war er gerade so groß wie Isabella selbst. Schweißperlen sammelten sich auf seiner Stirn, kurz unter der Perücke, und bereits jetzt, obwohl die Tänze noch nicht begonnen hatten, wies sein Gesicht eine ungesunde rote Färbung auf. Offenbar hatte sein Diener es etwas zu gut gemeint mit dem Puder auf seiner Perücke, denn auf seinem dunkelblauen Frack sammelte sich auf beiden Schultern weißer Staub. Isabella versuchte, nicht hinzusehen. Ein kleiner Bauch zeichnete sich unter seiner Weste ab, obwohl der Mann die dreißig noch nicht erreicht haben konnte.

»Darf ich bekannt machen, Lord Charles Shakleton aus Yorkshire. Isabella Woodford aus Lydford in Devonshire, die Nichte der Viscountess Parker.«

»Es freut mich außerordentlich, Ihre Bekanntschaft zu machen.« Der Mann blinzelte mehrmals, was Isabella ein wenig irritierte, und ließ dann rasch eine steife Verbeugung folgen.

Wie es sich gehörte, beantwortete sie diese Geste mit einem Knicks.

»Darf ich Sie um den ersten Tanz bitten?«, fragte er nun. Als er lächelte, entblößte er dabei sein Zahnfleisch.

»Mit dem größten Vergnügen«, zwang sich Isabella zu antworten, der Master of Ceremonies schritt davon, Lady Alice nickte Isabella ermunternd zu, und schon begann der erste Tanz.

Aller Augen waren auf die Countess of Bessborough gerichtet. Auch wenn allmählich ein nervöses Flattern durch Isabellas Magen ging, denn nach diesem Tanz waren sie und ihre neue Bekanntschaft Lord Shakleton an der Reihe, konnte sie nicht anders, als diese Frau zu bewundern. Sie schwebte über die Tanzfläche, und ihre Bewegungen waren grazil und fließend und in perfektem Einklang mit der Musik, die das Orchester auf der Empore in Isabellas Rücken spielte. Um dem Hutverbot zu entgehen, das für jede Lady auf einem Ball galt, hatte sie sich seidene Tücher in die dunkelblonden Locken gewickelt und nicht nur eine, sondern gleich eine ganze Handvoll Federn daran befestigt. Ihr Kleid schien aus mehreren Schichten zu bestehen und war ganz in Gold gehalten, selbst die fein geklöppelte Spitze an den halblangen Ärmeln war golden. Allerdings schien die Countess keine Hüftkissen zu tragen, sondern der Stoff fiel ganz einfach in lockeren Falten zu Boden. Wie alle anderen anwesenden Damen hatte auch sie eine Schärpe aus Spitze, aber nicht um die Taille geschlungen, sondern kurz unter dem Bustier. Isabella meinte sich erinnern zu können, dass auch die Duchess of Devonshire, Countess Bessboroughs Schwester, vor einigen Monaten ein ähnliches Kleid getragen hatte. Was diese Art von Ballkleid ohne Zweifel zu einer der neuesten Moden machte.

Die Ähnlichkeit der Countess of Bessborough mit ihrer Schwester war frappierend.

Wie ein Schwall kaltes Wasser überfiel Isabella die Erinnerung an jenen verhängnisvollen Abend auf dem Ball der Duchess of Devonshire. Sie hielt den Atem an, hörte nichts mehr außer einem Rauschen in den Ohren und sah nur noch das glitzernde, goldene Kleid der Countess.

Was, wenn du jetzt wieder einen Fehler machst?

Sie blinzelte und zwang sich, ihre Gedanken wieder unter Kontrolle zu bekommen.

Denk nicht mehr daran. All das spielt nun keine Rolle.

Die Musik endete, der Master of Ceremonies und die Countess bedankten sich mit einer Verbeugung und verließen die freie Fläche.

»Miss Isabella Woodford und Lord Charles Shakleton«, hallte Hickeys erhobene Stimme durch den Saal.

Ein kurzer Seitenblick zu Shakleton, und Isabella erkannte, dass dieser mindestens ebenso nervös war wie sie selbst. Den Blick starr geradeaus gerichtet, führte er Isabella zur freien Tanzfläche. Selbst durch ihre Handschuhe hindurch konnte sie spüren, wie teigig und weich Shakletons Hände waren. Er hielt ihre Finger so lasch, dass sie selbst gern fester zugepackt hätte, bloß um ihn dazu zu bewegen, es ihr nachzutun. Weiche, feminine Hände waren ein Zeichen von Reichtum, spiegelte es doch wider, dass die betreffende Person keine Arbeiten selbst verrichten musste. Einen Herzschlag lang schwebte Isabella das Bild von Wilkinsons kräftigen Händen vor Augen, und der vollkommen irrationale Wunsch überfiel sie, dass sie gerade in diesem Moment viel lieber von diesem Paar Hände auf die Tanzfläche geführt werden wollte. Sofort war das Bild wieder verschwunden, aber allein der Gedanke daran ließ ihr Herz schneller schlagen.

Blödsinn, du bist einfach aufgeregt.

Die Musik des Menuetts begann. *Halte dich aufrecht. Lächle.*

Sie machte die ersten Schritte und streckte die Arme graziös von sich, genau so, wie es der Tanz verlangte. Die Musiker spielten jetzt etwas langsamer. Vielleicht hatten sie Mitleid mit der Handvoll Debütantinnen, die am heutigen Abend vor aller Augen ihren ersten Tanz absolvieren mussten, denn das Menuett war einer der Tänze, die volle Aufmerksamkeit erforderten. Um einen guten Eindruck zu hinterlassen, musste natürlich alles vollkommen mühelos aussehen. Nicht auszudenken, was die Gesellschaft sagen würde, wenn Isabella über ihre eigenen Füße stolperte. Zudem gehörte es zum guten Ton, sich währenddessen auch noch mit dem Tanzpartner zu unterhalten.

»Tanzen gehört zu Ihren Vorlieben, Mylord?«, erkundigte sich Isabella, als sie sich einige Momente lang an den Händen hielten, ehe die Tanzschritte sie wieder voneinander entfernten.

»Ich denke, dies ist wohl eher eine Angelegenheit der Damen, meinen Sie nicht, Teuerste?«

Teuerste. Er benutzte Worte wie ihr Großvater.

»Aber natürlich, Lord Shakleton.« Sie überlegte, ob es klug war, sich an einem ernsthaften Gespräch mit ihm zu versuchen, oder ob sie es besser bei dem höflichen, aber leeren Geplänkel belassen sollte.

»Ich sehe den Damen gern zu, wenn sie tanzen«, führte er weiter aus, als sie sich einmal umeinanderdrehten. »Am liebsten habe ich es aber, wenn sie malen und sticken. Damen mit vollendeten Manieren liegen so schöngeistige Beschäftigungen ja im Blut. Ich tue nichts lieber, als die hinreißenden Dinge zu bewundern, die sie mit ihren grazilen Fingern und ihrer unerschöpflichen Geduld erschaffen.«

»Ich zweifle daran, dass alle Frauen über Letzteres verfügen«, erwiderte Isabella und zwang sich erneut zu lächeln. Dass ihre Finger bewandter darin waren, Wunden zuzunähen und blutige Tücher auszuwaschen, erwähnte sie lieber nicht. Sie war ungemein dankbar, dass das Menuett wieder Abstand zwischen sie brachte und ihr damit weitere seiner geistigen Ergüsse ersparte. Insgeheim fragte Isabella sich, wie lange der Tanz wohl noch dauerte, denn der Drang, die Tanzfläche zu verlassen, wuchs mit jedem Wort, das sie mit Shakleton wechselte.

Er musste ihre Zurückhaltung bemerkt haben. »Sie teilen meine Meinung wohl nicht, Teuerste?«, fragte er geradezu verunsichert. Vermutlich war er schon des Öfteren abgewiesen worden, was sie aus seiner unterschwelligen Wachsamkeit und Bemühtheit schloss, die immer offensichtlicher wurde.

Isabella drehte sich erneut, und für den Bruchteil einer Sekunde blieb ihr Blick an einem Gesicht hängen, das sie kannte. Graublaue Augen, kurze dunkle Haare.

Isabellas Herz stolperte.

Aber schon drehte sie sich weiter, und das Gesicht war wieder in der Menge verschwunden. Sie durfte sich nicht nach ihm umdrehen, auf keinen Fall. Alle hatten den Blick auf sie gerichtet, sie musste weiterhin ihren Tanzpartner anlächeln und so tun, als hätte sie nur Augen für ihn.

Als sie das nächste Mal in die gleiche Richtung schaute, war der Kopf verschwunden.

Sie hatte sich nur etwas eingebildet. So weit war es jetzt schon gekommen. Der Gedanke an diesen Mann, an diesen ungehobelten Kerl, verfolgte sie. Dabei erlebte sie doch gerade den Traum einer jeden jungen Frau: ihren Debüttanz in einem der glanzvollsten Ballhäuser des Landes.

Nun gut. Der Tanzpartner entsprach vielleicht nicht unbedingt dem Traum einer jeden jungen Frau. Aber der Abend hatte ja auch gerade erst begonnen, nicht wahr?

Endlich kam die Musik zu einem Ende, Isabella knickste und ließ sich von Lord Shakleton von der Tanzfläche führen. Doch statt sich gleich wieder zurück ins Getümmel zu stürzen, blieb er mit einem verheißungsvollen Leuchten in den Augen in ihrer Nähe.

Phillip schloss zu Lady Alice und ihr auf und strahlte. »Das hast du ganz wunderbar gemacht, Cousinchen.«

Seine anerkennenden Worte kamen bei Isabella gar nicht richtig an. Selten hatte sie bei einem Tanz so geschwitzt. Sie hatte es sich wirklich leichter vorgestellt. Alles.

Zum Beispiel einen Tanzpartner anzulächeln, obwohl man ihn abstoßend fand. Oder eine interessierte Gesprächspartnerin zu mimen, obwohl Shakleton in ihren Augen bloß Unsinn von sich gegeben hatte. Dabei hatte er doch alles, was zählte: Geld und sogar einen Titel. Nur so konnte Isabella ein Leben in Sicherheit führen. Gefühle und Befindlichkeiten waren dabei irrelevant.

Besonders für sie.

Aber gerade im Moment spürte sie dennoch Übelkeit in sich aufsteigen. War sie wirklich in der Lage, ihren Plan umzusetzen? Auf die Idee, dass ihre Verehrer sie abschrecken könnten, war sie zuvor gar nicht gekommen. *Was für eine naive Vorstellung du hattest.*

»Darf ich mich einen Moment setzen, Tante?«, fragte Isabella, und mit einem großzügigen Nicken begleitete Lady Alice sie zu den Stühlen, die an den Wänden aufgereiht waren.

Kein Wunder, dass diese so selbstzufrieden herumstolzierte. Vermutlich rechnete sie damit, dass Shakleton sie bald um einen zweiten, womöglich sogar einen dritten Tanz bat.

Und was das bedeutete, wussten sie beide.

Er bezeugte damit sein Interesse, ernsthaftes Interesse, und mit Sicherheit würde ihre Tante ihm im Laufe des Abends noch ein Kärtchen mit ihrer Adresse überreichen, was eine unausgesprochene Einladung war, an einem der nächsten Nachmittage bei ihnen zu erscheinen. Er würde bei einer Tasse Tee versuchen, Isabella näher kennenzulernen, und sie mit weiteren ermüdenden Gesprächen behelligen, bei denen dann auch ihre Tante und womöglich sogar ihre Cousins anwesend waren. Ein grässlicher Gedanke.

Während sich das nächste Paar auf die Tanzfläche begab, reckte Isabella den Hals. Vielleicht lag ihr plötzlicher Widerwille auch daran, dass sie *ihn* wiedergesehen hatte. Alexander Wilkinson.

Zumindest glaubte sie, ihn wiedergesehen zu haben, und das allein machte sie nervös. Nicht nur, weil er sich unerlaubterweise heute bereits mit ihr unterhalten hatte. Na gut. Es war kein richtiges Gespräch gewesen, eher ein Streit. In jedem Falle – sollte ihre Tante davon erfahren, wäre sie empört. Mit ihrem Fächer wedelte Isabella sich Luft zu, denn bei dem Gedanken daran begann sie schon wieder zu schwitzen.

Als die dritte und letzte Debütantin ihren Tanz absolviert hatte, wurde die erste Quadrille gespielt. Eine ganze Reihe an Paaren begab sich auf die Tanzfläche, und die Zahl der Umstehenden lichtete sich.

Trotzdem fühlte Isabella sich beobachtet. Sie ließ ihren Blick über die Anwesenden schweifen. Und dann sah sie ihn erneut, genau gegenüber von ihr auf der anderen Seite des Saals. Alexander Wilkinson war wirklich auf diesem Ball. Neben ihm stand ein Gentleman mit auffallend dunkler Haut und rabenschwarzen, ebenfalls kurz geschnittenen Haaren.

Und obwohl immer wieder die tanzenden Paare die Sicht versperrten, schaute Wilkinson zu ihr herüber, er starrte sie förmlich an, genauso durchdringend wie heute Vormittag. Sofort sah Isabella weg. Seinen Blick im Coffee House herausfordernd zu erwidern, war eine Sache. Es hier auf dem Ball zu tun, war eine Unmöglichkeit.

Sie hielt die Augen gesenkt und betrachtete mit schlagartig erwachter Faszination ihre Handschuhe.

Der Tanz war zu Ende, die Paare verließen die Fläche, und Isabella riskierte einen schnellen Blick. Wilkinson durchquerte den Saal und hielt genau auf sie zu. Er würde zu ihr kommen und ihren Streit ansprechen. Er würde kein Blatt vor den Mund nehmen, und ihre Tante würde alles erfahren. Er hatte ihr ja schon heute Vormittag deutlich gemacht, wie wenig die Etikette ihn interessierte. Es wäre ein Eklat.

Isabella hielt die Luft an und war kurz davor, auch die Augen zusammenzukneifen wie ein verschrecktes Kleinkind.

Aber er kam nicht. Stattdessen war er vor dem Master of Ceremonies stehen geblieben und wechselte einige Worte mit ihm. Anschließend schritten beide auf sie zu.

Auch Lady Alice war das nicht entgangen, und sie erschien Isabella leicht irritiert. Die beiden Männer kamen direkt vor ihren Stühlen zum Stehen, und Isabella erhob sich.

»Darf ich vorstellen: Alexander Wilkinson aus London.« Hickey deutete auf Wilkinson. »Miss …« Einen Moment zögerte er.

»Isabella«, zischte ihre Tante.

»Miss Isabella Woodford«, erklärte der Master of Ceremonies und ließ sie sofort wieder alleine, denn ein weiterer Gentleman wünschte eine Vorstellung.

Lady Alice warf einen auffordernden Blick in die Richtung von Lord Shakleton, und zögerlich setzte er sich in Bewegung.

»Ihr erster Tanz hat mich beeindruckt«, richtete Wilkinson das Wort an sie, ohne jegliche Regung in der Stimme. »Würden Sie mir die Ehre erweisen, den nächsten mit mir zu tanzen?« Er hielt ihr seine behandschuhte Rechte entgegen. Beiläufig schweifte sein Blick zu Shakleton und verharrte einen Moment auf ihm.

Dieser blieb stehen, als wäre er gegen eine unsichtbare Wand gelaufen.

»Aber natürlich«, hörte Isabella die Stimme ihrer Tante. Die Freundlichkeit darin war so offensichtlich aufgesetzt, als würde sie Wilkinson mit Absicht spüren lassen wollen, dass sie nichts von ihm hielt.

Und irgendwie fühlte es sich an wie ein kleiner Triumph. Sie legte ihre Hand in seine, der Griff war fest und bestimmt, und er führte sie auf die Tanzfläche.

6.

Die Musik setzte erneut ein, und Miss Woodford machte die ersten Schritte. Sie befanden sich im hinteren Drittel der Tänzer. Inzwischen wurde es draußen dunkel, die Kronleuchter spiegelten sich in den Glasscheiben der Fenster, und für einige Augenblicke bewunderte Alexander die Pracht des hell erleuchteten Ballsaals. Seine Nebentänzerin umrundete ihn, zog eine Fahne von ekelhaft süßem Parfum hinter sich her und rückte seinen Verstand wieder zurecht. Nun war er an der Reihe, die Tänzer neben sich zu umrunden, und auch wenn Alexander nicht viel davon hielt, kannte er die Schrittfolge gut genug, um seine Aufmerksamkeit nicht vollends darauf richten zu müssen.

»Danke, dass Sie sich jetzt vorgestellt haben«, begann Miss Woodford das Gespräch, als sie das erste Mal aufeinander zutanzten. »Vorstellen haben lassen«, korrigierte sie sich sofort. »Und unsere Begegnung heute früh nicht weiter erwähnt haben.«

»Ich muss mich in aller Form dafür entschuldigen«, erwiderte Alexander, und das war nun wirklich keine Floskel, denn sein aufbrausendes Verhalten hatte ihm im Nachhinein tatsächlich leidgetan. Als er Tom von seinem Zusammentreffen mit einer jungen Dame im White Lion berichtet hatte, hatte der ihn angesehen, als sei er ein Verrückter. Zu Recht. Selbst wenn er dieses aufgesetzte, geradezu peinliche Werben und Suchen nach einem Ehepartner als Unsinn betrachtete, hieß das nicht, dass er Fremde davon abhalten und ihre Chancen ruinieren musste. »Ich war ungehalten heute Vormittag, und meine Wut war nicht gerechtfertigt«, räumte er ein.

Miss Woodfords Augenbrauen wanderten ein wenig nach oben, fast so, als wäre sie überrascht von seiner Entschuldigung. Zu einer weiteren Regung ließ sie sich jedoch nicht hinreißen.

Aber was erwartete er? Sie war genau wie alle anderen jungen Damen hier, die ihr Spiel von Koketterie und vornehmer Zurückhaltung spielten, um die Männer aus der Reserve zu locken. Wie hieß es gleich noch mal – die Frau ist die einzige Beute, die ihrem Jäger auflauert.

Und warum hast du sie dann um einen Tanz gebeten?

Alexander war von sich selbst überrascht gewesen. Er hatte sich eigentlich nur vorstellen lassen wollen, um sein unüberlegtes Verhalten im White Lion – unter Umständen hatte Tom im Zusammenhang damit das Wort »Idiot« in den Mund genommen – wieder geradezurücken. Außerdem hatte er Miss Woodford versichern wollen, dass er nicht die Absicht hegte, ihr daraus einen Strick zu drehen. Schließlich hatte sein Betragen gegen die erklärten Regeln der Gesellschaft verstoßen, egal wie lächerlich sie auch waren.

Als Miss Isabella Woodford ihren Debüttanz absolviert hatte, war er zunächst überrascht gewesen, die Kaffeehausbesucherin schon wieder anzutreffen. Und dann hatte er seinen Blick nicht mehr von ihr abwenden können. Er hatte genau erkannt, wie erschrocken sie gewesen war, ihn hier zu sehen, und ein schlechtes Gewissen bekommen.

Gleich darauf war aber Lord Shakleton, dieser Lackaffe, schon wieder aufgetaucht. Es war vollkommen offensichtlich gewesen, dass die Viscountess den Tanz mit Alexander nicht zulassen wollte. Und er hatte sich einen Spaß daraus gemacht, genau das trotzdem zu tun. Allein schon, um Shakleton eins auszuwischen.

»Ich wundere mich ein wenig, Sie hier anzutreffen. Wo Sie doch so wenig übrighaben für die Gesellschaft in Bath«, tauchte Miss Woodford nun aus ihrem Schweigen auf.

Er zuckte mit den Schultern. »Ich tue nur einem Freund einen Gefallen.«

»Ihrem dunklen Begleiter?«

Alexander versteifte sich ein wenig. Oft, sehr oft vernahm er herablassende, geradezu beleidigende Kommentare über Tom, und auch wenn er sie meistens ignorierte, hörte er bei Miss Woodford gerade sehr genau hin. Und hoffte, sie würde das Richtige sagen. Er hoffte es inständig, denn sonst würde er ohne zu zögern einen weiteren Streit mit ihr anfangen, in dem ihm vermutlich schneller der Geduldsfaden riss, als ihm lieb war.

»Tom Miller«, erwiderte Alexander. Ein Name, wie er englischer nicht sein konnte. Miss Woodfords verständiges Nicken sagte ihm, dass sie ihn richtig verstanden hatte und das Thema auf sich beruhen ließ.

»Sie sind wohl aus bestimmten Gründen in Bath. Und auch auf dem Ball, nehme ich an?«, versuchte er das Thema zu wechseln, konnte sich aber gar nicht richtig konzentrieren.

Honigblonde Locken, ein schlanker, wohlgeformter Hals und eine zierliche Figur, deren Rundungen das hellblaue

Kleid perfekt betonte. Er war hin und weg von ihrem Anblick.

»Sie ja wohl sicher nicht, nach allem, was ich gehört habe«, riss ihre angriffslustige Stimme ihn aus seinen Gedanken. Völlig unpassende Gedanken. Er versuchte sich zusammenzureißen. Selten traf er Frauen, die ihn in Gesprächen herausforderten.

»Eher, um mir das Schauspiel aus weiter Entfernung anzusehen und mich über das Getue zu amüsieren.«

»Und zu urteilen«, ergänzte sie ihn. Natürlich hatte sie ihr Gespräch vom Vormittag noch nicht vergessen.

»Aber sehen Sie sich um, Miss Woodford. Jagt hier nicht ein Wichtigtuer den anderen? Biedern sich nicht alle jungen Damen an, drehen und wenden jedes Wort, ehe es aus ihrem Mund kommt, und spinnen ihr feines Netz an Aufmerksamkeiten und koketten Augenaufschlägen, damit nur ja eine fette Beute darin hängen bleibt?«

»Eine reichlich unversöhnliche Sichtweise auf den Lauf der Welt«, kommentierte sie.

»Das macht sie nicht weniger wahr.«

Sie atmete tief ein, schien es sich dann jedoch anders zu überlegen. Leiser sagte sie: »Vielleicht haben sie keine andere Wahl.«

»Sie haben immer eine Wahl.«

»Ach ja?«, konterte sie sofort. »Uns ist es verwehrt, zu erben, zu besitzen, sogar so zu arbeiten wie Sie. Wenn Frauen heiraten, dann geht es meistens um ihre Existenz.«

Er wunderte sich ein wenig über ihre Vehemenz. Denn natürlich war das möglich. Es war nur eben nicht so einfach.

»Und? Fällt Ihnen jetzt nichts mehr ein?«, wollte sie wissen, als er nicht sofort antwortete, und es schien fast so, als würde sie absichtlich Streit suchen. Während sie sich drehte, begutachtete Alexander ihr Kleid. Der Stoff war ordentlich, aber auf den ersten Blick erkannte er, dass er nicht teuer war. Miss Woodford schien nicht über die finanziellen Mittel zu verfügen, sich die wirklich guten Tuche aus den Webereien in Spitalfields leisten zu können.

Doch seltsamerweise machte das nichts. Denn selbst in ihrem mittelmäßigen Kleid, beinahe ohne jeden Schmuck, der hier im Ballsaal von Bath im Überfluss von den Ohren und in den Ausschnitten der Damen baumelte, war sie schön. Wunderschön sogar mit ihrer feingliedrigen, schmalen Figur und ihren grazilen Bewegungen. Das war ihm bei ihrem Debüttanz schon aufgefallen. Ihre Locken hatte sie zu einer einfachen Frisur lose nach oben gesteckt und eine seidene Schärpe darumgebunden. Eine Strähne hatte sich daraus gelöst, war auf ihre Schulter gefallen, und dieser Anblick nahm ihn vollkommen gefangen.

Natürlich merkte sie, dass er sie anstarrte wie ein Schwachkopf.

Aber statt eines spitzen Kommentars meinte er ein Leuchten in ihren bernsteinfarbenen Augen zu erkennen, als würde sie sein Interesse sogar genießen. Sein Blick rutschte nach unten, auf ihre vollen Lippen, und mit einem Mal überrollte ihn ein Gefühl, ein niederer, animalischer Drang, diese Frau einfach an sich zu ziehen und sie zu küssen.

Du lieber Himmel, was ist nur los mit dir!

Der Tanz brachte einige Schritte Abstand zwischen sie. Alexander fand Zeit, sich zu sammeln, und erwiderte schließlich: »Ich glaube, gerade ist nicht der richtige Augenblick für eine Diskussion über die Heiratsmotive der vielen Damen hier. Und bisher habe ich mit einer Antwort gezögert, weil ich Warten generell für das beste Mittel gegen Ärger halte.«

Er erwartete ein zustimmendes, aber ahnungsloses Nicken, wie es jede andere junge Frau, die er kannte, zweifellos getan hätte.

Doch Miss Woodford begann überrascht zu lachen, entblößte ein paar hübsche weiße Zähne, ihre Lippen spannten sich ein wenig, und wieder blieb sein Blick darauf hängen. Der Gedanke durchzuckte ihn, wie diese Lippen wohl schmeckten.

Mit einem amüsierten Glanz in den Augen erklärte sie: »Lassen wir das. Mit einem Mann zu diskutieren, der dem Gebrauch von Vernunft abgeschworen hat, ist, als würde man einem Toten Medizin verabreichen.«

Und nun war es Alexander, der überrascht war. So sehr, dass er sogar für einen Moment die Schrittfolge vergaß. Glücklicherweise spielte das keine Rolle mehr, denn die Musik verstummte, die Paare neben ihnen verbeugten sich höflich, aber er hielt ihre Hand noch immer. Langsam, fast unwillig, ließ er sie wieder los.

»Sie kennen Thomas Paine?«

»Er ist einer der größten Denker unserer Zeit, natürlich kenne ich ihn«, antwortete sie.

»Angesichts Ihrer Herkunft sollten Sie seine Thesen

doch verachten.« Er bot ihr seinen Arm an, sie legte ihre Hand darauf, und ein seltsames Bewusstsein, dass sie ihn gerade berührte und ganz nah bei ihm war, kroch in seine Gedanken.

»Und Sie scheinen über alles und jeden eine vorgefasste Meinung zu haben. Selbst über die Ideen von Thomas Paine«, warf sie ihm vor, aber ihre Stimme hatte alle Schärfe verloren.

»Sagte er nicht auch: Wenn der Geist einmal erleuchtet wurde, kann er nie wieder dunkel werden? Ich habe mich eben eingehend mit ihm beschäftigt«, entgegnete Alexander.

Das hier machte Spaß. Großen Spaß sogar. Sich mit Miss Woodford einen Schlagabtausch zu liefern, hatte ihn wirklich erstaunt, und es war nicht das, was er von einem Tanz mit ihr erwartet hatte.

Er brachte sie zum jungen Phillip Parker, der ja ihr Cousin sein musste, und der Viscountess, ließ ihre Hand los, und schon stand Lord Shakleton wieder neben ihnen.

Ein schwer zu lesender Ausdruck glitt über die Züge von Miss Woodford, fast meinte Alexander, Panik in ihren Pupillen aufglimmen zu sehen. Was absolut nicht sein konnte. Shakleton war doch genau das, was sie suchte, das hatte sie ja gerade eben verdeutlicht. Trotzdem wanderte ihr Blick von rechts nach links, auf der Suche nach einem Ausweg. Die Tatsache, dass Miss Woodford Hilfe brauchte, aber vielleicht viel mehr noch, dass Shakleton bereits die Lippen benetzte, um sein zweites Tanzangebot hervorzubringen, und alles, was dies nach sich zog, löste etwas in Alexander aus. Ein dunkles, mächtiges Gefühl, der plötzliche Wunsch, dass niemand mit ihr tanzen sollte, wenn es gegen ihren Willen war.

Und noch bevor er überhaupt nachdachte, was er da gerade tat, sagte er: »Würden Sie mir auch für einen weiteren Tanz die Ehre erweisen?«

»Ja.« Ihre Antwort kam wie aus der Pistole geschossen.

7.

Natürlich war es ein Eklat gewesen. Zumindest in den Augen ihrer Tante. Auch wenn Isabella an dem Abend noch mit drei weiteren Männern getanzt hatte, war Lord Shakleton kein einziges Mal mehr in ihrer Nähe aufgetaucht, sehr zum Verdruss von Lady Alice. Isabella hatte zwischen den Tänzen versucht, sich so viele Details wie möglich über die Tanzpartnerinnen von Edward und James zu merken, um bei ihrer Tante damit glänzen zu können und zumindest den Anschein zu erwecken, sie hätte ihr Versprechen eingelöst und ein kritisches Auge auf mögliche Heiratskandidatinnen geworfen.

Der darauffolgende Nachmittag im Salon war dennoch lang und anstrengend gewesen. Obwohl Isabella all ihre Erinnerungen über die Partnerinnen von Edward und James mit in das Gespräch hatte einfließen lassen, war es immer wieder auf das Gleiche hinausgelaufen: Die Vorwürfe von Lady Alice, dass sie auf dem Ball dem falschen

Kandidaten den Vorzug gegeben habe und ihr Verhalten gedankenlos, wenn nicht sogar rufschädigend gewesen sei.

Notgedrungen und weil es die Etikette eben so verlangte, hatte die Viscountess Wilkinson nach dem zweiten Tanz nämlich ihre Karte gegeben und ihn damit implizit zu einem Besuch im Royal Crescent eingeladen. Natürlich war er nicht erschienen. Das hatte Isabella zwar kaum überrascht, aber trotzdem war sie oft vor dem Fenster stehen geblieben, sehr oft sogar, und hatte immer wieder durch die dünnen Musselinvorhänge nach draußen gelinst, ob nicht doch ein Reiter oder eine Kutsche vor ihrer Tür anhielt.

Doch das war alles gestern gewesen. Heute war ein neuer Tag, ein ganz wunderbarer Tag, denn sie war zusammen mit Betty und Mrs. Seagrave unterwegs. Ihre *kleine Landflucht*, wie die Gastwirtin es vor der Abfahrt genannt hatte, war erst durch Phillips Unterstützung möglich gewesen. Offiziell spazierte er mit Isabella und Betty nämlich gerade durch die Spring Gardens, eine so weitläufige Gartenanlage auf der anderen Seite des Avon, dass es nicht auffallen würde, wenn sie dort verschwanden.

In Wahrheit waren sie nicht einmal dort angekommen. Phillip hatte Isabella und Betty im White Lion abgeliefert, begab sich selbst nun in einen Gentlemen's Club und holte sie in drei Stunden, kurz vor der Mittagszeit, wieder ab.

Es war gar nicht schwierig gewesen, ihn dazu zu überreden, denn als der Name Mrs. Seagrave fiel, lenkte er sofort ein. Isabella zweifelte dennoch nicht daran, dass er dafür beizeiten einen Gefallen von ihr einfordern würde. Aber sie wollte Mrs. Seagrave unbedingt wiedersehen, und der gestrige Nachmittag mit ihrer Tante hatte so an ihren Nerven gezerrt, dass sie meinte, sie würde ersticken, wenn sie den Royal Crescent nicht zumindest für ein paar Stunden verließ.

»Sie sind verwandt mit meinen Cousins und haben mir nichts davon verraten«, warf Isabella Mrs. Seagrave vor, konnte allerdings nicht mehr auf deren Reaktion achten. Sie war zu sehr damit beschäftigt, sich an der Klinke der Kutschtür festzuhalten. Die beiden Pferde, die vor das Gefährt gespannt waren, galoppierten in erstaunlichem Tempo über die Straßen von Bath, hinaus ins Grüne, und es rumpelte und schaukelte so stark, dass Isabella achtgeben musste, nicht mit dem Kopf an die Decke zu stoßen.

»Sie haben es also nicht lassen können und Ihrer Tante doch von Ihrem kleinen Erlebnis im White Lion erzählt?«, stellte Mrs. Seagrave fest. Isabella mochte sich täuschen, aber für einen Moment hatte sie den Eindruck, dass sie sich sogar darüber freute.

»Zumindest einen Teil der Wahrheit«, räumte Isabella ein.

Die Kutsche hatte die Stadtgrenzen längst hinter sich gelassen, und statt der noblen Häuserfronten waren nun immer öfter Bäume und Sträucher am Straßenrand erkennbar. Isabella klappte das verglaste Fenster ein Stückchen auf, ließ sich mit geschlossenen Augen den Fahrtwind um die Nase wehen und atmete die frische, klare Luft ein.

»Sie weiß natürlich auch jetzt nicht, dass wir uns treffen, und würde es mit Sicherheit auch nicht gutheißen«, gab sie zu.

Mrs. Seagrave nickte, ein kleines, zufriedenes Lächeln in den Mundwinkeln. Einige Zeit sagte keiner etwas, und es war nur das Rumpeln der Räder und das Klappern der Hufe auf der unebenen Straße zu hören.

»Miss Woodford?«

»Ja?«

»Nennen Sie mich doch Rebecca, wenn Sie möchten«, bot sie plötzlich an. »Schließlich gehören wir ja zur selben Familie, in gewisser Hinsicht.«

»Aber … ja, gern«, antwortete Isabella, hatte allerdings keine Zeit für weitere Worte, denn abrupt blieb die Kutsche stehen, und Rebecca stieg aus.

Isabella tauschte einen zweifelnden Blick mit Betty, folgte ihr dann jedoch. Da das Trittbrett an der Tür noch nicht ausgeklappt war, trat ihr Fuß ins Leere, und sie landete so hart auf dem Kies, dass eine kleine Staubwolke unter ihren Sohlen aufstieg. Sie fand ihr Gleichgewicht wieder, und erst jetzt blickte sie sich um. Sie waren … im Nirgendwo, zwischen Feldern und Wiesen. Grillen zirpten aus dem hohen Grasstreifen am Wegesrand, und einige Feldlerchen sausten über den sprießenden Kornähren auf und ab.

»Wir laufen die restliche Strecke«, bestimmte Rebecca.

»Wirklich?«

»Wir haben gar keine andere Wahl. Das Haus ist dort hinten.«

Sie deutete zu einer Baumgruppe, alte, riesige Eichen. Unter dem Blätterdach konnte Isabella ein Gebäude ausmachen. Zu groß für eine Kate, aber auf den ersten Blick erkennbar auch kein Herrenhaus.

»Eine Eigenheit meines verstorbenen Mannes. Er hat es geliebt, zu Fuß zu laufen, und ganz absichtlich vor sein Landhaus keinen Weg gebaut, damit Besucher nicht mit einer Kutsche vorfahren können.«

Dann raffte sie ihr Kleid, heute war es ein leuchtendes, schimmerndes Blau wie die Tiefen des Ozeans, und begann zu laufen. Sie ging nicht den schmalen Trampelpfad an der Seite der Wiese entlang, sie lief nicht einmal eilig. Sie rannte, mitten hinein ins hohe Gras.

»Was machst du?«, rief Isabella ihr hinterher.

»Ich laufe zu meinem Haus. Komm! Es macht Spaß.« Rebecca war schon gut zehn Schritt weiter.

»Was, wenn uns jemand sieht?«

»Wer denn, hier ist doch keiner«, erwiderte Rebecca, breitete lachend die Arme aus und lief weiter über die Wiese voran.

»Kommen Sie, Miss«, ermunterte sie nun auch Betty und begann ebenfalls zu laufen.

»Es fühlt sich wunderbar an, nicht wahr?«, rief Rebecca über die Schulter Betty zu.

Isabella warf einen letzten, zweifelnden Blick auf den Kutscher, der seinen Mantelkragen hochgekrempelt und den Dreispitz tief ins Gesicht gezogen hatte und so tat, als gäbe es die drei Frauen gar nicht. Sie hörte das Summen der Bienen, das Zwitschern der Vögel, und ganz in der Ferne rauschte der Wind durch die Eichen vor dem Haus.

Und dann lief sie selbst, und ohne dass sie es beabsichtigt hatte, lachte sie auf einmal laut und herzhaft, und es tat so gut.

Die Sonne schien ihr warm auf den Kopf, und ein Pärchen von Zitronenfaltern begleitete sie flatternd einige Schritte.

Endlich dem stickigen Salon zu entkommen und den weiten, blauen Himmel über sich zu spüren, war, als hätte man ihr eine Decke vom Gesicht gezogen, die ihr das Atmen schwer gemacht hatte.

»Bist du oft in diesem Haus?«, wollte Isabella wissen, als sie schwer schnaufend die Stufen hinauf zur Eingangstür nahmen.

Während Rebecca den großen eisernen Schlüssel im Schloss drehte, antwortete sie: »Mein Mann zog sich regelmäßig hierher zurück, wenn er seine Ruhe von dem trubeligen Gasthof brauchte. Meistens habe ich ihn begleitet. Nur nachdem er vor gut zwei Jahren verstarb, bin ich einige Monate nicht hierhergekommen.« Mit einem Quietschen schwang die Tür auf, abgestandene Luft schlug ihnen aus dem Flur entgegen, und Rebecca ging zielstrebig nach rechts in den ersten Raum und öffnete die Fenster und die Läden.

Das Haus war groß genug für eine ganze Familie, jedoch ganz ohne Luxus und einfach und bodenständig eingerichtet. Dunkel eingelassene Holzbalken trugen die Decke, an den Wänden hingen keine Gemälde, sondern verschiedene Büschel von getrockneten Kräutern, die angenehm dufteten, und die aus einfachem Holz gezimmerten Möbel waren zwar völlig verstaubt, aber zweckdienlich.

Rebecca führte sie weiter in den ersten Stock, in dem sich mehrere Schlafräume und offenbar auch einige andere

Kammern befanden. Vor der letzten Tür blieb sie stehen und drehte sich, die Hand bereits auf der Klinke, zu ihren beiden Besucherinnen um.

»Kommen wir zu dem eigentlichen Grund, warum wir hier sind.« Rebecca schien die Neugier ihrer beiden Gäste zu genießen. Sie wartete noch zwei Atemzüge, dann drückte sie die Klinke nach unten und ließ die Tür aufschwingen. Erst als sie Fenster und Läden öffnete und Sonnenlicht den Raum flutete, erkannte Isabella, wo sie sich befanden. Ein Raum, vollgestellt mit Regalen, in denen sich bis zur Decke Stoffballen stapelten. Farbenprächtige Seide, hauchzarte Musseline und kräftige Woll- und Leinenstoffe. Viele Ballen waren zum Schutz in weißen Baumwollsäcken versteckt, und Isabella konnte nur erahnen, wie kostbar die Tuche sein mussten, die sich darin verbargen.

»Das … sind das alles deine?«, fragte sie.

»Wenn man so möchte.«

Die Antwort war vage, aber Isabella war so überrascht von dem Anblick, dass sie darüber gar nicht weiter nachdachte.

»Wir wollten für Betty doch Stoff für Kleider suchen. Und für dich auch vielleicht?« Noch während sie sprach, zog Rebecca einige Ballen aus den Regalen und legte sie auf den breiten Tisch, der direkt vor dem Fenster stand. Anders als das Erdgeschoss war dieser Raum peinlich sauber gefegt, und auch auf dem Tisch befand sich kein Staubkorn.

Fachmännisch rollte Rebecca einige Ellen von jedem Bündel ab, als hätte sie ihr Leben lang nichts anderes gemacht, und Isabella kam aus dem Staunen nicht mehr heraus. Welche Seiten gab es noch an dieser Frau, von denen sie nichts ahnte?

Es war ein leuchtender hellroter Seidenstoff, der nun ausgebreitet vor ihnen lag. Betty, die sich schneller von der Überraschung zu erholen schien als Isabella, trat zum Tisch und strich ehrfürchtig darüber. Überhaupt hatte sie das Gefühl, dass Betty in Rebeccas Gegenwart viel weniger schüchtern und verkrampft war als im Haus der Parkers. Kaum verwunderlich, musste sie sich eingestehen.

»Der würde eigentlich besser zu Isabella passen. Aber was wäre mit diesem hier?« Rebecca hielt Betty einen Ballen bedruckten Baumwollstoff vor die Brust, ein frisches Lindgrün mit einem dunkelgrünen Blumenmuster. Und dann einen zweiten in einem warmen Orangeton. »Wunderbar, ich denke, wir haben, was wir suchten.«

»Aber Mylady, ich kann doch niemals …«

»Ich bestehe darauf«, erklärte Rebecca kategorisch. »Meine Schneiderin wird gleich deine Maße nehmen, wenn wir im Gasthof sind. Und den roten nehmen wir für Isabella mit.« Isabella holte bereits Luft, um zu widersprechen, aber sie kam nicht dazu. »Keine Widerrede. Betrachte es als Freundschaftsgeschenk, christliche Nächstenliebe, was auch immer dir besser behagt.« Sie schob Betty, die die drei Stoffballen nun unter den Arm geklemmt hatte, vor sich her in Richtung Tür.

»Aber wieso?«, flüsterte Isabella, als sie an ihr vorüberkam.

Rebecca warf ihr einen langen Blick zu und schien drauf und dran, etwas zu antworten, unterließ es dann jedoch. Sie schloss die Fenster und die Läden und scheuchte Isabella mit einer wedelnden Handbewegung aus dem Raum.

»Entschuldige meine Neugier«, fragte sie auf der Treppe nach unten. »Aber gewisse Damen, die auf dem Mittwochsball waren, haben mir berichtet, dass du noch einmal das Vergnügen hattest, dich mit Wilkinson zu befassen?«

Natürlich hatte Rebecca davon gehört.

»Er hat tatsächlich die Dreistigkeit besessen, mich um einen Tanz zu bitten«, erklärte Isabella, so ungerührt, wie es ihr möglich war. Sie war froh, dass Rebecca hinter ihr ging und nicht sehen konnte, dass sie gerade rot angelaufen war. »Aber er hat sich zumindest entschuldigt für sein Verhalten am Vormittag.«

»Wenn er möchte, kann auch er sich benehmen«, murmelte Rebecca, während ihr Blick suchend durch den Hauptraum glitt, in dem sie inzwischen wieder angekommen waren.

»Er hat mich sogar um einen zweiten Tanz gebeten.«

Rebecca hielt inne und wandte sich mit hochgezogenen Augenbrauen zu ihr. »Was du selbstverständlich abgelehnt hast.«

»Ich … nein.«

Kurz herrschte Stille. »Lady Alice wird geschäumt haben.«

»Ja«, gab Isabella zu. »Zu Hause dann, versteht sich. Sie war gezwungen, ihm ihre Karte zu geben.«

Man merkte, dass Rebecca mit sich kämpfte. Aber dann lachte sie doch. Der Gedanke an Lady Alice' Wut schien ihr Vergnügen zu bereiten.

»Er ist natürlich nicht erschienen am darauffolgenden Nachmittag.«

»Natürlich nicht. Wilkinson ist bereits früh am nächsten Morgen abgereist.«

Isabella nickte, gleichgültig, als hätte man ihr gesagt, dass am Abend womöglich Wolken aufziehen könnten. Aber schlagartig machte sich ein Gefühl der Enttäuschung in ihrem Brustkorb breit, als wäre hinter ihren Rippen ein kleiner Knoten geplatzt und würde nun in ihr Herz bluten.

Was hatte sie denn auch erwartet? Sie hätte die zweite Runde mit ihm ablehnen sollen, ein paar Tänze warten, wie es sich gehörte, und dann Shakleton die Ehre geben. Vor allem hätte sie niemals diese absurde Aufregung und dieses Flattern in ihrem Magen zulassen dürfen, das sie jedes Mal überfiel, wenn Wilkinson ihre Hand gehalten, ihr in die Augen geschaut oder das Wort an sie gerichtet hatte.

Auch wenn sie schon vorher wusste, dass Wilkinson sich einen Spaß daraus gemacht und nie die Absicht gehegt hatte, am nächsten Nachmittag seine Aufwartung zu machen. Sie war dennoch enttäuscht. Und das machte sie wütend. Am meisten auf sich selbst.

»Was führt dich eigentlich nach Bath?«, wollte Rebecca wissen.

Komische Frage.

Betty warf Isabella einen schnellen, geradezu alarmierten Blick zu, obwohl auch sie nicht wirklich wusste, warum Isabella so schlagartig aus Lydford aufgebrochen war. Aber vielleicht ahnte sie ja etwas.

»Das, was die meisten in die Stadt bringt.« Absichtlich ließ Isabella die Antwort vage. Es war zwar vollkommen unmöglich, dass Rebecca ihre Geschichte kannte, aber trotzdem durchfuhr es sie jedes Mal wie ein Blitz, wenn jemand fragte, warum sie nach Bath gekommen war. »Um das heilende Wasser im Pump Room zu trinken und ein Bad gegen das Reißen in meinen geplagten Knochen zu nehmen natürlich«, sagte sie mit ernster Miene, und Betty grinste so breit, dass Isabella beinahe selbst angefangen hätte zu lachen.

»Du suchst also einen Ehemann«, stellte Rebecca fest.

»Ja.«

»In Devonshire taugen sie wohl alle nichts?«

Isabella zuckte mit den Achseln und versuchte, nichts, aber auch gar nichts von der Beklemmung auf ihrem Gesicht zu offenbaren, die sie bei der Frage befallen hatte.

»Die Gentlemen auf dem Land sind anständiger und berechenbarer als hier in der Stadt. Einen berüchtigten Junggesellen wie Wilkinson würdest du bei euch zu Hause vermutlich gar nicht finden.«

»Meinst du?«, antwortete Isabella, etwas zu schnell, das wurde ihr sofort klar.

Bereits zum zweiten Mal an diesem Tag bedachte Rebecca sie mit einem langen, nachdenklichen Blick. Isabella war heilfroh, dass sie von ihr abließ und sich plötzlich Betty zuwandte, die vor einem vollen Bücherregal stehen geblieben war und die Buchrücken studierte. Nicht wie jemand, der die hübschen Ledereinbände und goldenen Schriftzeichen bewunderte, den Inhalten aber nichts abgewinnen konnte. Sie las die Titel der Bücher, und ihre Lippen bewegten sich dabei lautlos mit.

»Du kannst lesen?«, stellte Isabella fest, fragte sich allerdings sofort, ob das selbst ihrer Dienerin gegenüber respektlos war.

»Wir haben es doch in der Schule gelernt«, erwiderte Betty.

Einige der Bauernkinder in Devonshire, vor allem wenn sie nicht bettelarm waren, wurden für ein paar Jahre zur Sonntagsschule geschickt. Zwar wurde dort zumeist nur die Bibel gelesen, aber es gab durchaus auch Lehrer, die ambitioniertere Ziele mit ihren Schülern verfolgten und ihnen gelegentlich sogar die Grundzüge der Arithmetik beibrachten. Besonders, wenn diese eine schnelle Auffassungsgabe hatten. Isabella wusste darüber deshalb so genau Bescheid, weil ihr Onkel ein Vikar war und ebenfalls eine Sonntagsschule betrieb. Womöglich war er sogar Bettys Lehrer gewesen.

»Mein Lehrer hat mir Bücher geliehen«, erzählte sie. »Weil ich so schnell und gern gelesen habe. *Gullivers Reisen* war das schönste. Es war, als würde man in eine andere Welt abtauchen, wenn man … Oh, Verzeihung. Ich rede zu viel.« Betty lief rot an und starrte wieder auf ihre Hände, wie sie es so oft tat, seit sie hier in Bath angekommen waren.

Daher rührte also ihr kleiner Trick mit dem versteckten Buch in der Zeitschrift, ging Isabella auf. Sie hatte es vermutlich selbst schon einmal genauso gemacht.

Sie fing einen vielsagenden Blick von Rebecca auf. »Wir sind unter uns, und der Teufel soll mich holen, wenn wir uns selbst hier von irgendwelchen ungeschriebenen Gesetzen gängeln lassen. Also rede, so viel du möchtest, Betty. Oder hast du vielleicht etwas dagegen?«, fragte sie an Isabella gewandt.

»Nein«, antwortete sie sofort, und sie hatte nicht eine Sekunde darüber nachdenken müssen.

Wie um ihre Worte zu unterstreichen, griff Rebecca nach einer halb gefüllten Weinflasche, entkorkte sie und trank geräuschvoll einen ordentlichen Schluck daraus.

Isabella musste kichern.

»Trink auch.« Rebecca hielt ihr die Flasche auffordernd hin.

»Wie, ohne Glas?«

»Natürlich ohne Glas.«

Kurz beäugte Isabella den etwas angestaubten Flaschenhals, trank dann aber ebenfalls.

Es war Portwein, süß, dunkel und kräftig. Ein klein wenig brannte er im Hals, doch die Aromen explodierten förmlich auf ihrer Zunge.

»Er ist gut.« Isabella reichte die Flasche Rebecca zurück, die sie sofort an Betty weitergab. Diese schaute sie nur erschrocken an.

»Betty ist doch deine Gesellschafterin, oder?«, fragte Rebecca. Es klang arglos und freundlich, und Isabella war kurz davor, die ganze Geschichte auszuplaudern, warum sie nur Betty an der Seite hatte und keine angemessene Anstandsdame. Sie fühlte sich wohl in Rebeccas Gesellschaft und in diesem Landhaus. Es kam ihr vor wie eine Insel der Sicherheit, weitab von den Zwängen der Stadt.

»Eigentlich ja«, erklärte Isabella. Und das stimmte ja auch. »Aber nachdem meine Tante sie gesehen hat, wurde sie sofort zu meinem Dienstmädchen degradiert.«

»Nun, Betty ist nicht unbedingt das, was man eine geborene Gesellschafterin nennt. Weder alt noch humorlos, noch …«

»… aus einem vornehmen Haushalt«, ergänzte Isabella das Offensichtliche.

»Irgendwann werde ich dich fragen, was es mit euch beiden eigentlich auf sich hat«, kündigte Rebecca an, mit gespielt strenger Miene und die Fäuste in die Hüften gestemmt. »Du weißt, wie ungern ich deiner Tante zustimme, aber in Bettys Fall mag sie tatsächlich recht haben. Du machst ihr das Leben einfacher, wenn du sie als Dienstmädchen beschäftigst. Und deines auch.«

»Aber ich brauche eine Begleitung«, widersprach ihr Isabella.

»Du hast doch deine Cousins. Phillip Parker vornehmlich. Er sitzt auf einem nicht ganz so hohen Ross wie seine beiden älteren Brüder.«

»Kennst du ihn gut?«

Rebecca warf ihr einen merkwürdigen Blick zu. »Gewissermaßen.« Dann trank sie noch einen letzten Schluck aus der Flasche, korkte sie wieder zu und sagte mit etwas zu fröhlicher Stimme: »Ladies, wenn wir pünktlich zur Mittagszeit zurück sein wollen, sollten wir uns sputen.«

8.

»Wir haben von Ihnen gehört, Wilkinson. Ganz London spricht von Ihnen.« Die Stimme des Prime Minister klang höher, als Alexander sie erwartet hatte. Aber dennoch trug sie durch den gesamten Raum. Das Geschäftszimmer von William Pitt dem Jüngeren war – wie vermutlich jeder andere Raum in den Houses of Parliament auch – prunkvoll eingerichtet und erinnerte Alexander mehr an einen barocken Salon als an einen Platz zum Arbeiten. Alles war mit Gold verziert, die Wände waren mit roter Seidentapete verkleidet, und ein geradezu obszön großer Kronleuchter hing von der Decke.

»Tatsächlich?«, antwortete Alexander ohne besondere Freude. Die Begrüßung des Prime Minister war unterkühlt gewesen, und das Letzte, was Alexander nun tun würde, war, darauf mit übertriebener Freundlichkeit zu reagieren.

Pitts runzeliger Sekretär wachte vor der großen Flügeltür und hatte Alexander einige endlose Minuten lang über die Ränder seiner Brille hinweg argwöhnisch inspiziert, ehe er ihn pünktlich zum Schlag der überdimensionierten Standuhr neben seinem Schreibtisch vorgelassen hatte.

»Sie sind einer der erfolgreichsten Händler im ganzen Königreich«, stellte Pitt fest und blickte ihm noch einen Moment in die Augen, ehe er sich abwandte und, die Hände im Rücken verschränkt, aus dem Fenster schaute. Die Finger seiner rechten Hand, die er in die linke gebettet hatte, zuckten, während er sprach. Dabei fing sich das Licht der

Kerze auf dem Tisch in seinem Siegelring und blitzte bei jeder Bewegung auf. Wie alt dieser Mann wirkte, schoss es Alexander durch den Kopf, obwohl er doch im gleichen Alter war wie er selbst. »Disziplin, Präzision, wirtschaftliches Kalkül und ein Händchen für die richtigen Geschäfte zur richtigen Zeit. Sie haben sich innerhalb weniger Jahre aus dem Nichts beinahe ein Imperium erschaffen«, zählte Pitt auf und drehte sich nun erneut um. Seine Perücke war so peinlich sauber frisiert, dass nicht einmal im Gegenlicht der einfallenden Sonne ein Härchen zu sehen war. Seine Nase war lang und schmal und lenkte von dem leicht fliehenden Kinn ab. Er trug einen scharlachroten Rock, der seine schmalen Schultern betonte, und die weiße Seidenweste spannte ein wenig um den Bauch. Pitts vornehme Herkunft war unverkennbar.

»Das klingt überaus schmeichelhaft«, entgegnete Alexander.

»Wir wissen ja nun beide, dass Schmeicheleien nicht der Grund sind, warum ich Sie hierhergebeten habe.«

»Das wäre verwunderlich.« Immerhin ersparte Pitt ihm jetzt den Austausch von Belanglosigkeiten, auf den er sich hätte einlassen müssen, hätte dieses Treffen irgendwo anders als im Arbeitszimmer des Prime Minister stattgefunden.

Pitts Augen glitten forschend über Alexanders Züge. »Es wird Ihnen nicht entgangen sein, wie sehr der Seidenschmuggel die letzten Monate über wieder Aufwind bekommen hat«, stellte er fest.

Alexander beschlich ein ungutes Gefühl. William Pitt der Jüngere war ein Mitglied der königstreuen Tory-Partei, was für sich genommen schon Grund genug für Alexander war, auf der Hut zu sein. Seit dem Ausbruch der Unruhen in Frankreich hatte Pitt sich jedoch zudem einen Namen damit gemacht, im ganzen Königreich seine Spitzel einzusetzen, um die »Radikalen«, wie er sie nannte, in England aufzuspüren und mundtot zu machen. Alexander reiste viel durchs Land. Sehr viel sogar, beinahe täglich sprach er mit Geschäftspartnern und Kunden und wusste über Neuigkeiten oftmals schneller Bescheid, als in den Zeitungen darüber berichtet wurde. Der Prime Minister hatte doch wohl nicht vor, ihn …

»Wir wissen, dass es in Somerset einen Schmugglerring gibt«, unterbrach Pitt seinen Gedankengang. »Die illegalen Tuchimporte aus Frankreich, Italien und Indien werden immer substanzieller und damit auch die Steuereinbußen, die die Krone zu verkraften hat.« Er machte eine Pause, vielleicht um Alexander die Möglichkeit zu geben, das Gesagte sacken zu lassen. »Heben Sie den Ring aus, zerschlagen Sie ihn.«

Stille.

»Ihr meint, ich soll auf Verbrecherjagd gehen?« Alexander war sich nicht sicher, ob Pitt seinen Vorschlag wirklich ernst gemeint hatte.

»Das ist nun etwas spitz formuliert, aber ja.«

»Ich bin ein Händler, kein Scherge. Wieso fragt Ihr nicht Eure Commissioners of the Peace oder die vielen Londoner Constables, schließlich wäre das doch genau deren Aufgabe als Hüter von Recht und Ordnung?«

»Viel zu offensichtlich.« Pitt wedelte Alexanders Einwand beiseite. »Wir brauchen jemanden, der sich ungesehen in der Schmugglergesellschaft bewegen kann.«

»Mit Verlaub: Als rechtschaffener Tuchhändler wüsste ich nicht, was ich …«

»Bringen Sie uns den Kopf«, unterbrach Pitt ihn. Und es klang inzwischen ganz und gar nicht mehr wie eine Frage. Es war ein Befehl, und das ärgerte Alexander. Sehr sogar.

»Uns?«, fragte er, um etwas Zeit zu gewinnen, damit er sich eine Strategie überlegen konnte, wie er diesen Auftrag ablehnen würde.

»Dem König. Und mir.«

»Eure Beauftragung ehrt mich, Prime Minister. Gerade sehe ich mich allerdings außerstande, eine solche, zweifellos ruhmvolle Aufgabe für Seine Majestät zu übernehmen.«

Die Liste an täglichen Aufgaben, die Alexander erfüllen musste, war beträchtlich. Er hatte schlicht und ergreifend keine Zeit, den Grillen des Königs nachzukommen und Probleme zu lösen, die seine Beamten übernehmen sollten. Zudem war es ihm zutiefst zuwider, sich in den direkten Dienst des Königs zu stellen.

Pitt hatte die Augenlider ein wenig gesenkt, aber Alexander ließ sich nicht täuschen. Sein Widerstand war Pitt höchst zuwider. »Es ist Ihre Pflicht als Untertan der Krone«, beschied er. Wieder dieser Befehlston. Je mehr Alexander davon hörte, desto weniger hatte er Lust, den Auftrag anzunehmen. Er ließ sich nicht erpressen. Nicht einmal vom Prime Minister höchstpersönlich.

»Nun, Ihr scheint Erkundigungen angestellt zu haben und einiges über mich zu wissen. Dann sollte Euch auch bekannt sein, dass Ihr mir den Auftrag mit dieser Argumentation nicht gerade besonders schmackhaft macht.«

»Ah, ein Händler, durch und durch. Versucht immer, die besten Konditionen für sich herauszuschlagen«, bemerkte Pitt und überging Alexanders Anspielung auf seine fehlende Begeisterung der englischen Krone gegenüber. Dem Prime Minister musste wirklich viel daran liegen, dass Alexander den Auftrag übernahm.

»Nichts, wofür man sich schämen müsste, meint Ihr nicht auch? Schließlich sind wir es, die seit vielen Jahrzehnten, wenn nicht gar Jahrhunderten den Reichtum dieses Landes sichern. Nicht zuletzt mit unseren Steuern. Und damit das auch so bleibt, benötigt mein Geschäft meine volle Aufmerksamkeit. Es ist meine oberste und einzige Priorität.«

Das war nicht übertrieben. Es gab nichts, was Alexander wichtiger war als sein Unternehmen. Mit dem winzigen Nähgeschäft seiner Mutter und nur ein paar wenigen Ballen Stoff hatte er begonnen, und er hatte es binnen eines Jahrzehnts geschafft, den britischen Tuchhandel zu dominieren.

»Man könnte beinahe meinen, in Ihrer Brust schlägt das Herz eines Demokraten.«

»Wo denkt Ihr hin«, beschwichtigte Alexander, obwohl er Pitt insgeheim recht geben musste. »In meiner Brust schlägt das Herz eines Händlers, wie Ihr eben schon so treffend festgestellt habt. Und als dieser spreche ich nun auch zu Euch.«

Pitts Vorwurf war eine unverhohlene Drohung gewesen, denn jeder wusste, was in England mit Demokraten geschah.

Seit der Revolution in Frankreich wurden sie im gesamten Königreich verfolgt und verhaftet und für ihre umstürzlerischen Ideen vor Gericht gestellt. Im besten Falle.

»Dann habe ich etwas, das Sie brennend interessieren wird, Wilkinson«, erklärte er, während er sich aus einer Flasche Portwein in einen extra dafür bereitstehenden Kelch goss. Er leerte in aller Ruhe sein voll gefülltes Glas, ohne Alexander etwas anzubieten, obwohl ein zweites danebenstand. Eine subtile Machtdemonstration. »Einen exklusiven Belieferungsvertrag für das Königshaus. Die Stoffe für die königlichen Kleider, für die der Gefolgschaft. Sogar für die der Dienerschaft.«

Jetzt war Alexander wirklich überrascht. Vielleicht hatte er den Prime Minister doch falsch eingeschätzt, denn er hatte eigentlich mit weiteren, viel offensichtlicheren Drohungen gerechnet. Keinesfalls aber mit einem Anreiz. Und Alexander spürte sie, die Versuchung. Wie ein angenehmes, aufregendes Kribbeln rauschte sie ihm bis in die Fingerspitzen, und auch wenn er sich nicht eingestehen wollte, dass es ihn bewegte, dass *irgendetwas* ihn bewegte, schlug sein Herz schneller. Nur einige wenige Sekunden lang überschlug er die Tragweite dieses Angebots. Es wäre der größte Auftrag seines Lebens. Es würde ihn zum vielleicht wichtigsten Tuchhändler des ganzen Königsreichs machen. Womöglich sogar des gesamten Kontinents.

Alexander räusperte sich. »Euch ist viel daran gelegen, diesen Schmuggler zur Strecke zu bringen.«

»Das haben Sie ganz recht erfasst, Wilkinson. Aber machen wir uns nichts vor. Sie sind ein vielversprechender

Händler, Sie werfen bereits viele Gewichte in die Waagschale zu Ihren Gunsten. Den Kopf des Schmugglerrings zu finden – es wäre das Zünglein, das Ihnen noch fehlt für eine Beauftragung.« Wieder machte er eine kleine Pause und fixierte Alexander. »Außerdem wissen wir um Ihre, wie soll ich sagen, Vorurteile der Krone und dem Adel gegenüber.«

Und gerade hatte er sich noch wenige Sekunden lang vorgaukeln können, es hätte ihm freigestanden, diesen Auftrag anzunehmen.

Natürlich war das nicht der Fall. Er hätte wissen müssen, dass er sich auf das Feld der Politik begab, sobald er das Parlamentsgebäude betreten hatte. Und was das bedeutete, hätte ihm ebenfalls klar sein müssen. Alles, was er hier sagte oder tat, hatte Implikationen. An jeden Gefallen war eine Forderung geknüpft. Niemals gab es einfache Aufträge, und bei jedem Schritt, den er auf dem Parkett der Politik tat, konnte er ausrutschen und sich das Genick brechen.

»Wir erkennen das Potenzial, das in Ihnen steckt, und gern würden wir Sie ein wenig näher an die Krone binden.«

»Das klingt fast so, als hätte die Krone … Bedenken«, stellte Alexander unumwunden fest.

»Das mag stimmen. Aber es wäre eine für beide Seiten lukrative Lösung. Außerdem möchte sich die Krone der vorbehaltlosen Unterstützung eines der bedeutendsten Händler des Landes sicher sein.«

Auch wenn Alexander ganz genau wusste, dass es keine gute Idee war, diesen Auftrag anzunehmen – er hatte keine andere Wahl.

»Das kann sie, Prime Minister. Es wäre mir eine Ehre,

den Auftrag anzunehmen und dem Schmuggler das Handwerk zu legen.«

Das wirst du bereuen, dachte er, als er sich zum Abschied vor Pitt verbeugte.

9.

Als Isabella zurück in ihr Zimmer kam, um sich für den Nachmittag mit ihrer Tante fertig zu machen, wartete bereits ein Brief auf sie. Eines der Dienstmädchen musste ihn auf dem Schreibpult sorgfältig drapiert haben, damit sie ihn ja nicht übersah.

Seltsam.

Außer ihren Eltern und ihrer Schwester wusste niemand, dass sie in Bath bei ihrer Tante war. Am Tag nach dem Ball hatte sie einen Brief an ihre Mutter geschickt, in dem sie sich nochmals entschuldigt hatte für ihr Verhalten und berichtet hatte, dass es ihr im Haus der Parkers gut ginge. Sie erwartete keine Reaktion darauf, denn sie wusste ja, wie enttäuscht ihre Eltern von ihr waren. Außerdem wäre ein Antwortschreiben ihrer Mutter auch niemals so schnell in Bath angekommen.

Isabella griff nach dem Brief. Es stand kein Absender darauf, und das Siegel war noch nicht gebrochen. Immerhin hatte ihre Tante davon abgesehen, den Brief zu öffnen, wie es ihre Mutter sicher getan hätte.

Isabella legte den Hut achtlos auf dem Bett ab, trat zurück ans Fenster und machte das Schreiben auf. Sie las die Anrede, drehte das Blatt Papier, erkannte den Namen, mit dem unterschrieben worden war, und wie eine Flutwelle schwappte ein so grässliches Gefühl durch ihren Körper, dass ihre Knie anfingen zu zittern.

Christopher Ashbrook.

Was wollte er?

Was, um Himmels willen, wollte er noch von ihr?

Unzusammenhängende Fetzen stürmten auf Isabella ein, Erinnerungen, Gefühle. Das herbe, feine Kribbeln des Champagners auf ihrer Zunge. Der Duft der Seife auf Christophers Haut. Seine Hände und Lippen auf ihrem nackten Körper, das Gefühl, als er ihre Brüste und Schenkel gestreichelt hatte, so lange, bis sie sich ihm wimmernd entgegenstreckte. Der schwere Geruch von Schweiß und Körperflüssigkeiten, eine dunkle Lust und das Pochen zwischen ihren Beinen, das ihren Verstand benebelt und sie zu einem willenlosen Wesen hatte werden lassen, bis er sie endlich erlöst hatte und sie ihn in sich spürte.

Isabella schloss die Augen und gab ein leises, gequältes Geräusch von sich.

Sie hatte sich doch geschworen, all das aus ihrem Gedächtnis zu streichen. Nie wieder würde sie so völlig die Kontrolle verlieren wie in dieser Nacht, denn nichts, was sie jemals in ihrem Leben getan hatte, bereute sie mehr als diese wenigen Stunden in den Fängen von Christopher Ashbrook. Erst im Morgengrauen, als der Alkohol allmählich seine Wirkung verlor und ihr Körper befriedigt in den

Armen dieses Mannes lag, war ihr bewusst geworden, was sie da eigentlich getan hatte. Nicht nur hatte sie gemeinsam mit Christopher ihren Aufpasser Onkel Edwin regelrecht abgefüllt, damit dieser zu betrunken war, um noch auf sie zu achten. Sie hatte auch ihr höchstes Gut verspielt, das Einzige, was eine junge Frau wirklich definierte: ihre Jungfräulichkeit.

Wochenlang hatte sie sich danach in ihr Zimmer eingesperrt und ein Unwohlsein vorgeschützt, aber ihr Vater hatte nichts feststellen können. Natürlich nicht, denn ein schlechtes Gewissen war ja kein körperliches Leiden. Einige Tage hatte sie sogar gehofft, Christopher würde seine Aufwartung machen und um ihre Hand anhalten, denn auch wenn sie es sich niemals eingestehen wollte, hatte sie sich ein klein wenig verliebt in ihn, in dieser einen Nacht. Eine lächerliche Hoffnung war das gewesen, er hatte eine Heirat selbst auf dem Ball bei der Duchess of Devonshire niemals erwähnt. Und trotzdem hatte sie sich verführen lassen und sich so leichtsinnig ihrer Lust hingegeben. Bis zu dem Abend hatte sie sich bloß erlaubt, so etwas Verbotenes zu spüren, wenn sie alleine war, nachts, in ihrem Zimmer.

Isabella war gelähmt gewesen, und einige Monate hatte sie nicht einmal ihren Vater auf seinen Krankenbesuchen begleitet. Ihre Mutter hatte sogar schon Hoffnung geschöpft, dass sie endlich zur Vernunft gekommen war und abließ von ihrem Interesse für die Chirurgie. Sie hatte ja keine Ahnung, was die wahren Gründe für Isabellas Zurückhaltung gewesen waren.

Bis vor einer Woche.

Dann nämlich war eine Bedienstete der Duchess zu ihnen nach Roswell Park gekommen. Sie hätte Isabella damals beobachtet bei ihrem Stelldichein im Schloss, und nun, nach beinahe einem Jahr, hätte sie es nicht mehr länger mit ihrem Gewissen vereinbaren können. Im gleichen Atemzug hatte sie die Hand aufgehalten, damit ihr Gewissen mithilfe einiger Pfund doch verstummen würde. Sie hatte wohl akute Geldsorgen gehabt.

Allein bei dem Gedanken an das Gespräch kroch Isabella Scham den Rücken empor wie ein schwelendes Feuer, das sich langsam durch ein Blatt Papier fraß.

Es war die schlimmste Unterhaltung ihres Lebens gewesen.

Ob er sich ihr mit Gewalt aufgedrängt hatte, hatte ihr Vater wissen wollen.

Sie hatte es verneint, mit niedergeschlagenen Lidern und heiserer Stimme, denn sie hatte ihren Eltern dabei nicht in die Augen sehen können.

Rasend vor Wut und Enttäuschung hatte Isabellas Vater das Schweigegeld gezahlt und seitdem kein Wort mehr mit seiner Tochter gesprochen. Isabellas Leben hatte plötzlich in Scherben vor ihr gelegen, und drei Tage später hatte sie beschlossen, zu ihrer Tante zu fahren, einen Ehemann zu finden und zu heiraten, bevor noch jemand von ihrer Schande erfuhr und damit auch das Leben und die Heiratschancen ihrer Schwester ruinieren würde.

Ihre Hand zitterte mit einem Mal so stark und unkontrolliert, dass sie sich setzen und den Brief ablegen musste.

Der Mann, der sie verführt hatte, schrieb ihr nun.

Was noch konnte er jetzt von ihr wollen? Ihr einen Antrag machen, nach all der Zeit, nach all dem Schweigen? Eher würde sie auf den Kontinent fliehen und in ein Kloster gehen, als ihr Leben mit diesem Mann zu verbringen.

Liebste Isabella,

wie ich hörte, verbringst Du den Rest der Saison bei Viscount Parker und seiner Gemahlin, Deiner Tante. Eine überaus umsichtige Entscheidung von Dir. Unser kleines Zusammentreffen ist nun schon so lange her, aber meine Gedanken haben sich seitdem nach Dir verzehrt. Gleichwohl weiß ich, wie wichtig Dir und Deiner Familie Deine Unbeflecktheit ist. Ich habe Stillschweigen bewahrt über Deine Schwäche und Deine Hingebung in dieser süßen Nacht. Auch weiterhin werde ich unser kleines Geheimnis für mich behalten, das ist doch auch in Deinem Sinne, liebste Isabella? Meine Zurückhaltung in dieser heiklen Angelegenheit wird Dir sicher einiges wert sein. Ich denke, hundert Pfund sollten ein angemessener Preis sein. Anscheinend verfügst Du ja über illustre, betitelte Verwandtschaft, die Dich in Deinem Streben nach Reinheit unterstützt. Ich bin mir sicher, wir verstehen uns. Du kannst das Geld in der Hanover Bank in London bei nächster Gelegenheit einzahlen.

Dein ergebenster Bewunderer
Christopher Ashbrook

Die Wut, die durch Isabellas Brust schoss, war gewaltig, und am liebsten hätte sie sie der Wand entgegengebrüllt.

Ohne dass sie es wollte, kamen ihr die Tränen, und sie kniff die Augen zusammen.

Er erpresste sie. Er war tatsächlich so dreist, sie mit ihrer gemeinsamen Liebesnacht zu erpressen. Der größten Schwäche, der größten Dummheit, die sie jemals begangen hatte. Kein Tag war seither vergangen, an dem sie ihr Verhalten nicht bitter bereut hatte. Es war ein nicht entschuldbarer Fauxpas, vor dem sie nach Bath davongelaufen war.

Aber jetzt hatte er sie eingeholt, schlimmer noch, als sie es sich in ihren Albträumen ausgemalt hatte.

Hundert Pfund, das würde sie niemals zahlen können. Ihre eigene Familie besaß viel zu wenig, und den Viscount um Geld zu bitten, stand vollkommen außer Frage. Er würde wissen wollen, wofür sie es brauchte, natürlich würde er das. Und sollte die ganze Wahrheit jemals ans Licht kommen, würde ihre Tante sie augenblicklich vor die Tür setzen.

Isabella schluchzte, tief und verzweifelt. Tränen erschütterten ihren Körper, und ihre Hand krampfte sich um den Brief und zerknitterte ihn. Sie warf ihn von sich, aber als wollte er sie verhöhnen, flog er nur einen Schritt weit und segelte dann gemächlich zu Boden.

Plötzlich klopfte es, und Isabella hielt sich den Mund zu.

Stille. Wieder klopfte es. Hastig strich sie sich die Haare aus dem Gesicht, trocknete mit dem Ärmel ihre Wangen und räusperte sich, damit ihre Stimme nicht ganz so belegt klang.

»Ihre Tante verlangt nach Ihnen, Mylady«, drang Bettys Stimme gedämpft durch die Tür. Wenn sie jetzt behauptete, ihr sei unwohl, würde ihre Tante augenblicklich vor der Tür erscheinen und wissen wollen, warum. Sie blickte an sich hinab. Noch immer trug sie ihr Reisekleid und das Mantelet und die geschnürten Stiefeletten.

Erneut räusperte sie sich und sagte: »Hilfst du mir, mich zurechtzumachen, Betty?« Ihre Stimme klang heiser und kläglich.

Betty steckte den Kopf durch die Tür, und sie riss vor Schreck die Augen auf, als sie Isabellas Zustand erkannte. Hastig sah sie sich auf dem Flur um, huschte zur Tür herein und schloss sie sorgfältig hinter sich. Sie drehte sogar den Schlüssel einmal im Schloss. Langsam machte sie einige Schritte in den Raum hinein, ohne den Blick von Isabella abzuwenden. Er war beschwörend und beruhigend zugleich, als würde sie auf einen verschreckten Hundewelpen zulaufen, den sie einfangen musste.

»Miss«, sagte sie mit ruhiger und fester Stimme. Der Ausdruck in ihren braunen Augen war warm und verdrängte Isabellas vollkommene Verzweiflung ein wenig. Ohne zu fragen, schenkte sie ein Glas Wasser aus der Karaffe auf dem Nachttisch ein und reichte es ihr. »Was ist passiert, Miss?«

Aber es hatte nicht nach einer Frage geklungen. Es war eine Feststellung.

10.

Isabella hatte sich nicht anders zu helfen gewusst und alles erzählt. In dem Moment war es ihr egal gewesen, dass sie Betty kaum kannte und man die Dienerschaft ganz grundsätzlich niemals und unter keinen Umständen ins Vertrauen zog. Und inzwischen war Betty auch gar nicht mehr einfach nur ihre Bedienstete. Sie hatte Isabella den Rat gegeben, ihrer Tante alles zu erzählen. Oder zumindest ihrem Cousin Phillip.

Aber sobald sie den Salon betreten und in die stets so strenge Miene ihrer Tante geblickt hatte, war sie dazu nicht mehr in der Lage gewesen.

Die ganze Nacht hatte Isabella anschließend wach gelegen, hatte ihr Betttuch durchgeschwitzt, sich herumgewälzt und sich mit rasendem Herzen vorgestellt, wie man sie als gefallene Frau beschimpfte. Wie sie von der ganzen Welt geschnitten wurde. Kein Mann würde sie heiraten, wenn sie keine Jungfrau mehr war. Nicht einmal einer, der im sozialen Gefüge weit unter ihr stand. Sollte die Welt jemals erfahren, was sie sich in dieser Nacht geleistet hatte, würde sie zu einer Aussätzigen werden. Das Erbe, das sie von ihrem Vater bekommen würde, wäre vermutlich nicht genug, um sie zu ernähren – zumindest nicht ihr Leben lang. Sie würde auch nicht als Gouvernante arbeiten können, die einzige Anstellung, die für eine Frau von ihrer Herkunft denkbar wäre. Sie konnte einfach verdammt noch mal gar nichts mehr machen, wenn das Gerücht ihrer Liebesnacht die Runde machte. Sie würde in der Gosse landen.

An Schlaf war nicht mehr zu denken gewesen, und die dunklen Ringe unter ihren Augen am nächsten Morgen waren beträchtlich. Vor allem, da sie heute ganz besonders früh aufstehen musste, denn sie würde mit ihrer Tante zum ersten Mal den Pump Room besuchen.

Es war kurz nach acht Uhr morgens, als sie dort ankamen, und die Besucher strömten unentwegt durch die geöffnete Flügeltür. Die Tage der Erholungssuchenden folgten einer rigiden Struktur, hatte Isabella gelernt. Begonnen wurden sie stets mit einem Besuch in besagtem Pump Room, um drei Gläser des mineralischen Heilwassers zu trinken und Freunde und Bekannte zu treffen. Der wahre Grund, sich so früh am Morgen aus den seidenen Federbetten zu schälen und in die Stadt zu begeben, war jedoch ein ganz anderer, hatte ihr Phillip unter vier Augen anvertraut. Schadenfreudig tauschte man sich darüber aus, wer am letzten Abend wieder in demselben Kleid oder dem falschen Frack erschienen, wer auf dem Ball zu betrunken und laut gewesen war oder sich sonst irgendetwas geleistet hatte, was in der Beau Monde von Bath als gefundenes Fressen für eine angeregte Diskussion diente.

»Wieso sind meine Cousins nicht mitgekommen?«, wollte Isabella wissen.

Lady Alice bezahlte gerade die Träger der beiden Sedan-Stühle, die sie hierhergebracht hatten, und tat so, als hätte sie ihre Nichte gar nicht gehört. Erst als Isabella beharrlich schweigend neben ihrer Tante herlief, fühlte diese sich bemüßigt zu antworten. »Sie pflegen nicht so früh aufzustehen.« Ihre Stimme hatte einen Unterton, den Isabella vorher noch nicht gehört hatte. Etwas Scharfes, Ungeduldiges, und entweder hatte die Viscountess ebenso miserabel geschlafen wie sie selbst, oder sie hatte einen wunden Punkt getroffen. »Sie meinen, der Pump Room sei etwas für Damen, Alte und Invalide.«

»In genau dieser Reihenfolge«, kommentierte Isabella leise, und sie hatte ein bisschen gehofft, es würde Lady Alice in dem Lärm und der Hektik vor dem Eingang entgehen.

Was natürlich nicht der Fall war.

Lady Alice' Kopf ruckte zu ihr, und die Anspannung in ihrer Miene wich Ärger. Isabella murmelte eine Entschuldigung, und ihre Tante schien sich damit zufriedenzugeben. Glücklicherweise, denn das Letzte, was Isabella gerade gebrauchen konnte, war eine Auseinandersetzung mit der Viscountess.

Inzwischen waren sie im Hauptraum angekommen und bahnten sich einen Weg durch das Gedränge. Der Saal war großzügig geschnitten und besaß mehrere verglaste Flügeltüren hinaus auf eine Terrasse. Sie waren geöffnet, und die frische Morgenluft strich herein. Ältere Herrschaften und Invalide auf Krücken und in Rollstühlen, aber auch eine beachtliche Menge junger Gentlemen waren anwesend, und mindestens genauso viele Damen. Perfekt frisiert, in prächtigen Kleidern, manche sogar ein wenig geschminkt, und Isabella fragte sich, wie früh sie eigentlich aufgestanden sein mussten, damit sie um diese Uhrzeit schon so makellos aussahen.

Viele von ihnen standen in der Nähe des Tresens, hinter dem das begehrte Heilwasser von Bath ausgeschenkt wurde. Die Morgensonne schien hell und freundlich durch die gigantischen Glasscheiben, und der ganze Raum schwirrte nur so vor Betriebsamkeit.

Eine Kapelle setzte ein, und das Solo der Trompete dröhnte so laut durch die hohe Halle, dass selbst Lady Alice ein Einsehen hatte, Isabella zwei Kelche voll mit Heilwasser in die Hand drückte und ihr bedeutete, dass sie nicht wie viele andere im Raum auf und ab spazieren, sondern sich auf die Terrasse zurückziehen würden. Von dort aus hatte man einen guten Blick auf das Becken des King's Bath, in dem die Badenden sich gemächlich durch das etwas trübe Wasser bewegten.

»Ich habe noch einmal nachgedacht, und du hattest vollkommen recht, Tante. Es war ein Fehler, Wilkinsons Angebot für einen zweiten Tanz anzunehmen. Ich hätte einige Tänze warten und weiterhin auf Lord Shakleton hoffen sollen. Müssen sogar.«

Lady Alice schaute sie einige Atemzüge lang überrascht an, neigte dann jedoch zustimmend den Kopf, auch wenn ihr anzusehen war, dass sie Isabellas Urteil noch nicht ganz traute.

Alles in ihr wehrte sich dagegen, aber Isabella hatte eine Entscheidung getroffen. Sie würde ihrer Tante zwar keinen reinen Wein einschenken, was ihre Vergangenheit betraf, doch sie würde sich Lady Alice zur Verbündeten machen. Sie würde sich genau so verhalten, wie die Viscountess es von ihr verlangte, und ihren Widerwillen ignorieren, sich mit Männern wie Shakleton abzugeben, denn genau das würde Ashbrook das Wasser abgraben.

Sie wusste nicht, wie viel Zeit sie hatte, bis er den nächsten Drohbrief sandte, aber je gefügiger sie jetzt war, desto schneller würde sie auch einen Ehemann finden.

Egal wie sehr ihr Bauchgefühl ihr sagte, das nicht zu tun.

Damit war nun endgültig Schluss. Sie würde die Erinnerung an die Nacht mit Christopher Ashbrook und auch an den Tanz mit Alexander Wilkinson aus ihrem Gedächtnis streichen, und fortan würde nur noch ihr Verstand regieren.

Man musste kein Interesse oder gar Freude verspüren, wenn man sich mit Männern unterhielt, und man musste diese auch nicht attraktiv finden.

Sie wusste ja inzwischen, was dabei herauskam.

Anstand, Besonnenheit und Selbstbeherrschung waren die Tugenden, die sie jetzt wieder aus der misslichen Lage befreien würden, in die sie sich selbst hineingeritten hatte. Und ein klein wenig Kalkül vielleicht, aber damit würde sie bei ihrer Tante ja ohnehin offene Türen einrennen.

»Ich werde in Zukunft auf dich hören«, gelobte Isabella, nahm einen Schluck des Wassers und zwang sich, die brackige, metallisch schmeckende Flüssigkeit zu schlucken.

»Das hättest du von Anfang an tun sollen, Kind.«

»Ich habe nicht schnell genug reagiert. Mein Debüttanz in Bath, die vielen Menschen, die ganze Aufregung … Ich werde auf der Hut sein, versprochen.«

»Es ist ja nur allzu verständlich, dass ein unschuldiges Mädchen wie du von dem ganzen Trubel überfordert ist.«

Das klang beinahe versöhnlich, und Isabella hielt vorsichtshalber den Kopf gesenkt, denn ihre Wangen wurden heiß.

»Aber wenn du dich in Zukunft an das hältst, was ich dir sage, dann wirst du schnell das bekommen, was du möchtest«, stellte Lady Alice in Aussicht.

»Einen guten und angesehenen Ehemann, der für mich sorgt und mir ein angenehmes Leben ermöglicht.« Isabella schluckte schwer, denn ihr Magen rebellierte. Das Heilwasser schien ihr ganz und gar nicht zu bekommen.

»Genau so einen wie Lord Shakleton.« Lady Alice tätschelte Isabellas behandschuhte Rechte und lächelte huldvoll.

Isabella rang sich ein eifriges Nicken ab. Und auch wenn ihr alleine bei dem Gedanken daran übel wurde – sie würde diesen Shakleton kennenlernen und bezirzen. Ihn oder am besten einen Mann, der noch mehr Ansehen und eine höhere Stellung besaß. Egal wie alt oder wie hässlich er wäre. All das spielte keine Rolle mehr. Sie würde ihn heiraten und diesem Albtraum entfliehen, den Christopher Ashbrook aus ihrem Leben gemacht hatte.

»Er ist ein Baron, nicht wahr, Tante?«

»Richtig, ein Baron, aus einem alten Geschlecht und mit einem hübschen kleinen Landschloss. Genau richtig für dich, denn die Tochter eines titellosen Landadeligen darf kaum wagen, höher zu zielen mit ihren Ambitionen.«

Isabella schluckte eine spitze Bemerkung herunter und trank ihren Kelch aus, damit ihre Tante ja nicht die Wut bemerkte, die schon wieder in ihr nach oben züngelte.

Die Wut musste weichen, denn schließlich hatte Lady Alice lediglich genau das formuliert, was Isabella heute früh im Morgengrauen auch für sich selbst beschlossen hatte. Wenn sie Ashbrook verstummen lassen wollte, musste sie einen Mann heiraten, der nicht nur ausreichend finanzielle Mittel besaß, um Ashbrook zum Schweigen zu bringen. Er musste auch betitelt sein und über Verbindungen verfügen, denn Ashbrook mochte sich trauen, Isabella, eine unbedeutende landadelige Tochter, zu drangsalieren, aber bei einer Baroness würde er es sich mehrmals überlegen, davon war sie überzeugt.

»Was meinst du, Isabella, sollen wir anschließend bei Miss Lovelock in ihrem Geschäft vorbeischauen und ein paar Spitzenborten für dich aussuchen? Heute Nachmittag im Salon werden wir diese dann an deinen Strohhut nähen.«

»Eine großartige Idee, Tante.«

Isabella nahm einen tiefen Atemzug, dann noch einen.

Das wird doch alles ganz wunderbar werden. Nicht wahr?

11.

»Wieso nimmst du mich nicht mit?« Ganz eindeutig war das Phillips Stimme, die da von der Eingangshalle hoch zu ihr in den Flur des ersten Stocks hallte. Isabella verlangsamte ihre Schritte. Es hatte hitzig geklungen, geradezu erbost. Diesen Tonfall war sie von ihm nicht gewohnt.

»Die Einladung galt nur mir«, lautete Edwards gleichgültige Antwort.

»Unsinn, Isabella nimmst du doch auch mit.«

»Ja, aber sie ist eine Frau.«

Isabella war inzwischen stehen geblieben, überlegte aber dennoch, einfach in das Gespräch zwischen den beiden zu platzen. Zu lauschen fühlte sich irgendwie … falsch an.

»Und was soll das nun wieder heißen?«, wollte Phillip wissen. Er war erwachsen, genau wie seine beiden älteren Brüder. Aber immer, wenn die drei zusammen waren, schien Phillip wieder in die Rolle des kleinen Bruders abzurutschen. Oder vielleicht drängte Edward ihn auch einfach in sie hinein.

»Lass es einfach, Bürschchen. Ich nehme dich nicht mit. Ein Dinner bei der Countess ist nichts für dich.«

»Ich will wissen, was das heißen soll, *sie ist eine Frau*«, beharrte Phillip.

Isabella bemerkte, dass sie die Zähne zusammengebissen hatte. Sofort ließ sie den Kiefer wieder locker und fasste sich an den Perlenhalsreif, eine Bewegung, die sie oft machte, um sich zu beruhigen. Der Halsreif und die dazu passenden Ohrringe waren der einzige Schmuck, den sie besaß. Beides ergänzte ganz wunderbar das hellrote Kleid, das sie aus Rebeccas Stoff hatte schneidern lassen. Der Rock war längst nicht mehr so weit ausgestellt wie ihr Reisekleid. Die Moden ändern sich, hatte Rebecca ihr geraten. Die Londoner Beau Monde trug nun weniger weite, dafür leichtere und luftigere Kleider mit kurzen Ärmeln. Trotz des Krieges war Paris noch immer das große Vorbild, was die Mode anbelangte, und jedes Jahr schwappte eine Welle an neuen Bekleidungsideen auch zu ihnen nach England, auf die sich die Londoner Gesellschaft in ihrem chronischen *ennui* geradezu stürzte.

Genau so hatte Isabella es auch an Lady Alice weitergegeben, die ihr aber gar nicht richtig zugehört zu haben schien und nur wohlwollend nickte, als Isabella das Kleid vorgeführt hatte. Sie hatte noch nicht einmal nach der Herkunft des Stoffes gefragt.

Überhaupt schien Lady Alice sehr viel freundlicher und entgegenkommender zu sein, nachdem Isabella sich vor drei Tagen im Pump Room bereit erklärt hatte, Lord Shakleton auf einem Picknick am nächsten Samstag näher kennenzulernen. Selbst als Edward vorgeschlagen hatte, Isabella mit zu einem Dinner bei der Countess of Ely zu nehmen, hatte sie nichts dagegen gehabt. Lady Alice selbst litt unter einer Migräne und hatte das Bett seit zwei Tagen kaum mehr verlassen.

Isabella hatte sich gefreut, dass Edward an sie gedacht hatte.

Bis jetzt.

»Dazu bist du noch ein bisschen zu unreif«, erwiderte Edward, gefolgt von einem gehässigen kleinen Lachen.

Isabella hörte das Rascheln von Stoff und ein überraschtes Ächzen. Hatte Phillip seinen Bruder etwa gerade am Kragen gepackt?

»Hör endlich auf mit deiner ewigen Bevormundung. Ich bin kein Kind mehr, schon lange nicht mehr«, presste Phillip hervor. Er klang wirklich wütend.

»Finger weg!«, zischte Edward. Sohlen rutschten über das Parkett, und einen Moment hatte Isabella den Eindruck, es wäre zu einem Handgemenge gekommen.

»Weißt du was, du kommst mit. Wir werden schon sehen, aus welchem Holz du geschnitzt bist. Aber nur unter einer Bedingung«, räumte Edward ein.

»Ja?«

»Egal was passiert und was unsere Cousine anstellt, du hältst dich raus.«

»Was soll Isabella denn bitte …«

»Haben wir uns verstanden?« Edwards Stimme war scharf.

Kurz wurde es still, Schritte entfernten sich. Isabella spürte, wie ihre Knie mit einem Mal ganz zittrig und kraftlos wurden, und sie lehnte sich gegen die Wand in ihrem Rücken.

Was war hier los?

Sie spürte den Rahmen des großen Landschaftsgemäldes in ihrem Kreuz und richtete sich sofort wieder auf. Selbst hier an den Wänden im ersten Stockwerk reihte sich ein Meisterwerk an das nächste. Isabella konnte noch nicht einmal erahnen, welche Reichtümer sich in diesem Haus befanden, und das Letzte, was sie gerade gebrauchen konnte, war, eines dieser Kunstwerke zu ruinieren.

»Isabella, bist du so weit?«, hörte sie Edward aus der Eingangshalle rufen. Sie richtete ihr Mantelet, atmete tief ein und trat um die Ecke.

Edward kam, zwei Stufen auf einmal nehmend, die Treppe nach oben. Seine Sohlen versanken tief in dem fluffigen Perserteppich, mit dem die Marmortreppe ausgelegt war. Mit ihm kam ein kalter Luftzug, der bereits geschwängert war von dem Geruch von Alkohol. Nachdem er sie nun seit gut einer Woche, die sie zu Gast war bei den Parkers, bis zum heutigen Abend vollkommen ignoriert hatte, war Isabella die viele Aufmerksamkeit, die er ihr plötzlich entgegenbrachte, suspekt. Nicht zuletzt, weil sie gerade einen Streit mit angehört hatte, der nicht für ihre Ohren bestimmt gewesen war. Einen Moment erwog sie, Magenschmerzen vorzutäuschen und sich für den Abend zu entschuldigen. Nur zu deutlich spukte ihr Edwards Anweisung durch den Kopf.

Egal was passiert und was unsere Cousine anstellt, du hältst dich raus.

»Du siehst wunderschön aus, Isabella«, sagte Edward mit einer kleinen Verbeugung.

Sie legte ihre Hand auf seinen dargebotenen Arm, und ihr lief ein eiskalter Schauder über den Rücken. »Tante Alice …«

»Sie ist wieder zu Bett gegangen. Komm, Isabella, die Kutsche wartet bereits«, drängte Edward, und so nahe, wie sie ihm nun war, konnte sie auch seine blutunterlaufenen Augen erkennen.

Die Wärme eines lauen Sommerabends begrüßte Isabella, als sie vor die Tür ging. Die Sonne war untergegangen, ein blaues Leuchten lag in der Luft, und der Duft des Flieders, der vor vielen der Häuser im Royal Crescent wuchs, wehte zu ihnen herüber und mischte sich mit dem schwachen Rauchgeruch der vielen Schornsteine der Stadt.

Edward half Isabella beim Einsteigen, Phillip schloss hinter ihnen die Kutschtür mit einem unnötig lauten Knall, und das Gefährt setzte sich in Bewegung. Sobald sie losgefahren waren, sagte Edward: »Viscount Weymouth war hocherfreut zu hören, dass du uns heute Abend begleiten wirst, Cousinchen.«

Phillip saß ihr gegenüber, und sie bemerkte seine versteinerte Miene.

Dass sie nicht zu einer Countess of Ely, sondern zu Viscount Weymouth fuhren, überraschte ihn ebenso wie Isabella selbst.

Du solltest Edward konfrontieren.

Sie sollte ihn fragen, was es mit der kleinen Auseinandersetzung zwischen ihm und Phillip gerade eben auf sich hatte. Sie sollte ihn fragen, was er wohl gemeint hatte mit *egal was passiert und was unsere Cousine anstellt, du hältst dich raus.*

Was in Gottes Namen sollte sie schon tun auf einem Dinner – zu viel Braten essen, zu laut lachen oder sich im Potpourri der immer gleichen langweiligen Gespräche wohl im Thema vergreifen? Womöglich über einen Knochenbruch oder einen entfernten Tumor sprechen und die anwesenden Damen damit anwidern und die Gentlemen schockieren?

Außerdem – Edward und Phillip wussten doch gar nichts von ihrem Interesse an der Medizin. Edward musste etwas anderes damit gemeint haben.

Das Problem war, es stand ihr nicht zu, Edward zur Rede zu stellen. Schließlich war sie ein Gast im Hause des

Viscounts und konnte nicht die Integrität ihrer Gastgeber, ihrer eigenen Cousins, infrage stellen.

Sie sah, wie Phillip schwer schluckte und der Adamsapfel an seinem Hals dabei hüpfte. Unter ihren Achseln begann es zu stechen. Sie sollte das Mantelet ablegen oder sich zumindest mit ihrem Fächer Luft zuwedeln, der ihr ums Handgelenk baumelte. Sonst würde man auf der hellroten Seide sofort Schweißflecken sehen. Aber das musste sie in Kauf nehmen, denn sich Luft zuzufächeln würde nur verraten, wie nervös sie gerade war. Auf keinen Fall wollte sie das.

»Viscount Weymouth? Ich dachte, wir fahren zum Abendessen bei der Countess of Ely?«, fragte sie und ärgerte sich über ihre viel zu hohe Stimme.

Sie fixierte Phillip, der den Blick plötzlich stur auf seine Knie gesenkt hatte und Fussel von seiner seidenen Hose streifte, wo keine waren.

»Unsere Abendpläne haben sich ein wenig geändert«, erklärte Edward arglos. »Du hast doch nichts dagegen, Isabella?«

»Nein, natürlich nicht.« Aber vermutlich sollte sie das, denn je länger ihr Blick auf Phillip liegen blieb und je verbissener dieser auf seine Hose stierte, desto ausgeprägter wurde ihr Gefühl, dass sie beunruhigt sein sollte. Sehr sogar.

Als sie vor dem Haus des Viscounts ankamen, war es beinahe Nacht. Sein Wohnsitz musste etwas außerhalb der Stadt liegen, jedenfalls konnte Isabella keine Häuser rundherum entdecken, sondern nichts als Bäume und Sträucher. Vielleicht war das Anwesen auch einfach so groß, dass es von einer Parkanlage umgeben war.

»Wo sind wir hier?«

»Auf Viscount Weymouths Landsitz in Batheaston«, antwortete Phillip mit eigentümlich rauer Stimme, und es waren die ersten Worte, die er gesprochen hatte, seit ihre Kutsche losgefahren war. Er lockerte seine Krawatte etwas, während er den Türklopfer betätigte.

Ein livrierter Diener mit undurchdringlicher Miene öffnete die Tür und verbeugte sich. Das ganze Haus war hell erleuchtet, und ein ungewohnter Geruch von Zimt und Nelken und etwas Herbem, Holzigem lag in der Luft.

Noch nie hatte Isabella ein vergleichbares Haus gesehen.

Die Wände waren in dunklem Purpur gestrichen, und Figuren waren daraufgemalt, vielleicht waren es Engel oder womöglich Götter aus der griechischen Mythologie. Allesamt waren sie leicht bekleidet, Männer und Frauen, deren beinahe nackte Körper sich über den gesamten Flur wanden. Isabella riskierte einen einzigen Blick und schaute dann beschämt geradeaus.

»Mister Edward und Phillip Parker«, begrüßte sie eine in die Jahre gekommene Stimme. Ein Mann trat aus einer Seitentür in den Flur »Und wen haben Sie mir denn da wohl mitgebracht?«

»Miss Isabella Woodford, meine Cousine«, erklärte Edward.

Der Mann hatte schüttere, grau melierte Haare, sein Gesicht war bereits gezeichnet von Falten, seine Augen strahlten jedoch in einem bestechend hellen Blau. Er machte eine kleine Verbeugung vor Isabella, nahm ihre behandschuhte Rechte und hauchte einen Kuss darauf. »Es ist mir ein ganz besonderes Vergnügen«, erwiderte er herzlich.

»Viscount John Weymouth«, komplettierte Edward die Vorstellung.

Ehe sie wusste, wie ihr geschah, hatte der Viscount sie bereits untergehakt und führte sie in einen großen Raum mit einer langen Tafel in der Mitte, die prachtvoll gedeckt war. Fast ein Dutzend Kandelaber mit schwarzen Kerzen tauchten den Raum in ein warmes, geheimnisvolles Licht. Es waren schon erste Speisen aufgetragen, und der Viscount stellte Isabella einer ganzen Reihe an Gästen vor, einem Sir Dalrymple, General Poyntz, Lady Anne Carnegie und noch so vielen weiteren, dass Isabella der Kopf schwirrte. Wie ein Schoßhündchen folgte Phillip ihr während der Vorstellungsrunde, die der Viscount höchstpersönlich auf sich nahm. Isabella warf ihrem Cousin einen fragenden Blick zu, aber er erwiderte diesen nur mit einem aufgesetzten Lächeln, das sie nicht zu deuten wusste.

Dann begann das Dinner, und Isabella wurde ein Platz zugewiesen zwischen dem General und einem weiteren jungen Gentleman mit hellblonden Haaren, dessen Name ihr, noch während er vorgestellt wurde, wieder entfallen war. Edward und Phillip saßen am anderen Ende des Tisches, und Isabella fragte sich, ob sie froh darüber sein oder sich doch besser Gedanken machen sollte, dass sie so weit weg von ihren männlichen Begleitpersonen saß.

Noch während sie den ersten Gang zu sich nahmen, eine Kräuterschaumsuppe mit kross angebratenen, aber hoffnungslos versalzenen Forellenstückchen darin, wurden weitere Besucher angekündigt.

Erfreute Stimmen drangen vom Flur her zu ihnen, Männerstimmen einmal mehr, und erst jetzt fiel Isabella der frappierende Männerüberschuss an diesem Dinner auf.

Die Neuankömmlinge wurden zu ihnen in den Saal geführt. Als sie ihn im Türrahmen erkannte, entglitt Isabella der Löffel, und mit einem leisen, jedoch wahrnehmbaren Klimpern fiel er auf den Unterteller. Sie hatte noch versucht, ihn aufzufangen, war allerdings zu langsam gewesen und hielt den Blick nun auf ihr Gedeck gesenkt. General Poyntz neben ihr gab einen überraschten Laut von sich, klaubte den Löffel zwischen ihrem und seinem Teller heraus und legte ihn fürsorglich wieder neben Isabella ab.

Es dauerte nur wenige Atemzüge, und er hatte sie auch gesehen. Und sie spürte, wie Alexander Wilkinsons Blick an ihr hängen blieb und sich förmlich in sie brannte wie glühendes Eisen.

Er nahm ihr gegenüber Platz. Einige Platten mit gebackenem Hühnchen, eine Schale, über und über gefüllt mit Trauben und Äpfeln, und ein schwerer silberner Kandelaber trennten sie voneinander. Zwischen den Kerzen hindurch hatte sie aber freie Sicht auf ihn. Als sich ihre Blicke das erste Mal begegneten, machte ihr Herz einen Satz. Der Schein der Kerzen spiegelte sich in seinen graublauen Augen, als er sie mit ernster, beinahe vorwurfsvoller Miene fixierte. Isabella verstand nicht, wieso er sie so ansah, und sie musste den Löffel beiseitelegen, weil er in ihrer Hand so stark zitterte.

»Ich hörte, Sie hatten bereits das Vergnügen«, machte der Viscount Isabella bekannt.

»In der Tat. Miss Woodford«, erwiderte Wilkinson mit frostiger Stimme und einem knappen Kopfnicken, und Isabella beantwortete dies lediglich mit einem bestätigenden Augenaufschlag. Zu mehr war sie nicht in der Lage.

General Poyntz unterhielt sie mit allerlei Nichtigkeiten, genau wie es sich gehörte an einem Dinner, und Isabella tat ihr Bestes, Wilkinson zu ignorieren und sich interessiert zu geben bei der Konversation mit dem General über das Wetter und den Zustand der Royal Navy. Wenn er sprach, kroch ein stechender Geruch aus seinem Mund, und immer wenn er sich zu nah zu ihr herüberbeugte oder lachte, war Isabella versucht, sich wegzudrehen.

Verstohlen musterte sie Wilkinson. Er sah genauso stattlich aus, wie sie ihn in Erinnerung hatte. Dieses Mal trug er einen perfekt sitzenden schwarzen Frack, der das makellose Weiß seines Hemdes und seiner Krawatte nur umso mehr betonte. Das sanfte Licht des Kerzenscheins ließ seine Augen dunkel erscheinen und machte seine Züge weicher, als sie bei Tageslicht waren. Spärlich unterhielt er sich mit seinen Sitznachbarn, aß kaum von seinem Teller und hatte das Weinglas, das direkt vor ihm stand, noch kein einziges Mal angerührt. Isabella schaffte es kaum noch, dem Geplapper von General Poyntz zuzuhören, denn selbst wenn sie ihn nicht ansah, galt Wilkinson ihre ganze Aufmerksamkeit.

Jedes Mal, wenn sie sich doch traute und ihm aus dem Augenwinkel einen Blick zuwarf, schien auch er sie anzusehen. Und war Wilkinsons Blick bei seiner Ankunft noch überrascht oder neugierig gewesen, so wurde seine Miene zusehends düsterer. Es kam ihr fast so vor, als wäre er … wütend.

Wieso war er wütend?

Warum denkst du überhaupt darüber nach? Er interessiert dich nicht. Er hat dich nicht mehr zu interessieren, das hast du deiner Tante versprochen.

Der General stellte sicher, dass Isabellas Weinglas stets gefüllt war, wie es die guten Tischmanieren verlangten, auch wenn sie lediglich daran nippte. Nicht nur, weil es sich als Dame einfach nicht gehörte, große Schlucke zu nehmen. Sie war auch auf der Hut, denn das Streitgespräch zwischen Edward und Phillip ging ihr nicht aus dem Kopf.

Was genau hatte Edward denn gemeint? Bisher schien es ein völlig normales Dinner zu sein.

Allerdings musste sie gar nicht erst zum Wein greifen, um betrunken zu werden, denn schon das Dessert alleine hätte selbst einen gestandenen Trinker in die Knie zwingen können. Es waren in Portwein eingelegte Birnen in einer dicken, cremigen Schokoladensoße, die Isabella auf der Zunge zerging. Trotzdem trugen die Birnen einen etwas bitteren Beigeschmack, und sie aß nur die Hälfte davon auf, weil sie sich einbildete, davon ein pelziges Gefühl im Mund zu bekommen.

Ein kurzer Blick zu Wilkinson verriet ihr, dass er sein Dessert nicht anrührte. Als ein Diener mit einer frisch entkorkten Portweinflasche neben ihr auftauchte, zweifellos um auch ihr einen Digestif einzuschenken, machte Wilkinson eine kleine, aber eindeutige Handbewegung, und dieser entfernte sich wieder, ohne das Glas vor ihr gefüllt zu haben.

Sie warf Wilkinson einen aufgebrachten Blick zu, den er mit undurchdringlicher Miene erwiderte, und General Poyntz zuckte entschuldigend die Schultern. Offenbar hatte er kein Interesse daran, Wilkinsons Entscheidung über ihr Trinkverhalten zu hinterfragen.

Die Gesellschaft löste sich auf, die Männer zogen sich zurück in den Card Room, und Isabella sollte, wie es für gewöhnlich nach dem Essen geschah, der Handvoll Damen in den Tea Room folgen.

Aber ihr war warm, und sie war angestrengt von der Unterhaltung mit dem General und nutzte die Gelegenheit, sich auf die Terrasse zu schleichen und einige Momente die frische Luft und die Stille zu genießen. Außerdem drehte es sich in ihrem Kopf ein wenig, obwohl sie sich beim Wein bisher sehr zurückgehalten hatte.

Sie war nicht überrascht, Schritte hinter sich zu hören.

»Sie schon wieder«, begrüßte sie Wilkinson. »Haben Sie mich nicht erst kürzlich in Schwierigkeiten gebracht?«

»Oder Sie davor bewahrt, wie man es nimmt.«

Er stellte sich neben sie, einen guten Schritt entfernt. Sie sah ihn nicht an, aber dennoch spürte sie ihn neben sich wie die Wärme eines Kaminfeuers an einem kalten Wintertag.

»Es hat mich mehr als einen Tag gekostet, meine Tante wieder milde zu stimmen, nachdem Sie auf dem Ball Lord Shakleton zuvorgekommen waren«, warf Isabella ihm vor und bemühte sich um eine strenge Miene. Ganz sicher wollte sie Wilkinson nicht zeigen, wie sehr sie sich freute, dass er zu ihr nach draußen gekommen war. Einen kurzen Moment lang zog der angenehme Duft seines Parfums zu ihr, der eine frische, herbe Note von Sandelholz trug. Sie schüttelte leicht den Kopf, um sich wieder konzentrieren zu können.

»Versuchen Sie mir gerade weiszumachen, ich hätte Ihnen damit keinen Gefallen getan?« Das Licht aus dem Saal lag auf seiner rechten Gesichtshälfte. Zwar war seine Erscheinung genau wie bei den anderen Malen, die sie ihn gesehen hatte, geradezu erschreckend perfekt, aber eine Locke hatte sich gelöst und verdeckte einige feine Linien, die sich in seine Stirn gegraben hatten und im seitlich einfallenden Licht nun sichtbar wurden. Auch unter den Augen erkannte sie feine Fältchen. Er sah müde aus, als wäre er den ganzen Tag gereist und würde diesen Abend lieber schlafend in seinem Bett verbringen als in dieser Tischgesellschaft.

»Damals vielleicht ja«, gab Isabella zu. »Aber mittlerweile habe ich meine Meinung geändert.«

»Über Lord Shakleton?«

»Unter anderem.«

»Interessant.« Vermutlich war dies eine Einladung für sie, weiterzusprechen, denn eigentlich müsste er jetzt fragen, was genau sie gemeint hatte. Doch Wilkinson verweigerte sich einmal mehr der höflichen Konversation.

Das verwunderte sie nicht weiter. Und Isabella war bereits so müde von der abendlichen Unterhaltung bisher, dass sie die einträchtige Stille zwischen ihnen sogar genoss. Der beinahe volle Mond spiegelte sich im Teich einige

Schritte vor ihnen, und Isabella lauschte dem Quaken der Frösche.

»Woher haben Sie dieses Kleid?«, fragte Wilkinson dann unvermittelt.

»Von einer Modistin hier in Bath, wieso fragen Sie?«

»Der Stoff stammt nicht aus einer englischen Manufaktur«, stellte er fest und ließ seinen Blick ungeniert über ihren Körper schweifen.

Isabella hoffte, dass er lediglich ihr Kleid in Augenschein nahm und sich nicht insgeheim ausmalte, was sich darunter versteckte.

Dann sah er ihr unverwandt ins Gesicht. Forschend, abwägend. »Edle Seidenstoffe, die nicht aus einer englischen Manufaktur stammen, sind verboten.«

Einen Moment lang wusste Isabella nichts zu antworten. »Und wollen Sie mir das Kleid jetzt vom Körper reißen?«

Er lachte herzhaft, und zu spät erkannte Isabella, wie zweideutig das Gesagte eigentlich war. Ihre Wangen wurden heiß, sie wandte sich zurück in Richtung des Teichs und war unendlich dankbar über das Zwielicht, das hier auf der Terrasse herrschte.

»Mrs. Seagrave sagte mir, dass Sie sehr selten in Bath sind. Ich wundere mich offen gestanden ein wenig, Sie so bald schon wieder hier zu sehen. Und dann noch auf einer Dinnerparty«, wechselte sie das Thema.

Und ich freue mich, sehr sogar, auch wenn ich das nicht sollte.

Er schwieg und schaute sie lange an. Nachdenklich, so meinte sie, mit leicht schräg gestelltem Kopf. »Seltsam, das

Gleiche wollte ich gerade Sie fragen. Ich hätte Sie nicht unter den Gästen des Viscounts erwartet.«

»Wieso nicht?« Das Drehen in ihrem Kopf war einer angenehmen Leichtigkeit gewichen, und die Anspannung, die sie den ganzen Abend über begleitet hatte, verflüchtigte sich. Sie fühlte sich mit einem Mal gut, beinahe euphorisch. »Ich bin immer interessiert daran, neue Bekanntschaften zu machen. Dafür bin ich schließlich nach Bath gekommen«, plauderte sie weiter. »Und die macht man nun mal nicht, indem man jeden Abend mit seiner Tante Bridge spielt und anschließend früh zu Bett geht.«

»Und warum sind Sie dann alleine hier draußen statt drinnen im Tea Room bei den Damen?«

»Ich musste frische Luft schnappen«, erklärte sie.

»Neue Bekanntschaften zu machen, ist bisweilen anstrengender, als man es sich wünschen würde, nicht wahr?«

Es stimmte, was Wilkinson da sagte. Sowohl auf dem Ball als auch beim heutigen Dinner hatte es Isabella mehr Mühe gekostet, die amüsierte junge Dame zu spielen, als sie angenommen hatte. Denn obwohl sie seit vielen Jahren davon geträumt hatte, eine Saison in Bath oder gar London zu verbringen – wenn auch unter anderen Umständen –, es war anstrengender, bedeutend anstrengender, als sie es sich vorgestellt hatte.

Und es machte weniger Spaß.

Sie dachte an General Poyntz, und ihre Schultern verkrampften sich sofort.

Was sie allerdings verwunderte, war, dass auch Wilkinson aufgefallen war, wie sehr sie sich bemühte. Entweder sie machte ihre Sache ausgenommen schlecht, und die Jahre an Erziehung, die ihre Mutter ihr und ihrer Schwester hatte angedeihen lassen, waren völlig umsonst gewesen. Oder aber er beobachtete sie. Sehr genau sogar.

»Sie sind Großhändler, habe ich gehört?«, versuchte sie das Gespräch von sich zu lenken.

Wilkinson nickte.

»Wie kann es da sein, dass Sie so ungern neue Kontakte knüpfen, wie Sie mich gerade glauben machen wollen?«

»Nun, wenn ich beruflich bereits den ganzen Tag rede und verhandle, habe ich, wie soll ich sagen, einen gewissen Widerwillen, es auch in meinem Privatleben zu tun.«

»Menschen kennenzulernen ist also gleichzusetzen mit einer Verhandlung?«

»Ich finde, ja. Man überlegt sich, was man von sich preisgibt und in welchem Licht man sich darstellen möchte. Oder darf.«

Sein Blick war eindringlich geworden, und auch wenn es Isabella vollkommen albern vorkam, war ihr einen Moment, als hätte er in ihren Kopf geschaut und ihre Gedanken laut formuliert. Ihr wurde schwindelig.

»Das klingt reichlich aufgesetzt, finden Sie nicht?«, fragte Isabella und fuhr sich mit ihrer behandschuhten Hand über den steifen Nacken. Wilkinsons Augen folgten der Bewegung, blieben auf ihrem Hals und dem Schmuckband hängen, und sie sah, wie er schwer schluckte.

Irgendetwas geschah zwischen ihnen. Als würde die Temperatur steigen, als würde sich eine eigentümliche Verbindung aufbauen, die sie näher zueinander zog.

Und das machte Isabella nervös. Sie war schon viel zu lange mit Wilkinson auf der Terrasse alleine. Unschicklich lange. Sie sollte wirklich wieder nach drinnen gehen.

Abrupt wandte Wilkinson sich ab, umfasste mit beiden Händen das Geländer, so fest, dass die Knöchel hervortraten, und blickte wieder in Richtung Teich.

»Genau das ist es doch, Miss Woodford. Verbergen wir nicht alle etwas? Und wenn es nur unsere wahren Wünsche und Absichten sind. Weil sie unserem Gegenüber unangenehm sein könnten. Oder gar erschreckend wären?«

Sprach er gerade von sich selbst? Gestand er ihr etwa ein, dass hinter seiner kontrollierten, strengen Fassade etwas ganz anderes lauerte, als er vorgab? Eine mächtige und gewaltige Energie, die er mühsam verbarg, von der Isabella aber immer mehr das Gefühl bekam, dass sie da war, dass sie brodelte und ausbrechen würde, wenn man ihr bloß die Möglichkeit gab?

Sie betrachtete ihn von der Seite, sein makelloses Profil, die Schläfen und die Augen, die ein wenig verengt irgendetwas in der Ferne anvisierten. Ein Bild blitzte vor ihr auf, von Wilkinson über ihr, von seinen Locken, die ihm verschwitzt auf der Stirn klebten, die Augen verschleiert vor Lust. Von seinen angespannten Muskeln unter ihren Handflächen und seinen Lippen auf ihren. Hitze wallte durch Isabellas Körper und sammelte sich in ihrem Unterleib, und für einen Moment musste sie die Augen schließen und tief durchatmen, um dieses Bild wieder loszuwerden.

»Nun übertreiben Sie aber, Wilkinson. Ohne eine gewisse Offenheit wären Sie kaum so erfolgreich in Ihrem Geschäft.«

Und du stündest auch nicht hier draußen bei mir und würdest mich mit deiner bloßen Anwesenheit zum Glühen bringen. Herrgott, du darfst nicht …

Sie kam nicht mehr dazu, den Gedanken zu Ende zu führen.

»Isabella? Kommst du wieder rein?« Edward stand in der Terrassentür, ein Glas mit Brandy in der einen Hand, die andere am Türrahmen. Offenbar hatte er das Dinner genutzt, um weiterzutrinken.

»Entschuldigen Sie mich.« Isabella deutete einen Knicks an und kehrte zu ihrem Cousin zurück.

Als sie den Dinnersaal betrat, hatte sich die Stimmung dort geändert. Obwohl die Damen sich eigentlich hätten in den Tea Room zurückziehen sollen, drangen Frauenstimmen aus dem anschließenden Card Room, kokettierendes Lachen, hohe, junge Stimmen. Sie konnten unmöglich von den betagteren Ladies stammen, die mit ihr gemeinsam am Tisch gesessen hatten. Einige Männer standen noch in der Nähe der Tafel und warfen Isabella neugierige Blicke zu, auf die sie sich keinen Reim machen konnte. Von Phillip war keine Spur.

Edward ging neben ihr, so nah, dass seine Schulter bei jedem schwankenden Schritt gegen ihre stieß. Gerade so, als hätte er Bedenken, dass sie ihm jeden Moment davonlaufen würde.

»Komm doch mit mir in den Card Room, Cousinchen«, lockte er mit weicher Stimme.

Isabella warf ihm einen zweifelnden Blick zu. Ja, sie spielte gern eine Partie, und das wusste auch Edward. Aber für gewöhnlich zogen sich nur Männer in den Card Room zurück. Sie hatte dort nichts zu suchen.

Misstrauen und eine plötzliche Wachsamkeit krochen in Isabellas Bewusstsein, und sie blieb abrupt stehen. Edward versuchte, sie weiterzuschieben. Sie wich ihm aus, was nicht besonders schwierig war, denn seine Bewegungen waren unkoordiniert und träge.

»Zier dich nicht so«, drängte er und versuchte es als wohlwollenden Spott oder eine Art Frotzelei zu formulieren, aber sehr wohl bemerkte Isabella, wie in seinen Augen etwas Erwartungsvolles, beinahe Hartes funkelte. Sie standen nun direkt vor dem Card Room. Die Tür war angelehnt, der Geruch von Rauch zog durch den Spalt, und Isabella erhaschte einen kurzen Blick auf einen dunkelroten Kleidersaum. Kein Kleid, das eine Dame beim Abendessen getragen hatte.

Eine bekannte Stimme drang von drinnen zu ihr, Phillips Lachen, einige formulierte Worte, die in ein undeutliches Nuscheln übergingen. Er musste sturzbetrunken sein.

»Los doch, Isabella«, hörte sie Edward.

Jede Faser ihres Körpers spannte sich an und warnte sie, und die Erkenntnis durchzuckte sie wie ein Blitz.

Sie durfte diesen Raum nicht betreten.

Sie drehte sich herum und wollte Edward zur Rede stellen. Doch sie kam gar nicht mehr so weit.

Wie ein Fels hatte sich Wilkinson plötzlich hinter ihnen aufgebaut, seine Hand schnellte nach vorne und umklammerte Isabellas Oberarm. Ihr entfuhr ein leiser, aber überraschter Aufschrei. Sie schaute nach unten und sah, wie der

Stoff ihres Ärmels unter seinen Fingern knitterte, während er sie von der Tür wegzog.

»Was erlauben Sie sich?« Sie versuchte sich loszumachen.

Er zog sie an sich heran, so nah, dass sein Gesicht nur noch eine Handbreit von ihrem entfernt war. Ein so dunkler, wütender Ausdruck lag in seinen Augen, dass Isabella befürchtete, er würde sie jeden Moment an den Schultern packen und schütteln.

»Sie wissen nicht, wo Sie hier sind«, stieß er gedämpft hervor.

Als Isabella nicht antwortete, blickte er ihr prüfend in die Augen, als suche er nach etwas. Als wolle er einen Verdacht bestätigen.

Der feine Geruch seines Parfums, der ihr vorhin schon aufgefallen war, mischte sich mit seiner Körperwärme zu einem verführerischen Duft, warm und angenehm hüllte er sie ein und verstärkte das wattige Gefühl in ihrem Kopf.

Offenbar erwartete er keine Antwort mehr von Isabella, denn er hob den Blick und fixierte nun Edward, der unschlüssig im Türstock stehen geblieben war. »Miss Woodford kommt nicht mit in den Card Room«, bestimmte er mit eisiger Stimme.

Isabella versuchte erneut, sich seinem Griff zu entziehen, aber es war völlig sinnlos.

Edwards Blick war bereits glasig, und als seine Augen auf Isabella lagen, trat die Verachtung zutage, die er in nüchternem Zustand bisher so sorgsam verhohlen hatte.

»So lassen Sie sie doch, Wilkinson, es war doch ihr eigener Wunsch. Nicht wahr, Cousinchen?«

Isabella öffnete den Mund, um etwas zu antworten, denn nichts von dem, was Edward da sagte, stimme. Aber ihr Gedanke zerfiel, noch ehe sie ihn formulieren konnte. Sie fühlte sich, als wäre sie mit einem Mal sturzbetrunken, und ihre Beine wurden so weich, dass sie plötzlich froh war um Wilkinsons eisernen Griff, der sie stützte.

»Ganz sicher war das nicht ihr Wunsch. Miss Woodford verlässt das Dinner.«

Seine Finger umklammerten ihren Arm so fest, dass es allmählich in ihrer Hand zu kribbeln begann. Er setzte sich in Bewegung und zog Isabella einfach mit sich. Mit trippelnden Schritten lief sie neben ihm her.

»Weymouth, Sie borgen Miss Woodford doch Ihre Kutsche, nicht wahr?«, rief er diesem im Vorbeigehen zu.

Der legte die Stirn in Falten, willigte aber schließlich mit einem gleichgültigen Schulterzucken ein.

»Was soll das alles?«, verlangte Isabella zu wissen, doch er reagierte gar nicht auf ihre Frage. Wieder versuchte sie sich loszumachen. Dieses Mal gab Wilkinson nach, versperrte ihr aber mit den ausgebreiteten Armen den Fluchtweg und trieb sie damit vor sich her, den düsteren Flur entlang. Vage schlich sich bei Isabella der Gedanke ein, dass keiner der Männer, mit denen Wilkinson am heutigen Abend zu tun hatte, ihm bisher widersprochen hatte.

Seltsam.

Schritte erklangen hinter ihnen, Edward drängte sich an Isabella vorbei und verstellte ihnen den Weg.

»Was … was machen Sie da mit meinem Mündel, Wilkinson?«

»Sie ist nicht Ihr Mündel«, murmelte er bloß, und Isabella erkannte an den zusammengepressten Lippen und den zu Fäusten geballten Händen, dass er versuchte, sich selbst zur Räson zu bringen. »Außerdem mache ich das einzig Richtige, ich bringe Ihre Cousine nach Hause.«

»Einen Scheiß tun Sie.«

Wie nach einem Pistolenschuss legte sich eine plötzliche, erwartungsvolle Stille über den Raum.

Dann passierte etwas mit Wilkinson. Ein Ruck ging durch seinen Körper, und Isabella konnte förmlich spüren, wie er jeden Muskel anspannte. Einen Herzschlag später hatte er Edward am Kragen gepackt und ihn brutal gegen die Wand gedrückt. Edwards Schädel landete mit einem dumpfen Knall auf dem Mauerwerk.

»Ein weiteres Wort, und ich vergesse mich, Parker«, presste er mühsam beherrscht hervor. »Sie sollten sich in Grund und Boden schämen.« Sie starrten einander in die Augen, während Wilkinson ihren Cousin ganz langsam losließ.

Ohne Isabella auch nur eines Blickes zu würdigen, zog Edward sein Hemd wieder straff und entfernte sich leicht wankend in Richtung des Card Room.

»Miss Woodford, nach Ihnen.« Wilkinson deutete mit düsterer Miene in Richtung Tür.

»Wilkinson, ich kann unmöglich mit Ihnen alleine in einer Kutsche ...«

»Glauben Sie mir, das ist noch der anständigste Ausgang, den Sie von diesem Abend erwarten können.«

12.

Miss Woodford blickte ihn an, die Augen weit aufgerissen und die sonst so makellose Stirn in Falten gelegt, als dächte sie über etwas nach. Lange und angestrengt, und als würde sie das, was in ihrem Kopf gerade vor sich ging, zusehends erschrecken.

Dann legte sich ein entschlossener Zug um ihren Mund, und schneller, als er nach ihr greifen konnte, lief sie zurück in Richtung des Dinnersaals.

An diesem Abend schienen alle verrückt geworden zu sein.

Alexander folgte ihr und spürte, wie er allmählich die Geduld verlor. Er war wirklich kurz davor, sie einfach zu packen, sich über die Schulter zu werfen und fortzuschleppen.

Suchend glitt ihr Blick über den halb abgeräumten Tisch und die zwei dunklen Konsolen an der Wand, und schließlich schien sie gefunden zu haben, wonach sie suchte, denn sie steuerte geradewegs auf eine der beiden zu.

Ohne einen Lakaien zu fragen oder um Hilfe zu bitten, griff sie nach einer der gläsernen Karaffen und schüttete mit zittrigen Händen einen Kelch voll. Es musste Limonade oder Wasser sein, Alexander war sich nicht sicher.

Sie leerte ihn in einem Zug, stellte ihn jedoch nicht ab, sondern füllte ihn erneut so voll, dass er überschwappte und die Flüssigkeit zu Boden plätscherte. Auch dieses Glas kippte sie in einem Zug herunter. Sie ächzte leise, als sie sich ein drittes Mal einschenkte, aber dieses Mal nur die Hälfte in sich hineinzwang und den Kelch dann abstellte.

Wie festgefroren beobachteten die beiden Bediensteten sie dabei, die wohl gerade beim Abräumen waren, und Alexander ertappte sich, wie er genau das Gleiche tat.

Auf den unzähligen Dinnerparties, auf denen er in London bereits zu Gast gewesen war, hatte er schon viel gesehen, doch das überraschte nun selbst ihn.

Miss Woodford wandte sich ihm zu, hielt sich die behandschuhte Rechte vor die Lippen, die besudelt war mit Limonade, und rülpste leise. »Jetzt können wir fahren, Wilkinson.«

Erst als sie in der Kutsche saßen, schien sich Alexanders Puls mit dem regelmäßigen Rattern der Räder und dem Schlagen der Hufe auf der gepflasterten Straße allmählich zu beruhigen.

»Laudanum, nicht wahr?«, waren die ersten Worte, die sie an ihn richtete. »Sie hatten mir Laudanum unter das Essen gemischt.«

Alexander nickte nur, Miss Woodford wandte hastig den Kopf ab und schaute nach draußen, wo nichts zu sehen war außer der finsteren Nacht.

»Wie haben Sie das bemerkt?«, fragte er, vielleicht um sie aus ihren Gedanken zu reißen, denn zweifellos dämmerte ihr allmählich die Tragweite dessen, was gerade eben passiert war.

»Mein Vater ist Arzt. Chirurg. Wann immer es geht, begleite ich ihn auf Hausbesuchen und helfe ihm bei Operationen. Wir benutzen Laudanum, um die Patienten zu sedieren.«

Alexander wusste einen Moment lang nicht, was er darauf sagen konnte. Von allen erdenklichen Antworten war dies vermutlich die letzte, die er erwartet hatte. Aber jetzt erinnerte er sich.

Das Buch, auf dessen Titel er einen Blick erhascht hatte, vor ein paar Tagen im Coffee House. Es war irgendeine medizinische Abhandlung gewesen, und auch wenn er damit nichts am Hut hatte, war selbst ihm der Name ein Begriff gewesen. John Hunter, der vielleicht berühmteste Chirurg im Königreich. Erst kürzlich verstorben. Alexander hatte sich gewundert, was das Buch im Besitz einer jungen Dame tat, doch er hatte seither nicht weiter darüber nachgedacht.

Natürlich kannte er Chirurgen, und er hatte auch schon von Knochenrichtern gehört. Menschen, die gebrochene und ausgekegelte Knochen und Gelenke wieder korrigierten. Sie waren keine Ärzte, sondern fahrende Gesellen, und anders als bei der Ärzteschaft gab es auch eine Handvoll Frauen darunter. Sally Wallen war eine von ihnen, und sie hatte es vor einigen Jahrzehnten in London zu einer gewissen Berühmtheit gebracht. Man sagte ihr nach, sie sei grobschlächtig gewesen, breit gebaut und so kräftig wie ein Ochse. Aber diese zarte Person, die gerade vor ihm saß und deren unruhiger Blick durch das Innere der Kutsche schweifte, sollte gebrochene Knochen schienen und sogar Operationen assistieren?

Unmöglich.

All das spielte im Moment jedoch ohnehin keine Rolle.

»Verzeihen Sie, wenn ich ganz offen mit Ihnen spreche, aber was haben Sie sich eigentlich dabei gedacht, an diesem Dinner teilzunehmen?«, fragte er mit harter, unnachgiebiger

Stimme, denn der Ärger in ihm flammte wieder auf. Es war der gleiche Tonfall, den er oft in Verhandlungen anschlug, wenn er die Geduld verlor und das Geschäft endlich abschließen wollte. Das war ganz und gar nicht die Art, wie er mit einer vornehmen jungen Dame sprechen sollte, und das schien auch Miss Woodford zu merken.

Langsam wandte sie den Kopf, und im Mondlicht, das durch das Fensterglas hereinschien, erkannte er den aufkeimenden Widerstand in ihrem Gesicht. Sie blinzelte mehrmals, als hätte sie Probleme, klar zu sehen. Dann setzte sie sich gerade auf, als wappne sie sich für ein Streitgespräch, und erwiderte: »Ich habe meine beiden Cousins auf ein Dinner begleitet, was ist schon dabei?«

»Ach ja, meinen Sie? Dafür waren Sie heute Abend hier? Für ein Dinner?« Ihre Unbedarftheit machte ihn rasend.

»Wofür denn sonst?«, fuhr sie auf, überraschend laut und vehement.

»Sind Sie wirklich so unschuldig, wie Sie es mir gerade weismachen wollen?« Seine Stimme klang metallen in seinen Ohren, und er spürte die Wut, die in ihm brodelte und kurz davor war auszubrechen.

Wieso nur war er so wütend?

»Hören Sie schon auf, in Rätseln zu sprechen! Ich verstehe überhaupt nicht, was Sie von mir wollen.« Ihre Stimme brach bei den letzten Worten, als würde sie jeden Moment anfangen zu heulen.

Vermutlich tat sie das auch gerade, denn sie hatte sich wieder zurücksinken lassen auf die Polsterbank, die Beine undamenhaft nach vorne von sich gestreckt, und ihr Kopf verschwand im Schatten der Kutschwand. Das Einzige, was er hörte, war ein leises Schniefen.

»Lassen wir das.« Nun war er es, der den Blick nach draußen wandte, wo Bäume und Büsche in dunklen Schemen an ihnen vorüberzogen.

Isabella Woodford mochte geübt sein in Höflichkeiten und Floskeln, gedrillt wie ein kleines Schoßhündchen darauf, was sie zu tun und zu lassen hatte in Gesellschaft. Aber die Hilflosigkeit, mit der sie gerade seine Fragen beantwortete, war nicht gespielt.

Sie hatte wirklich keine Ahnung.

Alexander rieb sich mit beiden Händen über das Gesicht.

Sie hatte an einem Dinner einer der bekanntesten Libertins aus ganz Somerset teilgenommen, ohne zu wissen, in welcher Gesellschaft sie sich befand.

Zu Anfang hatte er gedacht, sie wusste, was sie tat. Dass Miss Woodford eine dunkle Seite besaß, für die er bei ihren bisherigen Begegnungen vollkommen blind gewesen war. Doch je länger er sie während des Dinners beobachtet hatte, desto mehr hatte ihn der Verdacht beschlichen, dass sie tatsächlich keinen Schimmer hatte, wo sie war.

Er hatte nicht einfach tatenlos zusehen können, wie ihre beiden Cousins sie mit voller Absicht ruinieren würden. Ganz genau hatte er erkannt, wie vor allem Edward Parker immer wieder prüfend zu Miss Woodford geschaut hatte, mit einem fiesen Lächeln um die Lippen, das Alexander ihm am liebsten aus dem Gesicht gedroschen hätte.

Außerdem hatte Weymouth, dieses Aas, ihr Opium unter das Essen mischen lassen. Er hatte es an ihren Pupillen erkannt und an dem Geruch, den sie verströmte. Das kam immer mal wieder vor auf den Feiern der Libertins, besonders wenn sie sich neue Damen gefügig machen wollten. Natürlich hätte er wissen müssen, dass genau das auch am heutigen Abend passieren konnte. Kurzfristig hatte er sich um eine Einladung zu dem Dinner bemüht, denn er wollte Pitts Auftrag so schnell wie möglich wieder loshaben. Er war sich sicher, dass Weymouth exzellente Verbindungen zu Baths Unterwelt hatte und ihm den ein oder anderen Wink hätte geben können, in welche Richtung er suchen musste. Weymouth und er kannten sich aus London. Bisher hatten sie nur beruflich miteinander zu tun gehabt, waren sich aber auch immer wieder in einem der Londoner Clubs über den Weg gelaufen, denn wie viele andere verbrachte auch Weymouth große Teile der Parlamentssaison über den Winter in London.

Mit etwas Glück hätte sich Miss Woodford am nächsten Tag nicht einmal an den Abend erinnert. Es wäre alles wie ein böser Traum gewesen. Und auch wenn es das ungeschriebene Gesetz dieser Abende war, dass nichts von dem, was dort passierte, jemals nach außen drang. Ihre werten Cousins Edward und Phillip würden es wissen und alle anderen Anwesenden auch. Und sie würden ihr das Leben damit zur Hölle machen.

Alexander war in London groß geworden. Er besuchte die Gentlemen's Clubs, genauso wie viele andere Herren. Sogar dem Hellfire Club, dem berüchtigtsten aller Herrenclubs, hatte er sich ein- oder zweimal angeschlossen gehabt. Es gab dort Alkohol, Opium und Frauen im Übermaß, solange man liquide war. Recht schnell hatte er aber den

Gefallen daran verloren, als ihm klar geworden war, dass alles, was er an diesen Abenden machte, gesehen wurde. Gesehen, registriert und bei Gelegenheit gegen ihn verwendet. Seit dieser Erkenntnis war er deutlich diskreter mit seinen Liebschaften. Die meisten davon waren ohnehin bezahlte Damen. Er wandte seine Aufmerksamkeit zurück zu Miss Woodford, denn allein dass ihm in ihrer Gegenwart der Gedanke an bezahlte Frauen in den Sinn kam, erschien ihm grundfalsch.

Die Kutsche fuhr eine Kurve, und das silbrige Mondlicht fiel wieder auf ihr Gesicht. Ihre Wangen glänzten von den Tränen, und das Grübchen auf ihrem Kinn zitterte leicht.

Sie versuchte sich zu beherrschen, aber sie sah in diesem Moment so hilflos und zerbrechlich aus, dass er sich zusammennehmen musste, nicht sofort zu ihr herüberzukommen und sie in seine Arme zu schließen.

Ein Gefühl meldete sich in seiner Brust, das immer stärker wurde, je länger er sie lautlos weinend dort sitzen sah. Es war das gleiche Empfinden, das ihn bei Weymouth ohne nachzudenken dazu getrieben hatte, Miss Woodford einfach fortzubringen.

Er würde nicht zulassen, dass ihr etwas geschah. Er wollte auf sie achtgeben und sie beschützen, es war wie ein Instinkt, der in ihm erwacht war.

Wie nobel von dir, Wilkinson. Was ist eigentlich in dich gefahren?

Vielleicht lag es daran, dass er sich den ganzen Abend über vorgestellt hatte, wie es wäre, sie zu berühren, sie zu riechen und ihre Haut auf seinen Lippen zu spüren. Das schien ihm jedes Mal zu passieren, wenn er in ihrer Nähe war. Er wollte ihr die Tränen von den Wangen streichen, sie an sich ziehen und sie küssen.

Etwas regte sich in seiner Hose, und im selben Atemzug verdrängte er das Bild seiner Hände auf ihrer durchscheinenden, hellen Haut wieder.

Gerade eben hätten beinahe einige gewissenlose Menschen ihren Ruf ruiniert. Und jetzt dachte er genau das Gleiche wie sie?

»Sobald Sie zu Hause sind, trinken Sie Wasser. So viel Sie können.«

»Ich weiß …«

Natürlich weiß sie es. Arzttochter, schon vergessen?

»Wieso nennen Sie mich eigentlich nicht gleich Isabella, wenn Sie mich nun schon so ritterlich gerettet haben, vor … vor …« Sie atmete hörbar aus. Es war ihr anzusehen, dass ihr allmählich übel wurde. Eine ganz normale Wirkung des Opiums. Sie würde sich vermutlich übergeben müssen, den ganzen morgigen Tag.

»Wenn du das so wünschst. Nenn mich Alexander«, bot er ihr an.

Eine kurze Weile herrschte Ruhe. Dann begann Isabella, unruhig auf ihrer Bank hin- und herzurutschen.

»Alexander?«

»Ja?«

»Sag dem Kutscher, wir müssen anhalten. Sofort.«

»Wieso?«

»Ich muss … das viele Wasser …«

Alexander schloss die Augen. Konnte dieser Abend eigentlich noch würdeloser werden?

Mit seinem Stock klopfte er gegen das Verdeck und brüllte: »Anhalten!«

Nachdem die Kutsche stehen geblieben war, eruierte er die Lage an der Straße. Einige Schritte rechter Hand waren ein paar Büsche, die sich für einen Austritt eigneten.

»Bitte schön.« Er deutete in die Richtung, und Isabella verschwand im Dunkel. Das Plätschern, das er hörte, versuchte er einfach auszublenden.

Die Tatsache, dass sie einfach so mit ihm in eine Kutsche gestiegen war, ihm plötzlich das Du angeboten hatte und sich nun auch noch erleichterte, obwohl er sich sogar noch in Hörweite befand, war vermutlich ebenfalls eine Wirkung des Laudanums. In der richtigen Dosierung setzte es alle Hemmungen und moralischen Schranken außer Kraft. Eine vornehme junge Dame würde vermutlich lieber sterben, als irgendjemanden an ihren niedrigsten Bedürfnissen teilhaben zu lassen. Sollte sich Isabella morgen daran erinnern, würde sie im Erdboden versinken wollen.

»Werden Sie Ihrer Tante von dieser ganzen Episode erzählen?«, rief er in Richtung der Büsche. Ein klein wenig, um das Geplätscher zu übertönen, und ein klein wenig auch, um sicherzustellen, dass es ihr gut ging.

»Dass ich so derangiert bin, dass ich mich sogar erleichtere mit einem Gentleman nur wenige Schritte entfernt? Ganz sicher nicht«, antwortete Isabella, während sie hinter den Büschen auftauchte, ihr Kleid glatt strich und wieder zu ihm trat.

»Ich meinte natürlich Edward Parkers falsches Spiel«, konkretisierte er.

»Edward würde alles abstreiten. Und wenn Lady Alice die Wahl hat, ihrem Erstgeborenen zu glauben oder mir … nun, lassen wir das.«

Er betrachtete sie von der Seite, als er ihr die Hand reichte, um einzusteigen. Ihre Frisur hatte sich gelöst, und einige Strähnen fielen ihr auf die Schultern. Sie sah nicht mehr aus wie die ausstaffierte und modisch gekleidete Nichte eines Viscounts, die sich jeden Schritt überlegte und jedes Wort noch einmal im Mund umdrehte, ehe es ihr über die Lippen kam. Sie sah aus wie eine ganz normale junge Frau, unverkrampft und … natürlich. Er mochte es, sie so zu sehen. Beinahe hätte er die Hand ausgestreckt, um ihre blonden Haare zu berühren und sie zwischen seine Finger gleiten zu lassen. Mit einem Räuspern, das selbst in seinen Ohren etwas zu angestrengt klang, hielt er sich zurück.

»Dann pass in Zukunft bitte etwas besser auf. Neid und Missgunst können dunkle Seiten an den Menschen ans Tageslicht bringen.«

»Das wusste ich bereits, bevor ich hier nach Bath kam.«

Er zog die Kutschtür zu, und das Gefährt setzte sich in Bewegung.

»Aber ich hätte gedacht, ich kann meinen Cousins vertrauen«, griff Isabella das Thema erneut auf. »Sie gehören doch zu meiner Familie.«

»Das heißt nichts.« Vor allem unter den Sprösslingen des Adels und der Elite, immer dann, wenn substanzielle Geldsummen ins Spiel kamen, konnte es leicht passieren, dass man unter demselben Dach schlief und denselben Namen trug wie seine größten Feinde.

Alexander konnte nicht sagen, was ihn ritt, doch er stellte fest: »Du bist nach Bath gekommen, um einen Ehemann zu finden, wie alle anderen Damen auch in dieser Stadt.«

Sie schaute ihn an, ihr Blick offen und verletzlich, und kurz bildete er sich ein, Schmerz darin erkennen zu können. Isabella strich sich einige der losen Strähnen aus der Stirn, als überlege sie noch, was sie antworten könnte, und sagte dann: »Das ist richtig. Aber ich bin auch in Bath, weil es näher an London ist.«

»Die meisten Menschen sind für gewöhnlich froh, so weit wie möglich *entfernt* zu sein von Londons Gestank und den verstopften Gassen.«

Sie warf ihm einen langen, ernsten Blick zu. »Es gibt dort … Schulen. Private Anatomieschulen, an die junge Ärzte zu Tausenden pilgern, um sich ausbilden zu lassen.« Sie rieb sich mit dem Daumen über den Handrücken. Es war offensichtlich, dass es ihr unangenehm war, darüber zu reden.

»Und du möchtest dir einen Arzt als Ehegatten suchen?«, witzelte er.

Isabella warf ihm einen giftigen Blick zu. »Ich möchte die Vorlesungen besuchen.«

Kurz herrschte Stille, nur das Klappern der Hufe auf den Pflastersteinen war zu vernehmen, und Alexander fragte sich, ob er da gerade wirklich richtig gehört hatte.

»Ein einziges Mal, das würde schon reichen. Oder zumindest möchte ich in die Museen gehen, die an die Schulen angeschlossen sind. Dort befinden sich Ausstellungsstücke, von denen allein man schon so viel lernen kann über den menschlichen Körper wie in einem ganzen Buch.«

Sehr wohl hatte Alexander bereits von den Schulen gehört. Eine davon war die Great Marlborough Street School von Joshua Brookes. Des Öfteren war er dort schon vorbeigekommen, in der Kutsche oder zu Pferd, aber er hatte dabei noch niemals Frauen ein und aus gehen sehen. Kaum verwunderlich, da die anatomischen Ausstellungsstücke zweifellos nichts für schwache Gemüter waren und die meisten Frauen bei dem Anblick eines aufgeschnittenen Körpers vermutlich in Ohnmacht fallen würden.

Nach allem, was er bisher über Isabella Woodford wusste, würde ihr das nicht passieren.

Und vermutlich war genau das ihr Problem.

»Wenn ich dir einen Rat geben darf: Auf der Suche nach einem Ehemann solltest du diese Leidenschaft vielleicht besser für dich behalten.«

»Natürlich tue ich das. Ich möchte dich ja auch nicht als Ehemann haben, sonst hätte ich es dir doch nie erzählt«, erwiderte sie rasch. Als müsse sie etwas klarstellen.

»Natürlich nicht«, bekräftigte er und ignorierte das plötzliche Ziehen in seinem Brustkorb.

Sie schloss die Augen und ließ den Kopf gegen das Verdeck des Wagens sinken. »Wann sind wir endlich da? Mir ist speiübel, wenn du mir meine Offenheit verzeihst.«

»Auf ein paar unflätige Worte kommt es jetzt auch nicht mehr an. Ich werde einfach alles vergessen, was sich heute zugetragen hat«, erklärte er augenzwinkernd.

Eine blanke Lüge. Nichts von dem, was sie ihm heute anvertraut hatte, würde er vergessen.

13.

Allmählich wurde es kühl. Auch wenn die Mainächte momentan trocken waren, kroch nach ein paar Stunden des Wartens mit der Müdigkeit nun auch die Kälte in Alexanders Knochen. Seit Sonnenaufgang hatte er in einer holprigen Kutsche gesessen und sich bereits vor Weymouths Dinner etwas … verspannt gefühlt. Das nächste Mal würde er wieder selbst auf dem Pferd reiten, wie er es für gewöhnlich tat, wenn er zwischen London und seinen anderen Niederlassungen pendelte.

Alexander hatte seinen Hut und seinen Stock auf dem kniehohen Steinsims abgelegt, der das Grundstück des Royal Crescent von der Straße trennte. Bei dem, was er vorhatte, würde ihn beides nur behindern.

Schon längst hatten sich seine Augen an die Dunkelheit gewöhnt. Er hatte sich an den gusseisernen Zaunstangen vor dem Halbrund im Schatten zweier Fliederbüsche versteckt. Inzwischen wusste er sogar, in welchem Zimmer Isabella übernachtete, denn kurz nachdem er sie abgeliefert hatte, war in einem der Fenster hier zur Straße hinaus Licht angegangen. Er hoffte, dass sie trotz der Aufregung schlafen konnte – aber das Opium, das sie unwissentlich zu sich genommen hatte, sollte das sicherstellen.

Immer wieder wanderte sein Blick hinauf zu dem Fenster, das Licht blieb jedoch aus.

Allerdings war er auch nicht hier, um zu kontrollieren, ob Isabella schlief.

Er hatte noch eine kleine Unterredung zu führen, die unter Umständen recht unangenehm werden würde.

Eigentlich hatte er damit gerechnet, dass die Brüder gemeinsam heimkehrten und er alle Hände voll zu tun hätte, ein halbwegs ergiebiges Gespräch aus den Herren herauszukitzeln. Aber anscheinend hatte Master Phillip auch kalte Füße bekommen, denn schon eine Stunde vor Mitternacht, als noch die Kutschen aus den Assembly Rooms bei einigen der Adressen im Royal Crescent vorfuhren, kehrte auch er heim. Alleine.

Im Grunde sollte Alexander das nicht überraschen. Er kannte die jungen Männer, die sich ausprobieren wollten und dann beim Anblick von schamlosen Frauen und nackten Körpern Angst vor ihrer eigenen Courage bekamen.

Parker stieg aus der Kutsche aus, vielmehr rutschte er durch die Türöffnung, ohne den Tritt zum Ein- und Ausstieg zu benutzen, und streckte die Arme zur Seite aus, um sein Gleichgewicht wiederzufinden. Dann gab er dem Kutscher mit fahrigen Bewegungen den Sold und nestelte an seiner Weste auf der Suche nach seinem Hausschlüssel.

»Mister Phillip Parker«, sagte Alexander aus seinem Versteck, laut und bestimmt. Parker schreckte zusammen, sah sich suchend um, und Alexander tat ihm den Gefallen und machte einen Schritt aus dem Schatten.

Als er erkannte, wen er vor sich hatte, konnte Alexander buchstäblich mit ansehen, welche unterschiedlichen Gefühle sich auf seinem Gesicht abwechselten: Überraschung, Schuld und schließlich meinte er sogar eine handfeste Panik in seinen Augen aufglimmen zu sehen. Ohne den entgeisterten Blick von Alexander abzuwenden, versuchte er immer verzweifelter, den Schlüssel aus seiner Tasche zu bekommen, aber er war zu langsam. Mit zwei Schritten war Alexander bei ihm, packte ihn am Kragen und zerrte ihn zurück in den Schatten des Gebüschs. Trotz der späten Stunde passierten noch immer Kutschen und Sedan-Stühle die Straße, und Alexander wollte keine Zeugen.

Phillip Parker war kleiner und schmächtiger als er selbst, und in seinem betrunkenen Zustand war es erstaunlich einfach, ihn gegen den Zaun zu drücken und mit dem Unterarm auf dem Adamsapfel bewegungsunfähig zu machen.

»Was … wollen Sie von mir?«, brachte Parker schließlich hervor, zappelte noch kurz, gab dann jedoch seinen Widerstand auf.

»Ich konnte es nicht lassen, Ihre widerliche Visage noch einmal zu sehen.« Alexander genoss einen flüchtigen Moment lang die Furcht auf Phillips Gesicht. Ganz offenbar war er es nicht gewohnt, auf diese Art und Weise angesprochen zu werden. Ein wohlbehüteter Adelsspross, wie er im Buche stand.

Weinerlich, dekadent und verkommen.

Alexander spürte die Wut, die in ihm bei dieser Erkenntnis nach oben brodelte, und auch wenn er wusste, dass diese schon lange wie ein Stachel in seinem Fleisch saß und dass sie nur zum Teil Parkers Schuld war, hatte er nicht übel Lust, ihn trotzdem die volle Wucht spüren zu lassen. Kurz schloss er die Augen und atmete tief aus, um sich nicht zu etwas vollkommen Unbedachtem hinreißen zu lassen.

»Ich war wirklich der Überzeugung, dass Sie ein Gentleman sind. Zumindest einer der drei Parker-Brüder.«

»Wie meinen Sie das?«

Alexander hörte, wie ihm der Puls in den Ohren pochte, und einen Augenblick gab er seinem zornigen Affekt nun doch nach und stieß Parker so fest gegen die Zaunstangen, dass er dessen Hinterkopf mit einem dumpfen Laut gegen das Gitter schlagen hörte. Ein gespenstischer Nachhall erfüllte die Luft von dem Aufprall.

»Sie nehmen Ihre Cousine mit zu einem der bekanntesten Libertins in ganz Somerset?«, fragte Alexander scharf.

Etwas geschah in Parkers Gesicht, und Alexander sah es trotz der Dunkelheit.

»Ich wusste doch auch nicht, wo das Dinner stattfinden würde, verdammt noch mal«, verteidigte er sich hitzig und plötzlich wieder erstaunlich nüchtern. So, als hätte er nur auf den Moment gewartet, es sich endlich von der Seele reden zu können. »Edward sagte, die Einladung wäre bei der Countess of Ely.«

»Dafür, dass Sie es nicht wussten, haben Sie sich aber prächtig amüsiert mit den Damen im Card Room.«

Parker benetzte die Lippen und wand den Kopf, als würde er einen Fluchtweg suchen. Demonstrativ verstärkte Alexander den Druck seines Unterarms auf Parkers Kehle.

»Ich war … abgelenkt«, erwiderte dieser.

»Sie meinen, Sie waren von ein paar klimpernden Augen und tiefen Ausschnitten so abgelenkt, dass Sie Ihre Cousine nicht davor bewahren konnten, ihren guten Ruf zu verlieren?«

Parker schnappte nach Luft, als wolle er etwas antworten, unterließ es dann aber.

»Dachte ich es mir doch«, stellte Alexander leise fest. »Spätestens nach dem Dinner hätten Sie den Anstand besitzen und Miss Woodford nach Hause eskortieren müssen.«

Ein kleiner Funke des Widerstands erwachte jetzt in Parkers Augen. »Das haben ja nun Sie schon selbst übernommen, nicht wahr?«, fragte er mit einem erstaunlich gehässigen Tonfall.

Alexander antwortete nicht.

»Warum interessieren Sie sich überhaupt so sehr für Isabella?«, schob er hinterher. Als ob er mit einem verbalen Gegenangriff wirklich eine Chance hätte gegen Alexander.

»Weil ich ein Mindestmaß an Erziehung und moralischem Grundverständnis besitze, das es mir nicht erlaubt, einfach wegzusehen, wenn Sie Ihre Cousine ruinieren, womöglich?«

»Sie wollen ihr doch bloß selbst unter die …«

Parker schaffte es nicht, den Satz zu beenden, denn Alexander stieß ihn mit beiden Händen so hart nach hinten, dass er das Gleichgewicht verlor und nur der Zaun in seinem Rücken ihn vor einem Sturz bewahrte. Noch bevor Parker wieder aufrecht stand, packte Alexander ihn erneut am Kragen und zog ihn zu sich heran.

»Ich hätte Sie wirklich für schlauer gehalten, Parker, als mich jetzt auch noch zu reizen.«

Der wand sich unter seinem Griff und versuchte erneut, freizukommen, was ein vollkommen sinnloses Unterfangen war. Seit Jahren verbrachte Alexander viele Stunden pro

Woche in einem der vielen Londoner Fecht- und Boxclubs. Er kannte die Griffe, die wehtaten, und die Schläge, die einen Gegner binnen kürzester Zeit bewegungsunfähig machten. Er war Parker haushoch überlegen, und allmählich schien das auch ihm aufzugehen.

»Edward hat mich …«

»Ja? Was hat Edward, hm? Sagen Sie es mir! Denn es gibt nichts, was Ihr Verhalten heute Abend entschuldigen könnte!«, warf Alexander ihm laut vor, nur eine Handbreit entfernt von seinem Gesicht, aber sofort brachte er wieder Abstand zwischen sie beide. Er durfte seinem Zorn nicht so viel Raum geben.

»Er hat mich erpresst. Er möchte Isabella loswerden, er möchte …«

»Warum?«

»Ich weiß es nicht!«, brüllte Parker unbeherrscht und stierte Alexander mit einem so wilden, hilflosen Ausdruck in den Augen an, dass er es ihm tatsächlich abnahm.

»Womit erpresst Ihr älterer Bruder Sie, Parker?«

»Das werde ich Ihnen gerade noch erzählen«, erwiderte dieser mit einem besserwisserischen Zug um den Mund. Einem Affekt folgend, war Alexander wieder bei ihm und presste ihm mit dem Unterarm so stark gegen die Kehle, dass er zu röcheln anfing. Nur zwei Atemzüge später hatte er sich wieder im Griff und ließ locker.

Reiß dich zusammen, verdammt noch mal.

»Doch, das werden Sie. Oder möchten Sie, dass ich morgen beim Viscount auftauche und ihm eröffne, in welchen Kreisen seine feinen Herrn Söhne sich herumtreiben?«

»Dann müssten Sie sich ja selbst auch kompromittieren.« Ein siegesgewisser Glanz lag in Parkers Augen.

»Mein Ruf ist bereits bekannt, und ich habe nichts mehr zu verlieren, Bürschchen. Sie allerdings sehr wohl.«

Er schubste ihn, gar nicht fest, aber Parker krachte trotzdem erneut gegen den Zaun und sackte anschließend nach unten auf das Steinsims.

»Ich weiß nicht, ob Sie irgendwann wiedergutmachen können, was Sie mit Ihrer Ignoranz heute Abend beinahe angerichtet haben. Und ich weiß auch nicht, ob Sie überhaupt die Chance verdient haben, dass Miss Woodford Ihnen Ihre Gedankenlosigkeit jemals vergibt. Aber wenn Sie vermeiden wollen, dass Sie sich heute Abend nicht nur die Verachtung Ihrer Cousine, sondern auch meine Feindschaft einhandeln, dann reden Sie. Und zwar unverzüglich.«

»Wer glauben Sie eigentlich zu sein, dass Sie mir mit irgendetwas drohen könnten?«

Da war er wieder, der Standesdünkel. Diese an Idiotie grenzende, überhebliche Weltanschauung. Selbst dem jungen Parker war sie so sehr eingebläut, dass sie ihm sogar in einer Notlage wie eine Selbstverständlichkeit über die Lippen kam.

Alexander stützte seinen Arm neben Parkers Kopf ab und betrachtete dessen jugendliche, unverbrauchte Züge lange und ohne auch nur einmal zu blinzeln. Woraufhin Parker zu dämmern schien, dass Widerworte gerade absolut keine gute Idee waren.

»Ich mag nicht den Titel und die Selbstherrlichkeit besitzen, mit denen der Sohn eines Viscounts aufgewachsen ist«, erklärte Alexander mit rauer Stimme. »Ich lebe fernab von hübschen Landsitzen und dem Royal Crescent.« Er deutete hinter sich, wo die inzwischen spärlichen Lichter der Stadt lagen. »Ich lebe dort draußen, in der wirklichen Welt. Und dort habe ich die Macht, dich unter meiner Schuhsohle zu zerquetschen wie einen lästigen kleinen Käfer. Väterlicher Titel hin oder her.« Wieder wartete er einen Moment, um die Worte sacken zu lassen. »Ich bezweifle, dass du es so weit kommen lassen möchtest.«

Parker schluckte hörbar.

»Und jetzt rede!«, verlangte Alexander.

14.

»Ein ganz wunderbarer Vormittag, nicht wahr, Isabella?« Lady Alice ließ ihren Blick über die sauber zurechtgestutzten Buchsbäume streifen, rollte ihren Sonnenschirm in der Rechten zwischen den Fingern hin und her und hatte Isabella auf der linken Seite eingehakt. Sie schenkte ihr ein selbstzufriedenes Lächeln und tätschelte ihre Hand. »Keine Sorge, mein Kind. Du musst nicht nervös sein. Ich habe bereits mit Shakleton korrespondiert, und er war hocherfreut, den Vormittag mit uns zu verbringen.«

»Bist du sicher, dass er mir nicht mehr gram ist wegen des Balls in den Assembly Rooms?«

Sie schlenderten einen der vielen Kieswege entlang, die

die Spring Gardens, die bekannteste Parkanlage in Bath, wie ein feines Netz durchzogen. Der saftige Geruch von frisch gemähtem Gras lag in der Luft und mischte sich mit dem der vielen blühenden Sträucher, die die Wege säumten und von denen ein leises, aber emsiges Summen zu hören war.

In der Mitte einer größeren Rasenfläche, an der sie vorüberkamen, waren Beete angelegt, in denen die Knospen der Pfingstrosen immer praller wurden und, wenn das Wetter mitspielte, sicher schon in ein paar Tagen ihre volle Pracht entfalten würden.

Isabella wurde langsamer, atmete tief ein und genoss das Gefühl der Sonne auf ihrem Gesicht. Beinahe wäre Phillip in sie hineingelaufen, der hinter ihnen tingelte. Seit der Abendeinladung bei Viscount Weymouth war er das fleischgewordene schlechte Gewissen und hatte sich bereits ein dutzendmal bei Isabella entschuldigt. Sie hatte sich dennoch auf kein Gespräch mit ihm eingelassen und ihn lediglich mehrmals mit eisiger Stimme ihres Zimmers verwiesen.

Offenbar hatte er es sich nun zur Aufgabe gemacht, nicht mehr von ihrer Seite zu weichen und wie ein Spaniel jedem ihrer Schritte zu folgen. Was nicht schwierig war, denn bisher war sie noch nicht besonders weit gekommen.

Am Tag nach dem Dinner hatte sie ihr Zimmer nicht verlassen. Nicht nur war ihr speiübel gewesen, sie hatte also nicht einmal eine Krankheit vorspielen müssen. Viel schlimmer war ihre Enttäuschung gewesen, ihr Entsetzen vielmehr, dass ihre Cousins wirklich geplant hatten, ihren Ruf zu ruinieren, um sie ohne Zweifel anschließend ihrer Tante zum Fraß vorzuwerfen. Sie hatten Isabella verraten, und das hohle, düstere Gefühl hinter ihrem Brustbein, das sie jedes Mal befiel, wenn sie daran dachte, wollte einfach nicht leichter werden. Die ganze Geschichte war so unaussprechlich gewesen, dass sie nicht einmal Betty so richtig hatte erzählen können, was passiert war. Sie hatte ihr sogar verschwiegen, dass Alexander Wilkinson sie nach Hause eskortiert hatte.

Einen Tag lang hatte sie weder gegessen noch getrunken, bis es selbst ihrer Tante aufgefallen war, in der dann eine plötzliche Anwandlung von Fürsorge erwacht war. Sie hatte Isabella eine Hühnersuppe bringen und ihr das Bett machen lassen und sie sogar dazu genötigt, sich mit ihr vor dem Royal Crescent ein wenig die Beine zu vertreten.

Du musst dich erholen, Kind. Morgen treffen wir doch Lord Shakleton. So blass und dünn, wie du aussiehst, kannst du ihm nicht unter die Augen treten.

Und ein kurzes Weilchen hatte sie sich der Illusion hingegeben, Lady Alice hätte sich tatsächlich Sorgen um sie gemacht …

Edward sei mit Viscount Parker für einige Geschäfte nach London gereist, hatte ihre Tante berichtet, und Isabella war sogar froh gewesen, die Konfrontation, die ihr zweifellos mit ihm bevorstand, ein wenig hinauszuzögern.

»Da ist er ja schon!« Lady Alice deutete auf eine der sauber gepflegten Rasenflächen, auf denen sie ihre Bediensteten angewiesen hatte ein Picknick aufzubauen.

Einige Stühle waren vor mehreren Decken und einem Perserteppich aufgereiht, auf denen eine Handvoll dicke Kissen lagen, um bequemer auf dem Boden sitzen zu können. Die vier Diener hatten bereits jede Menge Leckereien für sie vorbereitet. Verschiedene aufgeschnittene kalte Braten und geräucherter Fisch, geröstete Brotscheiben und Schälchen mit Kompott standen dort neben einem fein duftenden Käsekuchen und einer ganzen Schüssel voll Scones. Auf Desserttellern waren Butter und verschiedene Marmeladen hergerichtet, und einer der Diener hatte vorsorglich kleine Glasschüsseln darübergestülpt, um keine Bienen und Wespen anzulocken. Ein Topf mit noch warmem Vanillepudding wartete auf einem hölzernen Untersetzer, und einige reife Äpfel und Birnen waren hübsch in einer eleganten silbernen Servierschale drapiert. In einer Kanne dampfte frisch aufgebrühter Tee, und sogar einige Flaschen Claret standen samt Weingläsern bereit. Lady Alice hatte offenbar keine Kosten gescheut, ein angenehmes Picknick für Isabella zu veranstalten. Und auch wenn sie ganz genau wusste, dass sie es tat, um ihre Nichte so schnell wie möglich unter die Haube zu bringen, war sie trotzdem dankbar. Einige Hecken schirmten die Picknickgesellschaft vor den neugierigen Blicken der Spaziergänger auf den Wegen ab, und von ihrem Platz aus hatte man sogar eine schöne Aussicht auf das sandige Ufer des Avon.

»Mylord, welch Freude, Sie wiederzusehen«, richtete Lady Alice das Wort an Shakleton, der die beiden Frauen mit einer Verbeugung begrüßte. Isabella knickste, und ihre Tante raunte ihr zu: »Du darfst auch etwas sagen, meine Liebe.«

Natürlich hatte Shakleton das gehört, er hatte es ja auch hören sollen.

»Machen Sie sich keine Gedanken, Teuerste«, erwiderte Shakleton und entblößte seine gelben kleinen Zähne bei einem Lächeln. »Den Reiz der jungen Damen macht doch oftmals gerade ihr Schweigen aus.«

Vermutlich sollte sie nicht zu viel hineininterpretieren in das, was Shakleton da so alles von sich gab. Vermutlich war er nervös, und vielleicht war es sogar als Kompliment gedacht gewesen, um Isabella von der Bürde zu befreien, angeregte Konversation mit ihm zu betreiben. Aber trotzdem war ihr sein Gerede zuwider.

»Wollen wir uns nicht setzen?«, schlug Isabella vor. »Der Spaziergang hat mich ein wenig erschöpft.«

Das hatte er natürlich nicht. Gerade hatte es erst angefangen Spaß zu machen, dass sie sich die Beine ein wenig vertreten konnte. Sie vermisste die weiten Flächen des Dartmoors und die vielen Spaziergänge, die sie beinahe täglich dort machte. Sie drückte Phillip ihren eigenen Sonnenschirm in die Hand, den sie nicht aufgespannt gehabt und nur als Accessoire mitgetragen hatte, und ließ sich, so graziös sie konnte, nieder. Ein prüfender Blick verriet ihr, dass Shakleton sie dabei mit leuchtenden Augen beobachtete, und auch wenn sie sich albern vorkam, freute sie sich darüber. Ihr war klar, was sie am heutigen Vormittag erreichen musste. Shakleton so weit bringen, dass er sie um eine weitere Verabredung bat. Womöglich wollte er mit ihr in ein Konzert gehen oder ins Theater.

»Ich habe Sie schon seit einigen Tagen nicht mehr im Pump Room gesehen, Miss Woodford.« Auch er ließ sich auf den Decken nieder, und lediglich Lady Alice zog einen der Stühle vor, auf den sie sich setzte und sorgsam ihr frühlingsgrünes Kleid ordnete.

»Ich wusste gar nicht, dass Sie ihn auch jeden Morgen besuchen, Lord Shakleton«, erwiderte Isabella.

Er klopfte sich auf den Bauch, der jetzt im Sitzen ganz deutlich unter seiner cremefarbenen Seidenweste hervortrat, und Isabella zauberte sich ein schüchternes Lächeln auf die Lippen. »Aber ja doch. Ich habe das Gefühl, das Wasser hat eine wunderbar stärkende Wirkung. Mit jedem Tag, den ich mich in Bath aufhalte, fühle ich mich jünger und frischer.«

Das klang so, als wäre er bereits achtzig.

»Geht es Ihnen nicht auch so?«, fragte er sie.

Isabella brauchte einen Moment, ehe sie antworten konnte. Sie war gerade abgelenkt gewesen. Einige Sekunden lang hatte sie sich eingebildet, eine bekannte Silhouette in der Ferne am Eingang zu den Spring Gardens erkannt zu haben.

»Doch, das tut es, nicht wahr, Tante?« Sie berührte die behandschuhte Rechte von Lady Alice und tauschte ein Lächeln mit ihr. Die schien zufrieden zu sein mit dem Verlauf der Unterhaltung. »Das Quellwasser zu trinken, ist beinahe so belebend wie Kaffee«, fuhr Isabella fort, und das Lächeln auf dem Gesicht ihrer Tante wurde angestrengter, worüber Isabella sich insgeheim sehr amüsierte.

Shakleton schienen die angespannten Schwingungen vollkommen zu entgehen, denn er nestelte an seiner Westentasche und zog ein Porzellankästchen hervor, bemalt mit lilafarbenen Stiefmütterchen und einem vergoldeten Rand.

»Möchten Sie auch?«, bot er in die Runde an, als er den Deckel nach oben geklappt hatte. Schnupftabak.

»Zu freundlich, aber Miss Woodford und ich passen.«

Er häufte sich eine Prise auf den Handrücken zwischen Daumen und Zeigefinger, fasste den Tabak dann mit zwei Fingern und zog ihn die Nase hoch. Tabakreste blieben ihm zwischen Lippe und Nase hängen, aber in einer geübten Bewegung zog er ein nicht mehr ganz weißes Schnupftuch hervor und reinigte sich. Jetzt wusste Isabella auch, woher der durchdringende Tabakgeruch kam, den Shakleton schon den gesamten Vormittag verströmte, und ihre Schultern schüttelten sich unwillkürlich bei dem Gedanken.

»Sie haben vollkommen recht, Ladies«, sagte er. »Ein furchtbares Laster, dieser Tabak. Meine Mutter tadelt mich jedes Mal, wenn ich ihn konsumiere. Sie müssen übrigens meine Mutter kennenlernen, Viscountess. Sie und Miss Woodford.«

Einer der Lakaien reichte ihnen auf einem Tablett Tee in hübschen weißen Porzellantassen.

»Mit dem größten Vergnügen«, erwiderte Lady Alice sofort und griff nach einer Tasse samt Untertasse. Ohne den Bediensteten dabei anzusehen oder sich zu bedanken, selbstredend.

Isabella hatten diesen Umgang mit der Dienerschaft hier in Bath nun schon des Öfteren beobachtet. Die Herrschaft behandelte sie wie Luft, und auch wenn Isabella verstand, dass das eben die Art und Weise des Zusammenlebens hier war, fühlte sie sich nicht wohl dabei. Sie nahm ihre eigene Tasse und nickte dem livrierten Diener dankbar zu.

»Meine Mutter macht jeden Tag einen Spaziergang durch die Spring Gardens, auch heute. Würden Sie sich ihr denn anschließen wollen?«, fragte Shakleton an Lady Alice gewandt.

Was für ein Zufall.

Aber noch bevor ihre Tante antworten konnte, sah er auf und blinzelte angestrengt in die Sonne, denn ein Schatten war neben der Picknickdecke aufgetaucht. Stille breitete sich unter den Anwesenden aus, und ein warmes Gefühl kribbelte Isabellas Nacken hinauf. Jetzt hatte sie die Gewissheit, dass sie sich gerade nicht getäuscht hatte.

Wilkinson.

Er war hier, in den Spring Gardens. Er stand direkt hinter ihr.

»Wilkinson, so setzen Sie sich doch.« Phillip war der Erste, der reagierte, und Isabella meinte, ein leichtes Flattern in seiner Stimme zu hören.

Der aufgebrachte Blick von Lady Alice traf ihren Sohn, aber der hielt seine Augen wohlweislich auf Wilkinson gerichtet, stand auf und machte ihm zu seiner Rechten Platz. Isabella wurde das Gefühl nicht los, dass er Angst hatte vor Wilkinson, und als sie sich umwandte, verstand sie auch, wieso. Denn der düstere Blick, mit dem der Tuchhändler ihren Cousin bedachte, kurz und wirkungsvoll, ließ sogar ihr den Atem stocken.

»Lady Parker, Lord Shakleton, Miss Woodford«, begrüßte er die Runde.

Nur einen winzigen Moment blieb sein Blick an ihr

hängen, aber das reichte, dass wie ein Windstoß die Erinnerung über sie hinwegfegte. An all die unmöglichen Dinge, die sie in und vor der Kutsche getan, und an alles, was sie ihm erzählt hatte. Sie hatte einem beinahe Fremden ihre größten Wünsche und Sehnsüchte anvertraut. Haargenau spürte sie, wie ihr rote Flecken vom Hals ins Gesicht wanderten. Sofort senkte sie den Kopf und zupfte einige Grashalme von ihrem Rocksaum, in der Hoffnung, niemandem würde ihre Verlegenheit auffallen.

15.

Sie erinnerte sich also.

Ihr verschämt gesenkter Blick und die roten Wangen verrieten sie. Erneut bedachte Alexander Parker mit einem warnenden Blick. Aber der Bursche war noch so eingeschüchtert von ihrer nächtlichen Episode, dass er keinen Gegenwind von ihm erwarten musste.

Eigentlich sollte er sich schlecht fühlen. Er hatte einen sehr viel jüngeren Mann bedroht und setzte ihn auch jetzt mit seiner bloßen Gegenwart unter Druck. Trotzdem fand Alexander, Parker hatte noch ein wenig Buße verdient.

Lord Shakleton stellte in aller Ruhe die Teetasse vor sich ab. »Was führt Sie an diesem Vormittag in die Spring Gardens, Wilkinson?«, fragte er. »Müssen Sie denn nicht Ihren … Geschäften nachgehen?«

Ein einfacher Satz, der so viel aussagte. Wilkinson war der einzige der Anwesenden, der tatsächlich etwas für seinen Lebensunterhalt tun musste. Dass er durch seine ehrliche Arbeit inzwischen mehr verdient hatte, als Shakleton oder vermutlich auch der junge Parker jemals besitzen würden, spielte dabei keine Rolle. Aber er arbeitete und war nicht nur einer dieser unzähligen Commissioners of the Peace, die hin und wieder ein paar Unterschriften bezeugten und dafür jedes Jahr eine stattliche Summe von der Krone ausgezahlt bekamen.

»Tatsächlich war ich gerade auf dem Weg zu einer geschäftlichen Besprechung, als ich meinen *guten Freund* Phillip Parker hier sitzen sah und gar nicht anders konnte, als kurz meine Aufwartung zu machen.«

Parkers Gesichtsausdruck wurde eine Spur gequält. Spätestens jetzt hätte Alexander mit einem irritierten Blick von Lady Alice gerechnet. Doch er kam nicht. Offenbar hatte sie nicht die leiseste Ahnung, was ihre Söhne alles trieben und mit wem sie befreundet waren.

Außerdem musste er Shakleton im Stillen recht geben. Es gab keinen Grund für Alexander, hier zu sein. Er musste die Auftragsbücher mit den neuesten Geschäften ergänzen, einen Stapel an Stoffmustern aus Spitalfields überprüfen und einem äußerst zahlungsunwilligen Bekleidungsmogul aus dem Norden Englands auf die Sprünge helfen. Zudem verfolgte ihn Pitts Spionage-Auftrag, und auch wenn er im Grunde genommen wusste, wie er vorgehen musste, schob er die schmutzigen Teile dieser Arbeit widerwillig vor sich her.

Es gab keinen Grund, am helllichten Tag durch die Spring Gardens zu spazieren wie ein Erholungsuchender.

Außer einem. Isabella war auch hier.

Seit dem verhängnisvollen Abend bei Weymouth war sie ihm nicht mehr aus dem Kopf gegangen. Immer wieder hatte sie sich in sein Bewusstsein geschlichen, egal was er gerade tat und wie sehr er versucht hatte, sich auf seine Aufgaben zu konzentrieren. Er hatte von Parker gewusst, dass sie heute eine Verabredung mit Shakleton hatte, und irgendwie hatte er nicht zulassen können, dass sie diesen unmöglichen Baron traf.

»Aber ich möchte Sie nicht mit den trockenen Details dieser geschäftlichen Unterredung langweilen. Vor allem nicht die anwesenden Damen«, erklärte Alexander an Lady Alice und Isabella gewandt, wobei Letztere seinen Blick mied und mit überraschendem Interesse auf ihre halb leere Teetasse starrte.

»Dann tun Sie das doch auch nicht, Wilkinson«, verlangte Shakleton und sah nach Zustimmung heischend in die Runde.

Eine klare Aufforderung, aber Alexander hatte nicht die geringste Absicht, dieser nachzukommen. Shakleton war unter Gleichgesinnten, und er fühlte sich sicher. Alexanders Anwesenheit war beim Adel nicht erwünscht – wie so oft. Er kannte bereits die überheblichen, missbilligenden Blicke, mit denen er in der vornehmen Gesellschaft häufig bedacht wurde. Wäre er nicht so reich und erfolgreich, würde man vermutlich nicht einmal das Wort an ihn richten.

»Vielleicht interessieren Sie sich aber gerade dennoch für

solcherlei Gespräche? Was meinen Sie, Miss Woodford?«, fragte er freundlich und ließ sich neben Parker nieder, der bereits ein Stückchen näher an seine Cousine herangerückt war, um ihm Platz zu machen.

Zum ersten Mal erwiderte Isabella nun seinen Blick direkt, und ganz deutlich konnte er es erkennen. *Was tust du eigentlich hier?,* teilte sie ihm stumm mit.

»Das sind wahrlich nicht die Gebiete, mit denen sich eine junge Dame beschäftigt. Selbst Sie sollten das wissen«, tadelte Lady Alice mit frostiger Stimme, und ihr unwilliger Gesichtsausdruck machte nur zu deutlich, wie wenig sie davon hielt, dass Alexander nun durch seine Anwesenheit Shakleton in die Parade fuhr. Einmal mehr.

»Sagte nicht selbst unser guter Freund Rousseau, dass Frauen lediglich für das Vergnügen des Mannes erzogen und ausgebildet werden sollten und nicht, um Geschäfte zu machen? Ich sehe es als große Errungenschaft unserer vornehmen Gesellschaft, dass genau das der Fall ist«, erklärte Shakleton, hob seine Tasse an den Mund und spitzte schon einmal die Oberlippe.

Isabella lächelte und neigte leicht den Kopf. »Genau so ist es, Lord Shakleton.«

»Finden Sie es angesichts der aktuellen Situation nicht ein wenig verwerflich, ausgerechnet unsere französischen Nachbarn zu zitieren?« Natürlich war es etwas abgedroschen, sich auf den Bürgerkrieg zu beziehen, der gerade in Frankreich wütete, aber Alexander hatte es einfach nicht lassen können. Er hielt nicht besonders viel von Rousseaus Meinung über Frauen, das angeblich schwache Geschlecht, und noch viel weniger von Shakleton. Und es würde ihn schon sehr wundern, wenn Miss Woodford – Isabella, korrigierte er sich in Gedanken – das anders sah.

Ein kurzes, verborgenes Aufleuchten huschte über ihre Züge und machte es ihm schwer, wieder wegzusehen. Sie lächelte in sich hinein, so dezent, dass es nur von der Seite aus sichtbar war, an der er saß.

Shakleton ließ sich jedoch nicht beirren, nahm einen hörbaren, schlürfenden Schluck Tee, und irgendetwas im Gesicht von Lady Alice zuckte bei dem Geräusch. Er fuhr fort: »Nun, *Vergnügen* ist vielleicht ein wenig selbstsüchtig formuliert. Die Frau ist vielmehr eine nicht mit Gold aufzuwiegende Hilfe des Mannes an seiner Seite, die Mutter seiner Kinder, sein süßer Trost in harten Stunden und die Zierde seines Salons.«

»Sie reden wie ein Dichter, bester Shakleton«, warf Lady Alice verzückt ein. »Nicht wahr, Isabella?«

»Aber ja, Tante.«

Sie log. Nichts von dem Gesagten entsprach der Person, die er kennengelernt hatte. Nichts daran erinnerte an die reflektierte und vernünftige Unterhaltung vor zwei Tagen in der Kutsche, die er mit der Tochter eines Chirurgen geführt hatte. Obwohl sie damals sogar unter dem Einfluss von Opium gestanden hatte. Und auch wenn er ahnte, warum sie sich so prüde und naiv gab, juckte es ihn, ihr ein unbedachtes Wort herauszulocken.

»Ich hatte bisher immer das Gefühl, dass die Damen in meiner Bekanntschaft auch recht eigene Ziele verfolgen können und ein eigenständiges Leben führen«, gab nun der junge Parker zu bedenken und handelte sich dafür einen strafenden Blick seiner Mutter ein.

»Kommen Sie doch jetzt nicht mit den royalen Ausnahmen. Das Weib ist dazu geschaffen, dem Manne zu gefallen und sich ihm zu unterwerfen. Das liegt ja schon in der Natur der Sache, oder nicht?« Shakleton schien sich in Rage zu reden, und Alexander musste sich ein Grinsen verkneifen, als er die echauffierte Miene von Lady Alice sah. Lord Shakleton hatte so ein leichtes Spiel. Ihm wurde eine Heiratskandidatin quasi auf dem Silbertablett präsentiert. Er musste gar nicht viel machen, außer anwesend und höflich zu sein, aber dieser Trottel redete sich dennoch um Kopf und Kragen.

»Aber, aber. Wir wollen doch nicht die jungen und unbedarften Ohren unserer anwesenden Damen verschrecken«, konnte die Viscountess nicht lassen, Shakleton zurechtzuweisen.

Isabella warf ihrer Tante einen schnellen Blick zu. Für einen Moment hatte Alexander sogar den Eindruck gehabt, einen erschrockenen Ausdruck darin erkannt zu haben.

Eine merkwürdige Reaktion.

»Ich meinte auch nicht die royalen Ausnahmen«, konterte der junge Parker. »Mrs. Seagrave zum Beispiel ist eine erfolgreiche Geschäftsfrau. Sie führt eines der größten Gasthäuser der Stadt. Alles, was Rang und Namen hat, geht bei ihr ein und aus. Und sie macht das alles ganz alleine.«

»Ah, sehen Sie, Parker. Allein schon der Gedanke daran bereitet mir Bauchschmerzen. Ein Gasthaus! Was für eine unpassende Umgebung für eine empfindsame Dame.« Shakleton verzog das Gesicht. »Außerdem weiß ich aus sicherer Quelle, dass die Countess of Cork und Lady Glode dieses Etablissement aus genau diesem Grund meiden.«

»Und wer mag Ihre sichere Quelle wohl sein?«, erkundigte sich Parker.

»Meine Mutter«, antwortete Shakleton schnell und mit einem herablassenden Tonfall, als wäre dies eine Selbstverständlichkeit. Stille legte sich über die Anwesenden, und nun schien auch Shakleton zu bemerken, dass sich ein beinahe dreißigjähriger Lord nicht unbedingt auf den Tratsch seiner Mutter verlassen sollte.

Es bereitete Alexander Freude, die Diskussion zu verfolgen, in der sich Shakleton sogar von einem Achtzehnjährigen an die Wand reden ließ. Er musste sich ein schadenfrohes Schmunzeln verkneifen.

»Sie kann, genauso wie ich, Rousseau trotz seiner französischen Herkunft einiges abgewinnen«, verteidigte sich Shakleton jetzt an Alexander gewandt. »Der Verdienst des Mannes beruht nicht auf seinem Liebreiz und seinem Aussehen, wie bei der Frau, sondern auf seiner Macht, hat er übrigens auch gesagt. Am Wahrheitsgehalt dieser Aussage brauchen selbst wir nicht zu zweifeln. Schauen wir uns doch um. Das tägliche Leben gibt uns recht.«

Auffällig lange blieb Shakletons Blick nun auf Isabella hängen, als wolle er sagen: *Hier vor mir sitzt doch das beste Beispiel, meint ihr nicht auch?*

Alexander sah schon, wie Isabellas Mundwinkel zuckten. Sie kämpfte mit sich, und er hatte das Gefühl, sie wollte etwas antworten, wusste aber gleichzeitig, dass dies absolut keine gute Idee war.

Dieses Mal sprang ihr aber Lady Alice zur Seite.

»Wilkinson, geben Sie uns doch ein paar Einsichten in die neuesten Moden bei Hofe«, sagte sie mit leichter Stimme und der ihm bereits wohlbekannten aufgesetzten Freundlichkeit. Ganz sicher war Lady Alice in der Lage, Höflichkeit auch glaubhaft zu vermitteln. Aber sie wollte Alexander einmal mehr spüren lassen, wie wenig sie von seiner Gesellschaft hielt.

»Ich bin mir sicher, Mylady, dass Sie darüber ebenso gut Bescheid wissen wie ich. Oder lesen Sie denn nicht das *Magazine à la Mode* oder die *Gallery of Fashion*?«

»Aber natürlich tue ich das. Trotzdem möchte ich gern die Meinung eines Experten dazu hören.«

Alexander fragte sich, ob sie ihm gerade eine Falle stellen wollte, die er noch nicht ganz umrissen hatte, oder ob sie tatsächlich einfach interessiert war.

»Am Hofe werden jetzt dünner gewebte Stoffe getragen. Roben, die leicht fallen, und nicht die schweren Seiden- und Brokatstoffe, die noch vor zehn Jahren allgegenwärtig waren«, erklärte er bereitwillig.

»Darüber bin ich aber ganz und gar nicht traurig …«, kommentierte Isabella.

»Die Weber in Spitalfields sind da leider anderer Meinung. Sie werden nämlich nach der Schwere des Stoffes bezahlt, und das bedeutet, dass sie seit Jahren empfindliche Einbußen hinnehmen müssen.«

»Papperlapapp. Sie werden doch seit Jahrzehnten von unserer Regierung durch die Importverbote geschützt«, behauptete Shakleton nun. Er hatte recht, aber Alexander fragte sich dennoch, wieso er sich darüber aufregte. Oder ob Shakleton einfach nur versuchte, alles, was aus Alexanders Mund kam, zu diskreditieren.

»Das ist richtig. Das Verbot, Seidenstoffe aus ausländischer Herstellung zu verkaufen, besteht inzwischen seit beinahe dreißig Jahren«, räumte Alexander ein. »Deshalb …«

»Mama«, unterbrach Shakleton ihn und mühte sich ungelenk nach oben.

Eine Lady mittleren Alters in einer für diese Stunde viel zu pompösen fliederfarbenen Robe näherte sich. Ihre gepuderten Haare trug sie zu einer Frisur aufgetürmt, in der sogar einige Blüten steckten. Zumindest glaubte Alexander, dass es Blüten waren, auf die Entfernung konnte er es nicht genau erkennen. Untergehakt an ihrem Arm schritt eine weitere Dame, die ihr äußerst ähnlich sah, jedoch deutlich schlichter und hochgeschlossen gekleidet war und sogar eine ziemlich unmodische Haube trug.

»Darf ich vorstellen: meine Mutter, die Dowager Lady Shakleton, und ihre Schwester, Lady Verity Plankett. Dies sind Mister Phillip Parker, die Viscountess Parker und ihre Nichte, Isabella Woodford.«

»Es ist mir eine große Freude, endlich Ihre Bekanntschaft zu machen, Lady Parker«, erwiderte die Baroness, die nun in höflichem Abstand vor der Gesellschaft stehen geblieben war. »Mein Sohn hat bereits in den höchsten Tönen von Ihnen geschwärmt.«

»Aber, aber, Sie übertreiben sicherlich«, erwiderte Lady Alice.

»Ganz und gar nicht, Teuerste.« Eine kleine Pause entstand, und aller Augen waren auf die beiden Damen gerichtet. Die Baroness lächelte angespannt, betupfte mit einem weißen Taschentuch die Oberlippe und schlug vor: »Würden Sie denn eine kleine Runde mit meiner Schwester und mir durch den Park spazieren?«

Ekelhaft. Dieses höfliche Gerede, das vorsichtige Umkreisen, diese angestrengte Etikette. Alexander bereute für einige Momente, überhaupt hierhergekommen zu sein.

Lady Alice erhob sich. »Phillip und Lord Shakleton werden ja auf Isabella ein Auge haben, nicht wahr?« Es folgte ein warnender Blick in Richtung von Alexander, den er mit dem liebenswürdigsten Lächeln, zu dem er imstande war, erwiderte.

Die drei Damen entfernten sich, und mit halbem Ohr hörte Alexander noch den Austausch an Komplimenten und Gemeinplätzen.

Shakleton schaute hoffnungsvoll seiner Frau Mama hinterher, die zweifellos Verlobungsmodalitäten mit Lady Alice besprechen würde, und Alexander nutzte die Gelegenheit, dem jungen Parker einen etwas längeren Blick zuzuwerfen. Dieser verstand sofort.

»Shakleton, spielen Sie eine Runde Tennis mit mir?«, fragte er voller Elan und gab seinem Gegenüber damit gar keine Möglichkeit, die Bitte abzuschlagen, ohne es wie einen Affront wirken zu lassen. Alexander wunderte sich, wie gut Parker seine Begeisterung für ein kleines Tennismatch vortäuschen konnte. Allmählich wurde ihm jedoch klar, dass in dieser Familie sehr oft etwas vorgetäuscht wurde. Vielmehr stellte sich eigentlich die Frage, wann die Familienmitglieder überhaupt jemals ehrlich miteinander waren …

Ein livrierter Diener reichte Parker und seinem Gegner Schläger und einen Ball, die Shakleton mit Begeisterung entgegennahm.

»Passen Sie auf, Miss Woodford. Das Tennisspiel gehört zu meinen größten Stärken.« Immer wenn jemand so etwas von sich behauptete, war Alexander sicher, dass genau dies nicht der Fall war. War man wirklich gut in einer Sache, hatte man es gar nicht nötig zu prahlen. Die Tatsachen sprachen für sich.

»Ich werde genau auf Sie achten«, erwiderte Isabella folgsam.

Die Männer entfernten sich einige Schritte, damit der fliegende Ball Isabella und die Bediensteten nicht treffen konnte. Natürlich ließ Shakleton es sich nicht nehmen, Alexander einen giftigen Blick über die Schulter zuzuwerfen. Es passte ihm offenbar nicht, dass Alexander nun Zeit mit seiner Angebeteten außer Hörweite verbrachte, aber er war einfach nicht gewitzt und schlagfertig genug, sich aus dieser Situation lavieren zu können. Beinahe hatte Alexander Mitleid mit ihm.

Ein Diener hatte ein provisorisches Netz gespannt, eine Leine zwischen zwei Holzpfählen, und noch bevor Parker und Shakleton Aufstellung genommen hatten, fragte Alexander schnell: »Wie geht es dir?«

Forschend musterte er ihr Gesicht. Sie sah müde und blass aus. Ganz sicher hatte das Opium noch nachgewirkt und ihr einen oder zwei unangenehme Tage beschert. Er sah in ihre großen Augen, die mit einem Mal wieder genauso offen und verletzlich waren wie vor zwei Tagen. Lange blieben ihre Blicke verschmolzen, und etwas passierte. Er spürte es ganz genau, etwas passierte zwischen ihnen. Nur mühsam riss Alexander sich los, beide schauten wieder nach vorne, und Isabella atmete hörbar aus.

»Gut«, antwortete sie schließlich und winkte Shakleton freundlich zu, als dieser sie mit beiden Armen aus der Ferne grüßte. »Ich muss mich bei Ihnen bedanken für Ihre Umsicht.«

»Ihre? Sind wir wieder beim Sie?«

»Ich – ehrlicherweise traue ich meinem Erinnerungsvermögen an diesem Abend nicht besonders«, gab Isabella zu. »Und vermutlich ist das auch gut so.«

»Wie Sie möchten, Miss Woodford«, räumte Alexander ein, aber auf eine seltsame Weise war er enttäuscht, denn die formelle Ansprache brachte wieder Abstand zwischen sie. Vor zwei Tagen war er nicht mehr da gewesen.

Gerade zum Trotz rückte er ein Stückchen näher an sie heran. Sie nahm es wahr, denn sie hatte den Blick auf seinen Gehrock gerichtet, doch sie sagte nichts. Und sie rutschte auch nicht wieder weg von ihm.

Shakleton hatte den ersten Ball geschlagen und stellte sich erstaunlich geschickt an mit dem Schläger. Zwar tat Isabella immer mal wieder so, als würde sie dem Ballwechsel folgen, aber eigentlich blickte sie die meiste Zeit auf die Picknickdecke mit dem Essen, das praktisch noch nicht angerührt worden war.

Noch ehe er oder Isabella das Wort ergreifen konnte, knurrte ihr Magen vernehmlich. Sie senkte den Kopf, und hektische rote Flecken breiteten sich von ihrem Hals ins Gesicht hinein aus.

»Die Reihe an Peinlichkeiten, die mir in Ihrer Gegenwart passieren, scheint nicht abzureißen«, sagte sie.

Die aufgetragenen Speisen dienten einmal mehr der Dekoration und Höflichkeit, und besonders die anwesenden Damen würden sich nicht die Blöße geben, irgendetwas davon auch wirklich anzurühren.

Alexander stützte seinen Arm auf, und der vordere Teil seines Gehrocks, der sich dadurch aufspreizte, verdeckte Isabella vor den Augen von Shakleton und ihrem Cousin.

»Los doch, essen Sie schon!«, raunte er ihr aus dem Mundwinkel zu. »Sie sehen so aus, als hätten Sie seit Tagen nichts mehr zu sich genommen.«

»Ihnen entgeht aber auch nichts«, erwiderte Isabella trocken, bedachte ihn mit einem herausfordernden Blick, wartete noch einen Moment, als wolle sie sichergehen, dass er sein Angebot tatsächlich ernst gemeint hatte, griff dann hastig nach einem der gerösteten Brotstücke und schob es sich in den Mund. Genießerisch schloss sie die Augen und kaute mit vollen Backen.

Ein Krümel blieb in ihrem Mundwinkel hängen, und sie schob ihn mit dem Zeigefinger zurück und leckte diesen sauber.

Alexander spürte förmlich, wie sein Körper zum Leben erwachte, und wandte den Blick ab, um die Situation für

Isabella nicht noch unangenehmer zu machen. Und um sich selbst wieder zu beruhigen.

Ohne sie anzusehen, erklärte er: »Auf sich selbst aufzupassen, beinhaltet im Übrigen auch zu essen, Miss Woodford. Hatten Sie mir das nicht versprochen?«

»Sie wissen doch, dass man das als Dame besser unterlässt.«

»Atmen ist aber noch erlaubt?«, fragte er.

Beinahe wäre ihr ein Lacher entfahren, den sie noch genau im richtigen Moment herunterschluckte, sodass es mehr wie ein Husten klang. Ein letztes Stück Fleisch schob sie noch hinterher, spülte es verstohlen mit einem großen Schluck Tee herunter und gab ihm zu verstehen, dass er ihre Deckung nun wieder aufheben konnte.

Isabellas Blick fiel auf die Hände in ihrem Schoß, die jetzt fettig waren. Suchend sah sie sich um, aber schneller als sie einen der Diener um eine Serviette bitten konnte, zog Alexander ein frisches Taschentuch aus seiner Westentasche und bot es ihr an.

Zwar zögerte Isabella, aber dann nahm sie es doch, wischte ihre Finger daran ab und steckte es sich anschließend in den Ärmel.

Auch wenn Alexander sich selbst ein wenig lächerlich vorkam bei dem Gedanken, freute er sich, dass sie jetzt etwas von ihm hatte. Selbst wenn es nur ein Taschentuch war.

»Und? Fühlen Sie sich schon hinreichend beeindruckt von Shakletons Fähigkeiten mit Ball und Schläger?«

»Restlos«, antwortete sie, und er war sich nicht sicher, ob sie dies nun ernst gemeint hatte.

»Mindestens genauso viel wie von Ihnen, wo Sie sich doch als wahrer Gentleman entpuppten. Zuerst retten Sie mich vor einem unliebsamen Tanzpartner, dann vor den gierigen Klauen der Libertins von Bath und schließlich sogar noch vor dem Hungertod.«

Die Ironie in ihrer Stimme war jetzt offensichtlich.

»Sie haben es mir aber auch ganz besonders einfach gemacht«, gestand er grinsend.

»Sie meinen, ich entspreche dem Klischee der Jungfrau in Nöten so außerordentlich gut?«

Alexander wiegte den Kopf hin und her. »Ich weiß nicht, ob ich schon jemals eine junge Dame kennengelernt habe, die dem Klischee weniger entsprach als Sie.«

Dies nun schien sie tatsächlich zu überraschen, und er merkte genau, wie sehr ihr gefiel, dass er sie so einschätzte.

Und sie merkte, dass er es merkte, und sofort wandte sie den Kopf wieder ab und winkte erneut Shakleton, dessen Talent am Schläger dem von Parker um Längen voraus war.

Er hatte sie vollkommen falsch eingeschätzt, war Alexander nach ihrem Gespräch in der Kutsche aufgegangen. Die Reden, die er geschwungen hatte bei ihrem ersten Treffen, die Vorwürfe, dass sie Teil dieser affektierten Gesellschaft sei. Es hatte einfach nicht gestimmt. Oberflächlich betrachtet womöglich schon. Aber hinter Isabella Woodfords hübscher, elfengleicher Fassade versteckte sich sehr viel mehr als die naive junge Dame vom Land.

Und, so musste er sich eingestehen, das faszinierte ihn. Er wollte mehr herausfinden über sie und sie näher kennenlernen.

»Sagen Sie mal, Miss Woodford. Wenn Sie sich eine Fähigkeit aussuchen dürften, über die Sie verfügen könnten. Irgendeine. Welche würden Sie wählen?«

Sie warf ihm einen kurzen, prüfenden Blick zu, als wäre sie sich nicht sicher, wie er diese Frage gemeint haben könnte.

Aber sofort schien sie zu überlegen, und über ihre Lippen zog dabei sogar ein feines Lächeln. Schon wieder freute Alexander sich, dass er das Gespräch in eine Richtung hatte lenken können, die ihr gefiel. Im letzten Moment konnte er sich noch davon abhalten, das mit geschwellter Brust zu zeigen.

Reiß dich zusammen, Grundgütiger.

Er benahm sich wie ein Schuljunge.

»Manchmal möchte ich mich gern unsichtbar machen.«

»Um Ärger zu entfliehen, nehme ich an?«

»Um all die Dinge zu sehen und zu erleben, zu denen ich sonst keinen Zutritt habe.«

»Ich hoffe sehr, dass Sie sich damit nicht auf ein gewisses Erlebnis vor einem Card Room beziehen.«

»Ganz und gar nicht. Aber ich würde zum Beispiel gern mal einer Ihrer Verhandlungen mit Geschäftspartnern beiwohnen.«

»Dazu müssen Sie sich nicht unsichtbar machen. Ich nehme Sie mit – wenn es Lady Parker erlaubt.«

Isabella zog eine schmerzhafte Grimasse. »Das halte ich für äußerst unwahrscheinlich. Sie haben ja gehört, was sie über das Engagement von vornehmen Damen in geschäftlichen Belangen denkt. Sie und Lord Shakleton …«

Je öfter er diesen Namen hörte, desto aggressiver machte es ihn.

»Vielleicht würde die Anwesenheit Ihres hochgeschätzten jungen Cousins die Viscountess umstimmen?«

»Was haben Sie eigentlich mit ihm gemacht?«, wollte Isabella wissen.

Er zuckte arglos mit den Achseln. »Gar nichts«, log er. »Er ist einfach nur ein sehr zuvorkommender junger Mann.«

Sie rümpfte die Nase und brachte damit zum Ausdruck, dass sie ihm kein Wort glaubte. Aber gerade im Moment verlor ihre Reaktion jegliche Bedeutung, denn er folgte ihrem Blick, der auf seiner Linken liegen geblieben war, auf die er sich gestützt hatte und die samt der Decke von seinem Gewicht in das Gras eingesunken war.

Unbemerkt war sie mit ihrer Hand ganz nah an seine gekommen, und jetzt strichen ihre Finger leicht über seinen Handrücken. Sie trug keine Handschuhe, ihre Haut berührte seine, und Alexander hielt den Atem an. Etwas geschah bei der Berührung. Es war, als würde ihre Haut sich mit seiner verständigen, und der kurze Kontakt sandte ein Kribbeln durch seinen Körper.

»Danke, Wilkinson, dass Sie mich auf Weymouths Dinner gerettet haben.«

Dieses Mal sagte sie es ohne jegliche Ironie, mit leiser, beinahe rauer Stimme und blickte ihm dabei tief in die Augen. Die goldenen Sprenkel in ihrer bernsteinfarbenen Iris begannen zu leuchten. Sie wollte ihre Hand wieder wegziehen, aber er war schneller und hielt sie unter seiner fest. Ohne nachzudenken, es war einfach passiert.

Es war eine besitzergreifende Geste, er merkte es selbst, doch bei dem Anblick ihrer schlanken Finger auf seiner Hand war ein so düsteres, mächtiges Gefühl durch seinen Körper geströmt, unaufhaltsam wie glühende Lava, und hatte jeglichen bewussten Willen aus seinem Hirn gebrannt.

Sie gehört mir.

Und im selben Atemzug erschrak er sich selbst vor dem Gedanken. Er ließ sie los und meinte zu hören, wie Isabella ausatmete. So, als hätte sie die ganze Zeit über die Luft angehalten.

Hinter den Hecken tauchten die Federn von Lady Parkers Hut auf. Der Moment war vorüber, und Alexander erhob sich behände und versuchte zu überspielen, wie warm ihm gerade geworden war.

»Es wird Zeit, Miss Woodford.«

Sehr wohl bemerkte er, wie Isabellas Blick zuerst an seiner Brust und dann an seinen Armen hängen blieb und sie anschließend schluckte.

»Und nun haben Sie mir gar nicht gesagt, welche Fähigkeit Sie selbst gern hätten!«, sagte sie rasch, als wollte sie seinen Aufbruch noch ein wenig aufschieben.

Er blickte sie lange an. »Ich würde gern in die Köpfe mancher Menschen hineinschauen können und wissen, was darin vorgeht.«

16.

»Du warst bitte wo?«, fragte Rebecca, und zum ersten Mal erlebte Isabella ihre Freundin tatsächlich überrascht. Um nicht zu sagen, entsetzt. »Viscount Weymouth ist doch …«

»Ich weiß. Jetzt zumindest«, antwortete Isabella. »Vorher wusste ich das natürlich nicht, sonst wäre ich ja gar nicht hingefahren.«

Rebecca warf ihr einen bewundernden Blick zu, als würde sie Isabella plötzlich mit ganz anderen Augen sehen. Sie legte den Kopf schräg. »Isabella, ich hätte gar nicht gedacht, dass du so etwas …«

»Ich wusste es nicht!«, wiederholte Isabella vehement. »Ich wusste überhaupt nicht, wer dieser Viscount ist. Ich hätte nach dem Streit zwischen Edward und Phillip sofort ein Unwohlsein vortäuschen müssen.«

»Mit Verlaub, Miss Woodford«, meldete sich nun auch Betty zu Wort, und sie klang ziemlich zurückhaltend. Insgeheim rechnete sie wohl mit einem Tadel dafür, dass sie sich auch am Gespräch beteiligte.

»Nenn mich Isabella. Bitte, Betty. Wir sind unter uns.«

Eigentlich hatten sie einen Ausflug zu Mr. Smiths Buchladen in der Milsom Street geplant, einem der größten Geschäfte für Bücher und Zeitschriften in der ganzen Stadt. Einmal mehr hatte Phillip sich bereit erklärt, sie und Betty zu begleiten, aber spontan hatte Isabella beschlossen, statt des Buchladens Rebecca im White Lion zu besuchen. Sie hatte Redebedarf, dringenden sogar.

Und einmal mehr deckte Phillip sie und verbrachte einige Stunden in seinem Club. Noch nie hatte er den Namen dieses Clubs erwähnt, aber nach der Episode bei Weymouth hatte Isabella auch kein Interesse daran, mehr darüber zu erfahren. Denn – so hatte sie gelernt – es gab Dinge, über die man besser einfach nicht Bescheid wusste.

»Also, mit Verlaub, *Isabella.* Du konntest nicht erwarten, dass deine Cousins dir derart … übel mitspielen«, gab Betty zu bedenken.

»Nicht wahr?« Isabella griff erneut nach der hohen, elegant geschwungenen Kaffeetasse aus weißem Porzellan und leerte diese bis zum Kaffeesatz. Rebecca hatte ihnen das Getränk zur Feier des Tages mit Schlagsahne verfeinert, die das kräftige, herbe Aroma der etwas zu grob vermahlenen Kaffeebohnen perfekt abrundete. Diese bittersüße Kombination schmeckte einfach köstlich, und für einen winzigen Moment schloss sie genießerisch die Augen, während sie weiter nachdachte.

»Und wie … also … wie lief der Abend, ich meine …« Rebecca schenkte Isabella nach. Es tat so gut, endlich wieder Kaffee trinken zu können. Und noch viel besser war es, jemandem von dem ganzen Wahnsinn der letzten drei Tage zu erzählen.

Sie waren in Rebeccas Salon, der zum Innenhof des White Lion gerichtet lag, und kaum etwas von dem Lärm und Trubel der Gaststube drang zu ihnen in den ersten Stock. Er war nicht annähernd so groß wie der ihrer Familie im Royal Crescent, aber er war gemütlich eingerichtet. Die Wände waren hell gestrichen, und einige wenige Landschaftsbilder hingen daran. Im Kamin prasselte leise ein Feuer, und sie hatten sich nicht an den Mahagonitisch, sondern auf die mit apricotfarbener Seide bespannte Chaiselongue und die dazu passenden Sessel gesetzt. Die Fenster waren einen Spaltbreit geöffnet, und das Zwitschern der Vögel drang zu ihnen herein, unterbrochen von dem regelmäßigen Geruckel der Fässer, die gerade von einem Fuhrwerk im Innenhof abgeladen wurden.

»Moment.« Isabella hob theatralisch die Hand. »Du kennst noch nicht die ganze Geschichte.«

»Scheint mir auch so«, murmelte Rebecca sichtlich verstört und raffte ihr Kleid, um sich zu setzen.

»Wilkinson war auch dort«, eröffnete Isabella.

»O Gott …« Rebecca ließ sich auf den Sessel fallen. Sie hielt sich die Hand vor den Mund, denn offenbar erwartete sie nun das Schlimmste. »Du hast doch wohl nicht mit ihm …«

»Was denkst du eigentlich von mir? Als das Dinner vorbei war, hat er mich gezwungen, die Veranstaltung zu verlassen. Er hat sich sogar mit Edward angelegt. Und ich glaube, er hat Phillip bedroht …«

Ruckartig hob Rebecca den Kopf, und einen Atemzug lang starrte sie Isabella mit offenem Mund an.

Diese Reaktion von ihr war unerwartet. Aber es war auch geradezu schockierend, was Isabella da erzählte, wie sie selbst zugeben musste.

Schnell schien sich Rebecca von ihrer Überraschung zu erholen, denn sofort legte sich ein spitzbübisches Lächeln auf ihr Gesicht. Fast nie lächelte sie einfach nur so. Das zuckersüße Lächeln, das jungen Damen wie ihr gebührte, schien gar nicht in ihrem Repertoire vorzukommen. Wenn sie lächelte, schien meistens irgendetwas anderes dabei durch. Eine Erkenntnis, eine Absicht, manchmal sogar schon ein handfester Plan.

»Wilkinson, der Gentleman. Ich würde beinahe behaupten, er hat eine Schwäche für dich, wenn ich nicht wüsste, dass er um die jungen Damen der Beau Monde für gewöhnlich einen großen Bogen macht.«

»Und das Beste kommt noch. Heute Vormittag bei dem Picknick mit Shakleton ist er auch plötzlich aufgetaucht.«

»Er mag dich«, bekräftigte nun auch Betty mit ernster Miene.

»Schade nur, dass ich nichts für ihn übrighabe. Für ihn oder sonst irgendwen von seinem Schlag.« Zumindest redete Isabella es sich ein. Wenn man etwas lange genug behauptete, wurde es Wirklichkeit, war es nicht so?

»Was meinst du mit *Schlag*?«, wollte Rebecca wissen.

»Na, du weißt schon. Diese … Männer eben.« Isabella machte eine wegwerfende Geste, und allmählich hatte sie auch keine Lust mehr auf das Gespräch, denn sie fühlte sich wie vor der Inquisition. Sie hatte von dem unmöglichen Abend bei Weymouth und von Edwards Falschheit erzählen wollen, statt über die eingebildeten Gefühle von irgendwelchen Männern zu reden.

Das hatte sie doch, oder? Sie hatte das Thema doch nicht etwa angeschnitten, um eigentlich über ihn zu reden, Wilkinson?

Außerdem Wilkinson und sie mögen – das war ja völliger

Unsinn! Er fühlte sich verantwortlich für sie, schließlich hatte er sie in einer Notsituation angetroffen, und er hatte lediglich das gemacht, was jeder andere Gentleman auch machen würde. Mehr war da nicht. Und mehr würde sie auch nicht zulassen, denn sie kannte diesen Typ Mann zur Genüge. Wilkinson war groß gewachsen und gut aussehend, genauso wie Ashbrook. Er war wortgewandt und charmant, wenn es sein musste, genauso wie Ashbrook. Er hegte keinerlei Absicht, sich mit jemandem zu liieren, das hatte ja sogar Rebecca gesagt. Er verkörperte alles, wovor Isabella sich in Acht nehmen musste und wovon sie sich geschworen hatte, dass sie nie wieder darauf hereinfallen würde.

Sie nahm einen großen Schluck Kaffee, es war inzwischen ihre dritte Tasse, und allmählich wurden ihre Hände zittrig.

Ganz sicher lag das am Kaffee und nicht an dem Thema, über das sie sprachen.

Etwas an Wilkinsons Verhalten heute Vormittag hatte sie nämlich nachdenklich gemacht. Es hatte überhaupt keinen Grund für ihn gegeben, bei dem Picknick aufzutauchen und sich nach ihrem Wohlergehen zu erkunden. Und ganz besonders nicht, ihre Hand einfach so festzuhalten und ihr sogar anzubieten, sie auf ein geschäftliches Treffen mitzunehmen. Wieso machte er das, in Gottes Namen? Auf diese Weise würde er es schaffen, dass sie ständig über ihn nachdachte, sich fragte, wo er gerade war und was er tat. Wie es ihm ging. Schon jetzt genoss sie jede seiner Berührungen wie eine seltene Droge, und das Herz schlug ihr bis zum Hals, wenn er nur das Wort an sie richtete.

All das ging nicht. Sie hatte sich geschworen, nichts mehr zu fühlen und sich nicht mehr zu verlieben. Die Vernunft musste ihre nächsten Schritte leiten, wie bei allen anständigen jungen Damen der Gesellschaft.

Sie leerte ihre Kaffeetasse erneut.

»Ich frage mich, woher Wilkinson eigentlich wusste, dass du fälschlicherweise auf Weymouths Dinner warst«, sinnierte Rebecca.

Ihr Blick wanderte zu Betty, die den Kopf schräg gelegt hatte, um die Titelseite des *Morning Chronicle* zu lesen. Er lag halb aufgeschlagen zwei Armlängen vor ihr auf dem Beistelltischchen.

»Hier, lies, wenn du möchtest. Der *Chronicle* wird dir gefallen. Es gibt sogar eine Polizeikolumne.« Mit einem Augenzwinkern gab sie Betty den ganzen Stapel an Zeitschriften, auf die die Gesellschafterin schon die ganze Zeit über sehnsüchtig gelinst hatte. Es waren ältere Hefte, vom letzten Jahr, aber das spielte keine Rolle. Bücher, Zeitungen, Magazine … egal was es war, sobald es darin etwas zu lesen gab, übte es auf Betty eine geradezu magische Anziehungskraft aus. Als Isabella sich nach Weymouths Dinner so miserabel gefühlt hatte, hatte Betty den ganzen Tag an ihrem Bett gesessen, ihr immer mal wieder ein Glas Wasser gereicht und gelesen. Den ganzen Tag, irgendwelche Magazine, Isabella wusste nicht einmal, wo Betty diese aufgetrieben hatte. Sie hatte sie regelrecht verschlungen und jeden Artikel darin studiert.

Und Isabella war auch klar geworden, wieso. Betty war die Tochter eines Bauern. Sie hatte keine Zeit für Müßiggang, um zu malen, zu singen oder zu lesen, wie die vielen Töchter aus besserem Hause. Das vorgeschriebene Nichtstun, die Langeweile und die Ruhe des Salons, die Isabellas Leben bestimmten – oder bestimmen sollten, verbesserte sie sich in Gedanken –, waren für Betty ein Luxus. Sie musste die Familie bei der Arbeit auf dem Feld und dem Hof unterstützen, und allmählich dämmerte ihr, dass Bettys Leben als Dienstmädchen und Gesellschafterin vielleicht viel angenehmer war als das, vor dem sie zusammen mit ihr in Lydford geflohen war. Und vermutlich war das auch der Grund, warum sie, ohne lange zu überlegen, ihr Angebot angenommen hatte.

»Ich meine, was, wenn du ganz absichtlich bei Weymouth zu Gast gewesen wärst?«, knüpfte Rebecca nun an das vorherige Gespräch an. »Wenn du dich wirklich einfach vergnügen wolltest?«

»Rebecca! Natürlich mache ich das nicht!«

»Was ist schon dabei? Was glaubst du, wie viele Gentlemen und Ladies es hier in Bath gibt, die sich hinter ihrer Fassade aus Anstand mit ihren Liebschaften regelrecht austoben? Trotz Ehemann, trotz Familie. Je reicher die Herrschaften sind, desto einfacher wird es auch.«

»Aber … das geht doch nicht.«

»Natürlich geht das. Du musst dich nur mal dazu entscheiden, die Augen aufzumachen und genauer hinzusehen. Alle machen es«, erklärte Rebecca vehement, rutschte aber gleichzeitig auf ihrem Sessel nach hinten und verschränkte die Arme vor der Brust. Ihre Körpersprache passte überhaupt nicht zu dem, was sie gesagt hatte. Das Thema schien Rebecca mehr zu beschäftigen, als sie zuzugeben bereit war.

»Ich weiß von den ganzen Affären der hohen Herrschaften. Ich bin ja nicht blöd«, erwiderte Isabella trotzig, denn sie bekam das Gefühl, dass Rebecca sie für naiv hielt.

Inzwischen schien Betty die Titelseite des *Chronicle* durchgelesen zu haben, und das Papier raschelte laut, als sie blätterte. Sowohl Isabella als auch Rebecca schauten zu ihr. Betty erstarrte, ihre Augen schnellten über den Rand der Zeitung von einem zum anderen, und sie murmelte eine leise Entschuldigung.

»Aber die Damen, die sich solchen Vergnügungen hingeben, sind verheiratet oder verwitwet, Rebecca. Sie haben ihrem Mann Erben geschenkt und damit ihre Aufgabe erfüllt«, fuhr Isabella fort.

»Glaubst du wirklich, die einzige Aufgabe einer Frau ist es, ihrem Ehemann Erben zu schenken?«

»Es spielt keine Rolle, was ich glaube. Solange unsere Gesellschaft mir diese Aufgabe vorschreibt, muss ich mich danach richten.«

Rebecca antwortete nicht, sondern schaute nachdenklich auf ihre halb volle Tasse mit dem mittlerweile sicherlich kalten Kaffee. Und für einen Moment hatte sich ein richtiggehend trauriger Ausdruck in ihre Augen geschlichen. »Dann müssen wir eben anfangen, uns dem Ganzen zu entziehen«, sagte sie leise, als traue sie sich nicht, diese Ungeheuerlichkeit laut auszusprechen. Selbst hier nicht, in ihrem eigenen Haus, vor ihren Freundinnen. Einen Moment überlegte Isabella, nachzufragen, was Rebecca wohl mit *dem Ganzen* meinte, entschied sich aber dagegen. So, wie sie Rebecca einschätzte, würde die ihr sowieso nicht mehr verraten.

»Und meine Aufgabe ist es zu heiraten«, fuhr Isabella deshalb mit aufgesetzter Fröhlichkeit fort, um die seltsame Stimmung, die sich gerade zwischen ihnen ausgebreitet hatte, zu vertreiben. »Für morgen Abend hat mich Shakleton übrigens eingeladen. Ins Theatre Royal in der Orchard Street. Ich gehe natürlich.«

»Ich werde das Gefühl nicht los, dass du dich nicht freust«, stellte Rebecca fest.

Richtig geraten.

»Das stimmt nicht ganz, denn ich wollte tatsächlich schon, seit ich in Bath angekommen bin, einmal ins berühmte Theatre Royal.«

»Verstehe. Ins Theater, ja, aber womöglich in anderer Gesellschaft.«

Isabella schwieg, und das war Rebecca offenbar Antwort genug.

»Ehrlich gesagt verstehe ich nicht ganz, wieso du dich so sehr auf diesen grässlichen Shakleton versteifst. Wenn du dir ein wenig Zeit lässt oder vielleicht sogar auf die nächste Saison wartest, wirst du sicher auch einen Heiratswilligen finden, der nicht ganz so unmöglich ist wie der Baron.«

Isabella zuckte nur mit den Achseln. Die Wahrheit ausgesprochen zu hören, machte es nicht gerade einfacher für sie.

»Wirklich, Isabella. Manche Damen nehmen sich sogar drei oder vier Jahre, ehe sie sich festlegen …«

»Aber ich habe keine Zeit«, platzte es aus Isabella hervor.

»Wieso?«, fragte Rebecca prompt.

»Das kann ich dir nicht erzählen.« Der Tonfall war schärfer geraten, als Isabella beabsichtigt hatte.

Rebecca hob beschwichtigend die Hände. »Etwas gereizt heute, scheint mir?«

Isabella massierte sich die Nasenwurzel und begann mit zusammengepressten Lidern: »Entschuldige, Rebecca. Du hörst mir die ganze Zeit geduldig zu, und ich fahre dich dann auch noch so an. Vielleicht war einfach alles ein bisschen viel die letzten Tage.« Sie hatte jetzt keine Lust, zu erklären, wieso die Zeit so drängte. Überhaupt hatte sie keine Lust mehr, über sich selbst zu sprechen.

Rebecca griff nach ihrer Hand. »Das ist gar kein Problem. Wir sind hier unter uns, schon vergessen? Wir dürfen hier schreien und toben, so viel wir wollen. Nicht wahr, Betty?«

Die nickte und ließ die Zeitung sinken, als es klopfte.

»Mr. Parker wartet im Hof«, erklärte ein Dienstmädchen. Einen Augenblick überlegte Isabella, ob sie überhaupt schon einen einzigen männlichen Angestellten bei Rebecca gesehen hatte, und konnte sich tatsächlich an keinen erinnern.

Sie zogen ihre Mäntel über, Rebecca drückte Betty noch zwei weitere Ausgaben des *Morning Chronicle* in die Hand, und sie machten sich auf den Weg nach unten.

Phillip verbeugte sich überschwänglich vor allen dreien und schien bester Laune.

Gerade als sie gehen wollten, fragte Rebecca: »Mr. Parker, haben Sie noch einen Moment für mich?«

Phillip schien überrascht. »Gern, Mrs. Seagrave. Würdet ihr schon einmal vorgehen? Wir sehen uns vor Smiths Buchladen«, schlug er vor.

Isabella und Betty liefen nicht weit, um genau zu sein,

gingen sie nur bis zur Hausecke und blieben dann beide stehen.

»Ich frage mich, was die beiden zu bereden haben«, sagte Isabella.

Betty nickte. »Stünde es mir zu, würde ich mich das auch fragen.«

»Wir sollten vielleicht gar nicht alleine zu Smiths Buchladen gehen. Erinnerst du dich, beim letzten Mal?«

»Die vielen Männer, ja, natürlich. Es war sehr unangenehm«, bestätigte Betty. »Fast schon unverantwortlich, dorthin zu gehen ohne Mr. Parker.«

»Wir warten«, beschloss Isabella und tauschte ein verschwörerisches Lächeln mit Betty. »Am besten genau hier, sonst verpassen wir meinen Cousin womöglich.«

»Ich glaube auch.«

Stille.

»Schaust du oder ich?«, fragte Betty dann rasch.

»Lass mich zuerst.«

Isabella lugte um die Ecke hinein in den Innenhof des Gasthauses, dort, wo die Lieferungen ankamen, und dort, wo Rebecca und Phillip noch standen. Zunächst sah es noch so aus wie eine normale Unterhaltung, doch plötzlich begann Rebecca zu gestikulieren, und sie schienen in einen Streit zu geraten.

»Was siehst du?«, flüsterte Betty, die ganz nah hinter Isabella stand, aber nichts erkennen konnte.

»Sie streiten.«

»Ich wusste gar nicht, dass die beiden sich so gut kennen«, wunderte sich Betty.

»Nein, das ist mir auch neu.«

Es sah ein wenig so aus, als würde Rebecca ihm die Leviten lesen. Vielleicht ging es einmal mehr um diesen unmöglichen Abend bei Weymouth. Ziemlich sicher sogar. Worüber sonst sollten die beiden auch streiten?

Phillip machte einen Schritt auf Rebecca zu und stand ihr auf einmal sehr nahe. Unschicklich nahe. Er fing Rebeccas fliegende Hände ein, hielt sie zwischen seinen an seine Brust gepresst fest, und dann hörte Isabella für einen Moment auf zu atmen.

Sie blinzelte, schaute erneut und wandte sich schließlich abrupt ab.

Mit aufgerissenen Augen starrte sie Betty an.

»Was ist passiert?«, fragte diese, mindestens ebenso entgeistert, wie Isabella sich gerade fühlte.

»Sie haben sich geküsst.«

17.

Am nächsten Tag, dem Tag des Theaterbesuchs, hatte Isabella es doch nicht lassen können und stattete Wilkinsons Geschäft einen Besuch ab. Schließlich besaß sie noch immer sein Taschentuch, und er würde es doch ganz sicher wiederhaben wollen, oder nicht?

Der Laden war dunkler als die anderen, die Isabella bisher in Bath besucht hatte. Vielleicht lag es an den Regalen, die aus teurem Walnussholz gefertigt waren. Vielleicht lag es auch daran, dass diese bis oben hin vollgestapelt waren mit Stoffballen. Zwei Verkäufer hielten sich in den Geschäftsräumen auf, die, wenn sie nicht gerade Kundschaft bedienten, offenbar damit beschäftigt waren, die Stoffballen in den Regalen akkurat übereinander auszurichten.

Man sah, dass der Laden Wilkinson gehörte, denn sein Hang zur Perfektion schien sich hier wie von Geisterhand fortzusetzen. Isabella spazierte die Regale entlang und bewunderte die golddurchwirkten Stoffe, die Brokate, den Damast, Samt und Taft und die so modischen hauchzarten Musselinstoffe. Einer war schöner und edler als der andere, und ganz sicher wurden die Tuche auch für die elaborierten Kleider, die am Londoner Hof getragen wurden, verwendet. Fast ehrfürchtig blieb Isabella vor einem Regal mit besonders ausgefallenen Stoffen stehen. Dunkelblaue Seide, bestickt mit goldgelben Sternen, einer Farbe, die verblüffende Ähnlichkeit mit der echten Farbe der Sterne am Nachthimmel hatte. Auf ihm lag ein Ballen bedruckter Kaliko mit exotischen Blüten und Palmenblättern, und direkt daneben, in der Mitte des Verkaufsraums, standen zwei Schaufensterpuppen mit identisch aussehnenden weinroten Kleidern, die zwar schlicht waren in ihrer Ausführung, aber trotzdem alle Blicke auf sich zogen.

In diesem Geschäft lagert ein Vermögen, schoss es Isabella durch den Kopf. Dabei war der Laden hier in Bath nur eine von vielen Niederlassungen, wie Rebecca ihr erzählt hatte. Isabella konnte bloß erahnen, wie reich Wilkinson eigentlich sein musste.

Gerade hatte eine Dame samt zwei Kindern den Laden verlassen, und ihr Plappern mischte sich vor der Tür mit den Geräuschen der geschäftigen Milsom Street.

»Wie kann ich Ihnen behilflich sein, Miss?« Einer der beiden Verkäufer war auf sie zugetreten und sprach mit überraschend näselnder Stimme.

Sein Blick wanderte für einen Moment zu der kleinen Papiertüte mit den Nüssen, die Isabella vorhin von einem fliegenden Händler gekauft hatte. Schon jetzt zeichneten sich Fettränder auf dem Papier ab, und er verharrte lange genug darauf, dass Isabella sofort verstand. Sie stopfte die Tüte in ihre Rocktasche. Nicht auszudenken, wenn sie etwas in diesem Laden anfasste und womöglich sogar noch einen Flecken irgendwo auf dieser gestapelten Perfektion hinterließ.

»Ich wollte eigentlich mit Mr. Wilkinson sprechen«, antwortete Isabella, ließ sich aber von dem blasierten Gesichtsausdruck des Mannes aus dem Konzept bringen. Er sah aus wie ein Butler. Keiner von den freundlichen, zuvorkommenden. Eher von der Sorte, die einem das Gefühl gaben, dass alles, was man tat, irgendwie falsch war. Eine Zumutung, ein zu verurteilender Fauxpas. Sie konnte den Mann schon in einer Livree vor sich sehen.

Die Brauen des Verkäufers waren bei Isabellas Antwort nach oben gewandert und sein vielsagender Blick zu seinem Kollegen. Definitiv war dieser Mann einmal ein Butler gewesen, denn die steife Oberlippe und vor allem die Hand, die er schon die ganze Zeit über im Rücken hielt, verrieten ihn. Der zweite Verkäufer wandte sich nun an den Mann, der am Ende der Geschäftsräume gerade in die Tür getreten war.

Isabella hatte ihn bereits einmal an der Seite von Wilkinson gesehen. Ein … »Tom Miller, nicht wahr?«

»Sie kennen meinen Namen?« Der Mann schien überrascht.

»Mr. Wilkinson hat ihn einmal erwähnt. Auf dem Ball in den Assembly Rooms, letzte Woche.«

»Ah, und Sie sind Miss Woodford.«

Er kennt mich.

Ein freundliches Lächeln breitete sich auf seinem Gesicht aus, und seine Augen leuchteten warm, als er auf sie zukam. Er war Isabella auf Anhieb sympathisch.

»Wie kann ich Ihnen behilflich sein, Ladies?« Er verbeugte sich schwungvoll, und so steif und trocken Isabella die beiden Verkäufer vorkamen, umso lebensfroher erschien ihr Miller. Allein schon wegen seiner wirklich farbenfrohen Kleidung. Er trug eine leuchtend gelbe Weste und darüber einen lindgrünen Gehrock, die einen auffallenden Kontrast bildeten zu seiner dunklen Hautfarbe. Außerdem zierten mehrere goldene Ringe seine Finger.

Isabella musste sofort aufhören, ihn anzustarren, als wäre er ein Paradiesvogel.

Du hast doch schon so oft Menschen mit dunklerer Hautfarbe gesehen. Wieso glotzt du ihn jetzt so an?

»Ich wollte eigentlich nur etwas abgeben …« Sie nestelte an ihrem Täschchen und zog halb Wilkinsons Taschentuch heraus.

Millers Augen schossen zu den Angestellten, die so taten,

als wären sie mit dem Aufräumen der Stoffballen beschäftigt. Natürlich hörten sie ganz genau zu, und Isabella würde sich auch nicht wundern, wenn sie den ein oder anderen Blick aus dem Augenwinkel riskierten.

»Kommen Sie doch mit in mein Geschäftszimmer«, schlug er vor. »Sie und Ihre Begleiterin, Miss …«

»Hartley, Sir. Betty Hartley«, vollendete Betty seinen Satz, mit fester Stimme und einem überraschend offenen Lächeln. Isabella schien wohl nicht die Einzige zu sein, die beschlossen hatte, Miller zu mögen.

»Ich bin Alexanders Prokurist und leite seine Filiale hier in Bath«, erklärte er, während er einen kurzen, dunklen Flur voranlief. »Sein Stellvertreter sozusagen.«

Sie betraten sein Geschäftszimmer. Zumindest glaubte Isabella, dass es sich dabei um eines handelte, ganz sicher war sie sich allerdings nicht.

Denn es herrschte vollkommenes Chaos.

In der Mitte des Raumes, eine breite Fensterfront im Rücken, stand ein Schreibtisch, über und über mit Papieren bedeckt.

»Es sieht vielleicht so aus, als wüsste ich nicht, wo was ist. Aber ich habe den Überblick«, verteidigte sich Miller, dessen Blick Isabellas gefolgt war.

»Sie könnten ja Stapel machen«, schlug Isabella vor.

»Aber wo bliebe denn da der Spaß?«

Sie musste lachen. »Wilkinson kommt wohl nicht so oft in diese Räume?«, erkundigte sie sich.

»Immer mal wieder. Aber *entre nous* – er hält es hier meist nicht besonders lange aus.«

»Nein, das kann ich mir vorstellen …« Isabella umrundete den Tisch und warf einen Blick nach draußen. Trotz der Schlieren im Glas konnte sie ein Eichhörnchen erkennen, das den Baum in der Mitte des Hofes nach oben sauste.

»Sie kennen ihn wohl etwas besser?«, wollte Miller wissen.

»Nur flüchtig. Aber er war so freundlich, mir dies hier zu borgen.« Sie zog das Taschentuch nun erneut hervor. Betty hatte es gestern eigenhändig gewaschen. Es war aus einem weichen, angenehmen Stoff und trug die Initialen *A.W.* »Eigentlich hatte ich gehofft, ihn persönlich anzutreffen.«

Weil du wirklich, wirklich dumm bist. Weil du genau das nämlich gar nicht hoffen solltest.

Heute am frühen Morgen nach dem obligatorischen Besuch mit ihrer Tante im Pump Room und einem kurzen, anstrengenden Zusammentreffen mit Shakleton hatte Isabella mehrere Stunden auf ihrem Zimmer verbracht. Und sie hatte nichts anderes gemacht, als das sauber gefaltete Taschentuch, das auf dem kleinen Beistelltisch neben dem Bett gelegen hatte, anzustarren und … zu überlegen. Oder besser gesagt, mit sich zu ringen.

Es ihm zurückzugeben, wäre der perfekte Grund, ihn wiederzusehen. Denn genau das wollte sie. Ihn wiedersehen. Irgendetwas war mit ihr die letzten Tage über geschehen. Auf dem Weg zum Pump Room hatte sie sich ständig umgeschaut und überall gemeint, seine Silhouette zu erkennen. Ihr Herz hatte jedes Mal einen Satz gemacht, obwohl er es gar nicht gewesen war. Nachts schlief sie unruhig, und tagsüber war sie ständig nervös und konnte kaum etwas essen.

Sie war auf dem besten Wege, sich in diesen unmöglichen Mann zu verlieben. Zumindest sich selbst gegenüber sollte sie es langsam eingestehen. Dabei wusste sie doch ganz genau, dass sie sich nicht verlieben durfte.

Ich bringe nur das Taschentuch zurück, mehr nicht, hatte sie sich eingeredet. Da war ja nun wirklich nichts dabei. Bettys schiefen Blick hatte sie trotzdem ignoriert, als sie ihr die Pläne für den späten Vormittag mitgeteilt hatte.

»Setzen Sie sich doch, Ladies. Ich habe gerade frischen Kaffee gemacht.«

»Sie machen Kaffee selbst?«, wunderte sich Isabella. »Haben Sie denn keine Bedienstete, die das für Sie übernehmen könnte?«

»Unnötig.« Er machte eine wegwerfende Handbewegung. »Bei all diesem ganzen Papierkram finde ich zwischendurch ein paar Tätigkeiten mit den Händen ganz … erfrischend.«

Am besten kocht er sogar auch noch für sich selbst.

»Ich sehe schon, eine Ehefrau an Ihrer Seite würde Ihnen guttun.« Isabella hatte zwar einige Ringe an seinen Fingern gesehen, war sich aber dennoch sicher, dass er unverheiratet war. Es war etwas in der Art und Weise, wie er sprach. Wie er sich gab. Dieser Mann war ebenso ein eingefleischter Junggeselle wie sein Freund Wilkinson.

Er zuckte mit den Achseln und brachte mehrere Porzellantassen zu ihnen. Mittlerweile hatten sich Isabella und Betty auf dem kleinen Sofa neben der hoffnungslos verrußten Feuerstelle niedergelassen. Miller sprach wirklich die Wahrheit. Er beschäftigte keine Diener hier, denn die hätten den Kamin niemals in einem so erbärmlichen Zustand gelassen.

»Vielleicht verstehe ich mich deshalb so gut mit Alexander«, erklärte Miller. »Er und ich mögen auf den ersten Blick erscheinen wie Tag und Nacht, aber in manchen Dingen sind wir uns ziemlich ähnlich. Wir erledigen das meiste gern selbst.« Kurz hörte er auf zu sprechen und konzentrierte sich aufs Einschenken. Die Kaffeekanne war silbern mit einem schwarzen hölzernen Henkel. Sie passte gar nicht zu den Tassen, die er ihnen gebracht hatte. Aber selbst die stammten ganz offenbar aus unterschiedlichen Services. Bettys Tasse war mit gelben Blümchen bemalt, Isabellas sehr viel bauchiger und nachtblau. Nichts passte auf dem kleinen Kaffeetisch zusammen, und Isabella wurde das Gefühl nicht los, dass das sogar Millers Absicht war. »Aber verraten Sie das bloß niemandem, sonst erklären unsere Kunden uns noch für verrückt.«

Für die Noblesse und selbst für das Bürgertum war es undenkbar, so einfache Arbeiten wie das Erhitzen von Wasser selbst zu erledigen. Anders sah es da schon bei der Zubereitung von Tee oder Kaffee aus. Sehr oft wurde dieser in einer Dose im Salon aufbewahrt, die manchmal sogar durch ein Schloss geschützt wurde. Das Getränk wurde dann mit heißem Wasser von der Dame des Hauses eigenhändig zubereitet. Schließlich waren sowohl Tee als auch Kaffee sündhaft teuer, und deshalb überließ man sie auch nicht einfach der Dienerschaft. Der war nämlich nicht zu trauen, hatte Lady Alice ihr vor einigen Tagen zugeraunt und sie mit einem vielsagenden Blick bedacht, als eines ihrer Dienstmädchen gerade den Raum verlassen hatte.

Isabella hatte ihre Widerworte in einem großen Schluck Madeira ertränkt, den sie abends vor dem Feuer mit ihrer Tante getrunken hatte. Überhaupt hatte sie das Gefühl, dass sie sehr viel öfter trank, seit sie in Bath war. Es machte die Abende mit Lady Alice ein klein wenig erträglicher.

»Und worin sind Sie sich noch ähnlich, Mr. Wilkinson und Sie?«, wollte Betty wissen, die sich allmählich daran zu gewöhnen schien, nicht nur die schweigende Begleiterin zu sein. Immer mehr war sie wie eine echte Gesellschafterin, die sich an Gesprächen beteiligte und sogar eine eigene Meinung vertrat.

»Wir sind unter ähnlichen Umständen groß geworden und haben hart gearbeitet, um das zu erreichen, was wir heute haben.« Die Antwort war vage, und Isabella holte bereits Luft, um nachzuhaken, aber Millers Lachen hielt sie davon ab. »Ich sehe schon, die Damen sind neugierig. Ich bin mir sicher, Alexander wäre es nicht recht, wenn ich einfach die Geheimnisse unserer Jugend ausplaudere. Wenn Sie also mehr erfahren wollen, müssen Sie Wilkinson schon selbst fragen.«

Er blickte Isabella länger an als notwendig. Sehr viel länger, genau genommen, und sie meinte sogar einen vorwurfsvollen Ausdruck in seinen Augen erkennen zu können.

Als ob sie ihn aushorchen wollte über Alexander. Der Mann träumte doch, natürlich wollte sie das nicht.

Ganz sicher nicht.

Ihr wurde warm. Vorsichtshalber nahm sie einen großen Schluck aus ihrer Tasse und sagte dann: »Sie haben ja unglaublich viele Stoffe hier im Laden.«

Besser, sie wechselten schnell das Thema, dann würde vielleicht auch das eigentümlich aufgeregte Gefühl in ihrer Magengegend wieder verschwinden. Und eigentlich wollte sie auch gar nichts weiter über Miller und Wilkinson erfahren.

Die beiden Männer waren anders als die meisten gut betuchten Gentlemen, die Isabella kannte, stellte sie mit Unbehagen fest. Sie imponierten ihr, und das war nicht gut. Ganz und gar nicht.

»Aber ja«, bestätigte Miller, setzte sich auf den freien Sessel zu ihrer Linken und nippte an seinem Kaffee. Er verzog den Mund und griff nach dem mit Blumen bemalten Zuckerdöschen, das auf dem Tisch stand. Sorgfältig legte er den Porzellandeckel ab und löffelte den gestoßenen braunen Zucker in seine Tasse. Vier gehäufte Löffel. Dabei war der Kaffee bereits kräftig gesüßt, Isabella war es beinahe schon zu viel gewesen.

Miller rührte ausgiebig in seiner Tasse, ließ den Kaffeesatz absinken, nahm einen weiteren, vorsichtigen Schluck und ließ sich dann zufrieden gegen die Rückenlehne sinken. »Sie beobachten mich, Miss Woodford«, stellte er fest, ohne sie anzusehen.

»Ich bin fasziniert«, gestand sie.

»Ich mag es eben süß«, verteidigte er sich. »Ich finde es sowieso ungerecht, dass lediglich Damen süße Getränke trinken sollten und Männer sich ständig einen trockenen Rotwein oder sogar diesen grässlich brennenden Brandy genehmigen dürfen.« Sein Blick schweifte von Isabella zu Betty. »Aber ich sollte lieber aufhören, Sie mit meinen Eigenheiten zu langweilen. Allmählich müssen Sie mich wirklich für einen Exzentriker halten …« Er machte eine nachdenkliche Pause und runzelte die Stirn. »Vermutlich bin ich auch einer.«

»Wie viele Stoffe haben Sie denn nun hier in dem Laden?«, fragte Betty.

»Vermutlich sind es mehrere Hundert, Miss Hartley. Seide, Taft, Gros de Tours … wir haben alles, was Sie sich nur vorstellen können. Neuerdings haben wir sogar schon fertige Damenkleider.«

»Tatsächlich?«, erwiderte Betty, und Isabella freute sich, wie schnell ihre Begleiterin es schaffte, ein ganz normales Gespräch mit Miller zu führen. Wenn sie sich wohl fühlte, blühte sie geradezu auf. In Rebeccas Gesellschaft reagierte sie ähnlich, das war Isabella schon vor einigen Tagen aufgefallen.

»Die beiden weinroten im Verkaufsraum, Sie haben sie sicherlich gesehen, als Sie hereingekommen sind. Vorgefertigte Kleider sind die Zukunft, glauben Sie mir. In ein paar Jahrzehnten werden die Städte voll sein von Geschäften, die bloß noch vorgefertigte Ware führen.«

»Das muss ich unbedingt meiner Freundin Rebecca erzählen«, beschloss Isabella. »Sie besitzt so viele verschiedene Stoffe, sie könnte fast schon einen eigenen Laden eröffnen. Ganz sicher ist sie sowieso Stammkundin bei Ihnen.«

»Wer, sagten Sie?«

»Rebecca Seagrave, die Besitzerin des White Lion.«

»Hm«, machte Miller. »Nein, Mrs. Seagrave beehrt uns nie mit ihrem Besuch. Bringen Sie sie doch das nächste Mal einfach mit.«

»Das mache ich gern.«

Natürlich würde sie das nicht, denn vermutlich würde sie diesen Laden nie wieder betreten. Schon aus dem einfachen Grund, weil sie sich die edlen Stoffe von hier niemals würde leisten können. Vermutlich sprengte bereits eines der Seidentaschentücher, die sie in der Auslage gesehen hatte, ihr Budget.

»Das Kleid, das Sie gerade tragen, scheint mir aber auch ganz exquisit zu sein.« Miller beugte sich ein wenig vor und betrachtete den Stoff genauer.

Sie trug die Robe aus hellroter Seide, die ihr Rebecca spendiert hatte. Dieses Mal hatte sie sie aber mit einem Brusttuch, einem hellen, weiten Wollschal, den sie um die Ellenbogen geschlungen trug, und einem Strohhut kombiniert. Wer so wenige Kleider besaß, musste eben erfinderisch sein.

»Finden Sie? Ja, das habe ich von …«

Ein Hustenanfall von Betty unterbrach Isabella. Die Ärmste musste sich verschluckt haben, und Isabella klopfte ihr hilfsbereit auf den Rücken. Betty warf ihr einen prüfenden Seitenblick zu, hüstelte noch ein-, zweimal und hielt sich dann das Taschentuch vor die Lippen.

Sie musste eigentlich doch gar nicht husten, ging ihr auf. Sie hatte Isabella nur davon abhalten wollen, weiterzusprechen. Auch Miller schien mit einem Mal auffällig still zu sein, und Isabella erkannte nun selbst, dass es ganz schön dumm gewesen war, was sie da beinahe ausgeplaudert hatte. Sie wusste nicht, woher Rebecca die vielen Stoffe in ihrem Landsitz hatte, aber offenbar hatte selbst Betty verstanden, dass deren Herkunft möglicherweise nicht ganz legal war.

Und dass man diesen Umstand nicht unbedingt im vornehmsten Stoffgeschäft am Platz herumposaunen musste.

»Ich denke, wir sollten aufbrechen, nicht wahr, Betty?« Isabella war das alles mit einem Mal sehr unangenehm.

Sie bekam ein zustimmendes Nicken als Antwort, und Betty hatte es plötzlich geradezu eilig, Mr. Millers Geschäftszimmer zu verlassen. Isabella bedankte sich für den Kaffee und war schon fast durch die Tür durch, als sie seine Stimme hörte.

»Miss Woodford?«

»Ja?«

Er deutete mit dem ausgestreckten Finger in Richtung ihres kleinen Pompadours. »Das Taschentuch.«

18.

Eigentlich war das Leben in Bath als Dame von Rang gar nicht so schlecht. Vielleicht konnte sie sich sogar daran gewöhnen? Ballabende, Theaterbesuche, unterbrochen von Vormittagen in Kaffeehäusern, Anproben bei der Schneiderin oder dem ein oder anderen Besuch im Pump Room.

Isabella räusperte sich, um den Kloß loszuwerden, der sich gerade in ihrem Hals bildete.

Du wirst dich zu Tode langweilen.

Sie folgte Charles Shakleton durch die blau gestrichene breite Eingangstür in das Theater.

Sobald sie einen Fuß über die Schwelle gesetzt hatte, schlug ihr ein Schwall warmer, feuchter Luft entgegen. Hunderte von Gästen drängten sich im Foyer und unterhielten sich, lachten, riefen und versuchten, zu ihren Plätzen zu gelangen – alles hier war laut und chaotisch und ganz anders, als Isabella es sich ausgemalt hatte.

Aber was wusste sie schon, schließlich war es ihr erster Besuch in einem Theater, und dieses Mal hatte sie sich vorab auch nicht ausführlich mit Phillip unterhalten können und sich seine Anweisungen angehört, denn sie hatte jegliche Konversation mit ihm gemieden. Nicht nur, weil sie am fünften Tag nach Weymouths Dinner im Grunde immer noch nicht mit ihm sprach. Aber er hatte Rebecca geküsst. Ihre Freundin Rebecca. Sie war so schockiert von dieser Entdeckung, dass sie noch gar nicht wusste, wie sie damit umgehen sollte.

»Wenn Sarah Siddons auftritt, sind gut und gern tausend Besucher hier«, rief Shakleton über die Schulter gegen den Lärm an, während er sich einen Weg durch die Menge bahnte. Immer wieder drohte Isabella den Anschluss zu verlieren, aber statt sich umzublicken oder sie gar an der Hand zu nehmen, lief Shakleton einfach weiter. Er schien nicht einmal zu bemerken, dass ein Herr sie während einer offenbar äußerst angeregten Diskussion anrempelte. Beleidigt blieb sie stehen, um zu warten, ob der Baron überhaupt mitbekam, wenn sie einfach im Gedränge verschwand. Sie gab das Vorhaben allerdings auf, als Phillip hinter ihr stehen blieb und Anstalten machte, sie einfach weiterzuschieben.

Stell dich nicht so an. Du wusstest doch, wie ungalant Shakleton ist.

Trotzdem war sie enttäuscht darüber, wie wenig umsichtig Shakleton war und wie wenig er dem Gentleman entsprach, den sie gern an ihrer Seite hätte. Denn das war es doch, worauf das Ganze hier hinauslief. Der Abend im Theater war inzwischen das dritte Treffen zwischen Isabella und Shakleton. Vermutlich würde er in spätestens ein paar Tagen zum Tee bei ihrer Tante erscheinen, und vielleicht würde er ihr dann sogar einen Antrag machen. Schon wieder kam dieses Gefühl in Isabella nach oben, dieser Instinkt, dieses körperliche Bedürfnis, ihn wegzustoßen und davonzulaufen, allein wenn sie daran dachte, ihr Leben mit dem Baron verbringen zu müssen.

Reiß dich zusammen. Du wirst es eben lernen müssen. Du musst ihn nicht lieben oder begehren. Du wirst die Nähe einfach über dich ergehen lassen, und wenn du ihm erst ein oder zwei Erben geboren hast, wird er ohnehin von dir ablassen.

»Da sind Sie ja.« Am Fuße einer Treppe hatte er offensichtlich doch beschlossen, auf sie zu warten, und winkte ihr mit einem weißen Taschentuch zu, mit dem er sich danach den Schweiß von Stirn und Nacken wischte. Sie konnte es ihm noch nicht einmal verdenken, denn es war wirklich warm. Die Hunderte von Kerzen, die die Flure und den Hauptraum feierlich hell erleuchteten, heizten das gesamte Gebäude auf, und selbst Isabella spürte den leichten Schweißfilm auf ihrer Haut. Sie nahm ihr Mantelet trotzdem nicht ab. Sie wollte es nicht in der Hand halten und knittern, und außerdem … traute sie sich noch nicht so ganz.

Sie hatte nämlich beschlossen, den zweifellos ein wenig stumpfsinnigen Abend, den sie an der Seite von Shakleton erwartete, ein wenig abenteuerlicher zu gestalten.

Sie trug heute Abend keine Korsage. Das war möglicherweise nicht verboten, aber für eine Dame von Stand vollkommen undenkbar. Unziemlich und verrucht, und mehrmals hatte sie sich bisher schon ein Grinsen verkneifen müssen, denn es fühlte sich so gut an, so frei und leicht, ohne die feste Schnürung.

Einmal mehr beneidete sie Männer, die dieses Gefühl von Freiheit immer spürten und es vermutlich nicht einmal zu schätzen wussten.

An sich sollte es niemandem auffallen, dass sie keine Korsage trug. Ihr neues hellrotes Kleid war aus so fester Seide und schmiegte sich so perfekt an ihren Körper, dass sie eine Schnürung nicht brauchte. Außerdem hatte sie die letzten Tage über kaum etwas gegessen und war nun wirklich schmal geworden.

Und wenn sie sich schon zwang, Shakletons wenig raffiniertes Umwerben zu akzeptieren, dann würde sie wenigstens auf ihre Weise ausbrechen. Und sie freute sich bereits auf Rebeccas Gesicht, wenn sie ihr morgen davon erzählte …

»Wir haben natürlich einen Platz in einer der Logen«, erläuterte Shakleton, als sie zu ihm aufgeschlossen hatten, und er deutete mit dem ausgestreckten Arm die Treppe hinauf. Dann lief er weiter, eifrig wie ein Schuljunge, der stolz war, seinen Eltern eine neue Entdeckung zu zeigen.

Isabella musste ein Augenrollen unterdrücken. Immer

mehr fragte sie sich, ob sie diesen albernen Mann wirklich den Rest ihres Lebens aushalten konnte. Selbstredend hatte er ihr den Arm nicht angeboten, um sie hinaufzugeleiten, wie er es eigentlich hätte tun sollen. Phillip erbarmte sich und streckte ihr augenzwinkernd seinen Arm hin. Sie hakte sich unter und schenkte ihm ein knappes Lächeln. Zum ersten Mal seit dem unsäglichen Dinner.

Sie sah ihn mit anderen Augen, seit sie den Kuss mit Rebecca beobachtet hatte. Plötzlich nahm sie Phillip nicht mehr als ihren jüngeren Cousin wahr, sondern als Mann. Niemals hätte sie erwartet, dass Rebecca ein Verhältnis mit ihm hatte. Wobei sie nicht einmal das wirklich wusste. Aber worauf sonst sollte der Kuss sie schließen lassen?

Sie waren vor einer der vielen weiß gestrichenen Flügeltüren stehen geblieben.

»Unsere Plätze für heute Abend. Nach Ihnen, Miss Woodford«, sagte Shakleton.

»Zu freundlich«, konnte Isabella sich nicht verkneifen.

Dann betrat sie das Innere der Loge, die gut zwei Dutzend Zuschauern Platz bot und bereits zur Hälfte gefüllt war. Mehrere junge Paare waren schon anwesend und eine ganze Horde an betagten Damen, die miteinander tuschelten und kicherten, als wären sie fünfzehn. Allesamt trugen sie prächtige, ausladende Kleider und die Männer selbstverständlich Perücken. Nur die gut betuchten und betitelten Herrschaften konnten einen Sitz- oder Stehplatz in einer der Logen ergattern. Alle anderen würden sich mit den weniger beliebten Plätzen unten im Saal oder oben auf der Galerie begnügen müssen.

Genauso wie im Pump Room mischten sich im Theatre Royal alle gesellschaftlichen Schichten. Jeder, der sich eine der recht erschwinglichen Eintrittskarten leisten konnte, durfte sich die Stücke ansehen. Ein Duke verbrachte hier seinen Abend neben einem Schneider, und Isabella hatte sogar die Kaffeefrau aus dem White Lion gerade eben gesehen. Hier in der Eingangshalle oder auch im Foyer, wo Erfrischungen verkauft wurden, gab es keine Grenzen. In Bath war eben alles ein wenig anders als zu Hause in Lydford. Zwar gab es rigide Regeln, Abläufe und Prozeduren, aber gleichzeitig fühlte sich das Leben hier trotzdem freier und offener an. Und Isabella gefiel das.

Sie spannte ihren Fächer auf und wedelte sich Luft zu, während sie nach vorne bis an die Balustrade gingen, um einen Blick in den Saal zu werfen. Über ihnen befand sich ein Kuppeldach mit einem überlebensgroßen Gemälde von Apollo und seinen Musen. Erst vor einigen Jahren war das Theater erweitert worden, um dem nicht enden wollenden Besucheransturm gerecht zu werden. Der Innenraum war in einem freundlichen, hellen Farbton gestrichen, der gleichen Farbe wie die vielen Sandsteingebäude, die das Gesicht der Stadt prägten. Das Bühnenbild war bereits aufgebaut und bestand aus mehreren Büschen, die auf Holzbretter aufgemalt waren, und Säulen zu beiden Seiten der Bühne, die so plastisch aussahen, dass Isabella sich nicht sicher war, ob sie echt waren oder ebenfalls nur eine Attrappe.

Die Sitzreihen, die sich auf einer Seite der Loge befanden, überließen sie den älteren Ladies, die noch immer vor sich hin gackerten. Grund dafür war offenbar nicht nur deren ausgelassene Laune, sondern auch eine beträchtliche Menge an Champagner, den sie aus kristallenen Flöten tranken. Dabei wurden sie nicht müde, sich alberne Trinksprüche aufzusagen. Einige der Damen waren so farbenfroh und offenherzig gekleidet, dass Isabella sie glatt für Damen aus einem ganz bestimmten Etablissement hielt. Was natürlich nicht sein konnte, denn Charles Shakleton kannte die Damen anscheinend alle. Sie begrüßten ihn überschwänglich und kniffen ihm sogar in die Wangen, was dieser beinahe klaglos über sich ergehen ließ.

Ob seine Mutter das wohl auch so bei ihm machte?

Ein verstörender Gedanke, und solange Shakleton mit den Damen beschäftigt war, widmete Isabella sich lieber den anderen Gästen. Von der Balustrade aus hatte sie freien Blick auf das gesamte Parkett und die gegenüberliegenden Balkone.

Sie konnte bereits einige bekannte Gesichter ausmachen. Es waren wirklich die immerzu gleichen Leute, die man an den üblichen Adressen in Bath wie dem Pump Room, den Assembly Rooms, den Spring Gardens oder auch hier im Theater traf. Interessiert blickte sie sich um und überlegte sogar, Shakleton zu bitten, ihr ebenfalls ein Glas Champagner zu bringen. Man musste schließlich das Beste aus diesem Abend machen. Isabella versuchte sich daran zu erinnern, welches Stück heute eigentlich aufgeführt wurde. Irgendein Shakespeare, hatte Shakleton behauptet, aber auch er hatte sich nicht genau entsinnen können. Vermutlich einer der Henrys. Henry der VI. Oder doch der VIII.?

Aber das machte nichts. Sie würde es sicher erkennen, sobald die Schauspieler die ersten Zeilen sprachen.

***

Wieder hatte er Tom an seiner Seite, dem es überhaupt nichts auszumachen schien, statt in Begleitung einer jungen Dame mit seinem übel gelaunten besten Freund ins Theater zu gehen. Alexander hatte Tom erklärt, was sie heute Abend erreichen mussten. Sich umhören und Kontakte knüpfen mit Damen, die ganz offensichtlich Kleider aus importierten Stoffen trugen. Charmant sein, sie in Gespräche verwickeln und erfahren, woher sie diese Roben und Stoffe hatten. All das war Toms Paradedisziplin, und er machte seine Aufgabe bisher auch ziemlich gut. Er war bester Laune, lachte viel, wie immer, unterhielt sich und sprühte mal wieder vor Lebensfreude. Manchmal beschlich Alexander das Gefühl, dass Tom umso lebhafter und fröhlicher wurde, je ruhiger er selbst war.

Er drehte sich zu seinem Freund und musterte ihn.

Dieser erwiderte nicht mal seinen Blick, sondern lächelte, grüßte eine junge Dame im Vorbeigehen auf der Treppe und sagte: »Du bist also hier, um mit missmutigem Gesicht schweigend vor dich hin zu brüten.«

So in etwa.

»Das ist ja schließlich auch genau der Grund, warum man abends ins Theater geht, nicht wahr?«, stichelte Tom weiter.

Alexander erwiderte nur ein unwilliges Brummen.

Lange Zeit hatte er versucht, es sich auszureden. Aber er sollte es einfach lassen, denn es würde an den Tatsachen nichts ändern. Er begehrte Isabella Woodford. Er wollte sie, mit einer Macht, die er sich selbst nicht erklären konnte.

Dabei hatte er sich geschworen, nie wieder in diese Falle zu tappen. Sich nach einer Frau zu sehnen, von der er wusste, dass sie unerreichbar war.

Vielleicht war Isabella nicht unerreichbar. Er würde sie verführen können, vielleicht würde sie es ihm nicht einmal besonders schwer machen. Weil sie sich ihm verpflichtet fühlte, womöglich. Oder weil auch sie spürte, dass da etwas war zwischen ihnen. Wie sie ihn angesehen hatte bei dem Picknick und wie ihre Haut reagiert hatte auf ihn – das hatte er sich ganz sicher nicht eingebildet. Sie war sogar in seinem Laden gewesen in der Milsom Street, um ihm das Taschentuch zurückzubringen. Was lediglich ein Vorwand gewesen war, das hatte selbst Tom zugegeben. Als er ihm von Isabellas Stippvisite erzählte, hätte Alexander sich am liebsten in den Hintern gebissen, dass er ausgerechnet zu dieser Zeit ausgeritten war und sie verpasst hatte.

Die Sache war nur: Er würde sie trotzdem nicht verführen, denn es verstieß gegen seine Prinzipien.

Miss Woodford hatte eine klare Agenda, nämlich einen Ehemann zu finden, der reich war, betitelt und mächtig. Am besten alles drei, und sie schien nicht einmal besonders wählerisch dabei, sonst würde sie sich Shakleton nicht so anbiedern. Er sah doch, wie sehr sie sich zurücknahm und verstellte in Shakletons Gegenwart. Es war ihm ein Rätsel, wie sie das überhaupt schaffte. Es war geradezu offensichtlich, dass sie ihm etwas vorspielte, damit er ihr einen Antrag machte. Sie tat genau das, was er am meisten verachtete. Er verurteilte es sogar. Schließlich hatte er bereits seine Erfahrungen gemacht mit Damen, die sich um jeden Preis mit einem reichen oder mächtigen Kandidaten verloben wollten und dafür vor keinem Mittel haltmachten …

Das Schlimme war, all das schreckte ihn nicht ab. All das machte Isabella nicht unattraktiver in seinen Augen, obwohl es das doch eigentlich sollte. Den ganzen Nachmittag hatte er darüber nachgedacht, wie es wäre, sie in seinem Bett zu haben, ihre Lippen zu schmecken, sie unter sich zu spüren, und die körperliche Lust, die ihn bei dem Gedanken überfallen hatte, war so stark gewesen wie …

Er schluckte. Am besten war es, gar nicht weiter darüber nachzudenken. Es war vollkommen sinnlos.

Eine auffallend hübsche rothaarige Dame, die ebenfalls in ihrer Loge war, schaute wiederholt zu Tom und ihm. Sie lächelte sogar scheu, doch die Bedeutung dessen kam nicht in Alexanders Gehirn an. Bis er Toms Ellenbogen zwischen den Rippen spürte.

»Bist du verrückt geworden? Eine der schönsten Frauen der Stadt schenkt dir ihre Aufmerksamkeit. Geh hin und rede mit ihr, verdammt noch mal!«

»Ich habe aber keine …«

»Mir egal. Das ist Miss Henniker. Wenn du sie brüskierst, versorgen sich sie und ihre kaufkräftigen Freundinnen nicht mehr bei uns, sondern bei der Konkurrenz. Außerdem warst du doch derjenige, der hierherkommen wollte, um bestimmte *Dinge* herauszufinden.«

Alexander bedachte Tom mit einem feindseligen Blick. Schon wieder hatte er recht.

»Ich kann nicht fassen, dass man dich dazu zwingen muss, mit hübschen jungen Damen zu reden, Wilkinson. Hast du vielleicht Fieber?«

Tom hob bereits die Hand, um ihm an die Stirn zu greifen, aber Alexanders warnender Blick hielt ihn davon ab.

»In Ordnung. Ich gehe ja schon«, räumte er aber dann ein, und es stimmte ja auch, was Tom da sagte. Es machte Spaß, ein wenig zu flirten. Es würde ihn auf andere Gedanken bringen und vielleicht sogar von seiner Verblendung dieser Chirurgentochter gegenüber abbringen. Außerdem hatte er eine Aufgabe. Er musste den Schmugglerring ausheben, und es wurde Zeit, dass er endlich mal eine Fährte fand, die nicht ins Leere führte. Die Robe der Dame sah nämlich verdächtig nach französischer Seide aus. Er setzte ein charmantes Lächeln auf und querte die Loge zu ihr.

Es war gar nicht so schwer, das Gesprächsthema schon nach wenigen Sätzen auf ihr Kleid zu lenken, denn offenbar war es neu, und sie konnte gar nicht mehr aufhören, darüber zu schwärmen und Komplimente dafür einzuheimsen.

Und obwohl das Gespräch tatsächlich recht amüsant war und er sogar eine sehr interessante Spur nach Bristol bekam, wo sie diesen Stoff erstanden hatte, war er nicht ganz bei der Sache. Die Gute hatte ihm sogar eine Adresse in Bristol genannt, in der es exquisite Stoffe zu kaufen gab – eine auffallend hafennahe Adresse, die ganz sicher keine englischen Tuche führte. Anschließend bezirzte er eine weitere junge

Dame in seiner Loge, ihr den Namen einer der Schneiderinnen zu geben, die ihr sogar ein Kleid samt Stoff angeboten hatten.

Die Gespräche hätten gar nicht besser laufen können, und trotzdem war er abgelenkt, denn er wurde das Gefühl nicht los, dass ihn jemand beobachtete. Das an sich war nicht ungewöhnlich. Vor allem hier, im Theater, wo es doch sowieso um nichts anderes ging als um Sehen und Gesehenwerden. Wie überall sonst auch in dieser vergnügungssüchtigen Stadt, dachte sich Alexander verdrossen.

Dennoch konnte er dieses Gefühl nicht abstellen. Es beherrschte seine Gedanken und lenkte ihn ab. Während er in der zweiten Sitzreihe neben der Tochter von Lady Stanley Platz nahm und sich mit ihr unterhielt, ließ er ganz nebenbei den Blick über die oberen Ränge schweifen, und beinahe hätte er sich in seinem Satz verhaspelt, als er Isabella Woodford entdeckte.

In derselben Loge wie sie befand sich nicht nur ihr nichtsnutziger Cousin Phillip Parker, sondern natürlich auch Lord Charles Shakleton, der gerade mit einer Gruppe etwas älterer Damen plauderte, seine eigentliche Verabredung aber alleine an der Balustrade stehen ließ.

Das schien ihr allerdings gar nichts auszumachen, da sie ohnehin damit beschäftigt war, zu ihm herüberzustarren.

Er nickte ihr zu. Ein verhaltener Gruß, den sie mit einem Lächeln erwiderte. Vielmehr ihr Mund lächelte. Aber die Blicke, mit denen sie ihn bedachte, spießten ihn geradezu auf. Beiläufig antwortete er auf Miss Stanleys Fragen. Sie saß dicht neben ihm, eigentlich näher, als es sich gehörte. Bereits nach Kurzem hörte er ihrem Geplapper gar nicht mehr richtig zu, denn mit jedem Wort, das er mit Miss Stanley wechselte, verfinsterte sich Isabellas Miene.

War sie womöglich eifersüchtig?

Die Erkenntnis durchzuckte ihn und sandte eine völlig irrationale Befriedigung durch seinen Körper. Ein Lächeln stahl sich auf seine Lippen, und er konzentrierte sich mit neuem Elan auf das Gespräch mit seiner Sitznachbarin. Zumindest tat er so, und er genoss, dass Isabella Woodford zusehends ärgerlicher wurde.

Dann begann das Stück, es war irgendein Shakespeare, und Miss Stanley wandte den Blick nach vorne.

An den angeregten Gesprächen überall im Saal und dem Lärmpegel änderte die Tatsache, dass sich die Schauspieler auf der Bühne um die Gunst der Zuschauer bemühten, sowieso nichts. Der Theatersaal blieb hell erleuchtet, und bestenfalls die vordersten Reihen waren ruhig und achteten auf das Schauspiel, alle anderen unterhielten sich weiter, lachten, aßen und tranken. Oder starrten einander an, wie Miss Woodford und er.

***

Das erste Herzrasen, als sie ihn erblickt hatte, war schnell etwas anderem gewichen. Unwillen, Ärger womöglich, auch wenn sie sich das eigentlich gar nicht eingestehen wollte. Er schien eine Art Spiel mit ihr zu veranstalten. Auf den Plätzen um ihn herum scharten sich immer mehr überaus reizende junge Damen, mit denen er sich angeregt unterhielt, und hin und wieder wanderte dabei sein Blick prüfend zu ihr. Als wolle er sichergehen, dass sie auch ja sah, was er tat. Er lachte und scherzte sogar mit den Ladies, und sie himmelten ihn geradezu an. Inzwischen saßen schon vier in unmittelbarer Nähe zu ihm.

Er *wollte*, dass sie ihn mit diesen jungen Frauen sah.

Und es fühlte sich an wie kleine, spitze Nadelstiche, die ihren Nacken malträtierten.

Einer der begehrtesten Junggesellen in ganz London. Das hatte sogar Rebecca gesagt. Und genauso benahm er sich auch. Womöglich waren gar nicht alle diese jungen Frauen, die ihn regelrecht umringten, Damen von Stand. Vielleicht waren Tänzerinnern dabei, Schauspielerinnen oder Opernsängerinnen, die sich für ihr Liebesleben mehr Freiheiten erlauben durften, als einer adeligen Tochter zustand. Womöglich würde er sogar eine mit zu sich in sein Quartier in das White Lion nehmen. Und dann …

Isabella schaute weg, nach vorne zur Bühne, wo die Schauspieler recht verzweifelt um die Aufmerksamkeit des Publikums rangen. Vielleicht sollte sie versuchen, Shakleton in ein weiteres Gespräch zu verwickeln. Wobei sie sich schon jetzt ausmalen konnte, worauf es hinauslief. Ganz sicher wieder irgendeine Anekdote aus seinem häuslichen Leben mit seiner Mutter und seiner Tante oder den Vorzügen eines Likörs vor dem Schlafengehen. Lord Shakleton war noch nicht einmal auf eine Schule oder Universität gegangen, denn seine Mutter hatte es vorgezogen, ihn zu Hause von einer Riege an Lehrern und Gouvernanten unterrichten zu lassen. Er hatte sein Anwesen kaum jemals verlassen, und genauso sterbenslangweilig waren auch die Geschichten, die er erzählte.

Isabella hatte bisher ihr Bestes gegeben, interessiert zu wirken, und natürlich hier und da eine Nachfrage gestellt, war aber insgeheim jedes Mal froh gewesen, wenn der Baron zu reden aufgehört hatte.

Entweder sie schaute Wilkinson an oder er sie. Sah einer weg, dauerte es nicht lange, und ihre Blicke trafen sich erneut. Inzwischen hatte sich Shakleton wieder neben Isabella an die Balustrade gestellt, wurde jedoch immer wieder von seinen betagten Verehrerinnen in ein Gespräch verwickelt. Offenbar erkannte aber selbst er allmählich, dass er sich mehr um seinen eigentlichen Gast kümmern sollte, und beugte sich mit einem unbeholfenen Lächeln auf den Lippen mehrmals zu Isabella, flüsterte ihr Belanglosigkeiten über das Theaterstück zu und legte seine Hand dabei auf ihren Arm. Als sie seine verschwitzten Finger auf ihrer Haut spürte, musste sie sich zusammenreißen, vor der Berührung nicht zurückzuzucken.

Natürlich sah Wilkinson das auch, denn seit Shakleton direkt neben Isabella stand, hatte er es aufgegeben, sich mit seinen Sitznachbarinnen zu unterhalten, und schaute stattdessen beinahe ununterbrochen zu ihr herüber.

Als er Shakletons Annäherungsversuche wahrnahm, schüttelte er kaum merklich den Kopf. Es war keine Geste, mit der er sich über sie lustig machen oder Shakleton verspotten wollte.

Er schmunzelte noch nicht einmal dabei.

Es war offensichtlich, dass er Shakletons Berührung missbilligte, und es kam Isabella sogar so vor, als würde er diese nicht erlauben wollen. Als ob der Baron kein Recht dazu hätte und Isabella alleine ihm gehörte.

Die Erkenntnis brachte etwas in ihr zum Schwingen. Eine Art Instinkt, der sogar *wollte*, dass Wilkinson die Berührungen von Shakleton missfielen. Der ihr sagte, dass nur Wilkinson derjenige war, der sie anfassen durfte, und niemand sonst.

Der stumme Austausch zwischen Isabella und Alexander ging vollkommen an Shakleton vorbei, und er schien sogar neuen Gefallen daran gefunden zu haben, alle möglichen Anekdoten über seine Theaterbesuche aus den letzten Saisons zum Besten zu geben.

Je länger Shakleton neben ihr stand, desto intensiver, bohrender, vielleicht sogar wütender wurde Wilkinsons Blick. Als er sich sicher sein konnte, dass sie ihn sah, stand er langsam auf, ohne sie aus den Augen zu lassen. Kurz verharrte er vorne an der Balustrade, dann verließ er die Loge.

Isabella verstand genau, was er ihr damit hatte sagen wollen. Was er gefordert hatte.

Feuer. Du spielst mit dem Feuer. Sie wusste es ganz genau, und sie wollte es unbedingt.

Und gerade in diesem Moment war ihr auch egal, dass sie eigentlich hier war, um Shakleton weiter zu bezirzen, und dass es sich nicht gehörte, die Loge alleine zu verlassen.

Erneut wurde Shakleton von einer der Damen zu sich gerufen, einer gewissen Lady Hayes, wie er ihr vorhin berichtet hatte. Er entschuldigte sich ausführlich bei Isabella, wandte sich dann aber mit einem breiten Lächeln der Dame zu. Es schien ihm gar nichts auszumachen, dass die Ladies ihm Zeit mit seiner Angebeteten stahlen. Überhaupt schien er sich mit ihnen besser unterhalten zu können als mit Isabella. Ein kleiner Vorgeschmack auf ihre Ehe? Isabella wollte gar nicht weiter darüber nachdenken und warf Shakleton noch einen letzten, prüfenden Blick zu. Er war voll und ganz in die Unterhaltung mit Lady Hayes eingetaucht und beachtete Isabella gar nicht mehr.

»Ich bin gleich wieder da«, raunte sie Phillip zu, der sie einen Herzschlag lang entgeistert ansah und dann Anstalten machte, sie begleiten zu wollen. Leise, aber scharf zischte sie: »Du bleibst hier.«

Mit hämmerndem Herzen lief sie den Flur entlang in Richtung Eingangshalle. Schon nach wenigen Schritten sah sie ihn. Er wartete in der Nähe der Treppe, trug heute einen nachtschwarzen Frack und ein blütenweißes Hemd, und er sah umwerfend darin aus.

Isabella blieb stehen. Sie wusste, dass das ihre letzte Chance war, wegzulaufen. Zu flüchten vor diesem vollkommen verrückten Wunsch, in seiner Nähe zu sein, und vor der Anziehung, die dieser Mann auf sie ausübte. Wenn sie sich jetzt umwandte und in ihre Loge zurückkehrte, wäre nichts geschehen. Shakleton hätte vermutlich noch nicht einmal bemerkt, dass sie weg gewesen war, und Phillip würde sie ohnehin nicht verraten.

Doch wie von selbst setzten ihre Beine sich wieder in Bewegung.

Wilkinson musterte sie mit einem ernsten, erwartungsvollen Ausdruck im Gesicht. Sie hatte ihn kennengelernt als einen Mann, der die meisten Situationen mit Ironie und Spott meisterte. Deshalb hatte sie auch auf einen flapsigen Kommentar gewartet, einen kleinen Spaß, den er sich machte, oder dass er sie aufzog, weil sie den Abend in Shakletons Gesellschaft verbrachte.

Aber das hier war anders. Isabella erkannte einen wilden, hungrigen Glanz in Alexanders Augen, ein Lodern, das auch auf sie übergriff und sie näher zu ihm zog. Weniger als eine Armlänge entfernt von ihm blieb sie stehen.

Er sah sie einfach nur an, und Isabella hörte, wie er schluckte.

»Warum bist du gekommen?«, fragte er mit rauer Stimme.

Isabella wusste nicht, was sie sagen sollte.

Einen Moment wartete er noch, aber als Isabella weiter schwieg, hob Alexander die Hand und berührte ihre Wange mit seinen Fingerspitzen. Er ließ sie darüberfahren und folgte ihren Hals entlang nach unten bis zu ihrem Schlüsselbein. Auch wenn seine Berührung nur so leicht war wie ein Lufthauch, löste sie bei Isabella eine Gänsehaut aus.

Gleichzeitig wallte Hitze durch ihren Körper, als seine Finger wieder nach oben fuhren, und es war gar keine willentliche Bewegung, die Isabella die Augen schließen und ihre Wange gegen seine warme Handfläche schmiegen ließ.

Es fühlte sich so gut an, geborgen und sicher, und sie wollte mehr spüren als lediglich seine Fingerspitzen auf ihrer Haut. Sie hörte, wie Alexanders Atemzüge schneller wurden, öffnete die Augen und sah den funkelnden Ausdruck in seinen, als er jeden Teil ihres Gesichts musterte und an ihren Lippen hängen blieb.

Irgendwo hinter ihnen ging eine Tür, und mit einer entschlossenen Bewegung zog Alexander sie zur Seite in eine kleine Kammer. Ein Abstellraum womöglich, denn es roch staubig, und Isabella konnte in dem spärlichen Licht, das durch das bunte Glasfenster in der Tür zu ihnen hereinschien, einige aufgestapelte Stühle ausmachen.

Mit der flachen Hand drückte er die Tür zu, ohne den Blick von ihr zu nehmen. Jede seiner Bewegungen war langsam und bewusst, erkannte sie. Er gab ihr damit die Möglichkeit, ihn aufzuhalten. Aber sie tat es nicht.

Isabellas Herz begann wie wild zu schlagen, und einen Moment flatterte Angst in ihr empor. So nah bei ihm wurde ihr plötzlich seine körperliche Überlegenheit bewusst. Trotz der Menschenmassen, die sich im Theater befanden, war sie nun alleine mit ihm hier in dieser Kammer. Er war größer und stärker als sie, und er flößte ihr Respekt ein, wie er da so stand und sie mit seinem düsteren Blick fixierte.

»Wieso bist du gekommen?«, verlangte Alexander erneut zu wissen.

Er drängte sie an die Wand, und obwohl sein Körper ihren nicht berührte, wirkte die unmittelbare Nähe zu ihm wie ein Brandbeschleuniger. Sie spürte, wie sein Atem über ihr Gesicht strich, und seine Lippen schwebten über ihren. Sie schloss für einen winzigen Moment wieder die Augen, und ein Geräusch kam über ihre Lippen, ein leises Wimmern, denn jede Faser ihres Körpers zog sie zu ihm hin.

»Sprich es aus, Isabella. Ich will es von dir hören.« Es klang beinahe wie ein Befehl.

Noch immer hielt er Abstand zu ihr, noch immer behielt er die Kontrolle. Er fasste sie noch nicht einmal mehr an, obwohl sie sich in diesem Moment nichts mehr wünschte als genau das. Seine Hände auf sich zu spüren.

»Weil ich dich sehen musste«, antwortete sie schließlich mit belegter Stimme.

Sein lodernder Blick bohrte sich in ihren, und sie war die Erste, die ihre Zurückhaltung aufgab und ihre Hand auf seiner Brust ablegte. Seine Muskeln spannten sich unter ihrer Berührung. Isabella tastete nach oben über den bestickten Stoff seiner Weste, bis sie über seiner Krawatte angekommen war und seine warme Haut am Hals berührte, und sie bekam das Gefühl, dass ihr gesamter Körper anfing zu glühen.

Einen Augenblick lang war er wie festgefroren, dann fand seine Hand einen Weg in ihren Nacken und unter ihre locker zusammengesteckten Haare. Sein Griff war fest und bestimmt, ohne dass es wehtat, und er löste ein Gefühl von Verlangen und Lust in Isabella aus. Sie spürte, wie sie die Beherrschung verlor, jeden Atemzug, den sie in der Nähe dieses Mannes tat, ein Stückchen mehr. Sie roch ihn, die ganz eigene Mischung seiner Haut und eines anderen Duftes. Sandelholz womöglich, es war nicht das erste Mal, dass sie ihn wahrnahm.

»Alexander, wir dürfen wirklich nicht …« Halbherzig versuchte sie, ihn von sich zu schieben, aber er bewegte sich kein Stückchen.

Es war zu spät. Das, was sie gerade in Gang gesetzt hatten, würde sich nicht mehr aufhalten lassen.

Und Isabella wollte es auch gar nicht mehr aufhalten.

Er strich eine lose Strähne von ihrem nackten Schlüsselbein und senkte den Kopf, bis seine Lippen ihren Hals berührten und sanft küssten. Ein so überwältigendes Gefühl rauschte durch ihren Körper, durch jede Faser ihres Seins, dass sie die Augen schloss und aufstöhnte. Ihre Hand krallte sich in seine Weste, und wieder stöhnte sie, schluchzte beinahe. Er löste sich von ihr und sah sie erneut an mit seinem ernsten, prüfenden Blick. Sie wusste, er wartete auf sie. Er wartete auf ihr Einverständnis, und sie konnte nicht anders, als ihn ein weiteres Mal zu sich heranzuziehen.

Es schien das Signal gewesen zu sein, das er gebraucht hatte. Denn seine Lippen landeten auf ihren, und es war, als hätte es ihr einen Stoß versetzt, der sich durch ihren ganzen Körper fortpflanzte. Sie öffnete die Lippen und gewährte ihm Einlass. Seine Zunge war forsch und fordernd zugleich, und er leitete ihre mit gleichmäßigen, bestimmenden Bewegungen.

Sie gab nach, passte sich seinem Rhythmus an, spürte ihn, schmeckte ihn.

Ganz entfernt nahm Isabella einen Gedanken wahr. *Du darfst nicht …* aber sofort war er wieder weggespült, wie eine Muschel von einer Welle am Strand. Das Verlangen wuchs in ihr, das Bedürfnis, mehr von ihm zu spüren. Sie löste sich von der Wand in ihrem Rücken und drückte ihren Körper gegen seinen.

Etwas in Alexanders Haltung veränderte sich. Der Griff um ihren Hinterkopf wurde bestimmter, und er hielt ihre Haare so fest, dass es beinahe wehtat. Seine Hand strich ihren Rücken nach unten bis zu ihrem Hintern. Kurz packte er zu, was Isabella ein leises Stöhnen entlockte. Seine Berührungen zu spüren, seine Hände auf ihrem Körper, ließ sie jegliche Selbstbeherrschung aufgeben. Sie wurde mutiger, fasste ihn an den Armen und bewunderte die festen Muskeln unter ihren Handflächen. Als sie ihre Zunge leicht um seine tanzen ließ, meinte sie ein leises Knurren zu hören, das tief aus seiner Kehle kam. Langsam wanderte seine Hand ihren Rücken nach oben, verharrte dort einen Atemzug und glitt dann zu ihrer Seite, dort, wo die Rippen in ihre schmale Taille übergingen. Seine Lippen lösten sich von ihren, er spreizte seine Finger, sog scharf die Luft ein, tastete erneut, und einen Moment lang schien er wirklich die Fassung zu verlieren.

»Isabella, sag bitte nicht, dass du …«

»Einer der Vorteile, wenn man nichts isst.«

Mit der flachen Hand strich er über ihren Bauch, der sich ihm sanft entgegenwölbte. Isabella spürte die Wärme seiner Hand durch das Seidenkleid hindurch. Ihm entfuhr ein Geräusch, halb schmerzhaft, halb anklagend. Er schloss die Augen und schluckte schwer, bevor er fragte: »Wieso tust du das?« Seine Stimme war rau geworden und die Augen verschleiert vor Lust, als er sie wieder öffnete und sie unverwandt ansah.

»Ein kleiner Akt der Rebellion gegen …« Sie machte eine winzige, deutende Bewegung in Richtung der Vorhalle. »All das hier.«

»Wenn irgendjemand das herausfindet …«

»Niemand wird es jemals herausfinden. Niemand, der mich nicht anfasst.«

Ohne Vorwarnung zog er sie erneut an sich, und wie von selbst suchten ihre Lippen seine. Sie spürte seinen Körper, seine angespannten Muskeln, die starken Arme, die sie umschlossen, und seine Erektion, die sich gegen ihre Mitte presste und jeglichen weiteren Gedanken aus ihrem Kopf fegte.

Zwischen ihren Beinen begann es zu pulsieren. Ihr Körper reagierte auf ihn, ohne dass sie es noch kontrollieren konnte, und instinktiv kippte sie ihre Hüfte und erwiderte seinen Druck. Sie bot sich ihm an, ihre weiche, feuchte Weiblichkeit, sie wollte ihn in sich spüren. Der Wunsch wurde so stark, dass sie das Gefühl hatte, in Flammen zu stehen. Sie rieb sich gegen ihn und war kurz davor, die Hand nach ihm auszustrecken, sein hartes Glied zu fühlen und darüberzustreichen.

Seine Atmung wurde abgehackter. Er löste seine Lippen und seinen Körper von ihr, doch sie ließ ihn nicht gehen.

Er stöhnte als Antwort darauf. Es war ein beinahe gequältes Stöhnen, das er von sich gab, aber sie hielt ihn trotzdem weiter fest.

»Isabella«, sagte er, nahm seine Hand aus ihren Haaren und wölbte sie um ihre Schulter, damit er sie auf Abstand halten konnte.

Sie verstand.

Das musste aufhören. Sofort.

Und er hatte recht. Sie hatte nicht erwartet, dass es wiederkommen würde. Dieses ekstatische Gefühl der Lust, dieser unkontrollierbare Drang, einen Mann zu spüren, auf ihr, in ihr.

Ihre Brust hob und senkte sich schwer mit jedem Atemzug, sie bemerkte, wie ihr Kleid verrutscht war, und zog es hastig wieder gerade. Als sie ihm in die Augen sah, bekam sie den Eindruck, dass er genauso wenig wie sie fassen konnte, wie sehr sie sich gerade hatten fallen lassen.

»Entschuldige, Alexander, ich hätte niemals …«

»Schhh«, machte er nur, legte ihr den Finger auf die Lippen und streichelte gleichzeitig sanft mit dem Daumen über ihre Wange. Kurz schloss Isabella die Augen und gab sich dem warmen Gefühl hin, das diese kleine, liebevolle Geste in ihrem Brustkorb entstehen ließ.

»Das alles ist meine Schuld, nicht deine. Es wird nicht mehr passieren«, drang seine Stimme zu ihr.

»Nein, natürlich nicht«, bestätigte sie, brachte einen Schritt Abstand zwischen sie und fischte abwesend nach einigen lockeren Strähnen, die sie wieder in ihrer Frisur feststeckte. Dabei gab es in diesem Moment nichts, was sie sich mehr wünschte, als genau das, was zwischen ihnen geschehen war, wieder zu tun. Und noch viel mehr.

Alexander betrachtete Isabella nachdenklich, während sie über ihre Haare tastete. »Es sieht in Ordnung aus«, sagte er und fuhr nach einer kurzen Pause fort: »Du weißt, dass ich das normalerweise nicht tue.«

»Was meinst du?«, fragte sie, noch immer ein wenig atemlos.

»Ich … mit Damen der Gesellschaft. Es ist gegen meine Prinzipien.«

»All das hier geht auch gegen meine Prinzipien«, erwiderte Isabella. »Gegen die Prinzipien jeder anständigen Frau.« Noch immer spürte sie die Wärme zwischen ihren Beinen.

Er lachte in sich hinein, aber es klang seltsam freudlos. »Ich habe schon so viele angeblich anständige Frauen gesehen. Vornehme, adelige Ladies, im Theater, in der Oper, auf Bällen. Ich habe den Glauben an deren Heuchelei verloren.«

»Bei den Damen nennst du es eine Heuchelei, bei den Gentlemen ist es aber ein geduldetes Verhalten. Wie praktisch«, erwiderte sie spitz. Allmählich wich der Rausch aus ihrem Körper, sie bekam das Gefühl, ihre Sinne wieder im Griff zu haben, und das, was Wilkinson da von sich gab, ärgerte sie.

»Du weißt, dass es sinnlos ist, mir die gesellschaftlichen Konventionen vorzuwerfen. Ich halte davon vermutlich genauso wenig wie du.«

Er hatte recht. Sie hielt nicht viel davon, doch anders als für ihn fühlte sich das soziale Regelwerk für sie wie ein Käfig an. Selten hatte Isabella es mehr gehasst als in diesem Moment.

»Das darf nie wieder passieren zwischen uns«, sagte er erneut, beinahe so, als müsse er es sich selbst einreden.

»Warum nicht?« Viel zu schnell war ihr die Frage über die Lippen gekommen, vollkommen unüberlegt, und sofort senkte sie den Blick. Er musste sie für eines dieser naiven jungen Dinger halten. Unbefleckt und gutgläubig verliebten sie sich sofort in einen Mann und bildeten sich dann ein, dass er sie heiraten würde, sobald er ihnen einen Kuss gestohlen hatte. Isabella hatte allerdings bereits ihre Erfahrungen gemacht und wusste ganz genau, was sie von Alexander zu erwarten hatte.

Nämlich gar nichts.

»Aber natürlich«, schob sie eilig hinterher, noch bevor er antworten konnte, und streifte ihr Kleid glatt. »Ich bin auf der Suche nach einem Ehemann, und du hast nicht die geringste Absicht, dich mit jemandem zu liieren. Dein Ruf ist allseits bekannt.«

Er nickte ganz leicht, erwiderte aber nichts darauf. Tief in ihr drin hatte Isabella gehofft, dass er ihr widersprechen und sagen würde, dass er einer Heirat doch nicht so abgeneigt war, wie sie bisher gedacht hatte. Eine vollkommen irrsinnige und vermessene Hoffnung.

»Aber ich würde dich natürlich auch nicht heiraten«, sagte sie, nur damit keine Stille zwischen ihnen entstand und sie sich nicht ganz so klein und unzulänglich fühlte. Der Satz stimmte noch nicht einmal, doch sie wollte den Eindruck vermitteln, dass sie mitnichten die unbedarfte junge Gans vom Land war. Dass sie keinerlei Erwartungen hatte und genau wusste, was sie tat, und dass sie diesen Vorfall hier nun wie Erwachsene einfach hinter sich lassen und nie wieder erwähnen würden. Schließlich war das genau das, was Wilkinson auch wollte. Er hatte es ja gerade eben sogar selbst gesagt.

Bei ihrem letzten Satz hatte sich etwas in seinem Gesicht verändert, sogar seine Haltung war anders geworden. Er straffte sich, als müsste er jeden Moment einen körperlichen Angriff abschmettern.

»Natürlich würdest du mich nicht heiraten, ich bin ja auch kein Baron oder Viscount!«, sagte er mit plötzlich so kalter, feindseliger Stimme, dass Isabella sogar ein klein wenig zusammenzuckte.

Er hatte recht, musste sie sich eingestehen. Sie *war* auf der Suche nach einem Titel, wenn auch aus der reinen Not heraus und nicht aufgrund von Standesdünkel oder sogar Geltungssucht. Trotzdem würde sie diesen Vorwurf nicht einfach auf sich sitzen lassen. Denn die Isabella Woodford von vor einem Jahr, ehe der Fauxpas auf dem Ball der Duchess of Devonshire passiert war, hätte sich niemals einen Ehemann nach der Höhe seines Titels ausgesucht.

»Allein die Tatsache, dass du dieses Thema gerade anschneidest, sagt schon sehr viel über dich aus«, entgegnete sie und ließ es mit voller Absicht herablassend klingen. Sie wusste nicht einmal, wieso. Doch sie wollte ihn verletzen.

Vielleicht, weil er sie verurteilt hatte. Weil er Damen edler Herkunft als Heuchlerinnen bezeichnet hatte und allen unterstellte, dass sie ihre moralischen Überzeugungen nur vorspielten, auch wenn dieser Vorwurf teilweise vielleicht sogar stimmen mochte.

Vielleicht war es aber auch, weil plötzlich ein Schmerz hinter ihrem Brustbein entflammt war, ein Brennen, das es ihr schwer machte zu atmen.

Es war die Enttäuschung darüber, dass er ihr gerade nicht widersprochen hatte. Dass der Kuss ihm eben anscheinend nicht viel bedeutete und er noch nicht einmal wollte, dass es sich wiederholte. *Das darf nie wieder passieren*, genau das hatte er doch mehrmals gesagt. Er hatte keinerlei Interesse daran, zu heiraten. Er schien ja noch nicht einmal geneigt zu sein, eine Affäre mit ihr zu beginnen, sonst würde er jetzt doch ganz anders reagieren.

Weil er sie, Isabella, einfach nicht genug mochte.

Sie war ihm schlicht gleichgültig, und obwohl sie wusste, dass sie sowieso nichts füreinander empfinden durften und sie ja sogar beabsichtigte, einen anderen zu ehelichen, tat die Erkenntnis weh.

Und sie erinnerte Isabella so sehr an die Gefühle, die nach der Nacht mit Ashbrook wochenlang in ihrem Inneren gewütet hatten.

Zurückweisung. Und die Einsicht, dass sie einfach nicht genug war, damit ein Mann wirklich ernsthaftes Interesse an ihr hätte.

»Ach ja? Was denn?«

Alexanders verärgerte Stimme riss sie aus ihren düsteren Erinnerungen. Isabella sah auf, erkannte den Zorn in seinen Augen und sank innerlich in sich zusammen. Sie kannte diesen Mann kaum. Wer wusste schon, wozu er eigentlich fähig war, wenn er wirklich zornig wurde?

Lass dich nicht einschüchtern. Ganz bestimmt war er sich seiner körperlichen Überlegenheit bewusst und nutzte diese gerade aus.

Angriffslustig reckte Isabella das Kinn hoch. »Dass du ein Problem mit deiner gesellschaftlichen Stellung hast«, warf sie ihm vor und achtete ganz genau auf Alexanders Reaktion. Sie hätte so gern gesehen, dass ihr Vorwurf etwas mit ihm machte und sie ihm doch nicht so egal war, wie sie gerade befürchtete. Dass auch sie Macht über ihn hatte und ihn verletzen konnte, genauso wie er sie.

Außerdem wurde sie sich immer sicherer, dass ihre Beobachtung stimmte. Wilkinson verachtete die vornehme Gesellschaft so sehr, weil er selbst als arbeitender Emporkömmling nicht wirklich dazugehörte.

Aber seine Miene wurde starr und vollkommen unlesbar für Isabella. »Und du meinst, das beurteilen zu können, ja?«

Hatte das nicht schon ein wenig defensiv geklungen?

»Ich habe Augen im Kopf, das reicht in deinem Fall bereits aus.« Es klang arrogant und ungnädig, was sie da gerade gesagt hatte, und sofort taten ihr die Worte leid.

»Das, genau das, ist der Grund, warum ich Frauen wie dich meide.«

»Und was wäre das?«

»Ihr seht nicht die Person oder den Menschen. Ihr seht die Herkunft und die gesellschaftliche Stellung, und dann seht ihr ganz lange gar nichts. Und irgendwann, wenn man Glück hat, seht ihr womöglich noch einen winzigen Ausschnitt des eigentlichen Menschen, der hinter dieser Fassade steckt.«

Sein Gesicht war verschlossen und der Ausdruck in seinen Augen so hart, wie sie ihn seit dem Dinner bei Weymouth nicht mehr gesehen hatte.

Leise, mit einem bitteren Beiklang in der Stimme fuhr er fort: »Wenn du es dir schon herausnimmst, so freimütig zu urteilen, dann tu das doch am besten in der Gesellschaft deiner Tante und ihrer so wohlgeratenen Söhne. Auf mich musst du dabei leider verzichten.«

Er richtete seine Krawatte, nickte knapp, öffnete die Tür zur Abstellkammer und ging.

Er ging einfach.

Isabella schnappte nach Luft. Er hatte sie gerade geküsst, und jetzt ließ er sie allein hier stehen, wie ein Flittchen. Wie ein bezahltes Freudenmädchen.

Das passierte doch gerade nicht wirklich, oder?

Doch, es passiert. Weil du dich mal wieder von deinen Gefühlen hast leiten lassen.

Und wie immer war es ein verdammter Fehler gewesen.

19.

Alexander fühlte sich grässlich. Niemals hätte er sich derart provozieren lassen und niemals hätte er Isabella einfach alleine in dieser Abstellkammer zurücklassen dürfen. Er hatte sie behandelt wie eine der Dirnen, die nachts die Straßen von Covent Garden bevölkerten. Unverzeihlich. Dabei war sie die letzte Frau, mit der er so umgehen wollte. Doch schon wieder hatte sie aus ihm eine wirklich, wirklich dumme und nicht souveräne Reaktion herausgekitzelt. Sie hatte ihn gereizt und auch herausgefordert, denn sie hatte mit geradezu beängstigender Treffsicherheit genau das ausgesprochen, was in ihm schwelte und ihm richtig wehtat. Schon seit er denken konnte.

Er war zurück in die Loge gekommen, hatte von der Tür

aus nach Tom gewunken und dabei geflissentlich den Blick in Richtung von Isabellas Loge gemieden.

Folgsam verabschiedete Tom sich rasch von einigen der Damen, und noch vor Ende der Vorstellung kehrten sie dem Theater den Rücken.

Eine Weile liefen sie schweigend durch die spärlich beleuchteten Gassen.

»Entschuldige, dass ich frage, aber bist du jetzt von allen guten Geistern verlassen?«, ergriff Tom wenig einfühlsam das Wort. Er klang verärgert, was ziemlich selten vorkam.

»Was meinst du damit?«

»Möchtest du neuerdings heiraten, oder was?«

Abrupt blieb Alexander stehen, begegnete Toms herausforderndem Blick und lief dann mit zusammengebissenen Zähnen einfach weiter. Eine Kutsche rauschte an ihnen vorbei und bespritzte ihre Schuhe und Strümpfe mit schmutzigem Pfützenwasser. Es war Alexander egal, und er ignorierte auch Toms aufgebrachte Rufe, die er mit erhobener Faust der Kutsche hinterherschickte.

Natürlich war Tom aufgefallen, dass Alexander ein Weilchen weggeblieben war. Und aller Wahrscheinlichkeit nach hatte er auch bemerkt, dass Isabella im Theater anwesend war und ebenfalls ihre Loge eine Zeit lang verlassen hatte.

»Nein, ich möchte nicht heiraten«, antwortete Alexander schließlich leise, als Tom wieder zu ihm aufgeschlossen hatte.

Tom warf Alexander einen längeren, nachdenklichen Blick zu und sagte eine Spur nachsichtiger: »Und warum tust du das dann?«

Alexander merkte selbst, wie er die Hände zu Fäusten ballte. Nicht, weil er versucht war, auf Tom loszugehen. Sondern weil sein bester Freund recht hatte.

Er hegte nicht die geringste Absicht, eine Ehe einzugehen.

Er hatte sich leiten lassen von unpassenden Gefühlen und die Frau, die er doch eigentlich mochte, die ihm sogar imponierte, auch noch beleidigt und schäbig behandelt. Es war absolut hirnverbrannt gewesen, mit einer jungen Lady ein Verhältnis anzufangen, denn es konnte nur in einem Desaster enden, Alexander wusste es selbst.

»Keine Sorge, das wird Miss Woodford nach unserem Streit ganz sicher nicht mehr erwarten.«

»Willst du mir ernsthaft weismachen, dass ihr euch in einem der schummrigen Flure des Theaters getroffen habt, um zu streiten?«

»Wozu wir uns im Flur getroffen haben, spielt jetzt keine Rolle. Wir hatten eine Auseinandersetzung, und es gibt keinerlei Erwartungen mehr.«

Tom nickte. Einige Zeit liefen sie einträchtig schweigend nebeneinanderher, und Alexander hatte schon gehofft, dass sich das Thema damit erledigt hatte. Aber dann konnte Tom es doch nicht lassen.

»Ich verstehe deine Abwehr gegen eine Heirat nicht ganz.«

»Woher willst du überhaupt wissen, dass Miss Woodford Interesse an einer Ehe mit mir hegt?«

»Ich habe Augen im Kopf«, antwortete Tom schlicht.

»Dann besorg dir besser eine Brille, denn das, was Miss

Woodford sucht, ist ein Mann mit Titel. Sie hat es gerade eben selbst gesagt.«

»Ich glaube eher, dass es das ist, was du gern hören möchtest. Ich verstehe dich ja. Du hast schlechte Erfahrungen gemacht, in Ordnung, aber deswegen kannst du doch nicht dein Leben lang …«

»Dir ist schon klar, dass das nicht der einzige Grund ist, oder?«, fiel ihm Alexander scharf ins Wort. Tom schwieg, und versöhnlicher schob Alexander hinterher: »Du kennst meine Familiengeschichte und weißt genau, wie ich zum Bund der Ehe stehe und zu diesem ganzen … Heiratswahn. Und weißt du, was ich aus dem Schlamassel meiner Kindheit und Jugend gelernt habe?«

»Du wirst es mir zweifellos gleich mitteilen …«

»Sobald Beziehungen einen offiziellen Weg nehmen, enden sie in einer Katastrophe. Die Ehe korrumpiert Menschen und zwingt sie dazu, etwas zu sein, das sie gar nicht sein wollen. Schau dir doch mal die jungen Damen an, die uns täglich in unseren Geschäften oder auf den so hochgeschätzten Veranstaltungen begegnen. Sie werden darauf gedrillt, sich den reichsten und mächtigsten Ehemann zu suchen, und dabei richten sie nur Schaden an. Bei sich selbst und bei den Männern, die ihnen auf den Leim gehen.«

Alexander hatte noch nicht einmal fertig gesprochen, da hatte Tom bereits begonnen, den Kopf zu schütteln. Mit dem modischen Gehstock, ohne den Tom fast nie das Haus verließ, stieß er bei jedem Schritt vehement auf das Gehsteigpflaster. Vermutlich merkte er noch nicht einmal, dass er das tat.

»Wieso bist du noch immer so verbittert? Das ist es doch, oder?«, fragte er heftig. »Es geht nach wie vor darum, was dir vor so vielen Jahren passiert ist. Wie lange willst du deiner Vergangenheit eigentlich noch erlauben, einen Schatten über dein Leben zu werfen?«

Erneut blieb Alexander stehen und schloss einen Moment die Augen. Es war seltsam, direkt darauf angesprochen zu werden, und gleichzeitig versetzte es ihm einen Stich. Sofort ärgerte er sich, wie sehr er darauf reagierte. Selbst jetzt noch.

»Haben wir uns nicht geeinigt, diese Ereignisse nicht mehr zu erwähnen?«, fragte Alexander verdrossen.

»Du zwingst mich ja praktisch dazu.« Tom schien wirklich aufgebracht. Wieso beschäftigte ihn das alles überhaupt derart? Es war doch nicht seine Angelegenheit, welche Liebschaften Alexander pflegte.

»Ich habe mir damals geschworen, dass mir das nie wieder passieren wird«, erklärte Alexander. Es war eine Tatsache, über die er noch nie mit irgendjemandem gesprochen hatte. Und es fühlte sich komisch an, eigentlich unangenehm, seinen Beschluss von vor so langer Zeit nun endlich offen zuzugeben. Zwar war sich Alexander sicher, dass Tom das alles die letzten Jahre über ohnehin schon gewusst – oder zumindest geahnt hatte. Aber trotzdem machte es ihn verletzlich und offenbarte eine Seite von ihm, die er sonst immer sorgsam unter Verschluss hielt.

Nun gut. Dieser gesamte Theaterbesuch war ja sowieso bereits unerwarteter verlaufen, als er sich es jemals hätte träumen lassen. Überhaupt schienen die meisten Abende, die Isabella Woodford involvierten, jedes Mal eine gänzlich ungeplante Wendung zu nehmen.

»Und deshalb gedenkst du, dein Leben lang durch die Freudenhäuser zu ziehen und dich vor jeglicher Art von echter Zuneigung zu verstecken?«

Tom ließ wirklich nicht locker, und Alexander spürte, wie allmählich Ärger in ihm aufstieg. Ja, er hatte sich Tom gegenüber offenbart, aber das gab ihm nicht das Recht, jetzt auch noch in der Wunde herumzustochern. Er atmete tief aus, um sich zu keiner unbedachten Antwort hinreißen zu lassen, denn selbst er wusste, dass es definitiv nicht die richtige Strategie war, nun einfach zurückzuschießen.

»Ich dachte, du bist mein Freund«, sagte er deshalb nur.

»Dein Freund. Genau das bin ich. Glaub mir, es gibt angenehmere Dinge, als um Mitternacht mit so einem sturen Bock wie dir über dein verkümmertes Gefühlsleben zu reden.«

»Dann lassen wir es doch einfach, was meinst du?«, gab Alexander giftig zurück.

»Du musst doch sehen, dass du dein Leben so nicht weiterleben kannst«, fuhr Tom unbeirrt fort. »Ich meine, allein schon aufgrund deines Geschäfts – du verdienst dein Geld damit, Stoffe an die gesellschaftliche Elite zu verkaufen. Die Leute, die du so sehr verachtest, sichern dein Vermögen.«

»Ich verachte nicht die Menschen an sich, ich verachte das Verhalten von einigen.«

»… oder allen?«

»Sie können doch machen, was sie wollen, solange sie mich mit ihrem Getue und ihrem höflichen Firlefanz in

Ruhe lassen. Mir geht es um die Stoffe. Mir geht es darum, die Leute mit hervorragender Qualität einzukleiden, für den Verkauf habe ich ja dich.«

»Ich vermute, dann solltest du dir dein Vermögen zusammenkratzen und dir eine einsame Insel kaufen. Das Getue und der höfliche Firlefanz, wie du es so treffend nanntest, gibt es nämlich überall. Und du, mehr als alle anderen, solltest die Konventionen respektieren, damit deine Geschäfte weiterhin erfolgreich laufen.«

»Was meinst du mit *Konventionen respektieren*?«

»Soll ich es wirklich aussprechen?«

»Ja, sei so gut.«

»Du kompromittierst eine junge Dame, von der du haargenau weißt, dass sie heiraten möchte. Sie hat sogar schon einen Kandidaten gefunden, der ihr diesen Wunsch erfüllt, und nun mischst du dich ein und verdrehst ihr den Kopf.«

»Was weißt du eigentlich über die Wünsche von Miss Woodford?«

»Weniger als du, und genau das ist ja das Problem.«

Tom hatte recht, das war spätestens seit seinem Streit mit Isabella offensichtlich. Aber schon aus Prinzip würde er seinem Freund jetzt nicht zustimmen. Obwohl Toms Worte gerade etwas in Alexander ausgelöst hatten.

Denn er hatte vorhin wirklich den Eindruck gehabt, dass Isabella hoffte, er würde eine Heirat nicht gänzlich ausschließen. Die unausgesprochene Sehnsucht in ihren weit aufgerissenen Augen hatte sie verraten, auch wenn sie sofort im Anschluss das genaue Gegenteil behauptet hatte. Das Seltsame war: Die Erkenntnis hatte Alexander nicht abgestoßen, wie es bei allen anderen jungen Damen gewesen war, die er die letzten Jahre über kennengelernt hatte. Ganz im Gegenteil: Er hatte sich darüber gefreut. So sehr sogar, dass sein Herz einen kleinen Satz gemacht hatte.

Und für einen Moment war der Gedanke, Isabella für den Rest seines Lebens an seiner Seite zu haben, bei Weitem nicht mehr so abwegig, wie er es sich bisher eingeredet hatte.

Einen beängstigenden Augenblick lang hatte er sogar das Gefühl gehabt, dass er genau das wollte.

Alexander schüttelte bei dem Gedanken daran den Kopf.

»Du solltest sie meiden«, hörte er Tom von hinten sagen. »Am besten verlässt du die Stadt.«

Inzwischen waren sie vor dem White Lion angekommen, wo Alexander wie immer sein Quartier hatte. Eigentlich hätte er sich schon längst eine angemessene Wohnung mieten sollen, denn so, wie es aussah, würde er noch einige Wochen in der Stadt bleiben müssen. Aber er verspürte nicht die geringste Lust, sich die Organisation einer Anmietung, die Anstellung einer Dienerschaft und was das sonst noch alles miteinschloss, ans Bein zu binden.

»Du weißt genau, dass ich das nicht einfach kann. Ich habe noch eine Aufgabe zu erfüllen.«

Tom zog einen Mundwinkel nach oben. »Du meinst, jungen Damen unter die Röcke zu fassen?«

»Pass auf, was du sagst.«

Mehr als sonst irgendjemand auf dieser Welt durfte Tom sich herausnehmen, ihn zu kritisieren. Er schätzte die

Meinung seines besten Freundes, sehr sogar. Doch gerade übertrieb er es mit seiner Ehrlichkeit. »Seit wann mischst du dich eigentlich in meine Angelegenheiten ein?«

»Seit dem Tag, an dem ich gemerkt habe, dass du offenen Auges in dein Verderben rennst, mein Freund. Was zufällig mit dem Tag übereinstimmt, an dem du das erste Mal Bekanntschaft mit Miss Woodford gemacht hast.«

»Als ob dir etwas an ihr liegen würde«, brummte Alexander.

»Ich mag sie«, verteidigte sich Tom.

»Ach?«

»Sie ist freundlich, hübsch und hat trotzdem Grips.«

Womit Tom das Problem auch schon auf den Punkt gebracht hatte.

»Und bevor du wieder wie ein eifersüchtiger Streithahn auf mich losgehst: Ich finde sie lediglich sympathisch, in Ordnung? Mehr nicht. Und auch wenn du hoffentlich die Finger von ihr lässt, solltest du das-worüber-wir-nicht-mehr-sprechen endlich loslassen.«

»Danke, dass du mich an deiner endlosen Lebenserfahrung und deiner Weisheit teilhaben lässt«, stellte Alexander sarkastisch fest und kramte nach dem Schlüssel für die schwere Eingangstür, die um diese Uhrzeit bereits zugeschlossen war.

»Ist ja auch leider meine Aufgabe als dein Freund.«

»Apropos Freund«, sagte Alexander, der genug hatte von diesem gefühlsduseligen Gespräch. »Ich brauche dich, morgen am frühen Abend. Wir fahren nach Bristol.«

»Was bitte schön wollen wir in …«

»Erkläre ich dir morgen. Je weniger du weißt, desto besser.«

Missmutig verzog Tom den Mund, blickte Alexander noch einige Momente verdrießlich an, nickte aber dann zustimmend.

So war es eben zwischen ihnen. Alexander musste nicht erklären, worum es ging. Es reichte schon, wenn er Tom lediglich sagte, dass er ihn brauchte, und Tom war zur Stelle. Und andersherum war es ganz genauso.

20.

Wilkinson war für sie gestorben. Wirklich, das war er. Ein für alle Mal. Und es passte Isabella gerade gut, dass Shakleton am nächsten Vormittag per Brief seinen Besuch für den frühen Nachmittag angekündigt hatte, denn der gestrige Abend sei *ganz besonders entzückend* gewesen. Sollte er Isabellas Abwesenheit in der Loge bemerkt haben, überging er diesen Umstand einfach, genauso wie Phillip es auch tat. Die fragenden Blicke, mit denen er sie seit ihrer Rückkehr und selbst am Vormittag danach noch bedachte, beschloss sie zu ignorieren.

Sie dachte sich ihren Teil über seine mögliche Liaison mit Rebecca, und er dachte sich zweifellos seinen Teil über ihre Abwesenheit an dem Abend – aber keiner von beiden sprach es an.

Furchtbar, dachte sie sich. Er war ihr Cousin, ihre Familie, und sie hatten so viele Geheimnisse voreinander, und es gab so viele unausgesprochene Wahrheiten, als wären sie Fremde.

Lady Alice war natürlich höchst erfreut über Shakletons neuerliche Aufmerksamkeit, und es war nur noch eine Frage der Zeit, bis er Isabella endlich einen Antrag machen würde. Vielleicht schon heute, und Isabella würde ihn annehmen, und ganz sicher würde sie Shakleton so weit beeinflussen können, dass die Hochzeit so bald wie möglich stattfand. Das formale Einverständnis, das von Isabellas Vater nötig war, würde ein paar Tage dauern, doch sobald sie geheiratet hatte, würde sie dem Baron die hundert Pfund, die sie für Ashbrook brauchte, unter irgendeinem Vorwand abluchsen können – eine neue Garderobe etwa. Als Baroness müsste sie sich eben standesgemäß kleiden, das würde Shakleton bestimmt nicht anzweifeln. Sie hatte das Gefühl, dass er ohnehin kaum etwas hinterfragte, was sie tat. Er würde ihr Freiraum geben und sie unbehelligt ihr Leben führen lassen. Dass er das ganz unabsichtlich tat, weil er ständig bloß um sich selbst kreiste, spielte dabei ja keine Rolle. Wer weiß, vielleicht konnte sie heimlich sogar ihrem Interesse für Medizin weiter folgen. Bei dem Gedanken daran schlug Isabellas Herz schneller. Alles würde gut werden. Shakleton mochte verstaubte Vorstellungen haben und am liebsten über sich selbst reden. Aber immerhin war er nicht so wie *sie*.

Christopher Ashbrook, Alexander Wilkinson. Es spielte keine Rolle, wie sie hießen, denn sie waren sowieso alle gleich.

Sie verführten die Frauen, hatten ihren Spaß und waren dabei immer nur auf den eigenen Vorteil bedacht – egal wie sehr Wilkinson behauptet hatte, *so etwas* normalerweise nicht zu tun.

Er redete vollkommenen Blödsinn.

Seine Taten sprachen lauter als Worte. Als ob er sonst immer diskret blieb und sich lediglich der käuflichen Liebe zuwandte, wie Rebecca behauptet hatte. Sie hatte doch gesehen, wie er in der Theaterloge mit den anwesenden Frauen geflirtet hatte, und das waren ganz sicher nicht nur Freudenmädchen gewesen.

Selbst wenn diese Männer heirateten, würden sie ihre Ehefrau betrügen, noch ehe das Bett am Morgen nach der Hochzeitsnacht kalt wurde, davon war Isabella überzeugt.

Und sie war dumm genug gewesen, erneut darauf hereinzufallen.

Auf ihn hereinzufallen und ihren Gefühlen freien Lauf zu lassen.

Die Wut hatte Isabella die ganze Nacht wach gehalten, und nun saß sie hier im Salon und kämpfte gegen die bleierne Müdigkeit in ihrem Kopf und mit der Sticknadel in ihrer Hand. Die Blumenranke, mit der sie sich seit mehr als einer Stunde abmühte, sah aus, als hätte eine Fünfjährige erste Stickversuche unternommen.

Aber sie durfte jetzt nicht aufgeben, denn sie wollte einen guten Eindruck hinterlassen, wenn Shakleton ankam. Bestimmt würde es ihm gefallen, wenn seine Braut stickte. Das hatte er bei seinem ersten Tanz mit ihr doch sogar erwähnt.

Ihr Blick wanderte nach draußen. Ein laues Lüftchen wehte durch die halb geöffneten Fenster herein, der Himmel war strahlend blau an diesem Maitag, und ohne es zu beabsichtigen, begann Isabella mit dem Fuß zu wippen. Eigentlich würde sie viel lieber frische Luft schnappen und durch die Straßen spazieren.

Lady Alice ließ die Sticknadel und das Zierdeckchen sinken, an dem sie gerade arbeitete, und warf Isabella einen strengen Blick zu.

Sofort versteckte Isabella die Schuhspitzen wieder unter ihrem Kleidersaum. Sie trug ihr hellblaues Kleid, den Ausschnitt unter einer zarten Musselinschicht verborgen. Der Stoff war eigentlich viel zu dünn, um *irgendetwas* zu verbergen, aber Lady Alice hatte ihr dieses Tuch aus ihrer eigenen, sicher umfangreichen Kollektion geborgt. Noch immer war Isabellas Dekolleté deutlich unter der Stoffschicht erkennbar – was zweifellos auch die Absicht ihrer Tante gewesen war. Es gab ein unausgesprochenes Einverständnis zwischen Lady Alice und ihr, dass sie sich Shakleton sichern musste, und zwar mit allen Mitteln.

Doch gleichzeitig regte sich etwas in Isabella. Ein schlechtes Gewissen – vielleicht waren es sogar Schuldgefühle?

Denn im Grunde taten sie und ihre Tante gerade genau das, was Wilkinson ihr vorgeworfen hatte. Isabella verstellte sich und paktierte mit der Viscountess, damit Shakleton ihr einen Antrag machte. Dass ihre schüchterne Freundlichkeit nur Fassade war und sie mit ihm nicht gern Zeit verbrachte und ihn noch nicht einmal wirklich sympathisch fand, ahnte der Baron vermutlich gar nicht. Er war eben ein wenig einfältig, manchmal geradezu albern. Ganz eindeutig war seine Mutter die Frau seines Lebens, und daran würde auch seine Ehefrau nicht rütteln können. Aber das machte nichts, hatte Isabella beschlossen. Schließlich war ohne viel Leidenschaft eine Beziehung zu führen, deutlich weniger riskant, als einen Ehemann in sein Leben zu lassen, der die Macht besaß, einem das Herz zu brechen. Shakleton würde sie niemals so sehr berühren und verletzen können wie Christopher oder Alexander.

Alexander. Sie spürte einen kleinen Stich zwischen den Rippen, denn sosehr sie auch dagegen ankämpfte, kamen immer wieder die Bilder vom letzten Abend in ihr hoch. Das unbeschreibliche Gefühl, als sie seine Lippen auf ihren gespürt hatte und seine Hände überall auf ihrem Körper gewesen waren. Der alles bestimmende Drang, mehr von ihm zu spüren, der jenseits jeglicher Vernunft war.

Und dann der Streit, von dem sie nicht einmal sagen konnte, wie er überhaupt entstanden war. Es war einfach so passiert, wie jedes Mal, wenn sie aneinandergerieten.

Sie musste bei ihm einen sehr wunden Punkt getroffen haben, sinnierte sie, als sie im Nähkorb nach einem hellgrünen Garn für den Blumenstiel kramte. Auch ihr war schon aufgefallen, wie ihre Cousins, ihre Tante und allen voran Shakleton ihn auf dem Ball und beim Picknick angesehen hatten. Wilkinson gehörte nicht zu ihnen, schließlich arbeitete er für seinen Lebensunterhalt. Das war verpönt in der Beau Monde.

Allen war klar, wie wichtig finanzielle Mittel inzwischen in der Gesellschaft geworden waren, aber die Noblesse tat dennoch alles, um sich vom *neuen Geld* abzugrenzen. Was Isabella für vollkommen vermessen hielt, da zu arbeiten nichts Verwerfliches war. Ganz im Gegenteil. Selbst Isabellas Vater, der möglicherweise auch einfach von seinem Landbesitz leben könnte, zog es vor, seinem Interesse für die Chirurgie zu folgen, und hatte seine beiden Töchter erzogen, ebenfalls so zu denken. Zumindest versucht hatte er das, denn Isabellas Mutter teilte diese Meinung natürlich nicht.

Der Butler, der einen Schritt in den Salon machte, unterbrach Isabellas Überlegungen. Sie legte das Stickzeug nicht zurück in den Korb, sondern behielt es demonstrativ in den Händen, stand aber natürlich auf. Es folgte ein letzter, prüfender Blick von Lady Alice, deren mahnendes Kopfnicken Isabella mit einem Augenaufschlag bestätigte.

Du machst das jetzt.

»Lord Charles Shakleton«, kündigte der Butler an, und Isabellas eiserne Entschlossenheit geriet sofort wieder ins Wanken, als sie ihn im Türrahmen erblickte und ein leises Gefühl der Enttäuschung sich in ihr breitmachte.

Sie *wollte* ihn doch mögen, sie *wollte* ihn doch bewundern und anhimmeln, wieso nur tat sie sich so schwer damit?

Sein Gesicht war rot angelaufen, schon wieder. Und es glänzte ein wenig vom Schweiß.

»Meine Damen«, begrüßte er sie und verbeugte sich zunächst vor Lady Alice und dann auch vor Isabella. »Entschuldigen Sie mein Erscheinungsbild, die Frühsommersonne zollt ihren Tribut.«

Oder die Aufregung, dachte Isabella, während sie Shakleton anlächelte und höflich knickste.

»Das macht gar nichts, bester Baron. Setzen Sie sich. Dorthin.« Lady Alice deutete auf den Platz neben Isabella. Sie schien wirklich nicht vorzuhaben, die Chance heute verstreichen zu lassen.

Isabella ließ sich langsam nieder, Shakleton tat es auch. Er roch ein wenig muffig, nach feuchter Wolle, vermutlich hatte er seinen Gehrock oder das Hemd darunter nicht zum ersten Mal vollgeschwitzt.

»Wollen Sie Tee?«, bot Isabella ihm an und legte erst jetzt das Stickzeug zurück ins Körbchen, was Shakleton natürlich nicht entging.

»Äußerst gern, meine liebe Miss Woodford.«

Isabella war drauf und dran, bei dieser geschwollenen Wortwahl mit den Augen zu rollen, unterließ es aber natürlich.

Eigentlich konnte ihr Shakleton leidtun. Denn obwohl Isabella diejenige war, die dringend heiraten musste und hoffte, dass der Baron ihr bald einen Antrag machte, war es doch immer die Aufgabe der Männer, den Schritt zu tun und die Worte tatsächlich auszusprechen. Shakleton war nervös und kam Isabella noch unsicherer vor als sonst. Es tat beinahe körperlich weh, ihm so zuzusehen.

Vielleicht ging es ja wirklich, dass sie zumindest Freunde wurden. Und eine Freundschaft war doch eine viel bessere Basis für eine Beziehung als dieses unkontrollierbare Gefühlschaos, das sofort in ihr ausbrach, wenn Wilkinson in ihrer Nähe war, versuchte sie sich einmal mehr vor Augen zu führen.

Langsam schenkte sie Tee in die Tasse vor Shakleton, ein angenehmes, plätscherndes Geräusch. Die große Standuhr tickte vor sich hin, leise drang Vogelgezwitscher herein, sonst war es still. Bis auf die noch immer etwas angestrengten Atemzüge Shakletons.

Sie waren … laut. Wirklich laut.

Sofort rief Isabella sich zur Vernunft. Wieso störten sie seine Unzulänglichkeiten so sehr? Sie achtete doch sonst auch nicht auf die Etikette.

Der Baron griff nach der Teetasse, die auf der Untertasse wackelte, weil seine Hand so stark zitterte. Sofort stellte er sie wieder ab.

Es war offensichtlich, dass es heute passieren würde.

Er hatte vor, ihr einen Antrag machen. Und obwohl Isabella ja wusste, dass es früher oder später geschehen musste, und sie inzwischen sogar hoffte, er würde es so bald wie möglich machen, war das erste Wort, das ihr in den Sinn kam, ein *Nein*.

Sie spürte, wie sich alles in ihr drinnen gegen Shakleton wehrte und das Gefühl immer stärker wurde, dass sie auf keinen Fall ihre eigenen Bedürfnisse übergehen und diesen Mann heiraten durfte. Um ein Haar wäre sie von dem Kanapee aufgestanden und hätte einfach den Raum verlassen.

Reiß dich zusammen. Natürlich kannst du das.

Ihre Füße zuckten bereits, aber dann ließ sie langsam die Luft durch die Nase entweichen, nippte an ihrer Tasse Tee und stellte sie dann ohne Eile wieder ab. Shakleton beobachtete sie dabei, als suche er nach dem richtigen Moment oder den richtigen Worten.

»Ich muss zugeben, Mylord …«, begann Isabella schließlich.

»Wieso nennen Sie mich nicht Charles, beste Miss Woodford?«, unterbrach er sie hastig.

Ah. Der erste Schritt.

»Aber sehr gern, Charles. Also, ich muss zugeben, *Charles*, dass ich gestern Abend ja beinahe ein wenig eifersüchtig war auf die Aufmerksamkeit der vielen Damen.«

Mutig, das so zu sagen. Wo sie doch diejenige war, die …

Nun ja.

»Das müssen Sie nicht, meine Teuerste. Das sind alles Freundinnen meiner Mutter. Und damit auch Freundinnen von mir. Ganz wunderbare und beeindruckende Ladies.«

Schon wieder seine Mutter. Isabella wunderte sich, wieso Lady Shakleton heute Nachmittag eigentlich nicht auch hier war und dieses Gespräch für ihren Sohn führte. Aber vermutlich würde sie in Zukunft ohnehin mehr von ihrer Schwiegermutter haben, als ihr lieb war.

»Stimmt, Charles. Sie waren alle ganz ausgesprochen freundlich.«

»Und wissen Sie, die Gespräche mit einer Frau von Geist sind für die Bildung eines Mannes wertvoller als die ganze pedantische Bücherweisheit. Finden Sie nicht auch?«

»Sie halten nicht viel von der Bücherweisheit, oder, Charles?«

Sollte sie es sich trauen?

Sie legte ihre Hand sanft auf Shakletons Arm und unterdrückte den Drang, sie sofort wieder wegzuziehen. Sie wollte ihn eigentlich gar nicht berühren, wirklich nicht, aber es war wichtig, dass sie es jetzt trotzdem tat. Shakleton starrte auf ihre schlanken Finger, die auf seinem Ärmel lagen, Isabella sah, wie er schluckte und wie sich seine Züge plötzlich etwas entspannten. Er lächelte sogar ein wenig, und dabei zeigten sich die Reste seines Frühstücks zwischen den Zähnen. Isabella wandte vorsichtshalber den Blick ab, damit sie nicht daraufstarrte und ihn schon wieder verunsicherte.

Shakleton wiederum interpretierte diese Reaktion vermutlich als Verlegenheit, genauso wie ihre Tante. Was gut war. Wenn sie nun noch rot anlief, wäre ihre Scharade perfekt, aber das klappte natürlich nicht auf Kommando. Zumindest nicht bei Isabella, doch sie war sich sicher, dass andere junge Damen diese Kunst sehr wohl beherrschten.

»Isabella«, ermahnte Lady Alice sie prompt, aber ein Schmunzeln spielte um ihre Lippen, als Isabella ihre Hand wieder zurückzog, den Blick noch immer gesenkt, so als würde sie sich schämen. Natürlich musste sie Isabella für ihr Verhalten tadeln, doch im Grunde befürwortete sie ihr zielgerichtetes Vorgehen.

»Ich kann mich noch gut erinnern, wie sich die junge Liebe anfühlt, aber du solltest deine Sehnsucht nach Lord Shakleton wirklich noch im Zaum halten, bis er ganz offiziell …«

Eine Stimme aus Richtung der Tür unterbrach ihre Tante.

»Ein weiterer Besucher, Mylady«, kündigte der Butler an und offerierte auf einem kleinen Silbertablett eine Karte. »Er gibt an, ein alter Familienfreund von Miss Woodford zu sein.«

Alle Blicke richteten sich auf Isabella. Der fragende ihrer Tante und der besorgte von Charles Shakleton, der sicherlich bereits einen weiteren Konkurrenten witterte.

Lady Alice griff nach der Karte und las den Namen. »Du hattest mir gar nicht erzählt, dass du alte Bekannte bei der Armee hast«, wunderte sich Lady Alice.

Bei der Armee?

Es konnte doch wohl nicht … Nein. Das konnte nicht sein.

Das durfte nicht sein.

Erwartungsvoll schaute Lady Alice sie an, aber Isabella war wie erstarrt.

»Und vor allem hast du nicht erzählt, dass du Besuch erwartest.«

»Das tue ich auch nicht, ich weiß gar nicht, um wen es sich handeln könnte«, erklärte Isabella hastig und ignorierte den ungeduldigen Blick von Shakleton.

Er war einfältig, aber er war kein Narr. Wenn nun schon wieder ein anderer Mann auftauchte, würde auch Shakleton irgendwann der Geduldsfaden reißen, und er würde das Interesse an ihr verlieren. Und das wollte Isabella keinesfalls.

»So bitten Sie ihn doch herein«, schickte Lady Alice den Butler mit einem ungeduldigen Wedeln zur Haustür.

Als Isabella ihn im Türstock erblickte, blieb ihr fast das Herz stehen. Sie blinzelte und hoffte, dass sie sich alles nur einbildete.

Er stand noch immer dort, und sie wusste, dass ihr größter Albtraum gerade Wirklichkeit geworden war.

Vor ihr, im Salon der Viscountess, stand Christopher Ashbrook, in Fleisch und Blut.

»Mr. Christopher Ashbrook«, hörte sie die Stimme des Butlers wie aus der Ferne.

Er sah blendend aus, genau wie auf dem Ball der Duchess of Devonshire. Seine Haut war sonnengebräunt, was vielleicht nicht modisch war, aber es stand ihm hervorragend und verlieh ihm eine gesunde Gesichtsfarbe, ganz im Gegensatz zu dem stets etwas teigigen Teint von Shakleton. Er trug die blonden Haare inzwischen halblang geschnitten und nach hinten gekämmt, und einige helle Strähnen stahlen sich unter das Dunkelblond. Er war groß, seine Statur kräftig und aufrecht, ganz sicher vom täglichen Training beim Militär, und wenn er lächelte, ging ein Strahlen über sein Gesicht, dem sich niemand entziehen konnte.

»Lady Parker.« Er verneigte sich vor ihrer Tante.

»Isabella.« Er verbeugte sich ebenfalls vor ihr, griff nach ihrer Hand und hauchte einen Kuss darauf.

»Christopher«, brachte sie mit matter Stimme hervor und wunderte sich, dass sie überhaupt sprechen konnte. Denn ihr lief ein kalter Schauder über den Rücken, und ihr Herz hämmerte ihr so laut in den Ohren, dass sie meinte, jeder um sie herum müsse es hören.

Er würde sie bloßstellen. Hier und jetzt, vor ihrer Tante und dem Mann, der sie heiraten wollte.

Er würde ihr Leben zerstören.

Allein die Vorstellung versetzte sie in blanke Panik. Heftige Atemzüge drückten gegen ihre Korsage, und sie meinte trotzdem, nicht genügend Luft zu bekommen.

Galant wandte Christopher sich Shakleton zu. »Und Sie müssen Lord Charles Shakleton sein. Sie sind Ihrer werten Frau Mama wie aus dem Gesicht geschnitten.«

Die blasierte Herablassung auf Shakletons Miene wich angenehmer Überraschung.

Mit nur zwei Sätzen hatte er den Baron bereits um den Finger gewickelt.

»Darf ich mich vorstellen, Colonel Christopher Ashbrook. Thomas Hickey hatte mir berichtet, dass eine Miss Woodford in der Stadt weilt, und ich konnte nicht anders, als ihr einen Besuch abzustatten. Schließlich kennen wir uns von Kindesbeinen an, nicht wahr, liebste Isabella?«

Wie routiniert Christopher eine Lüge nach der anderen hervorbrachte. Isabella bewunderte ihn beinahe dafür.

Der bisher so distanzierte Ausdruck auf Lady Alice' Gesicht wurde weicher, als der Name des Master of Ceremonies fiel. Offenbar hielt sie jeden, der Hickey kannte, für einen anständigen, willkommenen Gast. Selbst ihre Tante ließ sich hinters Licht führen, und das binnen kürzester Zeit.

»So setzen Sie sich doch und leisten uns ein wenig Gesellschaft«, lud Lady Alice ihn nun ein.

»Ich möchte Ihre kleine Versammlung keinesfalls stören, Lady Parker«, wehrte er ab und zog sich höflich wieder in Richtung der Tür zurück.

Lügner. Als ob er vorhätte, jetzt wieder zu verschwinden.

»Das tun Sie doch nicht«, erwiderte ihre Tante, und Isabella konnte nicht fassen, dass kein Satz, der gerade in diesem Raum gesprochen wurde, der Wahrheit entsprach.

Bereitwillig ließ Ashbrook sich auf einem Sessel gegenüber von Isabella nieder, und der Butler stellte ein weiteres Teegedeck vor ihm ab.

Ashbrook hatte sich verändert. Zuerst konnte Isabella nicht sagen, was es war. Noch immer sah er gut aus. Sehr sogar, musste sie zugeben, und sie fühlte sich äußerst unwohl bei dem Gedanken. Seine Augen leuchteten in dem gleichen faszinierenden Graugrün wie damals, und es dauerte noch einige Momente, ehe sie es erkannte. Eine feine Narbe zog sich von seinem rechten Auge über die Schläfe. Sie konnte noch nicht alt sein, und Isabella hatte auch den Eindruck, dass er häufiger blinzelte.

»Sie kennen meine Mutter?«, fragte nun Shakleton reserviert, ohne Ashbrook dabei anzusehen, und trank währenddessen aus seiner Tasse. Als wäre Christopher ein Bediensteter, dem man Anweisungen gab. Das Verhalten war respektlos, und Isabella wurde das Gefühl nicht los, dass auch genau das Shakletons Absicht war. Wie sie musste er von Ashbrooks Erscheinung beeindruckt sein und wollte sich nicht schon wieder von einem Konkurrenten den Rang ablaufen lassen, vermutete sie.

Dies schien Ashbrook ebenfalls zu bemerken, denn er sagte: »Ich scheine zu einem wirklich ungelegenen Zeitpunkt zu kommen.«

»In der Tat, das tust du, lieber Christopher«, platzte es aus ihr heraus. Sie hatte es einfach sagen müssen, egal wie unhöflich es war. Sie würde nicht einfach still dasitzen und mit ansehen, wie dieser Mann sie nun in den Abgrund riss. Denn natürlich war er hier, um sie unter Druck zu setzen oder auf irgendeine Art und Weise ihr kleines Geheimnis zu offenbaren.

Der Kopf ihrer Tante ruckte zu ihr. Es war unverfroren,

was Isabella da gerade geantwortet hatte, aber sie hatte sich nicht anders zu helfen gewusst.

Ashbrook musste weg, und zwar sofort.

»Meine Nichte ist nur ein wenig nervös heute, hören Sie gar nicht auf sie«, versicherte Lady Alice huldvoll lächelnd, und Isabella kam sich in diesem Moment unglaublich dumm vor. Wieso war sie überhaupt noch überrascht, dass ihre Tante nicht ernst nahm, was sie sagte oder wünschte? Das hatte sie doch noch nie. Die Etikette, einen Besucher höflich zu empfangen, war ihr selbstverständlich wichtiger als die Wünsche ihrer Nichte.

»Mein Vater, Baron John Ashbrook, verbrachte einige Saisons in Bath in der Gesellschaft Ihrer Eltern. Ich glaube, ich kann mich auch an Sie erinnern. Sie waren schon als Kind ein ausgezeichneter Tennisspieler, nicht wahr?«

»Erstaunlich, dass ich mir das nicht gemerkt habe. Aber Sie haben recht. Das Tennisspiel gehört auch heute noch zu meinen großen Stärken. Spielen Sie denn selbst auch?«, fragte Shakleton mit neu erwachtem Interesse. Jetzt, da Ashbrook eines seiner Lieblingsthemen anschnitt – was ganz sicher kein Zufall war –, schien Isabella für den Baron gar nicht mehr zu existieren. Wie beinahe jedes Mal, wenn den Lord irgendetwas auch nur mäßig interessierte. Er war wie ein kleines, verzogenes Kind, kam es Isabella vor. Selbst Tante Alice schien das wahrzunehmen, denn sie stand auf und kam zu ihr. »Wollen wir ein wenig vor dem Crescent spazieren gehen, während sich die Männer unterhalten?«

Shakleton und Ashbrook schlossen sich ihnen an, hielten aber einige Schritte Abstand. Mit aufgespannten Sonnenschirmen in der Hand schlenderten Isabella und Lady Alice auf der geschotterten Straße vor dem Royal Crescent.

»Du hättest mich ruhig warnen können, Isabella«, raunte Tante Alice ihr zu.

»Ich hatte nicht die leiseste Ahnung, dass Christopher … Colonel Ashbrook hier auftauchen würde«, erwiderte sie hitzig. »Niemals hätte ich zugelassen, dass er an einem so wichtigen Tag wie heute, an dem doch Shakleton ganz offenbar kurz davor war …«

»Mach dir keine Gedanken. Wir werden den Tag auch trotz Ashbrooks Anwesenheit zu einem Erfolg machen.« Und vermutlich zum ersten Mal sagte ihre Tante etwas, das Isabella tatsächlich beruhigte. »Ich werde euch beiden Turteltauben noch Zeit alleine verschaffen, keine Sorge.«

Isabellas Blick wanderte nach vorne und heftete sich auf die Rücken der beiden Männer. Redeten sie wirklich über Belanglosigkeiten wie Tennis? Oder verriet Christopher sie womöglich gerade schon an Shakleton und zerstörte damit all ihre Bemühungen um den Baron?

Aber das ergab keinen Sinn. Sein Wissen war sein größter Trumpf, und er würde ihn nicht einfach aus der Hand geben, denn damit würde er seine hundert Pfund verlieren, das musste auch er wissen. Vermutlich ging es ihm um eine Machtdemonstration, eine wenig subtile Erinnerung, dass sie ihm seiner Meinung nach noch etwas schuldete.

Er würde Shakleton jetzt nicht vergraulen. Ganz sicher nicht.

Trotzdem musste sie wissen …

»Wollen wir nicht zu den Herren aufschließen?«, fragte Isabella und zog Lady Alice unsanft mit nach vorne.

»Es ist gut, wenn man weiß, was man vom Leben zu erwarten hat«, hörte Isabella Shakleton sagen, als sie nahe genug dran waren.

»Wie recht Sie doch haben, Lord Shakleton«, pflichtete Christopher ihm bei.

»Worin recht haben?«, mischte Lady Alice sich von hinten ein, und sofort machten die Männer Platz. »Wir fühlen uns ein wenig vernachlässigt von Ihnen«, warf sie ihnen mit leisem Tadel vor, aber es klang trotzdem noch charmant.

»Wir sprachen gerade darüber, dass ich dem Militär den Rücken gekehrt habe und auf der Suche nach neuen Aufgaben bin. Mein älterer Bruder verwaltet die Ländereien meines Vaters, und ich habe überlegt, mich einer ganz neuen Profession zu widmen.« Er machte eine kleine Pause.

Nötigung und Erpressung vielleicht?

»Dem Recht und Gesetz. Ich möchte Anwalt werden und werde mich im Herbst an einem der Inns of Court in London bewerben.«

Isabella schaffte es, einen nervösen Lacher zu unterdrücken.

»Du scheinst wie dafür gemacht zu sein, lieber Christopher«, sagte sie stattdessen. Den beißenden Sarkasmus darin erkannte sicher nur Ashbrook, ließ sich aber nichts anmerken. Isabella machte sich von ihrer Tante los, umklammerte den Griff ihres Sonnenschirms, als müsse sie sich daran festhalten, und fragte: »Hast du kurz Zeit für mich, Christopher?«

Ein gewagter Schritt, Isabella hatte dennoch gerade keine andere Wahl, und sie vertraute darauf, dass Lady Alice in der Zwischenzeit Lord Shakleton bei Laune hielt.

Sie liefen ein wenig hügelabwärts über die weite Wiese vor dem Royal Crescent, von der aus man einen wunderbaren Blick über die Stadt und zum Fluss hatte. Vor einem der Fliederbüsche, die die Fußwege säumten, blieben sie stehen. Die meisten davon waren gerade in vollster Blüte und dufteten ganz wunderbar. Es würde nicht mehr lange dauern, ein oder zwei sonnige Tage vielleicht, bis sie ihren Zenit überschritten hatten. Vor drei Wochen, bei Isabellas Ankunft in Bath, waren erst die Knospen zu sehen gewesen. Drei Wochen. Christopher hatte wirklich nicht lange gebraucht, um seine Drohungen in die Tat umzusetzen.

Aber das würde sie nicht zulassen.

»Na, meine Hübsche, ist deine Sehnsucht nach mir wohl schon so groß, dass du sogar vor den Augen deines Angebeteten ein vertrauliches Gespräch mit mir suchst?«

Er war wie ausgewechselt. Der charmante, zuvorkommende junge Mann wurde von einem Moment auf den anderen zu einem berechnenden Schurken. Wie schnell er begriffen hatte, in welchem Verhältnis Shakleton und sie zueinander standen.

Isabella spürte, wie ihr vor Zorn das Blut in den Kopf schoss, und am liebsten hätte sie Ashbrook eine Ohrfeige verpasst. Nein, sie stellte sich vor, wie sie die Faust ballte und ihm mitten ins Gesicht drosch.

»Dass du dich nicht schämst!«, zischte sie.

»Siehst du, ich bin in der glücklichen Position, dass die Gesellschaft diese Aufgabe ja nun dir zugeschrieben hat«, bemerkte er süffisant. »Noch ist es deine Privatangelegenheit, dich zu schämen.« Sein Blick wanderte zu Shakleton, der ihm freundlich aus der Ferne zuwinkte. »Und wir wollen ja auch, dass das so bleibt, oder nicht?«

»Du bekommst dein Geld«, beschwor sie ihn leise, aber hitzig. »Nur wenn du jetzt etwas verrätst, wirst du keinen Shilling sehen.«

»Genauso leidenschaftlich wie in der einen Nacht …«

Isabella schloss die Augen, sie fühlte sich so erniedrigt, dass sie am liebsten einfach im Boden versunken wäre. »Sei still«, sagte sie bloß und zauberte dann aber sofort wieder ein Lächeln auf ihr Gesicht, denn Shakleton und Lady Alice kamen geradewegs auf sie zu.

»Es wird Zeit, dass ich gehe«, erklärte Christopher mit der gleichen, plötzlich wieder gestellten sanften Stimme. »Es war mir eine besondere Freude, Sie kennenzulernen, Lady Parker, Lord Shakleton.«

»Ich hoffe, wir sehen uns sehr bald wieder«, antwortete Shakleton.

»Ganz gewiss, die Stadt ist ja nicht groß.«

Leider.

Ashbrook lief mit ausladenden Schritten davon, und als sie wieder nach drinnen gingen, räusperte sich Shakleton mehrmals.

Ihre Tante tätschelte Isabellas Arm und bog im Hausflur nach rechts ab, und auf einmal fand sich Isabella allein im Salon mit Shakleton wieder, der nur noch einen Schritt von ihr entfernt stand und sie mit aufgerissenen Augen unverwandt ansah.

Es war so weit. Isabella spürte es, und am liebsten wäre sie sofort davongelaufen und hätte sich in ihrem Zimmer versteckt.

Reiß dich zusammen.

Sie sah die Äderchen in seinen Augen und roch den Schweiß, den er erneut ausdünstete.

Er benetzte die Lippen. »Isabella«, begann er.

In ihrem Kopf überschlugen sich die Gedanken.

Du musst es tun, du weißt, dass du musst. Es ist das einzig Richtige, redete sie sich ein. Alexanders Gesicht tauchte vor ihrem inneren Auge auf, sein brennender Blick, und sie meinte förmlich zu spüren, wie alles in ihr drinnen Feuer fing.

»Isabella?«, fragte Shakleton noch einmal, und sie konzentrierte sich wieder auf ihn.

»Ich möchte dich etwas fragen.«

Mit zittrigen Fingern fummelte er ein kleines Kästchen aus seiner Fracktasche.

O Gott. Es passiert wirklich.

Langsam und etwas wackelig ging Shakleton auf die Knie, und es knackte dabei vernehmlich. Er sah von unten zu ihr hoch wie ein Welpe, und seine Nasenflügel blähten sich unter seinen heftigen Atemzügen. Isabellas Widerwille wurde immer stärker. Unerträglich stark. Aber sie würde sich nicht mehr von ihren irrationalen Gefühlen leiten lassen, egal wie sehr sie an ihr zerrten.

Sie kniff die Lider zusammen.

Sei vernünftig! Du hast es dir geschworen, und jetzt richte dich auch danach!

»Isabella«, begann Shakleton zum dritten Mal, und sie schaffte es trotzdem nicht, die Augen zu öffnen und ihn anzusehen.

»Möchtest du meine Frau werden?«

21.

Eigentlich hätte er schon stutzig werden müssen, als er die Adresse gehört hatte. Der Straßenname, *Harbour Lane*, er klang noch nicht einmal wie eine richtige Straße. Eher würde man dahinter einen der unbefestigten Wege, die zwischen den Hafenbaracken und Lagerhallen hindurch- und in die Stadt hineinführten, vermuten. Und als genau das stellte sich die Harbour Lane Nummer fünf auch heraus.

Es handelte sich um ein verlassenes Lagerhaus, bewohnt von Ratten, Ungeziefer und dann und wann womöglich noch einigen armen Teufeln, die zwischen ihren Törns irgendwo unterkommen mussten und ihre Heuer bereits verjubelt hatten. Ganz sicher war diese Halle jedoch kein Umschlagplatz für feinste Seidenstoffe.

Aber Alexander war abgelenkt gewesen, etwas hatte ihn die gesamte Kutschfahrt nach Bristol über beschäftigt, und er hatte einfach nicht weiter darüber nachgedacht. Denn er war immer noch so verdammt sauer, dass er am liebsten laut gebrüllt und irgendetwas zu Kleinholz verarbeitet hätte.

Natürlich war es keine gute Idee, diese Wut in sich hineinzufressen. So oder so würde sie sich einen Kanal suchen und aus ihm hervorbrechen, und vermutlich würde sie jemand abbekommen, der sie ganz und gar nicht verdient hatte.

Doch er hatte einfach gerade keine Zeit, sich abzureagieren und eine Stunde in den Boxclub zu gehen, da er nach Bristol hatte reisen müssen. Toms Blick war in der Kutsche auf dem Weg dorthin mehrmals auf Alexanders Faust hängen geblieben, die er, ohne es zu beabsichtigen, in seinen Gehrock gekrallt hatte. Aber sein Freund hatte sich jeglichen Kommentar dazu verkniffen.

Der Grund für seinen Zorn war eine Beobachtung, die er heute Nachmittag gemacht hatte.

Eigentlich hatte er nur ein wenig nachdenken wollen, und ohne es zu beabsichtigen, hatten seine Füße ihn in Richtung Royal Crescent geführt. Er war die Royal Avenue zwischen dem Avon und dem Crescent entlanggeschlendert und hatte über die Wiesen nach oben zu dem halbmondförmigen Gebäude geblickt. Kurz hatte er sogar mit dem Gedanken gespielt, dem Haus des Viscounts einen unangemeldeten Besuch abzustatten und sich bei Isabella zu entschuldigen. Auch wenn er es jetzt niemals mehr zugeben würde, er hatte wirklich darüber nachgedacht, was Tom ihm am gestrigen Abend gesagt hatte. Überschatteten die unglücklichen Ereignisse seiner Vergangenheit wirklich noch immer sein Leben? Sollte er sie nicht endlich einfach loslassen und nach vorne blicken? Denn er hatte die ganze verdammte Nacht über wach gelegen, hatte an Isabella denken müssen und seine Erregung kaum im Zaum halten können und sich schließlich selbst Erlösung verschafft.

Es war sinnlos, es zu leugnen, und auch der Streit hatte nichts daran geändert. Der Kuss mit ihr war wie eine Droge für ihn gewesen, von der er gekostet hatte und von der sein Körper nun mit aller Macht mehr verlangte. Er verzehrte sich nach ihr, und die Vorstellung, dass sie vor ihm lag, nackt und offen, und er sie überall streichelte und jede noch so kleine Stelle ihres weichen Körpers entdeckte und liebkoste, ließ ihn nicht mehr los. Er hatte fantasiert, wie er auf ihr lag und langsam, ganz langsam in sie eindrang und sie ihn geradezu anbettelte, ihr mehr zu geben, bis er sie zum Höhepunkt brachte und sie seinen Namen rief, wenn sie kam …

Was war er doch für ein Narr!

Denn dann hatte er sie gesehen. Besser gesagt: sie mit ihm.

Von allen Menschen auf dieser Welt, von wirklich allen, musste es ausgerechnet derjenige sein, den er am meisten hasste, mit dem Isabella Woodford vor dem Royal Crescent auf und ab spaziert war.

Christopher Ashbrook. Der Mann war wie ein Fluch.

Alexander hatte zuerst seinen Augen nicht trauen wollen, aber dann hatte er jeden Zweifel ausräumen können. Ashbrook war in Bath und hielt ein Zwiegespräch mit Isabella. Sie kannten sich, ziemlich gut sogar, sonst hätte ihre Tante niemals erlaubt, dass die beiden sich ungestört unterhalten konnten. Lady Alice hatte mit dem unsäglichen Shakleton etwas abseits gestanden, und erst nach einem Weilchen hatten die zwei wieder zu Ashbrook und Isabella aufgeschlossen.

Alexander hatte rotgesehen, war mit wehendem Frack zurück in die Milsom Street gelaufen und hatte Tom umgehend dazu gezwungen, seinen Papierkram liegen zu lassen und augenblicklich nach Bristol aufzubrechen.

Was bedeutete, dass er den Besuch in der Harbour Lane nicht mehr vorbereitet und auch mit Tom nicht mehr besprochen hatte. Selbst die befreundeten Bristoler Händler, die er in Bath eigentlich noch hätte befragen wollen, hatte er versetzt.

Vermutlich war das ein Fehler gewesen, denn nun standen sie vor einem verlassenen Schuppen und nicht vor einem Laden oder zumindest einem Wohnhaus, dem man einen Besuch abstatten und deren Bewohnern man auf den Zahn fühlen konnte, wie Alexander gehofft hatte.

Tom bedachte Alexander mit einem vorwurfsvollen, eigentlich verdrossenen Blick – zu Recht, musste Alexander zugeben – und prüfte die hölzernen Wände nach Möglichkeiten, um nach drinnen zu gelangen.

»Übrigens habe ich mir vor einigen Tagen eine der Auktionen in Bristol angesehen, die alle paar Monate in der Nähe des Hafens stattfinden. Die vom Zollamt, auf denen sie die beschlagnahmten Güter versteigern«, berichtete Tom, während er das Vorhängeschloss befingerte, das das Eingangstor versperrte, in seine Fracktasche griff, einen kleinen Metallstift daraus hervorholte und binnen weniger Atemzüge das Schloss geknackt hatte.

Alexander schaute verblüfft zu und machte keine Anstalten, Tom das Schloss abzunehmen, das er ihm auffordernd hinhielt.

»Was ist? Du glaubst doch wohl nicht ernsthaft, dass ich erwartet hatte, wir fahren für ein Kaffeekränzchen nach Bristol? Schau mich an, ich hätte mich doch dafür niemals so einfallslos gekleidet.« Er wedelte ein wenig mit den Ärmeln, und erst jetzt fiel Alexander auf, dass er kein Rüschenhemd unter dem Frack trug, keine farbenfrohe Weste, er hatte noch nicht einmal einen Hut aus seiner unerschöpflichen Kollektion mitgenommen, und selbst seine Finger zierten heute Abend weniger Ringe. Zumindest meinte Alexander das, er verlor dabei immer so schnell den Überblick.

»Das nicht, aber ein Schloss knacken? Ich wusste gar nicht, dass du das kannst.«

Mit einem lauten Quietschen schwang die Tür auf, und die beiden Männer spähten nach drinnen. Es roch trocken und staubig in der Halle und ein wenig nach Mäusekot.

»Eines meiner verborgenen Talente. Und du wolltest mir ja nicht verraten, was wir hier vorhaben. Ich bin also vorbereitet.«

Sie machten einige Schritte in den dämmrigen Schuppen, so weit sie eben mit dem letzten Tageslicht, das durch die Tür fiel, nach drinnen gehen konnten.

»Und was war eigentlich nun mit dieser Auktion?« Alexander wischte eine dicke Staubschicht von einer der wenigen Kisten, die in einer Ecke standen, und legte den Kopf schräg, um das Etikett darauf entziffern zu können.

»Du hattest recht. Das meiste, was im Moment geschmuggelt wird, sind Taschentücher und Schals aus indischer Seide. Natürlich gehen der Krone dadurch jede Menge Steuern verloren«, räumte Tom ein. »Aber uns tangiert das eigentlich nicht. Wir handeln mit Stoffen für Roben, Mäntel und Fracks und nicht mit Taschentüchern.«

»Sieh mal einer an«, sagte Alexander halblaut.

»Tu nicht so, du hast den Auftrag von Pitt trotzdem angenommen. Ich frage mich offen gestanden, was er dir geboten hat.«

»Woher willst du überhaupt wissen, dass er mir irgendetwas geboten hat? Im Übrigen meinte ich die Aufschrift auf der Kiste.«

»Weil ich dich kenne, Alexander. Du würdest nicht einen Finger für eine Institution der Krone krümmen, wenn du nicht etwas besonders Interessantes dafür bekommen würdest.«

»Wie ich schon sagte: Je weniger du weißt, desto besser.« Fast schämte sich Alexander, darüber zu reden, dass er sich und seine Loyalität für die Krone hatte kaufen lassen. Er hatte seine Unabhängigkeit aufgegeben, die er doch so sehr schätzte, und war jetzt genauso wie all die Adeligen des Landes, die auf die eine oder andere Weise in der Schuld der Krone standen. Sich so nah an das Königshaus zu binden, war eine furchtbare Vorstellung, über die er eigentlich gar nicht weiter nachdenken wollte. Aber der Auftrag war so gigantisch, so allumfassend, dass er seinem Unternehmen möglicherweise bis weit über seine Lebenszeit hinaus die Existenz sicherte.

»Ich bin kein Kind mehr, Alexander. Ich bin dein Geschäftspartner, meinst du nicht, du solltest …«

»Schau dir das an«, unterbrach Alexander und zog Tom zu sich nach unten.

»Was soll das sein?«

»Sieh genauer hin.«

Tom legte den Kopf nun ebenso schräg wie Alexander, und jetzt schien auch er die Zeichnung, die auf den Kisten aufgemalt war, zu erkennen. Eine Art exotischer Vogel war daraufgemalt, und darunter stand etwas in kleinen, verschnörkelten Lettern.

»Batavia Arrack«, las Tom verständnislos.

»Das meinte ich nicht. Schau mal darunter.«

Eine halb zerfetzte Adressaufschrift war darunter aufgeleimt, aber Teile davon waren noch lesbar. Alexander spannte das zerknitterte Papier mit seinen Fingern, damit Tom besser lesen konnte.

»…elock, 146 Brook Street …«, entzifferte der und runzelte die Stirn. »Das kann nur der Stoffladen von Miss Lovelock sein, in Bath.«

»Richtig, und seit wann bestellt sich die gute Miss Lovelock kistenweise teuren Arrack nach Hause?«, gab Alexander zu bedenken.

»Sie bestellt ihn sich nur nach Hause, wenn in der Kiste gar kein Arrack, sondern andere Waren sind. Seide oder Brokat zum Beispiel«, kombinierte Tom mit einem grimmigen Ausdruck auf dem Gesicht. »Schade, sie sah immer so ehrbar und vertrauenswürdig aus mit ihren blonden Engelslöckchen …«

»Die Herren wünschen?«, drang eine Stimme von hinten zu ihnen, und sie klang alles andere als freundlich. Alexander und Tom fuhren herum.

Mehrere Schatten tauchten gut zehn Schritt hinter ihnen in dem geöffneten Tor auf. Alexander zählte fünf Männer. Sie hatten Knüppel dabei, und der Mann in der Mitte schlug sich damit demonstrativ in die Handfläche, sodass es ein leises, klatschendes Geräusch gab.

»Von euch sicher nichts«, erwiderte Alexander mit fester Stimme.

»Schnüffler haben hier nichts zu suchen«, sagte der Mann, machte eine kleine Kopfbewegung, und der äußerste der Fremden ließ die Tür zuschwingen.

Tom warf Alexander einen schnellen, alarmierten Blick zu.

Ja, gerade im Moment hatten sie ein Problem.

Ein verdammt großes sogar.

22.

Zwei Stunden später hatten sie es zurück nach Bath ins White Lion geschafft, aber es war eine Herausforderung gewesen. Vor allem, weil Tom kaum mehr ansprechbar war und auch nicht mehr alleine gehen konnte. Mit dem Fuß trat Alexander die Tür des Gasthofs auf, denn er befürchtete, wenn er Tom losließ, würde dieser einfach in sich zusammensacken. Er umklammerte dessen Torso und hielt mit der anderen Hand den unverletzten Arm über die eigene Schulter geschlungen.

Gerade als er seinen Freund seitlich durch die Tür bugsierte, hörte er Schritte auf der Treppe knarzen, die sich von oben näherten. Fluchend blickte er sich um, öffnete wahllos die erste Tür zu seiner Rechten und zog Tom mit sich in das Halbdunkel der Kammer. Eine Vorratskammer, denn beinahe wäre sein Kopf mit einem gewaltigen Schinken kollidiert, der von der Decke hing. So schnell und so lautlos er konnte, lehnte er die Tür an, da die Stimmen im Treppenhaus immer näher kamen. Sie jetzt noch zu schließen, wäre viel zu laut.

Die Schritte hielten an, und Alexander schloss die Augen.

Ganz wunderbar. Wer auch immer da draußen war, hatte sie entdeckt. Genau das, was er hatte vermeiden wollen. Überhaupt war es ein Fehler gewesen, ins White Lion zu kommen. In seinen Geschäftsräumen hätte er Tom zumindest erst einmal ablegen können, um das Verbandszeug aus seinem Zimmer hier im Gasthof zu holen.

»... Alexander?«, hörte er eine Stimme vor der Tür. Sofort erkannte er sie.

Warum musste es ausgerechnet Isabella Woodford sein, der er jetzt blutbesudelt und in einer wirklich kompromittierenden Lage begegnete?

Die Tür schwang auf, Kerzenschein fiel auf sein und Toms Gesicht, was sein Freund mit einem aufgebrachten Brummen beantwortete.

Immerhin nahm er noch etwas wahr und war nicht bewusstlos. So schlimm konnten die Schläge auf seinen

Kopf nicht gewesen sein. Tom hatte einiges abbekommen, mehr noch als Alexander selbst. Aber er war eben kleiner und schmächtiger, er hatte einfach keine Chance gehabt gegen die Überzahl an wirklich großen und kampferprobten Männern. Obwohl Alexander bereits nach kurzer Zeit seine beiden Gegner mit einigen gezielten Schlägen niedergestreckt und sich dann einfach auf seinen Freund geworfen und ihn mit seinem eigenen Körper vor den Tritten geschützt hatte, die auf ihn eingeprasselt waren, sah er ziemlich übel aus.

Er hörte, wie jemand scharf Luft holte. »Kommen Sie sofort aus meiner Vorratskammer, Wilkinson.«

Das war eindeutig Rebecca Seagraves Stimme.

»Selbstverständlich«, sagte er nur, streckte sich und lehnte sich ein bisschen nach rechts, damit er Toms Gewicht leichter balancieren konnte.

Er kannte Bath und die Klatschgeschichten, die hier sofort die Runde machen würden, wenn auf einmal zwei schwer verletzte Männer abends in der Stadt auftauchten. Er hatte vorgehabt, unbemerkt nach Bath zurückzukommen und Tom einfach selbst zu versorgen, um die Gerüchte, die nun zweifellos entstehen würden, zu vermeiden.

Und dann hatte er darüber nachdenken wollen, wer in Bath mit diesen Männern unter einer Decke steckte und wem er überhaupt noch vertrauen konnte. Denn es war ganz sicher kein Zufall, dass genau zu dem Zeitpunkt, als er und Tom sich bei einem praktisch leeren Lagerschuppen befanden, plötzlich auch ein Schlägertrupp dort auftauchte.

Aber dieser Plan war ja nun sowieso dahin.

»Sie haben auch schon mal besser ausgesehen«, stellte Mrs. Seagrave fest, während er Tom nach draußen hievte. Hinter ihr konnte Alexander im Halbdunkel zwei Gestalten ausmachen, eine davon musste Isabella sein, und die andere war zweifellos Betty Hartley, ohne die Isabella kaum jemals das Haus verließ.

»Du meine Güte, was um alles in der Welt haben Sie nur getrieben?« Wieder war es Mrs. Seagrave, die sprach, die Fäuste in die Seiten gestemmt.

Isabella sagte gar nichts. Alexanders Blick flog zu ihrem Gesicht, er erkannte das Entsetzen darauf, aber trotzdem schwieg sie.

»Ein kurzer, unangenehmer Zusammenstoß mit einigen wenig freundlichen Zeitgenossen, Mrs. Seagrave. Alles halb so schlimm«, log Alexander, und Tom, der schlaff an seiner Seite hing, grunzte zustimmend.

»Wir sollten wirklich einen Arzt holen. Hier in Bath haust doch in jeder zweiten Adresse irgendein Quacksalber«, schlug Mrs. Seagrave vor.

»Genau das ist das Problem«, erwiderte Alexander.

Mrs. Seagrave sah ihn nur verwirrt an.

»Die Hälfte von ihnen ist nicht einmal richtig ausgebildet, und sie schröpfen die Gebrechlichen für irgendwelche Säfte und Tinkturen, die vollkommen wirkungslos sind. Ich habe nicht vor, Mr. Miller in ihre Hände zu geben. Außerdem sollte das hier nicht an die große Glocke gehängt werden«, erklärte Alexander und ließ dabei seinen Blick über die Anwesenden schweifen.

Mrs. Seagrave legte mit verdrossenem Ausdruck den Kopf schräg. Ganz sicher war es nicht das erste Mal, dass ihr etwas Derartiges passierte. Auch wenn sie bestimmt fünf Jahre jünger war als er und mit ihrem dunklen Teint und ihren geradezu perfekten Zügen aussah wie eine Opernsängerin oder eine der exotischen Schönheiten der Londoner Beau Monde, nach denen sich jeder verzehrte, wusste Alexander, dass der Schein trog. Sie war eine Geschäftsfrau und Besitzerin eines Gasthauses, und Alexander wollte sich lieber gar nicht vorstellen, was sie täglich so alles sah und erlebte. Auch Isabella nickte schließlich einvernehmlich.

»Wieso soll keiner davon erfahren?«, wollte Tom wissen, der plötzlich aus seiner Benebelung aufzuwachen schien, den Kopf hob und mit glasigen Augen, eines davon schmerzhaft zusammengekniffen, in die Runde blickte. Alle Aufmerksamkeit richtete sich auf ihn, und Alexander war kurz davor, ihn zu schütteln für seine unbedachte Nachfrage.

»Du weißt, wieso«, presste er hervor und fragte sich, ob Toms Gehirn nicht doch etwas abbekommen hatte.

»Was ist mit seinem Arm?« Isabella deutete auf Tom, dessen linker Arm schlaff herabhing. Es waren die ersten Worte, die sie sprach, und ihre Stimme war ohne jegliche Emotion. Nicht das, was Alexander erwartet hatte. Das ziehende Gefühl in seinem Herzen, das unvermittelt eingesetzt hatte, als er ihre Stimme gehört und sie das erste Mal erblickt hatte, schien noch ein wenig stärker zu werden.

»Vermutlich gebrochen«, erklärte Alexander, aber um ehrlich zu sein, wusste er es einfach nicht.

Sie brauchte nur eine Sekunde, ehe sie reagierte.

»Eine Schüssel mit heißem Wasser, ein armlanger Holzstock, ein oder zwei kleinere Federkissen, viele saubere Binden und Rum. Am besten eine ganze Flasche«, befahl sie der völlig verschreckten Bediensteten, die mittlerweile hinter ihnen aufgetaucht war.

»Moment mal«, ging Alexander dazwischen.

»Keine Widerrede«, wies Isabella ihn zurecht, und er versuchte gar nicht weiter, ihr zu widersprechen.

Es war, als stünde auf einmal eine andere Person vor ihm. Isabella war ruhig, selbstsicher und bestimmt. Und unglaublich beeindruckend, musste er zugeben, obwohl er sich fest vorgenommen hatte, sich von dieser Frau in keiner Weise mehr beeinflussen zu lassen. »Außerdem brauche ich Eiweiß von zwanzig Eiern, fünf Unzen Stärke und auch etwas Gipspulver. Habt ihr so was?«, fragte sie an Mrs. Seagrave gewandt.

Die starrte sie etwas ungläubig an, schüttelte dann aber den Kopf. »Eier und Stärke natürlich. Gipspulver – ganz sicher nicht.«

»Gibt es hier in Bath denn irgendwen, einen Maler oder Bildhauer …«

»Mr. Tucker«, unterbrach sie Mrs. Seagrave. »In der Orchard Street.« Und noch bevor Isabella überhaupt danach fragen konnte, ergänzte sie mit ernster Miene: »Ich gehe selbst. Es ist erst kurz vor neun, und so, wie ich ihn kenne, ist er noch nicht zu Bett gegangen.«

»Was ist mit deiner Verabredung mit Shakleton, dem Konzert?«, flüsterte Miss Hartley von hinten, aber Alexander hörte es trotzdem.

»Shakleton wird sich bestimmt auch alleine amüsieren. Das hier ist wichtiger. Außerdem ist es jetzt sowieso schon zu spät.«

»Bist du sicher, dass …« Miss Hartley verstummte, als Isabella ihr einen scharfen Blick zuwarf.

Einen Moment herrschte Stille.

»Ich schicke eine Nachricht zu Lady Parker, dass dich ein Unwohlsein befallen hat und du die Nacht über hierbleiben wirst. Sie soll sich um Shakleton kümmern – ich bin mir sicher, sie tut es mit dem größten Vergnügen.« Zwar hatte Mrs. Seagraves Stimme vollkommen neutral geklungen, Alexander hatte dennoch den Eindruck, dass ein gewisser Sarkasmus darin mitschwang.

Verständlicherweise, er selbst hatte miterlebt, wie angenehm Shakleton die Gesellschaft gesetzterer Damen war.

»Bringt ihn in meinen Salon«, befahl Mrs. Seagrave und warf sich das Mantelet über die Schultern, das ihr gerade eine ihrer Dienerinnen hingehalten hatte. »Und legen Sie ihn nach Möglichkeit nicht auf dem Kanapee ab, seien Sie so gut. Blutflecken darauf würden es ruinieren.« Damit verabschiedete sie sich und eilte nach draußen.

Alexander nickte nur, obwohl Mrs. Seagrave das gar nicht mehr sehen konnte, und machte sich mit Tom auf den Weg nach oben. Es war gar nicht so einfach, ihn die etwas in die Jahre gekommene Holztreppe hinaufzubugsieren, ohne dass sein verletzter Arm das Geländer berührte.

Isabella und Miss Hartley folgten ihnen durch das düstere holzvertäfelte Treppenhaus, und als Alexander im ersten Stockwerk stehen blieb und sich unschlüssig umblickte, zwängte sich Isabella an ihnen vorbei und leuchtete ihnen mit einer Kerze den Weg in Richtung des Salons. Alexander selbst hatte die privaten Räume seiner Gastwirtin noch nie betreten. Während Isabella voranlief, fragte sie ganz nebenbei: »Wer war das?«

»Jemand, der uns warnen wollte. Die Männer wussten offenbar, was sie taten. Aber zerbrich dir nicht den Kopf, ich kann dir gerade nicht mehr darüber erzählen.«

Zu Alexanders Erleichterung fragte sie tatsächlich nicht weiter, sondern nickte bloß, deutete nach vorne und stieß die Tür zu Mrs. Seagraves Salon auf. Er war hell erleuchtet, sauber und geschmackvoll eingerichtet, es war warm und roch angenehm nach Zimt und Vanille. Ganz eindeutig die Wohnung einer Frau, dachte sich Alexander, während er die Schwelle überschritt. Gemeinsam mit Isabellas Hilfe beförderte er Tom auf den langen Mahagonitisch, und dabei waren ihre Köpfe nur wenige Handbreit voneinander entfernt. Er spürte ihre unmittelbare Nähe, sah auf, und im gleichen Moment tat sie es auch, und ihre Blicke begegneten sich.

Lange. Länger als es gut war.

Alexander versank in den Tiefen ihrer bernsteinfarbenen Augen und verlor vollkommen das Gefühl dafür, wie lange sie einander anstarrten.

Er merkte, wie sein Puls plötzlich schneller schlug, schluckte angestrengt und versuchte die Gefühle niederzuringen, die ihn mit voller Wucht trafen.

Egal in welch unmöglicher Situation er gerade war, egal welche Schmerzen er litt und wie groß seine Wut auf sie –

oder war es vielleicht sogar Angst vor ihr – war, noch immer reagierte sein Körper auf ihre Nähe.

Hinter ihnen betrat ein Dienstmädchen den Raum, das eine volle Wasserschüssel und einen ganzen Berg an weißen Handtüchern und Binden balancierte. Miss Hartley kam ihr zu Hilfe, und sie legte alles auf dem niedrigen Tischchen zwischen den Sofas ab. Eine zweite Bedienstete kam herein und brachte eine Schüssel mit Eiweiß, die verlangte Stärke und auch zwei kleine, weiche Kopfkissen. Isabella betastete sie prüfend und vermischte anschließend die Stärke mit dem Eiweiß.

»Was hast du jetzt eigentlich vor?«, fragte Alexander, der sie dabei beobachtete. Er hatte wenig Ahnung von Knochenbrüchen, doch ihm kam das alles hier reichlich seltsam vor. Außerdem konnte er sich nicht so ganz mit dem Gedanken anfreunden, dass Isabella wirklich seinen besten Freund verarzten würde.

»Ich schaue mir Mr. Miller erst mal an. Weißt du noch von irgendwelchen offensichtlichen Verletzungen außer seinem linken Arm?«

»Nein, aber bist du sicher, dass das eine gute Idee …«

»Vertraust du mir?«, unterbrach sie ihn und bohrte ihren Blick in seinen.

Lange sahen sie einander an, und auch wenn Alexander heute Stunden damit verbracht hatte, diese Frau zu verfluchen, hörte er sich selbst mit rauer Stimme sagen: »Ja.«

»Und was genau geht hier vor sich?«, wollte Tom von der Tischplatte her wissen, mit auf einmal recht wacher Stimme. Eigentlich klang sie beunruhigt.

»Ich richte jetzt Ihren Knochenbruch, Miller«, erwiderte Isabella laut.

»Sie machen bitte was? Kommt überhaupt nicht infrage!«, fuhr er auf, und er schien ehrlich entsetzt. Sein suchender Blick traf Alexander. »Die Nichte des Viscounts schient meinen Arm? Alexander?«, versuchte er es. *Seid ihr denn alle verrückt geworden*, sagte sein Blick, wieder überraschend lebhaft.

»Die Nichte des Viscounts und die Tochter eines Chirurgen«, erklärte Alexander trocken.

Betty trat zu dem Tisch, legte die Hand beruhigend auf Millers Schulter und drückte ihn wieder nach unten. »Sie hat zusammen mit ihrem Vater meinen Brüdern öfter gebrochene Knochen gerichtet, als Sie an einer Hand abzählen können. Sie weiß, was sie tut.«

Miller legte sich wieder hin, doch vermutlich hatte er gar keine andere Wahl, denn Miss Hartley drückte ihn unerbittlich nach unten.

»Wunderbar. Ganz wunderbar. Eine Halbwüchsige schient meinen Arm.« Misstrauisch beäugte er das Glas, das Miss Hartley ihm schon seit einem Weilchen hinhielt, das er aber vorsorglich besser noch nicht angerührt hatte.

»Alkohol? Ich sehe schon, die Prozedur wird offenbar nicht ganz so angenehm«, bemerkte er und nahm den ersten Schluck.

»Leider haben wir gerade kein Laudanum zur Hand, oder?« Ihr Blick richtete sich auf Alexander.

»Warum schaust du mich so an bei der Frage?«

Sie zuckte mit den Schultern, wandte sich ab und begann, die Binden und Tücher auf verschiedene Stapel zu sortieren.

Inzwischen war auch Mrs. Seagrave zurückgekommen, hatte ein Säckchen mit Gipspulver abgeliefert und drückte sich nun schweigend und etwas blass um die Nase in der Nähe der Eingangstür herum. Es war offensichtlich, dass sie ein Problem hatte, Toms offene Wunden zu sehen. Vermutlich konnte die sonst so beherrschte Mrs. Seagrave einfach kein Blut sehen, was Alexander beinahe ein wenig amüsierte.

Tom nahm einen weiteren großen Schluck und verzog das Gesicht, denn was auch immer sich in seinem Glas befand, war stark und pur und auch entsprechend scharf, Alexander konnte es sogar selbst riechen.

Tom nickte in Richtung der Flasche. »Schon gesehen?«, fragte er leise.

Alexander kniff die Augen zusammen, um das Etikett besser erkennen zu können. Leise pfiff er durch die Zähne. Es war das gleiche, das sie erst vor Kurzem gesehen hatten. »Batavia Arrack. Ein erlesenes Getränk. Und ganz sicher auch teuer. Mrs. Seagrave scheint dir wohlgesonnen.«

Toms Blick blieb auf Alexander hängen, sie verständigten sich wortlos. Und beinahe hatte er das Gefühl, dass Tom sich nicht über die Entdeckung freute. Nicht hier, im Gasthaus von Mrs. Seagrave.

»Austrinken«, befahl Isabella, die zu ihnen an den Tisch getreten war und die Rüschen an ihren Ärmeln so gut es ging nach oben geschoben hatte.

Sie nickte Betty zu. »Zuerst den Frack.«

Diese griff mit geübten Händen an den Kragen und entkleidete den gesunden Arm, ehe sie das Kleidungsstück unter Toms Hintern hervorzog und vorsichtig über den verletzten Arm schob. Sie machte es nicht zum ersten Mal, und Alexander beschlich sogar das Gefühl, dass diese zwei Frauen ein eingespieltes Team waren.

Isabella begutachtete Toms Unterarm. Mittlerweile war er nicht nur angeschwollen, sondern auch blau angelaufen. Sie tastete mit sanften Fingern darüber und nickte, was Alexander als gutes Zeichen deutete.

Dann wandte Isabella sich an Tom, beugte sich leicht über ihn und sah ihm fest in die immer glasiger werdenden Augen. Der Arrack schien gottlob allmählich zu wirken.

»Also, Miller. Das kann jetzt womöglich ein wenig wehtun.«

***

Nachdem sie seinen Arm geschient und in der Mischung aus Gips und Ei getränkt hatten, brachten sie ihn in Alexanders Kammer, wo Betty an seinem Bett sitzen blieb und aufpasste, dass er in seinem Rausch keine unkontrollierten Bewegungen machte. Die Flüssigkeit musste zuerst trocknen und der Verband um seinen Arm fest werden, und das konnte bis zu einem Tag dauern. Der Verband würde nach ein paar Wochen zu riechen anfangen, wenn er feucht wurde, aber er war allemal besser als eine einfache Schiene, die nur mit Binden befestigt war. Nach wenigen Tagen würde sie sich lockern, und Miller müsste ständig einen neuen Verband bekommen. Jedes Mal bestand dabei das Risiko, dass der heilende Knochen wieder aufbrach und der Arm verkrüppelte. Dabei standen die Chancen gut, dass der

Unterarm komplikationslos verheilte. Soweit Isabella es hatte ertasten können, handelte es sich um einen einfachen Bruch, der das Ellenbogengelenk nicht beeinträchtigt hatte, und er schien auch nicht gesplittert zu haben. Isabella hatte ein gutes Gefühl, dass die Verletzung ohne Probleme verheilen und Miller den Arm auch wieder bewegen können würde, wenn er ihn denn die nächsten Wochen wirklich ruhig hielt. Das war nicht immer so. Sehr oft wurden die Arme, vor allem aber auch die unteren Gliedmaßen nach einem Bruch steif, weil irgendetwas nicht ganz zusammenwuchs oder der Arm so lange ruhiggestellt wurde, dass sich das Gelenk deformierte.

Eigentlich hatte sie vor ihrem geplanten Theaterabend mit Shakleton lediglich Rebecca einen Besuch abstatten und ihr berichten wollen, was am heutigen Nachmittag alles passiert war. Dass der Abend auf diese Weise endete, hätte sie nicht im Traum erwartet.

Rebecca hatte sich aber inzwischen zurückgezogen, wahrscheinlich in die Gaststube. Sie war während der Prozedur, als Miller begonnen hatte, erbärmlich zu schreien, noch blasser geworden und hatte sich entschuldigt.

Es war tatsächlich das erste Mal, dass Rebecca in irgendeiner Situation Schwäche zeigte, was Isabella ungemein beruhigend fand. Selbst Rebecca Seagrave war nicht unfehlbar.

Zusammen mit Alexander kehrte sie zurück in den Salon, und Isabella trat an die Waschschüssel und säuberte ihre Hände von Toms Blut. Er hatte noch einige offene Wunden und Schürfungen gehabt, die sie ebenfalls versorgt hatte. Das Wasser war noch immer lauwarm, und Isabella genoss es, ihre Hände ausgiebig einzuseifen und abzuspülen. Dabei warf sie Alexander einen schnellen Blick zu.

Er beobachtete sie. Erst jetzt, als sie nur noch zu zweit im Raum waren und nichts anderes zu hören war außer dem leisen Knistern des Feuers und dem regelmäßigen Ticken der verschnörkelten Standuhr neben der Eingangstür, fiel ihr wieder ein, wie sie bei ihrem letzten Zusammentreffen im Theater auseinandergegangen waren. Bis gerade eben war gar keine Zeit gewesen, sich darüber Gedanken zu machen. Die beiden Männer hatten Hilfe benötigt, und Isabella hatte einfach reagiert.

Aber nun kehrte Ruhe ein, und der Streit stand zwischen ihnen wie eine unsichtbare Wand.

Sorgsam schüttelte Isabella die Hände über der metallenen, bereits ein wenig verbeulten Schüssel aus, griff nach dem Handtuch daneben und trocknete sich ab.

Dabei ließ sie sich Zeit, denn immerhin hatte sie dann etwas zu tun und konnte das Schweigen zwischen ihnen ignorieren, das sich ausdehnte und immer unangenehmer wurde.

Sie faltete das Handtuch und legte es neben der Schüssel ab, und dann, endlich, brachte sie den Mut auf und begegnete Alexanders Blick. Sie richtete sich auf und versuchte, dabei so selbstbewusst und herausfordernd wie möglich zu wirken.

Er musste wissen, dass er sie nicht einfach so anstarren konnte, minutenlang, und noch dazu, ohne etwas zu sagen.

Aber sofort war sie wieder abgelenkt von der Platzwunde an seiner Augenbraue, die von alleine begonnen hatte, sich zu schließen, und sie fragte sich, ob das wirklich seine einzige Verletzung war. Erst als er sich vorsichtig auf das Kanapee setzte und sein Gesicht dabei verräterisch zuckte, obwohl er sicherlich versuchte, sich nichts anmerken zu lassen, wurde ihr klar, dass Alexander ebenfalls nicht ganz ungeschoren davongekommen war.

Sie verengte die Augen und wartete noch ab, dass er sich hinten anlehnte – auch das auffällig zögerlich –, ehe sie fragte: »Bist du auch verletzt?«

Er hatte zumindest die Chance verdient, es ihr zu sagen.

»Nein, mir geht es wunderbar. Nur der kleine Kratzer an der Augenbraue.«

Er versuchte, die Arme vor der Brust zu verschränken, ließ aber dann davon ab. Jeder, der nicht blind war, würde erkennen, dass seine Rippen schmerzten.

Sagte er es ihr nicht, weil er sich schämte? Weil er ihr gegenüber keine Schwäche zeigen wollte? Oder weil er sich von ihr womöglich nicht behandeln lassen wollte?

Es spielte keine Rolle, beschloss sie. »Zieh dein Hemd aus.«

Überrascht wanderten seine Augenbrauen nach oben, gefolgt von einem anzüglichen Grinsen. Doch er rührte sich keinen Fingerbreit, und vermutlich wollte er ihr damit sagen, dass er nicht einmal im Entferntesten daran dachte, einfach so Befehle von ihr zu befolgen.

»Mach dir keine Mühe, mir geht es wunderbar. Es war nur wichtig, dass Tom Hilfe bekam.«

Interessant, dass er sie nun anlog, denn es war offensichtlich, dass es ihm ganz und gar nicht *wunderbar* ging.

Wenn sie wirklich richtigen Schlägern in die Hände gefallen waren, verstanden die ihr Handwerk. Sie wussten, wie man jemanden zurichten und verletzen konnte, ohne dass es offensichtlich war. Isabella war sich klar darüber, was eine *Warnung* bedeutete. Eine Frau aus Lydford hatte einen gewalttätigen Ehemann gehabt, der sie über Jahre hinweg geschlagen hatte, ohne dass irgendjemand dies mitbekommen hätte. Diese Typen schlugen stets auf den Körper, die Eingeweide und die Rippen, dorthin, wo es nicht sichtbar war, jedoch empfindlich wehtat.

»Ich glaube dir kein Wort, Alexander. Du bist verletzt, möchtest aber aus einem mir unerfindlichen Grund nicht, dass ich es mir ansehe«, stellte Isabella fest.

»Dann schau es dir eben an.« Er stand auf und streckte die Arme von sich. Das Hemd war alles, womit er inzwischen den Oberkörper bedeckt hatte, denn seinen sehr in Mitleidenschaft gezogenen Gehrock hatte er schon ausgezogen, noch während sie Tom versorgt hatte.

Schlagartig schnellte Isabellas Puls nach oben.

Alexanders Blick lag erwartungsvoll auf ihr, und der Glanz in seinen Augen war dunkel und eindringlich. Noch immer hielt er die Arme von sich gestreckt, und sie konnte die Umrisse seines Körpers durch das dünne Baumwollhemd erkennen. Er wollte, dass sie ihn auszog, und gerade im Moment war sie sich nicht sicher, wie sie diese Aufforderung genau zu verstehen hatte.

Wie hatte er es eigentlich gerade geschafft, ihre Anweisung ins Gegenteil zu verkehren, sodass sie nun gar keine andere Möglichkeit hatte, als ihm nachzukommen?

Stell dich nicht so an, als ob du noch nie einen nackten Mann gesehen hättest.

Sie ignorierte das heiße Kribbeln, das durch ihren Körper raste, und fasste den Saum seines Hemdes, um es hochzuheben.

Sie war sehr nah bei ihm, viel zu nah, und konnte die Körperwärme spüren, die von ihm ausging. Er sah ihr ins Gesicht, als sie das Hemd Stück für Stück nach oben zog. Sie merkte genau, wie seine Augen an ihren Lippen hängen blieben, und versuchte es, so gut es ging, zu ignorieren. Sie wusste nicht, was geschehen würde, wenn sie seinen Blick auffing und sich erneut in seinen Augen verlor, wie jedes Mal, wenn sie einander nahe waren.

Jetzt, da er so wenig trug, konnte sie ihn auch riechen, seinen ganz eigenen Duft, vermischt mit dem leichten Geruch von frischem Schweiß. Sie mochte diese Mischung, sehr sogar, aber achtete peinlich genau darauf, seine Haut nicht mit ihren Fingern zu berühren.

Als sie das Hemd über seiner Brust nach oben gerafft hatte und auf seinen nackten Oberkörper sah, musste sie schlucken. Jeder Atemzug auf seinem flachen, muskulösen Bauch war sichtbar, ebenso wie eine kleine Spur feiner Härchen, die in seinen Hosenbund führte.

Sie riss ihren Blick davon los und konzentrierte sich auf seine Verletzungen.

Auch wenn er es leugnete, sein Körper verriet, was ihm widerfahren war. Er musste am Boden gelegen haben, und er musste getreten worden sein, und das über geraume Zeit. Überall auf seinem Torso sprossen rote Flecken und Schürfwunden, die allmählich lilafarben und blau wurden. Er musste gewaltige Schmerzen haben, und allein bei dem Gedanken daran bildete sich ein Kloß in Isabellas Hals.

Forschend tastete ihr Blick über sein Gesicht.

»Kannst du noch tief einatmen?«, fragte sie mit belegter Stimme.

»Hm«, machte er, zuckte arglos mit den Schultern und grinste, was so viel bedeutete wie *Nein*.

Sie tastete über seine Rippen.

»Ich hätte nicht gedacht, dass ich das noch einmal erleben würde. Deine Hände auf meiner nackten Haut«, witzelte er leise, aber der Spott in seiner Stimme war unüberhörbar.

Nicht ganz zufällig drückte sie auf einen der Flecken über seinen Rippen, gar nicht fest, doch das genügte bereits. Sein gesamter Körper versteifte sich, und er atmete scharf ein.

»Du meinst, nach unserem Streit im Theater?«, fragte sie unschuldig, und als Alexander einfach nur schwieg, fuhr sie fort: »Vermutlich hast du ein paar gebrochene Rippen. Ich kann dir einen Verband anlegen, aber das wird nicht besonders viel bringen. Was du brauchst, ist Ruhe.«

»Ich weiß nicht, ob das möglich ist.«

»Du meinst, du kommst nicht einige Tage ohne Ausflüge in den Assembly Room oder das Theater aus, wo du jungen Frauen den Kopf verdrehen kannst?«

»Das ist nicht fair«, erwiderte er leise. Der kurze, witzige Wortwechsel zwischen ihnen war vorbei, und Alexanders Miene wurde wieder ernst. »Außerdem scheinst du dich ja bei Bekanntschaften mit jungen Männern ebenfalls nicht zurückzuhalten«, warf er ihr vor.

Isabella runzelte die Stirn. Sie wusste wirklich nicht, was Alexander gerade meinte. »Wovon genau sprichst du?«

»Von deinem guten Freund Christopher Ashbrook«, sagte er.

Isabella blieb für einen Moment das Herz stehen. Wie konnte er von Christopher wissen?

Alexander musste das Entsetzen auf Isabellas Miene erkannt haben, denn schnell sagte er: »Falls du dich fragst, ich habe euch heute gesehen, vor dem Royal Crescent.«

Wirklich, Bath war schlimmer als das winzige Lydford. Man konnte keinen Schritt tun, ohne dass einen irgendjemand dabei beobachtete.

Sie schaute Alexander lange an und schüttelte dann den Kopf. »Er ist nicht mein Freund.«

»Was hast du dann mit ihm zu schaffen?« Seine Stimme klang scharf, und das allein verriet, dass er Ashbrook kannte und vor allem auch über seinen Charakter Bescheid wusste.

Trotzdem stand es ihm nicht zu, das zu fragen. Absolut nicht, und Isabella musste auch gar nicht antworten. Aber da war etwas in ihr, das *wollte* ihm antworten. Am liebsten würde sie ihm alles erzählen und ihre ganze Misere mit ihm teilen.

Nur wozu? Es war jetzt sowieso zu spät. Sie hatte eine Entscheidung getroffen, und die war auch nicht mehr rückgängig zu machen.

»Er ist ein entfernter Bekannter. Ich habe ihn einmal auf dem Ball der Duchess of Devonshire kennengelernt«, sagte sie deshalb. »Zufällig ist er auch in Bath und hat mir einen Besuch abgestattet. Das ist übrigens ein vollkommen harmloser Bestandteil der höflichen Etikette, die dir ja völlig gleichgültig ist, wie wir mittlerweile beide wissen.«

Isabella drehte sich und brachte ein paar Schritte Abstand zwischen sie, denn sie merkte, dass der Ärger über ihr letztes Zusammentreffen wieder in ihr nach oben stieg.

»Isabella.«

»Was?« Sie war vor dem schwach lodernden Kamin stehen geblieben.

»Ich muss mich bei dir entschuldigen. Für alles, was im Theater zwischen uns vorgefallen ist.«

Endlich, dachte Isabella, schaute ihn aber bloß schweigend an.

»Ich glaube, ich muss dir einiges erklären«, fuhr er zu ihrer Überraschung fort. Sie hatte auf eine Entschuldigung gehofft und sie sogar erwartet, aber sie hatte nicht damit gerechnet, dass er sich erklären würde.

»Komm, setz dich zu mir.« Einladend hob er den Arm, damit sie sich auf das Kanapee neben ihn setzen konnte.

Noch immer trug er nur sein Hemd, den Kragen weit geöffnet, und Isabella wusste, es war keine gute Idee, sich neben diesen halb nackten Mann zu setzen. Sie tat es dennoch, allerdings mit mehr als einer Unterarmlänge Abstand.

Er wartete noch einen Moment, als müsste er sich erst die Worte zurechtlegen, und der flackernde Feuerschein spiegelte sich in seinen Augen wider. »Ich war bereits einmal verlobt. Diese Frau, eine junge Lady … ich … sie war mir wirklich wichtig.« Er schluckte. Diese Unterhaltung schien ihm äußerst schwerzufallen. »Es stellte sich heraus, dass sie gar nichts für mich übrighatte und nur mein Geld wollte, denn sie hatte mich während der gesamten Verlobung betrogen.«

Etwas geschah in Isabellas Brust. Es war, als würde sie sich öffnen und ein mächtiges Gefühl daraus hervorquellen. Der Wunsch, dass sie Alexander beschützen wollte, und am liebsten wäre sie zu ihm hinübergerutscht und hätte ihn in die Arme geschlossen.

Sie hatte sich furchtbar über ihn geärgert, mehr als einmal. Aber auf diese Weise hintergangen zu werden, hatte wirklich niemand verdient. Isabella wurde wütend auf eine Frau, deren Namen sie noch nicht einmal kannte.

Nichts von alldem sagte sie, sondern lediglich: »Das tut mir leid.«

»Sie hat mir etwas vorgespielt, die ganze Zeit. Ich war blind und habe es nie gesehen. Inzwischen hat sie irgendeinen Earl aus Schottland geheiratet.«

»Deshalb deine Abneigung den heiratswilligen Damen gegenüber«, sagte sie leise und eigentlich mehr zu sich selbst als zu Alexander. Jetzt, da sie seine Gründe kannte, waren viele Facetten seines Verhaltens sehr viel einleuchtender für sie.

»Und meine Abneigung gegen die vornehme Gesellschaft und den Adel«, ergänzte er mit einem schiefen Grinsen.

»Was hat der Fehler einer einzelnen Frau mit der vornehmen Gesellschaft und dem Adel zu tun?«

»Die vornehme Gesellschaft, der Adel«, wiederholte er abfällig. »Weißt du eigentlich, was es bedeutet, unter ihnen zu sein, ein Teil von ihnen, aber doch nicht dazuzugehören?

Weißt du, wie es ist, ausgeschlossen zu sein und verachtet zu werden, nicht weil du weniger kannst oder weniger erfolgreich bist als alle anderen, sondern einfach aufgrund deiner Geburt?«

»Vielleicht? Immerhin bin ich eine Frau. Ich fühle mich sehr oft ausgeschlossen.«

»Nicht nur besitze ich keinen Titel und arbeite für mein Geld, statt lediglich meine ererbten Güter zu verwalten. Ich bin außerdem ein uneheliches Kind, Isabella. Ein Bastard. Ein Schicksal übrigens, das ich mit Tom teile. Zwar hat sich mein Vater irgendwann darum gekümmert, dass ich eine Ausbildung erhalte, und ich habe sogar in Oxford studiert. Aber meine Herkunft klebt an mir wie ein Brandmal auf meiner Stirn. Ich werde sie niemals ablegen können, egal wie reich ich bin.«

Isabella wusste nicht, was sie darauf antworten konnte. »Mir ist es egal«, flüsterte sie schließlich, und das entlockte Alexander einen kurzen, harten Lacher.

Lass dich nicht provozieren, redete sie sich ein. Er war offen und ehrlich mit ihr. Seine Seele war verletzt, und sein Körper gerade auch, er litt Schmerzen, und sicherlich war er erschöpft. Allein das musste ihn doch ungeduldiger und gereizter machen, und sie würde nicht noch einmal über dasselbe Thema mit ihm streiten.

»Du hast recht. Auch ich habe nach einem Titel gesucht.« Ein Schatten huschte über sein Gesicht, und sie meinte sogar ein bitteres Lächeln in seinen Mundwinkeln erkennen zu können. »Aber ich habe keine andere Wahl, als einen Mann von Rang zu nehmen. Und so dankbar ich dir bin, dass du dich mir anvertraut hast, kann und darf ich dir heute Abend die Gründe nicht nennen. Bitte, Alexander. Es geht einfach nicht.«

»Das ist in Ordnung«, lenkte er plötzlich mit leiser und rauer Stimme ein. Etwas Fürsorgliches hatte sich in seinen Blick gestohlen, und Isabellas Herz machte bei dem Anblick einen Satz.

Sie war ihm wichtig, und er vertraute ihr, dämmerte Isabella. So wichtig, dass er bereitwillig aus seiner Vergangenheit erzählte, ohne im Gegenzug die gleiche Ehrlichkeit von ihr zu erwarten.

Sie sah in seine graublauen Augen, versank darin, und es war, als würde sein Blick sie verschlingen und mit hinabreißen in die Tiefen einer Welt, in der es nichts mehr gab außer Alexander und ihr und der alles bestimmenden Nähe zwischen ihnen.

Ihr Blick streifte unstet zu seinem offenen Hemd, sie sah seine nackte Haut darunter hervorblitzen, und genau in diesem Moment wollte sie nichts mehr, als ihn erneut zu berühren.

Sie schluckte schwer, die Luft zwischen ihnen brannte, und wenn sie jetzt nicht sofort den Raum verließ, würde sie die Kraft und Selbstbeherrschung dafür nicht mehr aufbringen können.

»Ich sollte wirklich nach Betty und Tom schauen.« Ruckartig stand sie auf und machte einen halbherzigen Schritt von ihm weg.

»Hm …«, antwortete er nur, erhob sich ebenfalls und versperrte ihr mit einem Arm, den er gegen die Wand stützte, den Weg. Er stand nah, viel zu nah, und seine Lippen waren bloß noch eine Handbreit von ihren entfernt. Sie konnte seine Atemzüge auf ihrem Gesicht spüren und musste kurz die Augen schließen. Mit aller Macht versuchte sie, das Lodern in ihrem Körper wieder unter Kontrolle zu bekommen. Sie wollte den Arm ausstrecken und seine Brust berühren, sie wollte ihre Finger über seine Haut fahren lassen und seinen Herzschlag unter ihrer Handfläche spüren.

Doch sie konnte es nicht. Sie durfte es nicht.

Du hast heute ein Versprechen gegeben, das du nicht brechen darfst.

Ein Geräusch ließ sie die Augen wieder öffnen, es war ein leises, beinahe schmerzvolles Stöhnen, das tief aus Alexanders Kehle kam, so als versuche auch er, an sich zu halten.

Und plötzlich spürte sie seine Hand in ihrem Nacken, als er sie an sich zog, und er war dabei nicht mehr sanft und vorsichtig. Eine Sekunde lang blieb sie reglos stehen, sie tat einfach gar nichts, aber dann, als er seinen Arm um sie schlang und sie noch näher zog, als wollte er jeden Zentimeter ihres Körpers auf seinem spüren, ließ sie es zu und entspannte sich in seiner Umarmung. Er drückte seine Lippen auf ihre, kraftvoll und hungrig, und sie meinte sogar Schmerz in seinem Kuss zu spüren, und Bedauern. Es war genau das Gefühl, das auch in ihr wütete und mit jedem Augenblick, den seine Lippen auf ihren lagen, immer stärker wurde.

Dieser Kuss war anders als der erste. Drängender, verzweifelter. Isabella legte ihre Hand auf seiner Brust ab, und sie spürte sein rasendes Herz, das ebenso schnell zu schlagen schien wie ihres. Seine Zunge strich über ihre, und mit jedem Mal verlor Isabella ein Stückchen mehr ihrer Selbstbeherrschung. Er übernahm die Führung, und auch wenn sie wusste, es war falsch, verboten sogar, was sie da gerade tat, sagte etwas tief in ihr drinnen, dass sie trotzdem weitermachen würde.

Sie wollte diesen Mann, sie wollte ihn so sehr, dass es ihr geradezu körperlich wehtat, und jede Faser ihres Körpers schrie sie an, ihrem Verlangen nachzugeben.

Seine Hände strichen ihren Rücken auf und ab, wanderten nach vorne zu ihren Brüsten, die eingeschnürt waren in eine Korsage. Seine Finger fanden einen Weg unter ihr dünnes Brusttuch, die Fingerkuppen strichen über den Ansatz ihres Busens und hinterließen eine Gänsehaut. Beinahe grob fasste er zu, und gleichzeitig raffte seine andere Hand ihren Rock und glitt darunter. Sie blieb auf ihrem nackten Hintern liegen, und Isabella konnte nicht anders, sie stöhnte und gab sich der Lust hin, die immer stärker in ihrem Körper brannte.

Sie spürte seine Erektion an ihrer Hüfte, und langsam, ganz langsam ließ sie ihre Hand über seinen angespannten Bauch nach unten wandern. Er hielt den Atem an, als ihre Finger sich leicht in seinen Hosenbund krallten, aber dann rutschten sie immer tiefer, und Alexander sog scharf die Luft ein, als sie sein erigiertes Glied erreicht hatte. Sachte rieb sie auf und ab, aber dann schloss sie ihre Hand über dem Stoff der Hose darum.

»Isabella«, stöhnte er und machte die Augen zu. Als Isabella spürte, wie seine Männlichkeit unter ihrer Berührung zuckte, schoss eine seltsame Euphorie durch ihren Körper, eine geradezu verbotene Befriedigung darüber, wie sehr dieser Mann sie begehrte.

Sein Bein drängte sich zwischen ihre, und das erwartungsvolle Ziehen in ihrem Unterleib, das Pulsieren und die Wärme in ihrer Mitte wurden fast unerträglich.

Er streichelte über ihren Bauch und liebkoste ihre Brüste, die die Korsage hervorhob. Es war, als wollte er jedes Stückchen von ihr fühlen und entdecken, und seine Hände überall auf ihrem Körper zu spüren, ließ sie ihre letzte Zurückhaltung vergessen. Ihre Hand glitt erneut zu seinem Hosenbund, damit sie nach ihm greifen konnte, doch mit nur einer Bewegung hatte er ihren Arm gefangen und hielt sie davon ab. Gleichzeitig suchten seine Lippen ihre, und er gab ihr einen langen, leidenschaftlichen Kuss, der Isabella die Luft zum Atmen nahm.

»Alexander, wir sollten wirklich …«, keuchte sie, als er seine Stirn gegen ihre lehnte. Er lockerte seinen Griff, seine Finger fanden ihren Weg in Isabellas Nacken, und seine warme Handfläche lag auf ihrer Wange.

»Schhh«, machte er und strich mit dem Daumen über ihre Lippen, die sich unter dem Druck seines Fingers ein wenig öffneten. Sein Blick blieb darauf liegen, und ein so dunkler, beinahe gieriger Ausdruck lag plötzlich in seinen Augen, dass sofort Hitze in Isabellas Unterkörper schoss.

Und als würde Alexander spüren, was in ihr vorging, sagte er: »Darüber sind wir schon längst hinaus, Isabella. Ich weiß es, und du weißt es ebenso.«

Er hatte recht. Ihr Körper brannte lichterloh, und sie stöhnte in seinen Mund, als er sie erneut küsste. Seine Hand streichelte sanft über ihre Pobacken, und als er sie nach vorne wandern ließ und sie sich um die feuchte Wärme zwischen ihren Beinen wölbte, konnte Isabella nicht anders und vergrub ihren Kopf an seiner Brust. Er hielt ihn behutsam fest und stützte sie, während die Finger seiner Rechten langsam und sanft begannen, zwischen ihren Beinen zu kreisen, mit kleinen, bestimmten Bewegungen, und Isabella stöhnte, lauter und hilfloser dieses Mal.

Ein Finger glitt in sie hinein, bloß ein klein wenig, und ihr entfuhr ein überraschter Laut, aber sie ergab sich und überließ ihm das Kommando. Und je mehr sie losließ, je mehr sie sich ihm hingab, desto stärker wurde die Lust in ihr. Sie ballte sich in ihrem Unterleib und schaukelte sich immer höher, und sie spürte, wie sie unaufhaltsam dem Höhepunkt zusteuerte.

»Hast du an mich gedacht, Isabella?«, hauchte er in ihr Ohr, sein warmer Atem an ihrem Hals. Seine Bewegungen wurden stärker. »Hast du das? Sag es mir«, verlangte er mit verführerisch sanfter Stimme zu wissen.

»Ja«, stöhnte sie. »Ja, das habe ich.«

»Ich auch an dich, mein Liebling. Meine wunderschöne, starke Isabella. Jede einzelne Nacht, seit ich dich zum ersten Mal gesehen habe.«

Wieder glitt er mit einem Finger in sie hinein, zog ihn erneut zurück und kreiste weiter, und Isabella spürte, wie feucht sie geworden war und wie allmählich jeder Muskel ihres Körpers zu zittern begann. »Wir gehören zusammen, verstehst du?«, hauchte er. »Du und ich, wir sind füreinander gemacht.«

Das war der Moment, in dem sie kam. Eine Welle schlug über ihr zusammen, sie zuckte und sackte schwer gegen seinen Körper, als ihre Beine unter ihr nachgaben und helle Flecken vor ihren geschlossenen Lidern tanzten. Und er hielt sie fest, ganz fest, und sie schmolz in seine Umarmung hinein.

Plötzlich merkte sie, wie ihr Tränen in die Augen traten und das Gefühl der Euphorie, das gerade durch ihren Körper geschossen war, etwas anderem wich. Einer niederschmetternden Erkenntnis.

Ohne dass sie es verhindern konnte, löste sich eine Träne aus ihrem Augenwinkel und rann ihre Wange hinab. Noch immer versteckte sie ihr Gesicht an seiner Brust, doch auch Alexander merkte, dass ihre Schultern verdächtig zuckten.

»Es tut mir leid. Es tut mir so leid, ich wollte nicht …«, sagte er, nahm ihren Kopf in beide Hände und versuchte, in ihr Gesicht zu blicken.

Sie machte sich von ihm los, schaffte es aber nicht, einen Satz zu formulieren. Stattdessen entfuhr ihr ein Schluchzer, und sie schlug die Hand vor den Mund.

»Ich muss gehen«, presste sie hervor, suchte mit fahrigen Bewegungen nach ihrem Mantelet und ihrem Hut, die noch auf einem der Sessel lagen.

»Natürlich, es tut mir leid. Ich wollte dich nicht …«, sagte Alexander erneut, und er klang ziemlich hilflos dabei. Er schien mit Isabellas Gefühlsausbruch überfordert zu sein, genau wie sie selbst auch, und sie wusste sich nicht anders zu helfen, als vor ihm und der geradezu schmerzhaften Verbundenheit, die eben zwischen ihnen geherrscht hatte, zu fliehen.

Hastig zog sie ihr Mantelet über und spürte seine Hand noch auf ihrem Oberarm. Es war, als wollte er sie zurückhalten und noch etwas sagen, seine Lippen zuckten sogar schon. Aber er atmete nur hörbar aus und nahm seine Hand zurück.

»Leb wohl«, sagte Isabella und erkannte noch, wie Alexander überrascht die Brauen zusammenzog, ehe sie in den Flur hinaustrat. Als sie leise die Tür hinter sich schloss, war sie sich sicher, dass es ein Abschied für immer war, und begann zu laufen. Sie musste dieses Haus so schnell wie möglich verlassen.

Das ist das letzte Mal. Er wird dich nie wieder berühren, und du wirst ihn auch nie wiedersehen, schoss es ihr durch den Kopf, und einen Moment lang war der Schmerz in ihrer Brust so stark, dass sie nur mit Mühe einen weiteren Schluchzer unterdrückte.

Tränen quollen aus ihren Augen hervor und flossen in einem unablässigen Strom über ihre Wangen nach unten. Sie versuchte sie wegzuwischen, als sie die Treppe hinunterhastete und in Bettys entsetztes Gesicht blickte. Mittlerweile war auch Phillip im Gasthof angekommen, offenbar hatte ihre Tante ihn geschickt, um nach Isabella zu sehen.

»Isabella«, sagte Betty betroffen, doch sie schüttelte bloß den Kopf und lief weiter auf den Ausgang zu.

Sie musste Alexander und alles, was sie mit ihm verband, aus ihrem Gedächtnis streichen.

Denn sie war verlobt, und wenn alles so lief wie geplant, würde sie nächste Woche bereits mit Lord Charles Shakleton verheiratet sein.

Und in diesem Augenblick hasste sie diesen Gedanken mehr als sonst irgendetwas auf dieser Welt.

***

Als er zurück in sein Zimmer kam, noch immer aufgewühlt von Isabellas plötzlichem Gefühlsausbruch gerade eben, blickte Tom ihm mit etwas glasigem Blick, aber definitiv wach von seinem Bett aus entgegen. Er saß halb aufrecht mit einigen Kissen in seinen Rücken gestopft, sein geschienter Arm links von ihm auf ein paar Decken gebettet, und Alexander wurde das Gefühl nicht los, dass ein gewisser Vorwurf in seiner Miene mitschwang.

»Es tut mir leid«, sagte Alexander, sobald er die Tür hinter sich geschlossen hatte, und fragte sich, wie oft ihm diese Worte heute Abend eigentlich schon über die Lippen gekommen waren. »Ich hätte unsere Tour nach Bristol viel besser vorbereiten müssen. Das alles ist mein Fehler.«

Tom widersprach ihm nicht.

»Wie fühlst du dich?«, fragte er deswegen hinterher, um ihm endlich eine Reaktion zu entlocken.

»Dank der Engelshände deiner Geliebten nicht mehr ganz so, als wäre ein Vierspänner über mich hinweggefahren.«

Alexander beschloss, auf Toms recht spezielle Wortwahl nicht weiter einzugehen. »Was macht der Kopf?«

»Dröhnt.« Trotzdem grinste er, was Alexander ungemein erleichterte.

»Dann halte dich am besten mit dem Arrack ein wenig zurück, ich besorge dir morgen bei einem der Ärzte hier Laudanum.«

»Damit ich vollkommen benebelt vor mich hin vegetiere? Vergiss es. Wir haben jetzt eine heiße Spur, die werden wir ohne Verzögerung verfolgen.« Ein begeistertes Leuchten erglomm in Toms Augen. Offenbar konnte er der Schmugglersuche deutlich mehr abgewinnen als Alexander selbst – trotz der Prügel, die sie gerade bezogen hatten.

Alexander sah seinen Freund zweifelnd an und ließ dann seinen Blick wandern, der an Toms verbundenem Arm hängen blieb. Er kam näher und tippte leicht mit dem Finger auf die äußerste Schicht. »Ist noch feucht«, bemerkte er.

»Ach«, erwiderte Tom mit einer ordentlichen Portion Sarkasmus in der Stimme.

»Ich meinte ja nur. Du musst den Arm ruhig halten, bis der Verband gänzlich durchgetrocknet ist. Du hast ja gehört, was Isabella gesagt hat.«

Beide schwiegen einen Moment.

»Bist du dir sicher, dass wir nicht morgen doch einen Chirurgen aufsuchen sollten?«, fragte Tom schließlich vorsichtig. Anscheinend war er unschlüssig, ob er Alexander mit seinen Zweifeln vor den Kopf stieß.

»Das sah ziemlich erfahren aus, was sie da gemacht hat. Vermutlich hat sie dich besser versorgt als die meisten der Kurpfuscher, die hier in Bath zugange sind.«

»Hast recht«, brummte Tom, wackelte probehalber mit den Fingern, die aus dem Verband hervorlugten, sank dann aber mit schmerzhaft verzogenem Gesicht zurück in die Kissen.

Inzwischen hatte Alexander das Bett umrundet und war vor dem kleinen Nachttisch daneben stehen geblieben. Mit dem Zeigefinger tippte er auf den Rand des Glases, das Isabella zweimal mit dem Batavia Arrack aufgefüllt hatte und das nun bloß noch einen traurigen Rest beinhaltete.

»Ich denke im Übrigen, wir sollten zunächst einmal Miss Lovelock auf den Zahn fühlen, ehe wir wilde Theorien über Mrs. Seagrave aufstellen.«

»Das können wir gern tun, aber trotzdem wird Mrs. Seagrave unser nächster Anknüpfungspunkt sein.«

Ja, Batavia Arrack war selten, und es war ein wirklich erstaunlicher Zufall, dass sie ausgerechnet im White Lion auf eine Flasche dieses edlen Getränks gestoßen waren. Aber das war noch lange nicht genug, um die Gastwirtin des Tuchschmuggels zu bezichtigen. Dafür hatten sie keinerlei Beweise und absolut nichts, was Mrs. Seagrave in irgendeiner Art belastete.

»Glaub mir, wir haben es nicht mehr weit, um an den Schmugglerring zu gelangen.« Das klang ziemlich überzeugt, fand Alexander, was ihn ein wenig stutzig machte. Was wusste Tom, das ihm entgangen war?

»Meinst du nicht, dass die Schläge auf deinen Kopf dich nicht doch ein wenig … in deinem Urteilsvermögen beeinträchtigen?«

Tom schüttelte den Kopf und blieb dabei vollkommen ernst. Was seltsam war, denn für gewöhnlich stieg er auf jeden Scherz ein, den Alexander ihm anbot. Er musste verdammt starke Schmerzen haben. Oder …

»Ich musste erst ein wenig darüber nachdenken.«

»Aha«, wunderte sich Alexander. Seine Stimme hatte gerade ein bisschen geflattert, wie er mit einigem Unbehagen feststellte. Langsam wurde ihm klar, dass er das, was Tom im Begriff war zu sagen, ganz und gar nicht mögen würde.

»Rebecca Seagrave und Isabella Woodford. Sie machen gemeinsame Sache mit den Schmugglern.«

»Wie kommst du darauf, dass ausgerechnet die beiden etwas mit den Schmugglern am Hut hätten? Das klingt ziemlich an den Haaren herbeigezogen, findest du nicht?«

Geradezu absurd klang das, aber trotzdem spürte Alexander ein unangenehmes Stechen im Nacken. Er hatte das Kleid gesehen, das sie auf Weymouths Dinner getragen hatte. Es stammte aus keiner englischen Weberei, das war ihm sofort aufgefallen. Es war offensichtlich, dass der Stoff für ihr Kleid Schmugglerware war. Doch er hatte es einfach nicht sehen wollen.

»Ich werde das Gefühl nicht los, du unterschätzt Miss Woodford. Noch immer«, sagte Tom.

»Was soll das heißen, noch immer?«

»Du hast eine Meinung von ihr, und um keinen Preis der Welt rückst du davon ab.«

Das stimmte nun überhaupt nicht. Gerade innerhalb der letzten Tage hatte er seine Meinung über sich und Isabella grundlegend geändert.

»Woher willst du denn überhaupt wissen, was ich über sie denke?«, fragte Alexander deshalb.

»Es steht dir ins Gesicht geschrieben, du Trottel! Du magst sie, mehr als dir lieb ist. Du versuchst, sie zu beschützen, und verschließt deshalb die Augen. Und außerdem läuft doch da was zwischen euch.«

»Du bist wohl neidisch?«, erwiderte Alexander scharf.

»Nein, ausnahmsweise einmal nicht. Aber wie du magst. Wir statten Miss Lovelock demnächst einen Besuch ab. Wenn wir dort nicht nennenswert weiterkommen, werden wir bei Isabella und Mrs. Seagrave etwas genauer hinsehen. Ich habe mir heute Abend die Seele aus dem Leib prügeln lassen, Kumpel, und der Teufel soll mich holen, wenn unsere fünf Freunde in Bristol nichts mit den Schmugglern zu tun hatten. Wir werden diese verdammte Bande auffliegen lassen, denn das hier«, er deutete anklagend zu seinem einbandagierten Arm, »war doch wohl hoffentlich nicht umsonst?«

Warum, verdammt noch mal, musste Tom eigentlich immer recht haben?

23.

Ich brauche einen diskreten Treffpunkt, hatte Isabella verlangt. Aber er musste trotzdem noch öffentlich genug sein, damit keine Gerüchte aufkamen. Ohne zu zögern, hatte Rebecca ihr die Grosvenor Gardens genannt.

Die Parkanlage war erst vor wenigen Jahren eröffnet worden und verfügte über einen Irrgarten, einen Teesalon, ein Palmenhaus und mehrere Fischteiche – kurzum alles, was das Erholung suchende Herz eines Besuchers von Bath wünschte. Vor allem aber lagen die Grosvenor Gardens so weit außerhalb der Stadt, dass man bei einem Besuch nicht sofort allen möglichen Bekannten oder Freunden in die Arme lief. Passierte es dennoch, zog man es meist vor, einfach wegzusehen. Vor allem, wenn man sich in der Nähe des Irrgartens aufhielt, schließlich war der bekannt für seine schattigen und verwinkelten Plätzchen, die einen etwas, nun, privateren Treffpunkt für Verliebte ermöglichten.

Letzteres benötigte Isabella natürlich nicht.

Himmel, nein.

Sie musste Ashbrook treffen. In einer Umgebung, die zwar öffentlich war, wo man sich aber trotzdem ungestört unterhalten konnte. Er hatte ihr nämlich eine weitere Nachricht zukommen lassen, nach dem Nachmittag mit Shakleton und Lady Alice. Offenbar plagten ihn dringende Geldsorgen, denn er hatte erneut die hundert Pfund verlangt, die Isabella natürlich noch immer nicht besaß, und deshalb hatte sie um ein Gespräch unter vier Augen gebeten.

Sie hatte Rebecca nicht genau erzählt, worum es ging, und auch nicht, mit wem sie sich traf. Doch vermutlich hatte sie schon bei dem Wort *diskret* und aufgrund von Isabellas besorgter Miene geahnt, dass dieses Gespräch kein Vergnügen werden würde. Selbstredend hatte sie darauf bestanden mitzukommen. Isabella hatte es ihr und Betty, die als ihre Begleiterin ebenfalls dabei sein musste, nur unter der Prämisse gestattet, dass die beiden sich jegliche kritischen Nachfragen verkniffen.

Ashbrook erwartete sie bereits, und schweigend zogen sie sich zu einer der vielen Trauerweiden in der Nähe des Flussufers zurück. Dort waren sie abgeschirmt vom Hauptweg und von den neugierigen Blicken der Parkbesucher. Zwar konnten die besonders Unternehmungslustigen, die eine Bootstour auf dem Avon machten, sie vor dem Baum noch sehen, doch Isabella vertraute zumindest dieses eine Mal auf die ungeschriebenen Konventionen der Grosvenor Gardens, von denen Rebecca berichtet hatte.

»Ich habe das Geld noch nicht, Christopher«, erklärte sie, die Arme vor der Brust verschränkt, und sie zwang sich dazu, seinem Blick standzuhalten.

Wenn du wegsiehst, zeigst du Schwäche.

»Das ist aber schade«, sagte er leise und schaute sie mit einem warmen Ausdruck in den Augen an. Die Mischung aus Grau und Grün darin passte so gut zu seinen blonden, leicht gewellten Haaren, und einen Moment lang war sie versucht, sich darauf einzulassen und ihre Wut auf ihn zu vergessen. Allerdings nur einen Moment, denn dann erinnerte sie sich. Mit genau dem gleichen Blick hatte er sie damals auch verführt. War alles, was in dieser Nacht zwischen ihnen passiert war, lediglich aufgesetzt gewesen?

»Lass mich bloß in Ruhe mit deiner vorgespielten Freundlichkeit«, fuhr sie ihn an. »Ich nehme sie dir sowieso nicht mehr ab. Wir können ganz offen reden: Ich habe das Geld erst, wenn ich heirate. Vorher kannst du mir so viele Drohbriefe schreiben, wie du möchtest, es wird nicht schneller gehen.«

»Ich wusste gar nicht, dass deine Familie so am Hungertuch nagt«, wunderte er sich.

»Lass meine Familie aus dem Spiel. Das hier ist einzig meine Angelegenheit.« Allein bei dem Gedanken daran, dass Christopher nun auch noch ihren Vater aufsuchte und Geld von ihm verlangte, bekam sie Panik. Keinesfalls durfte das passieren. »Und es bringt auch nichts, hinter mir herzuschnüffeln und noch weitere Leute zu involvieren, zum Beispiel den hochgeschätzten Master of Ceremonies Thomas Hickey, denn dadurch komme ich auch nicht schneller an Geld. Ganz im Gegenteil.«

»Das mit Hickey war doch nur eine kleine Notlüge«, antwortete Christopher in vertraulichem Tonfall, beinahe so, als spräche er mit einer Gleichgesinnten. Einer, die ebenfalls ein Leben aus Lug und Trug lebte und ihn verstand.

Isabella spürte ein unangenehmes Kribbeln im Nacken, denn kurz beschlich sie der beklemmende Gedanke, dass es tatsächlich so war. Ihr gesamtes Leben zusammengenommen, hatte sie vermutlich weniger gelogen als seit dieser einen unglückseligen Nacht mit Christopher.

»In einer Stadt wie Bath ist es gar nicht nötig, den Master

of Ceremonies zu kennen. Dein Name und deine Adresse stehen schließlich im Besucherbuch, das für die ganze Welt lesbar im Pump Room ausliegt«, führte Christopher weiter aus.

»Verstehe.« Zumindest hatte er noch niemand anderen davon in Kenntnis gesetzt, dass sie einander kannten, stellte sie erleichtert fest.

»Du hättest dir wirklich einen besseren Ort aussuchen können, um dich vor mir zu verstecken, Süße.«

»Ich bin nicht deine Süße«, stieß Isabella wütend hervor. »Und ich verstecke mich auch nicht vor dir.«

»Aber, aber. Warum so abweisend?«

»Lass mich einen Moment überlegen – weil du mich verführt hast und jetzt damit erpresst, womöglich?«

»Eine reichlich einseitige Sichtweise auf den Lauf der Dinge, meinst du nicht?«

»Es ist die Wahrheit, mehr nicht.«

Christopher lachte mit seiner tiefen, melodiösen Stimme und entblößte dabei seine ebenmäßigen Zähne. Er sah blendend aus, wenn er lachte. Isabella versuchte, sich innerlich dagegen zu wappnen.

Ja, er ist schön. Aber fall bloß nicht noch einmal darauf rein. Seine Schönheit ist seine Waffe.

»Du suchst dir die Wahrheiten aus, geradeso wie es dir am besten in den Kram passt, Isabella. In einem Moment spielst du die durchsetzungsfähige Chirurgentochter, und im nächsten bist du die willenlose, arme Jungfrau, die vollkommen schuldlos verführt wurde. Du brauchst mich nicht für dumm zu verkaufen.«

»Hör auf, so einen Unsinn zu reden, Christopher.« Trotzdem beschlich Isabella ein ungutes Gefühl. Denn auf eine gewisse Art und Weise hatte er sogar recht. Wieso ließ sie sich von ihm so einschüchtern? Wieso bot sie ihm nicht einfach die Stirn und schickte ihn fort mit seinen absurden Ansprüchen? Kein Mann der Welt würde sich den dreisten Forderungen von Ashbrook einfach so fügen, oder nicht?

»Du wusstest doch genau, worauf du dich einlässt, in dieser Nacht auf dem Schloss der Duchess«, erwiderte er gehässig. »Und jetzt tust du so, als könntest du kein Wässerchen trüben, und machst diesem Shakleton auch noch weis, du wärst eine keusche Jungfrau.«

»Weil ich das Geld brauche, um dich zum Schweigen zu bringen«, erwiderte sie hitzig und schaute sich verstohlen um. Das war viel zu laut gewesen, und Rebecca und Betty, die gut zwanzig Schritt entfernt standen, warfen ihnen bereits besorgte Blicke zu. Sie konnte nicht fassen, dass er die Tatsachen nun verdrehte und ihr die Notlage, in die er sie gebracht hatte, auch noch zum Vorwurf machte.

»Ja? Ist es das, was du dir einredest? Du tust das alles bloß wegen des Geldes? Oder ist es nicht vielleicht doch auch ganz bequem, einen etwas trotteligen Ehemann zu haben, den du völlig kontrollieren kannst, weil du ihm so überlegen bist? Schließlich wird er dir dein Leben lang eine sichere Geldquelle sein, und du kannst es gestalten, wie du möchtest. Du und deine seltsamen Vorlieben und Interessen.«

Genau dieser Gedanke war Isabella natürlich auch schon gekommen. Aber erst, nachdem sie sich damit abgefunden hatte, mit einem Mann den Rest ihres Lebens verbringen zu müssen, den sie eigentlich gar nicht mochte. Allerdings spielte das gerade keine Rolle, denn was viel wichtiger war: Ashbrook hatte in Devonshire herumgeschnüffelt und sich umgehört. Sonst könnte er all das doch gar nicht wissen.

»Warst du bei meiner Familie?«, fragte sie schnell.

»Noch nicht.«

»Wenn du sie da mit hineinziehst, bekommst du das Geld nie.« Das war eine ziemlich kühne Behauptung, aber allmählich begriff sie, dass sie ihn in seine Grenzen verweisen musste. Und offenbar ging das nur, wenn sie ihm ebenfalls drohte. »Und von Shakleton hältst du dich auch fern.«

»Oh, sie verteidigt ihren geliebten Zukünftigen wie eine Löwin. Eigentlich kannst du mir leidtun, Isabella. Der Baron ist wirklich eine Witzfigur.«

Auch wenn Isabella geneigt war, ihm zuzustimmen, fand sie es anmaßend, wie Christopher über einen Mann urteilte, den er kaum kannte. Ashbrook war arrogant und selbstgerecht, und das ärgerte sie.

»Shakleton mag seine Macken haben, aber zumindest ist er nicht so unehrlich und falsch wie du. Und wenn du mich nicht erpressen würdest, hätte ich mich auch ganz sicher nicht so schnell verlobt.«

Das stimmte nun nicht ganz. Denn Isabella war sehr wohl nach Bath geflohen, um einen Ehemann zu finden und den Skandal zu vertuschen. Niemals hätte sie sich jedoch auf den Erstbesten eingelassen, wenn Christopher sie nicht so unter Druck gesetzt hätte.

Weil du ihm erlaubst, dich unter Druck zu setzen, schoss es ihr durch den Kopf.

Sie hielt inne. War das so? Hatte sie denn überhaupt eine andere Möglichkeit, mit den Geschehnissen umzugehen?

Sie könnte auch ganz offen damit sein. Sie könnte Christopher gestatten, mit seinem Wissen hausieren zu gehen, und einfach dazu stehen, was sie in dieser Nacht gemacht hatte.

Das würde ihm den Wind aus den Segeln nehmen, weil er dann ja schlicht nichts mehr hätte, womit er sie erpressen könnte.

Und es würde nicht nur dein Leben, sondern vermutlich auch das Leben deiner Schwester zerstören. Du bist eben nicht alleine auf dieser Welt. Du trägst Verantwortung für deine Familie, und vor allem für Elizabeth.

Etwas zog sich in ihrer Brust zusammen. Ihre Eltern wussten, wo Isabella sich aufhielt. Elizabeth war sogar schon eingeweiht gewesen, bevor ihre Eltern von Isabellas Flucht erfahren hatten. Aber trotz ihres entschuldigenden, reumütigen Briefs an ihre Mutter hatte ihr niemand geschrieben. Ihr Vater nicht, der sie doch bisher in allem unterstützt hatte, was sie tat. Der auch sonst nicht auf Etikette und gesellschaftlichen Konventionen beharrte, andernfalls hätte er Isabella doch nie an seiner Arbeit teilhaben lassen.

Nicht einmal Elizabeth hatte sich die letzten Wochen über gemeldet.

Gib ihnen Zeit, hatte sich Isabella eingeredet. Das wollte sie wirklich. Aber warum fühlte es sich so grässlich an, ausgeschlossen und einsam zu sein?

»Lege es dir nur so zurecht, damit du dich besser fühlst, liebste Isabella.«

»Oder du, wie du dich damit besser fühlst, nicht wahr?«, schoss sie giftig zurück. »Ich frage mich ernsthaft, wie du morgens überhaupt noch ruhigen Gewissens in den Spiegel schauen kannst.«

»Du würdest dich wundern, wie gut das geht. Es ist ja nicht so, dass ich jemandem die Lebensgrundlage entziehe, der es nicht verkraften könnte. Immerhin bist du die Nichte der Viscountess. Und ob diese – oder wollen wir besser sagen, ihr werter Gatte – sein Vermögen auf eine besonders saubere Art und Weise erworben hat, ist mehr als zweifelhaft.«

Isabella hatte nie darüber nachgedacht, wie der Viscount zu so viel Wohlstand gekommen war. Vermutlich, erkannte sie mit wachsendem Unbehagen, hatte sie sich entschieden, nicht darüber nachzudenken. Sie wusste, dass er einige Besitzungen in Übersee hatte, unter anderem auch Plantagen. Dass diese lediglich mithilfe von Sklavenarbeit bestellt wurden, war hinreichend bekannt.

Die letzten Jahre über hatte sich eine immer breiter werdende Front gegen den Sklavenhandel formiert. William Pitt, der Prime Minister, hatte vor zwei Jahren eine Brandrede im Unterhaus gegen den Sklavenhandel gehalten, alle Zeitungen hatten darüber berichtet, und es wurde damals mit überwältigender Mehrheit dessen schrittweise Abschaffung beschlossen. Der Widerstand gegen diesen abscheulichen und menschenverachtenden Einkommenszweig des Empires wuchs, doch er wuchs langsam.

Isabella wusste nicht mehr, was sie antworten konnte. Denn vermutlich hatte Christopher recht. Aller Wahrscheinlichkeit nach beruhte der Wohlstand ihrer Tante und ihres Onkels auf dem Blut und dem Schweiß von Sklaven. Aber rechtfertigte das seine erpresserischen Machenschaften ihr gegenüber?

»Sag mal«, versuchte sie, das Thema zu wechseln, »was ist dir hier eigentlich passiert?« Sie deutete an ihre eigene Schläfe, genau dorthin, wo sich bei ihm eine lang gezogene Narbe befand.

Sein Gesichtsausdruck wurde hart. Das überraschte Isabella, denn sie hatte nicht damit gerechnet, dass seine Fassade aus falscher Freundlichkeit mit nur einem Satz anfangen würde zu bröckeln. Es musste ihm unangenehm sein, darüber zu sprechen. Sehr sogar, und das wiederum fand Isabella überaus interessant.

»Geht dich nichts an«, sagte er barsch und blinzelte.

Isabella ließ ihren linken Arm locker hängen, sie wedelte ein wenig mit dem seidenen Taschentuch in ihrer Hand und ließ es schließlich fallen.

Christopher reagierte nicht einmal darauf.

Ihr Verdacht stimmte also. Sein Auge war verletzt, und er sah deutlich weniger mit seinem rechten, denn er hatte überhaupt nicht mitbekommen, was sie mit dem Taschentuch gerade gemacht hatte.

War seine Verletzung womöglich der Grund, warum er das Militär verlassen hatte – oder vielleicht sogar verlassen musste?

»Wie dem auch sei, Christopher. Du musst dich noch ein paar Wochen gedulden. Jetzt unsere Liebesnacht auszuposaunen, bringt dich nicht weiter. Also sei so gut und spare dir weitere Drohungen. Mein Vater hat den Brief mit Shakletons Antrag, für den er sein Einverständnis geben muss, bereits erhalten. In ein paar Wochen können wir wieder reden. Bis dahin wäre ich dir sehr verbunden, wenn du mich in Ruhe ließest.«

Und in ein paar Wochen werde ich eine Möglichkeit gefunden haben, dich zum Schweigen zu bringen, auch ohne Geld.

»Wie du meinst, meine Teuerste.«

Er verneigte sich knapp, hauchte einen Kuss auf ihre Hand und ging mit beschwingten Schritten davon, quer über die regennasse Wiese, als hätte er gerade einen angenehmen Plausch gehalten. Als Isabella ihn so fortgehen sah, beschlich sie ein ungutes Gefühl.

Denn zum ersten Mal kam ihr der Gedanke, dass er womöglich gar nicht aufhören würde, sie unter Druck zu setzen. Vielleicht hatte sie einfach falsch kalkuliert, und Ashbrook würde auch nicht davor haltmachen, eine Baroness zu erpressen, und die nächsten hundert Pfund verlangen, wenn sie verheiratet war. Wenn sie eines aus dem Gespräch gerade gelernt hatte, dann, dass Ashbrook vor nichts und niemandem Respekt hatte und dass es ihm am Ende vielleicht noch Freude bereitete, eine Adelige zu schröpfen.

Du wirst es Shakleton beichten müssen. Nach der Hochzeit.

Egal wie sie es drehte und wendete, sie musste anfangen, ehrlich zu sein. Sich selbst gegenüber und allen anderen auch. Sie musste dem Mann, der sein Leben mit ihr verbringen würde, reinen Wein einschenken. Sie konnte und sie wollte nicht mit einer Lüge in ihren neuen Lebensabschnitt starten. Shakleton meinte es gut mit ihr, und sie durfte ihn nicht ausnutzen und bereits hintergehen, noch bevor ihre Ehe geschlossen wurde. Das hatte er einfach nicht verdient.

Stets zeigte Isabella dem Baron nur ihre fröhliche, hübsche Fassade. Dabei hütete sie ein dunkles Geheimnis, und ihre Gewissensbisse wurden von Tag zu Tag größer.

Außerdem hatte sie gestern zugelassen, dass noch einmal etwas zwischen ihr und Alexander passiert war.

Sie spürte einen Stich in der Brust, als sie an Alexander dachte, ihre Wangen begannen zu glühen, und vermutlich waren inzwischen auch ihre Ohren rot angelaufen. Als sie über das akkurat geschnittene Gras zurück zu Rebecca und Betty lief, legte sie ihre Hände auf die Backen, um sie zu kühlen.

Ihre beiden Freundinnen standen mit dem Rücken zu ihr und beobachteten Ashbrook, der mit einer Gruppe von jüngeren Damen, die durch den Park spazierten, ins Gespräch gekommen war. Ganz offensichtlich war er äußerst charmant, denn ihre gekünstelt hohen Stimmen und ihr Gelächter drangen bis zu ihnen herüber. Es war die gleiche Stimmlage, die man benutzte, um sein Schoßhündchen für ein erlerntes Kunststück zu belohnen.

»Ich mag ihn nicht«, sprach Betty das aus, was sie vermutlich gerade alle drei dachten.

»Was er wohl mit diesen Damen zu schaffen hat?«, wunderte sich Rebecca.

»Sicher nichts Gutes.« Isabella verschränkte die Arme vor der Brust und tat ihr Bestes, Rebeccas forschenden

Blick zu ignorieren. Aber vermutlich ahnte sie sowieso schon etwas.

»Ich glaube, er ist auf einem Auge blind.«

»Wie meinst du?«, wollte Rebecca wissen.

»Er sieht nichts. Rechts, dort, wo auch die Narbe ist.« Isabella fuhr sich mit dem Zeigefinger über ihre Schläfe.

»Und ich dachte schon, du meintest etwas ganz anderes. Zum Beispiel, dass er gerade im Begriff ist, sich mit den falschen Gegnerinnen anzulegen«, sagte Rebecca, und es klang verdächtig beiläufig.

Isabellas Kopf ruckte zu Betty, die nur entschuldigend beide Hände hob. »Ich habe ihr nichts verraten!«

»Das braucht sie auch gar nicht, denn ich habe Augen im Kopf und genug Fantasie, um mir auszumalen, was zwischen euch passiert ist«, kam Rebecca ihr schnell zu Hilfe. »Du solltest dich von diesem Mann fernhalten.«

»Das wird hoffentlich für lange Zeit der letzte Austausch zwischen Ashbrook und mir gewesen sein.«

Rebecca warf ihr einen längeren Blick zu. »Du weißt, dass du nicht mehr alleine bist mit deinen Problemen. Betty und ich, wir helfen dir. Dafür sind Freundinnen schließlich da.«

Und das beklemmende Gefühl, das sich um Isabellas Herz gelegt hatte wie ein eisernes Korsett, wurde ein klein wenig leichter.

Ja, Rebecca hatte recht. Sie war nicht mehr alleine. Und das war eine ganz wunderbare Erkenntnis.

24.

Das Geschäft von Miss Lovelock musste der Traum einer jeden jungen Dame sein, davon war Alexander überzeugt. Es war gänzlich in … Rosa gehalten und anderen pastelligen Farben, von denen nicht einmal er alle Namen wusste. Die Stoffregale waren verschnörkelt und weiß lackiert, ebenso wie der Schrank hinter dem Tresen mit den unzähligen weißen Schubfächern, in denen sich Knöpfe, Schleifchen und Spitzenborten versteckten. In großen Vasen und Körbchen befanden sich Kollektionen von Sonnenschirmen, Federn und Fächern, und es roch sogar blumig und süßlich, als würden die Angestellten hier des Öfteren Parfum versprühen. Gleich mehrere Kundinnen drängten sich im Laden, und Miss Lovelock und ihre Verkäuferin hatten Mühe, sie alle zu bedienen.

»Findest du nicht auch, wir sollten ein wenig – femininer werden in unseren Filialen?« Alexander befühlte einen cremefarbenen Seidenschal und hielt ihn prüfend gegen das Licht. Das Material war ordentlich, und er tat sich schwer zu beurteilen, ob es englisch war oder womöglich verbotene Importware.

»Eine oder zwei Verkäuferinnen hier in unserer Filiale in Bath wären vielleicht keine schlechte Idee.« Tom hatte sich zu Alexander gesellt und sah ihm zu, wie er den Schal wieder exakt auf die anderen Tücher drapierte.

»Kommt nicht infrage«, antwortete Alexander, während er den Kopf schräg legte, damit er erkennen konnte, ob die

Schals wirklich genau aufeinander lagen. »Du würdest ihnen sofort den Kopf verdrehen.«

Arglos zuckte Tom mit einer Schulter – die andere war durch den Verband und die Schlinge um den Hals recht unbeweglich geworden.

»Ich hatte eher an einen frischeren Anstrich gedacht. Und an ein paar neue Möbel möglicherweise«, konkretisierte Alexander.

»Mr. Miller, wie ist Ihnen das denn passiert?«, meldete sich eine altersraue Stimme von hinten.

»Dr. North«, begrüßte Tom den älteren Herrn und reichte ihm die Hand. Der Mann trug eine Perücke, einen abgewetzten schwarzen Gehrock, und seine ergrauten Augenbrauen wackelten freundlich, als er sprach. Eingehängt an seinem Arm war ein junges Mädchen, sie mochte fünfzehn sein und trug die dunkelblonden Haare unter ihrer Strohhaube bereits zu Löckchen gedreht wie eine junge Dame. Sie lächelte kokett und machte einen höflichen Knicks, als sie spürte, dass beide Männer sie nun ansahen. »Darf ich vorstellen, meine Enkelin Miss Serena North.« Er tätschelte ihr die Hand, die auf seinem Unterarm lag, und der Stolz, seine Enkelin vorzeigen zu dürfen, war unverkennbar.

»Es ist mir ein Vergnügen«, antwortete Tom und hauchte einen Kuss auf Miss Serenas Hand. »Dr. North, das ist Alexander Wilkinson, der Besitzer unseres Ladens in der Milsom Street. Dr. North ist Mitglied der London Corporation of Surgeons und immer mal wieder zu Besuch bei seinem Sohn hier in Bath. Und seiner ganz reizenden Enkelin.«

Alexander begnügte sich mit einem Nicken. Er wusste,

dass sein zurückhaltendes Betragen ihm oft als Arroganz ausgelegt wurde. Aber er sah den Sinn einfach nicht, sich vor Freundlichkeit zu verausgaben, wie Tom es ständig machte. Eigentlich fand Alexander es sogar albern. Doch das war ein anderes Thema …

»Ein unglücklicher Reitunfall«, beantwortete Tom schließlich die Frage mit schmerzhaft verzogenen Mundwinkeln. Er war es schon gewohnt, die Gespräche mit entfernten Bekannten alleine zu bestreiten, und ließ sich deshalb auch nicht dadurch aus dem Konzept bringen, dass Alexander beharrlich schwieg. »Pferde und ich waren noch nie besonders gute Freunde.«

Sie hatten sich darauf verständigt, dass dies die unverfänglichste Geschichte war, die Toms gebrochenen Arm erklären würde.

»Darf ich auch erfahren, wer Ihren Bruch wieder gerichtet hat?« Dr. North hatte seinen Nasenklemmer aus der Westentasche hervorgeholt und betrachtete nun eingehend den Arm.

»Wieso fragen Sie?«, erkundigte sich Tom.

»Es scheint mir sehr gut gemacht. Der Verband ist verstärkt, eine sehr moderne Methode. Es muss ein Arzt gewesen sein, der etwas von seinem Fach versteht. Einer meiner Kollegen hier in Bath etwa?«

Entweder er fragte, weil er beleidigt war, dass Tom nicht einfach ihn aufgesucht hatte. Oder der Verband und die Schiene, die sich darunter verbarg, waren tatsächlich auffallend gut angelegt. Alexander konnte ein kleines, aber stolzes Lächeln nicht verhindern.

»Und wenn ich Ihnen sage, dass es eine Frau war, die diesen Bruch versorgt hat?«, mischte er sich jetzt auch ins Gespräch ein.

»Dann würde ich Sie als Fantasten abtun, Mr. Wilkinson. Welche Frau sollte das entsprechende Wissen besitzen …«

»Und doch war es so. Sie sollten sich mit der Dame einmal unterhalten, ich bin mir sicher, es würde ein äußerst fruchtbares Gespräch werden.« Kurz überlegte Alexander, ob er sich mit dieser Behauptung nicht doch ein wenig weit aus dem Fenster gelehnt hatte. Er wusste ja noch nicht einmal, ob Isabella überhaupt Interesse hätte, sich mit Dr. North zu unterhalten. Aber der Mann war Mitglied in der London Corporation of Surgeons. Eigentlich war es genau das, was sie wollte. Sie hatte es ihm doch anvertraut, damals in der Kutsche.

Dr. North schien zu überlegen. »Wie heißt denn die besagte Dame?«

»Ich glaube nicht, dass es ihr recht wäre, wenn ich ihren Namen verriete. Ein Treffen könnte ich allerdings arrangieren, falls Sie wirklich Interesse daran hätten, sie kennenzulernen.«

»Vielleicht bei Gelegenheit mal«, erwiderte der Arzt vage, nahm aber trotzdem sehr bereitwillig die Karte entgegen, die Alexander ihm gab, und verabschiedete sich in Richtung der stoffüberzogenen Knopfkollektion, zu der seine Enkelin schon das gesamte Gespräch über sehnsüchtig geblickt hatte.

Inzwischen hatte Miss Lovelock einige Kundinnen versorgt und kam mit wenig erfreuter Miene zu ihnen herüber. Sie war eine Dame Anfang dreißig, alleinstehend und etwas beleibter und führte resolut ihren Laden hier in der Brook Street. Sie hatte sich spezialisiert auf Accessoires für Damen, doch man konnte sich durchaus auch Kleider und Mäntel bei ihr schneidern lassen. Es gab wenige Berufe, in denen Frauen, wenn sie denn nicht adelig waren, akzeptiert wurden und auch erfolgreich sein konnten. Alle Berufe, die mit Stoffen, Bekleidung und modischem Zubehör zu tun hatten, waren solche. Zumindest, solange die Frauen nicht heirateten, denn dann ging ihr gesamter Besitz auf ihren Ehemann über, ebenso wie die Entscheidungsgewalt, ob sie arbeiten durften oder nicht. Alexander vermutete, dass genau das auch der Grund war, warum Miss Lovelock trotz ihres Alters noch nicht liiert war.

»Sosehr ich mich geehrt fühle, dass die Konkurrenz meinen Laden besucht – was wollen Sie hier, Gentlemen?«

Alexander zog überrascht die Augenbrauen hoch. Tom hatte zwar angedeutet, dass die Dame gern einmal forsch auftrat, aber diese Begrüßung grenzte beinahe an eine Unverschämtheit. Und irgendwie imponierte ihm das.

»Miss Lovelock, charmant wie eh und je.« Tom machte eine kurze Verbeugung. »Wir wollten uns eigentlich nur ein wenig umsehen«, versuchte er es und tat so, als betrachte er interessiert die Handschuhe in der Vitrine vor ihm.

»Tatsächlich«, antwortete Miss Lovelock trocken, und Alexander überlegte, wie wenig der so freundlich klingende Name zu ihrer Persönlichkeit passte.

Doch wenn sie kein Interesse an Freundlichkeiten hatte – was Alexander durchaus verstehen konnte –, dann würden auch sie sich nicht weiter damit aufhalten.

»Eigentlich hätten wir gern eine Flasche Arrack«, sagte Alexander geradeheraus, und Miss Lovelock sah ihn an, als hätte er nicht mehr alle Tassen im Schrank. »Eine Flasche Batavia Arrack, um genauer zu sein.«

Einen Moment sagte keiner etwas, und Tom warf ihm einen flüchtigen Blick zu. Das war sehr direkt gewesen, aber Alexander hatte das Gefühl, wenn sie überhaupt irgendetwas von Miss Lovelock erfahren konnten, dann einzig mit einer Überrumpelungsstrategie.

»Sie wissen schon, dass wir hier in einer Boutique sind?«

»Absolut.«

»Dann nur zu, bedienen Sie sich an den *vielen Flaschen Batavia Arrack*, die hier in meiner Boutique in den Regalen stehen. Und nehmen Sie doch gleich auch jeweils eine Flasche Madeira und Portwein mit. Die gehen heute aufs Haus«, blaffte sie.

Alexander vermutete, dass der Sarkasmus, dessen sich Miss Lovelock gerade bediente, ihre Art der Verteidigung war. War sie eben nicht auch etwas blass geworden, als er das Getränk erwähnt hatte?

Sie kehrte den Männern den Rücken, als Tom es erneut versuchte.

»Miss Lovelock«, sagte er.

Sie blieb tatsächlich stehen.

»Sie verstehen uns doch richtig, oder?« Es klang freundlich, wie immer bei Tom. Aber irgendetwas, ein feiner Unterton, der in seiner Stimme mitschwang, ließ Alexander aufhorchen. Und Miss Lovelock offenbar auch.

»Wenn Sie Arrack möchten, gehen Sie doch in ein Gasthaus. Das White Lion zum Beispiel. Dort finden Sie mehr Arrack, als für Sie beide gut ist.« Damit verschwand sie im Hinterzimmer des Geschäfts, und die recht junge Verkäuferin, die zurückblieb, offenbar überfordert mit der ruppigen Abfuhr ihrer Chefin, lächelte sie verlegen an.

Das war eindeutig gewesen. Sie sollten im White Lion weiterforschen. Tom hatte recht gehabt, und das war absolut nicht das, was Alexander gehofft hatte, musste er sich eingestehen.

25.

Alexander stand in der Dämmerung vor der zweiflügeligen, rot gestrichenen Eingangstür und starrte auf den Türklopfer. Das Licht der Lampen zu beiden Seiten der Tür spiegelte sich in der gegossenen Bronze, und von drinnen drangen gedämpfte Geräusche zu ihm heraus. Tiefe Männerstimmen und ihr Lachen, das Klappern von Geschirr, und irgendwo im Inneren des Hauses spielte jemand auf einem Klavier.

Es war erst einen Tag her, dass Isabella ihn und Tom versorgt hatte, und keine Sekunde war seither vergangen, keinen Atemzug hatte er getan, bei dem Alexander nicht an sie hätte denken müssen. Noch immer meinte er, sie auf seinen Lippen zu schmecken, ihre weiche Haut unter seinen Handflächen zu spüren und ihre Stimme zu hören, als sie den Kopf an seiner Schulter vergraben und vor Lust gestöhnt hatte.

Er hatte bereits einiges an Erfahrung mit verschiedenen Damen sammeln können. Aber er konnte sich nicht erinnern, jemals so ein Glücksgefühl empfunden zu haben, dass eine Frau sich ihm hingegeben und ihm ihr Vertrauen geschenkt hatte. Zumindest ein klein wenig, und allein bei der vagen Erinnerung daran rührte sich etwas in seiner Hose. Er biss die Zähne zusammen, um das aufgeregte Gefühl, das durch seinen Magen flatterte, wieder loszuwerden.

Allmählich konnte er wirklich aufhören sich einzureden, dass es nicht stimmte.

Denn es war tatsächlich so.

Er war verliebt.

Er war verliebt in Isabella Woodford, und die Erkenntnis traf ihn dort, vor der Eingangstür zum York Club, wie ein Schlag. Es war beängstigend und befreiend zugleich, es sich einzugestehen, auch wenn er gerade im Moment noch überhaupt nicht wusste, was er damit anfangen sollte.

Vor allem wusste er nicht, was er über Isabellas seltsame Reaktion am Ende des Abends denken sollte. Einen grässlichen Augenblick lang hatte er befürchtet, dass sie all das, was zwischen ihnen passiert war, gegen ihren Willen getan hatte. Dass er sich ihr aufgedrängt und sie zu etwas gezwungen hatte, das sie gar nicht wollte.

Aber er hatte doch gesehen, wie sie reagiert hatte auf ihn, er hatte ihr Verlangen gespürt, und er hatte sie sogar zum Höhepunkt gebracht und war dabei selbst leer ausgegangen.

Hatte er sie womöglich erschreckt, als er ihr gesagt hatte, dass sie zusammengehörten? Schließlich wussten sie beide, wie sehr sich Shakleton um Isabella bemühte und dass sie ernsthaft in Erwägung zog, diesen Mann zu heiraten. Was in Alexanders Augen vollkommener Wahnsinn war.

In jedem Falle hatte er in dieser Nacht stundenlang wach gelegen. Nicht nur, weil das Kanapee, mit dem er vorlieb hatte nehmen müssen, eigentlich viel zu kurz für ihn war, schließlich hatte er Tom sein Bett überlassen. Er hatte versucht, den Tumult in seinem Inneren zu ordnen und einen klaren Gedanken zu fassen – vergeblich.

Den darauffolgenden Tag hatte er nach dem Besuch bei Miss Lovelock in Toms Geschäftszimmer verbracht. Zwar steckte Toms Arm in einem dicken Verband und dieser wiederum in einer Schlinge um seinen Hals, aber all das hielt ihn nicht davon ab, seine täglichen Aufgaben im Laden erfüllen zu wollen.

Besser gesagt, Alexander erfüllte sie für ihn, denn er hatte darauf bestanden, dass Tom sich in einem der brokatbezogenen Sessel niederließ, sich so wenig wie möglich rührte und an Alexander delegierte, was zu tun war.

Es hatte nicht einmal eine halbe Stunde gedauert, bis Alexander in dem totalen Chaos, das auf Toms Schreibtisch herrschte, die Geduld verloren hatte. Und den Überblick.

Du brauchst einen Sekretär, hatte Alexander ihn angeschnauzt.

Und du eine Nacht in einem bestimmten Etablissement, hatte Tom gekontert. *Oder am besten hörst du auf, so stur zu sein, und machst Miss Woodford endlich einen Antrag.*

Daraufhin hatte Alexander seinen Freund mit einem entnervten Schnauben alleine gelassen und sich in seine beiden angemieteten Räume im White Lion zurückgezogen. Natürlich hatte er es dort nicht lange ausgehalten und beschlossen, den Abend im York Club zu verbringen, einem der wenigen Gentlemen's Clubs in Bath. Bestimmt würde er dort bei einer Partie Billard und einem oder am besten gleich mehreren Scotchs auf andere Gedanken kommen.

Endlich betätigte Alexander den Türklopfer, und es dauerte nicht lange, bis ein livrierter Diener ihm öffnete. Alexander reichte seine Karte und wurde eingelassen. Alle Männer von Rang und Namen, die gerade in Bath weilten, verbrachten einen Gutteil ihrer Abende hier im York Club. Man war unter sich, konnte essen, trinken, spielen und politisieren, man konnte sogar hier übernachten, und all das ohne die Gegenwart von Damen. Die waren hier strengstens verboten. Die meisten Gentlemen's Clubs waren wie ein zweites Zuhause für die Männer der High Society, und obwohl Alexander nicht viel von diesen äußerst elitär angehauchten Institutionen hielt, hatten ihn bereits mehrere seiner Geschäftspartner und einige seiner Kunden für den York Club in Bath empfohlen – und erwarteten auch, ihn dort zu sehen. Ohne Empfehlung durfte man nämlich kein Mitglied werden. Es war also eine Ehre, und wenn einem eine solche zuteilwurde, musste man sich wohl oder übel auch dann und wann in den Clubs sehen lassen – egal wie lächerlich man sie fand. Alexander hätte auch gut und gerne darauf verzichten können, weil ein Gros der Mitglieder dem Adel angehörte, deren Gesellschaft er außerhalb seiner

Geschäfte mied. Letztere waren oftmals auch der Hauptgrund gewesen, warum Alexander die Gentlemen's Clubs überhaupt aufsuchte. Denn auch wenn es nicht gern gesehen wurde, hatte er dort schon mehrere äußerst lukrative Handel abschließen können.

Einmal im Jahr entrichtete er die fällige Summe und hatte dafür jederzeit Zutritt zu den Annehmlichkeiten des Etablissements. Und heute gedachte er auch, sie endlich einmal zu nutzen.

Als Alexander den mit dunkelroter Seide tapezierten Gang entlanglief, nahm er den leichten Duft von Essen wahr, das vermutlich gerade im Dining Room serviert wurde. Obwohl sein Magen hörbar knurrte, entschied er sich gegen eine Mahlzeit.

Er wollte sich ablenken, und ganz besonders gut ging das im Game Room. Mehrere Billardtische standen in der Mitte des Raums, und an den Seiten, teils in Nischen versteckt, befanden sich weitere Tische für Karten- und Würfelspiele. Da alle Billardtische bereits besetzt waren, begnügte Alexander sich mit einem doppelten Scotch und setzte sich ins Halbdunkel an einen der freien runden Tische und ließ den Blick durch den Raum schweifen. Er war bis auf die hoch eingelassenen Fenster holzvertäfelt, die Sitzmöbel waren mit dunkelgrünem Leder bezogen, der gleichen Farbe wie der Filzbezug der Billardplatten. Eine Bar befand sich an einem Ende des Raumes, und mehrere Butler mit Perücke und roter Livree waren damit beschäftigt, die Besucher mit hochprozentigen Getränken zu versorgen. Das ganze Interieur des Game Room atmete Männlichkeit und Exklusivität, und das schummrige Licht und die Rauchschwaden, die durch die Luft zogen, ließen den Raum sogar noch ein wenig düsterer wirken, als er ohnehin schon war.

Oder deprimierend, fand Alexander, nahm einen großen Schluck seines Scotchs, genoss das leichte Brennen in seiner Kehle und fragte sich, warum er eigentlich hierhergekommen war. Er zog den Spielkartenstapel von der Tischmitte zu sich und ließ ihn mit sich immer wiederholenden Bewegungen durch die Finger blättern. Ihm war nach Spielen zumute, und auch wenn er für gewöhnlich die Finger davon ließ, würde er heute vielleicht sogar um Geld spielen.

Er saß noch nicht lange, als zwei Neuankömmlinge seine Aufmerksamkeit auf sich zogen.

Der erste von ihnen war Lord Shakleton, stellte Alexander verdrossen fest, und auch wenn er wusste, dass der Baron seine Abende viel lieber in Gesellschaft seiner Mutter verbrachte, war er nicht überrascht. In Bath gab es bisher nur einen wirklich renommierten Gentlemen's Club, und das war dieser hier. Jeder, der etwas auf sich hielt, tauchte hier dann und wann einmal auf. Er würde den Baron einfach ignorieren, beschloss er. Das Allerletzte, was er an diesem Abend brauchte, war, den geschwurbelten Reden seines Nebenbuhlers zu lauschen.

Nebenbuhler. Hatte er das gerade wirklich gedacht?

Er zog also tatsächlich eine Heirat mit Isabella in Betracht. Dabei hatte er sich geschworen, das Wort »heiraten« nie wieder in den Mund zu nehmen. Außerdem hatte sie ihm doch mehr als einmal klargemacht, dass sie lediglich einen Mann mit einem Adelstitel zu heiraten gedachte.

Dann musst du sie eben überzeugen, dass du der bessere Kandidat bist.

Während er einen weiteren Schluck nahm, spürte er diesem Gedanken ein wenig nach. Er fühlte sich nicht so vollkommen falsch an wie bisher, bemerkte Alexander. Eigentlich fühlte er sich sogar ziemlich gut bei diesem Gedanken, euphorisch beinahe.

Eine Bewegung hinter dem Baron ließ Alexander doch wieder in Richtung der Tür blicken. Shakleton war offenbar nicht alleine gekommen.

Und dann hörte er für einen Moment auf zu atmen.

Der Mann, der hinter Shakleton den Billardraum betrat, war Christopher Ashbrook.

Etwas Seltsames geschah mit Alexander. Er wurde wacher und aufmerksamer, er meinte sogar die Geräusche um sich herum lauter wahrzunehmen, schärfer zu sehen, und unwillkürlich spannten sich seine Muskeln an.

Der Neuankömmling musste Alexanders bohrenden Blick auf sich gespürt haben, denn als hätte er Ashbrooks Namen laut über das Parkett gebrüllt, heftete sich dessen Blick auf Alexander.

Und die leise Vorahnung beschlich ihn, dass dieser Abend in einem Desaster enden würde.

Musste Ashbrook ausgerechnet heute Abend den York Club besuchen? Und wie konnte er sich die recht kostspielige Mitgliedschaft überhaupt leisten? Nach allem, was Alexander wusste, war Christopher lediglich der dritte Sohn eines Viscounts und nur ein Colonel beim Militär – und chronisch knapp bei Kasse. Es würde ihn schon sehr wundern, wenn sich das die letzten Jahre über geändert hätte.

Ohne die Augen von ihm abzuwenden, leerte Alexander sein Glas und bedeutete einem der livrierten Diener, dass er das Gleiche noch einmal wollte.

Die beiden Männer gingen an den kleinen hölzernen Tresen am hinteren Ende des Billardsaals und bestellten sich ebenfalls Getränke. Als sie diese in Händen hielten, schien auch Shakleton Alexander endlich zu bemerken und begrüßte ihn mit einem Nicken. Nur am Rande nahm Alexander es wahr, denn all seine Aufmerksamkeit lag noch immer auf Ashbrook.

Erinnerungen kamen in ihm hoch, Bilder und Szenen, die er schon längst aus seinem Bewusstsein gebannt hatte und an die er sich nie wieder erinnern wollte.

Doch egal wie erfolgreich er sie jahrelang verdrängt hatte, in diesem Augenblick fühlte es sich so an, als wäre all das erst gestern passiert. Ein altbekannter Schmerz meldete sich in Alexanders Brustkorb, ungewohnt inzwischen, aber dennoch seltsam vertraut.

Und als hätten sie seinen inneren Kampf bemerkt und wollten ihn noch auf die Spitze treiben, tauschten sich die beiden Männer aus und kamen zu ihm herüber.

»Wilkinson, welche Überraschung!«, sagte Ashbrook, als sie vor seinem Tisch stehen geblieben waren, und er klang dabei, als würde er einen guten alten Bekannten begrüßen.

Alexander nickte lediglich, und eine unheilvolle Stille senkte sich auf die drei Männer herab.

»Dürfen wir uns zu Ihnen setzen, Wilkinson?«

Sein Blick ruckte zu Shakleton, und für einen Moment überlegte Alexander, ob der Baron die Frage überhaupt ernst gemeint hatte.

Vielleicht war Shakleton aber auch so selten in diesem Club, und vermutlich noch viel seltener in männlicher Gesellschaft, dass Alexander schlicht der einzige Mensch war, den er hier kannte.

Oder Shakleton war so von sich selbst überzeugt, dass es ihm egal war, was Alexander über ihn dachte. Doch das konnte nicht sein, denn hinter Shakletons elitärer Fassade lauerte seine Unsicherheit, und sie brach bei jeder sich bietenden Gelegenheit aus ihm hervor.

»Wenn es sich nicht vermeiden lässt«, erwiderte Alexander schließlich freudlos.

»Entschuldigen Sie, Lord Shakleton, aber Wilkinsons üble Laune liegt ganz sicher an meiner Gegenwart. Am besten verabschiede ich mich für heute«, begann Ashbrook und hob dabei entschuldigend die Hände.

»Aber so bleiben Sie doch. Ich bestehe darauf«, widersprach Shakleton. »Wir sind schließlich alle Gentlemen und können uns bei einem Drink oder zweien ganz gesittet unterhalten, oder nicht?«

Alexander verspürte nicht die geringste Lust, sich mit Shakleton *gesittet zu unterhalten*. Der Baron hatte es sich wohl in den Kopf gesetzt, Zeit mit ihm zu verbringen. Als wolle er Freundschaft schließen, es war geradezu absurd.

»Nein, wirklich. Wir sehen uns ein andermal«, beharrte Ashbrook und klang dabei regelrecht kleinlaut. Alexander nahm ihm kein Wort ab.

»Wissen Sie was, Lord Shakleton, Ashbrook – ich habe es mir anders überlegt. Setzen Sie sich, beide. Unter einer Voraussetzung.« Er hielt den Stapel mit Spielkarten hoch. »Wir spielen. Mit Einsatz.«

Es war ein spontaner Einfall. Aber obwohl Shakleton und Ashbrook die Männer in ganz Bath waren, vermutlich in ganz England, die er gerade am wenigsten in seiner Nähe haben wollte, deutete er einladend auf die beiden freien Sessel zu seiner Rechten.

Ashbrook beugte sich zu Shakleton und tauschte sich flüsternd mit ihm aus.

»Wir können gern spielen«, erwiderte der Baron nun. »Aber unser gemeinsamer Freund Ashbrook wird leider passen. Sie müssen also mit mir vorliebnehmen.«

Alexander sandte ein kleines, zufriedenes Lächeln in Richtung von Ashbrook. Er hatte zwar nicht erwartet, dass der Colonel kein Geld, offenbar keinen Shilling in der Tasche hatte, sonst würde sich dieser Mann niemals ein Spiel entgehen lassen. Doch die Erkenntnis befriedigte Alexander zutiefst. Allein schon um herauszufinden, dass Ashbrook arm war wie eine Kirchenmaus, hatte sich das Kartenspiel bereits gelohnt. Egal wie viel er möglicherweise dabei verlieren würde. Zudem, und das war Alexander bereits beim ersten Mal aufgefallen, als er Ashbrook gesehen hatte, trug er keine Uniform mehr. Er schien das Militär verlassen zu haben und bezog offenbar auch nicht länger einen Sold.

»Du scheinst mir immer noch nicht wohlgesonnen zu sein«, bemerkte Ashbrook, als sie sich niedergelassen hatten.

»Sind wir denn trotz der langen Zeit noch Feinde?« Er klang ehrlich bedrückt. Aber Alexander kannte ihn besser.

»Wir werden immer Feinde bleiben«, erklärte er knapp und musste den Drang niederringen, sofort aufzustehen und den Raum zu verlassen. Das wäre es, was er eigentlich machen sollte. Aufstehen und gehen. Es wäre das einzig Vernünftige.

Doch stattdessen leerte er seinen Drink und bestellte sich gleich noch einen, auch wenn er wusste, dass das eine absolut dumme Idee war. Trotzdem machte ihm der Alkohol die heutige Gesellschaft und eigentlich den ganzen Abend ein klein wenig erträglicher.

»Ich finde, wir sollten anstoßen auf den heutigen Abend und frühere Auseinandersetzungen einfach vergessen«, versuchte Shakleton, die angespannte Stimmung etwas zu entschärfen.

»Sie haben recht, Mylord«, sprang ihm Ashbrook sofort zur Seite. »Allerdings habe ich die Befürchtung, dass wir unseren Freund Wilkinson nicht von Ihrer Idee überzeugen können.«

Alexander schenkte ihm einen vernichtenden Blick. Als ob der Konflikt, der seit Jahren zwischen ihnen schwelte, Alexanders Schuld wäre. Als ob Alexander derjenige gewesen wäre, der ihn hintergangen und betrogen hätte. Und als ob es wirklich eine Chance gäbe, dass Alexander ihm jemals vergeben würde. Niemals, solange er atmete, würde er das tun.

»Also, wollen wir?« Auffordernd hielt Alexander den Kartenstapel nach oben, und bereits jetzt hatten sich eine

Handvoll Männer um ihren Tisch geschart, damit sie das Spiel mitverfolgen konnten.

»Beginnen wir mit hundert Pfund für jede verlorene Partie«, erklärte Alexander, und ein Raunen ging durch die Reihen. Wäre Tom an seiner Seite gewesen, hätte der ihn möglicherweise davon abgehalten, mit einer so absurd hohen Summe zu beginnen.

Die Idee war eigentlich kindisch, musste sich Alexander eingestehen. Aber wenn Shakleton schon so auf der Tatsache herumritt, dass sie vornehme Gentlemen waren, dann würde er Shakleton eben auch wie ein Gentleman in seine Schranken verweisen – und zwar im Glücksspiel. Ihm war nach Nervenkitzel und Risiko, und allein um Shakleton, diesem eingebildeten Pfau, einige Hundert oder gar Tausend Pfund aus der Tasche zu ziehen, würde er einen ganzen Abend in seiner Gesellschaft ertragen.

Außerdem, und das war eigentlich noch viel unreifer von ihm, hatte er nicht übel Lust, Ashbrook zu zeigen, dass er Geld hatte und es sich leisten konnte, einfach so um ein paar Tausend Pfund zu spielen. Dass er es zu etwas gebracht hatte während der letzten Jahre und die beiden Männer ausstechen würde, zumindest dieses Mal.

Sie spielten Whist, und wie bei vielen Kartenspielen bestimmte der Zufall natürlich mit. Alexander hatte trotzdem unzählige Abende damit verbracht, sich die richtige Strategie für das Spiel anzueignen. Er wusste, wie man erfolgreich bluffte, bei welchem Blatt man besser die hohen Trümpfe und bei welchem man niedrige Trümpfe ausspielte und wann man seine Hand am besten tauschte. Er hatte

Lust, Shakleton vorzuführen, und er hatte nicht den geringsten Zweifel, dass er dies auch schaffen würde.

Und Alexander behielt recht, denn obwohl er sich redlich bemühte, verlor Shakleton eine Partie nach der anderen, auch wenn Alexander zugeben musste, dass das Glück heute Abend auf seiner Seite war.

Binnen zwei Stunden hatte er Shakleton beinahe tausend Pfund abgeknöpft. Eine Summe, mit der er alle seine acht Angestellten in seinem Londoner Wohnsitz ein Jahr lang bezahlen konnte.

»Ah, Fortuna ist Ihnen hold, Wilkinson«, gab der Baron nach der letzten Partie zu und schob die letzten beiden 50-Pfund-Noten quer über den Tisch zu Alexander. Shakleton schien der Verlust des vielen Geldes weniger auszumachen, als Alexander vermutet hatte.

Allmählich zerstreuten sich die Zuschauer, und einige von ihnen klopften Alexander noch anerkennend auf die Schulter.

»Wir sollten wirklich aufhören für heute. Meine Mutter wird wenig erfreut sein, wenn sie hört, was ich mit so viel Geld gemacht habe«, plauderte Shakleton vor sich hin. Im Gegensatz zu Alexander, der sein halb gefülltes Scotchglas schon seit geraumer Zeit nicht mehr angerührt hatte, sprach der Baron noch weiterhin kräftig dem Portwein zu.

Alexander hatte seine Konzentration und sein Erinnerungsvermögen für das Spiel gebraucht. Und um die Kontrolle zu behalten. Denn allein Ashbrooks tiefen Atemzügen und den gelegentlichen schmerzhaften Ausrufen zuhören zu müssen, weil sein angeblicher Freund Shakleton sang- und klanglos verlor, löste in ihm ein unterschwelliges Gefühl der Aggression aus.

»Wie Sie wünschen, Baron. Ich habe ohnehin vor, mich zurückzuziehen«, erklärte Alexander und verstaute den Stapel an Pfundnoten in seinem Gehrock.

Shakleton beobachtete ihn dabei. Vielleicht dämmerte ihm allmählich, wie viel Geld er gerade verloren hatte. Er holte ein Schnupftabakdöschen aus Porzellan hervor und schnupfte eine Prise. »Aber wie heißt es so schön, Pech im Spiel, Glück in der Liebe, nicht wahr, Ashbrook?«

Bei diesem Satz stolperte Alexanders Herz. Auch wenn er gar nicht wollte, dass Shakleton weiterredete, weil ihn bereits eine böse Vorahnung beschlich – ein Teil, tief in ihm drinnen, musste wissen, was der Baron damit gemeint hatte.

Trotzdem tat Alexander, als hätte er Shakleton nicht gehört.

Ashbrook hatte sich die letzten Stunden über auffällig zurückgehalten und antwortete mit einem unechten Lächeln. Er war schlau genug, sich in Alexanders Gegenwart nicht in den Vordergrund zu drängen.

»Ich habe nämlich einen Grund zu feiern«, fuhr Shakleton fort und hob sein Glas.

»Also dann.« Alexander prostete ihm zu, und sein Puls beschleunigte sich. Und allmählich meldete sich ein Instinkt, das Gefühl, dass er jetzt wirklich gehen sollte, und zwar unverzüglich.

Aber noch immer blieb er.

Sie leerten ihre Gläser, und ein Weilchen herrschte angespanntes Schweigen zwischen ihnen. Shakleton brannte darauf, den Grund für seine Feierlaune mitzuteilen, Alexander konnte es geradezu körperlich spüren, aber er schien nicht die richtigen Worte dafür zu finden. Oder er hatte tatsächlich Skrupel, es zu tun. Alexander sah ihn herausfordernd an, und nach und nach wurde auch die Feindseligkeit, die alle drei Männer schon seit ihrem Aufeinandertreffen überspielten, immer greifbarer. Sie beobachteten die Billardpartien auf allen drei Tischen, beäugten einander dabei aber abwägend und misstrauisch, als würden sie nur darauf warten, dass einer einen falschen Schritt tat.

Oder den falschen Satz sagte.

»Sie haben es mir ja ganz schön schwer gemacht, Wilkinson«, erklärte Shakleton schließlich etwas weinselig, denn er hatte sich ein neues Glas Portwein bestellt, das er in gierigen Zügen bis zur Hälfte geleert hatte, und inzwischen nuschelte er bereits ein wenig.

»Tatsächlich?«, fragte Alexander.

»Die gute Miss Woodford.«

»Was ist mit ihr?« Sein Herz begann erneut zu rasen.

»Nun, jetzt spielt es ja keine Rolle mehr …« Shakleton nahm einen weiteren Schluck, rülpste laut vernehmlich und musste über sein eigenes Benehmen lachen. »Letzten Endes bin ich der ehrbare Gewinner, offenbar hat sie meine Vorzüge erkannt.« Er hauchte auf seinen goldenen Siegelring und polierte ihn an seiner Hose, und Alexanders Magen verkrampfte sich.

»Hat sie das wohl?«, fragte er, mit undurchdringlicher Miene und so ruhig er es vermochte, denn er spürte bereits Ashbrooks neugierigen Blick auf sich. Keinesfalls durfte dieser Mann mitbekommen, dass Isabella ihm etwas bedeutete. Unter keinen Umständen.

»Aber ja, aber ja. Schließlich sind wir ja verlobt. Wenn alles so geht, wie wir es planen, wird die Hochzeit schon nächste Woche in der Octagon Chapel stattfinden. Ich glaube, sie kann es kaum erwarten.«

Wäre das Glas in Alexanders Hand nicht so dickwandig gewesen, es wäre zwischen seinen Fingern zerbrochen. Für einen Moment schien alles, alle Geräusche, alle Bewegungen, das ganze Leben um ihn zum Erliegen zu kommen. Ein Rauschen setzte in seinen Ohren ein, jeder Muskel in seinem Körper schien sich zu verkrampfen, und ein oder zwei Momente war er nur damit beschäftigt zu atmen. Ruhig und kontrolliert ein- und wieder auszuatmen.

»Herzlichen Glückwunsch, Lord Shakleton«, brachte er hervor, und zu seinem eigenen Erstaunen klang es sogar ziemlich ruhig. Trotzdem klebte Ashbrooks Blick auf ihm, er hatte sogar den Kopf ein bisschen schräg gelegt. Er beobachtete Alexander, jede Regung in seinem Gesicht, und Alexander befürchtete, dass ihm kurzzeitig die Züge entgleist waren und Ashbrook inzwischen einen Verdacht hegte.

»Darf ich erfahren, seit wann Sie in dieser glücklichen Lage sind, Miss Woodford Ihre Verlobte nennen zu dürfen?« Es klang aufgesetzt freundlich und ein wenig angestrengt, aber es war das Beste, was Alexander in diesem Moment zustande brachte.

»Seit gestern Nachmittag. Ich habe ihr den Brillantring meiner Großmutter als Verlobungsring gegeben. Meine Mutter bestand darauf. Tradition ist Tradition, nicht wahr?«

Alexander spürte förmlich, wie ihm alles Blut aus dem Gesicht wich.

Er versuchte, sich so gut wie möglich hinter dem Scotchglas zu verstecken, das er in langsamen, kontrollierten Zügen leerte.

Wie konnte sie nur. Es war der erste Satz, der sich in seinem Kopf in der gähnenden Leere formte, die dort herrschte.

Und gleich danach kam der Schmerz, der wie eine düstere, gewaltige Flutwelle durch seinen Körper schwappte.

Isabella war verlobt.

Sie würde Shakleton heiraten. Und sie hatte es gestern Abend bereits gewusst.

Er hatte sich ihr offenbart, er hatte ihr seine verletzlichste Seite gezeigt, er hatte ihr Geschehnisse aus seinem Leben erzählt, die niemand kannte außer Tom, und sich damit vollkommen zum Narren gemacht vor ihr. Sie hatten sich erneut geküsst und sogar …

»Entschuldigen Sie mich, ich muss nach Hause«, erklärte er und stellte mit einem Knall das Glas auf dem Tisch ab, sodass die umsitzenden Männer neugierig zu ihnen herüberblickten. In Alexanders Innerem herrschte vollkommenes Chaos. Er musste raus, an die frische Luft. Er musste weg von hier, augenblicklich.

Ruckartig erhob er sich, und auch Shakleton kam nach oben.

»Ich denke, wir sollten ebenfalls gehen, nicht wahr, Ashbrook? Genug Geld verloren für einen Abend.«

»Lassen Sie mich besser alleine …«, sagte Alexander mit rauer Stimme und fixierte Shakleton dabei, dem die Warnung allerdings völlig zu entgehen schien. Am liebsten hätte er sich sofort auf den Baron gestürzt und ihm die Seele aus dem Leib geprügelt, aber natürlich würde er das nicht tun.

»Seien Sie doch nicht so – Sie haben mich gerade um mehrere Hundert Pfund erleichtert, können wir da nicht wie Brüder nach Hause gehen?«

Und wieder einmal fragte Alexander sich, ob Shakleton diesen Vorschlag ernst meinte. Hatte er denn keinerlei Gespür dafür, wer ihm wohlgesonnen war und wer nicht?

Natürlich hatte er das nicht, sonst würde er sich auch nicht einbilden, dass Isabella ihn tatsächlich *mochte.* Sie verabscheute den Baron.

Aber trotzdem hatte sie sich mit ihm verlobt. Weil sie eben doch war wie alle anderen jungen Damen, die er kannte. Echte Gefühle und tiefe Verbundenheit waren ihr egal. Sie sah in ihrem Ehemann bloß Rang und Prestige und liierte sich dafür sogar mit einem Narren wie Shakleton.

Du vergisst sie jetzt sofort. Und alles, was zwischen euch passiert ist.

Alexanders Blick fiel auf den Baron, der sich um ein gewinnendes Lächeln mühte und mit einem Taschentuch über sein rot angelaufenes Gesicht tupfte. Dabei zog er die Brauen etwas nach oben, als fiele es ihm schwer, die Lider richtig zu heben. Er sah aus, als würde er jeden Moment im Stehen einschlafen, und Alexander schloss indigniert die Augen.

Er musste seine Wut loslassen. Das White Lion war nicht besonders weit, und die paar Minuten, die der Weg in Anspruch nahm, würde er auch noch in der Gesellschaft dieser Männer aushalten.

Genau das war der Grund, warum er keinen Geschmack mehr an langen, alkoholschwangeren Abenden in Gentlemen's Clubs fand. Denn irgendwann verlor einer der Anwesenden Geld, seine Ehre oder einfach nur die Kontrolle. Und dann würden die anderen Männer, die Zeugen wurden von Fauxpas oder Ausrastern, die schmutzigen Geheimnisse ihrer Kumpane decken. Solange sie wollten. Zu gegebener Zeit würden sie den armen Teufel, der sich zu einer unüberlegten Tat hatte hinreißen lassen, aber daran erinnern und einen Gefallen im Gegenzug für ihr Schweigen verlangen. Es war eine seltsame Verbindung, in der man innerhalb eines Gentlemen's Club stand. Halb Vertrauen, halb Erpressung, und jeder, der nicht immer stocknüchtern blieb und seine Sinne ganz beisammenhatte, würde unweigerlich in diese Falle tappen.

Das würde Alexander an diesem Abend nicht passieren. Er hatte sich unter Kontrolle, und deshalb gab er Shakleton mit einem knappen Nicken zu verstehen, dass sie gemeinsam aufbrechen würden.

Sie verließen den Club, der an der äußeren Stadtgrenze lag, und machten sich schweigend zu Fuß auf in Richtung Innenstadt.

Als sie an den Parade Gardens vorbeikamen, einer kleinen Grünanlage mit einigen Bäumen und Sträuchern, hob Shakleton auffordernd die Hand und wankte in Richtung der Sträucher, um sich zu erleichtern.

»Bravo!«, stellte Ashbrook fest, als sie Shakleton hinterherblickten, wie er im Dunkel zwischen mehreren Bäumen verschwand. Sie vernahmen das leise Rascheln von Stoff und dann ein deutlich vernehmbares Plätschern. Er bedeutete Alexander, einige Schritte mit ihm zu tun, damit sie außer Hörweite waren. »Du hast ihm ordentlich die Taschen erleichtert, dem guten Baron.« Ashbrook lachte leise in sich hinein. »Es war beinahe wie früher. Du kannst ihn wohl nicht ausstehen.«

Alexander warf Ashbrook einen verdrossenen Blick zu, ging aber nicht darauf ein. Christopher war der Letzte, dem er auch nur ein Wort davon mitteilen würde, was er wirklich dachte.

»Er ist so ein Trottel«, redete Christopher einfach weiter, und Alexander wäre es lieber gewesen, er hätte für einige Momente endlich den Mund gehalten.

Denn da war es wieder. Das wahre Gesicht von Christopher Ashbrook. Die berechnende, niederträchtige Seite an ihm. Ashbrook verachtete den Mann, dem gegenüber er sich so freundlich gab. Alexander war sich sicher, dass er irgendetwas von Shakleton wollte oder brauchte, vermutlich sein Geld. Ashbrook tat nichts, ohne einen Nutzen daraus ziehen zu wollen. Vor allem Freundschaften pflegte er niemals, ohne sich etwas davon zu versprechen, und genauso wie früher hatte er vor nichts und niemandem Respekt.

Eine Zeit lang hatte Alexander das imponiert. Ashbrook verachtete die Dekadenz des Hochadels genauso wie er selbst, er war intelligent und gerissen, und mehr als einmal hatten sie gemeinsam während ihrer Studienzeit in Oxford die Arroganz und Vermessenheit eines jungen Earls, einmal war es sogar der Sohn eines Dukes gewesen, bloßgestellt.

Aber nach und nach hatte Alexander Ashbrooks wahres Gesicht erkannt.

Leider erst dann, als es bereits zu spät war.

»Du liebst es noch genauso zu urteilen wie damals. Sei so gut und behalte deine Meinung für dich.«

»Nein, ich glaube, es wird dich freuen, was ich dir zu erzählen habe, denn die Geschichte ist wirklich zu gut.«

Ein erwartungsvolles Funkeln lag in Ashbrooks Augen. Versuchte er gerade, sich bei Alexander wieder einzuschmeicheln?

Er schwieg, was Ashbrook offenbar als Zustimmung wertete.

»Die werte Braut von Shakleton, diese Miss Woodford …«, erzählte er weiter, und Alexander spürte förmlich, wie sich jeder Muskel in seinem Körper verkrampfte. »Die hübsche Unschuld vom Land«, höhnte er. Seine Aussprache hatte ihre gewohnte Präzision verloren, und erst jetzt erkannte Alexander, dass auch Ashbrook angetrunken sein musste. Sonst hätte er längst Alexanders warnenden Blick erkannt. »Du kennst sie wohl auch? Sei froh, dass der Kelch an dir vorübergegangen ist«, erklärte er gönnerhaft.

»Wieso sollte ich das?«, fragte Alexander mit gefährlich leiser Stimme und fixierte Ashbrook dabei. Er spürte die Wut, wie sie ihm den Nacken emporkroch, und ohne bewusstes Zutun ballte er die Hände zu Fäusten.

»Sie hält ihn zum Narren. Tut so, als wäre sie keusch und unberührt. Dabei habe ich sie bereits vor einem Jahr entjungfert, die süße, süße Isabella.«

Dann sah Alexander rot.

Er holte aus und versenkte seine Faust in Ashbrooks Gesicht. Der hatte es nicht kommen sehen und taumelte mit rudernden Armen nach hinten, Alexander setzte ihm hinterher und drosch erneut zu.

»Du mieses Schwein!«, brüllte er, und daraufhin warf sich etwas auf seinen Rücken, Arme schlangen sich um seinen Hals.

»Beruhigen Sie sich, Gentlemen!«, rief Shakleton an seinem Ohr.

»Lassen Sie mich!« Mit nur einer Bewegung hatte er den Baron abgeschüttelt und schlug erneut auf Ashbrook ein, der gerade im Begriff war, wieder aufzustehen.

Schon wieder war Shakleton bei ihm, Alexander stieß ihn weg, wandte sich dann aber an ihn und deutete mit dem ausgestreckten Arm auf Ashbrook. »Wissen Sie eigentlich, wer dieser Mann ist? Was er gemacht hat?«

Keine Antwort.

»Er hat Ihre Braut entjungfert und brüstet sich jetzt damit, Ihnen noch vor der Hochzeit die Hörner aufgesetzt zu haben!«, brüllte Alexander.

Der Baron blinzelte. »Ich verstehe nicht ganz.«

»Nein, das ist nun wirklich keine Überraschung mehr.«

»Sie ist befleckt?«, fragte Shakleton, und es war, als würde er laut denken. Bei der Erkenntnis riss er die Augen auf. »Wissen Sie eigentlich, was Sie da behaupten?« Unsicher flackerte sein Blick zwischen Alexander und Ashbrook hin und her, doch dessen linkisches Grinsen und sein schuldbewusstes Schulterzucken schienen ihm Antwort genug. »Auf keinen Fall kann ich sie dann heiraten«, verkündete er.

»Weil es Ihnen gar nicht um Isabella geht«, sagte Alexander und kam allmählich wieder zu Atem. »Es ist Ihnen schlicht egal, wer sie ist, was sie möchte und was sie bewegt. Alles, was Sie wollen, ist ein hübsches Accessoire an Ihrer Seite, damit Ihre Mutter Sie nicht länger bekniet, endlich zu heiraten. Vielleicht sollten Sie sich anderweitig umsehen, Baron.«

Ashbrook, der sich inzwischen wieder aufgerappelt hatte und sich mit dem Ärmel über die Nase wischte, aus der unaufhörlich Blut lief, beobachtete Alexander fasziniert.

»Du magst sie«, erkannte er.

»Komm mir nie wieder unter die Augen, Ashbrook«, sagte Alexander und ließ die beiden Männer stehen.

Hinter sich hörte er Ashbrooks gehässiges Lachen.

Es war Alexander egal.

Gerade im Moment konnte die Welt untergehen, und es wäre ihm vollkommen gleichgültig.

26.

Isabella starrte das Blumenmuster auf dem Baldachin über ihrem Bett an, und je länger sie darauf schaute, desto sicherer wurde sie, dass sich die Blüten darauf bewegten. Sie wurden größer und kleiner und bogen sich ein wenig … nein, vermutlich wurde sie einfach nur verrückt. Es war früher Morgen, und sie hatte die letzte Nacht nicht geschlafen und zugesehen, wie die Streifen zwischen den Samtvorhängen allmählich heller wurden. Genauso wie die Nacht zuvor, jene Nacht, in der Alexander und sie sich erneut geküsst hatten.

Seine Worte spukten durch ihren Kopf, und jedes Mal, wenn sie daran dachte, hatte sie das Gefühl, ihr Herz, eigentlich ihr ganzer Körper würde schreien vor Schmerz.

Wir gehören zusammen, verstehst du? Du und ich, wir sind füreinander gemacht.

Der Wunsch, Alexander wiederzusehen und ihm einfach einen Besuch abzustatten, beherrschte ihre Gedanken. Mehrmals hatte sie gestern bereits ihre Schuhe angezogen und den Hut in der Hand gehabt, war dann aber jedes Mal vor ihrer Zimmertür stehen geblieben und hatte sich zur Vernunft gerufen.

Wieso sagte er so etwas, wieso flüsterte er solche Worte in ihr Ohr, wenn er gar nicht beabsichtigte zu heiraten? Stellte er sich vor, dass sie seine Affäre wurde? Seine Mätresse womöglich? Geld hatte er schließlich genug. Dabei wusste er doch ganz genau, dass sie einen Ehemann suchte.

Außerdem – was waren das für unsinnige Gedanken? Solche Fragen musste sie sich überhaupt nicht stellen, denn sie war mit Shakleton verlobt, um Himmels willen. Nichts von all dem, was Alexander gesagt hatte, spielte noch eine Rolle, da sie sich längst entschieden hatte – oder besser gesagt, entscheiden hatte müssen. Sie würde ihren Ruf retten und ihre Familie beschützen, indem sie den Baron heiratete. Sie hatte eine vernünftige Wahl getroffen.

Aber warum tat es so weh, vernünftig zu sein?

Ein dringliches Klopfen an der Tür unterbrach Isabellas Überlegungen.

»Isabella«, zischte Betty leise. »Isabella, bist du wach?« Erneutes Klopfen.

»Ja. Was ist los?« Es war erst kurz vor acht Uhr morgens, und Isabella hatte ihre Tante gebeten, heute ohne sie zum Pump Room zu gehen. Vermutlich war sie gerade im Begriff, das Haus zu verlassen, und Isabella lag noch immer im Nachthemd, erschöpft von einer schlaflosen Nacht, auf ihrem Bett.

»Du musst aufstehen. Shakleton ist da. Irgendetwas ist passiert.«

Betty kam herein, und so schnell es möglich war, kleideten sie Isabella an. Ihre Haare steckte sie in einem strengen Knoten nach oben, und sie putzte sogar noch schnell über der Waschschüssel die Zähne, ehe sie sich auf den Weg nach unten in den Salon machte, aus dem bereits irritierte Stimmen zu ihr drangen.

Als sie den Raum betrat, fiel ihr Blick zuerst auf Lord Shakleton, der kerzengerade und in seltsam steifer Haltung vor dem erloschenen Kamin stand. Hektische rote Flecken erblühten auf seinem Hals, er war unruhig, und selbst vom anderen Ende des Raums aus war noch erkennbar, wie sehr er schwitzte.

Edward und selbst der hochgewachsene James, dessen blonde Locken noch etwas zerzaust waren – offenbar war er genauso wie sie aus dem Bett gerissen worden –, standen, die Arme vor der Brust verschränkt und ein selbstgefälliges Grinsen im Gesicht, in einer Ecke. Edward trug immerhin schon eine Perücke. Oder vielleicht hatte er sie auch einfach noch gar nicht abgelegt, denn seine Augen waren rot geründert, als hätte er nicht geschlafen und wäre gerade eben erst nach Hause zurückgekehrt. Lady Alice saß auf einem der gelben Sofas. Der Blick, den sie in Richtung von Isabella schoss, war so voller Verachtung und … war es vielleicht sogar Hass, der in ihren Augen glomm? Er ließ ein beklemmendes Gefühl in Isabellas Magen entstehen.

»Isabella«, sagte Lady Alice mit eisiger Stimme, »Lord Shakleton möchte dir etwas sagen.«

Ihr Herz begann zu rasen, schlug ihr bis zum Hals, und kurz war sie versucht, ihre Hand darüberzulegen, um das wilde Pochen zu beruhigen.

Aber ihr fehlte die Kraft dazu, sie war wie gelähmt und stand einfach da, neben der Sofagarnitur, und hoffte, jeden Moment aus diesem Albtraum wieder aufzuwachen. Sie ahnte, was nun kommen würde, und ein gefährliches Kribbeln wanderte von ihren Armen und Beinen durch den gesamten Körper.

Langsam wandte Isabella den Kopf zu Shakleton, sah ihm in die Augen, und nur wenige Sekunden lang hielt er ihrem Blick stand. Dann sah er zu Lady Alice, die wie zur Statue erstarrt aufrecht auf dem Sofa saß. Er öffnete den Mund und schloss ihn wieder, blinzelte mehrmals, holte tief Luft und sagte dann, als wäre Isabella gar nicht anwesend: »Hiermit löse ich meine Verlobung mit Miss Isabella Woodford.«

Mehr als ein kurzes, verständnisloses Kopfschütteln brachte Isabella nicht zustande.

»Sprechen Sie ruhig weiter, Lord Shakleton. Meine Cousine soll auch erfahren, weshalb.« Wie aus weiter Entfernung nahm sie Edwards Stimme wahr.

»Mr. Parker, wenn Sie das so wünschen.« Er nickte Edward zu und schaute jetzt doch wieder zu Isabella, einen seltsamen Glanz in den Augen. »Mir kam zu Ohren, dass Sie eine gefallene Frau sind, Miss Woodford. Allein das Gerücht macht für mich eine Heirat unmöglich, das werden Sie sicher verstehen. Und ich bin sehr verwundert, dass die Nichte der Viscountess Parker mir falsche Tatsachen vorgespielt hat und zu solch einer Niederträchtigkeit überhaupt in der Lage ist.«

Die Worte trafen Isabella wie eine Ohrfeige und rissen sie aus ihrem Dämmerzustand.

Es passierte, es passierte gerade wirklich.

»Seien Sie versichert, Lord Shakleton, wir hatten nicht die leiseste Ahnung von Miss Woodfords verdorbener Vergangenheit. Niemals hätten wir ein solch inakzeptables Verhalten von ihr erwartet oder geduldet.« Die Worte aus Edwards Mund klangen wie Hohn in Isabellas Ohren.

»Gewissenlos und verachtenswert ist es«, hörte sie nun auch James, und Isabella drehte sich zu den Brüdern.

Ihr Verlobter, oder eher ihr ehemaliger Verlobter, stellte Isabella bloß, und keiner der Anwesenden sprang ihr zur Seite und verteidigte sie. Weder ihre Cousins noch ihre Tante. Auch wenn Isabella im Grunde nichts anderes von den Parkers erwartet hatte, fühlte es sich trotzdem an wie ein Dolchstoß in den Rücken.

Es war doch genau das, wonach Edward schon seit ihrer

Ankunft gierte. Sie fallen zu sehen, auf die eine oder andere Weise, und sie dann loszuwerden.

Sein Wunsch würde erfüllt werden. Aber warum nur, fragte sich Isabella in dem Moment, hassten die Parkers sie so sehr?

»Wir hoffen natürlich, dass die Machenschaften meiner Nichte unser gutes Verhältnis nicht dauerhaft überschatten«, meldete sich ihre Tante wieder zu Wort.

»Nun«, antwortete Shakleton gönnerhaft und rümpfte dabei tatsächlich die Nase ein wenig, »das werden wir noch sehen. Ich werde Bath für diese Saison verlassen, das Gerede der Leute, Sie verstehen.«

»Aber selbstverständlich verstehen wir, Baron«, erwiderte Lady Alice.

»Und ich muss mir noch sehr überlegen, ob ich Miss Woodfords Schande nicht doch publik mache. Das, was Ihre Nichte treibt, ist nichts Geringeres als Heiratsschwindel.«

Heiratsschwindel? Als ob sie geplant hätte, Shakleton um sein Vermögen zu bringen und ihn dann sitzen zu lassen? Das Gespräch wurde immer absurder.

»Natürlich bitten wir Sie, davon Abstand zu nehmen«, hauchte ihre Tante mit schwacher, beinahe tränenerstickter Stimme. »Diesen Gefallen würde wir Ihnen niemals vergessen.«

Ihre Augen waren prüfend auf Shakleton gerichtet, und offenbar schien dieser Satz genau das gewesen zu sein, was der Baron hatte hören wollen. Die Parkers schuldeten ihm jetzt einen Gefallen, und Isabella wurde das Gefühl nicht los, dass genau das Shakletons Ziel für dieses Gespräch gewesen war.

So viel Gerissenheit hätte sie ihm gar nicht zugetraut. Aber gegenseitige Gefallen – oder sollte man sie besser Erpressungen nennen? – schienen bei der adeligen Beau Monde wohl an der Tagesordnung zu sein.

»Der Ring«, verlangte er und hielt die Hand auffordernd Isabella entgegen.

Mit mechanischen Bewegungen löste sie ihn vom Finger. Sie hatte ihn angesteckt, sobald sie vom White Lion vor zwei Tagen zurückgekehrt war, als Erinnerung daran, dass sie einem anderen versprochen war und Alexander aus ihrem Herzen verbannen musste. Doch die ganze Zeit über hatte er sich angefühlt wie ein Fremdkörper an ihrer Hand.

Mit spitzen Fingern nahm er den Ring entgegen, und Isabella hatte sogar den Eindruck, dass er dabei jegliche Berührung mit ihr vermied.

»Übrigens, falls Sie sich fragen, woher ich von Ihrer schändlichen Vergangenheit weiß …«

Schändliche Vergangenheit. Wie er es formulierte. Anscheinend war Isabellas Status in Shakletons Augen jetzt wirklich der einer Hure.

»Alexander Wilkinson war so freundlich, mich über diese Ungeheuerlichkeit aufzuklären. Offenbar gibt es doch noch so etwas wie Loyalität unter Gentlemen.«

Isabellas Herz setzte einen Schlag lang aus, und sie spürte, wie ihr das Blut aus dem Gesicht wich. Ihr wurde schwindelig, und für einen Moment war sie nicht sicher, ob sie einfach in Ohnmacht fiel.

Sie taumelte einen Schritt zur Seite, und ihre Hand wischte zweimal nach hinten ins Leere, ehe sie die Stuhllehne zu fassen bekam. Natürlich kam ihr keiner ihrer Cousins zu Hilfe. Sie sahen sie nur an, mit einer Art angewiderter Neugier, als wäre sie eine Missgestalt in einem Kuriositätenkabinett.

Es stimmte nicht, was Shakleton da redete. Es konnte gar nicht stimmen. Alexander und sie vertrauten sich doch, sie kannten so viele Geheimnisse voneinander und hatten sich sogar mehrmals in verzwickten Situationen geholfen – nie im Leben würde er ihr absichtlich derart schaden. Oder?

Und dann erwachte etwas in Isabella, ein kleiner Funke des Widerstands, der mit jedem Atemzug, den sie mühsam in ihre Lunge presste, größer wurde und sich in blanke Wut auswuchs.

»Urteilen Sie ruhig, Shakleton. Genießen Sie es, die moralische Oberhand zu haben, und weiden Sie sich in der angeblichen Schande, die mir Ihr guter Freund Wilkinson vorwirft. Auf die Idee, mich selbst zu fragen, ob der Vorwurf überhaupt der Wahrheit entspricht, kommen Sie wohl nicht?«

Shakleton blickte sie bloß weiter finster an, die Nasenflügel blähten sich unter seinen schweren Atemzügen, aber wie immer fehlte ihm das winzige bisschen an Schlagfertigkeit, das nötig wäre, um Isabella nun zu widersprechen.

»Aber ich tue Ihnen einen Gefallen, Mylord. Es ist wahr, was Wilkinson behauptet, ich habe meine Unschuld bereits verloren.«

»O Gott, ich werde ohnmächtig …«, rief Lady Alice dazwischen, wedelte hektisch mit dem Fächer und ließ sich kraftlos gegen die Sofalehne sinken. James eilte zu ihr, ging vor ihr auf die Knie und tätschelte ihre behandschuhte Rechte. War das nicht auch das, was ihre Mutter ihr versucht hatte beizubringen? Wenn die Situation zu brenzlig wurde, einfach ohnmächtig werden, um die Aufmerksamkeit auf sich zu ziehen? Immerhin wusste sie jetzt, woher ihre Mutter das hatte …

»Eine Unverfrorenheit«, murmelte James, strich sich mit der flachen Hand seine blonden Locken aus der Stirn und warf Isabella dabei einen giftigen Blick zu. Isabella beschloss, das affektierte Gehabe der Parkers zu ignorieren, und konzentrierte sich lieber auf den Baron, der zornig schnaufend vor ihr stand wie ein gereizter Bulle.

»Und wissen Sie was, Shakleton: Von nun an stehe ich auch zu meiner Schande.«

Was blieb ihr sonst auch übrig? Das, was sie hatte vermeiden wollen, nämlich dass ihre Affäre mit Ashbrook ans Tageslicht kam, war jetzt ohnehin schon eingetreten. Sie hatte nichts mehr zu verlieren, und sie hatte es auch satt, sich weiterhin so duckmäuserisch und schüchtern zu geben. Ab sofort würde sie nichts mehr vorspielen. Sie würde einfach sie selbst sein, Isabella. »Im Übrigen ist es eine Schande, die bei Ihnen und Ihren männlichen Compagnons beinahe zum täglichen Leben gehört. Es beschwert sich nur keiner darüber, schließlich sind Sie ja auch ein Mann, nicht wahr?«

»Was erlauben Sie sich!«, echauffierte Shakleton sich, und sein Gesicht lief noch eine Spur röter an.

»Hören Sie nicht auf sie, Shakleton, ich bitte Sie. Aus ihr spricht die Verzweiflung einer Verrückten.«

Einer Verrückten? Isabella warf ihrer Tante einen anerkennenden Blick zu. Dass Lady Alice sie jetzt als eine Verrückte bezeichnete, überraschte selbst sie.

»Nun, inwieweit ich den beleidigenden Worten von Miss Woodford noch meine Beachtung schenken werde – da muss ich noch in mich gehen. Meine Aufgabe scheint mir erfüllt.« Er steckte den Brillantring in seine Westentasche und nickte Lady Alice noch ein letztes Mal zu. Isabella ignorierte er einfach. Er sah sie noch nicht einmal zum Abschied an.

Und mit diesem Mann hättest du beinahe dein gesamtes Leben verbracht.

Ein Schauer lief Isabella über den Rücken.

Er stiefelte durch die Eingangshalle, die Tür schlug hinter ihm zu, und als wäre dies ein Signal gewesen, auf das die Parkers nur gewartet hatten, richtete sich die Aufmerksamkeit der drei jetzt auf Isabella. Gleichzeitig machten die zwei Brüder einen drohenden Schritt auf sie zu.

»Lord Shakleton um einen Gefallen bitten«, echauffierte sich Lady Alice. Von ihrem Schwächeanfall war keine Spur mehr. »Diese Person hat es nun in der Hand, unserem Ruf empfindlich zu schaden. Wer weiß, welche jungen Damen Edward und James jetzt überhaupt noch sehen möchten. Ich fasse es nicht, Isabella.«

»Diese *Person* hast du gestern noch als hervorragende Partie bezeichnet und wolltest mich an ihn verheiraten«, wehrte sich Isabella, die nun allmählich wieder zu sich kam.

Sie behandelten sie wie eine Schwerverbrecherin, als hätte sie jemanden ermordet.

»Warum auch nicht, etwas Besseres bekommst du ja sowieso nicht. Und jetzt schon gar nicht mehr«, verteidigte sich Lady Alice.

Isabella nickte bitter. »So ist das also. Deine werten Söhne Edward und James huren sich durch die Betten der jungen Damen, sodass ihr zweifelhafter Ruf sogar bis ins Dartmoor gelangt, und sobald ich mir einen Fauxpas erlaube, einen einzigen, werde ich zur Aussätzigen«, brauste sie auf.

»Da fehlen einem doch die Worte. Du undankbares Luder!«, schrie Lady Alice.

»Es reicht«, fuhr ihr Isabella über den Mund. »Ich habe es satt, mich von dir weiterhin beleidigen zu lassen.«

»Dazu wirst du auch keine Möglichkeit mehr haben, denn du verlässt sofort unser Haus. Keinen Atemzug länger möchte ich unter demselben Dach wie du verweilen. Ich gehe jetzt in den Pump Room, und wenn ich zurückkomme, möchte ich nicht mehr die leiseste Spur finden, dass du jemals hier gewesen bist.«

Isabella hatte mit dem Zorn ihrer Tante gerechnet, sollte ihr Stelldichein mit Ashbrook herauskommen, aber keinesfalls hatte sie gedacht, dass man sie derart beschimpfen und einfach vor die Tür setzen würde wie eine in Ungnade gefallene Dienstmagd.

Doch vermutlich hatte Lady Alice Isabella auch nie als Teil ihrer Familie betrachtet, sondern eher als lästiges Anhängsel, das man um der Etikette willen nicht einfach loswerden konnte.

Etikette. Allein schon bei dem Wort wurde Isabella übel.

»Keine Sorge, Mutter. Wir stellen sicher, dass sie dir nicht mehr unter die Augen kommt, wenn du zurück bist.« Edward stand nun direkt vor ihr. »Los, pack deine Sachen«, sagte er und gab ihr sogar noch einen unsanften Schubs gegen die Schulter.

»Fass mich nicht an, Edward. Sonst vergesse ich mich«, zischte sie ihn an, und wirklich, es fehlte nicht mehr viel, und sie würde ihm eine Ohrfeige verpassen. Sie raffte ihr Kleid und eilte nach oben in ihr Zimmer.

Betty stand bereits mit Isabellas Koffer vor der Tür. Es war kein Wunder, denn sicher hatte die Dienerschaft alles mitgehört, was so lautstark im Salon diskutiert worden war. Als Isabella schnaufend vor ihr stehen blieb, erhitzt und mit einem Herzschlag so schnell wie ein Stakkato, sagte Betty nur: »Gut gemacht, Isabella«, und hielt ihr mit einem Arm die Tür auf.

Sie gingen hinein, und Isabella spürte, wie es in ihren Augen zu brennen begann. Die Tür schlug zu, die Stille des Zimmers umfing sie, und dann rollten die ersten Tränen ihre Wangen hinab.

27.

Sie waren noch nicht weit gekommen. Gerade erst waren sie vom Royal Crescent in die Brock Street gebogen, als eine verwunderte Stimme hinter ihnen Isabellas Namen rief. Bettys Schritte stockten, aber Isabella tat, als hätte sie sie nicht gehört.

Einfach weiterlaufen, redete sie sich ein. Wer auch immer es war, würde sicher von ihnen ablassen, wenn sie ihn einfach ignorierten.

»Miss Woodford?«, hörte sie erneut, blieb schließlich stehen und machte die Augen zu.

Das durfte doch alles nicht wahr sein.

Sie schniefte und tupfte mit einem Taschentuch über ihre vom Weinen verquollenen, rot geränderten Augen.

Tom Miller trat in ihr Sichtfeld, den Kopf schräg nach vorne gebeugt, damit er einen besseren Blick auf Isabellas Gesicht erhaschen konnte. Er hatte seinen Mantel nur zur Hälfte angezogen und auf der anderen Seite über die Schulter geworfen, sodass der Verband geschützt war. Trotzdem trug er einen Spazierstock in der Hand. Ohne ging er wohl nie aus dem Haus.

Erschrecken breitete sich auf seinen Zügen aus, als er Isabellas verweintes Gesicht sah.

»Was, um Himmels willen, ist Ihnen denn passiert?«

»Ich …«, begann Isabella, aber schon wieder kündigte sich der nächste Heulkrampf an, und sie brachte nichts weiter als ein hilfloses Wimmern hervor. Sie hielt sich ein

Taschentuch vors Gesicht und schämte sich fürchterlich für ihre Unbeherrschtheit. Betty trat an ihre Seite. Isabella sah es nicht, doch sie hörte die Absätze auf dem Pflaster und spürte die leichte Berührung von Bettys Schulter an ihrer. In jeder Hand trug sie eine ihrer schweren Ledertaschen, die sie jetzt geräuschvoll auf dem Boden abstellte.

»Wo wollen Sie überhaupt hin?«, fragte Miller und deutete mit dem Stock auf die beiden Taschen.

»Das wissen wir noch nicht so genau. Vielleicht ins White Lion«, erwiderte Betty nun. Was gut war, denn Isabella würde außer einem Schluchzen vermutlich gerade nichts herausbringen. Sie war Betty so unbeschreiblich dankbar, dass sie nicht einfach wie andere Bedienstete hinter ihr zurückblieb und Isabella ihrer Misere überließ. Ruhig und bestimmt hatte sie das Steuer in die Hand genommen, bereits schon bei den Parkers. Sie hatte Isabella geholfen, so schnell wie möglich zu packen, und sogar einen Träger organisiert, der Isabellas schweren, klobigen Holzkoffer im Laufe des Nachmittags ebenfalls in das White Lion bringen würde.

»Zu Fuß? Mit diesem ganzen Gepäck?«

»Wir brauchen eine neue Unterkunft.«

Miller blinzelte, einmal, dann noch einmal, und sein Blick wanderte zwischen Betty und Isabella hin und her. »Sie kommen mit zu mir. Seien Sie meine Gäste, ich lade Sie hiermit ein«, sagte er. Einfach so.

Isabella riss überrascht die Augen auf, und auch Betty starrte ihn zweifelnd an.

Sie konnten doch jetzt nicht zu diesem Fremden gehen – nun gut, vielleicht war er nicht fremd. Aber seine Gastfreundschaft durften sie trotzdem nicht akzeptieren, denn er war ein unverheirateter Mann, und sie kannten ihn kaum, und noch dazu war er der beste Freund von Alexander. Es war nur eine Frage der Zeit, bis sie ihm in Millers Wohnung oder in den Geschäftsräumen über den Weg lief. Das ging einfach nicht.

»Worauf warten Sie noch? Los, kommen Sie. Es ist nicht mehr weit.«

Als keine der beiden Frauen reagierte, nahm er kurzerhand mit seinem gesunden Arm eine der beiden Taschen vom Boden, lief den Gehsteig voran und ließ Isabella und Betty damit gar keine andere Möglichkeit, als ihm zu folgen.

»Aber das können wir doch nicht«, begann Betty halbherzig in seinem Rücken, Miller allerdings ließ sie nicht einmal den Satz vollenden.

»Natürlich können Sie, wir sind schließlich befreundet, und offenbar befinden Sie sich gerade in einer Notlage. Und ein Nein würde ich auch gar nicht akzeptieren«, sagte er über die Schulter und ging einfach weiter.

Isabella und Betty verständigten sich mit einem kurzen Blickwechsel und fügten sich Millers Anweisungen. Zumindest vorerst.

Als sie den Laden betraten und die beiden Verkäufer ihnen irritierte Blicke zuwarfen, machte Miller nur eine kleine Kopfbewegung und sagte: »Roderick, laufen Sie ins White Lion und suchen Sie nach Mrs. Seagrave. Sie soll augenblicklich hierherkommen.«

Isabella spürte, wie ihr schon wieder die Tränen kamen, dieses Mal aber von der völlig unerwarteten Freundlichkeit, die Miller ihnen entgegenbrachte. Ein Seitenblick zu Betty verriet, dass auch ihr ein zufriedenes Lächeln auf den Lippen lag.

Sie liefen nach hinten zu Millers Geschäftszimmer. Mit dem Fuß stieß er die Tür auf und bat die beiden nach drinnen.

»Setzen Sie sich«, sagte er, und Isabella wartete nicht lange und ließ sich schwer auf das Kanapee fallen. Erst jetzt spürte sie, wie erschöpft sie eigentlich war und wie weich ihre Beine sich anfühlten. Miller reichte ihr ein Glas mit Wasser, das sie austrank, während Betty die Tasche abstellte, sich den Hut vom Kopf zog und sich mit dem Ärmel den Schweiß von der Stirn wischte.

»Es tut mir so leid«, wandte sich Isabella an sie. »Die ganzen Scherereien, die wir schon wieder haben, bloß meinetwegen. Ich habe das nicht gewollt.«

Und es war ihr in diesem Moment auch egal, ob Miller das alles hörte. Wenn Shakleton seine Drohung wahr werden ließ und in ganz Bath Isabellas Vergangenheit herumerzählte, würde er sowieso bald davon erfahren. Falls Alexander es ihm nicht ohnehin schon verraten hatte.

»Du hast das einzig Richtige getan. Und ich bin froh, dass wir endlich aus diesem schrecklichen Haus weg sind.« Betty setzte sich neben Isabella, das Polster wippte unter ihrem Gewicht, und sie nahm dankbar das Wasser entgegen, das Miller nun auch ihr reichte.

Erst jetzt setzte er sich ohne Eile ihnen gegenüber und blickte von einer zur anderen.

»Also, was ist passiert?«

Alexander hatte also tatsächlich noch nicht mit ihm gesprochen. Was seltsam war. Shakleton hatte er Isabellas Geheimnis offenbar gesteckt, seinem besten Freund aber nicht? Das ergab doch alles keinen Sinn. Oder war da etwas, das sie einfach übersah?

Isabella tauschte einen fragenden Blick mit Betty, die sie ansah, als wolle sie sagen: *Sollen wir wirklich?*

Wenn sie die ganze Misere nun auch noch Miller erzählten, dann wäre ihr Geheimnis endgültig offenbart. Shakleton und die Parkers würden womöglich dichthalten. Und dass Alexander wahrhaftig über sie tratschte, konnte Isabella ja ohnehin noch nicht ganz glauben. Aber wenn sie jetzt anfingen, allen möglichen Leuten davon …

Weiter kamen ihre Gedanken nicht, denn mit einem Mal wurde die Tür aufgerissen, und Rebecca stürmte herein. Der Angestellte musste sie wohl irgendwo auf der Straße abgefangen haben, denn in dieser kurzen Zeit konnte sie niemals vom White Lion bis in den Laden gekommen sein.

Ihr wilder Blick schweifte zwischen Isabella, Betty und Miller hin und her, dann baute sie sich vor dem Prokuristen auf und stemmte die Fäuste in die Hüften. »Was haben Sie mit ihnen gemacht?«

Der riss die Augen auf. »Wie bitte?«

»Nun sagen Sie schon!«

»Rebecca, er hat uns geholfen und freundlicherweise bei sich aufgenommen, weil wir …« Unsicher sah Isabella zu Miller, der sofort die Hand hob. »Natürlich, entschuldigen Sie. Ich lasse Sie am besten ein Weilchen alleine.«

Er verließ den Raum, und Isabella wartete noch ab, bis

sich auch die Tür auf der anderen Seite des Flurs zu den Geschäftsräumen schloss. Danach presste sie die Lippen aufeinander, atmete tief ein und sagte schnell: »Shakleton hat gerade seine Verlobung mit mir gelöst.«

Einen Moment schaute Rebecca sie mit ausdrucksloser Miene an. »Gott sei Dank«, sagte sie dann, und es schien ihr voller Ernst zu sein.

»Nein, nicht Gott sei Dank!« Isabellas Vehemenz schien Rebecca zu überraschen, denn sie verengte die Augen. Das tat sie immer, wenn sie nachdachte.

»Ich brauche diese Verlobung, verstehst du?«

»Bist du schwanger?«, fragte Rebecca sofort, und Isabella warf ihr einen aufgebrachten Blick zu. »Nein, natürlich nicht. Ich brauche einen Ehemann, weil ich hundert Pfund brauche. Und weil ich meine Schwester schützen muss.«

»Hat sie getrunken?«, wollte Rebecca nun von Betty wissen, aber die hob nur entschuldigend die Schultern und machte mit dem Kopf eine kleine, auffordernde Geste in Richtung Isabella.

Isabella schloss die Augen, denn es fiel ihr schwer, wirklich schwer, darüber zu reden. Aber sie musste es tun.

»Ich bin keine Jungfrau mehr«, gestand sie und traute sich kaum, Rebecca dabei anzusehen.

Die zog verständnislos die Brauen zusammen. »Aber das ist doch noch lange kein Grund, sich sofort einem Mann wie Shakleton …«

»Ich werde erpresst«, sagte Isabella vehementer. »Der Mann, mit dem ich vor beinahe einem Jahr … er möchte hundert Pfund von mir für sein Schweigen. Eine Bedienstete hat uns damals gesehen und war bereits bei meinem Vater, um sich ihr Schweigen bezahlen zu lassen, und jetzt möchte er …«

»Lass mich raten«, unterbrach Rebecca sie grimmig. »Ashbrook. Mit dem wir dich in den Grosvenor Gardens gesehen haben.«

Isabella zerrte vergeblich an dem Schal um ihren Hals. »Ja. Ashbrook«, wiederholte sie. »Er möchte Geld von mir, sonst fängt er an zu reden, und mein Ruf ist ruiniert. Und der meiner Schwester. Meiner ganzen Familie.«

Allein der Gedanke daran war so unerträglich, dass ihr sofort eine panische Hitze durch den Körper ging.

Alles war umsonst gewesen. Ihre Flucht nach Bath, die quälenden Vormittage und Abende in Shakletons Gesellschaft. Sie hatte sich so sehr bemüht, aber das war egal. Alles war egal, denn sie war keine Jungfrau mehr, und das machte sie zur Aussätzigen.

Es gab keine Möglichkeit, die eine Liebesnacht jemals wieder ungeschehen zu machen, egal wie sehr sie sich anbiederte und verbog. Es hatte zu nichts geführt.

Das alles passierte bloß, weil sie eine Frau war. Bei einem Mann würde kein Hahn danach krähen, welche Affären er unterhielt – ihre Cousins waren der beste Beweis dafür.

Doch für die weibliche Hälfte der Gesellschaft galt eben ein anderer Moralkodex.

Und das war einfach so verdammt, *verdammt* ungerecht.

Isabella biss die Zähne zusammen und spürte schon wieder, dass sie den Tränen nahe war, aber dieses Mal kämpfte sie sie herunter.

»Und wie hat Shakleton nun von der ganzen Sache erfahren?«

»Er behauptet, Wilkinson hätte es ihm verraten.«

»Und das glaubst du Shakleton so einfach?«, zweifelte Rebecca und sprach damit nur aus, was Isabella bereits die ganze Zeit über beschäftigte.

Wie um alles in der Welt konnte Alexander überhaupt von ihrem Fauxpas wissen, und warum sollte er dann auch noch Shakleton davon erzählen?

»Ashbrook«, warf Betty vehement ein und sprach den Namen aus, als handle es sich dabei um eine ansteckende Krankheit. »Er muss es Wilkinson verraten haben, eine andere Möglichkeit gibt es doch gar nicht!«

Die beiden anderen schauten sie überrascht an, denn bisher hatte sie sich aus der Diskussion vollkommen rausgehalten, wie sie es meistens tat.

»Wieso sollte er? Ich hatte ihm versichert, dass er sein Geld bekommt. Wenn er jetzt redet, würde er doch niemals einen Shilling erhalten.«

»Vielleicht gibt es irgendeine Verbindung zwischen Ashbrook und Wilkinson, von der du einfach nichts weißt?«, gab Rebecca zu bedenken.

Diese Verbindung gab es tatsächlich. Isabella hatte allerdings keine Ahnung, in welchem Verhältnis die beiden Männer zueinander standen. Nur so viel wusste sie: Alexander konnte den ehemaligen Colonel nicht ausstehen.

»Sie kennen sich offenbar. Also, Wilkinson und Ashbrook, es ist nicht vollkommen ausgeschlossen, dass die beiden miteinander gesprochen haben«, räumte Isabella ein, nachdem sie einen tiefen Atemzug genommen hatte. »Und außerdem hatten Alexander und ich …« Sie suchte nach den passenden Worten. Obwohl sie wusste, dass es kaum einen Menschen auf dieser Welt gab, der weniger über sie urteilen würde als Rebecca, war es ihr wahnsinnig unangenehm, darüber zu sprechen. »Wilkinson war eifersüchtig. Ich glaube, er …«

»Er ist ganz verschossen in dich«, kam ihr Rebecca zu Hilfe. »Und ihr seid euch auch schon nähergekommen, ich weiß.«

Überrascht starrte Isabella sie an.

»Das mit Wilkinson und dir ist meiner Meinung nach übrigens nichts, wofür du dich schämen musst«, schob Rebecca sofort hinterher und schüttelte den Kopf. »Als ob wir Frauen weniger wert wären, nur weil wir einmal mit einem Mann …«

»Aber wir *sind* dann weniger wert. Gar nichts mehr, um genau zu sein«, fiel ihr Isabella ins Wort und tupfte sich mit einem Taschentuch über die Augen. »So ungefähr hat es Shakleton übrigens auch gesagt.«

Es war so furchtbar erniedrigend gewesen, wie er sie vor den Augen ihrer missgünstigen Verwandtschaft bloßgestellt hatte.

»Und du meinst, Wilkinson würde ausgerechnet Shakleton von deiner Liebesnacht erzählen? Nach allem, was ich weiß, kann er den Baron nicht ausstehen. Es gibt einfach keinen Grund für ihn, es Shakleton zu sagen.« Kurz hielt sie inne. »Außer vielleicht, wenn er absichtlich deine Verlobung sabotieren wollen würde …« Ihre Stimme wurde immer leiser. Dann atmete sie scharf ein und sagte: »Du musst mit Wilkinson reden.«

»Ich kann nicht mit ihm reden!« Isabella rutschte auf dem Sofa ganz nach hinten gegen die Lehne und sank in sich zusammen. Keines Blickes würde sie ihn mehr würdigen, diesen Verräter. Inzwischen war doch sonnenklar, was passiert war: Wilkinson hatte sie verraten, und ob es aus Eifersucht oder sonst irgendwelchen Gründen war, spielte ja nun keine Rolle mehr. Er war für sie gestorben.

Mittlerweile war Rebecca aufgestanden und sah sich im Geschäftszimmer um. Mit spitzen Fingern zog sie eines der Papiere aus einem Haufen auf dem Schreibtisch, ließ aber davon ab und steuerte auf eine Flasche samt Gläsern auf der Kredenz zu. Der Flaschenform nach zu urteilen, war es Madeira. Rebecca nahm alles an sich und kam zu ihnen.

»Bist du sicher, dass wir so einfach …«, fragte Betty vorsichtig.

»Er hat bestimmt nichts dagegen. Ihr zwei müsst euch jetzt nämlich erst mal entspannen. Für heute hattet ihr genügend Aufregung.« Mit einem leisen Plopp löste sie den Korken und schenkte den dunkelroten Wein ein, der verheißungsvoll in die beiden hochstieligen Gläser plätscherte. Das Aroma breitete sich im Raum aus, Betty nahm sofort einen kräftigen Schluck, und obwohl Isabella heute noch nicht einmal etwas gegessen hatte, tat sie es ihrer Freundin gleich.

Sie leerte das Glas in einem Zug und genoss das leichte Brennen in ihrer Kehle und das warme Gefühl, das sich augenblicklich in ihrem Magen ausbreitete. Ein Tropfen löste sich vom Rand des Glases und bahnte sich seinen Weg nach unten zu Isabellas Fingern. Während sie beobachtete, wie er auf ihrer Haut zum Liegen kam, kroch ein Gefühl in ihr empor, das sie bisher noch gar nicht zugelassen hatte.

»Wilkinson«, stieß sie leise hervor. »Ich hasse ihn!« Isabella sah auf zu Rebecca, die ihr tief in die Augen schaute und sie damit aufforderte, weiterzureden. »Weißt du, was er zu mir gesagt hat? Wir gehören zusammen, hat er gesagt. Er hat mir sogar sein Herz ausgeschüttet und mir irgendwelche privaten Geheimnisse verraten. Vermutlich hat er sie sich in diesem Moment einfach ausgedacht. Vermutlich hat er mir das alles bloß erzählt, um mich weichzuklopfen, damit ich mit ihm …«

Isabella schloss die Augen, so sehr schämte sie sich bei der Erinnerung daran. Zweimal hatte sie sich verleiten lassen, ihn zu küssen, obwohl sie doch schon am eigenen Leibe erfahren hatte, welche Konsequenzen ein solches Verhalten nach sich ziehen konnte.

»Er hat mich benutzt und verrät mich anschließend, genau wie es Ashbrook getan an.« Je mehr Worte aus Isabellas Mund kamen, desto aggressiver wurde sie, und desto größer wurden der Schmerz und die Enttäuschung, die sich in ihrer Brust einnisteten. »Er tut so, als wäre er offen und verständnisvoll, und dabei ist er genauso ein … Heuchler wie alle anderen Männer. Er hat doch nur mit mir gespielt, ich war sein Zeitvertreib, und jetzt lässt er mich fallen und ruiniert noch mit voller Absicht und dem größten Vergnügen mein Leben.«

»Aber meinst du nicht, dass …«, versuchte Betty, Isabellas Redefluss zu unterbrechen.

»Nein! Ich meine nicht! Egal wie sehr er immer behauptet, es *ginge gegen seine Prinzipien.* Er wusste genau, was er tut, dieser Schuft. Vermutlich sitzt er gerade im White Lion und lacht sich ins Fäustchen über meine Naivität, weil Shakleton dafür gesorgt hat, dass das Gerücht die Runde macht. Und ich bin ja selbst schuld. Ich hätte niemals etwas mit ihm anfangen und mich von meinen Gefühlen leiten lassen dürfen. Damit habe ich dieses Desaster ja geradezu heraufbeschworen! Ich hatte eine Chance, mein Leben wieder ins Lot zu bringen, und ich habe sie vermasselt.«

Aussichtslos. Ihre Situation war einfach vollkommen aussichtslos.

Elizabeth, ihre Mutter, ihr Vater. Sie würden es ihr nie verzeihen.

Was sollte sie denn nun überhaupt anfangen?

Ein Tumult im Flur riss Isabella aus ihren Gedanken.

Die Tür öffnete sich, und sie erstarrte. Sie konnte Alexander im Rahmen erkennen, vor ihm Miller, der mit einer Hand versuchte, sich gegen den körperlich ihm haushoch überlegenen Freund zu stemmen.

»Ah. Wilkinson. Jetzt sind wir ja alle so schön versammelt hier.« Rebeccas Stimme troff vor Hohn.

Aber er antwortete gar nicht, sondern fixierte Isabella über die Köpfe der anderen hinweg. Und er war wütend, erkannte Isabella. Sehr sogar.

28.

»Geh mir aus den Augen«, flüsterte Isabella mit rauer Stimme. Offenbar hatte es so gefährlich geklungen, dass Betty sie ganz erschrocken ansah.

»Nein, das werde ich nicht. Denn wir müssen das hier klären, ein für alle Mal.«

Isabella spürte, wie der Druck auf ihrer Brust, der schon die ganze Zeit über da gewesen war, noch größer wurde. Sie konnte mit diesem Mann nicht im selben Raum sein. Es ging einfach nicht.

»Es gibt nichts mehr zu klären.« Sie wandte sich ab und starrte auf die leere Feuerstelle und bemerkte sehr wohl, wie Rebecca und Betty in stillem Einvernehmen den Raum verließen. Isabella konnte nicht fassen, dass ihre Freundinnen sie jetzt im Stich ließen. Sie war kurz davor, sich an Betty festzuklammern wie ein kleines Kind, merkte dann aber selbst, dass so ein Verhalten vollkommen unpassend war. Sie war erwachsen, in Gottes Namen. Sie musste sich auf dieses Gespräch einlassen und ihm zumindest sagen, was sie über seinen Verrat dachte.

Die Tür schloss sich leise, und wie immer *spürte* sie, dass Alexander sich nicht hatte abschrecken lassen und noch im Raum war. Sie schloss die Augen und versuchte ihre Hände zu entspannen, die sich in ihr Mantelet gekrampft hatten. Überhaupt versuchte sie, ruhig ein- und auszuatmen, doch gerade im Moment war sie zu aufgewühlt.

»Isabella?«

Schnell drehte sie sich um. »Du gönnst es mir einfach nicht, oder? Das bisschen Sicherheit, das bisschen Glück, einen Ehemann gefunden zu haben. Erst lügst du mir vor, dass du mich magst, und dann verbreitest du absichtlich Gerüchte, die mein Leben zerstören.«

»Gerüchte? Ist es denn nicht wahr, was Ashbrook behauptet?«

Isabella schluckte und spürte, wie das grässliche Gefühl der Scham, das ihr inzwischen so vertraut war, schon wieder übermächtig wurde und ihren Zorn erstickte. Sie wandte den Kopf ab. Es war einfach zu viel. Eben bei Shakleton und ihrer Familie hatte sie noch die Kraft gehabt, mit erhobenem Kopf zuzugeben, was passiert war. Aber jetzt ging es einfach nicht mehr.

»Es stimmt, was er sagt«, gab sie leise zu, und dieses Mal kam es ihr nicht mehr vor wie eine Befreiung, es auszusprechen, sondern eher wie eine Niederlage.

Isabellas Selbstbeherrschung bröckelte, genauso wie ihre Fassade aus Wut, mit der sie Alexander bisher auf Abstand gehalten hatte. Denn gerade in diesem Augenblick fühlte sie sich klein, unzulänglich und niedergeschlagen. Und das schien auch er zu merken.

»Ashbrook war betrunken. Er wollte sich einschleimen bei mir und hat mir deshalb von eurer … gemeinsamen Nacht erzählt«, erklärte Alexander, sehr viel versöhnlicher als gerade eben noch. »Er wusste, dass ich Shakleton nicht mag, und er hatte keine Ahnung, dass du mir etwas bedeutest. Gott sei Dank hatte er das nicht.«

»Ich? Dir etwas bedeuten?«, wiederholte sie, und sofort

wurde sie wieder wütend. Was redete dieser Mann eigentlich? Am liebsten hätte sie den Raum gequert, ihn gepackt und geschüttelt.

»Verstehst du denn nicht, Isabella?«

»Nein! Ich verstehe nicht! Denn Menschen, die einem etwas bedeuten, schützt man. Man kümmert sich um sie und sieht zu, dass es ihnen gut geht. Man verrät sie nicht und zerstört ihr Leben!«, schrie sie.

»All das war doch gar nicht meine Absicht!«, erwiderte er nun ebenso laut wie sie.

»Ach nein? Was denn dann?«

»Ich …« Er blies die Backen auf, hob die Hände zu einer ratlosen Geste und kam einen Schritt näher. Sofort wich Isabella zurück. Sie ertrug seine Nähe nicht, und sie brauchte den Abstand zwischen ihnen, denn je näher er ihr war, desto mehr bekam sie das Gefühl, nicht mehr atmen zu können. »Ich weiß es nicht. Es ist mir einfach rausgerutscht. Es war unüberlegt und … dumm. Und es tut mir leid. Aber die Vorstellung, dass du mit Ashbrook …« Er schloss die Augen, und es war offensichtlich, wie sehr ihm dieser Gedanke widerstrebte.

»Ja, ich habe mich von Ashbrook verführen lassen, und es war ein Fehler. Ich war naiv und habe in dieser Nacht einfach nicht darüber nachgedacht, was ich tue. So, bitte schön. Jetzt hast du es sogar aus meinem eigenen Mund gehört und kannst mich verurteilen, genauso wie alle anderen.«

Lange sah er sie an und schüttelte dann nur leicht den Kopf. »Wie kann ich dich für etwas verurteilen, das ich doch selbst genauso tue?« Seine Stimme war ganz leise.

Isabella horchte auf, suchte seinen Blick und spürte, wie ein winziger Funken Hoffnung in ihr aufkeimte. Hatte das gerade verständnisvoll geklungen? Aber das konnte nicht sein. Er hatte sie verraten, und er hatte letzte Nacht alles dafür getan, dass ihr Leben vollends aus den Fugen geriet. Auch wenn er ihr die Situation erklärt hatte, durfte sie nun nicht weich werden und sein Verhalten entschuldigen. Und ihm verzeihen. Er war der letzte Mensch auf der Welt, dem sie diesen Verrat verzeihen würde. Nicht nachdem er sie geküsst und ihr gesagt hatte, dass sie zueinander gehörten. Dieser Lügner!

»Natürlich verurteilst du mich!«, warf sie ihm deshalb vor. »Sonst hättest du meine Schande doch auch nicht in die Welt hinausgetragen.«

»Es war ein Versehen, Isabella! Wie oft soll ich es denn noch sagen?«, rief er.

So oft du willst, denn es spielt keine Rolle.

Sie hatte einen Fehler begangen, und der war jetzt ans Tageslicht gekommen. Schlimmer noch, sie hatte genau diesen Fehler ein zweites Mal gemacht. Was unterschied denn ihre kurze Liebschaft mit Ashbrook von der mit Alexander? *Gar nichts,* ging ihr auf, und bei dieser Erkenntnis wurde ihr ganz übel. »Weißt du was? All diese Männer, die ständig von den gefallenen Frauen sprechen, die sich einmal ihren Leidenschaften hingeben und dann nie wieder auf den Pfad der Tugend kommen – sie haben recht.«

»Blödsinn«, sagte er bloß.

»Schau uns doch an. Ich hätte mich zurückhalten müssen und niemals etwas mit dir anfangen dürfen, ich …«

»Das mit uns ist etwas anderes«, unterbrach er sie.

»Das haben wir ja gesehen. Du hast mich benutzt und dann mit nur einem Satz in den Abgrund gestoßen, Alexander.« Ihre Stimme war brüchig von dem Zorn, der in ihr brodelte, oder den Tränen, die plötzlich ihre Wangen hinabrannen. Oder beidem, Isabella wusste es nicht genau, denn sie hatte das Gefühl, dass sie ihren Körper nicht mehr spürte. Als stünde sie neben sich und beobachtete sich selbst dabei, wie sie mit Alexander stritt.

»Glaubst du wirklich, dass *benutzt* das richtige Wort ist? Ich hatte nicht das Gefühl, dass das, was zwischen uns passiert ist, einseitig war«, sagte er mit leisem Vorwurf, und sie meinte sogar, Unsicherheit aus seiner Stimme zu hören.

»Nein, war es nicht. Ich mag … ich mochte dich wirklich«, hörte sie sich antworten und verstand in diesem Moment selbst nicht, warum sie das eigentlich gerade sagte. Wieso öffnete sie überhaupt ihr Herz und gab auch noch zu, dass er ihr etwas bedeutete? Dieser Mann hatte ihre Ehrlichkeit doch gar nicht verdient. »Ich habe mich von völlig verblendeten Gefühlen leiten lassen, was ein riesiger Fehler war«, schob sie hinterher.

»Und damals, bei Ashbrook, hast du dich da auch von deinen Gefühlen leiten lassen?«, fragte er scharf, und es klang beinahe so, als fürchte er sich vor ihrer Antwort. Beinahe so, als könne er nicht ertragen, dass Christopher ihr vielleicht einmal wichtig gewesen war.

Isabella starrte auf die Rußschlieren, die über dem Kamin an der Wand klebten. Irgendjemand – vermutlich Miller – hatte wohl versucht, sie wegzuwischen, und dadurch eine fast unterarmlange graue Wolke auf der weißen Wand entstehen lassen.

»Du wirfst es mir also doch vor«, sagte sie leise. Gerade eben hatte er sich verraten. Und wie konnte es auch anders sein? Wie konnte er auch über etwas hinwegsehen, das in der ganzen Gesellschaft als Makel und Schande galt? Egal, wie sehr er behauptete, dass es nicht so wäre. Es nagte an ihm, Isabella spürte es ganz genau. Und schließlich hatte er sie ja auch verraten, rief sie sich ins Gedächtnis. Er hatte ihr dunkles Geheimnis an ihren Verlobten ausposaunt und damit ihr Leben ruiniert.

»Nein, das tue ich nicht. Aber ich frage mich, ob du noch immer Gefühle für Ashbrook hast«, erwiderte er schnell und vehement.

Irgendetwas zerplatzte bei diesen Worten in Isabella. Unkontrollierte Wut erfasste sie, und es war ein Impuls, dem sie nachgab, als sie einen Schritt auf ihn zu machte und ihn mit beiden Händen kräftig nach hinten stieß. »Hast du den Verstand verloren?«, schrie sie.

Er schwankte nur kurz, aber schneller, als sie ihre Hände zurückziehen konnte, hatte er ihr Gelenk zu fassen bekommen.

»Du weißt nicht, was für ein Mann Ashbrook ist«, presste er hervor und schien mit einem Mal ebenso wütend zu sein wie sie. Isabella starrte auf seine Hand, die ihren Unterarm umklammerte, sie spürte die Wärme seiner Haut, die eine heiße Welle ihren Rücken hinabsandte. Und mit der Berührung begann sich etwas in ihr drinnen zu verändern. Sie stand ihm so nah, dass sie seinen Geruch wahrnahm, und ihr Herz, ihr verräterisches, schwaches Herz wurde weicher.

Sie schloss die Augen. *Das darfst du jetzt nicht zulassen.*

»Ich weiß genau, was für ein Mann Ashbrook ist, Alexander. Und es ist kein Tag vergangen, seitdem unsere Wege sich gekreuzt haben, an dem ich nicht bereue, jemals seine Bekanntschaft gemacht zu haben.«

»Meinst du das auch ehrlich?«

Was sollte diese Frage überhaupt? »Was spielt das für eine Rolle? Und lass mich jetzt bitte wieder los«, schob sie sanfter hinterher, doch es war nur eine halbherzige Bitte. Denn seine unmittelbare Nähe zu spüren, war wie eine Sucht, die sie die letzten Tage über nicht hatte befriedigen können und die sich völlig ihrer bewussten Kontrolle entzog.

Sie *wollte* doch gar nicht, dass er sie losließ.

Aber er musste es trotzdem tun. Wieder flog ihr Blick zu ihren beiden Händen.

»Ich hätte all das nie zulassen dürfen. Ich hätte mich verstellen und meine Gefühle unter Verschluss halten müssen«, sagte Isabella leise. »Denn zeigt man sie und erlaubt sich, etwas zu empfinden, endet es jedes Mal in einer Katastrophe. Hätte ich nie etwas mit dir gehabt, dann wäre all das«, sie machte eine ausladende Bewegung, »nicht passiert. Ich wäre verlobt mit Shakleton, und alles wäre in bester Ordnung.«

»Redest du dir das wirklich ein?«

Er stand nur eine Handbreit vor ihr, hielt sie noch immer fest, und ihre Sehnsucht nach ihm, danach, sich einfach an ihn zu schmiegen, seinen Körper zu spüren und sich von seinen starken Armen halten zu lassen, wurde beinahe übermächtig.

»Dass du dich verstellst und Shakleton etwas vorgespielt hast, ist doch genau das Problem«, hörte sie ihn sagen und spürte seinen Atem, wie er durch ihr Haar strich.

»Aber ich habe doch keine andere Wahl, als mich zu verstellen! Wenn ich einfach ich selbst bin, finde ich niemals einen Ehemann. Wer mag schon eine Frau mit einer Leidenschaft für Anatomie und Medizin? Jeder normale Mann würde davonlaufen. Nicht einmal ein Einfaltspinsel wie Shakleton würde eine solche Frau akzeptieren. Und jetzt schon gar nicht mehr. Ich bin keine Jungfrau mehr. Ich habe meinen Wert verspielt. Ich habe versucht, davor wegzulaufen, aber ich habe meine Chance in den Sand gesetzt, und meine Unbeherrschtheit wird mich mein Leben lang verfolgen. Mich und meine gesamte Familie.«

»Nein, das wird sie nicht.«

»Das haben wir ja nun gesehen, nicht wahr?«

»Der Witz an der Vergangenheit ist ja, dass sie vorbei ist«, begann er, aber Isabella ließ ihn gar nicht ausreden.

»Vorbei? Sieht es für dich so aus, als wäre es vorbei?«, brauste sie auf, doch Alexander schien sich nicht im Mindesten davon beeindrucken zu lassen.

»Nicht alle werden dir einen Strick aus deiner Vergangenheit drehen. Diejenigen, die dich kennen und die dich sehen, die wirkliche Isabella, werden sich von einem Fehltritt nicht beeindrucken lassen.«

Isabella konnte nicht anders, sie lachte. Bitter und höhnisch. »Den Mann, der das tut, muss ich erst finden.«

»Das hast du schon«, sagte er mit ruhiger Stimme.

Isabella blinzelte.

Der Ausdruck in seinen Augen war ernst und konzentriert, als sich ihre Blicke ineinander verfingen und ein Kribbeln ihren Körper erfasste.

»Isabella.« Er ging vor ihr auf die Knie.

Isabellas Herz stolperte, ihr Mund wurde trocken, sie schaffte es nicht einmal mehr zu schlucken.

»Isabella Woodford, willst du meine Frau werden?«

Die Stille zwischen ihnen dehnte sich, und Isabella starrte ihn einfach nur an. Dann schnappte sie nach Luft, denn erst jetzt merkte sie, dass sie sie die ganze Zeit über angehalten hatte.

»Ich kann dich nicht heiraten.«

»Wieso nicht?« Er schüttelte leicht den Kopf, er lächelte, als wäre doch sowieso schon alles klar.

»Ich bin keine Jungfrau mehr, ich bin eine Verstoßene …«

»Ist mir egal.«

»Aber das darf dir nicht egal sein, verstehst du? Du wirst dein Leben ruinieren, wenn du mit so jemandem wie mir …«

»Isabella«, unterbrach er sie, »hör auf damit, dich bloß noch über das zu definieren, was in dieser einen Nacht passiert ist. Sie hat nichts damit zu tun, wer du eigentlich bist.«

»Aber wer bin ich denn schon, hm? Alle wollen nur eine bestimmte Sache von mir. Meine Mitgift, meine Verbindungen zum Viscount, mein Aussehen womöglich oder meinen Körper, damit ich ihnen Erben schenke. Aber so, wie ich bin, Isabella Woodford mit meiner Vergangenheit und meinen völlig unpassenden Interessen, die ich niemals aufgeben werde – das möchte doch niemand. Ashbrook wollte es nicht, und nicht einmal Shakleton hat es akzeptiert, dabei kannten mich beide noch nicht einmal wirklich – und bei dir wird es ganz genauso laufen. Du kannst also aufhören, mir aus Mitleid einen Antrag zu machen, denn ich werde ihn nicht annehmen.«

Die Worte kamen aus ihrem Mund, aber ein winzig kleiner, verblendeter Teil in ihr hoffte, dass er ihr widersprechen würde und ihr sagte, dass all das nicht wahr wäre.

Alexander kam nach oben und sah dabei ziemlich verärgert aus. Das musste er ja auch sein. Sie hatte ihn gerade zurückgewiesen. Ihn zutiefst gedemütigt.

»Hör endlich auf damit, dich kleinzumachen. Du bist die beeindruckendste Frau, die ich kenne. Genau so, wie du bist!«

Er wusste nicht, wovon er sprach. Wirklich nicht.

»Was, wenn ich eine Vorlesung besuchen möchte, in London? Wenn ich den ganzen Tag nur Medizinbücher wälze und Menschen verarzte, statt meine Pflichten als Ehefrau zu erfüllen und den Haushalt zu führen? Du würdest es niemals akzeptieren.«

»Maßt du dir wirklich an zu wissen, was ich denke und wie ich entscheide? Ich kenne deine Wünsche und akzeptiere sie. Ich will dich, genau so, wie du bist.«

»Aber wir können trotzdem nicht heiraten.«

Weil es einfach nicht stimmte, was Alexander da behauptete. Gerade im Moment mochte er womöglich selbst glauben, was er sagte. Doch der Tag würde kommen, an dem er sie und ihre Unzulänglichkeiten genauso verachtete, wie alle anderen es taten. Außerdem wusste Isabella doch, was für ein Mann Alexander war. Er behauptete vielleicht, er wäre anders als Ashbrook. Aber er war ganz genauso. Er würde sie hintergehen und mit anderen Frauen betrügen, er würde sich weiter in den Gentlemen's Clubs vergnügen und in anderen Etablissements, wie alle Männer eben. Bei Shakleton hätte sie es akzeptieren können, denn er bedeutete ihr nichts.

Bei Alexander war das anders. Er hatte die Macht, Isabellas Herz in die tiefsten Abgründe zu stürzen. Und er hatte es bereits getan, gestern Nacht, dabei kannten sie sich noch nicht einmal drei Wochen. Er würde es wieder tun, Isabella wusste es einfach, und das machte ihr Angst.

»Wieso nicht?«, fragte er laut und unbeherrscht, aber der Kloß in ihrem Hals war so dick, dass Isabella es nicht schaffte zu antworten.

Sein Griff wurde fester, und er zog sie zu sich heran.

»Du wirst meinen Antrag annehmen, Isabella«, sagte er ganz nahe an ihrem Ohr, sein Atem strich über ihre Wange, und sie konnte spüren, wie sich alle Muskeln in seinem Körper spannten, weil er so wütend war. »Du hast gar keine andere Möglichkeit.«

»Ach ja?« Sie versuchte sich aus seinem Griff loszumachen, doch es war sinnlos.

»Wie viele Männer stehen hier gerade Schlange, damit sie um deine Hand anhalten können?«, fragte er. »Kannst du mir das sagen? Ich sehe nämlich keine!«

Die Worte fühlten sich an wie eine Ohrfeige. Isabella

schwieg. Was sollte sie ihm schon sagen? Er hatte recht. Ihr Leben lag in Scherben vor ihr, und Alexander zu heiraten, war gerade wirklich ihre einzige Option. Es würde alle ihre Probleme auf einmal lösen. Und trotzdem scheute sie sich davor.

»Damit würdest du deinen Ruf ruinieren, auf ewig«, versuchte sie es ein letztes Mal und merkte selbst, wie kraftlos ihre Stimme klang.

Ein leises, amüsiertes Glucksen entfuhr ihm. »Du solltest mich inzwischen besser kennen. Mein Ruf ist mir egal. Aber du bist es nicht.«

Isabella schloss die Augen. Sie spürte die Tränen, die in ihr nach oben kamen und unter ihren geschlossenen Lidern hervorströmten. Sie spürte Alexanders Hand auf ihrem Arm, wie er plötzlich begann, ganz sanft auf und ab zu streichen.

»Vertrau mir, Isabella«, flüsterte er.

Vertrauen. Würde sie das jemals wieder können? Das, was sich die letzten Stunden über zugetragen hatte, hatte sich in ihre Seele eingebrannt. Sie konnte es verdrängen, aber sie würde es nie wieder vergessen. Und sosehr sie Alexanders Worten auch Glauben schenken wollte – ihre Brust fühlte sich an, als wäre etwas zerbrochen darin.

Dabei hatte er sich doch entschuldigt für sein Verhalten. Er war ehrlich zu ihr gewesen und hatte sich bereit erklärt, den Rest seines Lebens mit ihr zu verbringen und für sie zu sorgen. Sein Angebot war verlockend, und es wäre geradezu verrückt, es nicht anzunehmen. Und war Alexander zu heiraten nicht eigentlich das, was sie sich tief in ihr drin die letzten Wochen über heimlich gewünscht hatte, aber nie zuzugeben bereit gewesen war? Nicht einmal sich selbst gegenüber?

Isabella ließ los. Alle Anspannung, alle Angst, alle Widerstände, die in ihr waren und die sie sich selbst nicht einmal erklären konnte.

Sie ließ los, öffnete die Augen und sah mit tränenverschleiertem Blick Alexanders angespannte Miene. Zumindest für den Moment würde sie ihre Zweifel zum Verstummen bringen und Alexanders Worten glauben.

Sie würde ihn heiraten.

Sie nickte zum Einverständnis und ließ es zu, dass er sie an sich zog und in seinen Armen vergrub. Und zum ersten Mal seit Stunden hatte sie nicht mehr das Gefühl, zu fallen.

29.

Er hatte innerhalb weniger Tage eine Genehmigung des Bischofs erhalten, selbst Isabellas Vater hatte schnell, wenn auch wenig freundlich geantwortet und sein Einverständnis gegeben. Das Schreiben war kurz gefasst, aber trotzdem hatte Mr. Woodford seine Verwunderung darüber zum Ausdruck gebracht, dass eine erste Verlobung gelöst und nun eine zweite vonstattengegangen war. Er hatte ein Angebot für eine Mitgift gemacht, das Alexander ohne Diskussion angenommen hatte. Im Grunde hätte er sie ausschlagen sollen, denn er brauchte das Geld nicht. Wirklich nicht, doch er würde es mit Isabellas Einverständnis in einem Fonds anlegen und ihr damit eine Absicherung ermöglichen. Sie war ohnehin schon dazu gezwungen gewesen, die Ehe mit ihm einzugehen. Sie war vollkommen abhängig von ihm, und er wollte ihr zumindest ein wenig finanziellen Freiraum ermöglichen. Er musste es sogar. Es war das Vermächtnis, das seine Mutter ihm mitgegeben hatte, und Alexander würde alles dafür tun, dass seine Ehefrau und auch seine Töchter, sollte er jemals welche haben, nicht das gleiche Schicksal teilten wie sie.

Isabellas Vater hatte des Weiteren keinen Zweifel daran gelassen, dass er anderweitig beschäftigt war und seine Frau und seine jüngere Tochter Elizabeth ebenfalls nicht nach Bath zur Hochzeit reisen konnten.

Außer ihrem Cousin Phillip und ihren beiden Freundinnen Betty und Rebecca würde niemand aus ihrem Familien- oder Freundeskreis bei der Hochzeit anwesend sein. Der Rest der Parkers war tatsächlich eisern und zeigte Isabella die kalte Schulter. Auf das kurze Schreiben, in dem Alexander den Viscount und die Viscountess über die anstehende Hochzeit ihrer Nichte informierte, hatte man nicht einmal geantwortet. Natürlich war eine Heirat an sich keine große Angelegenheit. Die kurze Trauung selbst fand in einer Kirche statt, gefolgt von einem Hochzeitsfrühstück im kleinen Kreis, und bereits am Nachmittag verabschiedete sich das Ehepaar für gewöhnlich in die Flitterwochen – oder zurück in den normalen Arbeitstag. Trotzdem musste Isabella die Abwesenheit ihrer Familie verletzen, egal wie sehr sie diesen

Umstand heute vermutlich überspielen und die Contenance bewahren würde.

Es war kein Problem gewesen, so kurzfristig in der Octagon Chapel einen Termin für die Zeremonie zu bekommen. Wie alles in Bath – eigentlich in ganz England – war es mal wieder nur eine Frage des Geldes gewesen. Die Octagon Chapel war eine privat geführte Kirche, errichtet von Investoren, die nach dem Vorbild der Mayfair Chapel in der Curzon Street in London Plätze in der Kirche an zahlende Besucher für einige Tage, Wochen oder gleich die ganze Saison vermieteten. Dabei handelte es sich um keine gewöhnlichen Sitzplätze auf zugigen, harten Kirchenbänken. Man reservierte sich einen eigenen Platz oben auf der Galerie, um gute Sicht vorne zum Altar und dem Geistlichen zu haben, es gab sogar kleine Kamine, und natürlich sorgte die Dienerschaft während des Gottesdienstes für das leibliche Wohl. Die Getränke kamen nicht selten aus dem Kellergewölbe der Chapel, das praktischerweise an einen Weinhändler vermietet wurde …

In jedem Falle. Alexander hatte mit einem Geldschein gewunken und sofort einen Termin bekommen. Seit Jahrhunderten gab es diese privaten Kirchen schon in ganz England. Meist wurden sie von besonders gläubigen Philanthropen erbaut, die der wachsenden Nachfrage, vor allem in Städten, nach geistlichem Beistand nachkommen wollten. Und genau deshalb wurden diese Institutionen auch von der Church of England geduldet.

Die Octagon Chapel war angenehm beheizt, aber aufgrund des weiten Kuppeldachs und der Galerie, die rund um den Raum führte und von Säulen getragen wurde, nicht stickig. Sonnenstrahlen fielen durch die Fenster an den Seiten und erleuchteten den hellen Innenraum. Die weiß gestrichenen Wände und die Galerie waren stuckverziert, und das gesamte Interieur erinnerte Alexander viel mehr an einen Salon oder ein Wohnzimmer als an eine Kirche. Die Seiten der Kirchenbänke im Hauptsaal zierten kleine Blumensträuße aus Margeriten und Vergissmeinnicht, und selbst auf dem Altar stand eine Porzellanvase mit prallen weißen Pfingstrosen, die den ganzen Raum mit ihrem Duft erfüllten. Sicherlich war ihre Hochzeit nicht die einzige, die heute hier in der Chapel stattfinden würde.

Phillip brachte seine Cousine den Mittelgang entlang nach vorne. Der junge Parker übergab heute offenbar nicht nur die Braut, sondern war auch einer der beiden Trauzeugen, die für eine Hochzeitszeremonie notwendig waren. Parker und Tom würden diesen Part für Braut und Bräutigam übernehmen.

Abgesehen von den kurzen Briefen an Isabellas Familie und der Trauungsgenehmigung hatte Alexander alle anderen Vorbereitungen zur Hochzeit Tom überlassen. Er selbst hatte die letzten Tage in London verbracht und einen äußerst unangenehmen Termin bei Pitt wahrnehmen müssen, der einen Bericht über den Fortschritt der Ermittlungen verlangt hatte. Mehr als vage Andeutungen und noch unbestätigte Vermutungen hatte er ihm allerdings nicht bieten können. Deshalb würde er auch nach der Eheschließung mit seiner Braut nicht sofort nach London zurückkehren, sondern in Bath bleiben, bis er diese elende Aufgabe endlich hinter sich gebracht hatte.

Er hatte Tom also beauftragt, alles Wichtige für die Hochzeit in die Wege zu leiten, unter anderem auch, Isabella standesgemäß einzukleiden. Und ungelogen, Tom hatte mal wieder ein geradezu atemberaubendes Stilgefühl bewiesen, als er innerhalb weniger Tage Isabellas Kleid hatte schneidern lassen. Selbstredend hatte Alexander seinem Freund dafür jeglichen finanziellen Spielraum eingeräumt, schließlich heiratete Isabella einen der größten Tuchhändler des Landes, und das musste sie in einem angemessenen Kleid tun.

Parker war mit Isabella am Arm inzwischen nur noch drei Schritte entfernt, und Alexander schaffte es nicht mehr, den Blick von ihr abzuwenden.

Sie trug ein golden glänzendes Seidenkleid im Stil der Chemise de la Reine, einer Mode, die erst vor wenigen Jahren aus Paris nach England gekommen war. Die Kleider dieser Richtung waren locker fallenden griechischen Roben nachempfunden und sehr viel angenehmer zu tragen als die beengenden Gewänder, die man noch am englischen Königshof trug. Der Rock war leicht ausgestellt, aber ohne dass ein Reifrock oder Hüftkissen darunter vonnöten waren. Die feine Schärpe war nicht an der Taille, sondern direkt unter der Brust geschnürt und am Rücken zu einer Schleife gebunden. Ganz sicher trug Isabella keine Korsage. Diese Anweisung hatte er Tom extra gegeben, denn er wusste, wie sehr Isabella Schnürungen hasste. Der Ausschnitt war schlicht und zeigte den Ansatz ihrer Brüste. Sie trug eine mehrreihige Diamantenkette eng um den Hals, die im schräg einfallenden Licht der Sonne funkelte. Sie sah umwerfend aus. Alexander wusste, er war in einer Kirche, aber als er sie dort den Gang herunterschreiten sah am Arm ihres Cousins, reagierte sein ganzer Körper auf sie. Es passierte jedes Mal, wenn sie ihm nahe war, und ohne dass er es wollte oder gar beabsichtigte. Heftiges, unerfülltes Verlangen pulsierte durch seine Adern, blockierte seine Gedanken und brachte sein Herz zum Rasen.

Er schluckte und verdrängte das Gefühl.

Denn all das änderte nichts.

In Alexanders Brust hatte sich eine Beklemmung breitgemacht, bereits seit dem Tag, an dem er Isabella einen Antrag gemacht hatte, und sie wollte einfach nicht weichen.

Was nur war mit seinem Vorsatz passiert, nie zu heiraten? Sich nie auf ein Gelöbnis einzulassen, das ohnehin niemand halten konnte?

Du hattest keine andere Wahl, als Isabella um ihre Hand zu bitten.

Er hätte sonst nicht mehr in den Spiegel sehen können. Schließlich war durch sein kopfloses Verhalten damals auf dem Nachhauseweg vom Club ihr Leben vollkommen aus den Fugen geraten. Es hatte nicht erst Toms scharfer Worte bedurft, um ihm den Kopf zurechtzurücken und ihm die Tragweite seiner Unbeherrschtheit vor Augen zu führen. Isabella hatte seinetwegen vor dem Abgrund gestanden, und als er sie in Toms Geschäftszimmer gesehen hatte, in Tränen aufgelöst, und ihre mühsam verborgene Verzweiflung fast schon körperlich hatte spüren können, hatte er nicht mehr nachgedacht, sondern einfach gehandelt.

Und vielleicht war das ein Fehler gewesen.

Er war sich nicht sicher, selbst jetzt nicht, als ihre großen bernsteinfarbenen Augen ihn fixierten, während Parker sie zu ihm führte.

Denn sie hatte sich von Ashbrook verführen lassen, ausgerechnet von Ashbrook. Die einzige Frau auf der ganzen Welt, die ihm etwas bedeutete, war diesem Schuft auf den Leim gegangen. Und auch wenn er noch nicht einmal das Recht dazu hatte, deshalb wütend auf sie zu sein, schließlich war es passiert, lange bevor sie sich überhaupt kannten. Er war es trotzdem.

Wie hatte sie nur so naiv sein können?

Und mit dir hatte sie schließlich auch was, hörte er eine leise Stimme in seinem Kopf, die wie Tausende feine Nadelstiche seine Kopfhaut malträtierte. Woher wusste er eigentlich, dass Ashbrook und er nicht die Einzigen waren? Dass Isabella Woodford sich nicht doch mit den Männern vergnügte und sie genau die Art von Frau war, die einen Liebhaber nach dem anderen verschliss? Dass Edward Parker sie vollkommen zu Recht mit zu Weymouths Dinnerparty genommen hatte?

Und selbst wenn. Du verachtest die Gesellschaft und ihre Konventionen, und plötzlich, wenn es dir passt, urteilst du genauso wie sie?

Außerdem war sie nicht so, er hatte sie an dem Abend bei Weymouth beobachtet. Sie war nicht wie die Schauspielerinnen und Opernsängerinnen, die sich ihrer Weiblichkeit bewusst waren und ihre Reize ausspielten, um Männer zu verführen und ihre körperlichen Bedürfnisse mit ihnen auszuleben. Sie würde ihn während ihrer Ehe nicht betrügen, und er musste endlich die Vergangenheit hinter sich lassen und wieder lernen zu vertrauen.

Isabella stand nun direkt vor ihm, und der leichte zitronige Duft ihres Parfums schwebte zu ihm. Das schräg einfallende Sonnenlicht verfing sich in ihren blonden Locken und verlieh ihnen einen goldenen, geradezu überirdischen Glanz. Einige Blumen waren in ihre hochgesteckten Haare geflochten, und in ihrem Kleid, in dem ihre zarte Figur so perfekt zur Geltung kam, sah sie wirklich aus wie eine Fee aus einer der Sagen oder Märchen, die man für gewöhnlich Kindern erzählte.

Ihre Brust hob und senkte sich unter ihren schnellen, flachen Atemzügen. Sie war nervös, genauso wie er selbst auch. Ihnen beiden war klar, dass sie sich nun auf ewig aneinander banden.

Parker übergab ihre Hand in seine. Sie war kalt und verschwitzt, und Alexander schloss seine Finger um ihre. Ganz bewusst schob er seine Ängste und Zweifel von sich. Von jetzt an war es seine Aufgabe, Isabella zu beschützen, und das wollte er ihr auch zeigen. Er wollte die Angst vertreiben, die er hinter ihrer beherrschten Fassade erahnte, und strich leicht mit dem Daumen über ihren Handrücken. Ihre Augen blieben daran hängen, aber sie reagierte nicht. Sie lächelte nicht und starrte einfach nur auf die Knopfleiste seiner Weste.

Vielleicht täuschte er sich, und es war gar keine Angst, die er bei ihr zu erkennen glaubte. Eigentlich hatte er nicht die leiseste Ahnung, was sie gerade dachte.

Der Ausdruck in ihren Augen, als sie einander kurz

ansahen und sich dann nach vorne zum Priester wandten, war schwer zu deuten, und allmählich bekam Alexander den Eindruck, dass Isabella ihre wahren Gefühle tief in sich drinnen verbarrikadiert hatte. Dass der Schmerz und die Enttäuschung der letzten Tage so groß geworden waren, dass ihr Verstand eine Mauer errichtet hatte, die die wahre Isabella und ihre Gefühle sorgsam verbarg. Sie hatte sich zurückgezogen und die unerklärliche Verbindung, die von Anfang an zwischen ihnen bestand, einfach gekappt. Und das war für Alexander schwerer zu ertragen als die vielen Zweifel, die an ihm nagten.

Isabella vergewisserte sich, dass ihre beiden Freundinnen Betty und Rebecca anwesend waren. Sie saßen in der ersten Kirchenbank und nickten ihr aufmunternd zu. Auch Alexander schenkte ihr ein Lächeln, und sie erwiderte es, mechanisch und ohne dass es ihre Augen erreichte.

Die Zeremonie selbst ging schnell vonstatten, der Priester, der sicher auch die weiteren Trauungen zelebrieren würde an diesem Tag in der Octagon Chapel, leierte die Worte geradezu herunter.

Seltsam, dachte sich Alexander. Um diesen Tag wurde so viel Aufhebens gemacht, jahrelang fieberten junge Frauen und Männer darauf hin, aber der Schwur, den man sich gab, wurde zu einer reinen Pflichtübung. Isabella und er gaben sich das Jawort, aber sie waren so weit voneinander entfernt wie an dem Tag, an dem sie sich kennen gelernt hatten.

Sie begegnete seinem Blick, als sie ihre beiden rechten Hände aufeinanderlegten und das Ehegelöbnis sprachen. Noch immer waren ihre Finger eiskalt.

»Willst du, Alexander Henry Wilkinson, diese Frau zu deiner rechtmäßig angetrauten Ehefrau nehmen, um mit ihr nach Gottes Gesetz im heiligen Bund der Ehe …«

Was, wenn du dich in Isabella täuschst, durchzuckte ihn der Gedanke erneut. In Ellen hatte er sich damals doch auch getäuscht. Auch Isabella würde ihn hintergehen, und sein Albtraum würde sich einfach wiederholen.

Er atmete tief ein und aus, um den Druck von seiner Brust zu vertreiben.

»… so lange, bis dass der Tod euch scheidet?«

Stille senkte sich auf sie herab, Alexander spürte, wie alle Augen fordernd auf ihn gerichtet waren. Sein Herz raste, Panik flatterte durch seinen Magen.

Die Zeit schien stehen zu bleiben, Alexander hörte seinen eigenen Herzschlag in den Ohren dröhnen wie das dumpfe Trommeln von Hufen auf feuchter Erde.

Aber er schaffte es einfach nicht, zu antworten.

Isabellas Blick bohrte sich in seinen, und er konnte sehen, wie das Entsetzen in ihre Augen kroch und wie sich Unglauben auf ihre Züge legte.

Er blinzelte.

Das wird nicht passieren, dieses Mal machst du alles richtig. Du wirst die Vergangenheit wieder geraderücken. Du wirst deine Angst besiegen. Indem du sie jetzt heiratest.

»Ja«, sagte er mit klarer Stimme, und irgendjemand in ihrem Rücken atmete erleichtert aus.

Mit kratziger Stimme beantwortete auch Isabella die Frage des Priesters mit einem Ja.

Die Zeremonie ging weiter, und Alexander war wie weggetreten. Erst als sie die Ringe tauschten und er ihr den filigranen Goldring mit einem hellgrün schimmernden Peridot darauf über den Finger streifte und sich ihre Augen ein ganz klein wenig weiteten, hatte er das Gefühl, wieder bei sich zu sein. Er freute sich, die Überraschung auf ihrem Gesicht zu sehen, als sie erkannte, wie kostbar der Ring war.

»Mit diesem Ring heirate ich dich, mit meinem Körper verehre ich dich, und all meine weltlichen Güter schenke ich dir«, sagte er den Schwur auf, nachdem er den Ring angesteckt hatte. Der Text kam ihm leicht über die Lippen, denn auch wenn er diese Schwüre vor Gott und der Kirche eigentlich für aufgeblasen hielt, stimmte jedes einzelne Wort davon. Er meinte es genau so, wie er es sagte, erkannte er, und dann überkamen Alexander doch noch das ergreifende Gefühl und die Tragweite dessen, was er an diesem Tag vollzog, und sein Herz machte bei dieser Erkenntnis einen Satz. Isabella würde den Rest ihres Lebens an seiner Seite verbringen.

Die Zeremonie war vorüber, und Tom blinzelte verdächtig oft, als sie alle gemeinsam zur Sakristei gingen. Ihr Weg dorthin wurde von Orgelspiel begleitet, das die Trauung mit einer feierlichen Melodie beendete.

Der Gemeindeangestellte wartete im Nebenraum bereits auf sie mit dem Buch der Stadt Bath, in das sich beide eintrugen. Langsam und bedächtig schrieb Isabella noch ihren Mädchennamen, und ein seltsames Glücksgefühl flutete Alexanders Körper, als er zusah, wie ihre schmale, schlanke Hand die Feder hielt.

Er bot ihr seinen Arm an, als sie durch die Kirche nach draußen gingen, wo bereits die nächste Hochzeitsgesellschaft wartete.

Zu Fuß gingen sie die geschäftige Milsom Street entlang bis zum White Lion, wo das Hochzeitsfrühstück stattfinden würde. Zwischen der Handvoll Hochzeitsgäste und dem Brautpaar waren einige Schritte Abstand, und Alexander beschloss, das Schweigen zwischen ihnen zu brechen.

»Isabella?«

»Ja?« Ihr Kopf ruckte zu ihm, als hätte sie bereits darauf gewartet, dass er endlich mit ihr sprach.

»Ich weiß, wir sind gerade keine Freunde. Aber wir werden es werden. Wir werden lernen, uns aufeinander einzulassen. Wir müssen sogar.«

»Müssen wir.« Sie hatte es noch nicht einmal als Frage formuliert. Es war eine Feststellung gewesen, und er meinte sogar, einen Hauch von Resignation daraus hören zu können.

Hatte er sich denn alles nur eingebildet, all die Gefühle? Sie war kalt und distanziert, als hätte sie genauso wenig übrig für ihn wie für Shakleton.

Aber das konnte nicht sein. Sie hatte ihm nichts vorgespielt wie dem Baron. Zumindest nicht erfolgreich, denn bisher hatte er immer durch sie hindurchgesehen und erkannt, was sie wirklich dachte. Er würde sie aus ihrem Schneckenhaus herausholen, spätestens nachdem sie dieses Hochzeitsfrühstück hinter sich gebracht hatten. Und er wusste auch schon, wie er das schaffen konnte.

»Weil wir jetzt Mann und Frau sind«, antwortete er schließlich. »Ich habe mein Leben in deine Hände gegeben und du deines in meine. Bedingungslos, mit allem, was dazugehört. Du hast doch selbst gehört, was der Priester gerade gesagt hat.« Er beugte sich so nah zu ihr, dass seine Lippen ihr Ohr berührten. »In guten wie in schlechten Zeiten sich zu lieben, zu ehren und einander zu dienen, bis dass der Tod uns scheidet«, raunte er, und er sah, wie eine Gänsehaut Isabellas Nacken entlanglief.

30.

Es hatte fast wie eine Drohung geklungen, was Alexander da gerade zu ihr gesagt hatte, an der Schwelle zum White Lion.

Sich zu lieben, zu ehren und einander zu dienen. Natürlich hatte es eine Bewandtnis, dass er genau diese Worte aus dem Schwur herausgegriffen hatte.

Sie warf ihm einen wachsamen Seitenblick zu, hatte aber gar keine Zeit mehr, ihm zu antworten, denn Rebecca nahm sie einfach an der Hand und zog sie über die Türschwelle. Sie gingen nicht in die Gaststube, aus der die Stimmen und das Lachen der zahlreichen Besucher dröhnten, sondern nach rechts in einen kleineren Raum, der nur für private Feiern vorgesehen war.

Rebecca hatte dort ein Hochzeitsfrühstück auftragen lassen. Es duftete verführerisch nach Waffeln und frischem Brot, gebratenem Schinken und Rührei, und in der Mitte des Tisches, flankiert von Kannen voll dampfender heißer Schokolade und Kaffee, thronte eine Hochzeitstorte, umhüllt von geschlagener Sahne und mit kleinen Marzipanrosen darauf. Kerzenleuchter waren angesteckt, cremefarbene Rosenblätter auf der weißen Damasttischdecke verstreut, und Rebecca erwiderte Isabellas erstaunten Blick mit einem zufriedenen Lächeln.

»Auch wenn das alles ein wenig überraschend kam, sollten wir den Tag trotzdem gebührend feiern, meint ihr nicht?« Rebecca wedelte Betty mit in den Raum und schloss die Tür hinter ihnen.

»Das ist … Danke.« Isabella blinzelte eine Träne der Rührung aus dem Augenwinkel. Damit hatte sie wirklich nicht gerechnet. Rebecca hatte sich Gedanken gemacht und sich richtig viel Mühe gegeben und ganz sicher einige ihrer Angestellten von ihren normalen Arbeiten abgezogen, damit sie das Hochzeitsfrühstück vorbereiteten.

Miller, der direkt hinter ihr stand, murmelte trocken: »Ist ja wohl auch das Mindeste.«

»Ach wirklich?« Betty drehte sich zu ihm.

Aber sie meinte es gar nicht böse, denn sofort erkannte Isabella den Schalk, der in ihren Augen glänzte. Seit wann waren die beiden eigentlich so vertraut miteinander? Zugegebenermaßen hatte Isabella die letzten drei Tage damit verbracht, sich in einem von Rebeccas Gästezimmern zu verbarrikadieren, große Mengen an Kuchen und Gebäck in sich hineinzustopfen und mit ihrem Leben zu hadern. Wenn sie nicht gerade in Millers Geschäftszimmer zur Anprobe ihres Hochzeitkleids gewesen war. Außerdem hatte Betty, die Gute, ihr ein weiteres medizinisches Werk aus dem Buchladen in der Milsom Street besorgt, in das sie bis tief in die Nächte versunken war.

Hatte sie irgendetwas zwischen Betty und Miller verpasst?

»Schließlich haben sich die beiden Turteltäubchen ja auch in Mrs. Seagraves White Lion kennengelernt. Unter ihrer Obhut. Das alles ist also quasi ihre Schuld«, führte Miller weiter aus.

Alexander lächelte angestrengt, konnte es aber nicht unterlassen, seinem Freund als Antwort in die Schulter zu knuffen. Die gesunde wohlgemerkt, was Miller jedoch nicht davon abhielt, aufzujaulen und mit seinem verbundenen Arm anklagend vor Alexanders Nase zu wedeln. Der brachte ihn mit einem einzigen, vielsagenden Blick zum Schweigen.

Miller zuckte mit den Schultern. »Einen Versuch war es wert.«

Dann wandte er sich in Richtung des reich gedeckten Tischs und bewunderte die fein duftenden Waffeln.

Währenddessen hatte Phillip die Tür aufgestoßen, zwei völlig verstaubte Flaschen Madeira in Händen, und hielt sie verheißungsvoll nach oben.

»Trinken wir auf das Hochzeitspaar«, verkündete er, entkorkte die erste Flasche und schenkte in die bereitstehenden Gläser auf der Anrichte ein.

Isabella beobachtete ihn dabei. Während der Zeremonie hatte es schon die eine oder andere vertraute Geste zwischen Rebecca und Phillip gegeben. Die beiden schienen sich in der heutigen Gesellschaft freizügiger zu bewegen und ihre Affäre weniger zu vertuschen als sonst. Vielleicht war es gar keine Affäre mehr, sondern bereits ein richtiges Verhältnis. Denn offenbar kannte Phillip sich im White Lion sehr gut aus. Die Madeiraflaschen hatten bis vor wenigen Augenblicken vermutlich noch ein Dasein in dem reich bestückten Weinkeller des White Lion gefristet.

Und den betrat niemand, der Rebecca nicht wirklich gut kannte.

Miller machte noch ein paar Witze, auf die Phillip sofort einstieg, und vor Lachen schafften es Rebecca und Betty nicht einmal, ihren Wein zu trinken. Sogar Alexander taute ein wenig auf und lachte mit, nicht ohne Isabella immer mal wieder längere Blicke zuzuwerfen, bei denen sie, wann immer es möglich war, so tat, als bemerke sie sie nicht. Sie hatte beschlossen, Distanz zwischen sich und Alexander zu bringen, sich abzuschotten und den Tag einfach hinter sich zu bringen. Ihm lange in die Augen zu sehen und das Kribbeln zu spüren, das dabei jedes Mal in ihrer Magengegend aufkam, half ganz sicher nicht dabei.

Alexander trug einen perfekt sitzenden Gehrock aus dunkelblauer Seide, eine dazu passende Kniebundhose und eine gelbe Weste, bestickt mit unzähligen goldenen Ranken. Der gestärkte Hemdkragen und die blütenweiße Seidenkrawatte rahmten sein Gesicht, und so wenig Isabella es wollte, sie bewunderte ihn. Schon mehrmals hatte ihr Herz heute einen Satz gemacht, als sie ihn heimlich beobachtet hatte. Das tat sie immer wieder – ihn sinnlos anzustarren, obwohl sie sich so sehr bemühte, es nicht zu tun.

Deshalb bemerkte sie auch den schwer deutbaren Blick, den Alexander mit Miller tauschte und der beide Männer mit einem Mal wieder ernst werden ließ.

Miller hatte sich ebenfalls hervorragend eingekleidet, auch wenn er sich den nachtschwarzen Samtfrack nur über die Schultern hatte legen können. Aber dafür trug er an seiner gesunden Hand eine Reihe von goldenen Ringen.

Nach dem Essen beschloss Rebecca, dass sie alle Brüderschaft trinken mussten. Dazu gab es Negus, einen speziell gewürzten, angewärmten Wein, der oft auf Hochzeiten ausgeschenkt wurde. Und da ohnehin bereits alle ein wenig angetrunken waren von den beiden inzwischen leeren Flaschen Madeira, wurde es eine ziemlich chaotische Angelegenheit, die Arme ineinander zu haken und dann zu trinken. Nicht nur Toms helle Seidenhose, sondern auch Bettys grünes Kleid trugen einige dunkelrote Flecken davon.

Sie mochte Tom Miller. Und Betty. Und Rebecca und Phillip sowieso. Sie war gerührt von der Freundlichkeit, die alle Anwesenden ihr gezeigt hatten, und der Anteilnahme und der Unbeschwertheit, mit der sie diesen Tag zelebrierten. Isabella konnte noch nicht einmal sagen, ob sie sich jemals in der Gesellschaft ihrer Verwandtschaft so wohl gefühlt hatte wie mit diesen Menschen. Niemals hätte sie sich vorstellen können, dass ihre Hochzeit, die unter so widrigen Umständen vonstattenging, in so einer ausgelassenen, fröhlichen Feier endete.

All das hier fühlte sich gut an. Sicher und geborgen, ein bisschen wie Familie. Nur machte es bedeutend mehr Spaß.

Trotzdem konnte es die Gewissheit nicht verdrängen, dass sie heute geheiratet und sich für den Rest ihres Lebens gebunden hatte. Mehr als das, sie war nun Alexanders Besitz geworden, mit Haut und Haar. Sie gehörte dem Mann, der sie verraten hatte, und sosehr sie auch die unbeschwerte Stimmung ihrer Freunde genießen, mit ihnen lachen und tanzen wollte, schaffte sie es nicht ganz, die Schwere und Dunkelheit aus ihrer Seele zu vertreiben.

Denn, so musste sie sich eingestehen, sie fürchtete sich vor ihrer Zukunft mit Alexander.

***

Wie immer scharte Tom die Anwesenden um sich. Das lag sicherlich an den Geschichten, die er zum Besten gab und von denen Alexander schwören konnte, dass noch nicht einmal die Hälfte davon auch wirklich so passiert war. Aber auch an seiner Ausstrahlung, die immer so warm und einnehmend war, dass man sich gar nicht davor verschließen konnte.

Rebecca stand auf, um ihr Glas erneut mit Würzwein zu füllen. Sie hatte darauf bestanden, dass keine Bediensteten anwesend waren, was sie Alexander, so musste er sich zähneknirschend eingestehen, unglaublich sympathisch machte. Als sie ein wenig abseits der anderen an der Anrichte stand und ihr Glas vollschöpfte, witterte Alexander seine Chance.

Unbemerkt von den anderen stand er ebenfalls auf. Sie hingen Tom an den Lippen, der gerade eine betagte Kundin mit extravaganten Wünschen nachahmte und damit seine

Zuhörer so sehr zum Lachen brachte, dass sie Tränen in den Augen hatten.

»Toms Ausführungen scheinen dich nicht besonders zu interessieren«, stellte Alexander fest, als er sich neben sie stellte. Erst vor einer Stunde hatten sie Bruderschaft getrunken, und es fühlte sich noch ungewohnt an, sie so vertraulich anzusprechen. Vor allem, weil er wusste, welches Thema er nun anschneiden würde. Es sogar musste, denn je mehr er davon mitbekam, wie sehr Rebecca seiner Ehefrau die letzten Tage über geholfen hatte und wie eng die Freundschaft zwischen den beiden Frauen geworden war, desto miserabler fühlte er sich.

Er wollte, dass Isabella ihm vertraute. Er wollte es wirklich. Aber trotzdem verdächtigte er ihre beste Freundin des Schmuggels, und er plante sogar, sie den Obrigkeiten auszuliefern.

Am besten dachte er gar nicht weiter darüber nach, was das für die gerade begonnene Beziehung zwischen Isabella und ihm bedeutete.

Rebecca warf ihm einen kurzen Blick zu, antwortete jedoch nicht. In aller Ruhe schöpfte sie aus einem Topf den Würzwein in ihr Glas. Sie schien zu ahnen, dass irgendetwas in ihm vorging, ließ ihm allerdings Zeit, damit er überlegen konnte, was er als Nächstes sagte.

Alexander schluckte, um den bitteren Geschmack von seiner Zunge zu vertreiben, und griff nach einer der Flaschen, die in dem Alkohol-Arsenal auf der Anrichte standen. Er drehte die Flasche hin und her und tat so, als würde er das Etikett darauf studieren.

»Arrack Rum. Ein ganz wunderbares Getränk, von dem man am nächsten Tag kaum Kopfschmerzen hat«, bemerkte er schließlich. *Und etwas Schlaueres ist dir nicht eingefallen?*

Rebecca legte den Kopf schräg und bedachte ihn mit einem spöttischen Blick.

»… das kann dir besonders unser Freund Tom hier bestätigen«, machte Alexander einfach weiter. Dann pausierte er und hielt ihrem Blick stand. »Wo hast du den eigentlich her?«

Da war es. Ein Blinzeln, wo keines hätte sein sollen. Selbst die unfehlbare Rebecca verriet sich. Sie mochte Unternehmerin sein, bereits verwitwet, aber im Grunde war sie noch blutjung, und in ihre makellos feine, stets leicht gebräunte Mädchenhaut grub sich noch keine einzige Falte.

»Ich kann mich gerade nicht entsinnen. Wir schenken hier so viele verschiedene Getränke aus, man verliert ganz den Überblick«, erwiderte sie leichthin, warf ihm dabei aber einen herausfordernden Blick zu. Die Worte passten nicht zu dem ernsten Ausdruck auf ihrem Gesicht, und sie redete sowieso Blödsinn.

Rebecca und sich nicht erinnern. Sie war eine der intelligentesten Frauen, die Alexander jemals kennengelernt hatte. Sie sprach mehrere Sprachen, und er hatte einmal sogar mitangehört, wie sie einem ihrer Gäste eine wirklich komplizierte Rechenaufgabe demonstrierte. Im Kopf. Der Mann hatte gewettet, sie könne die Rechnung nicht lösen, und dabei eine nennenswerte Geldsumme verloren. Es war der erste Abend, den er im White Lion verbracht hatte. Vor ungefähr drei Jahren musste das gewesen sein. Es hatte ihn so beeindruckt, dass er das Gasthaus seitdem zu seiner festen Anlaufstelle gemacht hatte, wenn er in Bath nächtigte.

Alexander berührte sie leicht am Arm und führte sie von Betty und Isabella weg, die inzwischen kichernd dem jungen Parker dabei zusahen, wie er die Hochzeitstorte in Stücke teilte. Vielmehr bröselte er sie in Stücke und platzierte unansehnliche Kuchenhaufen auf den Tellern, die ihm die jungen Frauen laut lachend hinhielten. Mittlerweile mussten alle in diesem Raum betrunken sein. Inklusive Tom, der mit einem seligen Lächeln auf den Lippen auf das erste Kuchenstück wartete. Er liebte Kuchen. Er liebte alles Süße, dieses gesamte Hochzeitsfrühstück musste das Paradies für ihn sein.

»Machen wir uns nichts vor. Wir wissen beide, dass sich dahinter etwas ganz anderes versteckt, und ich bin es ehrlich gesagt leid, um den heißen Brei herumzureden. Miss Lovelock war genauso stur wie du.«

Rebecca nickte und stellte schleppend fest: »Bei Miss Lovelock warst du also.« Sie nippte an ihrem Wein und musterte Alexander, als wäre er ein Fremder. Oder als sähe sie ihn plötzlich mit ganz anderen Augen. »Wieso interessierst du dich überhaupt so sehr dafür?«, wollte sie wissen.

Noch immer hatte keiner von ihnen beiden offen ausgesprochen, worum es eigentlich ging in dieser Unterhaltung. Nichts von dem Gesagten könnte man ihr zur Last legen, würde man sie anklagen. Und so, wie er Rebecca einschätzte, konnte sie noch stundenlang mit diesem Geplänkel weitermachen.

»Ich möchte die Konkurrenz nicht mehr dulden?«, wagte er den ersten Vorstoß.

Rebecca presste die Lippen aufeinander. Er konnte ihr förmlich zusehen, wie es in ihr arbeitete, und dann schien sie eine Entscheidung zu treffen.

»Bisher hat es dir doch auch nichts ausgemacht. Denkst du nicht, besonders hier in Bath ist Raum für alle?«

Ah. Endlich. Sie sprach es zwar nicht direkt aus, was auch wirklich leichtsinnig wäre. Aber immerhin deutete sie es an.

»Ich bekomme fast den Eindruck, du kennst meine Geschäftsbücher und weißt, wie dort die Bilanzen stehen?«

»Gott bewahre.« Sie hob abwehrend die Hände. »Du sagst also, das, *was du meinst*, das sich hinter Arrack Rum versteckt, tut deinem Geschäft empfindlich weh?«

Natürlich würde er darauf nicht antworten. Er lächelte nur, und Rebecca tat es ihm gleich.

»Ich denke, wir können das hier abkürzen«, sagte sie dann. »Ich kann dir bloß eines raten: Verschwende nicht deine Zeit und konzentriere dich stattdessen auf etwas Sinnvolles. Deine hübsche Ehefrau, zum Beispiel. Fahr mit ihr nach London und werde glücklich, aber schnüffle hier nicht weiter herum. Es tut dir nicht gut. Dein Freund Tom wird es dir bestätigen können.«

»Ist das eine Warnung?«

»Ein gut gemeinter Rat. Der Gegner, mit dem du dich anlegst, ist zu groß.«

Alexander antwortete nicht darauf.

»Der Schuss vor den Bug, den ihr schon bekommen habt, reicht euch wohl nicht aus?«, schob sie deshalb hinterher.

»Wirklich? Die Schläger hast du uns auf den Hals gehetzt?«

Sie schnaubte leise. »Ich benutze andere Mittel, um mich zu schützen, als rohe Gewalt.« Dabei schweifte ihr Blick kurz in Richtung Isabella. Zumindest meinte er, das gesehen zu haben. Vielleicht täuschte er sich auch. Das ungute Gefühl in Alexanders Bauch wurde trotzdem stärker.

»Ehrlicherweise spielt es keine Rolle, wie du dich zu schützen gedenkst, es wird dir nicht viel nützen. Denn das plötzliche Interesse an gewissen, lass es uns mal *Gegebenheiten* nennen, rührt von höchster Stelle«, sagte er.

Rebecca sah ihn lange an. »Und hast du schon einmal nachgedacht, weshalb sich die höchste Stelle nicht selbst darum kümmert?«

Das hatte er. Mehrmals. Egal welche Antwort er dafür fand, sie hatte ihm nicht gefallen. Aber dann hatte er sich jedes Mal vor Augen geführt, welcher Auftrag für ihn dabei heraussprang, und das überstrahlte die offenen Fragen. Und die Allerletzte, der er seine Zweifel mitteilen würde, wäre Rebecca Seagrave.

»Wenn die Company dich warnt, solltest du wirklich darauf hören. Beim nächsten Mal werdet ihr nicht mehr so glimpflich davonkommen«, sagte sie.

Die Company.

Wie konnte es auch anders ein? Natürlich musste die allmächtige British East India Trading Company ihre Finger mit im Spiel haben. Sie war eine Kaufmannsgesellschaft, die den Handel zwischen England und dem Fernen Osten kontrollierte und so mächtig war, dass sie sogar Privilegien wie die Gerichtsbarkeit, eine eigene Militärgewalt und eigene Münzen besaß. Erst seit einem Jahrzehnt unterstand die British East India Trading Company der Aufsicht der Regierung, aber selbst die von ihr eingesetzten Generalgouverneure verfolgten ihre eigenen Interessen. Sie war eine eigene Entität, beinahe eine Staatsgewalt, und im Grunde sollte Alexander wirklich nicht überrascht sein, dass sie bei organisiertem Schmuggel mitmischte. Die Frage war nur: Welche Rolle spielte Rebecca dabei?

»Setzen sie dich unter Druck?«, fragte Alexander schnell und vollkommen unüberlegt. Denn er meinte, dass für einen kurzen Moment so etwas wie Angst über Rebeccas Gesicht gehuscht war.

»Ich glaube, das Gespräch ist hiermit beendet«, sagte sie, ohne Alexander dabei anzublicken, und geradezu eilig raffte sie ihren Rock und gesellte sich zu den anderen an den Tisch und wurde mit einem großen Hurra und einem vollen Kuchenteller begrüßt.

Er hatte sich nicht getäuscht. Rebecca fürchtete sich vor irgendetwas.

Alexander blieb noch ein Weilchen bei der Anrichte stehen, und Tom musste seinen stechenden Blick bemerkt haben, denn er stand auf und kam mit seinem noch halb vollen Glas zu ihm. Während Tom den restlichen Wein aus seinem Glas austrank, sagte Alexander: »Du solltest dich nicht zu sehr an sie alle gewöhnen.« Das hatte verbitterter geklungen, als er eigentlich beabsichtigt hatte, bemerkte er.

Tom reagierte nicht und trank in aller Ruhe weiter und stellte dann sein Glas ab.

»Und du solltest die letzten schönen Tage mit deiner Ehefrau genießen, bevor du etwas tust, das sie für immer gegen dich aufbringen wird.«

Tom sah ihm lange in die Augen, und Alexander bekam das Gefühl, es war ein Vorschlag. Dass sie all das einfach lassen konnten. Dass er zu Pitt fahren sollte und ihm erklären, hier in Bath und Bristol würde es keinen Schmugglerring geben, der belangt werden konnte. Genauso wenig wie die vielen Aristokraten, die von jeder ihrer Reisen Unmengen an feinsten französischen Tuchen schmuggelten und dafür nie zur Rechenschaft gezogen wurden. Weil sie zu verbandelt waren mit dem Königshof oder einem hochrangigen Mitglied des Parlaments, oder weil sie einfach einen Titel besaßen, der sie schützte.

Hatte man ihn am Ende genau aus diesem Grund mit der Schmugglersuche beauftragt? Weil Alexander eben keinen Titel besaß und auch ganz anders dachte als die Beamten des Revenue Service, deren Auftrag es war, die Zölle einzutreiben und Schmugglern das Handwerk zu legen? Weil ihr Respekt oder besser gesagt ihre Unterwürfigkeit dem Adel und den Mächtigen gegenüber keine Grenzen kannte und sie niemals einen Lord oder Earl ans Messer liefern würden, er aber schon? Und vor allem, weil Alexander nicht von der British East India Trading Company geschmiert wurde und auch keine Motivation hatte, diese zu schützen?

Er schluckte.

Wenn er jetzt einen Rückzieher machte, wäre er keinen Deut besser als die Schmuggler. Er würde sich zum Mittäter machen, und er würde mit seinem Skrupel und seiner Sentimentalität auf Dauer sogar sein eigenes Unternehmen schädigen. Das war das Letzte, was er wollte.

Er lehnte sich gegen die Anrichte, verschränkte die Arme vor der Brust und beobachtete die Anwesenden.

Er mochte sie, jeden Einzelnen. Seinen besten Freund Tom, mit dem ihn so viele gemeinsame Erlebnisse verbanden. Die ruhige Betty, deren Lachen so ansteckend war und die sich allem Anschein nach gerade rettungslos in Tom verliebte. Rebecca, die rätselhafte Schönheit, die mit so viel Geschick und einer erstaunlichen Menschenkenntnis ihr Geschäft führte. Sogar Phillip Parker hatte er die letzten Tage über zu schätzen gelernt, denn er konnte ziemlich lustig sein, und er hatte bis auf seinen Fauxpas bei Weymouths Dinnerparty Isabella immer den Rücken gestärkt und sie unterstützt.

Alexander fühlte sich wohl in ihrer Gesellschaft, und sie waren wie Geschwister, die Alexander nie gehabt hatte. Er hatte in der Tat das Gefühl, er war hier in Bath Teil einer Gemeinschaft geworden.

Und schon in wenigen Tagen würde er all das zerstören.

Sein Herz schlug schneller, als sein Blick auf seine Braut fiel und er sie betrachtete.

Isabella. Seine Ehefrau. Noch immer konnte er nicht ganz glauben, dass er nun wirklich verheiratet war.

Würde er mit dem, was er vorhatte, ihr Vertrauen zerstören, das sich doch gerade erst zaghaft entwickelte? Würde sie ihn womöglich sogar hassen dafür?

Die Frau, die er liebte?

Die Worte formten sich wie von selbst in seinen Gedanken, und ein klein wenig erschrak er sich davor.

Bist du auch schon betrunken, oder was?

Er biss die Zähne zusammen und wappnete sich gegen die Zweifel an seinem Vorhaben, die in seinem Kopf und seiner Brust immer lauter wurden und allmählich begannen, ihn innerlich zu zerreißen.

Er würde seinen Auftrag durchziehen, schließlich hatte er dem Prime Minister sein Wort gegeben.

Das war die einzig richtige Entscheidung. Oder?

31.

Sie hatte zu viel getrunken, und selbst die mit Buttercreme gefüllte Hochzeitstorte hatte die Wirkung der vier Gläser Würzwein nicht mildern können. Vielleicht waren es auch fünf gewesen, Isabella hatte schon vor Langem aufgehört zu zählen. Der Boden drehte sich ein wenig unter ihren Füßen, und ihr Kopf fühlte sich an, als wäre er mit Watte gefüllt. Immerhin beruhigte der Alkohol auch etwas ihre Nerven.

Denn sie war nervös. Inzwischen war es später Nachmittag. Gerade eben hatten sie sich in Alexanders Appartement in das erste Stockwerk zurückgezogen, und nun wusste Isabella einfach nicht, wohin mit sich.

Dabei war es vollkommen albern, jetzt nervös zu werden.

Mit dem Rücken zur Tür blieb sie stehen und sah sich um. Rebecca hatte Isabellas Reisekoffer hierherbringen lassen, und sie konnte auch ihr zweites Paar Schuhe entdecken, das fein säuberlich neben Alexanders Stiefeln vor dem Kleiderständer aufgereiht war.

Sein Appartement war großzügig geschnitten. Neben dem Bett befanden sich ein Schreibtisch und zwei elegante Kleiderschränke in dunkel eingelassenem Holz. Die Wände waren mit einer gelben Seidentapete verkleidet, auf der sich Geranienblätter und vereinzelte Blüten rankten. Ein goldumrandeter Spiegel hing neben der Eingangstür, und die offene Feuerstelle war von einem reich verzierten marmornen Überbau eingefasst.

Der Raum war … wunderschön. Wenn alle Gästeappartements so vornehm ausgestattet waren, hatte Isabella sich bisher keine Vorstellung gemacht, wie reich Rebecca eigentlich war und wie viel Geld sie mit ihrem Gasthof verdiente.

Während der gesamten Feier hatten Alexander und sie kaum miteinander gesprochen – eigentlich hatten sie das seit ihrer überstürzten Verlobung vor drei Tagen nicht mehr. Besonders schwierig war das nicht gewesen, denn genauso wie heute waren sie sich, wenn überhaupt, dann immer nur in Gesellschaft begegnet. Und sogar jetzt, als sie bloß noch zu zweit waren, sprach keiner von beiden.

Alexander mochte nicht mit ihr reden. Doch er sah sie an, die ganze Zeit über. Isabella spürte die durchdringenden Blicke, die er ihr zuwarf, konnte aber nicht ausmachen, was sie eigentlich bedeuteten. Ob er genauso verunsichert war wie sie selbst?

Alexander schloss die schweren roséfarbenen Brokatvorhänge mit sparsamen, aber bestimmten Bewegungen. Das Licht wurde dämmrig, und Isabella musste unwillkürlich schlucken. Er hatte also wirklich vor, nun mit ihr …

Als er auch beim zweiten Fenster die Vorhänge zugezogen hatte, blieb er einen Moment stehen und sagte mit dem Rücken zu ihr: »Du weißt, was jetzt kommt.«

Seine Stimme klang kühl, beinahe geschäftsmäßig. Und es war auch gar keine Frage gewesen, die er da gestellt hatte. Es hatte wie eine Feststellung geklungen, und Isabella fragte sich, ob die Eheschließung genau das für ihn war. Ein Handel, bei dem beide Vertragsparteien ihren Part erfüllen mussten. Sie wusste nicht, wie hoch die Mitgift war, die er mit ihrem Vater ausgehandelt hatte, aber zweifellos erhielt Wilkinson eine angemessene Summe. Er hatte sie geheiratet, ihr einen sicherlich absurd teuren Ring an den Finger gesteckt, und nun war es an ihr, der Pflicht nachzukommen, die sich daraus ergab.

Isabella rührte sich nicht und tat ihm auch nicht den Gefallen, auf seine Frage zu antworten. Sie nickte noch nicht einmal, sondern versuchte lediglich, das nervöse Flattern in ihrem Magen unter Kontrolle zu bekommen.

Hatte sie nicht tagelang darüber nachgedacht, wie es wäre, seinen Körper zu berühren? Hatte sie ihn sich nicht sogar nackt vorgestellt und darüber fantasiert, in seine lustverhangenen Augen zu sehen, ihn über sich und in sich zu spüren? Sie hatte verbotene, feuchte Träume gehabt von ihm, vor allem nach dem Abend in Rebeccas Salon, als sie seine Wunden versorgt hatte. Wie ein Fieber hatte das Verlangen ihren Körper besessen, und mehrmals hatte sie sich selbst Erleichterung verschafft, weil dieser Abend sie so sehr aufgeheizt hatte.

Aber dann hatte er sie verraten und damit beinahe ihr Leben zerstört.

Sie war so schockiert und enttäuscht von ihm gewesen, auch wenn er sich bei ihr dafür entschuldigt und sein Verhalten erklärt hatte. Dass Alexander, der Mann, den sie geküsst und von dem sie gemeint hatte, dass auch er sie mochte und respektierte – dass ausgerechnet er ihr Geheimnis ausgeplaudert hatte, war so schmerzhaft gewesen, als hätte man ihre Hand in brühendes Wasser gehalten. Es war noch schlimmer als die Tatsache, dass die Viscountess sie vor die Tür gesetzt und ihre Familie den Kontakt zu ihr abgebrochen hatte. Und genauso wie eine Brandwunde hörte der Schmerz auch nicht einfach auf. Er hielt sich, brannte weiter, Tag um Tag, und schon die sachteste Berührung ließ ihn erneut aufflammen.

Die Tatsache, dass er sie nun geheiratet hatte, änderte nichts daran, denn Isabella hatte ihre Konsequenzen aus seinem Verrat gezogen. Auf die Hochzeit hatte sie sich eingelassen – sie hatte schließlich keine andere Wahl gehabt, und die Heirat verhinderte immerhin das Schlimmste, nämlich dass sie eine Verstoßene wurde und mittellos auf der Straße stand.

Aber sie würde ihm trotzdem nie wieder vertrauen können. Denn er würde es wieder tun, sie verraten oder sie verletzen, davon war Isabella überzeugt. Und deshalb hatte sie sich vor Alexander verschlossen, wie eine Muschel, die im Wasser eine Bewegung vor sich wahrnahm und einfach zuklappte. Sie hatte sich zurückgezogen in sich selbst und entschieden, dass sie nichts mehr fühlen wollte.

Ganz genau hatte sie gemerkt, dass sich auch in Alexanders Verhalten die letzten Tage über etwas verändert hatte. *Er* hatte sich verändert. Alles war so ernsthaft geworden an ihm und so wenig spielerisch. Isabella spürte, dass ihn etwas bedrückte. Immer wieder blitzte eine düstere, wütende Seite durch seine kontrollierte Fassade hindurch, und wie ein Schatten folgte sie ihm seit dem Abend, den er mit Shakleton und Ashbrook verbracht hatte.

Er verbarg etwas, und Isabella ahnte auch, was es war.

Ihre fehlende Jungfräulichkeit. Darum ging es.

Egal wie sehr er beteuerte, dass es für ihn keine Rolle spielte, Isabella war in seinen Augen befleckt. Und wer heiratete schon freiwillig eine Befleckte? Shakleton hätte es nicht getan.

Sie hatte ihn geküsst, sie hatten sich körperlich angenähert, aber Isabella hatte sich ihm noch nicht ganz hingegeben. Und genau das würde er sich jetzt holen, ihre Nähe und ihren Körper. Isabella konnte es sogar verstehen. Jemand anders hatte es vor ihm getan, und ein klein wenig hatte sie das Gefühl, er wollte nun Rache nehmen. An Ashbrook. Oder an ihr.

Vielleicht widerte ihn der Gedanke sogar an, dass sie schon mit einem anderen Mann geschlafen hatte. Vielleicht war er deswegen so reserviert und das alles, was gleich folgen würde, nur eine Pflichtübung, die er hinter sich bringen musste.

Das war es schließlich auch für sie, mehr nicht.

Sie würden die Ehe vollziehen, Isabella würde es über sich ergehen lassen, doch sie hatte beschlossen, dass sie Alexander nicht mehr an sich herankommen lassen würde. Es war das Einzige, was ihr helfen würde. Jetzt und auch in Zukunft. Sie durfte nicht mehr zulassen, dass er sie wirklich berührte, ihr Innerstes, ihre Seele, so wie er es bereits so oft getan hatte.

Denn dann konnte er sie auch nicht mehr verletzen.

Mit der flachen Hand rieb sie sich über den Nacken, erkannte, dass ihre Finger klamm waren und zitterten, und ließ den Arm wieder sinken.

Warum schaute er sie die ganze Zeit so an? Warum stand er vor ihr, in gebührendem Abstand zwar, aber sein Blick glitt trotzdem mit so viel Begierde über ihren Körper, dass Isabellas Herzschlag hart gegen ihren Brustkorb wummerte?

Alexander war nicht mehr weich, offen und verletzlich wie damals in Rebeccas Salon. Seine ganze Erscheinung strahlte etwas Hartes und Unnachgiebiges aus, und so wenig Isabella das gerade zulassen wollte, so sehr sie sich dagegen sträubte, löste seine Ernsthaftigkeit etwas in ihr aus.

Ein leises Ziehen in ihrem Unterleib, einen Instinkt, der genau das wollte. Seine Dominanz und Bestimmtheit, die sie mit ihrer Weiblichkeit besänftigen konnte.

Alexander stellte keine weiteren Fragen mehr, er stand einfach nur da, entknotete langsam sein Halstuch und wandte den Blick dabei nicht von ihr ab. Er zog sich seinen dunkelblauen Gehrock aus und legte ihn und das Halstuch auf einer der Stuhllehnen ab.

»Isabella?«

»Ja?«

»Wieso hast du dich vor mir so verschlossen?«, fragte er geradeheraus. »Wieso bist du so kalt und distanziert, als wären wir Fremde? Und versuch noch nicht einmal, es zu leugnen, denn ich spüre es ganz genau.«

»Du weißt, wieso. Weil du mich verraten hast.«

»Vielleicht habe ich dich vor etwas bewahrt.«

»Du hast mich *verraten*, und ich habe die Konsequenzen daraus gezogen«, beharrte Isabella. Schließlich war das der Satz, den sie seit Tagen im Geiste wiederholte, wie ein Gebet. *Er hat dich verraten, und du ziehst nun die Konsequenzen daraus.* Alexander sollte ihn hören. Er sollte wissen, wie es in ihr drinnen aussah. »Du kannst meinen Körper haben, aber mich«, sie tippte sich mit dem Finger gegen ihre Brust, genau über ihr Herz, »wirst du nicht besitzen. Nicht mehr.«

Er kam ganz nah auf sie zu, und Isabella zwang sich, nicht vor ihm zurückzuweichen, bis sein Gesicht nur noch einen Fingerbreit von ihrem entfernt war.

»O doch, das werde ich, Isabella. Du wirst dich mir hingeben, mit allem, was du hast und was du bist. Heute Nacht.«

Eine heiße Welle schoss durch ihren Körper, die sie versuchte zu unterdrücken. Sie sah ihm in die Augen, erkannte den entschlossenen, selbstsicheren Ausdruck darin und schwor sich, dass sie ihn nicht gewinnen lassen würde. Nicht dieses Mal.

»Du wirst mich nicht besitzen.«

»Du wirst schon sehen. Denn wir werden jetzt die Ehe vollziehen. Das zumindest kannst du mir nicht verwehren, oder?«

Isabella wartete und erwiderte dann leise: »Nein.«

»Das Kleid«, sagte er bloß, mit einem Mal erstaunlich sanft. »Zieh es aus. Bitte.«

Sie spürte, was es mit ihr machte. Dass seine warme Stimme etwas in ihr zum Schwingen brachte, dass sie anfing zu schwanken, obwohl sie es gar nicht wollte. Seine Bestimmtheit war so anziehend für sie, und es war, als würde ihr Körper das Kommando übernehmen und ihr sagen, dass sie ihm vertrauen konnte und alles gut werden würde.

Isabella schloss die Augen.

Sie würde ihren Körper besiegen und auch das Verlangen in ihr.

Das Kleid konnte sie dennoch ausziehen. Das musste sie ja ohnehin, wenn sie mit Alexander … Es war jedenfalls kein Problem. Isabella tastete über ihren Rücken. Betty hatte ihr beim Ankleiden geholfen, und auch wenn das Kleid der neuesten Mode aus Paris entsprach und sie keine Korsage trug, schaffte sie es trotzdem nicht, die Schleife hinten zu öffnen.

»Ich helfe dir«, bot Alexander an und wartete, bis Isabella verhalten nickte.

Und zum ersten Mal seit vielen Stunden berührte er sie. Seine Finger strichen sanft über ihren Nacken und verursachten eine Gänsehaut, ehe er sich über sie beugte und mit nur einer Hand die Schleife zwischen ihren Schulterblättern löste. Sein Hemdkragen stand offen, Isabella spürte die Körperwärme, die von ihm abstrahlte, und sie schloss die Lider und saugte tief seinen Geruch ein. Er beruhigte sie, wickelte sie ein und war wie ein Kokon, in dem sie sich sicher und geborgen fühlte.

Alexander war ganz still geworden, und Isabella öffnete die Augen wieder. Er sah sie an, mit einem triumphierenden Glanz, als könnte er genau sehen, wie sehr sie gerade mit sich und ihrer Sehnsucht kämpfte.

Mit den Fingerkuppen strich er ihr sanft über die Wange, jede Berührung von seiner Haut auf ihrer war wie ein Locken, ein verheißungsvoller Vorgeschmack auf etwas, das sie sich nicht erlauben wollte.

Sie durfte es nicht. Sie durfte sich nicht öffnen, denn dann war sie verloren.

Seine Finger strichen auf und ab, über ihren Hals, ihren Wangenknochen, ihre Schläfe. Er beugte seinen Kopf nach vorne, und seine Wange berührte ihre.

»Lass los, Isabella. Nur für heute Abend, lass los«, hauchte er.

Es war kein Befehl mehr, es war eine Bitte. Und sie spürte ganz genau, dass er alles, was er hatte, all seine Energie freisetzte und auf sie konzentrierte, und es war wie ein Sturm, der sie mitriss und dem sie nichts entgegenzusetzen hatte. Isabellas Herz schlug so schnell und hart, dass das Dröhnen ihre Ohren erfüllte.

Er legte seine Hand darüber, seine warme, flache Hand lag über ihrem Herzen, und Isabella hielt den Atem an.

»Ich höre es, ich spüre es. Du musst dir keine Sorgen machen um dein Herz«, sagte er.

Sie wollte es so sehr. Sich einfach treiben lassen von seiner Nähe und seinen Liebkosungen und sich ihm hingeben.

Sie spürte Alexanders andere Hand in ihrem Rücken, er zog sie an sich, und wie von alleine schmiegten sich ihre beiden Körper aneinander, und Isabella merkte, wie ihr die Tränen in die Augen schossen. *Du darfst es nicht. Du hast dir geschworen, ihn nicht an dich heranzulassen.*

Sie blinzelte.

Seine Lippen schwebten über ihren, sein warmer Atem strich über ihr Gesicht, und er küsste eine Träne aus ihrem Augenwinkel.

»Vertrau mir, Isabella«, sagte er leise, und das war der Moment, in dem sie anfing zu fallen.

Sie wollte nicht mehr gewinnen. Es war egal. Alles war egal. Sie wollte bloß noch Alexander spüren, seinen Körper, seine Nähe, ihn.

Du brauchst keine Angst zu haben, flüsterte sie ihrem Herzen zu. Egal was nun passierte, es war in Ordnung. Alexander würde auf sie achtgeben und ihr nichts aufzwingen, was sie nicht wollte. Zumindest heute Nacht konnte sie sich ihm öffnen.

Und auch wenn ihr die Gedanken noch ziellos durch den Kopf wirbelten, reagierte ihr Körper bereits auf seine Nähe und sagte ihr, dass sie genau das konnte. Ihm vertrauen.

»Einverstanden«, flüsterte sie leise, aber er hörte es trotzdem. Er sah ihr in die Augen, und nur einen Herzschlag später lagen seine Lippen auf ihren.

Es war, als würde ein Beben durch ihren Körper gehen. Wie von selbst gewährte sie seiner Zunge Einlass, die sanft über ihre strich. Sie stöhnte in seinen Mund, und als wäre das ein Signal gewesen, wurde sein Kuss hungriger, wilder, seine Hand vergrub sich in ihren Locken, und alles um Isabella herum, sogar ihre Gedanken, zerfaserte zu vollkommener Bedeutungslosigkeit. Isabella spürte die Bewegungen seiner Brustmuskeln, als er die Seidenschnüre ihres Kleides mit geschickten Fingern lockerte. Er streifte es ihr von den Schultern, befreite ihre Arme aus den Ärmeln, und es fiel zu Boden. Sie trug ein feines Seidenkleid darunter und Strümpfe, die bis über die Knie reichten und von hellblauen Strumpfbändern gehalten wurden. Als nichts weiter geschah, sah sie zu ihm auf. Wortlos, aber mit brennendem Blick hielt er ihr seine Hand hin. Sie ergriff sie, und er half ihr, aus dem Kleid und den Schuhen zu steigen.

»Ich habe geträumt von dir, Isabella. So oft, dass ich wirklich gedacht habe, ich verliere den Verstand«, sagte er mit heiserer Stimme. Seine Hände, die langsam von ihren Schultern nach unten strichen, schienen ihre Haut zu versengen. Sanft umfasste er ihre Brüste mit beiden Händen, und ihr entfuhr dabei ein tiefes, leises Stöhnen.

Isabella schloss unwillkürlich die Augen und war überwältigt von dem Gefühl, das schon die wenigen Berührungen in ihr auslösten. Ein Kribbeln lag auf ihrer Haut, überall dort, wo seine Hände waren, und eine geradezu animalische, unkontrollierbare Lust ballte sich in ihrem Unterleib und machte sie völlig willenlos. Sie stellte sich auf die Zehenspitzen, fuhr mit einer Hand in Alexanders Nacken und zog ihn zu sich herab. Dann presste sie ihre Lippen mit einem Aufstöhnen auf seine, genauso fordernd, wie er es gerade eben noch getan hatte, und nur einen Herzschlag später gab er nach und erwiderte ihren Kuss. Er schlang einen Arm um sie und zog sie an sich, und selbst durch den Stoff seiner Hose hindurch konnte sie spüren, wie sich seine harte Männlichkeit gegen ihren Bauch presste.

Isabella fuhr mit den Händen über seine Brust nach unten und wollte nach ihm greifen, aber er löste sich geschickt von ihr und machte ein besänftigendes Geräusch.

»Wir haben Zeit«, sagte er. »Zuerst solltest du dich ausziehen.«

»Aber du hast doch auch noch …«, widersprach sie.

Er legte ihr einen Finger auf die Lippen und brachte sie so zum Schweigen. »Eins nach dem anderen.«

Und schon hatte er die beiden Träger ihres durchscheinenden Unterkleids über die Schultern gezogen und schob es sachte über ihre Hüften, bis es wie ein seidiger Wasserfall zu ihren Füßen glitt.

Sie trug jetzt nur noch ihre Strümpfe, und Alexanders Blick, der über ihren Körper schweifte, war so voller Verlangen und Bewunderung, dass sie gar nicht auf die Idee kam, sich dafür zu schämen. Schließlich stand sie gerade nackt vor ihm, und er war noch vollkommen bekleidet.

»Du bist die schönste Frau, die ich jemals in meinem Leben gesehen habe, Isabella. Wirklich«, sagte er.

Sanft glitt seine Hand über ihre Brüste und ihren Bauch nach unten, strich wie ein warmer Lufthauch über die Haare, die sich zwischen ihren Beinen kräuselten, bis sie auf ihrem Hintern zum Liegen kam und er plötzlich fest zupackte.

Ein erschrockener Laut entfuhr Isabella.

»Setz dich«, flüsterte Alexander mit rauer Stimme in ihr Ohr, und vermutlich hätte Isabella das sowieso getan, denn ihre Knie wurden mit einem Mal so weich, dass sie sich gar nicht mehr sicher war, ob sie überhaupt noch stehen konnte.

Sie ließ sich auf die weiche Matratze sinken, einen Augenblick lang sah Alexander auf sie herab und kam dann vor ihr auf die Knie. Seine Rechte streichelte sanft über die weiße Haut von ihrer Hüfte über ihre Schenkel nach unten, und Isabella hatte das Gefühl, dass sie unter seinen Berührungen zu glühen anfing. Mit bedachten, langsamen Bewegungen löste er die Schleife des Strumpfbands, rollte den Strumpf nach unten und zog ihn schließlich über den Fuß. Während er es auch beim zweiten Bein machte, küsste er ihre Oberschenkel, knabberte leicht an ihrer Haut, und ein Schauer durchlief Isabella.

Als beide Strümpfe neben dem Bett auf dem Boden lagen, schob er Isabellas Knie mit sanftem Druck auseinander, sodass sie vollkommen nackt und offen vor ihm saß. Sofort wollte sie sich mit beiden Händen bedecken.

»Alexander, ich kann nicht …«, begann sie.

»Schhh …«, machte er nur und begann, sie an ihren Knien zu küssen, kam langsam weiter nach oben und hauchte Küsse auf die Innenseite ihrer Oberschenkel. Isabella spürte, wie sich alles Blut in ihrer Körpermitte sammelte, wie ihr Herz raste und mit jedem Schlag Erregung durch ihren Körper pumpte. Und Scham, dass sie sich so fallen ließ. Sie schnappte nach Luft, wollte ihre Knie schon zusammendrücken, aber Alexander hielt sie davon ab.

»Wovor fürchtest du dich?«

»Ich weiß nicht, ich fühle mich so …«

»Vertraust du mir?«, unterbrach er sie.

Isabella sah ihn an und wurde immer unsicherer. »Ich … ich weiß es nicht«, gab sie schließlich zu.

»Dann musst du lernen, mir zu vertrauen. Vor einigen Tagen hast du mir die gleiche Frage gestellt. Schon vergessen?«

»Nein«, antwortete sie schnell. »Nein, das habe ich nicht. Aber das war etwas anderes.«

»Ich habe mich und meinen besten Freund damals in deine Hände begeben, und du begibst dich nun in meine. Ganz einfach.«

»Aber …« Er erstickte ihren Widerspruch in einem Kuss, fasste dabei geschickt ihre Hand, die sie halbherzig gegen seine Schulter stemmte, und drückte sie auf die Matratze.

»Halte dich fest, mein Liebling«, flüsterte er und begann wieder, sie zu küssen. Isabella gehorchte und verlagerte ihr Gewicht auf beide Arme in ihrem Rücken. Noch ein klein wenig mehr drückte er ihre Oberschenkel auseinander und leckte und küsste seinen Weg sanft nach oben. Das Gefühl der Lust, das Kribbeln, das in Wellen durch ihren Körper wogte, wurde beinahe unerträglich, als er ihrer Mitte immer näher kam. Ganz sanft berührten seine Lippen sie dort, und Isabella stöhnte, laut und unbeherrscht, und es war ihr egal, ob irgendjemand es hören konnte. Mit zwei Fingern spreizte er sie ein bisschen, und seine Zunge glitt über ihre empfindlichste Stelle. Isabella schrie unterdrückt auf, wie von selbst legte sie eine Hand um seinen Kopf, und die Welt begann, sich um sie herum aufzulösen. Hitze jagte durch ihren Körper und löschte jeden klaren Gedanken aus ihrem Kopf.

Sie ließ sich nach hinten sinken, auf den Rücken, und ergab sich Alexanders Zunge und den Gefühlen, die durch ihren Körper rauschten.

»So ist es gut, meine Liebste«, sagte er leise, und seine Zunge begann zu kreisen, immer bestimmter und heftiger, und sie wand sich unter seinen Berührungen.

»O Gott«, stöhnte sie, ihre Hand krallte sich fester in seine Locken, als seine Zunge rhythmisch auf und ab wanderte und sie merkte, wie sie allmählich die Kontrolle verlor, wie ihr Herz zu rasen begann und sie sich unaufhaltsam dem Höhepunkt näherte. Eine gewaltige Energie baute sich in ihr auf, dort, wo seine Zunge sie liebkoste.

Aber dann, als sich ihre Muskeln bereits anspannten und sie kurz davorstand zu kommen, ließ er von ihr ab, stand auf und blickte heftig atmend auf sie herab.

Sie wimmerte, sie konnte nicht anders, sie spürte sogar, wie sich Tränen in ihren Augenwinkeln sammelten.

»Ich will dich, Isabella, mehr als irgendetwas sonst auf dieser Welt.« Seine Stimme klang schwer und heiser vor Erregung. »Die Frage ist, ob du mich auch willst.«

Abwartend sah er sie an, und Isabella konnte nicht anders, ein heiseres Lachen bahnte sich einen Weg ihre Kehle hinauf.

Er quälte sie, mit voller Absicht. Er wollte sie um den Verstand bringen. Sie stieß einen kehligen, frustrierten Laut aus und richtete sich halb auf.

»Natürlich will ich dich, Alexander. Ich gehöre dir.« Sie schluckte. »Du hast gewonnen, zumindest heute Abend«, flüsterte sie.

Und als wäre es genau das gewesen, was er hatte hören müssen, nickte er, zog sich rasch die Stiefel von den Füßen und streifte sich die Hose ab und das Hemd über den Kopf.

Noch immer waren die Blutergüsse sichtbar, die allmählich von Blau in ein Grüngelb übergingen. Doch das änderte nichts.

Aufrecht stand er in seiner ganzen Pracht vor ihr, und Isabella musste schwer schlucken, als sie seinen nackten Körper vor sich sah, die geschwungenen Schultern, die muskulösen Arme und die Brust, auf der sich nur wenige Haare kräuselten. Der schlanke Torso, auf dem eine Spur von Haaren nach unten führte, wo sich seine Männlichkeit aufgerichtet hatte.

Alexander war perfekt.

Er legte sich neben sie auf das Bett und begann, über ihren Körper zu streicheln, fuhr ihre Rundungen nach und zog leicht an ihren Brustwarzen, die sich unter seinen Fingern zusammenzogen und hart wurden. Isabella wimmerte, als seine Hand zwischen ihren Beinen liegen blieb, und ihre intimste Stelle zuckte unter seiner erneuten Berührung.

»Bitte, Alexander«, bettelte sie.

Er lag ganz nah bei ihr, sein Atem strich über ihr Gesicht, und sie konnte seine Erektion an ihrer Hüfte spüren.

»Du wirst mich nie betrügen, Isabella«, sagte er plötzlich und eindringlich, beschwörend fast. »Niemals, hörst du?«

Isabella hielt die Luft an, und mit einem Mal verstand sie, woher die Wut und Härte kamen, die er so sehr versuchte zu verstecken. Sie waren nichts anderes als Unsicherheit und Angst. Angst davor, noch einmal so betrogen zu werden, wie es ihm bereits widerfahren war. Er war eine Beziehung mit ihr eingegangen, für immer, und das machte ihn verletzlich. Es ging ihm ganz genauso wie ihr, erkannte sie.

Sie nahm sein Gesicht in beide Hände, sah ihm tief in die Augen und sagte: »Nein, das werde ich nicht. Das schwöre ich dir.«

***

Alexanders Herz machte einen Satz, als er ihre schmalen Hände um sein Gesicht spürte.

Sie meinte es ehrlich und sagte es nicht einfach so, um ihn zu beruhigen. Er konnte es an ihrer Stimme hören und in ihren Augen lesen. Sie hatte genau die richtigen Worte gewählt, um seine Zweifel verstummen zu lassen, zumindest vorerst. Mehr musste er nicht wissen, denn lange würde er seine Erregung ohnehin nicht mehr im Zaum halten können.

Er packte sie an den Kniekehlen, zog sie zu sich heran, und ihr entkam ein überraschter Laut.

Im Grunde wusste er, was er vorhatte. Er wollte die Mauern einreißen, die sie um sich errichtet hatte, und sie spüren lassen, dass sie zueinander gehörten. Von Christopher durfte nichts übrig bleiben in ihrem Gedächtnis, in ihrem Körper und in ihren Gedanken. Heute Abend würde er Isabella restlos in Besitz nehmen und ihr zeigen, dass sie jetzt eins waren.

Mit den Hüften schob er ihre Beine noch ein Stückchen weiter auseinander, verlagerte das Gewicht auf seine Unterarme und platzierte sich über ihr.

Isabella sank unter seinem Gewicht in die Kissen und schloss die Lider, als er sich gegen sie drückte und kurz davor war, in sie einzudringen.

»Mach die Augen auf, Isabella«, befahl er. »Ich möchte, dass du verstehst, was es bedeutet. Das hier. Für immer.«

Isabella gehorchte, öffnete die Augen und hielt seinem Blick stand, als er zustieß. Hart, fordernd und ungeduldig. Sie keuchte, einen winzigen Moment hatte er den Eindruck, dass sie versuchte, von ihm wegzurutschen, und er hielt inne. Sein Blick tastete über ihr Gesicht auf der Suche nach Unbehagen oder Schmerz. Aber statt einer Antwort schlossen sich ihre Arme um ihn, und ihr Mund landete hungrig auf seinem.

Und sie fühlte sich so gut an, so feucht und warm. Er stöhnte. Ganz vorsichtig begann er, sich in ihr zu bewegen. Und sofort merkte er, dass das hier ganz anders war als mit den anderen Frauen, mit denen er bisher im Bett gewesen war. Er hatte Erfahrung, genügend sogar. Er hatte mit üppigen und schlanken Frauen geschlafen, mit jüngeren und älteren, er hatte die Lust in ihnen geweckt und viele zum Höhepunkt gebracht. Sex war immer etwas rein Körperliches gewesen für ihn. Alexander hatte sich befriedigt und auch seinen Partnerinnen Lust beschert, zumeist nur für eine Nacht.

Aber das hier war, als sprächen ihre beiden Körper miteinander. Als baue sich eine Verbindung und Nähe zwischen ihnen auf und ein Vertrauen, das sie sich beide auf einer anderen Ebene noch nicht gewähren konnten.

»Du gehörst jetzt mir, Isabella. Verstehst du?«

Er küsste sie, als er sich zurückzog aus ihr und dann wieder in sie hineinglitt, bis er sie ganz ausfüllte.

Ihre Lider flatterten, sie sah ihn mit verschleiertem Blick an und stöhnte leise mit jedem Mal, das er in sie eindrang.

»Ich will nur dir gehören. Niemandem sonst«, sagte sie, zog ihre Knie an und wölbte sich ihm entgegen, und er wusste, er würde sich nicht mehr lange beherrschen können. Er küsste sie fordernder, intensiver und versuchte mit aller Macht, sich zurückzunehmen und die Kontrolle zu behalten. Sie stöhnte in seinen Mund, immer lauter, und das war gut so.

Sie sollte die Erste sein.

»Komm für mich, Isabella«, forderte er und biss sie ganz leicht in den Hals, den sie ihm darbot. Ihr Atem wurde heftiger und intensiver, und als er in ihr kreiste, spürte er, wie ihr Körper allmählich zu beben begann, wie sie ihre Füße in die Matratze drückte und sich jeder Muskel in ihr anspannte. Er legte seine Lippen auf ihre, strich sanft mit der Zunge über ihre und schob sie damit über die Klippe. Sie schrie seinen Namen, laut und haltlos, er spürte ihre Kontraktionen um sein Glied, und er konnte nicht mehr. Nur wenige Augenblicke nach ihr ließ er los, erlaubte der Welle, durch seinen Körper zu rauschen, und er kam so hart und gewaltig, dass er alles um sich herum vergaß.

***

Schwer atmend sank er neben sie, und beide brauchten einen Moment, um wieder zu sich zu kommen. Er sah einen kleinen Schweißtropfen auf ihrem Brustbein und zerrieb ihn zwischen den Fingerspitzen.

»Das war … ich wusste gar nicht, dass …« Isabella schaffte es nicht, den Satz zu Ende zu bringen. Alexander lachte leise an ihrem Ohr und streichelte über ihre Wange, während sich sein Atem allmählich zu beruhigen schien. Zum ersten Mal seit Tagen hatte sie das Gefühl, dass er entspannt war. Mit den Fingerspitzen strich Isabella seinen Rücken auf und ab, bewunderte die Muskeln, die sie darunter spürte, und warf einen Blick über die Schulter in Richtung der Vorhänge. Es war noch hell draußen, vermutlich war der Abend noch nicht einmal richtig angebrochen. »Wir sollten aufstehen. Wir können doch jetzt nicht den restlichen Tag einfach hierbleiben.«

»Können wir nicht?«, fragte er mit einem spitzbübischen Lächeln in den Mundwinkeln.

Vermutlich erwartete man sogar von ihnen, dass sie sich heute nirgendwo mehr blicken ließen.

Und eigentlich hatte Isabella auch gar nichts dagegen, denn sobald sie diesen Raum verließen und ihre Zweisamkeit aufbrachen, würden die Wirklichkeit und all ihre Probleme sie wieder einnehmen. Alexander hatte recht gehabt. Hier, für eine Nacht, konnte sie sich ihm öffnen, und sie konnten sich aufeinander einlassen.

Zudem hatte sie niemals erwartet, dass es sich so anfühlte mit ihm.

Die Nacht mit Christopher hatte sie … beeindruckt, ohne Zweifel. Die Lust, die sie verspürt hatte, war eine neue Welt gewesen. Aber all das war nichts im Vergleich zu dem

Gefühl, das Alexander gerade in ihr ausgelöst hatte und das noch immer in ihr nachhallte und ihr ein wohliges Prickeln bis in die Finger und Zehen sandte.

»Tom hat einmal erwähnt, dass ihr beide sehr viele Gemeinsamkeiten habt. Und ich frage mich seit Tagen, was dies wohl sein mag«, begann Isabella, beobachtete Alexander jedoch genau dabei, denn sie war sich nicht sicher, wie er auf ihre sehr persönliche Frage reagieren würde. Und ob er ihr überhaupt antworten wollte.

»Er ist eine fürchterliche Plaudertasche.« Alexander hatte sich der Länge nach ausgestreckt und auf den Rücken gedreht, lehnte sich gegen die Kissen, und Isabella legte ihren Kopf auf seiner Brust ab und ließ ihre Finger über die wenigen dunklen Haare darauf kreisen.

Es war seltsam, mit ihm so hier zu liegen. Vollkommen nackt und miteinander vertraut, und einen kleinen Moment lang strömte ein ungewohntes Glücksgefühl durch ihr Herz.

»Verrätst du es mir nicht?«, hakte sie nach.

Alexanders Hand schloss sich um ihre, hielt sie fest, und er streichelte mit dem Daumen über ihre Fingerknöchel.

»Doch, natürlich darfst du es wissen. Tom ist genauso wie ich als lediges Kind ohne Vater aufgewachsen. Mein Vater hat sich irgendwann besonnen und meiner Mutter zumindest ausreichend Geld zur Verfügung gestellt, damit ich eine standesgemäße Ausbildung bekommen kann. Toms Mutter hat ihn ganz alleine durchgebracht.«

»Standesgemäß? Wer ist denn dein Vater?«

Er schüttelte nur den Kopf, hatte die Lippen leicht aufeinandergepresst, und Isabella verstand, dass sie gar nicht weiter zu bohren brauchte.

»Und deine Mutter …«

»Ihr gehörte ein Stoffgeschäft, das ich nach meinem Studium übernommen und ausgebaut habe. Sie war Näherin.«

»Das war sicher nicht einfach«, stellte Isabella fest.

Er zuckte mit den Schultern. »Man wächst an seinen Aufgaben.«

Isabella senkte die Lider ein wenig, strich mit ihrer Hand seinen Körper auf und ab und ließ sie immer tiefer wandern.

Alexander sog scharf die Luft ein, als ihre Finger zwischen seinen Beinen zum Liegen kamen und sich um sein Glied schlossen.

»Ich glaube, da ist etwas Wahres dran«, murmelte sie, während sie ihn mit langsamen Bewegungen und leichten Küssen wieder zu voller Größe brachte.

32.

Mehrmals hatten sie sich geliebt an diesem Nachmittag, bis in die späten Abendstunden hinein, und waren dann erschöpft nebeneinander eingeschlafen.

Isabella war ein wenig wund am nächsten Tag und hatte Alexander mit einem Schnauben von sich geschoben, als er sich schon wieder fordernd an sie heranschmiegte.

Außerdem hatte ihr Magen vernehmlich geknurrt, und sie hatte beschlossen, gemeinsam mit Betty und Rebecca in deren Salon zu frühstücken. Alexander hatte ohnehin einiges mit Tom in seinem Geschäft zu erledigen, und Isabella kam das gerade recht.

Sie hatte das anzügliche Grinsen und die kichernden Bemerkungen ihrer beiden Freundinnen mit einem Augenrollen beantwortet und sich voll und ganz ihrem Marmeladentoast gewidmet. Nach dem Essen saßen sie noch ein wenig zusammen, Betty las, wie immer, Rebecca sichtete einige Rechnungen, die sich auf ihrem kleinen Schreibpult stapelten, und Isabella stocherte in dem Stückchen Hochzeitstorte herum, das auf einem mit rosaroten Blumen verzierten Dessertteller vor ihr lag.

»Rebecca, darf ich dich etwas fragen?« Irgendwann einmal musste sie es ja ansprechen.

Rebecca nickte nur abwesend.

»Also, du und Phillip, ihr …« Kurz überlegte Isabella, welche Wortwahl wohl nun die unverfänglichste war, aber Rebecca kam ihr zuvor.

»Wir haben ein Verhältnis. Das ist doch das, was du fragen wolltest, oder nicht?«

Isabella hielt die Luft an.

Richtig.

Im Grunde hatte sie die Antwort ja schon gewusst. Aber es so direkt aus Rebeccas Mund zu hören, überforderte sie nun trotzdem.

Witwen genossen mehr Freiheiten als unverheiratete Damen. Es war nicht ungewöhnlich, dass sie die Geschäfte ihrer verstorbenen Männer eigenständig weiterführten, und ebenfalls war es nicht ungewöhnlich, dass sie Liebhaber oder Affären unterhielten. Die Gesellschaft war bei Witwen sehr viel weniger reglementierend als bei unverheirateten Frauen.

»Wieso hast du nie etwas gesagt?«

Betty, die bequem auf der Chaiselongue lümmelte, die neue Ausgabe des *Ladies' Magazine* las und dabei ohne hinzusehen immer wieder nach ihrer Kaffeetasse griff, ließ die Zeitschrift sinken.

Es war ein Phänomen, wie sie scheinbar vertieft Seite um Seite lesen konnte, aber dennoch immer ganz genau mitbekam, was um sie herum besprochen wurde.

Rebecca sagte einen Moment lang nichts.

Sie rang mit sich. Und das wunderte Isabella, denn eigentlich hätte sie mit einem *Wieso hast du nicht einfach gefragt?* gerechnet. Oder einem *Es geht dich schließlich nichts an*. Doch die Tatsache, dass Rebecca tatsächlich nach Worten suchte, war erstaunlich. Bedenklich sogar, wenn Isabella es sich so recht überlegte.

»Ich war mir nicht sicher, wie du darauf reagieren würdest«, gab sie zu.

»Aber … was hast du denn gedacht, wie ich reagiere?«

Wieder kam keine Antwort, und Isabella legte den Kopf schräg.

»Rebecca?«

Sie hatte begonnen, fahrig an einem Taschentuch herumzuzupfen, knüllte es dann in ihrer Faust und sah endlich auf. »Weil wir uns trennen müssen.«

Es wurde vollkommen still im Salon. Bis auf das Geräusch, als Betty deutlich vernehmbar den Kaffee herunterschluckte.

Isabella war nicht in der Lage, irgendetwas zu antworten, so völlig überrumpelt war sie von dem eben Gesagten.

»Weiß Phillip davon?«, brachte sie schließlich hervor.

»Nein«, gab Rebecca zu. »Noch nicht. Aber wie hätte ich es ihm auch sagen sollen, mit eurer Hochzeit und allem?« Sie gestikulierte in der Luft, ließ die Arme dann aber wieder sinken. »Ich mag ihn. Ich mag ihn wirklich. Aber ich kann sein Leben nicht zerstören.«

»Mit dir liiert zu sein, bedeutet doch wirklich nicht, dass du sein …«

»Er ist jung«, unterbrach Rebecca sie. »Er ist sieben Jahre jünger als ich.«

»Ja und?«

»Ich werde nicht mehr heiraten, ganz einfach. Nie wieder.«

Eigentlich sollte Isabella nicht überrascht sein. Schon bei ihrem ersten Zusammentreffen hatte Rebecca ihr genau das gesagt. Doch sie hatte nie eins und eins zusammengezählt und darüber nachgedacht, was dies für die Beziehungen bedeutete, die Rebecca führte. Falls sie überhaupt eine führte. Sie wusste ja noch nicht einmal, wie genau das Verhältnis zwischen Rebecca und ihrem Cousin aussah.

»Phillip hat sein ganzes Leben noch vor sich. Er ist freundlich, zuvorkommend und liebenswert. Er hat es verdient, eine Ehefrau an seiner Seite zu haben und eine eigene

Familie gründen zu können. Abgesehen davon ist die Viscountess seine Mutter. Ich streite mich gern, wirklich. Aber die Aussicht auf die lebenslange Opposition von Lady Alice schreckt sogar mich ab.«

»Und du bist wirklich fest entschlossen, nicht mehr zu heiraten?«, wollte Betty wissen.

»Ich bin nicht die richtige Frau für ihn. Es gibt zu viele Päckchen, die ich mit mir herumtrage, die ich ihm nicht aufbürden kann.« Betty holte bereits Luft, um etwas zu erwidern. Vermutlich wollte sie wissen, was genau Rebecca denn damit meinte, aber die kam ihr zuvor. »Frag nicht weiter nach, ich werde es euch nicht erklären. Nicht jetzt.« Sie stand auf und ging zum Fenster. Den Rücken zu ihnen gedreht, sagte sie mit merkwürdig belegter Stimme: »Das ist eben der Preis, den ich für meine Freiheit zahle.«

Ein Weilchen schwiegen alle drei, bis Betty die Zeitschrift sorgsam faltete und zur Seite legte, als handle es sich um einen Schatz. »Manchmal habe ich dieses Korsett, in dem wir leben, wirklich satt.«

Überraschte Blicke trafen sie. Kritik an ihrer Lebenssituation, das war eine neue Seite an Betty. Der Kontakt mit Rebecca färbte offenbar ab, und prompt begann diese auch zu lächeln. »Isabella hat es doch gut erwischt. Sie hat sich den Richtigen ausgesucht. Einen Mann, der sie wirklich mag. Und ich bin mir sehr sicher, dass ihre Ehe nicht zu der Tyrannei wird, in die die meisten Beziehungen irgendwann ausarten«, sagte sie.

Betty griff währenddessen nach der Kaffeekanne, um sich die Tasse wieder vollzuschenken. Auch die Liebe zum Kaffee schien sie übernommen zu haben. Isabella freute sich darüber, ihre Leidenschaft für das herbe dunkle Getränk jetzt mit jemandem teilen zu können. Gerade konnte sie das aber nicht zeigen, denn irgendetwas schnürte ihr die Brust zusammen. So fest, dass sie erst einmal tief einatmete und dann die Luft langsam aus ihren Lungen entweichen ließ. Das beruhigte sie immer.

»Stimmt gar nicht«, stellte sie dann leise fest. Als die anderen beiden sie nur erstaunt ansahen, räusperte sie sich, weil schon wieder dieser Kloß in ihrem Hals saß, und sagte: »Ich habe mir niemanden *ausgesucht*. Shakleton hatte sich von mir getrennt, und Wilkinson hat mir anschließend aus Mitleid einen Antrag gemacht. Im Grunde gibt es überhaupt keinen Unterschied zwischen den beiden.«

Rebecca runzelte ihre makellose Stirn, was sehr selten vorkam. »Wie bitte?«

»Shakleton, Wilkinson – der eine hätte mich und der andere hat mich aufgrund von gesellschaftlichen Zwängen geheiratet.«

»Das stimmt doch gar nicht«, mischte sich auch Betty wieder ins Gespräch. Sie hatte sich ganz gerade aufgesetzt und war bis an die Kante des Sofas gerutscht und sah wirklich aufgebracht aus.

»Wenn meine Tante mich nicht vor die Tür gesetzt und wir Tom nicht in die Arme gelaufen wären, hätte Wilkinson mir niemals einen Antrag gemacht.«

Beide Freundinnen schwiegen. Denn Isabella hatte recht.

»Aber das weißt du doch gar nicht«, versuchte Betty es erneut, ohne viel Überzeugung.

Ja, sie waren sich nahegekommen, gestern Nachmittag, nicht nur körperlich. Die Verbindung, die von Anfang an zwischen ihnen bestanden hatte, war wieder da gewesen. Sie hatten sich mit roher, beinahe verzweifelter Lust geliebt, und es hatte sich richtig angefühlt. Und ganz anders als damals mit Ashbrook.

Aber all das bedeutete noch nichts. Sie interpretierte viel zu viel hinein in diesen einen Nachmittag, vermutlich war es der Alkohol des Würzweins, der die Erinnerung daran verzerrte. Und was auch sonst hätte Alexander tun sollen, sie waren immerhin verheiratet, und sie hatten die Ehe auch vollziehen müssen, um ihr Bündnis zu legitimieren.

Alexander hatte seine Motive für diese Hochzeit, und ganz sicher war das nicht einfach nur Zuneigung. Ein schlechtes Gewissen womöglich. Der Wunsch eines jeden Mannes, eine Frau zu Hause zu haben, die sich um den Haushalt kümmerte und ihm Erben schenkte. Schließlich besaß dieser Mann ein ganzes Imperium. Außerdem war da noch etwas, worauf sie den Finger aber noch nicht legen konnte. Irgendetwas schwelte in ihm, und sie hatte das Gefühl, dass es bei jedem Satz, den sie mit ihm wechselte, durchschien. Eine gewisse … Wut. Oder Angst. Oder beides. Und es war nicht nur ihre fehlende Jungfräulichkeit, denn inzwischen hatte er oft genug beteuert, dass es kein Problem für ihn darstellte.

Sie sollte sich nicht so viele Gedanken darüber machen, weder über ihn noch darüber, was er dachte. Bestimmt zerbrach er sich gerade in diesem Moment nicht den Kopf über sie. Er kümmerte sich bereits am Tag nach der Hochzeit wieder um sein Geschäft, und sie kannte ja seinen Ruf. Außerdem hatte sie gestern selbst gesehen, was für ein versierter, erfahrener Liebhaber er war. Er war sogar Mitglied im Hellfire Club, dem berüchtigtsten aller Londoner Clubs, der so anrüchig war, dass eine wirkliche Dame den Namen noch nicht einmal in den Mund nahm. Isabella geheiratet zu haben, hielt ihn nicht davon ab, seine eigenen Wege zu gehen und sich in anderen Betten auszutoben. Oder einfach abwesend zu sein, wie alle anderen Männer auch.

Und es würde ihr Herz in Stücke reißen. Jeden Tag ein bisschen mehr.

»Ich habe ihm nicht gesagt, dass Ashbrook mich erpresst«, sagte sie dann unvermittelt und war sich selbst nicht ganz sicher, wieso das jetzt auf einmal aus ihr hervorbrach.

»Sag mir bitte nicht, dass du ernsthaft überlegst, ihn auszuzahlen. Das darfst du nicht.« Rebecca fixierte sie, merkte dann aber offenbar selbst, dass sie etwas zu vehement reagierte, und fuhr deutlich ruhiger fort: »Du solltest Alexander ins Vertrauen nehmen. Er weiß doch schon, dass du eine Liebesnacht mit ihm verbracht hast. Du musst ihm die ganze Geschichte erzählen.«

»Das kann ich nicht.«

»Wieso nicht?« Rebecca ließ nicht locker.

Ein dumpfes, schmerzhaftes Gefühl setzte sich in Isabellas Magen fest. Es war Angst, stellte sie unwillig fest. Angst um Alexander und davor, dass er etwas vollkommen Unüberlegtes und Dummes tat.

»Er wird ihn umbringen«, flüsterte sie und starrte vor

sich auf die letzten Krümel des Tortenstücks auf ihrem Teller.

Das Interessante war: Keiner widersprach.

»Es wäre nicht schade um Ashbrook«, sagte Betty schließlich leise. »Aber trotzdem ist Alexander jetzt dein Ehemann. Meinst du nicht, du solltest ehrlich ihm gegenüber sein und …«

»Als ob er ehrlich gegenüber mir ist«, hörte Isabella sich sagen, was ziemlich kindisch klang, denn bisher hatte sie wirklich nicht das Gefühl, dass er ihr absichtlich Dinge verschwieg. Das eigentliche Problem war nämlich ein anderes. »Ich kann ihm nicht mehr vertrauen, nach allem, was passiert ist zwischen uns. Vor allem nicht, was Ashbrook betrifft. Wenn Alexander es erfährt und ihm etwas antut, zerstört er damit sein Leben.«

»Vermutlich hast du recht«, stellte Rebecca fest und setzte sich zurück zu ihnen aufs Sofa. »Wenn die beiden in einem Raum miteinander sind, ist es sicherlich nicht mehr der Kopf, der die Entscheidungen trifft, sondern … ihr wisst schon, was.« Bettys lautes Kichern unterbrach sie, und jetzt prustete auch Rebecca hinter vorgehaltener Hand los, und beide bogen sich vor Lachen.

Isabella beobachtete ihre beiden Freundinnen. Was war eigentlich heute los mit den beiden? Sie benahmen sich, als wären sie vierzehn.

Als Rebecca bemerkte, dass Isabella so gar nicht auf ihre Scherze einstieg, richtete sie sich wieder auf, unterdrückte mit sichtbarer Mühe einen weiteren Lacher und sagte, ernster diesmal: »Ich bin mir sicher, dass du nicht die Einzige bist, mit der Ashbrook das macht. Wir haben doch gesehen, wie er um die jungen, bevorzugt gut betuchten Töchter scharwenzelt und ihnen schöne Augen macht. Sogar mir hat er längere Blicke zugeworfen, damals im Park. Das ist sein Geschäftsmodell.«

Sie hatte recht. So routiniert und eiskalt, wie er Isabella unter Druck gesetzt hatte, machte er das sicher nicht zum ersten Mal. Und während ihr Blick zwischen Rebecca und Betty hin- und herwanderte, fasste sie einen Entschluss. »Ich muss einen anderen Weg finden, Ashbrook aufzuhalten.«

Sie würde nicht zulassen, dass er noch mehr junge Frauen ruinierte.

»Wir«, sagte Betty nachdrücklich, nachdem sie sich eine Lachträne aus dem Augenwinkel gestrichen hatte. »*Wir* müssen einen anderen Weg finden.« Und ein kleines, stolzes Lächeln erschien auf ihren Lippen, als auch Rebecca zustimmend nickte.

»Ich glaube, ich habe auch schon einen Plan«, begann Isabella, schob ihren leer gegessenen Teller weg und winkte die beiden verschwörerisch zu sich.

»Egal wie er aussieht. Ich mag ihn schon jetzt«, erklärte Rebecca, und dann steckten sie die Köpfe zusammen.

33.

Vermutlich war es ein schlechter Plan. Der schlechteste und dümmste, den es überhaupt geben konnte. Zumindest fühlte es sich gerade in diesem Moment so an.

Isabella stand in dem Gastraum, in dem auch ihr Hochzeitsfrühstück stattgefunden hatte.

Sie wartete, und sie war nervös. Und je länger sie hier stand und wartete, desto sicherer wurde sie, dass alles, was sie vorhatten, bloß schiefgehen konnte.

Gleich würde sie Ashbrook treffen. Eigentlich hatten sie ihn in Rebeccas Landhaus locken und unter Umständen dort festhalten wollen – nur falls es nötig geworden wäre, versteht sich. Doch er hatte sich geweigert, und kurzfristig hatten sie sich für das White Lion entschieden.

Isabella hatte ihm geschrieben, dass er nun endlich seine hundert Pfund bekäme. Nicht einen Shilling würde sie ihm geben, aber das wusste er natürlich noch nicht. Alexander hatte sich zu einer Reise in das nahe gelegene Bristol verabschiedet, und er und Tom würden vor den Abendstunden auch nicht zurückkehren.

Sie sollte sich also ungestört und ungesehen von neugierigen Blicken mit Ashbrook unterhalten können. Betty und Rebecca warteten währenddessen vor der Tür oder im angrenzenden Raum, Isabella wusste es nicht genau. In jedem Falle waren beide in unmittelbarer Nähe. Das war das einzige Zugeständnis, das Isabella ihnen gemacht hatte, denn sie hatte darauf bestanden, Ashbrook die Stirn zu bieten und das Gespräch mit ihm alleine zu führen. Ihre Freundinnen würde sie nur im Notfall hinzurufen.

Ashbrook kam zur Tür herein, und Betty, die geöffnet hatte, spießte ihn in seinem Rücken mit ihren Blicken geradezu auf. Sie nickte einmal in Isabellas Richtung und schloss dann die Tür leise hinter sich.

Das zufriedene Lächeln, das Ashbrook in den Mundwinkeln saß, ließ ein wütendes Brennen in Isabellas Kehle entstehen.

Sie schluckte es herunter und setzte ein ebenso liebenswertes Lächeln auf wie er.

Er hatte sich neu eingekleidet, bemerkte sie. Er trug einen dunkelroten, samtenen Gehrock und ein gestärktes Hemd, und in seiner Hand hielt er einen schwarzen Spazierstock und einen dieser modernen zylinderförmigen schwarzen Filzhüte. Er sah aus wie ein reicher Händler oder Baron. Zweifellos machte er damit genau den Eindruck, den er erwecken wollte …

»Ich hatte schon gar nicht mehr damit gerechnet, von dir zu hören, liebste Isabella. Du und dein Angetrauter, ihr müsst doch sehr beschäftigt sein, so frisch verheiratet.«

Isabellas Lächeln wurde dünner, sie merkte es selbst, aber sie durfte sich von ihrer Wut jetzt nicht übermannen lassen.

Sie würde dieses Gespräch souverän führen und Christopher ein für alle Mal in seine Schranken verweisen. Das würde sie sich nun nicht nehmen lassen.

Christopher ging zu der Anrichte, begutachtete die Flaschen mit den Weinen und dem Brandy, hob einige interessiert und sah sich die Etiketten genauer an. Als wäre er für einen netten Plausch hier, mehr nicht.

Er macht das mit voller Absicht. Er behandelt dich, als wärst du nicht ernst zu nehmen.

»Lass uns nicht lange um den heißen Brei herumreden. Du bekommst keinen Shilling von mir, Christopher, und du wirst auch nie wieder junge Frauen mit deiner Masche erpressen.« Ihre Stimme war fest und bestimmt gewesen, und bisher hatte sie es tatsächlich geschafft, die Unsicherheit zu unterdrücken, die sie sonst immer in der Gegenwart dieses Mannes befiel. Auch nun lauerte sie mit einem nervösen Zittern in Isabellas Magen. Aber sie würde sie in Schach halten, denn inzwischen gab es keinen Grund mehr, unsicher zu sein. Isabella hatte diesen Mann in der Hand.

»Mach dich nicht lächerlich, natürlich tue ich das nicht«, wehrte er die Vorwürfe ab. Das war auch zu erwarten gewesen.

»Du brauchst es gar nicht weiter zu leugnen. Ich weiß, dass du es tust. Und ich weiß auch, warum.«

»Ach?« Noch immer grinste er siegessicher. Als wäre das Gespräch nur ein Spiel für ihn. Er würde der kleinen Isabella noch ein wenig ihren Spaß gönnen, bevor er sie wieder auf die eine oder andere Weise in ihre Schranken verwies.

»Du siehst sehr wenig, Christopher. Und du hast auch nicht das Militär verlassen, weil du eine andere Karriere anstrebst, sondern weil du untauglich bist«, stellte sie fest und versuchte, so ruhig wie möglich zu klingen. Doch ihr schlug das Herz bis zum Hals, und sie spürte ganz genau, wie sich der Schweiß unter ihren Achseln bildete.

Einen Moment passierte gar nichts, und dann fing er an, laut und herzhaft zu lachen. Bloß klang es eine Spur zu schrill und aufgesetzt in Isabellas Ohren, um echt zu sein.

»Auf einmal wird sie mutig, die süße, kleine Isabella.«

»Du kannst mir Kosenamen geben, so viele du möchtest, es reizt mich nicht mehr und schüchtert mich auch nicht ein.«

»Oha«, sagte er, »Mrs. Isabella Wilkinson. Jetzt, da du verheiratet bist, fürchtest du dich wohl nicht mehr vor mir?« Er kam einen Schritt auf sie zu, aber den Teufel würde sie tun und nun vor ihm zurückweichen.

Sie reckte das Kinn hoch und erwiderte: »Ich habe mich niemals vor dir gefürchtet.«

Sein Blick tastete über ihr Gesicht, seine Stimme wurde tiefer und irgendwie … verführerischer. »Wenn du das sagst, mein Herz.«

Vermutlich war er kurz davor, die Hand nach ihr auszustrecken und ihr über die Wange zu streichen. Wenn er das tat, würde sie ihm eine reinhauen. Das würde sie wirklich.

Sie grub ihre Fingernägel in die Handflächen und atmete langsam aus, ehe sie ihm in die Augen sah und sagte: »Kein Wunder, dass du junge Frauen erpresst. Denn Jura wirst du nie studieren können, mit deiner Verletzung. Stundenlang lesen.« Sie schnalzte leise mit der Zunge. »Sosehr du dir auch einreden magst, dass es geht, du wirst es niemals hinbekommen.«

Und jetzt veränderte sich etwas in seinem Gesicht. Als hätte er eine Maske fallen gelassen, wurde der Ausdruck darauf wütend, und das hatte sie noch nie an Christopher gesehen.

»Halt den Mund«, sagte er barsch.

Ihre Vermutung stimmte also. Er befürchtete selbst, dass er nicht mehr lesen konnte. Außerdem blitzte etwas in seinen Augen auf, das Isabella überraschte. Und obwohl sie nächtelang damit verbracht hatte, sich vorzustellen, wie sie sich an Christopher rächen könnte, und sich genau diesen Ausdruck in seinen Augen gewünscht hatte, erfüllte er sie nun, da sie ihn sah, nicht mit Zufriedenheit. Denn er hatte Angst.

»Wenn du mit deinen Machenschaften so weitermachst, wird es lediglich eine Frage der Zeit sein, bis du dich duellieren musst. Mit diesem Auge wirst du niemals lebend aus einem Duell gehen.«

»Nur gut, dass ich meine Damen genau so aussuche, dass es keine männlichen Verwandten gibt, die ihre Ehre wiederherstellen wollten.« Er kam noch einen Schritt näher.

»Du gibst es also zu?«

»Wenn es dir deinen Seelenfrieden wiedergibt, Isabella.« Er klang gönnerhaft und geradezu ekelhaft herablassend.

»Meinen Seelenfrieden? Den werde ich durch etwas ganz anderes bekommen. Ich werde überall herumerzählen, was du Frauen antust. Alle werden wissen, dass du ein Betrüger bist. Ganz Bath wird es wissen! Was du kannst, kann ich schon lange.«

Isabella hatte schnell und energisch gesprochen, und ihr wurde warm. Sie musste sich beruhigen. Sobald sie unbeherrscht wurde, machte sie sich angreifbar, und das durfte sie nicht.

»Sie werden es als das Gerede einer Verschmähten abtun. Das Wort einer Frau zählt niemals so viel wie das eines Mannes. Abgesehen davon wird Alexander es dir niemals erlauben.«

Er stand nun ganz nah bei ihr, und Isabella biss die Zähne zusammen, um nicht sofort Abstand zwischen sie zu bringen. Sie ertrug seine Nähe nicht mehr.

»Selbst wenn mir niemand glaubt – du hast einen Fehler gemacht, denn ich habe noch immer deinen Brief. Und ich glaube, das Amt für Pensionen wird es sehr wohl interessieren, welche erpresserischen Machenschaften einer ihrer dekorierten Colonels an den Tag legt. Du wirst deine ohnehin schon mickrige Pension verlieren, wenn du nicht aufhörst, Frauen zu erpressen. Und dann stehst du wirklich vor dem Nichts.«

»So weit wird es nicht kommen …« Christopher hob die Hand, Isabella hielt die Luft an, und dann wurde die Tür aufgerissen.

Das war der Moment, in dem Isabella das Herz stehen blieb.

Es schlug nicht weiter, sie atmete nicht weiter, alles in ihr erstarrte. Und auch die Welt um sie herum wurde plötzlich langsamer. Jedes Geräusch, jede Bewegung zog sich hin und dehnte sich, wie in einem Albtraum, und instinktiv weigerte sich etwas in Isabella, zu glauben, was sie da gerade sah.

Alexander stürmte herein, sein Blick irrte zwischen ihr und Christopher hin und her, der mittlerweile einige Schritte von ihr weggetreten war. In Alexanders Gesicht wechselte Verblüffung zu Wut, und Isabella rechnete jeden Moment damit, dass er Christopher jetzt einfach niederschlug. Oder sie. Oder beide.

»Was geht hier vor?«, zischte er hinter zusammengebissenen Zähnen hervor und stieß Christopher kräftig vor die Brust, sodass dieser nach hinten taumelte und erst mit den Armen rudernd sein Gleichgewicht wiederfand. Inzwischen hatte er Isabella am Arm gepackt, so fest, dass sie vor Schmerz aufschrie.

Rebecca erschien im Türrahmen. »Wilkinson, bleib ruhig. Das ist nicht, wonach es aussieht«, versuchte sie die Situation zu entschärfen.

»Du bist ganz still«, befahl er Rebecca, und er klang so ungehalten dabei, dass sie erschrocken die Brauen hob.

»Ich kann dir alles erklären«, versuchte Isabella, seine Aufmerksamkeit auf sich zu ziehen. »Du musst mir einfach nur ruhig zuhören. Ich …«

Ihre Beteuerungen gingen in Ashbrooks lautem Lachen unter. »Das ist ja wirklich zu komisch«, japste er. »Es ist beinahe wie vor zehn Jahren.«

»Halt dein blödes Maul!«, brachte Alexander ihn zum Schweigen und fixierte ihn dabei, und die Aura des Zorns, die ihn umgab und auf einmal den ganzen Raum beherrschte, ließ Isabella sich unwillkürlich ein wenig von ihm wegducken. »Du bist der widerwärtigste Abschaum, der mir jemals untergekommen ist. Ich hätte dich damals töten sollen, als ich dich mit Ellen erwischt habe«, sagte er, und Isabella versteifte sich unter seinem Griff.

Als ich dich mit Ellen erwischt habe.

Vor Entsetzen entfuhr ihr ein Keuchen. Sie schlug die

Hand vor den Mund und hatte wirklich das Gefühl, dass ihre Beine sie nicht mehr tragen würden.

»Und weißt du was, ich tue es jetzt einfach.« Alexander zog eine Pistole unter seinem Gehrock hervor und richtete den Lauf auf Ashbrook.

Ein Aufschrei ging durch den Raum. Vermutlich war es ihre eigene Stimme, aber vielleicht stammte er auch von Rebecca oder Betty, die nun beide da waren. Woher, um Himmels willen, hatte dieser Mann auf einmal eine Waffe? Und plötzlich stand auch Tom im Raum.

»Alexander«, sagte er beschwörend, »das ist das Dümmste, was du tun könntest.« Er hob die Hände zu einer beschwichtigenden Geste und kam langsam auf Alexander zu. »Mach nicht alles kaputt, was du dir in so vielen Jahren harter Arbeit aufgebaut hast. Nicht für ihn. Er ist es nicht wert.«

»Hör auf deinen Freund, Alex. Ich bin es doch gar nicht wert«, äffte Christopher Tom nach, und Isabella hatte den Verdacht, der Mann sei lebensmüde.

Tom stand nur noch zwei Schritte von ihnen entfernt. »Wenn du ihm etwas antust, wirst du keinen Schutz genießen wie alle anderen höhergestellten Männer. Du hast keinen Titel und gehörst nicht dem Adel an, er aber schon.« Er deutete auf Ashbrook. »Sie werden dich in der Luft zerreißen, hörst du? Lass es einfach.«

Alexander reagierte nicht, sondern stierte weiterhin Ashbrook an.

Langsam löste Rebecca sich von der Wand und stellte sich neben Tom. Sie straffte sich, ehe sie anfing zu sprechen: »Unter meinem Dach gibt es kein Blutvergießen. Trefft euch morgen zu einem Duell vor der Stadt und schlagt euch dort meinetwegen die Köpfe ein. Aber hier ganz sicher nicht. Ich dulde es nicht, Wilkinson.«

Ihre Stimme klang ruhig und Respekt einflößend, und es wirkte tatsächlich.

Ein Knurren entwich Alexanders Kehle, als er die Pistole herunternahm. Mittlerweile standen sowohl Tom als auch Betty und Rebecca vor Alexander, sie umringten ihn geradezu, und selbst wenn er wollte, er würde Ashbrook gar nicht mehr treffen können, sondern einen seiner Freunde verletzen. Oder töten.

Sie taten es nicht, um Ashbrook, diese Ratte, zu schützen, ging Isabella auf. Sie taten es, um Alexander zu schützen. Vor sich selbst.

Er wechselte einen kurzen Blick mit Tom, nickte kaum merklich, packte Isabella noch einmal fester am Arm und zog sie hinter sich her aus dem Raum, hinauf in den ersten Stock.

34.

»Ashbrook war derjenige, mit dem deine Verlobte dich betrogen hat?«, fragte Isabella, noch bevor sie das Appartement betreten hatten. »Ashbrook war ein enger Freund von dir?«

Aber sie bekam keine Antwort. Stattdessen warf Alexander die Tür ins Schloss, brachte einige Schritte Abstand zwischen sie, vermutlich zu ihrem eigenen Schutz, und fuhr sie mit so scharfer Stimme an, dass es Isabella einen Stich versetzte: »Was hast du mit Ashbrook in einem Raum gemacht?«

Isabella schaute ihn einige Sekunden lang einfach nur an, bevor sie die Schultern straffte und antwortete: »Ich wollte ihn zur Rede stellen.«

»Worüber zur Rede stellen?«, fragte er sofort.

Isabella zögerte. Ashbrook konnte noch nicht weit sein. Wenn sie Alexander jetzt erzählte, dass er sie erpresste, würde er ihm sofort hinterherlaufen und seine Drohung doch noch in die Tat umsetzen.

»Was glaubst du denn, worüber? Über die eine Nacht auf dem Ball der Duchess of Devonshire natürlich«, stieß sie wütend hervor. »Die Nacht, in der wir …«

Sie konnte es nicht aussprechen. Es ging einfach nicht, sie schämte sich in diesem Moment so sehr, dass es ihr nicht über die Lippen kommen wollte.

»Das hättest du überall tun können. Auf der Straße, im Coffee House. Dazu muss man nicht in ein abgeschiedenes Kämmerchen.«

Er wandte sich zum Schreibtisch, griff nach der Flasche voll Rum, die dort immer stand, und schüttete sich mit zitternden Fingern ein Glas randvoll. Sie hatte ihn noch nie so aufgewühlt erlebt. Noch nicht einmal bei ihrer Verlobung.

»Es war kein abgeschiedenes Kämmerchen, und Rebecca und Betty waren vor der Tür und wären sofort hereingestürmt, wenn er mir zu nahe gekommen wäre. Dann hätte ich geschrien.«

»Er *war* dir zu nahe, Isabella!«

»Du glaubst doch wohl nicht ernsthaft, dass ich mit ihm … Niemals würde ich das noch einmal tun.«

»Nein? Wonach sah es denn sonst aus? Du warst alleine in einem Raum mit ihm! Mit ihm! Selbst wenn ich dir glauben wollte, du machst es mir doch geradezu unmöglich«, fuhr er auf.

»Ich habe mich ihm nicht unsittlich genähert, ich habe lediglich mit ihm geredet. Und überhaupt – wieso hast du mir nicht erzählt, dass er es war, mit dem deine Verlobte dich damals betrogen hat?«

Ja, Alexander war wütend auf sie, und sie konnte ihn sogar verstehen. Die Situation, in der er sie vorgefunden hatte, konnte man als äußerst kompromittierend interpretieren. Sie *war* kompromittierend, denn Ashbrook hatte sogar direkt vor ihr gestanden, als Alexander hereingekommen war. Er war ihr viel zu nahe gewesen, Alexander hatte recht.

Aber das änderte nichts daran, dass auch sie verärgert war. Denn hätte sie gewusst, dass Ashbrook und Alexanders ehemalige Verlobte ein Verhältnis gehabt hatten, hätte sie sich niemals in einem separaten Raum mit ihm getroffen. Sie hätte sich irgendetwas anderes ausgedacht, um sein Treiben aufzuhalten.

»Und wieso genau sollte ich dir das erzählen?«, fragte er. Feindselig und distanziert klang seine Stimme, als spräche er zu einer Fremden. Und auch wenn sie bereits mehr als einmal mit ihm aneinandergeraten war, fühlte es sich dieses Mal anders an. Wirklicher und schmerzhafter.

Sie starrte ihn an. »Auch ich habe mich von diesem Mann … übertölpeln lassen. Denkst du nicht, dass ich wissen sollte, wenn genau das einer anderen Frau auch passiert ist?«

Isabella rieb sich über den Arm, genau dort, wo Alexander sie gepackt hatte. Noch immer spürte sie den Nachhall des Schmerzes. Für eine Sekunde blieb Alexanders Blick darauf hängen, und sie meinte, einen Anflug von Reue darin zu erkennen. Aber das änderte nichts daran, wie wütend Isabella war.

»Ellen hat sich damals nicht von ihm übertölpeln lassen«, erklärte er, ruhiger diesmal. »Sie wusste genau, was sie tat. Sie kam aus einfachen Verhältnissen und wollte offenbar um jeden Preis in den Adel einheiraten. Kurz nachdem ich ihr einen Antrag gemacht und sie ihn angenommen hatte, ging wohl auch ihr Verhältnis mit Ashbrook los. Immerhin ist er der Sohn eines Viscounts. Aber er hat sie lange Zeit im Ungewissen gelassen, deswegen hat sie sich eben beide Männer warmgehalten. Im Nachhinein kann ich gar nicht sagen, ob sie Gefühle für einen von uns hatte. Oder ob sie überhaupt zu so etwas wie Gefühlen fähig war. Dass Ashbrook keine Absicht hegte, sie zu ehelichen, kam erst später heraus. Nicht zu ihrem Nachteil, denn nach allem, was ich weiß, hat sie sich ja inzwischen einen Earl geangelt.« Er klang irgendwie … verbittert.

»Trauerst du ihr noch hinterher?« Der Gedanke daran versetzte ihr einen Stich im Herzen.

»Mach dich nicht lächerlich«, tat er ihren Vorwurf ab.

»Was ist daran so abwegig?«, fragte sie laut und ungehalten. »Ich kann ja nicht wissen, wie du zu ihr stehst, weil du mir all das verschwiegen hast! Du hättest es mir sagen müssen. Wir haben uns doch gegenseitigen Respekt und Ehrlichkeit geschworen!« Sie war drauf und dran, die Beherrschung zu verlieren. Aber obwohl sie sich dessen bewusst war, konnte sie nichts dagegen tun. Es passierte einfach.

»Wenn dir Respekt und Ehrlichkeit wirklich so wichtig sind, hättest du Ashbrook, deinen ehemaligen Liebhaber, überhaupt nicht getroffen! Du wirfst mir etwas vor, das du selbst nicht befolgst.«

Alexander hatte recht, denn sie hätte ehrlich sein müssen und ihm das Problem mit Ashbrook anvertrauen sollen. Selbst Betty und Rebecca hatten ihr dazu geraten. Natürlich würde sie das jetzt aber nicht zugeben.

Obwohl sie wusste, dass es keine gute Idee war, nun stur zu bleiben, und ihr selbst klar war, dass es nicht stimmte, behauptete sie: »Das ist etwas anderes.«

Und noch bevor sie ihren Satz richtig beendet hatte, holte Alexander aus und schmetterte sein Glas mit voller Wucht gegen die Wand. In den dumpfen Knall das Aufpralls mischte sich ein Klirren, die Scherben fielen zu Boden, und die letzten Reste des Rums liefen über die Tapete nach unten.

»Das ist gar nichts anderes!«, brüllte er.

Isabella war zusammengezuckt, als sie seine Bewegung wahrgenommen und das Glas die Wand getroffen hatte. Jetzt war sie wie erstarrt und spürte, wie allmählich doch die Angst sie übermannte. Die Angst vor ihrem eigenen Ehemann.

Das durfte nicht sein. Sie würde sich nicht beeindrucken lassen von der rohen Gewalt, mit der er ihr nun begegnete. Ganz im Gegenteil.

»Wie oft soll ich dir noch sagen, dass nichts zwischen Christopher und mir geschehen ist?«, schrie sie zurück.

Alexander fuhr sich mit der Hand durch die Haare und rieb sich dann über das Gesicht. Er stöhnte, als hätte er körperliche Schmerzen.

»Und deswegen trefft ihr euch in einem Raum, versteckt vor der Öffentlichkeit? Bist du wirklich so blind, nicht zu erkennen, was Ashbrook denken und erwarten muss?«

»Ah, es geht also darum, was Ashbrook von mir *denken* muss, und gar nicht, was wirklich geschehen ist.«

»Alles Weitere habe ich ja nun mit meinem Erscheinen unterbunden, nicht wahr?«, sagte Alexander giftig.

»Ich wollte mich mit Ashbrook treffen, um ihm das Handwerk zu legen. Denn das, was er mit mir gemacht hat, macht er auch mit anderen Frauen.«

»Du meinst, Affären haben mit so naiven und dummen Gänsen, wie du eine bist?«

»Pass auf, was du sagst«, erwiderte Isabella scharf.

Und es wirkte. Stille legte sich über den Raum, und Alexander starrte sie an, schwer atmend und mit zerwühlten Haaren. Aber zum ersten Mal, seit sie sich in das Appartement zurückgezogen hatten, schwieg er und gab ihr damit den Raum, weiterzureden. Sie hatte sogar das Gefühl, dass nach und nach ein winziges bisschen der Anspannung zwischen ihnen wich.

»Warum nur vertraust du mir nicht?«, versuchte sie es versöhnlicher. »Ich bin deine Ehefrau, in Gottes Namen, ich habe dir ewige Treue bis an mein Lebensende geschworen. Und ich habe jedes verdammte Wort in diesem Schwur auch genau so gemeint.« Sie fluchte, und das gehörte sich nicht, aber es fühlte sich so gut an. So befreiend.

»Ellens Betrug und Ashbrooks Falschheit«, begann er, und Isabella konnte sehen, wie sehr sich sein Kiefer verkrampfte. Sie streckte die Hand nach ihm aus, aber er machte einen Schritt von ihr weg, um ihrer Berührung auszuweichen, und hätte er Isabella in diesem Moment ins Gesicht geschlagen, es hätte sich nicht schlimmer anfühlen können.

Keine Sekunde jedoch gab er dabei ihren Blick frei. »Ich habe wirklich das Gefühl, es wiederholt sich gerade alles. Ashbrook ist wie eine Strafe Gottes, die mich durch den Vorhof der Hölle jagt. Immer und immer wieder.«

»Nichts wiederholt sich, weil ich dich nicht betrogen habe«, sagte Isabella in beschwörend sanftem Tonfall. Aber Alexander hörte ihr überhaupt nicht zu.

»Nur dieses Mal habe ich ihm eins ausgewischt und ihm seine Affäre vor der Nase weggeschnappt.« Grimmige Genugtuung zeigte sich auf Alexanders Gesicht, und seine Worte dröhnten in ihren Ohren.

»Was sagst du da?«

»Ich habe dich geheiratet, und das kann er nicht akzeptieren und versucht jetzt, dich mir auszuspannen.«

Eine Erkenntnis kroch in Isabella empor, und es fühlte sich an, als hätte jemand eine Lanze in ihren Brustkorb gebohrt. Hilflos schnappte sie nach Luft und hatte dennoch das Gefühl, nicht genug in ihre Lungen zu bekommen.

»Ist das dein Ernst? Ist das der Grund, warum du mich geheiratet hast? Um dich an Ashbrook zu rächen?« Sie legte die Hand über ihr Herz, denn es tat so weh, dass sie meinte, es müsste jeden Moment zerplatzen und in ihren Körper bluten. Alexander hatte sie nicht aus Anstand geheiratet oder weil er sie womöglich mochte.

Er wollte sich an Christopher Ashbrook rächen. Ganz einfach.

»Um ehrlich zu sein, habe ich gerade wenig Lust, dich über die Gründe aufzuklären, warum ich dich geheiratet habe«, sagte er kalt.

Schluchzend sank Isabella aufs Bett. Sie hatte nicht mehr die Kraft, die Beherrschung zu bewahren.

Wer war dieser Mann, der da vor ihr stand? Es konnte unmöglich dieselbe Person sein, die sie geheiratet hatte.

»Ich habe mich mit Ashbrook getroffen, weil er hundert Pfund von mir verlangt hat, dafür, dass er über unsere Liebesnacht schweigt«, brach es schließlich aus ihr hervor, denn es war jetzt auch egal, ob er es wusste oder nicht.

Alexander blinzelte.

»Er macht das ganz sicher auch mit anderen Frauen. Er hat mich erpresst, und nun wollte ich ihn erpressen und dazu zwingen, mit seinen Machenschaften aufzuhören.«

Alexander schaute sie voller Entsetzen an. »Und dir ist nicht in den Sinn gekommen, mir davon etwas zu erzählen? Was hättest du gemacht, mir die hundert Pfund abgeluchst unter irgendeinem Vorwand und sie diesem Arschloch in den Rachen geworfen?«

»Natürlich nicht. Ich wollte meine Probleme lösen, und zwar alleine. Du hättest nichts anderes gemacht. Oder fragst du mich um Hilfe, wenn dich einer deiner Geschäftspartner im Stich lässt?«

Alexander antwortete nicht. Stattdessen war er vor das Fenster getreten und starrte hinaus auf die Straße. Allmählich setzte die Dämmerung ein, und auch im Raum wurde es dunkler.

»Ich bringe ihn um«, sagte er dann.

Isabellas Puls beschleunigte sich. Es war genau das, was sie befürchtet hatte und warum sie es ihm nicht hatte erzählen können. »Seit wann denkst auch du in diesen feudalen Kategorien? Seit wann bist du genauso schwachsinnig wie all die Barons und Earls, die dort draußen herumlaufen? Du willst dich duellieren?«

Es war das Einzige, was ihr einfiel – ihn mit seinen eigenen Argumenten zu schlagen. Niemals würde sie zulassen, dass er so etwas machte. Aber ihre Worte zeigten keine Wirkung. Noch immer stierte Alexander nach draußen, die Hände zu Fäusten geballt.

Sie atmete tief ein. »Das«, fuhr sie auf, zeigte mit dem Finger auf ihn und hoffte, ihn mit der puren Kraft ihrer Stimme zum Einlenken zu zwingen. »Genau das ist der Grund, warum ich es dir nie erzählt habe. Weil Männer immer so hirnverbrannt sein müssen!«

Tränen traten ihr in die Augen, und sie hasste es, dass es ihr schon wieder passierte. Wieso konnte sie nicht einfach so eiskalt sein wie Alexander und stoisch einen Streit ausfechten? Warum musste sie sich immer von ihren Gefühlen übermannen lassen?

Als er ihr Schluchzen hörte, drehte er sich zu ihr, und ein trauriger Glanz lag in seinen Augen.

»Ich schätze, wir haben beide einiges verschwiegen.

Wunderbar, unsere Ehe. Sie begann auf einem Lügenkonstrukt. Genau das, wovor ich mich immer gefürchtet habe und warum ich nie heiraten wollte.«

»Und doch hast du es getan. Nur jetzt lässt es sich nicht mehr rückgängig machen«, sagte Isabella leise.

»Willst du das denn?« Kurz hatte sie den Eindruck, er fürchtete sich vor ihrer Antwort. Als wüsste er, dass sie sich gerade nicht mehr sicher war.

»Ich weiß es nicht«, gestand sie und hatte das Gefühl, dass in ihrem Inneren nichts war als Leere.

Lange schaute Alexander sie einfach nur an. Er kam nicht näher, nahm sie nicht in den Arm, er blieb regungslos stehen, als wäre er am Boden festgefroren.

Seine Nähe wäre so wichtig gewesen für sie. Um ihr zu zeigen, dass sie zwar stritten, aber dass trotzdem alles in Ordnung kommen würde. Dass sich all das hier lösen ließ.

Doch er kam nicht und machte stattdessen noch etwas viel Schlimmeres.

Er öffnete die Türen des Kleiderschranks, zog eine Tasche daraus hervor und legte ein Hemd, seidene Strümpfe und eine edle dunkle Hose dort hinein.

Er packte.

Er verließ sie.

»Was machst du?«, fragte sie mit flatternder Stimme.

»Ich habe etwas zu erledigen.«

Isabella zwang sich, nicht in Panik zu verfallen. Sie krallte die Finger in ihren Rock, biss die Zähne zusammen und ließ dann wieder los.

»So? Ist das wohl die Art und Weise, wie wir zukünftig miteinander reden wollen? Du *hast etwas zu erledigen* und verrätst mir nicht, was es ist, als wäre ich ein kleines Kind? Mach dich nicht lächerlich«, sagte sie leise, aber scharf.

Er hielt inne, starrte auf den feinen Gehrock, den er in Händen hielt, und drehte sich dann erneut zu ihr.

»Du willst wissen, was ich heute Abend tue? Na gut. Dann erzähle ich es dir eben.« Er klang gehässig und bitter.

Isabella beschlich der Verdacht, dass es, egal was er ihr nun sagen würde, nichts Gutes war.

»Kannst du dich noch erinnern, als du mir vor zwei Tagen erzählt hast, dass Rebecca auf den Maskenball des Duke of Somerville geht? Und du dich so sehr gewundert hast, da Rebecca noch nie auf einem Ball war, seit du sie kennengelernt hast?«

»Ja, natürlich – aber was hat das damit zu tun?«

»Ich wurde vom Prime Minister persönlich beauftragt, einem Tuchschmugglerring hier in Somerset das Handwerk zu legen«, sagte er.

Isabella bekam ein flaues Gefühl im Magen, als sein Blick forschend auf ihr liegen blieb. Sie ahnte, was nun kommen würde.

»Und dreimal darfst du raten, zu wem die Spur führt«, fuhr Alexander fort.

»Ich habe keine Ahnung«, log sie, was ebenso kindisch war wie sein dämliches Fragespiel.

»Doch, die hast du, und schon wieder haben wir etwas gefunden, das du mir die ganze Zeit verschwiegen hast.«

Er machte eine Pause, beinahe so, als zelebriere er die Enthüllung. »Rebecca Seagrave.«

»Unmöglich.«

»Glaub mir, ich habe es lange genug nicht sehen wollen und mich dagegen gewehrt. Aber ich habe inzwischen aufgehört, es zu leugnen. Rebecca schmuggelt.«

»Aber du hast doch gar keine Beweise«, widersprach Isabella und dachte dabei an den Raum in Rebeccas Landsitz, der bis oben hin voll war mit den teuersten Stoffen. Die Freizügigkeit, mit der sie Isabella und auch Betty neue Kleider gegeben hatte. Die Tatsache, dass Tom Rebecca kein einziges Mal als Kundin im Laden gehabt und sie Rebecca niemals bei den Modisten in Bath einkaufen gesehen hatte, obwohl sie stets so umwerfend gekleidet war.

»Ich werde dich jetzt nicht fragen, was du bereits wusstest und was du mir vorenthalten hast. Schließlich trägst du selbst ein Kleid aus geschmuggeltem Stoff.«

»Ich habe gar nichts …«

»Schhh«, machte er. »Rede dich nicht noch um Kopf und Kragen. Ich hoffe nur, Rebecca nennt dich nicht als eine ihrer Kundinnen, wenn wir sie festsetzen und sie alles gestehen muss.«

Isabella stand auf und stellte sich demonstrativ vor die Eingangstür. Albern eigentlich, aber sie hoffte, es unterstrich das, was sie nun sagen würde. »Das werde ich nicht zulassen. Niemals.« Egal welche Beweise Alexander hätte, es musste eine andere Möglichkeit geben, dieses Problem zu lösen. Rebecca würde nicht verhaftet werden.

»Lass es«, unterbrach er sie. »Ich kann, und ich muss.«

Es war absurd, was er von sich gab.

»Das Einzige, was du musst, ist deiner Ehefrau zuhören und ihr den angebrachten Respekt zollen. Ich kenne Rebecca noch nicht lange, aber neben Betty ist sie der Mensch, der mir am nächsten steht und mir am meisten geholfen hat, als ich sie wirklich brauchte. Anders als meine Familie oder sogar du. Du wirst sie nicht verhaften«, bestimmte sie, merkte selbst, dass ihre Forderung nicht wirkte, und schob hinterher: »Ich kann mit ihr reden, und wir werden eine Möglichkeit finden, das Problem zu lösen.«

»Glaub mir, ich werde sie verhaften«, beharrte Alexander.

»Nein«, sagte Isabella schlicht und verschränkte die Arme vor der Brust.

Lange blickte er sie an, und Isabella konnte ihm ganz genau ansehen, wie er mit sich rang.

»Dann lässt du mir keine andere Wahl. Ich wollte nie so werden wie alle diese tyrannischen, gebieterischen Ehemänner, die ihre Frauen behandeln, als wären sie minderbemittelt. Eigentlich wollte ich überhaupt nie ein Ehemann werden, aber jetzt bleibt mir nur noch eine Möglichkeit.«

Er kam auf sie zu, drängte sie von der Tür weg und zog den Schlüssel aus dem Schloss. Isabella verfolgte seine Bewegungen und verstand zunächst gar nicht, was er da machte.

»Du bleibst bis auf Weiteres in unserem Appartement und rührst dich nicht vom Fleck«, befahl er.

»Wie bitte?«

Als keine Antwort kam, machte sie einen drohenden

Schritt auf ihn zu und wollte nach dem Schlüssel greifen. »Du kannst mich doch nicht …«

Seine Hand schnellte nach vorne, er packte sie so fest, dass es wehtat, und zog sie ganz nah an sich heran.

»O doch, Isabella, ich kann. Denn ich bin dein Ehemann. Und Gott gnade dir, wenn du dich meinen Anweisungen ein weiteres Mal widersetzt«, sagte er mit rauer Stimme und so viel unterdrückter Wut darin, dass Isabella zu zittern begann.

Sie spürte nicht, wie sich sein Griff lockerte und sie abermals auf die weiche Matratze sank. Das Einzige, was sie wahrnahm, war das lähmende Entsetzen, das sich in ihr ausbreitete wie ein Gift.

Er sperrte sie hier ein.

»Das darfst du nicht«, erwiderte sie matt.

Er war inzwischen zurück bei seiner Tasche, kramte ein weiteres Mal im Schrank und beförderte eine Maske zutage, die er offenbar heute Abend auf dem Ball tragen würde. Einen Moment lang hatte sie den Eindruck, er wolle noch etwas sagen, aber er schüttelte dann nur den Kopf.

Eine heiße Träne hatte sich aus Isabellas Augenwinkel gelöst und lief ihre Wange hinab. Sie konnte bloß noch verschwommen sehen, wie Alexander den Raum verließ. Die Tür knarzte, und dann tat er es wirklich. Sie hörte, wie sich der Schlüssel im Schloss drehte, und Isabella verlor nun endgültig die Beherrschung und begann, haltlos zu weinen.

35.

»Isabella?«, hörte sie eine gedämpfte Stimme von draußen. Dem Himmel sei Dank. Es war Betty. »Bist du dort drinnen?«

Der Abend war angebrochen, in der Luft lag ein blauer Schleier, und allmählich wurde es klamm. Isabella konnte gar nicht mehr genau sagen, wie lange sie auf dem Bett gesessen und lauthals und ohne Hemmungen vor sich hin geweint hatte.

Warum auch nicht, sie war allein in ihrem Appartement. Eingesperrt, von ihrem Ehemann.

Sie lief zur Tür, presste das Ohr an das Holz und bemerkte, dass es völlig widersinnig war, was sie da tat. Sie musste antworten.

»Ja«, rief sie gegen die Tür. Das »leider« fügte sie leiser, nur für sich selbst hinzu.

»Hat er dich …« Betty führte den Satz nicht zu Ende.

»Eingesperrt. Ja, hat er«, ergänzte Isabella laut. »Und er hat den Schlüssel mitgenommen. Oder?«

»Ja, steckt keiner.«

»Kannst du mich hier herausholen?«

»Wie denn?«, fragte Betty. »Nach der Hochzeit hat er sich von Rebecca auch den Zweitschlüssel zu euren Räumen geben lassen. Es gibt keine Möglichkeit, reinzukommen.« Sie rüttelte an der Türklinke, doch nichts bewegte sich. Eine Weile geschah gar nichts, und Isabella meinte schon, Betty wäre gegangen. Aber dann hörte sie ein »Geh von der Tür weg!«, und Isabella war sich nicht sicher, ob sie das überhaupt richtig verstanden hatte. Wieso sollte sie denn …

Der erste Schlag, der die Tür traf, ließ sie im Rahmen erbeben. Isabella riss die Augen auf und machte zur Sicherheit mehrere Schritte in den Raum hinein. Der nächste Rums war noch kräftiger, und ein leises Rieseln war zu hören, als kleine Stücke vom Putz neben dem Türrahmen zu Boden fielen.

Der dritte Schlag war so kräftig, dass das Schloss nachgab und die Tür mit einem Ruck aufschwang. Betty stolperte in den Raum und fiel der Länge nach auf den Boden. Sofort rappelte sie sich wieder auf und rieb sich die Schulter.

»Du hast die Tür eingerannt«, stellte Isabella fest und starrte ungläubig auf ihre Freundin, die ihr Kleid richtete.

»Zu irgendetwas muss mein robuster Körperbau doch gut sein«, erwiderte Betty mit einem schiefen Lächeln und begutachtete das Schloss, das einfach abgebrochen war. »Keine gute Arbeit«, stellte sie fest. »Aber umso besser für uns.« Sie lehnte die Tür an und sah dann gebannt zu Isabella.

»Hat er dir etwas angetan?«

Isabella schüttelte nur den Kopf.

»Gut. Das ist gut.« Betty sah sich um, griff nach der einzelnen Kerze, die Isabella inzwischen angesteckt hatte, und klaubte im Kamin herum, damit sie Feuer machen konnte. Wie immer dachte Betty praktisch, und einmal mehr war Isabella so unglaublich dankbar, sie zu haben. Als das Feuer leise prasselte und wohlige Wärme das Zimmer zu erfüllen begann, kam sie zu Isabella herüber und ließ sich mit einem Seufzer neben sie auf das Bett fallen.

»Was machen wir jetzt?«, fragte sie.

»Ich weiß es nicht, Betty. Ehrlich. Ich bin völlig …«

»… durch den Wind«, ergänzte Betty sie. »Verständlich. Immerhin hat dich dein eigener Ehemann gerade eingesperrt. Das hätte ich *nie* von ihm gedacht.«

»Er verdächtigt Rebecca, dass sie Tuche schmuggelt. Im großen Stil«, berichtete Isabella, als Bettys Blick auf dem Scherbenhaufen neben der Tür hängen blieb.

»War er das?« Sie deutete mit dem Zeigefinger darauf.

»Hmmm«, brummte Isabella nur. »Rebecca ist doch auch auf dem Maskenball des Dukes, oder? In Drayfield.«

Betty nickte bloß.

Isabella fuhr fort: »Alexander will sie dort auf frischer Tat ertappen oder so etwas in der Art.«

Kurz herrschte Stille, dann schüttelte Betty den Kopf. Ihre Bewegungen wurden immer vehementer. »Das dürfen wir nicht zulassen. Sie ist unsere Freundin. Egal ob sie unschuldig ist oder nicht. Wir müssen ihr helfen.«

»Und meinem Ehemann eins auswischen? Nichts lieber als das«, antwortete Isabella grimmig. »Wir gehen ebenfalls auf den Ball. Jetzt sofort«, beschloss sie.

»Wir?«, echote Betty und wurde etwas bleich um die Nase.

»Natürlich wir.«

»Aber ich kann doch nicht einfach mitkommen, ich bin noch nicht mal eingeladen.«

»Ich auch nicht. Wir werden schon einen Weg finden. Du hast ein Kleid, und zwei passende Masken finden wir sicher in Rebeccas Kleiderschrank. Sie ist uns bestimmt nicht böse, wenn wir uns bedienen. Es ist schließlich ein Notfall.«

»Isabella«, Betty hielt sie am Arm fest, »ich weiß doch überhaupt nicht, wie man sich richtig verhält«, sagte sie leise, aber eindringlich.

»Ach was, das ist gar nicht so schwer. Ein wenig lächeln und nicken, das war's auch schon. Du musst außerdem mit, oder willst du wirklich Rebecca im Stich lassen?«

»Nein, natürlich nicht.«

Isabella stand auf, fuhr sich durch ihre wirren Haare und öffnete die beiden Türen zum Kleiderschrank.

»Dann ziehen wir uns jetzt an.«

36.

»Lief schlecht, deine *Unterredung* mit Isabella?«, fragte Tom. Wie er das Wort betonte. Er war ja dabei gewesen, als Alexander seine Ehefrau in das erste Stockwerk geschleift hatte wie ein Verrückter. Ganz sicher würde Tom heute Abend dazu noch den ein oder anderen bissigen Kommentar abgeben. Oder ihn einfach offen kritisieren, wie er es immer tat, wenn er der Meinung war, Alexander mache etwas falsch.

Heute Abend zumindest wäre es vollkommen zu Recht.

»Es lief beschissen.« Und da gab es auch nichts schönzureden. Es war ein Desaster, was sich vorhin zwischen ihm und Isabella abgespielt hatte, und wenn er sich vor Augen hielt, was er getan und wie er reagiert hatte, wurde ihm ganz übel.

Er hatte sich benommen wie ein Idiot. Er *war* ein Idiot.

»Ich habe sie eingesperrt.«

Tom, der die ganze Zeit über versucht hatte, seinen schwarzen Mantel über den einbandagierten Arm zu werfen, wurde neben ihm plötzlich ganz ruhig. Er bewegte sich noch nicht einmal mehr.

»Das kann nur ein Scherz sein.«

Alexander verneinte mit einem knappen Kopfschütteln.

»Das wird sie dir nie verzeihen«, stellte er fest. Vermutlich hatte er recht.

»Sie hat sich mit Ashbrook getroffen!«, verteidigte sich Alexander offenbar etwas zu laut, denn eine ältere Dame in einer ausladenden waldgrünen Robe drehte sich zu ihnen. Sie senkte sogar ihre mit Blümchen bemalte Maske, um ihnen einen pikierten Blick zuzuwerfen.

Der Ball des Duke of Somerville war groß, einer der wichtigsten privaten Bälle der ganzen Saison in Somerset. Jedes Jahr kamen mehr als hundert Gäste nach Willow Hall, einer weitläufigen Schlossanlage, gebaut aus dem gleichen gelben Sandstein, der auch das Stadtbild des knapp zehn Meilen entfernten Bath so sehr prägte. Willow Hall war eine mehrflüglige Anlage, in einem geradezu gigantischen, peinlich sauber gepflegten Park. Überall im Schloss und auch auf einigen Wegen, die durch die Gärten führten, brannten Lichter und tauchten alles in ein warmes, feierliches Licht. Chinesische Lampions in Rot und Orange säumten die Terrasse vor dem Ballsaal, auf der sich bereits Dutzende maskierte Besucher mit Gläsern voll Bowle und Champagner vergnügten. Immer mehr Gäste bewegten sich in einem beständigen Strom über die Kieswege in Richtung des Saals, wo der eigentliche Ball stattfinden würde.

»Sie konnte ja nicht wissen, dass ausgerechnet er der Mann ist, der damals deine Verlobte verführt hat. Oder nicht?«

»Nein, konnte sie nicht«, gab Alexander widerwillig zu. Er hatte wirklich rotgesehen und war wie von Sinnen gewesen vorhin. Aber Isabella hatte so nah bei Ashbrook, diesem Aas, gestanden, in genau dem Raum, wo sie noch wenige Tage zuvor ihre Hochzeit gefeiert hatten – es war einfach zu viel gewesen für ihn. Er hatte sich nach ihrer Auseinandersetzung seinen Frack und seine Maske geschnappt und sich in Toms Wohnung, die über dem Geschäftszimmer lag, umgezogen. Gemeinsam waren sie hierhergekommen.

Wobei das Allerletzte, worauf er heute Abend Lust hatte, ein Ball mit einigen hochrangigen Mitgliedern der englischen Aristokratie war. Zu seinen rauschenden Festen lud Somerville alles ein, was Rang und Namen hatte, und das affektierte Getue und das überhebliche Selbstverständnis, das diesen Leuten aus jeder Pore kroch, bereiteten Alexander schon jetzt Magenschmerzen. Pitt, oder vermutlich einer seiner Sekretäre, hatte auf Alexanders Bitte hin dafür gesorgt, dass auch er mit einer Begleitung eine Einladung erhielt. Ein Händler, egal wie erfolgreich und mächtig er war, würde sonst keinen Zugang zu diesen Kreisen erhalten.

Somervilles Bälle waren legendär. Jedes Jahr ließ er sich etwas anderes einfallen, um die erlauchte Gesellschaft zu amüsieren, und verschiedene Magazine, unter anderem auch das *Gentleman's Magazine*, berichteten darüber.

Dieses Jahr war es ein Maskenball.

Einen Moment nahm Alexander seine schwarze Maske ab, die sein halbes Gesicht bis über die Wangenknochen verdeckte. Sie war verdammt unangenehm zu tragen, schränkte sein Sichtfeld ein, und er schwitzte darunter. Dieser ganze Abend war verdammt unangenehm. Dabei hatte ihnen etwas Besseres als ein Maskenball eigentlich gar nicht passieren können. Auf diese Weise konnte er sich unerkannt orientieren und in Rebecca Seagraves Nähe aufhalten, ohne ihren Argwohn zu wecken. Er musste nur zusehen, dass er Tom irgendwo abstellte, wo er nicht allzu viel Aufmerksamkeit erregte. Wieder einmal war er mit seinem dunklen Teint, aber vor allem mit seinem einbandagierten Arm, den er kaum unter seinem weiten Mantel verstecken konnte, wie ein bunter Hund, der alle Blicke auf sich zog.

Es wäre klüger gewesen, alleine hierherzukommen. Aber Tom hatte Alexanders üble Laune bemerkt und darauf bestanden, ihn zu begleiten. Vermutlich traute er Alexander nicht und befürchtete, dass er den Abend nutzen und weitere hirnverbrannte Dinge anstellen würde. Vermutlich nicht ganz zu Unrecht …

Und da Tom ohnehin mehr Freude an der Schmugglerjagd gehabt hatte – zumindest bis zu dem Zeitpunkt, an dem klar wurde, dass es Rebecca war, die sie verhaften mussten –, fühlte Alexander sich mit seinem Freund an seiner Seite wohler. Außerdem wusste er, wie gerne Tom auf Bälle ging, sich die Besucher und deren Kleidung ansah und die festliche Stimmung und die Tänze genoss.

»Du siehst furchtbar aus«, bemerkte Tom, der ihn unverhohlen musterte. Sofort legte Alexander die Maske wieder an.

»Ein Glück, dass das hier ein Maskenball ist, nicht wahr?« Alexander zog die zwei Bänder hinter seinem Kopf straff und knotete eine kleine Schleife rein. »Eigentlich macht Rebecca es ganz schön schlau. An genau solchen Abenden fließt Alkohol in Strömen, die Menschen sind bester Laune und geben gern Geld aus. Sie wird glänzende Geschäfte machen.«

»Nun ja. Wir wissen immer noch nicht, ob sie tatsächlich Stoffe hierhergebracht hat oder einfach nur Beziehungen knüpft«, gab Tom zu bedenken.

Eine junge, nicht besonders vorsichtige Tochter eines Baronets hatte Alexander im Pump Room den entscheidenden Hinweis gegeben. Auf Bällen wie dem des Dukes könne man so exklusive Stoffe bekommen, aus denen auch ihr Kleid geschneidert sei. Alexander hatte ihr zuvor überschwängliche Komplimente dafür gemacht. Sie hatte sogar kokett mit den Wimpern geklimpert. Alexander hatte sich für ihre Bemühungen jedoch nicht mit einer Einladung in die Assembly Rooms oder das Theater revanchiert, und ihr war recht schnell die Lust an der Unterhaltung mit ihm vergangen.

Als dann auch noch Isabella erzählt hatte, dass Rebecca auf den Maskenball des Dukes ginge und dafür sogar schon eine der begehrten Einladungen erhalten habe, war es nicht mehr schwierig gewesen, die Verbindungen herzustellen. Die Kisten mit dem Batavia Arrack, Miss Lovelocks säuerlicher Hinweis auf das White Lion – die Beweise sprangen sie doch geradezu an.

»Und du bist dir sicher, dass Rebecca nicht irgendein kleines Licht ist, sondern bei dem Schmugglerring wirklich im Zentrum steht?«

»Die kleinen Lichter am Ende der Kette sind immer die Schneiderinnen und Modisten, die die Stoffe dann an die Kundinnen bringen. Die Schiffsbesitzer, die ihre Gefährte an die British East India Trading und andere Companies vermieten, bringen die Ware herein, aber irgendjemand steuert die Warenflüsse hier zentral aus und hält die Fäden in der Hand.« Alexander bekam bei seinen Erklärungen das Gefühl, er müsse sich selbst noch einmal vor Augen führen, warum er das nun eigentlich alles tat. »Und du hast doch gehört, was der Zollbeamte in Bristol gesagt hat«, fuhr er fort. »Bei beinahe jeder Tour aus Frankreich und den meisten Schiffen der British East India Trading Company aus China und Indien werden eine oder zwei Kisten abgezweigt und ins White Lion geschickt.«

»Es könnten aber auch wirklich einfach die Alkoholika sein, die auf den Kisten draufstehen. Immerhin ist das White Lion ein wirklich großes Gasthaus. Und wir haben doch auch Batavia Arrack dort getrunken.«

»Isabella und selbst Betty tragen Kleider, die aus Stoffen sind, die Rebecca ihnen geschenkt hat.« Noch einmal nahm Alexander die Maske ab und sah seinen Freund lange an. Er kam sich wirklich lächerlich vor mit diesem Ding. »Und dir hat Isabella sogar erzählt, dass Rebecca irgendwo in ihrem Landhaus sehr viele Stoffe hat, oder nicht?«

Tom nickte verhalten.

»Sie ist es. Davon bin ich überzeugt.« Inzwischen standen sie vor der breiten Terrasse, die direkt an den Ballsaal angrenzte. Ein paar Treppen führten hinauf, aber Alexander und Tom hielten sich noch etwas abseits, um keine ungewollten Zuhörer zu haben. Von der Terrasse aus hatte man freien Blick auf einen kleinen See, in dem ein Springbrunnen sprudelte. Lampions in bunten Farben trieben auf der Oberfläche, und die Luft war erfüllt vom Lachen und den Gesprächen der Anwesenden, die edle, teils fremdartig anmutende Kleider trugen. Er hatte bereits mehrere Damen mit Turbanen oder japanischen Kimonos ausmachen können, und ein Mann trug sogar eine Art russische Tracht mit einem Pelzkragen und geschnürten Stiefeln. Auch wenn Alexander solchen Bällen sehr viel weniger abgewinnen konnte als Tom, musste er zugeben, dass er beeindruckt war von der Kulisse und den Kostümen.

»Schade eigentlich. Ich mag Rebecca. Selten habe ich eine so intelligente und … durchsetzungsfähige junge Frau gesehen wie sie. Sie blendet einen mit ihrer jugendlichen Schönheit, und dabei steckt viel mehr dahinter«, riss Tom ihn aus seinen Beobachtungen.

»Vermutlich ist auch genau das ihr Problem«, murmelte Alexander. Sie war außerdem sympathisch, musste er sich eingestehen, und mehr als einmal hatte sie Isabella ausgeholfen. Er war ihr dankbar für alles, was sie für Isabella getan hatte, und es fühlte sich grässlich an, die beste Freundin seiner Braut auszuliefern. Irgendwie falsch. Aber er musste es tun, denn der Auftrag, der ihm dafür winkte, war gewaltig. Wenn er heute Abend den Schmugglerring aushob, wäre der Fortbestand seines Unternehmens über Jahrzehnte gesichert.

»Was sie tut, ist trotzdem gegen das Gesetz«, erinnerte Alexander sich selbst und seinen Freund, blickte sich verstohlen um und nickte den beiden Männern zu, die sich ebenfalls Masken tragend im Hintergrund hielten. Zwei Constables hatte er heute dabei, die eigens aus London angereist waren, um Alexander bei der Festnahme zu unterstützen. Alexanders Hand tastete über die Fracktasche. Außerdem besaß er ein Schreiben des hiesigen Commissioner of the Peace, das ihn autorisierte, Verdächtige festzusetzen, wenn notwendig.

»Zudem schadet sie unserem Geschäft und dem ganzen Land. Du weißt, wie sehr die englischen Tuchweber unter den illegal importierten Waren leiden.«

»Ich weiß, ich weiß. Dennoch habe ich mich gefragt, ob man nicht einfach mit ihr reden und sie dazu bewegen könnte, ihre Schmugglerkarriere aufzugeben«, sagte Tom. »Isabella könnte es zum Beispiel versuchen.«

»Isabella hat nichts mit alldem hier zu tun, und ich möchte sie so wenig hineinziehen wie möglich. Außerdem habe ich ihr bereits mitgeteilt, was ich heute Abend tun werde.«

»Sie weiß davon?« Flüchtig sah Tom sich um, als könnte sie jeden Moment hier auftauchen und ihr Vorhaben vereiteln.

Ein absurder Gedanke.

»Ich hatte es satt, ihr gegenüber unehrlich zu sein«, verteidigte Alexander sich. »Ich verlange vollkommene Offenheit von ihr und verschweige gleichzeitig, dass ich plane, ihre beste Freundin zu verhaften?«

Tom schüttelte den Kopf. »Du hast dich wirklich in die Scheiße geritten.«

»Herzlichen Dank für dein Mitgefühl.«

Kurz schwiegen sie, und Alexander spürte ein Ziehen in der Brust. Schon seit einem Weilchen hatte er es. Seit fünf Tagen waren er und Isabella inzwischen schon verheiratet, und der Druck, ihr von seinem Auftrag zu erzählen, war gewaltig gewesen. Täglich war er stärker geworden, und es hatte ihm geradezu körperlich wehgetan, sie belügen zu müssen und ihr dann genau das sogar noch zum Vorwurf zu machen. Er hatte deshalb sogar begonnen, ihre Gegenwart zu meiden, obwohl das eigentlich das Letzte war, was er wollte.

Ihr während des Streits die ganze Misere mit Rebecca zu erzählen, war einfach aus ihm hervorgebrochen wie eine Krankheit, die viel zu lange unterdrückt worden war. Und dann hatte er sich nicht anders zu helfen gewusst, als sie in einem völlig hirnrissigen Affekt in sein Appartement einzusperren. Als wäre sie ein ungezogenes Schoßhündchen und nicht seine Ehefrau. Er hatte verhindern wollen, dass sie ebenfalls hier nach Drayfield fahren und Rebecca auf irgendeine Weise warnen würde.

Gott, er musste sich wirklich bei ihr entschuldigen.

Was er getan hatte, war unverzeihlich. Tom hatte vollkommen recht.

Aber jetzt war es zu spät. Zunächst musste er diesen Auftrag zu Ende bringen, und alles andere würde sich zeigen.

Mittlerweile hatten sie die Treppe erklommen und bewegten sich durch die Menge in Richtung des Ballsaals. Ein livrierter Diener blieb mit einem Tablett vor ihnen stehen, auf dem er ihnen Champagnerflöten mit einem perlenden roséfarbenen Getränk darin anbot. Tom griff begeistert zu, nippte daran und bedeutete dann auch Alexander, dass er sich bedienen sollte. Er probierte und war überrascht von dem leichten, süßlichen Himbeergeschmack, der sich prickelnd auf seiner Zunge ausbreitete. Offenbar war Sirup in den Champagner gemischt worden. Tom würde diesen Abend lieben …

»Du hättest noch einen Tag warten können und Isabella dann alles erklären«, schlug der vor, als sie den Saal betraten. Er hatte sein Glas bereits geleert, und etwas erleichtert drückte Alexander ihm sein volles in die Hand. Sein Blick blieb auf dem schwarz-weiß gefliesten Boden hängen, der sich deutlich von den stuckverzierten, in hellem Blau gehaltenen Wänden abhob. Überall brannten Kerzen, am Ende des Saals hatte ein kleines Orchester Stellung bezogen, und zwischen den korinthischen Säulen, die die verschiedenen Türen zum Saal säumten, sammelten sich schon die ersten Gäste. Alexander und Tom zogen sich in eine der Fensternischen zurück, die auch über Sitzbänke verfügten und ihnen ein wenig Ruhe boten.

»Dein Ratschlag kommt etwas spät. Außerdem – wenn sie es erst im Nachgang erfahren hätte, wäre alles nur noch schlimmer gewesen. Sie hätte mir die ganze unschöne Geschichte vermutlich noch viel weniger verziehen.«

»Und wenn du es ihr früher erzählt hättest, bin ich mir

sicher, sie hätte Himmel und Hölle in Bewegung gesetzt, um dich davon abzubringen«, sagte nun auch Tom. »Wo du doch schon so viel investiert hattest, um den Mann vom Revenue Service am Hafen von Bristol mit einer entsprechenden Summe zum Reden zu bringen.«

»Ich glaube eher, es war seine unverstellte Sicht auf das Pistolenrohr, das ich ihm vor die Nase gehalten habe, das ihn zum Sprechen motiviert hat.«

Zurück in Bath, hatte Alexander es dann wie ein Irrer auch noch Ashbrook auf die Brust gesetzt. Aber darüber dachte er jetzt lieber nicht weiter nach …

»Einmal mehr frage ich mich, was Pitt dir bietet«, sinnierte Tom.

Alexander schwieg. »Königlicher Hoflieferant«, sagte er schließlich und hörte Tom einen überraschten Laut von sich geben. Inzwischen war es auch egal, ob Tom erfuhr, was Alexander für seine Nachforschungen bekam. Sie standen so kurz davor, den Auftrag abzuschließen. Und früher oder später würde er es sowieso erfahren. »Ein exklusiver Belieferungsvertrag, um genau zu sein. Das, was wir dem Zollbeamten in seinen gierigen Rachen geworfen haben, ist wirklich nichts im Vergleich zu diesem Auftrag.«

»Ich hätte mir gleich denken können, dass so etwas auf dem Spiel steht.«

Ja, es stand viel auf dem Spiel, Tom hatte vollkommen recht. Zuerst aber mussten sie sich unter die Gäste mischen und herausfinden, wo genau in Willow Hall Rebecca ihre Geschäfte eigentlich abschloss.

37.

Die Maske pikste. Sehr sogar, und immer wieder fuhr Isabella mit dem Finger zwischen ihrer Wange und dem starren Material hin und her, um zu finden, was sie die ganze Zeit piesackte.

Betty saß still neben ihr, nur ihre behandschuhten Finger bewegten sich ohne Unterlass. Sie knetete die Hände, klopfte mit den Fingerspitzen auf den Oberschenkel und strich bestimmt schon zum hundertsten Mal ihr Kleid glatt.

Isabella wandte den Blick ab und beobachtete draußen die Büsche, die als dunkle Schemen an der Kutsche vorbeiflogen. Sie hatte einige ihrer letzten eigenen Münzen drangegeben, um die Kutsche nach Drayfield bezahlen zu können. Die Fahrt würde eine gute Stunde dauern, hatte der Kutscher ihnen gesagt, und Isabella bereute inzwischen, vor der Abfahrt nichts mehr getrunken zu haben. Ihre Kehle fühlte sich an wie ausgedorrt.

Außerdem gingen ihr Alexanders Worte nicht mehr aus dem Kopf. Sie hatten sich regelrecht in ihr Gedächtnis eingebrannt.

Er hatte sie aus Rache geheiratet. Nicht, weil er sie mochte, wie er bei ihrer Verlobung noch behauptet hatte, oder weil er sich ihr verpflichtet fühlte. Seine Motive für diese Ehe waren sogar noch schlimmer als die von Shakleton. Bei dem Baron waren es die gesellschaftlichen Erwartungen und zweifellos auch die seiner Mutter gewesen, die ihn zu einer Verlobung getrieben hatten. Aber Alexander hatte rein egoistische, niedere Ziele – er wollte Ashbrook schaden, und Isabella war lediglich das Beiwerk, das er dazu gebraucht hatte. Es war nie um sie, Isabella, gegangen. Sie war eine Schachbrettfigur gewesen, die zwischen den Männern herumgeschoben wurde.

Und diese Erkenntnis fühlte sich an, als hätte jemand ihren Brustkorb aufgerissen und ihr Herz offengelegt, das nun roh und schutzlos vor sich hin pochte.

Vielleicht hatte Alexander bereits viel länger gewusst, dass sie mit Ashbrook eine Nacht verbracht hatte. Vielleicht hatte er ihre Eheschließung sogar von langer Hand geplant. Am Ende war es gar kein Zufall gewesen, dass sie sich ständig über den Weg gelaufen waren. Nach und nach hatte er sie dazu gebracht, sich in ihn zu verlieben.

Denn genau das war passiert. Sie war verliebt in ihn, sie hatte ihm ihr Herz, ihren Körper und ihr Vertrauen geschenkt.

Und er hatte sie nur benutzt, um Ashbrook eins auszuwischen, und vielleicht sogar auch, um an Rebecca heranzukommen.

Isabella blinzelte die Tränen aus den Augenwinkeln, die schon wieder darin brannten, und ärgerte sich über sich selbst. Sie musste das alles von sich schieben. All diese irrationalen Gefühle und ihre Verletztheit. Sie wusste doch, dass das nichts brachte.

Hatte das nicht auch die Schriftstellerin Mary Wollstonecraft gesagt? Vor zwei Jahren hatte Isabella *Zur Verteidigung der Frauenrechte* gelesen, und es hatte ihr so sehr imponiert damals, was die Verfasserin geschrieben hatte: »Leidenschaften machen Frauen zu den Sklaven ihrer eigenen Körper.«

Und genau das wird dir jetzt nicht mehr passieren.

Trotzdem. Da war etwas, eine Stimme tief in ihr drinnen, vielleicht war es auch bloß ein Gefühl. Aber es sagte Isabella, dass sie noch nicht aufgeben durfte. Egal wie die Tatsachen aussahen, Alexander hatte Gefühle für sie. Sie hatte gesehen, wie er auf sie reagiert hatte. Er empfand etwas für sie, und das musste sie sich zunutze machen, um Rebecca zu retten.

Sie blickte nach draußen, erkannte aber nicht viel außer ihrem eigenen verzerrten Spiegelbild. Der Innenraum der Kutsche war mit einer funzeligen Lampe beleuchtet, sie ratterte gleichmäßig über die Wege, und Betty und sie mussten sich nicht ständig an den Griffen in den Seitenwänden festklammern, um auf den Sitzbänken zu bleiben. Es war bereits nach neun gewesen, als sie losgefahren waren, und vermutlich würden sie das Anwesen erst um zehn Uhr erreichen.

Isabella begann, mit der schwarzen Spitzenborte an ihrem Ärmel zu spielen.

Natürlich hatte Alexander es sich nicht nehmen lassen, sie am Tag nach ihrer Hochzeit neu einzukleiden. Innerhalb weniger Tage – vermutlich hatte er dafür die Hälfte der Schneider und Näherinnen in ganz Bath beschäftigt – hatte er ihr eine ganze Truhe voll neuer Sachen schneidern lassen. Unter anderem auch diese Robe in einem satten Violett-Ton. Der Stoff war schwere Seide, und nach vorne hin war das Kleid offen und zeigte einen gestreiften Unterrock, ebenfalls aus Seide, aber einige Nuancen heller als das Oberkleid. Das samtene Kropfband mit dem kleinen Diamanten darauf und die mit schwarzem Samt bezogene Maske, die Isabellas obere Gesichtshälfte verdeckte, ergänzten ihr Kleid perfekt.

Die Maske hatte sie inzwischen aber wieder abgenommen, so unangenehm war sie. Überhaupt schaffte sie es kaum, ruhig sitzen zu bleiben, es ging ihr genauso wie Betty.

Ihrer Begleiterin war der ungeplante Besuch auf dem Ball des Dukes noch sehr viel unangenehmer als ihr selbst. Sie war ja noch nie auf einer solchen Veranstaltung gewesen. Wenn Isabella nun schon nervös wurde, was würde dann Betty erst tun?

Ihre Freundin hatte ihr so oft ruhig und besonnen zur Seite gestanden, und jetzt würde Isabella diese Rolle übernehmen. Sie faltete die Hände im Schoß und versuchte, die Schultern locker zu lassen.

»Wieso bist du eigentlich damals mit mir mitgekommen und hast den elterlichen Hof verlassen?«, wollte Isabella wissen. Ein klein wenig, um Betty von ihrer Nervosität abzulenken, und ein klein wenig aber auch, weil sie noch nie eine befriedigende Antwort darauf bekommen hatte.

Betty warf ihr einen schnellen Blick zu, sah zum Fenster hinaus und zuckte dann mit den Schultern. »Vielleicht warst du nicht die Einzige, die sich ein anderes Leben gewünscht hat.« Kurz schwieg sie und räusperte sich, und es war ihr anzusehen, dass es ihr nicht leichtfiel, darüber zu reden. »Wenn ich zu Hause in Lydford geblieben wäre, hätte es nicht mehr lange gedauert, und ich hätte geheiratet. Ich bin schließlich schon zweiundzwanzig. Bestimmt hätte es viele Bauernsöhne gegeben, die um meine Hand angehalten hätten – vielleicht hatte mein Vater sogar schon einige Kandidaten anvisiert. Denn sieh mich doch an.« Sie machte eine kleine, abschätzige Geste über ihren Körper. »Ich bin kräftig, ich habe ein breites Kreuz, und sicher könnte ich auch viele Kinder zur Welt bringen. Ich wäre eine wertvolle Arbeitskraft, das war ich ja auch schon auf dem Hof meiner Eltern, und das ist, was zählt bei uns.« Wieder pausierte sie. »Aber ich will das so nicht! Verstehst du, Isabella, ich will es einfach nicht! Ich möchte lesen, Zeitschriften, Bücher … ich möchte Briefe schreiben, wie die edlen Damen, ich möchte meinen Verstand benutzen und nicht nur meinen Körper.«

Isabella griff nach Bettys Hand und drückte sie. »Das wirst du. Das verspreche ich dir, du wirst lesen und schreiben können, so viel du willst.«

Sie war sich nicht sicher, ob es ein Schniefen war, das unter Bettys Maske zu ihr drang. »Dass … dass du damals in Lydford ausgerechnet zu mir gekommen bist mit deinem Geheimnis und mich gefragt hast, ob ich dich begleite, das war ein Wink des Schicksals.«

»Ehrlich gesagt war es die pure Verzweiflung, die mich in eure Bauernkate getrieben hat«, ergänzte Isabella mit einem schiefen Grinsen. »Aber ich hätte niemand Besseren finden können als dich, Betty. Ich bin so froh, dass ich dich an meiner Seite habe. Und das mit dem Ball, das bekommen wir jetzt auch noch hin, in Ordnung?«

Betty nickte zum Einverständnis, und Isabella ließ sich wieder gegen die Lehne sinken, aber sie fühlte sich nicht halb so sicher, wie sie gerade vorgab.

Was, wenn sie zu spät kamen?

Je länger sich der Weg nach Drayfield hinzog, desto unruhiger wurde sie.

Alexander würde Rebecca vielleicht schon längst verhaftet haben, und dann … Isabella wusste gar nicht, was dann eigentlich kam.

Denk noch nicht mal dran. Du darfst nicht aufgeben. Weder Rebecca noch deine Beziehung zu Alexander.

Es musste ihm doch klar sein, dass sie, wenn er eine ihrer engsten Freundinnen verhaftete, nicht einfach so weiter mit ihm zusammenleben konnte und ihre ehelichen Pflichten … das ging einfach nicht.

Was willst du, dich scheiden lassen?

Als Frau war das völlig unmöglich. Sie hatte ihn geheiratet und war bis ans Ende ihres Lebens an diesen Mann gekettet. Die einzige Möglichkeit, sich als Frau scheiden zu lassen, bestand darin, vor Gericht schwere körperliche Misshandlungen durch den Ehemann zu beweisen – und zwar über einen Zeitraum von mehr als sieben Jahren. Wenn überhaupt, dann konnten sich nur Männer scheiden lassen.

Sie würde Alexander bitten, sie woanders leben zu lassen. In Bath zum Beispiel. Sie war genügsam, und sie könnte sich sogar eine Arbeit suchen, damit sie ihm nicht auf der Tasche lag. Ihre Familie verachtete sie ja ohnehin schon. Ihre Mutter und ihre Schwester hatten seit Wochen nicht mehr mit ihr gesprochen. Da würde eine Arbeitsstelle, eigentlich undenkbar für eine adelige Dame, auch keinen Unterschied mehr machen. Alexander würde es ihr gewähren. Er musste verstehen, dass sie mit ihm nicht mehr unter einem Dach leben konnte.

Isabella versuchte, das pelzige Gefühl auf ihrer Zunge herunterzuschlucken.

Sie würde getrennt von dem Mann leben, mit dem sie doch am liebsten jede Minute ihrer Zeit verbringen würde.

Allein der Gedanke daran war wie ein kurzes Blinzeln hinein in den Abgrund. Und genauso, als stünde sie mit den Schuhspitzen bereits an der Kante einer Klippe, erfasste ein unerträgliches Kribbeln ihren ganzen Körper, bis hinein in die Fingerspitzen.

Sie durfte all das nicht zulassen. Rebeccas Schicksal stand auf dem Spiel, und ihr eigenes auch.

Und deswegen kämpfst du. Du gibst verdammt noch mal nicht auf.

Sie mussten sich einen Plan zurechtlegen.

Eigentlich hatten sie sich noch gar keine Gedanken darüber gemacht, was passieren würde, wenn die Diener sie an der Eingangstür der Willow Hall hereinließen. Und zwar ohne dass sie eine schriftliche Einladung vorzeigen konnten. Waren sie einmal drinnen, wäre die erste Hürde genommen, und dann – würden sie eben sehen.

»Wir müssen als Erstes Rebecca finden«, stellte Isabella klar, als sie zu ihrer Rechten einige Lichter am Horizont ausmachen konnte. Betty nickte eifrig, war aber nach ihrem kurzen Gespräch vorhin wieder in ihr auffallendes Schweigen verfallen. Sie verhielt sich so wie vor einigen Wochen, als sie mit ihr zusammen nach Bath gefahren war.

Sie ist genauso unsicher wie damals.

Kunststück, denn Isabella war im Begriff, sie in eine Umgebung zu zwingen, in der sie noch nie gewesen war und in der sie als Bauerntochter eigentlich auch nichts zu suchen hatte. Sie trug das hübsche orangefarbene Seidenkleid, das Rebecca ihr damals hatte schneidern lassen und das für normale Anlässe sowieso viel zu fein war. Und dank der armlangen cremefarbenen Seidenhandschuhe und der ebenfalls cremefarbenen Maske, die sie aus Rebeccas Kleiderschrank stibitzt hatten, sollte Bettys Herkunft allen verborgen bleiben.

Beide hatten ihre Haare mithilfe von Seidentüchern zu halbwegs eleganten Frisuren aufgetürmt und noch jeweils eine Feder darin festgesteckt. Die waren ebenfalls in Rebeccas Kleiderschrank gewesen. Wobei es sich eigentlich um gar keinen Schrank handelte, den sie da neben Rebeccas Schlafzimmer gefunden hatten.

Es war ein ganzer *Ankleideraum* gewesen. Kleider und Abendroben hingen dort an den Stangen, eines schöner und edler als das andere. Ergänzt wurden sie von einer beachtlichen Kollektion an Schuhen, Schirmen, Fächern, und selbst Masken hatten sie fein säuberlich nebeneinanderdrapiert in einer Kommode gefunden. Bewundernd hatte Isabella auch die vielen Korsagen von Rebecca betrachtet. Sie waren verschiedenfarbig, einige länger, einige kürzer, und eine – sie musste wohl besonders neu gewesen sein – hatte noch nicht einmal mehr Hüftkissen an den Seiten befestigt gehabt. Was Isabella aber gewundert hatte, waren die handtellergroßen weichen Kissen, die in jeder der Korsagen auf der linken

Seite eingenäht waren. Noch nie hatte Isabella das gesehen. Als würde Rebecca ihre Haut an dieser Stelle vor dem starren Material der Korsage schützen wollen. Sie würde ihre Freundin bei Gelegenheit danach fragen.

Isabella hielt den Blick fest auf die Lichter gerichtet, die immer wieder hinter Büschen verschwanden, aber beständig größer wurden. Bisher waren sie durch die finstere Nacht gefahren und hatten nur einige kleine, kaum beleuchtete Nester durchquert. Kerzen waren teuer, und die Bauern, die hier wohnten, schliefen um die Tageszeit ohnehin.

Jetzt fuhren sie aber auf ein hell erleuchtetes Anwesen zu, und je näher sie kamen, desto herrschaftlicher erschien Isabella das Haus. Eigentlich war es ein Schloss, mehrstöckig und weitläufig, und selbst die Nacht konnte nicht verstecken, wie prachtvoll es war.

Das musste Willow Hall sein, der Familiensitz des Duke of Somerville.

Unter den Rädern der Kutsche knirschte der Kies, und schließlich hielt sie an, direkt vor einer weit geöffneten Eingangstür. Bereits hier waren die Musik und die vielen Stimmen der Ballbesucher zu hören. Von außen öffnete jemand die Kutschtür.

Isabella drückte noch ein letztes Mal Bettys Hand, denn sogar hinter der Maske konnte sie die furchtsam aufgerissenen Augen ihrer Freundin erkennen.

»Wir können das«, wiederholte sie und wartete ein erneutes Nicken von Betty ab, bevor sie die ihr dargebotene Hand eines livrierten Dieners ergriff und aus der Kutsche ausstieg.

Als sie wieder festen Boden unter den Schuhsohlen spürte, atmete sie tief ein, drückte die Brust ein wenig heraus und hob das Kinn. Genau die selbstgefällige – oder vielleicht eher überhebliche – Haltung, die eine edle Dame für gewöhnlich an den Tag legte. Außerdem tat sie ihr Bestes, sich nicht im Mindesten von der Pracht dieses Anwesens beeindruckt zu zeigen, sondern alles und jeden um sich herum einfach zu ignorieren.

Man sah sich nicht staunend um, und schon gar nicht versuchte man, Kontakt mit der Dienerschaft aufzunehmen – wenn überhaupt, mussten diese sich höflich um ihre Aufmerksamkeit bemühen.

Als sie das Portal durchschritten, Betty dicht bei Isabella, hörten sie ein lautes Räuspern hinter sich.

»Madame? Dürfte ich nach Ihrem Namen fragen?« Ein etwas in die Jahre gekommener livrierter Diener mit perfekt sitzender Perücke und in einem cremeweißen Frack machte zwei hastige Schritte hinter ihnen her. Isabella spürte eine erste Schweißperle, die sich ihren Weg zwischen den Schulterblättern nach unten suchte, ließ sich aber nichts anmerken.

»Sie dürfen. Mrs. Isabella Wilkinson. Mein Mann ist ja bereits anwesend. Und das ist Mademoiselle Dubois, meine Gesellschafterin aus dem Großherzogtum Luxemburg. Sie spricht kaum Englisch. Die Ärmste musste vor wenigen Monaten vor den französischen Invasoren fliehen. Sie kennen ja die Tragödien, die sich dort inzwischen abspielen …« Isabella hielt sich ein besticktes Taschentuch vor die Nase.

»Aber selbstverständlich«, pflichtete der Mann ihr sofort bei.

Es gab eben Gesprächsthemen, bei denen der Anstand es verbot, weiter nachzuhaken oder sogar zu widersprechen. Der Krieg in Frankreich zum Beispiel war eines davon.

»Schrecklich, was dort passiert. Herzlich willkommen, Mesdames.« Der Diener verbeugte sich, was Isabella lediglich mit einem Kopfnicken beantwortete, und dann lief sie sofort weiter den breiten Gang entlang in die Richtung, aus der die Musik kam.

Sie hörte Bettys Schritte hinter sich, wandte den Kopf und zwinkerte ihr zu.

»Lief doch gut.«

»Hm …«, machte Betty. »Was, wenn sie uns draufkommen?«

»Werden sie nicht, glaub mir.«

38.

Der Abend stand unter keinem guten Stern. Der ganze Tag eigentlich schon nicht, erkannte Alexander. »Hast du sie gesichtet?«

Tom schüttelte den Kopf. Seit geschlagenen zwei Stunden waren sie nun bereits hier, von Rebecca war allerdings keine Spur. Trug sie vielleicht eine Perücke und hatte sich mit ihrer Maske so gut getarnt, dass sie sie einfach nicht erkannten? Oder hatte sie vielleicht doch jemand gewarnt, und sie war erst gar nicht hierhergekommen? Der Zollbeamte vielleicht, den sie bestochen hatten? Alexander würde sich lächerlich machen, wenn er die beiden Constables völlig umsonst nach Bath hätte kommen lassen.

Nun ja. Rebecca mochte sich rarmachen, aber dafür war ihm bereits jemand anders über den Weg gelaufen, und zwar mehrmals.

Edward Parker.

Und der hatte Alexander offenbar auch schon bemerkt, denn sie hatten Blickkontakt gehabt, und jetzt nickte er ihm sogar höflich zu und querte den Saal in seine Richtung.

Seit ihrem Zusammenstoß an Weymouths Dinner hatte er kein Wort mehr mit ihm gewechselt, und Alexander war sich ziemlich sicher, dass Phillip Parker seinem älteren Bruder gegenüber auch nichts von ihrer kleinen nächtlichen Unterhaltung am Royal Crescent hatte verlauten lassen.

Parker kam neben Alexander zum Stehen und beobachtete das Treiben im Saal.

»Mr. Parker«, begrüßte Alexander ihn nach einer Weile. Sie waren schließlich mittlerweile verwandt, auch wenn Alexander auf die Verbindung mit dem Viscount und vor allem mit seinen Söhnen liebend gern verzichtet hätte.

»Sie haben sie also geheiratet«, stellte Parker süffisant fest und klang dabei genauso arrogant wie eh und je. »Es war mir gleich klar, dass Sie vollkommen verschossen in die Kleine sind.«

»*Die Kleine* ist inzwischen meine Ehefrau, richtig erkannt. Und auch wenn Sie es bisher nicht geschafft haben, ihr auch nur das geringste Maß an Respekt zu zollen, dulde ich solch ein Verhalten in meiner Gegenwart nicht.«

»Ganz der galante Ritter, nicht wahr?« Parker spitzte die Lippen. »Ich war wirklich überrascht, dass ausgerechnet Alexander Wilkinson auf eine dieser heiratswütigen Damen, die die Saison in Bath verbringen, hereinfällt.«

»Passen Sie auf, was Sie sagen«, zischte Alexander.

Parker hob tatsächlich entschuldigend die Hände. »Sie haben ja recht, Wilkinson. Man konnte ihr richtiggehend zusehen, wie sehr sie sich bemühte, diese Witzfigur Shakleton zu mögen. Dabei hatte sie von Anfang an nur Augen für Sie. In den Assembly Rooms, auf Weymouths Dinner … Sie haben wirklich Glück, wissen Sie. Eine Frau zu haben, die Sie liebt. Dieses Schicksal wird vermutlich keinem der Parkers vergönnt sein.«

»Meine Ehe ist genauso eine Zweckehe wie die meisten anderen auch«, wehrte Alexander ab und verschränkte die Arme vor der Brust. Worauf wollte Parker eigentlich hinaus bei diesem Gespräch?

»Was sind Sie bloß für ein Trottel, Wilkinson! Ich kenne ja nur die Erzählungen meines jüngsten Bruders Phillip, aber selbst die lassen keinen Zweifel daran. Natürlich liebt meine Cousine Sie!«

Für einen Moment war sich Alexander nicht sicher, ob Parker sich einen Scherz mit ihm erlaubte. Oder ob er ihm für diese Beleidigung auf der Stelle einen Faustschlag verpassen sollte.

»Schauen Sie mich nicht so entgeistert an! Ehrliche Worte von mir haben Sie wohl nicht erwartet?« Parker drehte die Champagnerflöte zwischen seinen Fingern, leerte sie und stellte sie einem vorbeikommenden Diener aufs Tablett.

»Nein, das habe ich nicht«, gab Alexander zu. »Und offen gestanden frage ich mich, was Sie mit Ihren wohlmeinenden Ratschlägen eigentlich beabsichtigen. Ich nehme Ihnen Ihre Freundlichkeit nämlich nicht ab«, erwiderte er mit einem dünnen Lächeln. Und selbst um das musste er sich redlich bemühen.

»Ich bin nicht der Unmensch, für den Isabella mich hält. Auch wenn sie Ihnen sicher ganz anderes von mir erzählt hat.« Geschickt fischte er sich das nächste Champagnerglas von einem der Tabletts, die ein weiterer Diener vorbeitrug.

»Isabella hat kein Wort über Sie verloren. Ich mache mir mein eigenes Bild. Zur Hochzeit hätten Sie zum Beispiel ein Mindestmaß an Höflichkeit besitzen und erscheinen können. Niemand aus Isabellas Familie war anwesend, obwohl Sie und Ihre Eltern doch in der Stadt weilten.«

Parker nahm einen tiefen Schluck und sagte mit rauer Stimme: »Reden Sie nicht, Sie haben doch keine Ahnung, was wir hier durchmachen.«

»Sie Ärmster, als Erbe des Viscounts haben Sie aber auch ein wirklich schweres Los.«

Der triefende Sarkasmus in Alexanders Stimme schien Parker nicht im Geringsten zu reizen. Überhaupt schien dieser Mann wie ausgewechselt. Beide nickten höflich, als eine Traube junger Damen kichernd vor ihnen knickste und dann von einer umso ernsteren Riege an Müttern und Gesellschafterinnen weitergetrieben wurde.

»Beinahe hätte ich es geschafft, und meine Mutter wäre aus Bath abgereist. Aber leider ist ja der Skandal, den uns die gute Isabella ins Haus gebracht hat, nun noch nicht eskaliert.«

»Sie *wollten*, dass er eskaliert?« Alexanders Puls beschleunigte sich, und Parkers ausbleibende Antwort bestätigte seinen Verdacht. »Warum hassen Sie Isabella eigentlich so sehr?«, entfuhr es ihm. Das hatte er sich wirklich bereits gefragt, mehrmals.

»Isabella ist mir egal – offen gestanden war ich sogar beeindruckt, wie gefasst sie reagierte, als sie erfuhr, dass ausgerechnet Sie ihr Geheimnis ausgeplaudert haben. Und auch vorher, als Shakleton die Verlobung aufgelöst hatte. Geben Sie doch zu, Sie hatten das alles von Anfang an geplant.«

Die Unterhaltung hier wurde immer grotesker.

»Gar nichts hatte ich geplant. Und erst recht nicht, dass Sie sie vor die Tür setzen wie eine Verbrecherin«, antwortete Alexander scharf. Er würde sich von Parkers plötzlicher Ehrlichkeit nicht einlullen lassen. Er hatte sich Isabella gegenüber wie ein Schwein verhalten, und das war durch nichts wiedergutzumachen.

»Ich hatte gehofft, dass das Ganze spätestens dann ans Tageslicht kommt und der Skandal meine Mutter schließlich dazu zwingt, das Feld hier in Bath zu räumen.«

»Ich verstehe nicht ganz.«

»Wissen Sie eigentlich, was es bedeutet, wenn Ihre Mutter Ihnen ständig in den Ohren liegt, endlich der Ihnen auferlegten Verantwortung gerecht zu werden und eine passende Partie zu machen? Tag und Nacht auf irgendwelche Bälle, Soireen oder Empfänge geschleift zu werden und eine ermüdende Verabredung nach der anderen wahrzunehmen, um am Ende herauszufinden, dass doch keine der Damen gut genug ist?«

Parker klang aufgebracht, und auch wenn Alexander sich eigentlich dagegen wehrte, keimte doch so etwas wie Mitgefühl in ihm auf. Es war eine der Eigenschaften, die er an seinem Leben ohne Titel und deshalb auch ohne Erbe und Verantwortung am meisten schätzte: Selbstbestimmtheit. Und die Freiheit, Entscheidungen zu treffen, die er nur vor sich selbst zu rechtfertigen hatte und gelegentlich vielleicht noch vor Tom.

»Dann tun Sie es doch einfach nicht!«, erwiderte Alexander schulterzuckend, wusste aber gleichzeitig, dass er es sich damit sehr einfach machte.

»Sie kennen meine Mutter nicht. Und Sie haben keine Ahnung, was es bedeutet, die Verantwortung für ein jahrhundertealtes Erbe auf den Schultern zu tragen und von Kindesbeinen an den Druck zu spüren, dem gerecht zu werden. Seit ich denken kann, ist das so gewesen.«

»Sie haben Isabella also nur versucht zu diskreditieren, damit Ihre Mutter Bath verlässt und aufhört, Sie auf dem Heiratsmarkt zu präsentieren?«, vergewisserte sich Alexander.

»Wenn Sie das so sehen wollen. Ich hatte mit der Viscountess vereinbart, dass ich nach dieser Saison eine längere Reise unternehme, sollte ich keine passende Kandidatin finden. Die *Grand Tour* auf dem Kontinent, und Sie glauben gar nicht, wie lange ich mich bereits auf dieses Jahr in Freiheit freue. Dann kann der gute James sich mit Frau

Mama herumschlagen, ich bin die Bürde aber erst einmal los.«

»Schämen Sie sich denn gar nicht? Sie haben dafür beinahe das Leben einer jungen Frau zerstört!«

»Aber das ist es doch, ich habe eben *nicht* ihr Leben zerstört, denn sie hat ja nun einen Ehemann. Ende gut, alles gut, wie schon unser bester Shakespeare zu sagen pflegte, nicht wahr? Und jetzt entschuldigen Sie mich, die Pflicht ruft.«

Er zog seinen Frack gerade, spazierte etwas unsicheren Schrittes zu einer der Fensternischen und forderte eine rothaarige Dame zum Tanz auf.

»Ich habe kurz mit dem Gedanken gespielt, die beiden Constables zu instruieren, dich von einer Prügelei abzuhalten«, raunte jemand in seinem Rücken.

Tom stand direkt hinter ihm, und Alexander fragte sich irritiert, wie lange er das bereits tat.

»Keine Sorge, ich habe mich im Griff«, brummte er.

»Gut so, und nun fang endlich an zu tanzen und eruiere die Lage, sonst finden wir Rebecca nie.«

Genau das tat Alexander dann auch. Er tanzte mehrere Polkas und versuchte nebenbei, seine Partnerinnen auszuhorchen, ob man hier auf dem Ball edle Stoffe kaufen konnte. Er fragte diskret, verstand sich. Vielleicht sogar zu diskret, denn er erhielt keine einzige brauchbare Antwort.

Aber er gab nicht auf und tanzte weiter, denn schließlich gehörte das auch zum guten Ton. Ein Gentleman ging nicht einfach auf einen Ball und stand nur herum. Meistens waren mehr Damen anwesend als Herren, und schon allein deshalb war es ein ungeschriebenes Gesetz, dass Gentlemen zum Tanzen verpflichtet waren.

Trotzdem fühlte es sich irgendwie falsch an, mit diesen Frauen zu tanzen. Wenn Alexander schon tanzte, dann wollte er es mit Isabella tun und mit niemandem sonst.

Die hast du ja nun in deiner Wohnung eingesperrt, du Rindvieh.

Er setzte ein Weilchen aus und zog sich an den Rand des Saals zurück, denn das schlechte Gewissen plagte ihn und wurde von Stunde zu Stunde schlimmer. Vermutlich war er deshalb auch so wenig bei der Sache und fand Rebecca nicht. Es waren schließlich nicht mehr als hundertfünfzig Gäste anwesend – wie schwer konnte es sein, eine Frau zu finden, die sich aller Wahrscheinlichkeit nach sogar noch auffällig benahm und immer wieder mit Gästen in einem Hinterzimmer verschwand?

»Du solltest dich weiter umhören«, sagte Tom, der schon wieder neben ihm stand. »Und tu nicht so, als wäre ein Tanz mit einer schönen Frau der Weltuntergang. Sei froh, dass du überhaupt tanzen kannst.«

Tom war frustriert, was kein Wunder war. Er liebte es zu tanzen, Alexander hatte ihn vorhin sogar dabei beobachtet, wie seine Fußspitzen zuckten und er leicht mit dem Körper im Takt mitwiegte. Es musste furchtbar für ihn sein, den ganzen Abend hier zu verbringen, aber nicht tanzen zu dürfen. Mit seinem einbandagierten Arm war es schlicht nicht möglich.

»Also gut«, brummte Alexander.

Er wurde jedoch von einem älteren Herrn aufgehalten, der ihm den Weg verstellte. Kurz brauchte Alexander, bis er ihn erkannte.

»Dr. North! Sie hätte ich unter den Gästen des Dukes gar nicht erwartet.«

»Ach, wissen Sie, die Londoner Beau Monde tummelt sich hier, man kann gar nicht anders, als sich auch blicken zu lassen. Vor allem, wenn man gerade in Bath ist.« Er klang ein wenig gequält, was ihn Alexander sofort sympathisch machte.

»Ich habe übrigens nachgedacht über das, was Sie mir auf unserem letzten Treffen angeboten hatten. Die junge Dame, von der Sie sprachen – ich würde sie tatsächlich gern kennenlernen.«

Alexander brauchte ein oder zwei Atemzüge, bevor er sich erinnerte.

»Um sich mit ihr zu unterhalten?« Was fragte er das eigentlich so dämlich, wofür denn sonst?

»Ich muss zugeben, die Methode, mit der der Verband Ihres Freundes angelegt wurde, hat mich neugierig gemacht. Allerdings werde ich morgen bereits wieder nach London reisen – die Corporation of Surgeons hat eine außerplanmäßige Sitzung einberufen, wir … Aber was rede ich denn da? Entschuldigen Sie, das interessiert Sie sicherlich gar nicht.«

»Erzählen Sie ruhig weiter, ich brauche ohnehin eine kleine Pause von den vielen Tänzen.« Was nicht stimmte, und Toms stechenden Blick, der ihn von hinten regelrecht aufspießte, ignorierte er einfach. »Eine außerplanmäßige Sitzung, sagten Sie?«, nahm er das Gespräch wieder auf.

»Genau. Es könnte sein, dass sich die Corporation bald umbenennt, und John Hunters Anatomie-Museum könnte auch bald zu unserer Vereinigung gehören – nun, es wird spannend werden, und außerdem liegt mir meine Enkelin seit Tagen in den Ohren, dass ich doch die junge Dame kennenlernen sollte, die so viel von Verbänden versteht. Und Sie kennen es bestimmt, wenn sich die Ladies mal etwas in den Kopf gesetzt haben, kann man es ihnen nicht mehr abschlagen.«

Alexander kannte es nicht, aber sein Herz machte vor Freude trotzdem einen Satz. Egal wie sehr sie gerade im Clinch miteinander lagen, Dr. North, ein Mitglied der wichtigsten Chirurgenvereinigung des Landes, hatte sich tatsächlich bereit erklärt, Isabella zu treffen. Sie würde vor Freude ganz aus dem Häuschen sein, wenn er ihr das erzählte.

»Ich melde mich bei Ihnen, Dr. North.« Alexander verbeugte sich knapp zur Verabschiedung und spürte bereits Toms Ellenbogen im Rücken.

»Hast du wohl vergessen, warum wir hier sind?« Seit wann war er eigentlich der Pflichtbewusste von ihnen beiden?

»Keine Sorge, ich gehe ja schon.«

Also suchte Alexander sich eine besonders edel gekleidete Dame und forderte sie zum Tanz auf. Vielleicht war die Wahl auch auf sie gefallen, weil sie die gleiche Haarfarbe und Statur hatte wie Isabella. Doch das wollte Alexander sich gerade im Moment nicht eingestehen. Mehrmals versuchte er, seine Partnerin in ein Gespräch zu verwickeln, was sich aber als schwieriger erwies als gedacht, denn er tanzte mit einer jungen Französin. Vermutlich gehörte sie zu den adeligen Familien, die es geschafft hatten, vor der

Revolution ins englische Exil zu fliehen, und ziemlich sicher hatte sie auch Verwandtschaft hier.

Zwar sprach Alexander Französisch, aber es war eingerostet, und deshalb war die Unterredung recht … einsilbig, und egal was er fragte, Mademoiselle Georgette beantwortete es stets nur mit einem Lächeln und einem Nicken.

Bei einer Drehung fuhr Alexander einen kurzen Augenblick der Schreck durch die Glieder, denn er hatte gemeint, eine Frauengestalt zu sehen, deren Körperform eine geradezu verblüffende Ähnlichkeit mit der von Betty Hartley hatte. Sogar das Kinn sah irgendwie ähnlich aus, aber natürlich konnte das nicht sein.

Betty Hartley auf dem Ball des Dukes – das war völlig unmöglich. Hier versammelten sich ausschließlich die Noblesse und andere Würdenträger. Unter normalen Umständen hätte nicht einmal Alexander eine Einladung erhalten.

Er widmete sich wieder seiner Tanzpartnerin und hatte ihr gerade entlockt, dass sie mit ihrer Familie nun in Hampstead ein neues Zuhause gefunden hatte, als er Rebecca erkannte.

Das fein geschwungene Kinn, die vollen, dunklen Locken, die zu einer hübschen Frisur zusammengesteckt waren. Die schlanken Hände und die gesamte Körperhaltung, als sie mit einem jungen Paar im Schlepptau den Saal verließ. Es bestand kein Zweifel, das war Rebecca. Hastig sah er sich um, stellte Blickkontakt mit den beiden Constables her und bedeutete ihnen mit dem ausgestreckten Arm, dass es diese Frau war, der sie unauffällig folgen mussten. Rebecca verschwand in der Tür, und seine Begleiter mussten erst den halben Saal durchqueren, ehe sie ebenfalls dort ankommen würden.

Also begann er selbst zu laufen. Es war ihm egal, dass er mitten im Tanz seine Partnerin alleine stehen ließ, Mademoiselle Georgette würde die Enttäuschung schon verkraften. Er hatte gerade Wichtigeres zu tun, denn er musste Rebecca überführen. Er verließ den Saal und fand sich in einem achteckigen Raum wieder, aus dem vier Türen herausführten. Alle waren geschlossen.

Welche sollte er nehmen?

39.

Natürlich war das Erste, worauf Isabellas Blick fiel, Alexander.

Er stand mit dem Rücken zu ihr, aber trotzdem erkannte sie ihn sofort, denn wie immer, wenn sie sich im selben Raum befanden, war er wie ein Magnet. Als würden ihre Körper miteinander sprechen, ohne dass Isabella das überhaupt bewusst steuern konnte.

Er sah umwerfend aus in seinem schwarzen Frack, dem blütenweißen Hemd und der Krawatte. Er trug eine schwarze Maske, die sich perfekt in sein Gesicht einfügte, und eine Welle der Sehnsucht überfiel Isabella.

Ihr Herz schlug schneller, obwohl sie das gar nicht wollte und obwohl sie doch gerade so wütend war auf ihn.

Als er sich drehte, eine hübsche, blutjunge Tanzpartnerin an seiner Seite, und sie sich im Takt der Allemande umkreisten, die gerade gespielt wurde, spürte sie ein Stechen in der Brust.

Die Frau war ebenso blond wie sie selbst, und sie hatte sogar eine ähnlich zierliche Figur.

Alexander lachte mehrmals, offenbar amüsierte er sich prächtig. Isabella bildete sich sogar ein, seine Stimme aus dem Gewirr und der Musik herauszuhören. Sie war so verletzt und wütend, dass sie kurz davor war, einfach zu ihnen zu laufen und ihn ihr zu entreißen.

Bettys Hand, die sich leicht, aber bestimmt auf ihren Unterarm legte, hielt sie davon ab.

»Wir müssen Rebecca finden«, rief sie Isabella ins Gedächtnis. »Um Alexander kümmern wir uns später, in Ordnung?«

Wieso war sie eigentlich noch überrascht? Dass er sie aus Rachsucht geheiratet hatte, war ihr ja inzwischen klar geworden, und dass er sofort wieder anfangen würde, anderen Damen schöne Augen zu machen – auch das sollte sie nicht verwundern, oder?

Dennoch tat es weh, ihn mit einer anderen Frau zu sehen.

Betty zog sie einfach mit sich in Richtung eines der riesigen Fenster auf einer Seite des Saals. Zur Sicherheit versteckte Isabella ihr Gesicht noch zusätzlich hinter ihrem Fächer und mied den Blick in die Richtung von Alexander.

Eigentlich hätte ihnen doch gar nichts Besseres passieren können. Wenn Alexander abgelenkt war und sich vergnügte, statt nach Rebecca zu suchen, würden sie es schaffen, ihre Freundin zu warnen und sie in Sicherheit zu bringen, ehe er ihrer habhaft werden konnte.

Isabellas Blick schweifte durch den Saal. Es waren sicher hundert Gäste anwesend, alle trugen Masken und waren ausnahmslos vornehm gekleidet, einige hatten sogar ausgefallene Kostüme aus fernen Ländern. Sie sahen ganz anders aus als auf den Bällen in den Assembly Rooms. Vornehmer, aber auch altmodischer, fand Isabella. Die meisten Männer und selbst einige Frauen hatten noch die weiß gepuderten, teils hoch aufgetürmten Perücken aufgesetzt, und Isabella hatte den Eindruck, dass beinahe so viele livrierte Diener anwesend waren wie Gäste. Die Kleider der Damen waren nicht aus den modisch leichten und schlichten Musselinstoffen, die sie in Bath nun immer öfter gesehen hatte, sondern ausladend und schwer, aus Seide, Damast und Taft, wie sie am Hof in London auch noch getragen wurden. Zumindest wenn man den Zeitschriften wie der *Gallery of Fashion* oder dem *Lady's Monthly Museum* Glauben schenkte, die stets in aller Ausführlichkeit über die Bälle der Aristokraten berichteten. Ganz bestimmt hatten sich auch heute ein oder zwei Journalisten unter die vornehme Gesellschaft gemischt, um vom Maskenball des Duke of Somerville zu berichten. Zumal dieser Mann ein berüchtigter Junggeselle war und regelmäßig für Skandale sorgte. Er war Ende zwanzig, angeblich unverschämt gut aussehend und Mitglied in mehr Gentlemen's Clubs, als man an zwei Händen abzählen konnte, hatte das *Ladies' Magazine* berichtet. Er wechselte beinahe wöchentlich seine Geliebte und sah seine Lebensaufgabe ganz offenbar nicht darin, zu heiraten und Nachkommen zu zeugen, sondern ein Damenherz nach dem anderen zu brechen, hieß es. Außerdem, meinte Isabella gelesen zu haben, trug er dann und wann einen Bart. Einen echten blonden Vollbart, wie ein Highlander oder Wikinger. Das taten nur Exzentriker, Radikale oder sonst irgendwelche … nun ja. Zügellose Menschen.

Was vermutlich auch der Grund war, warum seine Bälle regelrecht legendär waren. Das zeigte sich schon alleine an der ausgefallenen Beleuchtung, denn der Saal war nicht nur mit den üblichen Kerzenhaltern, sondern auch mit bunten Lampions beleuchtet, und mehrere mannshohe Palmen in großen Übertöpfen gaben dem Saal ein exotisches, exklusives Flair.

Die Stimmung kam Isabella ausgelassen und fröhlich vor, obwohl viele der Anwesenden dem Hochadel angehörten. Man blieb unter sich, feierte aber trotzdem gern. Ein Tanz reihte sich an den nächsten, und überall wurde gelacht und getrunken. Ein Nebenraum, der statt mit einer Tür von einem durchsichtigen, mit Goldfäden verzierten Vorhang vom Saal abgetrennt war, diente offenbar als Supper Room, wo ein Buffet aufgebaut war und Getränke ausgeschenkt wurden. Die Tänze waren die gleichen wie auf den öffentlichen Bällen, nur das Orchester war in einer Ecke des Saals untergebracht und lediglich ein Quartett. Vermutlich war kein Platz für eine größere Besetzung.

Isabellas Blick fiel auf einen Mann, der mit seiner Rechten aus Versehen ein Glas auf einem Beistelltischchen neben sich umwarf. Es ergoss sich auf den Boden, ein Herr neben ihm sah ihn vorwurfsvoll an, doch er merkte es nicht einmal.

Isabellas Aufmerksamkeit wanderte weiter, dann ruckte ihr Kopf allerdings zurück zu dem Mann. Er stand mit dem Profil zu ihr, trug eine Perücke, und seine Maske verdeckte den Großteil des Gesichts. Aber die aufrechte Gestalt, die Tatsache, dass er auf seiner rechten Seite nichts zu sehen schien. Konnte es wirklich sein, dass …

»Ashbrook«, flüsterte sie, eigentlich nur zu sich selbst. Betty hatte es trotzdem gehört und reckte neugierig den Kopf zu ihr.

Das durfte doch nicht wahr sein.

Er konnte nicht hier sein, nicht jetzt, da sie sich heimlich auf den Ball geschlichen hatte und Alexander nichts davon wusste. Und … es würde in einem Desaster enden.

Ashbrook sah sich um, gelangweilt, schien es ihr, und Isabella drehte ihm den Rücken zu und drückte sich tiefer in die Nische.

Kindisch, zu denken, dass, wenn sie ihn nicht sah, er sie auch nicht sehen würde, aber etwas anderes fiel ihr gerade nicht ein.

Du trägst eine Maske und ein ganz neues Kleid. Er wird dich nicht erkennen.

Sie durfte keinesfalls mit Ashbrook reden oder seine Aufmerksamkeit auf sich ziehen.

Was würde passieren, wenn Alexander sie nun hier sah, am besten noch mit Ashbrook …

Undenkbar. Es war absolut undenkbar.

Sie hob den Fächer und hielt ihn sich erneut vor das

Gesicht. Vorsichtig schielte sie dabei zu Ashbrook hinüber, der aber jetzt einige Schritte weitergegangen war, offenbar um sich noch ein Getränk zu besorgen.

Er verschwand hinter einigen anderen Ballbesuchern, und Isabella atmete unwillkürlich auf.

»Dort ist sie«, hörte sie Betty gedämpft rufen. Isabella wandte den Kopf in die Richtung, in die Betty deutete, konnte aber nichts erkennen außer unglaublich vielen Menschen mit Masken, ausladendenden Kleidern und Haartürmen.

Betty zog sie kurzerhand mit sich, durch einen mehreckigen, vollkommen in Weiß gehaltenen Raum, weiter nach rechts, und dann erkannte Isabella sie auch. Die schmale Silhouette und die dunkelbraune Haarpracht, die nun hochgesteckt war – ganz eindeutig war das Rebecca. Neben ihr ging ein junges Pärchen, das sich angeregt mit ihr unterhielt.

»Rebecca?«, rief Isabella, während sie hinter ihnen herhastete.

Die Angesprochene fuhr herum.

Isabella nahm sich bloß einen Herzschlag Zeit, um Rebeccas Begleitern knapp zuzunicken, und platzte dann hervor: »Du bist in Gefahr!«

Rebecca schien zunächst wie erstarrt, fasste Isabella aber dann an der Hand und zog sie hinter eine Säule in dem breit angelegten Flur. »Moment mal. Nimm die Maske ab«, verlangte sie.

Isabella versuchte es, aber das Band verhedderte sich in ihrer Frisur, sie zog zweimal ungeduldig daran und war kurz davor, die Maske einfach daran hängen zu lassen. Ihr war inzwischen alles egal.

Rebecca beobachtete das Spiel – zumindest hatte Isabella den Eindruck, denn hinter Rebeccas tiefroter, seidig glänzender Maske konnte sie es nicht genau erkennen.

»Was ist passiert?«, wollte Rebecca wissen.

»Dafür ist jetzt keine Zeit. Wir müssen weg von hier, sofort. Hast du eine Kutsche hier?«

»Nein.«

»Dann müssen wir uns verstecken. Irgendwo, wo uns keiner findet«, brachte Isabella hastig hervor.

Das hatte sie sich gerade eben ausgedacht. Sie war sich nicht sicher, wie sinnvoll das Ganze war, doch zunächst einmal mussten sie weg von diesen ganzen Menschen – und von Alexander.

»Da kommt wer!«, rief Betty hinter ihnen. Rebeccas Blick schoss zu dem Pärchen, sie winkte ihnen, oder vielleicht bedeutete sie ihnen auch, sich zu entfernen. Isabella konnte es nicht genau sagen, denn Rebecca drängte sie vor sich her durch eine Tür.

Betty schlüpfte hinter ihnen durch den Spalt, und gerade als sie die Tür zugezogen hatten und im dämmrigen Licht des Raumes standen, hörten sie eilige Schritte jenseits der Tür. Ganz eindeutig nicht in einem Tempo, das ein entspannter Ballbesucher an den Tag legte.

Es musste sich um Alexander handeln – Betty und sie waren wirklich in letzter Sekunde gekommen.

Rebecca atmete schon drohend ein, um etwas zu sagen, aber Isabella legte den Finger auf die Lippen und lauschte weiter angestrengt.

Die Schritte entfernten sich, Betty gab einen Stoßseufzer

von sich, und erst jetzt schien Rebecca auf sie aufmerksam zu werden.

»Betty?«, fragte sie ungläubig.

»Mademoiselle Dubois«, erwiderte Betty, machte einen Knicks und grinste so breit, dass sich ihre Maske ein wenig vom Gesicht abhob. Kurzerhand zerrte sie sie sich vom Kopf. Das Ding hatte ihr ohnehin nicht gepasst, ganz sicher war es einmal für Rebecca angefertigt worden, und ihr Kopf war um einiges schmaler als Bettys.

»Wir haben uns an deinem Kleiderschrank bedient und dachten, du hast bestimmt nichts dagegen«, erklärte Isabella etwas verlegen.

»Nur zu.« Rebecca machte eine einladende Handbewegung und sagte noch im gleichen Atemzug: »Was macht ihr hier?«

»Rebecca.« Nun fiel es Isabella doch schwer, es einfach auszusprechen. Sie atmete gequält ein und sagte dann schnell: »Du schmuggelst mit Stoffen, oder?«

Eine Weile blieb es still.

»Woher willst du das wissen?«, fragte Rebecca schließlich, und es klang ein bisschen trotzig. Wie ein Kind, das bei etwas Unerlaubtem erwischt worden war und es nicht zugeben wollte. Endlich nahm sie auch die Maske ab. Es war eine besonders kunstvolle, auf der rechts und links sogar einige kürzere Federn aufgenäht waren.

»Von Alexander, er ist dir auf der Spur. Er will dich festnehmen lassen.«

»Wie bitte?«

»Der Prime Minister persönlich hat ihn beauftragt, den

Schmugglerring rund um Bath auszuheben, und irgendwie hat er jetzt dich ins Visier genommen«, erklärte sie hastig. »Das stimmt doch alles nicht, oder?«

Sie bekam keine Antwort.

»Rebecca?«, hakte sie nach.

Rebecca war ganz blass geworden, aber dann richtete sie sich auf und straffte die Schultern. »Es stimmt«, gab sie zu, doch sie klang dabei weder zerknirscht noch reumütig.

»O Gott.« Isabella sank auf einen der Sessel, die direkt vor ihnen standen. Erst jetzt blickte sie sich um. Sie mussten in einer Art Bibliothek sein, denn am Ende des Raums konnte sie mehrere voll gestapelte Bücherregale und ein großes Porträt eines Mannes erkennen, der vermutlich ein Vorfahre des aktuellen Dukes war.

»Was machen wir denn nun? Sie suchen schon überall nach dir«, gab Isabella kraftlos von sich. »Gibt es Beweise? Hast du Stoffe hier?«

Rebecca wandte sich um zu einem klobigen Marmortisch und schlug eine Decke zurück, und ein ganzer Stapel an Stoffen kam zum Vorschein. Wunderschöne, schwere Ballen, Samt und Taft, teils mit Gold- und Silberfäden durchwirkt.

»Wir sind verloren«, jammerte Isabella.

»Wir sind erst einmal gar nichts, denn wir werden mit Alexander reden.« Rebecca klang ruhig, geradezu entspannt, so als würde sie einen netten Plausch halten. Aber ihre Hand verriet sie. Denn als sie die Stoffe wieder versteckte, zitterten ihre Finger. So stark, dass sie erschrocken die Decke fallen ließ und die Hände halb versteckt in ihren

Rockfalten zu Fäusten ballte. Isabella hatte es trotzdem gesehen.

»Glaub mir, das habe ich versucht. Mit diesem Mann ist nicht zu reden«, sagte sie. Ein wenig auch, um die Aufmerksamkeit wieder auf sich zu ziehen, denn sie sah ihrer Freundin an, wie unangenehm ihr ihre plötzliche Nervosität war.

Rebecca betrachtete Isabella mit schräg gelegtem Kopf. »Was genau ist eigentlich passiert zwischen euch? Nachdem er dich in sein Appartement geschleppt hat? Ich war kurz davor, eine meiner Bediensteten vor eurer Tür abzustellen, aber das hat ja dann Betty übernommen.«

»Du hast alles mit angehört?«, wandte sich Isabella entsetzt an sie.

»Nur die lauten Passagen«, gab Betty zu.

»Grässlich.« Isabella öffnete den Fächer, der um ihr Handgelenk baumelte, und wedelte sich Luft zu. »Aber darum geht es im Moment nicht. Wir müssen Rebecca von hier fortbringen.«

»Fliehen hilft jetzt nicht. Wir reden mit ihm«, wiederholte Rebecca nachdrücklich.

Sie hatte wirklich keine Ahnung. Alexander war wie ein tobender Stier gewesen heute und schien jegliche Vernunft verloren zu haben.

»Du vergisst, ich bin nicht seine Ehefrau, und auf mich ist er auch nicht rasend eifersüchtig.«

»Alexander? Eifersüchtig? Ich bin ihm doch vollkommen egal. Gerade eben habe ich ihn sogar beim Tanzen gesehen, mit so einem hübschen jungen Ding.«

»Er liebt dich, Isabella, und du ihn auch, und aus genau dem Grund wirst du auch ruhig bleiben und kein Wort von dir geben, wenn ich mich gleich mit ihm unterhalte. Das musst du mir versprechen.«

Isabella murmelte eine absichtlich undeutliche Antwort, doch als Rebeccas stechender Blick auf ihr liegen blieb, gab sie sich geschlagen. »Na schön, wenn du darauf bestehst.«

Er liebt dich.

Wie konnte Rebecca das nur behaupten? Er tat wirklich vieles, aber ganz sicher liebte dieser Mann sie nicht.

40.

Rebecca öffnete die Tür zum Gang, entzündete noch einige Kerzen auf dem Kandelaber, der neben den Stoffstapeln auf dem großen Marmortisch mit den vergoldeten Beinen stand, und wartete mit vor der Brust verschränkten Armen.

Währenddessen sah Isabella sich etwas genauer um. Ebenso wie im Ballsaal reichten die Fenster hier in der Bibliothek beinahe bis zur Decke. Schwere dunkelrote Samtvorhänge säumten sie und passten perfekt zu den beiden breiten Sofas, die sich in der Mitte des Raumes gegenüberstanden. Wie auch an den Wänden befanden sich zwischen den Fenstern Bücherregale, und darüber durchbrachen Landschaftsgemälde und goldgerahmte Porträts das holzvertäfelte Einerlei der Wände. Isabella hatte noch nie in ihrem Leben so viele vergoldete … Dinge gesehen wie hier in Willow Hall. Bilderrahmen, Tischbeine, Champagnerflöten – selbst die Blumentöpfe, die im Halbdunkel bei den Fenstern standen, glänzten verdächtig. Das ganze Haus kam Isabella vor wie eine einzige Kunstsammlung.

Es dauerte nicht lange, bis zwei Männer an der Tür vorbeihasteten, und erst als sie fast schon vorüber waren, verstanden sie, an wem sie da gerade vorbeigelaufen waren. Sie kehrten zurück, bauten sich zu ihrer vollen, beeindruckenden Größe vor der Tür auf, und einer von ihnen stieß einen scharfen Pfiff aus.

Nur kurze Zeit später war auch Alexander da.

Sein Blick flog über die Köpfe der Anwesenden, und er brauchte lediglich ein oder zwei Herzschläge, ehe er die Situation erfasste. Rasch zog er sich die Maske vom Gesicht, sagte aber kein Wort. Einige seiner dunkelbraunen Locken klebten ihm vom Schweiß an der Stirn, und er strich sie sich zur Seite. Falls er überrascht war, Isabella hier zu sehen, zeigte er es nicht. Trotzdem blieben seine graublauen Augen auf ihr liegen, lange und unverwandt, und es war, als könnte sie tausend unausgesprochene Sätze darin lesen. All die Fragen, die zwischen ihnen standen, die Unsicherheit, Reue und auch … Mitleid.

Er hat sich bereits entschieden. Sie würde nichts mehr ausrichten können, denn er würde Rebecca tatsächlich verhaften.

Und sie hatte das Gefühl, dass die ganze Welt um sie herum zum Stillstand kam. Sie schnappte nach Luft und legte die Hand über ihr Herz, als könne sie den Schmerz, der plötzlich darin tobte, auf diese Weise lindern.

Reiß dich zusammen.

Noch immer sah sie ihm in die Augen. Sie musste Alexander von seinem Vorhaben abbringen. Er musste wissen, dass er nicht nur Rebeccas, sondern auch ihre gemeinsame Zukunft mit dieser Entscheidung für immer veränderte. Wenn er ihre Freundin jetzt verhaftete, zerstörte er das wenige Vertrauen, das sich die letzten Tage über zwischen ihnen entwickelt hatte. Und Isabella wusste nicht, ob es sich jemals wiederherstellen lassen würde.

Rebecca war dem stummen Austausch zwischen Alexander und Isabella gefolgt und sagte nun: »Wir sollten uns unterhalten.«

Sie klang vorsichtig und abwartend. Auch sie musste spüren, welche Spannung zwischen den Eheleuten lag.

Alexander antwortete nicht, und als hätten die beiden Männer sein Schweigen als Aufforderung verstanden, setzten sie sich plötzlich in Bewegung. Alexanders gehobene Hand brachte sie wieder zum Stehen.

Langsam kam er selbst auf Rebecca zu, ohne sie dabei aus den Augen zu lassen.

»Tu es nicht«, flüsterte Isabella beschwörend. »Für uns.«

Alexanders Blick flackerte einen Moment zu ihr. Aber sofort richtete er ihn wieder auf Rebecca, so als würde er sich selbst verordnen, nichts mehr um sich herum wahrzunehmen. Vor allem nicht Isabella.

»Rebecca, im Namen von König George III. nehme ich dich fest. Du stehst unter dem Verdacht, verbotene Seidenstoffe zu schmuggeln.«

Nein.

Er wollte bereits nach Rebecca greifen, doch Isabella war schneller. Mit einem Satz war sie bei ihnen und schlug seine Hand weg. Sofort hob er beide, als hielte man ihm eine Pistole auf die Brust, und brachte zwei Schritte Abstand zwischen sie.

»Ich werde keine Gewalt anwenden. Weder gegen sie noch gegen dich«, sagte er zu Isabella.

»Das wirst du aber müssen, wenn du Rebecca verhaften möchtest. Du hast die Wahl.«

Und ich gebe dir noch einmal die Chance, deine Entscheidung zu überdenken. Für uns und gegen deinen Auftrag. Bitte.

Auch Betty drängte sich nun nach vorne, zwischen Alexander und Rebecca. Sie beide waren wie ein menschlicher Schutzschild, wobei Betty eine sehr viel beeindruckendere Erscheinung abgab als sie selbst.

Alexander blinzelte, denn vermutlich dämmerte ihm, dass sie es ihm gerade unmöglich gemacht hatten, Rebecca zu verhaften. Zumindest, wenn er nicht jegliche Überzeugungen über Bord werfen und doch Gewalt anwenden würde. Gegen seine eigene Ehefrau.

In seinen Augen lag eine Frage. *Ist das dein Ernst?,* schien er ihr vorzuwerfen, und Isabella antwortete, ohne dass er die Worte überhaupt ausgesprochen hatte.

»Es ist mein voller Ernst. Wenn Rebecca fällt, falle ich auch.«

Ein ängstliches Beben hatte sich in ihre Stimme geschlichen. Sie schob ihre Hand in die von Betty, und ihre Finger verschränkten sich wie von selbst ineinander.

»So weit wird es nicht kommen«, meldete sich Rebecca jetzt von hinten zu Wort und umrundete ihre beiden Freundinnen. »Lass uns reden, Alexander. Bitte. Das hier muss alles nicht passieren.«

Isabella ließ es geschehen. Sie überließ Rebecca das Feld, denn gerade fühlten sich ihre Beine weich an, ihre Knie zitterten, und sie ließ sich auf einen der Stühle an den Wänden nieder.

Alexanders Blick flackerte zu ihr, seine Hand zuckte sogar, als wolle er sie stützen, aber im letzten Moment hielt er sich zurück.

»Ja, ich schmuggle«, gab Rebecca bereitwillig zu und schaffte es nun auch, das leichte Flattern zu unterdrücken, das gerade eben noch in ihrer Stimme gelegen hatte. »Es jetzt abzustreiten, wäre kindisch. Aber ich glaube, du hast noch nicht ganz verstanden, was es bedeutet zu schmuggeln. Was mit der Ware tatsächlich passiert.«

»Ich weiß sehr wohl, was passiert, Rebecca. Menschen verlieren ihren Lebensunterhalt. Es gab Aufstände in London, als der Markt unreguliert war. Sie mögen dreißig Jahre her sein, manche fünfzig. Aber unsere Weber leiden Hunger und geraten in Armut, wenn unsere Märkte nicht beschützt werden. Vor Schmugglern wie dir.«

»Ich bitte dich, die paar Kisten Stoffe, die aus Frankreich oder Indien über Bristol auf den Markt kommen, werden keinen Weber die Existenz kosten.«

»Wenn alle Schmuggler das so sehen wie du, wird es sie sehr wohl ihre Existenz kosten«, beharrte Alexander, und im Stillen musste Isabella ihm sogar recht geben.

»Du denkst einfach nicht weiter«, erwiderte Rebecca. Sie war so ruhig und besonnen, als wäre sie ein Abgeordneter im Parlament und würde jeden Tag Dispute führen. Nicht einmal ihre Hände, die sie sicherlich nicht ganz zufällig unter ihren Armen verschränkt hatte, zitterten mehr. Dabei ging es hier um ihre Existenz.

»Wie meinst du das?«

»Woher kommen denn die Baumwolle und die Seide, die die englischen Weber zu den edlen Stoffen verarbeiten?«, wollte Rebecca wissen.

»Teils aus Indien, teils aus den Kolonien …«

»Den ehemaligen Kolonien. Aus den Vereinigten Staaten, wolltest du sagen«, verbesserte Rebecca ihn. »Und wer baut die Baumwolle dort an?«, fragte sie weiter.

»Amerikanische Plantagenbesitzer. Was wird das hier? Ein Kreuzverhör?«, echauffierte sich Alexander. »Ich glaube, du hast hier etwas falsch verstanden. Nicht ich bin derjenige, der sich rechtfertigen muss.«

»Ich versuche lediglich, dir etwas klarzumachen. Also, wer baut sie an, auf den Plantagen?«, wiederholte Rebecca.

»Die Arbeiter. Die …« Alexander hielt inne. »Die Sklaven.«

»Auch wenn du es nicht einsehen willst, an britischen Baumwollstoffen klebt Blut. Viel Blut.«

»Und dein Tuchschmuggel soll dem Abhilfe schaffen? Mach dich nicht lächerlich, Rebecca. Zumal Baumwolle nur ein kleiner Anteil der britischen Stoffe ausmacht. Viel wichtiger sind doch die Seidenstoffe, mit denen du schmuggelst«, warf er ihr vor.

Ein kleines Grüppchen von Ballbesuchern lief den Gang entlang und steckte neugierig die Nase zu ihnen in die Bibliothek. Alexander flüsterte den beiden Constables etwas zu, die daraufhin auf der gegenüberliegenden Seite des Flurs Aufstellung nahmen, und schloss die Tür.

***

Zuhörer waren das Letzte, was Alexander jetzt gebrauchen konnte. Das hier dauerte ohnehin schon viel zu lange, und das Gespräch nahm ganz und gar nicht die Richtung, die er sich vorgestellt hatte. Vor allem war das, was er am dringendsten hatte vermeiden wollen, eingetreten: Isabella war hier, und ihre bloße Anwesenheit konfrontierte ihn damit, was unweigerlich nach der Verhaftung passieren würde.

Die Beziehung zu seiner Ehefrau wäre ruiniert.

Sie würde es ihm sein Leben lang vorwerfen, und vermutlich würde sie ihm auch nie wieder vertrauen.

Das war ihm zwar bereits seit einigen Tagen klar gewesen, aber er hatte sich eingeredet, dass sich die ganze Situation schon irgendwie klären würde. Dass alles nicht so schlimm werden würde, dass er Rebecca verhaften und Isabella das Ganze verstehen würde, wenn er es nur glaubhaft erklärte.

In Wahrheit war es schlimmer, viel schlimmer, als er es sich ausgemalt hatte.

Es hatte ihn all seine Selbstbeherrschung gekostet, Isabellas Anwesenheit auszublenden, als er vor Rebecca gestanden hatte.

Die Art und Weise, wie sie ihn angesehen hatte, der Schmerz, die Wut und die Enttäuschung, die ihr ins Gesicht geschrieben standen, es hatte ihn innerlich zerrissen.

Und nun begann Rebecca auch noch, Argumente hervorzubringen, überzeugende Argumente, wie er sich eingestehen musste.

Es fehlte eigentlich nur noch, dass der Duke auf die Verhaftung aufmerksam wurde, die gerade in seinem Haus stattfand. Pitts Sekretär hatte mehrmals betont, dass es möglich wäre, Alexander eine Einladung auf den Ball zu besorgen, dass er aber diskret vorgehen musste, am besten so, dass niemand etwas mitbekam, ganz besonders nicht der Duke, dessen unzählige Liebschaften womöglich zu Rebeccas Stammkundinnen gehörten. Es würde einen handfesten Skandal geben, und das wäre nicht das, was der Prime Minister beabsichtigte oder unterstützte.

Sollte also etwas schieflaufen, das hatte Alexander ganz deutlich verstanden, stünde er alleine da und konnte weder die Unterstützung noch den Schutz der Regierung in Anspruch nehmen.

»Die Seidenstoffe, die ich schmuggle, wurden immerhin nicht auf den toten Körpern von Sklaven gefertigt. Und genauso wie die britischen Weber überleben möchten, wollen es auch die französischen und vor allem die indischen Seidenweber. Ganze Familien verdienen ihren Lebensunterhalt damit. Seit Generationen«, erklärte Rebecca.

Alexander schloss die Augen. Wieso hörte er ihr eigentlich überhaupt noch zu? Wieso verhaftete er Rebecca nicht einfach und setzte dieser sinnlosen Diskussion ein Ende?

Weil du damit deine Ehefrau gegen dich aufbringen würdest. Vermutlich für immer.

Weil du sie liebst.

Alexander schluckte schwer, denn er versuchte mit aller Macht das Gefühl niederzuringen, das bei der Erkenntnis in ihm aufwallte.

Er liebte Isabella. Und die Sehnsucht, sie jetzt, vor allen, einfach an sich zu ziehen, sein Gesicht in ihrem Haar zu vergraben, ihren Duft in sich aufzusaugen und alles um sich herum einfach zu vergessen, war mächtig.

Konzentrier dich.

Wo, verdammt noch mal, trieb Tom sich eigentlich herum? Er musste doch merken, dass weder Alexander noch die beiden Constables noch im Ballsaal waren. Warum suchte er sie nicht?

»Erzähl das bitte den Webern, wenn ihr nächster Aufstand London erschüttert«, erwiderte Alexander. Schon alleine aus dem Grund, weil er Rebecca nicht die Oberhand in dieser Unterhaltung geben würde.

»Interessant, wie du denkst. Und was macht das Leben eines Briten in deinen Augen wertvoller als das eines Inders?«

Sie sind Heiden, sie sind nicht wie wir. Aber noch ehe Alexander den Satz aussprechen konnte, hielt er inne. Hatte er gerade wirklich vor, das zu sagen? Er, der Gott bereits vor Langem abgeschworen hatte? Der die Überheblichkeit, mit der die herrschende Klasse alle Menschen, die anders waren oder anders aussahen als sie selbst, aufs Schärfste verurteilte? Dessen bester Freund der Sohn eines Laskars war?

»Ich weiß genau, was du tust, Rebecca. Du versuchst mich zu manipulieren, damit ich dich laufen lasse.«

»Ich dich manipulieren? Das hat schon jemand anders für mich getan. Und du ahnst es vermutlich noch nicht einmal. Vermutlich wusste Pitt bereits vorher, wer hinter dem Tuchschmuggel hier in Bath steckt. Zumindest ahnte er es. Und wäre ich ein hochrangiges Mitglied irgendeines Adelshauses mit einem Titel oder einer der vielen korrupten Diplomaten, die London bevölkern und dort mit Stoffmengen schmuggeln, bei denen selbst ich neidisch werde, würde Pitt dich niemals auf mich ansetzen.«

Alexander schwieg. Was sollte er schon darauf antworten? Rebecca hatte vermutlich recht.

»Du verachtest den Adel so sehr und stellst trotzdem sicher, dass er eine Sonderbehandlung bekommt. Du bist wie ein Bauer auf dem Schachbrett, Wilkinson. Pitt schiebt dich vor, und sollte heute Abend irgendetwas schiefgehen und er den Hausherrn oder sonst irgendeinen erlauchten Gast gegen sich aufbringen, macht er dich im Zweifel zum Kanonenfutter. Außerdem traut er sich nicht, selbst nach den Schmugglern zu suchen, weil er damit einen engen Verbündeten vor den Kopf stoßen würde.«

»Du sprichst von der British East India Trading Company.«

»Scharfsinnig kombiniert.« Rebecca verschränkte die Arme vor der Brust und sah ihn an. Siegesgewiss.

»Pitt kann es sich nicht leisten, die Company gegen sich aufzubringen, glaub mir. Deswegen schickt er dich vor. Sollte ich doch anfangen zu reden und – nun mal rein hypothetisch gesprochen – herauskommen, dass ein hoher Funktionär der Company an dem Schmuggel in Somerset beteiligt ist, wird er ganz schnell seine Hände in Unschuld waschen. Bestimmt hast du zum Beispiel nicht eine Autorisierung von Pitt selbst, sondern von irgendeinem bedeutungslosen Commissioner of the Peace in der Tasche.«

Ohne es zu wollen, tastete Alexander über die Innentasche seines Fracks. Rebecca hatte recht, denn den Haftbefehl hatte wirklich nur ein gewisser Harry Atwood, Esq., der lokale Commissioner, unterschrieben.

»Ich habe dich bereits beim Hochzeitsfrühstück gewarnt, Alexander, aber du wolltest nicht hören. Dieser Gegner ist zu groß für dich.«

Es war ein Jammer, dass es keine weiblichen Abgeordneten im Unterhaus gab, Rebecca hätte mit ihrer Fähigkeit zu argumentieren in Westminster eine glänzende Karriere hingelegt, dachte Alexander frustriert.

»Ah«, hörte er plötzlich eine Stimme in seinem Rücken, und er spürte, wie sich die Härchen auf seinen Unterarmen aufstellten, »was für eine nette kleine Versammlung.«

Ganz langsam drehte Alexander den Kopf. Es war wie in einem Albtraum.

Ashbrook war hier.

Er stand in der Tür, und Tom war bei ihm. Der Colonel hatte seinen Arm um Toms Hals geschlungen und hielt ihn damit offenbar in Schach. »Es sieht so aus, als würden wir unser Gespräch von heute Nachmittag fortführen. Nur dieses Mal …« Alexander vernahm ein metallisches Klicken. »… bin ich derjenige mit einer Waffe.«

Erst jetzt sah Alexander die Pistole, die Ashbrook unter Toms Kinn hielt, und offenbar hatte er sie gerade geladen.

»Was willst du hier?«, fragte Alexander und versuchte dabei, so unwirsch wie möglich zu klingen. Es war ganz und gar nicht, wie er sich fühlte, denn die Angst um seinen Freund, um eigentlich alle hier in diesem Raum, brachte ihn schier um den Verstand.

»Einen Auftrag erfüllen«, sagte Ashbrook knapp, sah sich flüchtig auf dem Flur um und schloss die Tür hinter sich. Vermutlich hatten die beiden Constables ihn nicht aufgehalten, weil er bewaffnet war.

Er versetzte Tom einen Schlag zwischen die Schulterblätter. Der taumelte nach vorne, ihm entkam ein unterdrücktes Stöhnen, aber er hielt sich auf den Füßen. Erst jetzt sah Alexander das dünne Rinnsal an Blut, das Tom aus der Nase lief.

»Christopher, es reicht. Das hier ist etwas zwischen dir und mir. Du lässt sie da alle raus. Tom, Isabella, Rebecca – keiner von ihnen hat etwas mit dieser Sache zu tun. Wir machen das untereinander aus«, verlangte Alexander.

Es war eine reine Vermutung, dass Christopher sich rächen wollte. Für die Prügel, die er kürzlich von Alexander bezogen hatte, und auch für damals, als Alexander die Sache mit Ellen aufgedeckt hatte.

War das für Ashbrook Grund genug, dafür mehrere Menschenleben aufs Spiel zu setzen?

»Das hättest du wohl gern«, erwiderte Christopher. »Nein, es geht sie alle etwas an. Inzwischen kenne ich dich nämlich gut genug, um zu wissen, wie man dich am härtesten trifft. Nämlich indem man sich die Menschen schnappt, die dir wichtig sind. Deine süße Ehefrau.« Er deutete mit dem Lauf seiner Pistole auf Tom. »Ihn hier. Und vielleicht sogar die schmuggelnde Hure dort drüben. Sie alle werden die Rechnung bezahlen, die wir zwei miteinander offen haben.«

»Das werden sie nicht.«

Gerade im Moment wusste Alexander allerdings nicht, wie er Ashbrook aufhalten konnte. Denn er war bewaffnet und Alexander nicht. Außerdem war Ashbrook verrückt. Oder verzweifelt. Beides war kein Zustand, in dem man eine vernünftige Unterhaltung führen konnte.

»O doch, das werden sie.« Er holte eine zweite Pistole unter seinem Frack hervor und spannte den Schnapphahn. Und dann spazierte er in den Raum hinein, mit langsamen, bedachten Schritten. Alle starrten Ashbrook an und warteten darauf, was er als Nächstes tun würde. Alexander rührte sich, hob beide Arme und wollte die Frauen vor ihm abschirmen, aber sofort zielte Christopher mit der geladenen Pistole auf ihn. Mitten in der Bewegung verharrte Alexander. Wenn er sich nun abknallen ließe, wäre niemandem geholfen. Also hob er beschwichtigend die Hände.

Was verdammt noch mal konnte er tun? Eine falsche Bewegung, und Ashbrook würde feuern, denn Alexander erkannte ganz genau die kaltblütige Entschlossenheit in seinen Augen.

Vor Isabella kam Ashbrook zum Stehen, und Alexander spürte, wie ihm das Herz bis zum Hals schlug.

»Fass sie nicht an!«, zischte er, doch es entlockte Ashbrook nur ein leises, amüsiertes Lachen. Alexander wünschte sich, er würde daran ersticken.

Ashbrook fuhr mit der Mündung seiner Pistole von Isabellas Dekolleté hinauf bis zu ihrem Kiefer. Sie sah ihm dabei nicht in die Augen, sondern hielt ihren Blick gesenkt, und Alexander sah ihr an, wie sehr sie um ihre Beherrschung rang.

Die Erkenntnis, dass Ashbrook das Undenkbare tun und nun einfach abdrücken könnte, dass er Isabella von einem Moment auf den anderen für immer verlieren würde, traf ihn hart und unvorbereitet. Es fühlte sich an wie beim Boxunterricht, wenn er sich schon zu sehr verausgabt und das Gefühl hatte, einfach nicht mehr genug Luft zu bekommen.

»Deine liebe, kleine Isabella wollte mich auf den rechten Weg bringen. Beinahe süß waren ihre Drohungen heute Nachmittag. Und sie hat eine gute Beobachtungsgabe, muss ich zugeben, denn sie hat gleich meine Verletzung erkannt.« Mit der Pistolenmündung deutete er auf die Narbe neben seinem Auge. »Die ist auch der Grund, warum ich mir eine neue Einkunftsquelle gesucht habe. Ein paar gut betuchte, naive Damen zu schröpfen, ist nur ein kleiner Zeitvertreib. Denn ich arbeite schon längst für eine Seite, auf der nicht einmal die kluge Isabella mich vermutet hatte.«

»Welche Seite?«, wollte Rebecca wissen. Es war das Erste, was sie seit Ashbrooks Ankunft sagte, und es lagen so viel unterdrückte Wut und Abscheu in ihrer Stimme, dass selbst Alexander überrascht war.

»Ein Freund bei der Company hat mich gebeten, diese Unordnung hier wieder … wie nannte er es? Aufzuräumen. Die Kooperation mit Mrs. Seagrave wird hiermit beendet. Du kannst sie gern verhaften, die Company vertraut ihr ohnehin nicht mehr.« Er wandte sich jetzt direkt an Alexander. »Wie wär's – ich halte dir die aufgebrachten Weiber vom Leib, und du kannst deine Übeltäterin in Ruhe mitnehmen. Alleine bist du ja doch nicht Manns genug, deiner Ehefrau zu widersprechen. Das war schon immer so. Sobald die Frauen dir wichtig werden, wirst du ihnen hörig. Betrachte es also als kleinen Freundschaftsdienst.« Er zwinkerte und grinste breit.

Alexander wurde übel. »Was hast du gesagt?«

»Du verdienst es zwar nicht, weil du mir immer noch nach dem Leben zu trachten scheinst, aber bitte. Auf diese Weise haben wir alle, was wir wollen, nicht wahr? Ich habe meinen Auftrag für die Company erfüllt und du deinen für … wer auch immer dich beauftragt hat.«

Ihm war klar, was Christopher da machte. Er wollte Alexander beleidigen und bedrohte alle anderen, um ihn zu reizen, bis er die Kontrolle verlor und auf ihn losstürmte. Und damit sein Todesurteil unterschrieb, denn Ashbrook würde abdrücken, und er konnte Alexander gar nicht verfehlen. Später würde er behaupten, Alexander hätte ihn angegriffen, und er würde niemals dafür belangt werden. Ein raffinierter Plan, musste Alexander ihm zugestehen.

Doch das war ihm egal. Denn eher würde er sterben, bevor Isabella, Rebecca oder irgendjemand sonst in diesem Raum ein weiteres Mal wegen dieses Mannes zu Schaden kam.

Alexander entschied sich, in diesem Moment.

Es war riskant, eigentlich lebensgefährlich, aber er hatte keine Wahl. Er warf Tom einen längeren Blick zu, und der schien sofort zu verstehen. Natürlich versuchte er, ihn mit einem kaum merklichen Kopfschütteln davon abzubringen. Dabei kannte er Alexander gut genug, um zu wissen, dass er das vergeblich tat.

***

Irgendetwas ging in Alexander vor. Isabella merkte, wie sich seine Körperhaltung änderte, und sie sah auch den Blick, den er mit Tom wechselte, ebenso wie dessen verhaltenes Kopfschütteln.

Ihr Puls beschleunigte sich.

Er konnte nicht ernsthaft beabsichtigen, es mit Christopher aufzunehmen. Alexander war unbewaffnet.

Es würde es nicht überleben.

Sie atmete tief ein, wollte etwas sagen, irgendetwas, das Christophers Aufmerksamkeit ganz in Anspruch nahm. Oder das Alexander aufhielt. Sie wusste nicht, was, aber sie konnte hier nicht einfach tatenlos zusehen. Ashbrook mochte auf einem Auge blind sein, aber er hatte eine Laufbahn beim Militär hinter sich, und auf eine so geringe Entfernung bestand kein Zweifel, dass er treffen würde.

Langsam, kaum merklich, näherte sich Alexander.

Lenk ihn ab.

Zögerlich stand Isabella auf, fixierte Ashbrook und tat ihr Bestes, nicht in die Richtung von Alexander zu schauen. Gerade als sie das Wort an ihn richten wollte, fragte eine warme, tragende Männerstimme von der anderen Seite des Raums: »Was geht hier vor?«

Vor der Schrankwand stand ein Mann, als wäre er gerade dem Erdboden entwachsen.

Groß war er, mit blauen Augen und einem blonden, verstrubbelten Haarschopf. Er hielt eine Perücke in der Hand, hatte sich lässig gegen eines der Sofas gelehnt, die Arme vor der Brust verschränkt, und schien so entspannt, als handle es sich hier um ein Kaffeekränzchen. Dabei konnte er die Waffen in Ashbrooks Händen doch gar nicht übersehen haben.

Aber mit einer Selbstverständlichkeit, als gehöre jeder Quadratmeter des Bodens, auf dem sie standen, ihm, hatte er alle Aufmerksamkeit auf sich gezogen.

Es bestand kein Zweifel. Vor ihnen stand der Herr dieses Hauses, der Duke of Somerville.

Auffordernd sah er von einem zum anderen und wartete offenbar auf eine Antwort. Alexander war der Erste, der reagierte.

»Eine unschöne Geschichte, die die Company und sogar den Prime Minister betrifft, Euer Gnaden.« Er senkte leicht den Kopf, vermutlich war das das höchste Maß an Ehrerbietung, das Alexander aufzubringen in der Lage war.

»Interessant, und das alles in meinem Haus. Ohne dass ich etwas davon weiß.« Sein Blick blieb an Alexander hängen, und der Hauch eines Vorwurfs lag darin. War es Absicht, dass er Ashbrook, der immer noch beide Waffen erhoben hatte, vollkommen ignorierte? Oder kannten sich die beiden sogar?

»Es hätte nie zu diesem … Zusammentreffen kommen dürfen«, erklärte Alexander. Isabella war sich nicht sicher, was genau er damit meinte, und vermutlich blieb Alexander auch ganz bewusst so vage. Wie Rebecca vorhin schon bemerkt hatte, sollte nichts von dem, was hier passierte, an die große Glocke gehängt werden. Nicht einmal der Duke schien gewusst zu haben, dass auf seinem Ball, in seinem Haus, eine Verhaftung stattfinden sollte.

»Umso besser, wenn wir nun auch noch hochrangige Zeugen haben«, versuchte Ashbrook wieder die Aufmerksamkeit auf sich zu ziehen.

»Wobei, wenn ich fragen darf?«, erkundigte sich der Duke gefährlich freundlich und kam jetzt gemessenen Schrittes näher. So entspannt, dass Isabella gar nicht anders konnte, als ihn dafür zu bewundern. Aber möglicherweise gehörte es auch zum Selbstverständnis des Hochadels, dass Gefahren, selbst von offensichtlich gestörten Subjekten wie Ashbrook ausgehend, für sie einfach nicht galten.

»Die Company bat mich um einen Gefallen. Sie wünscht, eine Kooperation nicht mehr weiterzuführen.« Vielleicht war es auf seine Erziehung zurückzuführen, dass Ashbrook, der Sohn eines Viscounts, einem Duke ganz selbstverständlich Rede und Antwort stand.

»Dann soll die Company sich persönlich mit mir in Verbindung setzen und mir nicht irgendeinen Laufburschen schicken«, mischte sich Rebecca ein.

Sie klang feindselig und sah Ashbrook mit genau dieser Art Blick an, die ihn irgendwie abwertete. Auch die Aufmerksamkeit des Dukes richtete sich nun auf Rebecca, und Isabella hatte den Eindruck, dass ein bewundernder Ausdruck über sein Gesicht huschte. Beim Näherkommen erkannte sie, dass seine Hände und sein Gesicht leicht gebräunt waren, als hätte er viel Zeit draußen in der Natur verbracht, was seine blauen Augen umso stärker zum Leuchten brachte.

»Laufbursche?«, wiederholte Ashbrook prompt und zielte mit seinen beiden Waffen auf Rebecca.

Wieso, um Himmels willen, reizte sie diesen Mann nun auch noch?

»Ich bekomme immer mehr den Eindruck, dass ich nicht ihn hier«, er deutete zu Alexander, »sondern am besten doch Sie abknallen sollte, Mrs. Seagrave.«

»Ein Jammer, dass ich das unter meinem Dach nicht erlauben kann.« Der Duke stand mittlerweile im vorderen Teil des Raumes und hatte es irgendwie geschafft, sich zwischen Rebecca und Ashbrook zu manövrieren.

»Das Einzige, was du tun wirst, ist, diesen Raum zu verlassen und uns nie wieder unter die Augen zu kommen, Christopher«, sagte Alexander.

Sie hatten ihn inzwischen eingekesselt. Tom, Alexander und der Duke, selbst Betty stand auf einmal näher bei Ashbrook.

»Ich glaube nicht, dass du …«

Zu mehr kam Ashbrook nicht, denn Alexander machte einen Satz und warf sich von hinten auf ihn. Isabella hatte darauf gewartet, denn im gleichen Moment trat sie ihm kräftig in die Kniekehle. Ashbrook entfuhr ein überraschter Aufschrei, er taumelte unter Alexanders Gewicht, und beide gingen nach hinten zu Boden.

Ein Schuss löste sich mit einem ohrenbetäubenden Knall, ein dumpfer Aufprall war irgendwo zu hören, Schreie, Ächzen, und dann erfüllte den Raum nur noch bedrohliche, angstvolle Stille. Beißender Rauch zog in Schwaden durch die Luft, von draußen drangen Rufe zu ihnen, jemand rüttelte an der verschlossenen Türklinke. In Isabellas Ohren dröhnte der Nachhall des Schusses und vermischte sich mit dem Schlag ihres Herzens, das in rasendem Takt Angst durch ihre Adern peitschte.

Wo ist Alexander?

Ashbrook schaffte es, sich wieder aufzurappeln, aber gleichzeitig warfen sich der Duke und Rebecca auf ihn, brachten ihn erneut zu Fall und traten ihm die beiden Waffen aus den Händen.

Plötzlich war auch Betty da, baute sich vor Ashbrook auf, der bereits von Rebeccas Knie zwischen den Schulterblättern zu Boden gedrückt wurde und sich erfolglos unter ihr wand und um sich trat.

»Du knallst hier niemanden ab, du Schwein!«, schrie Betty und schlug Ashbrook mit voller Wucht ins Gesicht. So hart, dass er das Bewusstsein verlor.

Der Duke sah verblüfft zu Betty, die ihre Hand ausschüttelte und schmerzhaft das Gesicht verzog, aber mehr bekam Isabella nicht mit, denn der Rauch lichtete sich, und sie erkannte Alexanders reglose Gestalt, die am Boden lag.

»Alexander?«, rief sie. Einmal, dann noch einmal, während sie sich aufrappelte und über das Parkett zu ihm strauchelte.

Noch immer rührte er sich nicht, doch allmählich war eine kleine rote Pfütze erkennbar, die sich unter seinem Kopf bildete.

Nein.

Das durfte nicht sein. Das konnte nicht sein.

Sie rüttelte ihn an der Schulter, aber er rührte sich nicht.

Die Lache wurde größer, Isabella konnte zusehen, wie das Blut sich in Richtung seines Nackens ausbreitete.

Hastig und mit zittrigen Fingern tastete sie nach seinem Pulsschlag am Hals, erst auf der einen Seite, dann auf der anderen.

Sie fühlte nichts. Da war nichts mehr.

Sie schluchzte, überall an ihren Händen klebte plötzlich Blut. Wo blutete er?

Ihre Augen schwammen in Tränen, panisch tasteten ihre Hände über seinen Körper, und noch einmal verharrten sie auf seinem Hals, aber sie zitterten so stark, dass sie einfach nichts spüren konnte.

Schlug Alexanders Herz wirklich nicht mehr?

41.

Ein oder zwei Atemzüge vergingen, Ashbrooks Stöhnen drang gedämpft durch den Raum, und die Angst und der Schmerz, der mit einem Schlag in Isabellas Brustkorb explodierte, waren so gewaltig, dass sie meinte, ihr Herz wäre in tausend Stücke zerbrochen. Wie besessen wiederholte sie seinen Namen und schlug ganz leicht gegen seine Wange, immer und immer wieder.

Dann begann Alexander sich zu regen.

»Oh, Gott sei Dank«, entfuhr es Isabella. Erleichtert beugte sie sich über ihn, und ihre Tränen tropften auf seine Stirn. Mit flatternden Lidern schlug er die Augen auf und sah erschrocken nach links und rechts, als versuche er sich zu orientieren. Schließlich ruhte sein Blick auf Isabella.

Er sagte nichts, sah sie einfach nur an, und dann zog er sie beinahe schon mit Gewalt zu sich herunter und nahm sie fest in seine Arme. Sie lagen beide am Boden, Isabellas Oberkörper auf seinem, und es war das schönste Gefühl der Welt, so nah bei ihm zu sein und seinen Herzschlag auf ihrer Haut zu spüren.

»Ich dachte, du bist tot«, flüsterte sie und blinzelte die letzten Tränen aus den Augenwinkeln.

Er bewegte sich ein wenig unter ihr, und Isabella machte sich von ihm los, während er den Kopf hob und darübertastete.

»Nein, ich glaube, es ist nur eine Platzwunde. Am Kopf. Solltest du das nicht besser wissen als ich?«, fragte er, und wie zum Beweis zeigte er Isabella seine blutverschmierten Fingerspitzen.

»Bist du sicher, dass es nicht mehr ist? Da war doch ein Schuss.« Ihre Hände flogen über seinen Körper und tasteten erneut, auf der Suche nach weiterem Blut.

»Er hat mich nicht getroffen. Ich bin gefallen und habe mir dabei den Kopf aufgeschlagen. Das ist alles.«

Ihr Blick folgte seinem, hin zu einem der Bücherregale zwischen den Fenstern, aus dem einige Exemplare herausgefallen waren. Im Rücken des Regals war das Einschussloch zu sehen, und einige Buchdeckel lagen zwischen Holzsplittern und herausgerissenen Seiten auf dem Boden.

Noch immer lächelte Alexander, wurde dann aber wieder ernst, als er sich auf die Unterarme stützte und Isabella mit hochgezogenen Brauen betrachtete.

»Du hast dir Sorgen gemacht«, stellte er fest.

»Natürlich habe ich das, was denkst du denn?«, sagte sie unwirscher, als ihr zumute war. Sie wollte jetzt nicht zugeben, was für ein unglaubliches Gefühl von Erleichterung durch ihren Körper geflutet war, als er die Augen wieder aufgeschlagen hatte.

»Ich dachte, es wäre dir egal. Ich wäre dir egal, nach allem, was heute vorgefallen ist«, tastete er sich voran, ohne dabei den Blick von ihr abzuwenden. Er wartete darauf, dass sie es verneinte.

Aber Isabella kam gar nicht zu einer Antwort, denn plötzlich war Betty bei ihnen und hielt Alexander die Hand hin. Er griff danach, und sie zog ihn hoch. Zunächst schwankte er, fand aber dann recht schnell seine Mitte wieder. Auch Tom war nun bei ihnen, haute Alexander mit seiner gesunden Hand auf die Schulter und raunte: »Mach nie wieder so einen Scheiß, Alexander. Sonst jage ich dir die nächste Kugel selbst durch die Rippen.«

Inzwischen hatten die beiden Constables die Tür aufgebrochen, die Ashbrook zuvor abgeriegelt hatte, und waren zu ihnen hereingekommen. Natürlich mussten auch sie den Schuss und das Geschrei gehört haben. Die Waffe an Toms Kopf, hatte Ashbrook sie offenbar dazu gezwungen, den Raum nicht zu betreten. Und ihn nun festzunehmen und fesseln zu können, schien ihnen eine besondere Genugtuung zu sein.

»Wir bringen ihn hier«, Rebecca stieß ihn mit dem Fuß an, denn er rührte sich noch immer nicht, »an einen sicheren Ort.« Dann zog sie Isabella einen Schritt beiseite. »*Redet* miteinander, in Gottes Namen«, verlangte sie. »Vorher verlasst ihr diese Bibliothek nicht. Verstanden?«

Der Duke schaffte es in kürzester Zeit, die noch anwesenden Ballbesucher aus dem Flur zu vertreiben. Es war mittlerweile weit nach Mitternacht, und nur die wirklich feierwütigen und hartgesottenen unter den Gästen waren noch anwesend. Und vermutlich waren sie so betrunken, dass sie sich an kaum etwas erinnern würden, selbst wenn sie das eine oder andere mitbekamen. Trotzdem schien der Duke darauf bedacht, Aufsehen zu vermeiden.

Inzwischen waren bloß noch Alexander und sie in dem Raum. Isabella schloss die Tür hinter sich und beobachtete ihn, wie er sich das Taschentuch, das sie ihm zuvor gegeben hatte, gegen die Wunde auf seinem Hinterkopf presste.

Seine Augen funkelten eigenartig, als sie zu ihm kam und nur einen Schritt vor ihm stehen blieb.

Plötzlich spürte Isabella die unsichtbare Mauer zwischen ihnen wieder, die Alexander mit seiner Umarmung im Eifer des Gefechts einfach eingerissen hatte. Jetzt war wieder Ruhe eingekehrt, sie waren alleine, und Isabella traute sich nicht mehr, näher zu kommen.

Und eigentlich wollte sie das auch gar nicht. Denn Alexander und sie hatten ein Problem, ein riesiges Problem sogar, und sie konnten nun nicht einfach so tun, als wäre nichts geschehen.

Er nahm seine Hand herunter und steckte sich das blutgetränkte Taschentuch achtlos in die Tasche.

»Aber deine Wunde«, protestierte Isabella.

»Die ist mir jetzt egal«, sagte er und überwand den letzten Meter, der sie voneinander trennte.

Er legte seine Hand an ihre Wange und trocknete mit dem Daumen die feuchten Streifen, die die Tränen auf ihrem Gesicht hinterlassen hatten. Seine Berührung ließ ein warmes Gefühl in ihr entstehen, ein sanftes, angenehmes Kribbeln.

Sie wollte es, sie wollte es so sehr. Ihm nah sein und all das einfach vergessen, was zwischen ihnen geschehen war. Aber konnte sie das überhaupt jemals?

»Warum hast du das gemacht? Mir verschwiegen, dass du Rebecca verfolgst, mich eingesperrt? Alexander, du hast mich *eingesperrt*, während du selbst auf einen Ball gegangen bist und mit wildfremden Frauen getanzt hast.«

Langsam ließ er die Hand wieder sinken und atmete hörbar aus. Er ließ sich Zeit mit einer Antwort.

»Ich wollte dich beschützen. Ich wollte nicht, dass du in dem gleichen Dilemma steckst wie ich, und mir fiel in dem Moment einfach nichts anderes ein.«

Das Komische war, Isabella glaubte es ihm sogar. Er hatte sie im Affekt eingesperrt und gehandelt, ohne darüber nachzudenken. Doch was war mit all den Dingen, die bereits zuvor passiert waren? Er hatte ihr so viel verschwiegen.

»Seit wann wusstest du es. Das mit Rebecca?«

»Tom und ich hatten den Verdacht schon länger, wirklich sicher konnten wir uns allerdings erst seit heute Nachmittag sein. Ein Zollbeamter aus Bristol hat sie verraten. Wir kamen gerade zurück ins White Lion, um die nächsten Schritte zu besprechen, und dann finde ich dich und diesen Drecksack in einem Raum. Ich war so … wütend auf dich. Eigentlich auf Ashbrook, ich war wie von Sinnen.« Er hob ratlos die Hände. Es war eine Erklärung, aber keine Entschuldigung.

»Verstehe«, sagte Isabella.

Und als hätte er Isabellas Gedanken gehört, sagte er: »Es tut mir so leid, Isabella. Ich wünschte, ich könnte es rückgängig machen. Das … ich werde es mir selbst vermutlich nie verzeihen. Und ich kann nur hoffen, dass du es tust, denn egal was ich sage, es ist durch nichts entschuldbar.«

Isabella sah in seine graublauen Augen, las die Reue darin und seine Angst, dass es nun zu spät war und er sie bereits verloren hatte.

Und sie spürte, wie ihr Herz sich öffnete, wie der Wunsch in ihr wuchs, ihn wieder zu umarmen. Einen Herzschlag lang blieb ihr Blick an seinen Lippen hängen, und die Erinnerung, wie es sich anfühlte, ihn zu küssen, breitete sich in ihr aus und blockierte ihre Gedanken. Sie bemerkte, wie sie seinen Mund anstarrte, und riss ihren Blick wieder davon los. Er hatte es ebenfalls gesehen, und ein Funken Hoffnung erglomm in seinen Augen.

»Was machst du jetzt mit Rebecca?«, wollte sie wissen und verschränkte die Arme vor der Brust. Sie brachte sogar wieder etwas Abstand zwischen sie, als versuche sie, ein

Bollwerk zu errichten gegen Alexander und den Sog, den seine Nähe auf sie ausübte. Wie immer.

»Nichts«, sagte er bloß. »Wir liefern Ashbrook an die Obrigkeiten aus. Wenn die Company ihn wirklich beauftragt hat, so wie er behauptet, können sie ihn ja auslösen. Oder im Gefängnis schmoren lassen. Ich glaube offen gestanden nicht so recht, was er da behauptet hat. Aber so, wie es aussieht, sind Rebeccas Schmuggelkontakte nun ohnehin nicht mehr aktiv. Wenn sie mir versichert, mit dem Schmuggel aufzuhören, werde ich dem Prime Minister mitteilen, dass der Ring zerschlagen ist, ich die Namen aber aufgrund von einigen hochrangigen Verflechtungen nicht nennen möchte und kann. Sollte es stimmen, was Rebecca behauptet, und Pitt keinen Skandal auslösen und vor allem die Company nicht gegen sich aufbringen wollen, wird er nicht weiter nachbohren. Ich werde berichten, dass ich den Auftrag abbrechen werde. Pitt wird niemanden bekommen, den er als Schuldigen vor Gericht bringen kann, und …« Alexander zuckte mit den Schultern. »Das war es dann.«

Isabella nickte und schwieg ein Weilchen. All das, was er da erzählte, war ja schön und gut, aber es änderte nichts daran, welchen Schritt er gegangen wäre, um Rebecca zu verhaften.

»Du hättest uns aufgegeben. Du wusstest genau, dass es unsere Ehe zerstören würde, wenn du meine beste Freundin verhaftest. Und du hättest es trotzdem getan. Vermutlich, weil du mich sowieso nur aus Rachsucht geheiratet hast.«

Es klang hart. Aber sie musste es jetzt aussprechen.

»Bitte was?«

»Du wolltest dich mit unserer Hochzeit an Ashbrook rächen, du hast es doch selbst gesagt.«

»Was ich bei unserem Streit heute Nachmittag von mir gegeben habe, war Unsinn. Ich habe an vieles gedacht, als ich dich gefragt habe, ob du meine Frau werden möchtest. Aber ganz sicher nicht an Ashbrook.«

Erleichterung machte sich in Isabella breit wie das Licht einer frisch angezündeten Kerze, die nachts allmählich die Dunkelheit in einem Raum vertrieb. »Und dennoch hättest du vorhin deine Ehe einfach aufs Spiel gesetzt. Und wofür?«

»Pitt hatte mir dafür einen Auftrag versprochen, der unserem Unternehmen über Jahrzehnte hinaus einen gigantischen Umsatz beschert hätte. Ich denke, er ist nun hinfällig«, gab Alexander mit brüchiger Stimme zu.

»Und das ist es, oder? Der Erfolg deines Unternehmens ist dir wichtiger als deine Freunde? Sogar wichtiger als deine Ehefrau?«

Der Gedanke war entsetzlich. War Alexander wirklich so gewissenlos und herzlos, seinen geschäftlichen Erfolg über alles andere zu stellen? Bedeutete ihm das Wohlergehen der Menschen, die ihm anvertraut wurden, denn gar nichts?

»Weißt du, damals, als mich Ellen betrogen hatte, habe ich mir geschworen, nie wieder einen Menschen eine so wichtige Rolle in meinem Leben spielen zu lassen, dass er meine Entscheidungen beeinflussen und mein Urteilsvermögen völlig außer Kraft setzen kann. Als es mir wirklich schlecht ging, gab es eine Konstante, die mich durch all die schweren Zeiten gebracht hat. Und das war mein Geschäft.«

Er betrachtete den Stapel an Stoffen, den Rebecca hier zurückgelassen hatte, und strich gedankenverloren darüber. Einen Ballen dunkelgrünen Samtstoffs zog er sogar hervor, rollte eine Elle ab und rieb ihn zwischen seinen Fingern, vermutlich prüfte er dessen Qualität, ohne dass es ihm überhaupt bewusst war. »Alles ist berechenbar. Kalkulierbar. Kontrollierbar. Das Geschäft ist nicht wie Gefühle, die einen übermannen und jegliche Vernunft verbannen. Viele Jahre war mein Tuchhandel mein Anker, und ich habe nur für die Arbeit gelebt. Das hat sich jetzt geändert. Als du damals, an diesem Vormittag, im White Lion in mein Leben getreten bist und mit mir sofort ein Streitgespräch angefangen hast, hat sich alles geändert.«

Er drehte sich wieder zu ihr, blickte sie an, und für einen Moment versank Isabella in seinen Augen. Der zärtliche, lockende Ausdruck in ihnen hüllte sie ein wie die heimelige Wärme eines Kaminfeuers.

»Ich muss mich erst daran gewöhnen«, fuhr er fort. »Wenn es eine Situation gibt, in der ich hilflos bin und nicht weiterweiß, verlasse ich mich auf das, was funktioniert und was ich kenne. Das Geschäft und meinen Erfolg. Und das habe ich auch dieses Mal getan. Ich habe mir eingeredet, dass sich all das lösen lassen wird, denn das Wichtigste in meinem Leben wären mein Unternehmen und der Auftrag, den Pitt mir versprochen hatte. Es war ein Fehler.«

Er rieb sich über die Stirn und hinterließ eine dunkelrote Spur. Kurz blieb Isabellas Blick darauf hängen, doch dann folgte sie einem Impuls, kam zu ihm und wischte mit der flachen Hand das Blut weg. Eigentlich hatte sie vorgehabt, sich sofort wieder zurückzuziehen. Aber nun blieb sie trotzdem wie angewurzelt stehen.

»Und seien wir mal ehrlich, Rebecca ist keine Heilige. Was sie macht, ist gegen das Gesetz, und ich bezweifle, dass sie ihr Treiben aufgegeben hätte, wenn Christopher nicht hereingeplatzt und die Situation nicht eskaliert wäre. Und die British East India Trading Company, wenn es denn stimmt, was Ashbrook behauptet hat, ihre Kooperation mit Rebecca nicht ohnehin aufgelöst hätte. Ich habe angefangen, zu ermitteln und Spuren zu suchen, und als ich herausgefunden hatte, dass es sich wirklich um Rebecca handelte, gab es kein Zurück mehr.«

»Es gibt immer ein Zurück, Alexander«, sagte Isabella leise und traurig.

»Wie meinst du das?«, fragte er schnell.

Isabella schüttelte nur den Kopf. Sie hatte einen Kloß im Hals und fürchtete, dass sie kein Wort herausbekam. Denn er hatte ganz genau verstanden, was sie damit andeuten wollte. Dass man selbst aus dem heiligen Bund der Ehe ausbrechen konnte, wenn das Vertrauen einmal zerstört war.

»Es hätte Mittel und Wege gegeben, Rebecca vor dem Schlimmsten zu bewahren«, erklärte Alexander. »Zumal die Company sie ja offenbar ohnehin bisher geschützt hat. Ich hätte Rebecca nicht ins Gefängnis wandern lassen, Isabella. Glaub mir.«

Stimmte es, was er behauptete? Hätte er tatsächlich dafür gesorgt, dass Rebecca wieder auf freien Fuß kam? Wieso hatte er sich dann nicht vorher um eine andere Lösung bemüht und Isabella eingeweiht?

»Es fällt mir schwer, das zu glauben. Wirklich. Wenn doch genau das die Voraussetzung für deinen geschäftlichen Auftrag gewesen wäre«, beharrte sie. Aber sie merkte, wie der Groll, der ihr Innerstes versteinert hatte, gefährlich anfing zu bröckeln.

»Ich hätte es trotzdem nicht getan. Natürlich nicht. Rebecca wäre festgehalten worden, aber sicher nicht in einem dieser unsäglichen Gefängnisse gelandet, die du dir bestimmt vorgestellt hast. Dafür hätte ich gesorgt.« Er machte eine Pause, denn es schien ihm schwerzufallen, die nächsten Worte auszusprechen. »Die letzten Wochen und auch unsere Heirat – viele von den Sachen, die kürzlich passiert sind, haben meine Welt auf den Kopf gestellt.«

»Was denn zum Beispiel?«

»Ich habe geheiratet, dabei habe ich mir geschworen, das nie zu tun. Ganz besonders wollte ich niemals eine Verbindung mit einer Familie eingehen, die mich allein aufgrund der Tatsache verachtet, dass ich kein Adeliger bin und keinen Titel besitze«, gab er zu.

»Du meinst die Viscountess? Sie verachtet jeden. Inklusive mir. Vor allem mich, wenn ich es mir so recht überlege. Ihre Söhne tun das übrigens auch, wie du weißt.«

»Edward hatte andere Motive, dich so zu behandeln, das weiß ich inzwischen. Ich meinte auch eher deinen Vater. Er hat auf meinen Brief mit dem Heiratsantrag mit nur wenigen, unterkühlten Worten geantwortet. Er sieht mich als Emporkömmling, der in eine adelige Familie einheiraten möchte.«

Isabella spürte einen Stich im Herzen, dumpf, aber

schmerzhaft. »Das ist nicht der Grund, warum mein Vater so wenig Interesse zeigt. Er hat mir die Nacht auf dem Ball der Duchess of Devonshire noch nicht verziehen, und vermutlich ist er mir auch böse, weil ich vor einigen Wochen einfach davongelaufen bin, ohne ihn ins Vertrauen zu ziehen. Ziemlich sicher macht außerdem meine Mutter Druck, dass er nun ja nicht zu schnell einknickt und mir schreibt«, erklärte sie.

Alexander legte den Kopf ein wenig schräg, damit er besser in Isabellas Gesicht blicken konnte. Sanft strich er ihr einige Strähnen aus der Stirn und streifte sie hinter ihr Ohr. »Ich weiß, dass die ganze Welt dir deine fehlende Jungfräulichkeit vorwirft. Dass sie dich als befleckt sieht und du dich selbst auch. Aber glaub mir, die Person, der es am meisten ausmachen müsste, bin ich. Und für mich spielt es keine Rolle.«

Isabella zuckte ratlos mit den Achseln. »Warum wird es dann die ganze Zeit zu einem Problem zwischen uns?«

So war es doch. Egal wie sehr er beteuerte, es mache ihm nichts aus, schaffte er es nicht, darüber hinwegzusehen.

»Das Problem ist nicht, *dass* du dich mit jemandem eingelassen hast, sondern *mit wem* du das getan hast. Dass es ausgerechnet Ashbrook war – wirklich, ich komme mir vor, als würde das Schicksal mich verhöhnen.«

»Oder dir etwas zeigen.«

»Was denn bitte?«

»Vergangenes loszulassen, genauso wie du es mir bereits gesagt hast. Und zu erkennen, dass ich nicht wie Ellen bin und es auch nie sein werde. Nicht alle Frauen sind gleich.

Deshalb musst du auch nicht fürchten, dass sich das, was dir einmal passiert ist, wiederholen wird. Ich würde dich niemals absichtlich so verletzen, wie es dir schon geschehen ist. Es ist mir egal, dass du ein Bastard bist, es ist mir egal, dass du keinen Adelstitel besitzt und dein Geld mit Arbeit verdienst, statt den ganzen Tag unnütz herumzusitzen wie die vielen noblen Herren. Wenn irgendetwas, dann bewundere ich das sogar an dir. Ich habe mich mit diesem Mann getroffen, weil ich ihn davon abhalten möchte, dass er das Leben von anderen jungen Damen so zerstört, wie er es mit meinem Leben beinahe getan hat.«

Sie fühlte Alexanders Hand, wie sie auf ihrem unteren Rücken zu liegen kam, federleicht, aber dennoch spürbar.

»Das Problem hat sich nun ja hoffentlich erledigt. Ashbrook wird so schnell nicht auf freien Fuß kommen. Ich kann mir vorstellen, der Duke of Somerville wird sich dafür einsetzen. Er schien nicht besonders beeindruckt von Ashbrooks Auftritt. Wie wir alle.«

Isabella nickte.

Der Druck von Alexanders Hand wurde stärker. Er war ganz ruhig geworden und der Ausdruck auf seinem Gesicht konzentriert.

»Ich liebe dich, Isabella«, sagte er mit fester Stimme und sah ihr dabei in die Augen. »Ich liebe dich so sehr, dass ich keinen Tag mehr ohne dich leben möchte.«

Isabella war so überrumpelt von seinem Geständnis, dass sie gar nicht wusste, was sie erwidern konnte.

Sie öffnete den Mund, um etwas zu sagen, kam aber gar nicht mehr dazu. Denn er zog sie einfach an sich und küsste sie. Sie spürte seine Lippen auf ihren, spürte den Schmerz und die Verzweiflung, die darin lagen, und erwiderte seinen Kuss mit all der Sehnsucht und der Angst, die die letzten Stunden über in ihrer Seele gebrannt hatten. Wie von selbst legten sich ihre Arme um ihn, ihre Hände fuhren seinen Rücken auf und ab, und sie konnte nicht genug davon bekommen, seinen Körper an ihrem zu spüren.

»Ich liebe dich auch, Alexander«, sagte sie, als sich seine Lippen von ihren gelöst hatten und sie schwer atmend ihre Stirn gegen seine lehnte.

Sie spürte das Beben seines Brustkorbs unter ihren Armen, als er einatmete. »Du bist perfekt, Isabella, genau so, wie du bist. Mit all deinen ungewöhnlichen Interessen und auch mit deiner Vergangenheit. Ich liebe dich genau deshalb, und du brauchst dich vor niemandem zu verstecken.«

»Ich könnte dir tausend Gründe nennen, die dagegensprechen.«

Alexander schlug die Augen auf und lächelte. »Und vermutlich haben dich auf deine Unzulänglichkeiten deine Verwandten, deine Bekannten oder sonst wer hingewiesen, habe ich recht?«

So hatte sie noch nie darüber nachgedacht. All ihre Ängste, ihre Scham und ihre Selbstzweifel – Isabella hatte sie, weil sie sich ständig darüber Gedanken machte, welche Erwartungen die Gesellschaft und ihre Familie an sie hatten und wie wenig sie diesen entsprach. Und wie sehr sie so viele Menschen um sich herum bereits enttäuscht hatte.

»Ich habe etwas durch dich gelernt, Isabella.« Seine

Hände legten sich um ihre Schultern, und die Wärme seiner Haut sickerte durch den Stoff ihres Kleides. »Anders zu sein, heißt nicht, schlechter zu sein. Das, was uns zu etwas Besonderem macht, ist doch erst die Tatsache, dass wir anders sind. Ich bin so fasziniert von dir, weil du eben anders bist. Du liebst es, zu essen und Kaffee zu trinken, so viele Tassen am Tag, dass mir bei dem Gedanken daran schon übel wird.«

Isabella entfuhr ein Kichern.

»Du interessierst dich für Anatomie und Medizin, du hast mir und Tom geholfen, und ich habe noch nie eine Frau kennengelernt, die das konnte.« Er hielt inne, umfasste ihre beiden Hände mit seinen und legte sie auf seiner Brust ab. »Und dadurch habe ich auch einiges über mich gelernt. Dass ich zum Beispiel nie so erfolgreich hätte sein können und auch nie so viel erreicht hätte, wenn ich nicht unter so widrigen Umständen aufgewachsen wäre. Meine Vergangenheit hat mich zu dem Menschen gemacht, der ich heute bin, und ich möchte keine einzige dieser Erfahrungen missen.«

Isabella hob zweifelnd die Brauen.

»Gut, ein oder zwei vielleicht …«

Ein Lachen brach aus ihrer Kehle hervor, und es fühlte sich befreiend an.

Er gab ihr einen sanften, fast keuschen Kuss. »Ich liebe dich wirklich, meine wunderschöne Isabella. Ich verehre dich und deinen Mut, und ich habe das Gefühl, meine Liebe wird mit jedem Tag, den du an meiner Seite bist, größer.«

Alexander nahm sie an der Hand und führte sie zu einem

der deckenhohen Fenster, und sie blickten hinaus in den weitläufigen Park vor Willow Hall. Es begann bereits zu dämmern, am Horizont bildete sich ein erster purpurner Strich, der sich in das dunkle Blau der Nacht mischte, und es lag etwas Hoffnungsvolles, Verheißungsvolles darin.

Er zog Isabella an sich und drückte ihr einen Kuss auf den Scheitel. »Egal welche dunklen Erfahrungen in unserer Vergangenheit lauern, die Zukunft gehört uns, Isabella. Und das lassen wir uns von niemandem mehr nehmen. Versprochen?«

»Versprochen«, erwiderte sie, schmiegte sich an ihn und war in diesem Moment so glücklich, dass sie wünschte, sie könnte diesen Augenblick festhalten und für immer in ihrem Herzen bewahren.

42.

Isabella spielte schläfrig mit Alexanders Fingern. Die Morgensonne schien herein und wärmte ihren nackten Hintern, den sie schamlos unter der Decke hervorstreckte.

Gerade war sie aufgewacht, und obwohl Alexander es hasste, früh aufzustehen, und ein absoluter Nachtmensch war, hatte er nichts dagegen, wenn Isabella ihn dann und wann einmal früh weckte.

Sie kam ganz nah an ihn heran und ließ ihre Zunge vorsichtig an seinem Hals auf und ab fahren, er gab ein verschlafenes Stöhnen von sich, aber gleich eine Sekunde später öffnete er die Augen. Seine Lippen verzogen sich zu einem verschmitzten Lächeln, und mit nur einem Schwung rollte er sich auf sie. Isabella entfuhr ein überraschter Laut.

»Mrs. Wilkinson, was machen Sie da?«

»Meinen Ehemann wecken?«

Er hatte sich auf beide Unterarme gestützt und nickte nachdenklich, als hätte sie ihm gerade eine komplizierte Rechenaufgabe erklärt. »Um was zu tun genau?«, fragte er lauernd, kam langsam nach oben auf die Knie und schob sanft ihre Beine ein wenig auseinander. Dabei rutschte die Bettdecke zu Boden und entblößte Isabellas nackte Brüste und ihren Bauch. Seine rauen Hände streichelten darüber, er umfasste ihren kleinen, empfindsamen Busen und zupfte mit seinen Fingerspitzen ganz leicht an ihren Brustwarzen, die sich sofort aufstellten.

»Ich liebe deine Hände auf meinem Körper«, flüsterte Isabella und räkelte sich wohlig.

»Und ich liebe es, ihn zu berühren.« Er beugte sich über sie und küsste ihren Bauch. »Jeden. Einzelnen. Teil.«

Isabella schloss die Augen und genoss das Geräusch seiner Küsse und das Gefühl seiner Lippen auf ihrer Haut. Als er tiefer wanderte und seine Hand bereits auf ihrem Schoß lag, keuchte sie.

»Und vor allem liebe ich, wie du schmeckst«, sagte er.

Und noch bevor Isabella sich rühren konnte, schob er sachte, aber bestimmt eine Hand unter ihren Hintern, hob sie ein kleines bisschen nach oben und berührte sie mit seinen Lippen an ihrer empfindlichsten Stelle. Sanft knabberte er an ihr, wobei ein Finger ein kleines Stück in sie hineinglitt.

»Du bist schon feucht, meine Liebste.« Seine raue Stimme klang wie aus der Ferne zu ihr, denn Isabella konzentrierte sich nur auf das Gefühl, die inzwischen so vertraute Hitze, die durch ihren Körper wallte, wenn seine Zunge sie dort liebkoste. Er war geschickt, er streichelte und leckte, während sein Finger immer wieder in sie hineinglitt, und sie erbebte unter seinen Berührungen.

»Alexander«, atmete sie schwer, »ich will …« Er hob den Kopf, aber seine Finger kreisten sachte weiter, und Isabella schaffte es nicht, den Satz zu Ende zu bringen.

»Ja? Was willst du?«, fragte er lächelnd, und es bereitete ihm Spaß, Isabella so hilflos unter seinen Händen zu sehen.

»Ich will dich in mir spüren«, schaffte sie es endlich zu sagen. »Jetzt sofort.«

Als hätte er darauf gewartet, dass sie ihn bat, sie endlich zu nehmen, kam er nach oben, legte sich auf sie und drückte seine Lippen auf ihre. Sie schmeckte sich selbst, und auch wenn sie befürchtete, dass es schamlos war und verrucht, erregte es sie, ihren eigenen Geschmack von seiner Zunge zu küssen.

Nur einen Augenblick später drang er in sie ein, und seine Zunge tanzte gleichzeitig um ihre. Dann brach er den Kuss ab, stöhnte und zog sich dabei langsam wieder aus ihr heraus.

»Fühlt sich das gut an?«, fragte er, aber statt einer Antwort packte Isabella seine Pobacken und zog ihn wieder in ihren Schoß, bis sie ihn ganz tief in sich spürte. Er kreiste ein wenig mit den Hüften.

»Hör auf, Alexander. Wenn du das tust …«, keuchte sie. Wenn er nicht aufhörte, würde sie sofort kommen.

»Ja? Was passiert dann?«, wollte er wissen und kreiste weiter, rieb sein Schambein an ihrer intimsten Stelle, während er sich tief in ihr versenkt hatte, und Isabella spürte, wie sich alles in ihr zusammenzog, wie ihr Genuss noch größer wurde und sich in ihrer Mitte konzentrierte.

»Dann komme ich«, hauchte sie und erkannte unter halb gesenkten Lidern, dass er sie ganz genau beobachtete.

»Ich will, dass du kommst, ich will es spüren, während ich in dir drinnen bin, ich will Teil sein davon. Isabella, schließ die Augen und komm für mich«, befahl er und kreiste weiter, ruhig und gleichmäßig.

Sie schaffte es nicht mehr, sich seinem Körper und seiner Präsenz zu entziehen. Mit einem kleinen Aufschrei bog sie den Rücken durch und drückte den Kopf auf das Kissen, als sie kam. Alexander zog ihren Höhepunkt, das unglaubliche Gefühl zu fliegen, in die Länge, als er anfing, hart und fordernd in sie hineinzustoßen, während sie stöhnte und zuckte. Wenige Augenblicke später ergoss er sich in ihr. Schwer atmend drückte er sanfte Küsse auf ihre Wange, ihre Stirn und ihre Nase, und nur zögerlich, beinahe widerwillig, zog er sich aus ihr zurück.

»Irgendwann wirst du mich um den Verstand bringen«, prophezeite Isabella und fuhr mit den Fingerspitzen über die Bartstoppeln auf Alexanders Kinn und seinen Wangen. Sie liebte es, darüberzustreichen, auch wenn es absolut nicht der Mode entsprach und Alexander sich deshalb morgens stets rasierte.

Je öfter sie sich liebten, desto stärker wurden ihre Empfindungen dabei und desto größer ihr Verlangen nach ihm. Beinahe jeden Morgen taten sie es, und auch jeden Abend, und manchmal auch schon nachmittags …

»Gut, dann geht es dir endlich so wie mir, denn ich habe das Gefühl, dass ich meinen Verstand schon vor Wochen verloren habe«, erklärte Alexander.

»Ach ja?«

»Um genauer zu sein, seit dem ersten Tag, an dem ich dich getroffen habe«, fuhr er fort. Er hauchte Isabella einen leichten Kuss auf die Nasenspitze, rollte sich von ihr herunter, schmiegte sich ganz eng an ihre Seite und legte den Arm um sie. »Aber hier in unserem Ehebett können wir ja auch hin und wieder auf unseren Verstand verzichten, meinst du nicht?«

Isabella kicherte. »In Ordnung, den Verstand heben wir uns für draußen auf.« Kurz hielt sie inne. »Auch wenn ich ihn dort vermutlich ebenfalls nicht benutzen muss …« Sie zog resigniert einen Mundwinkel nach oben.

»Du denkst immer noch darüber nach, dass Dr. North dich nicht ausbilden möchte«, murmelte Alexander an ihrer Schläfe und zog sie noch fester an sich. Es war wie eine tröstliche Umarmung. »Er hat es sich eben nicht getraut. Ich glaube wirklich, dass er es gern getan hätte, sich aber vor den Widerständen gefürchtet hat, die ihm dafür innerhalb der Corporation of Surgeons entgegengeschlagen wären.«

Isabella brummte zustimmend. Alexander hatte ja recht.

Dennoch war sie enttäuscht gewesen, als Dr. North ihr vor einigen Tagen schriftlich mitgeteilt hatte, dass eine Zusammenarbeit leider nicht möglich wäre.

»Das Gespräch war trotzdem interessant«, gab sie zu. »Ich könnte mir sogar vorstellen, er schreibt meinem Vater und berichtet ihm davon. Der wird Augen machen.«

Noch immer wurde es Isabella schwer ums Herz, wenn sie an ihre Familie dachte. Selbst Wochen nach ihrer Hochzeit hatten sie sich noch nicht gemeldet. Aber seltsamerweise tat es schon sehr viel weniger weh als noch vor Kurzem. Alexander war jetzt an ihrer Seite, er war ihre Liebe und ihre neue Familie, und gerade im Moment fühlte es sich so an, als würde sie gar nicht mehr brauchen, um glücklich zu sein. Seit dem Abend auf dem Ball des Dukes hatte sich etwas verändert zwischen ihnen. Sie hatten begonnen, einander zu vertrauen. Wirklich zu vertrauen. Sowohl Alexander als auch Isabella hatten ihre Vorbehalte aufgegeben, sie waren einfach sie selbst, wenn sie nur zu zweit waren, und die Scheu, was der andere denken könnte, war zwischen ihnen wie weggeblasen.

»Aber ich habe eine Alternative gefunden, wo du dich ausbilden lassen kannst.«

Überrascht löste Isabella sich aus seinen Armen und setzte sich auf.

Er hatte tatsächlich nach Möglichkeiten gesucht, wie sie eine offizielle Ausbildung bekommen konnte?

»Hast du schon mal was von Professor Franz Anton Mai gehört?«, fragte er und schien ihre Verblüffung sichtlich zu genießen.

»Klingt sehr deutsch, findest du nicht?«

Alexander angelte sich die Bettdecke vom Boden und legte sie über sich, während er sich am Kopfende des Bettes mit dem Rücken gegen die Kissen lehnte. Er ließ sich Zeit mit einer Antwort und fuhr mit seinem Zeigefinger ihre Schulter auf und ab. Dabei grinste er vor sich hin, er schien sich diebisch über irgendetwas zu freuen.

»Ist er auch. Professor Mai bildet alle aus, Frauen, Männer, Hebammen und Chirurgen. Nicht als Ärzte, aber als Pfleger. An der Universität Heidelberg. Dort hat er die höhere Schule für Hebammenwesen und Krankenpflege gegründet … Und jeder, der qualifiziert genug ist, kann sich dort ausbilden lassen und nach drei Monaten eine Prüfung ablegen.«

»Wo liegt das überhaupt, Heidelberg?«, versuchte Isabella abzulenken. In Wahrheit war sie ganz aufgeregt. Das, was Alexander da erzählte, klang zu schön, um wahr zu sein.

»Im Süden des Heiligen Römischen Reiches. Weit weg von hier. Wir könnten auf unseren Flitterwochen womöglich einen Besuch …«

Zu mehr kam er nicht, denn Isabella hatte sich freudestrahlend auf ihn geworfen und erstickte seinen Satz in einer ganzen Flut aus Küssen.

»Das wäre mein größter Traum«, sagte sie und spürte sogar, wie ihr die Tränen kamen. Schnell blinzelte sie sie weg.

»Ich weiß. Und gemeinsam werden wir ihn wahr werden lassen.«

»Aber dafür muss ich doch erst einmal Deutsch lernen!«, wandte sie ein.

»Dann fang am besten schon mal an.« Er deutete auf einen Stapel an Büchern, die auf dem Nachttisch neben ihm lagen. Isabella hatte sich zwar gewundert, dass Alexander plötzlich Bücher las, ihnen aber keine große Aufmerksamkeit geschenkt. Erst jetzt sah sie sich den Stapel genauer an. Es waren Lehrbücher der deutschen Sprache und Grammatikwerke. »Außerdem beginnen deine ersten Unterrichtsstunden in London, sobald wir endlich wieder dorthin gefahren sind. Ich habe einen sehr fähigen Tutor für dich ausfindig gemacht«, berichtete er stolz.

»Ich liebe dich, Alexander Henry Wilkinson.«

»Ich dich auch, meine wunderschöne, verrückte Isabella.«

»Mit dem Deutschlernen fange ich dann morgen an. Heute habe ich noch etwas Besseres vor«, sagte sie und ließ ihre flache Hand langsam von Alexanders Brust zu seinem Bauch unter die Bettdecke wandern. Überrascht spannte er sich an, sie bewunderte einmal mehr das Spiel seiner Muskeln und erstickte seinen halbherzigen Protest in einem langen, leidenschaftlichen Kuss.

Danke

Hinter jedem Buch steht nicht nur eine Autor*in, sondern ein ganzes Team, das dieses Projekt erst möglich macht. Deshalb möchte ich auch den vielen Menschen danken, die an der Entstehung von *Sehnsucht und Skandal* beteiligt waren. Zunächst einmal meiner fantastischen Agentin Vanessa Gutenkunst, die stets ein offenes Ohr für mich hat, mich immer fordert und mir hilft, meine Geschichten besser und runder zu machen und mir mit Rat und Tat zur Seite steht. Danke auch an meine beiden großartigen Lektorinnen Anna Mezger und Anita Hirtreiter, die sofort an meine Geschichte geglaubt und sie unterstützt haben, und mit so viel Gespür und Begeisterung gemeinsam mit mir an Somerset gearbeitet haben.

Danke, Ana, für das unermüdliche Testlesen und dass du Sonntagmorgens noch vor acht Uhr meine Panik-Calls entgegennimmst und mich in deinem nicht zu trübenden Optimismus erstmal auslachst. Ich weiß gar nicht, was ich ohne dich anfangen würde.

Und Danke vor allem an Can, den Mann an meiner Seite, der mit mir zu jeder Tages- und Nachtzeit meine Ideen und Figuren durchspricht, meine Texte probeliest, mich bedingungslos unterstützt und mich, wenn ich die Nerven verliere, mit Liebe und Verständnis überschüttet. I love you.

Und zu guter Letzt: Danke an euch, liebe Leser*innen, Blogger*innen und Buchhändler*innen, dass ich die

Geschichte von Isabella und Alexander mit euch teilen durfte. Ich hoffe sehr, der kleine Ausflug nach Bath hat euch Spaß gemacht!

Eure Emma